作者 陆天明

陆天明

　　著名作家，国家一级编剧，中国作协主席团委员，中国电视剧编剧委员会名誉会长。曾获各种国家奖项：中国百佳电视艺术工作者、全国最佳编剧，中国电视艺术家协会颁发的二十年突出贡献编剧称号。享受国务院特殊津贴。长篇小说《大雪无痕》获国家图书奖，《省委书记》《命运》《上将许世友》等获中宣部五个一工程奖等，主要作品有长篇小说《桑那高地的太阳》《泥日》《木凸》《苍天在上》《大雪无痕》《省委书记》《黑雀群》《高纬度战栗》《幸存者》（中国三部曲之一）等，电影剧本《走出地平线》，话剧剧本《扬帆万里》、《第十七棵黑杨》，电视剧剧本《华罗庚》《上将许世友》《阎宝航》《冻土带》等，与小说同期创作的同名长篇电视连续剧《苍天在上》《大雪无痕》《省委书记》《高纬度战栗》《命运》播出后，均在国内外引起强烈反响。并获飞天、金鹰等国家大奖。

当代风云录

高纬度战栗

陆天明◎著

新星出版社　NEW STAR PRESS

只为苍生说人话（代序一）

这些年来，我这几部贴近中国当代生活的小说被一些出版社多次用各种结集的方式出版。这一回，新星出版社又要结集出版它们，而且果断纳入以深圳和当代中国变迁为背景的长篇小说《命运》，让我受到很大的鼓舞。也许它再次印证了这么一个判断，今天的中国还是需要、也是能够从事现实主义文学创作的。也许有的朋友会说，照你这么说，好像在中国曾经产生过这样的疑问——有人阻碍过现实主义的文学创作，或者说，有人认为现实主义的文学创作不再是一种好的创作方法，最起码也是一种过时了的创作方法。应该被淘汰了。情况真是这样吗？

确实，从千百年世界文学的创作实践和理论探究过程来看，迄今为止，无论在什么地方，还没有人从原理上公开出来否定现实主义的创作方法。但是以我个人的经历和遭遇，可以这么说，在一个相当长的时段——比如十年，现实主义，尤其是贴近时代贴近现实生活，密切关注社会问题，热心表达当下民众生存诉求的创作，不管这样的作品怎样受到当下民众（读者）广泛的欢迎和认可，在一定的圈子里，甚至在一些很权威很重要的圈子里不仅得不到承认,还会明着暗着嘲讽和羞辱你。不只是故意忽略这样作品的存在,不只是认为这样的创作是"非文学"的,甚至还认为是一种"堕落"。问题的焦点就集中在,"文学"到底要不要反映——或者说要不要去"贴近""表现"和"再现"社会现实,要不要关注民生,要不要为民说话。这个"问题"在世界文学史上从来就没有成为过一个问题。不管世界文学的城头上曾如何变幻什么花色的旗帜,现实主义,尤其是贴近时代贴近现实生活,密切关注社会问题,热心表达当下民众生存诉求的创作,作为"现实主义"缤纷大营中不可或缺的要素之一,甚至还可说是其中一个骨干、一种精髓、一个魂灵,它"从来"、也"一直"张扬在世界文学之林中。它总是在力求去完成这样一个文学使命:告诉读者,或者和读者一起来探讨,我们,作为一种人、一群人、一类人,曾经怎么活着。还可以怎么活得更像一个人。它始终没有脱离过文学的基本要义:人(社会)和现实。最近我被叫去参加了一个文艺现状调研会。会议的组织者事先提供了六七个课题让与会者思考,其中一个就是怎么才能进一步繁荣和发展我国的现实主义文艺创作。这让我感动,并感奋。与会者都承认近年来中国文艺创作在数量上可以说达到了"繁荣"的程度,在流派纷呈方面也可以说做到了多彩多姿。但综其所有,总觉得还缺少了一点什么。缺少的正是议题中特别提及的"现实主义精神",也就是对人的生存状态和诉求的真实表达和刻画,对社会现实和理想追求的深刻再现。这里涉及两个不可回避的母题,其一是:今天的文艺家们还把替人民说真话、真实地表达人民的生存现状和诉求当作自己不可变更的历史使命吗?其二:社会大环境鼓励提倡支持文艺家们坚持现实主义精神,去为人民说真话,表达人民的生存和情感诉求吗?

  我的毛笔字是写得很差劲的。有回一个年轻的朋友定要我替他写点什么。我想了又想,写了我这一辈子最想说的一句话:"只为苍生说人话"。这大概就是我总结并奉行的文学创作,尤其是现实主义文学创作的要义吧。

  几十年的文学创作经历告诉我,实践这个要义,其实是很难很难的。难的在于并不是所有人都愿意听真话。难的还在于自己也不是真能说得出真话，但历史告诉我们，一个民族一个国家的文学创作如果缺少了这样一种现实主义精神，不管它玩得多么"花哨"或"多彩"，数量多么庞大，必定还会是苍白的。终究做不成文学的大国和强国。路依然漫漫。但它总在你我脚下。这时候也许还是要请出苏轼老先生说上两句，就用他那首千古绝唱的《定风波》来做结束语："莫听穿林打叶声，何妨吟啸且徐行。竹杖芒鞋轻胜马，谁怕？一蓑烟雨任平生。料峭春风吹酒醒，微冷。山头斜照却相迎。回首向来萧瑟处，归去，也无风雨也无晴。"

作者 2018 年 4 月 8 日于北京

我的文学三十年祭(代序二)

三十年了。

我的文学创作又走过了三十年的路。

是"一竿风月",还是"一蓑烟雨",抑或是"波涛万顷"?

上小学三年级时,写作文:《我的理想》。我说我要当"作家"。我上学早。写作文的那年我七岁。我那个被多年的肺痨病已经折磨得几乎要对生活失去希望的父亲,看到我的那篇作文,非常欣慰地说:"好啊。我儿子也想当作家了。"他年轻时的理想就是要当作家。但不幸的是,他是巴金笔下"觉新"式的人物,一个大家族的长房长子,终归屈服于生活的压力,为了顾全家族的生活"大局",无论哪方面,都"痛苦"而又"自觉"地放弃了他个人的理想。

三年后,他死了。还是死于肺痨。死的时候才三十岁。

在此之前和之后很长的一段时间,我并不知道他曾经想当一个作家,并不能体会那天晚上他站在写作文的我身后,所发出的那一声喟叹里所饱含的全部伤感意味。也许他活着时,觉得我太小,就没想到还有那个必要跟我细细地说说这些。

又过了十年,我离开上海,离开母亲,要去新疆生产建设兵团"战天斗地"。母亲为我准备行装。全部的行装就是一个旧帆布箱和一个旧铺盖卷。她把父亲十九岁时发表的一些小说和诗歌,还有抗战时期他流亡昆明一路上写的日记当作唯一的"遗产"放进了我的行李里。

我这才知道自己和毕生经商的父亲在精神上一度是多么的接近。两代人的文学梦,两个世纪的挣扎生涯,让我觉出许多的心酸和沉重。所幸我迅速全身心地投入到了社会变革的大洪流中去了。我可以活得和父亲不一样。虽然,我也曾得过肺结核(是父亲传染给我的?说不清),但我可以不再用一个"旧时日肺痨病人"和"只属于一个大家族"那样的苍白软弱和绝望去处置自己的一生,去处置自己的文学梦。

大西北农场难以想象的艰苦贫瘠,不仅让人同样难以想象地彻底治好了我的肺结核,还给我心底铸进了西北汉子常有的那种倔强和愚拙。大概就是因了这种"倔强和愚拙",农场十二年,我一次又一次主动放弃了种种充满另一类诱惑的人生选择,执着地在那戈壁荒漠上做着文学梦。

一九七三年,在到农场的第十个年头,我终于写出了平生第一部"大作品",一个知青题材的四幕话剧《扬帆万里》。这部作品引起了方方面面的关注。西安电影制片厂要将它拍摄成电影。上海要发表它。兰州北京西安乌鲁木齐以及东北和别的一些地方的大大小小的剧团将它搬上舞台演出。其实那时候,我一共只看过三个国产的剧本:《槐树庄》《第二个春天》和《年青的一代》。只看过一个话剧演出,还是那个永远激动我的《年青的一代》。那还是在离开上海前看的。后来在农场宣教组仓库里,翻拣到一本契诃夫的戏剧集,半本易卜生的剧本集。记得当时反反复复地读,一直到把它们读破。也就是像罗兰·巴特说的那种"抬头阅读",读一段,抬起头来默想细究,"将其切割,亦因迷恋,又将其恢复,并从中汲取营养……"我的倔强和愚拙,同时也体现在:我写作,只是觉得自己心里有话要说,要对这个世界表白什么。

我要叫喊,要喊出属于我的那一声来。在底层的十多年生活,面对这个世界,我总觉得自己心里有太多的话要说,有太多的声音要发出。总是直觉到,这个世界需要这样一种声音。这愿望,这直觉,这冲动和向往极其真诚而又无比强烈。甚至强过初恋时的那种可以说无与伦比的冲动和向往。至于这样喊出的"声音"是否时下或教科书上界定的那种"文学",我不管。也许正是因了这种愚拙的真诚,我的这第一部"大作品"在当时确实打动了不少的人。后来,也是因了这部作品,我才被北京一个专业文艺团体看上,把我全家调进北京。我也因此开始了自己三十多年的专业创作生涯。

但我创作上真正的新生,却开始于"四人帮"倒台。"四人帮"倒台,让起步于"文革"期间的我,有可能开始一场彻底的"蜕变"。这对我个人,对我这一代人来说,在精神上,具有哈姆雷特式的"绝对意义":"是活着,还是死去?"这是一道必须跨过去的大坎。当文学艺术的春天重归人间,文学艺术创作将充满艺术个性地回归到它的本真意义上来。因为时代使然,我们这一代人曾经一度失去过,或者说忽略过自我和艺术个性,而要重新找回自我,谈何容易!要重新确定自己的艺术创作个性,同样"谈何容易"啊!我们必须要像幼蛇蜕变那样,从紧紧包裹束缚着自己的"旧壳"中蠕动挣脱出来,必须先用锋利的"手术刀"细细地解剖自己。需要认真地重新认识自己,认识"人"。而在这个世界上最难的事情,恰恰是认识自己和认识"人"这样一种最复杂又最完美的"东西"。是自己拿着刀,一刀一刀地切割自己的肌肤。是舔食自己的血水,以此去重新获取新生的力量。

我用整整一年的时间彻彻底底地沉到一个钢厂里去生活。每天跟着工人三班倒,春夏秋冬、日日夜夜,以重新获得普通人的生存感觉,站在普通人的立场去重新认识眼前的这个世界,借此来摆脱那个旧我。同时又大量阅读能找到的新小说、新理论著作。并且写了两部长篇小说,一部是《桑那高地的太阳》,用它来回顾自己这一代人是怎么失去自我的,以从容告别过去。然后又写了那个《泥日》,以确立自己新的创作定位。学会不看任何人的脸色，只凭自己的心灵感觉和感悟去创作。寻找一种完全属于那个叫"陆天明"的男人的创作风格，力图发出一种只有那个叫"陆天明"的男人才发得出的声音。迈出这沉重而又必需的一步，找回创作上的自我，我用了将近四年的时间。那时我已经快四十岁了……

不蜕变便会被阉割。"是活着，还是死去？"现在回想起来，我之所以能坚持着写下来，还是得归功于自己那个最原始的创作动机：要对这个世界说出自己想说的话。同时也要归功于一种最本真的生命动因：视天下为己任。我清楚地知道，我们这一代人是有许多东西可以总结和必须加以纠正的。但是，我们幸运地从时代那儿获取了汇聚了又胶结了这样一种热源，把文学创作和民族命运、人民需求紧密地结合在一起。那样，就没有人能挡住一个男人发出自己的声音。我们和每一代的年轻人一样，都做过一些错事，但许多事情我们是在自己心里的真实感受驱使下去做的。错了，也该由我们自己来负责。我们的灵魂是真实的，是完全可以面对历史的。我始终坚信，文学必须属于人民，是应该也是能够在历史的进程中发挥它可以发挥的那一点作用的。我们不能把文学创作所必需的个性化，扩大到，以至于极端化到私人化隐私化的地步，更不能因此极端地认为，文学只有在脱离现实脱离社会，完全不讲它的社会功用和大众阅读权利的情况下才能完成它的升华。这也是我在发觉20世纪90年代中期以后中国当代文学不可避免地开始萎软苍白，决定实现我自己创作的第二次回归——向现实回归，向大众回归的主要原因。它让我在整个中国发生巨大社会变革的历史进程的关键时刻，下决心要用自己的文学创作去参与这场变革。即便这样的写作被一些先锋的"理论家"冷落过，也丝毫不能动摇我继续实现这二次回归的决心。这样的作品，最典型的就是《苍天在上》《大雪无痕》和《省委书记》。这几部作品，严肃，沉重，朴实，没有任何时尚元素和花哨的个性玩弄，却在大众中引起极其强烈的反响，一版再版，印数已达几十万册，至今还在不断的再版中，不仅被收到各种集子里，还被改编成电视剧、舞台剧。由它们拍成的电视剧，播出时，最高收视率达到百分之三十九……即便如此,我并不认为,它们是完美的。我不认为它们是完美的,并不是因为它们曾经被那些"理论权威"冷落,而是以我的文学感觉和文学本真的意义去衡量,我始终认为,一个作家和一个民族的文学创作,真正成熟的标志应该是既被自己的人民认可,又在文学史的进程中有创造性的突破。中国的文学产生在中国这块土壤上,又要让它在中国的历史进程中发挥它能够发挥的应该发挥的那点作用,就不能回避我们大众的阅读接受程度。它应该是既深刻,又好读;既文学,又大众;既充满着深层次的形而上意味,又洋溢着当代的生活气息;既有作家独特的个性魅力和独立思考的张力,又具有涵盖时代和历史的广度和深度……我知道我离这个目标还很远,但我将继续努力。我的《木凸》《黑雀群》《高纬度战栗》,包括最近创作的《命运》,都属于在向这个目标靠拢的尝试之作。我在一点一点地积累这方面的经验和教训。我一定要再向前跨那么一大步,使自己的创作真正接近这个目标……

这些年,我常常深夜扪心自问:天明,你在变吗?你变了吗?是的,我在变。我变了。我不断地在变。一种不可推卸的使命感让我不能重复自己,不能在原地踏步。我必须在变。但我又没有变。我要求自己不变。不变的是,我希望自己永远能够以一个"热血青年"的面貌出现在中国文坛上,出现在自己的创作中,始终那样真切地关注着,并全身心地融入到自己的国家自己的民族自己的人民为争取更加美好未来的奋斗中去,虽然老之将至,老已降至,我必将不可挽回地衰老……一天比一天地衰老……

去年,我回老家南通一次。到墓园去看望了父亲。一个六十岁的儿子去祭扫三十岁的父亲。看着极其简陋粗糙的水泥墓碑上他那个极年轻极清瘦极忧郁极聪慧又极无奈的神情,我哽咽了。我该对他说些什么呢?"父亲,你儿子终于成了一个作家了。"这话好像三十年前就该说了。"我还会写下去的,直到把心里要说的那些话都说出来为止。"这话好像也不准确,只要你关注人民的命运,心里的话有说得完的那一刻吗?"我知道自己还没写出最好的作品，为此，我将不懈努力。"几十年了，还用得着来对父亲表这个态吗？三十岁的父亲早就了解了自己这个六十岁的儿子：他一生的努力就只有一个目标，就是为了写出一部更好的作品而不惜一切。两代人的文学梦。两个世纪的生存努力。我和我妹妹，我和我儿子，我和我的作家朋友们，我和我那些亲爱的读者们，我和所有还活着的中国人，中国的平民大众，我母亲，我弟弟，我亲戚和非亲戚们……我们不曾放弃，也不会就此止步，为了两代人的强国梦，为了那两个世纪的复兴之路……我将持续地用我固有的那种倔强和愚拙写下去，而不管别人会说些什么！

作者 2008 年 10 月于北京

目录 Contents

1. 黑咖啡 | *001*
2. 高纬度 | *016*
3. 瞒天过海 | *026*
4. 一场春雨,是绵绵细雨 | *040*
5. 再一次惊愕似乎就不是来自意外了 | *048*
6. 江边三号码头街 | *065*
7. 木刻楞屋子里的灯光 | *088*
8. 又一次失算 | *111*
9. 这世界到底是谁的 | *118*
10. 卡拉OK包房里的启示 | *141*
11. 领事馆路西口九号院 | *158*
12. 共和国之子 | *173*
13. 精神幻觉 | *189*

14. 和顺面馆 | 212
15. 曹月芳的第一次讲述 | 227
16. 曹月芳的第二次讲述 | 238
17. 一分寂静,半生喧嚣 | 262
18. 曹楠的第一次讲述 | 290
19. 曹楠的第二次讲述 | 310
20. 看守所里的秘密 | 319
21. 曹楠的第三次讲述 | 344
22. 仙客来 | 361
23. 劳爷的最后一次讲述 | 376
24. 回顾 | 384
25. 一连串问题奔涌般地聚集到心头 | 412
26. 站在灵魂的入口和出口 | 439
27. 雪花非花? | 461

1
黑咖啡

下午五点四十分左右,他终于快步走了进来,疲惫,甚至还显得有一点点迟钝,眼圈分明虚肿着,同时隐隐透露出一些黑气。邵长水赶紧上前挪开小藤圆桌前的那把高背靠椅,恭请他入座,并招呼服务生赶紧上咖啡——动身上这儿来以前,邵长水着实做了一番调查研究,得知这位"劳爷"近些年颇"沾染"了一些"洋习惯",比如说,有事没事,总喜欢喝点儿高档咖啡;酒桌上,也会时不时地点一两瓶白兰地、伏特加或毛姆、香槟之类的外国酒。劳爷在小圆桌前站定后,慢慢摘下那副柔软的黑色羔羊皮手套,然后,把几根苍白瘦长的手指轻轻搭在桌边上,像个重症哮喘病人似的,吃力地鼓起胸膛,深深地喘息了两口,再用那含意总是比较隐晦的目光迅速瞥视了一下周边的人与物,这才回过头来,盯住邵长水,嘶哑地、低沉地,同时又慢条斯理地问道:"你,就是那个邵长水?找我,啥事?"

邵长水是昨天下午才接到任务,让他上这儿来约见这位劳爷,给邵长水布置这任务的是他们省公安厅办公室前主任李敏分。李主任因病离职在家休养都快一年多了,邵长水又是省公安厅刑事侦查总队的人,要派他外差,走组织程序,按说得由总队的领导来布置,即便因为情况特殊,必须由办公室的领导来谈,也应该由在位的领导来谈,怎么也轮不上这样一位已然不管事的"前主任"啊——况且谈的又是那么重要的一档子事,所以,那天当李敏分突然把邵长水找到自己家里布置这任务时,邵长水的确感到非常意外，同时也觉得这事儿办得多少有些"出格"，有些"诡异"，因而也有些"神秘"。但碍于自己刚调到省厅，还没有正式定岗定职，处境微妙，当下里他就没表示任何异议。再说，在调来公安厅以前，他多少也听说了这位李主任的一点儿情况。李主任年龄虽然不算大，四十刚出一点儿头吧，但警龄不短，二十来年了；父亲也是个老公安，是省厅早期的一位老厅长。此人活动能量相当大，会办事，在本省公安系统内外颇有那么一点儿影响力。邵长水同时也想到，李主任此举，肯定不会是"个人行为"。至于这样一个办事本该十分规范的高级政法机关，居然不规范了，这里一定有某种原因，一定牵扯了一些不得不顾及的利害关系。至于到底是什么原因、什么样的利害关系导致了这种不规范，就不是他这么个"新人"该过问的了，恐怕也不是他一时半会儿能整明白的。邵长水从警也快二十年了，也曾当过一任县公安局副局长。他当然懂得，此时此刻，对于他，唯一能做的，也是他唯一应该做的事情，就是认真地听，坚决地执行。

李敏分当时对他说，你去陶里根找一位叫"劳爷"的老公安。"陶里根"就是眼下他来到的这个边境小城，离省城约七百来公里。这小城原先只是个县城，与俄罗斯隔江相望，历来盛产蓝天白云和狂风暴雪。这些年由于边贸大增，小城发展巨快，前些年升格为地级市，下辖三县两市，不仅从规模上比过去扩大了两三倍，从面貌上来看，也几乎等于全部重新翻造过了似的。

"听说过劳爷吗？"李敏分当时还特地追问了这么一句。

"大概知道一点儿吧。"邵长水点点头，谦和地答道。

其实李敏分这一问，完全多余。因为，但凡在省公安系统干过的人，几乎没有不知道这个"劳爷"的。劳爷，学名劳东林，堂堂一级警督，曾任省公安厅刑侦总队大要案支队副支队长，是省里出了名的刑侦专家，曾当选省十大神探，荣获过公安部颁发的二级英模称号，还曾被公安部刑侦局特聘为刑侦顾问，参与过许多震动全国的特大案件的侦破工作。就这么一个让圈里圈外无数人敬仰的"老公安"和"刑侦专家",几个月前,突然不听所有人劝告,坚决要求脱去警服,辞职下海,抛家别妻,只身来到这个无比遥远的边境小城,在一家民企里当了一个不甚起眼的保卫部经理。

他图啥?

图钱?

不管熟悉不熟悉他的人,但凡听说此事,都会在心里打上这样一个大大的问号,同时也会纷纷为之惋惜不已。也有人冷笑,说这是他"本性的再一次大暴露"——很多年前,这位曾反复结婚又反复离婚的劳爷,曾因"骄傲自满""脱离群众"和"放松自我思想改造""贪图生活享受",在生活作风问题上犯过一次大"错误",被取消过"二级英模"称号。有人则"深刻"地分析道,他这是被当前那种"一切向钱看"和"追求自我释放"的社会潮流搅的,临老了,还想学那些"弄潮儿"时新一把,拿自己的一生"赌"一回。没得"青春"可赌了,就赌一回"老年"吧。等等,说啥的都有。不一而足。

当然,也有人不信这些"胡说八道",比如,省厅和刑侦总队的几位主要领导就不信。他们太了解自己这个老战友、老部下了。说劳东林一生爱赶个时髦,生活上喜欢图个"优越"和"舒适",说他反复结婚,又反复离婚……所有这一切,都不假。比如这老小子确实结过四次婚,又离过三次。但因此你就断定,他就是为了几张钞票才脱警服辞职下海的,他们不信。打死他们也不信。什么叫血染的深情和信念?每一位老警察都能用自己的一生来做这个命题的最真切的佐证。劳东林当然也不例外。当时,总队长和几个副厅长轮番地找他谈,劝他慎重考虑,但都谈不下来。最后无奈,厅长亲自出马。半夜,关上门。厅长对他说,今天我不跟你扯别的。你一定得给我说出个道道来,哪怕有一条能说服我,我一准让你走。但你要说不出个一二三四五、子丑寅卯午,那,这档子事,我跟你没完!我不会让你好受。你小子都快熬到退休年龄了,还跟我折腾个啥嘛?

啊？劳东林当时涨红了脸，磕磕巴巴半天也说不上来个啥，满眼含着泪水，翻来覆去就说这么一句话："这么着吧，你把我双开了。求你成全我这一回。"啥叫"双开"？"双开"就是开除党籍，开除公职，就是把辛苦一生得到的最基本的东西全扔了；即便这样，也要"辞职下海"！他这是疯了，还是怎么的？

他当然没疯。

"跟我说实话，又跟哪一个女孩儿缠乎上了？"厅长问。厅长跟劳爷是省公安系统最早一批干警培训班、号称"黄埔一期"的学员。当年在培训班上，活泼外向的劳爷是班委委员，而内向敦厚的厅长还只是个普通学员。后来人家进步快，当了厅长，但两人的关系向来非同一般，说话也就直截了当得多。

"你要还这么看我……这么着吧，你把我打死在这儿得了。"说着，劳爷摘下腰间的手枪，往桌上一扔，脸色顿时青白了。

"我想你也不至于那么没出息。"厅长瞟了瞟那支在劳爷腰间已经摩擦得不见蓝光的六四式手枪，轻轻叹道。

"相信我。让我走。你们多少年也没真正信任过我。这一回能信任我一回吗？相信我这个劳东林，绝对不会给你们抹黑丢脸……"

"哎哎哎，你这个劳东林，咋说话的呢？不信任你，还让你全权负责大要案支队的工作？全省评十大神探，是谁往上报了你的典型材料？啊！厅里要信不过你，那会儿部里聘你当顾问，我们随便拦那么一下，这大顾问你当得上吗？啊？！我们为你做的这一切，在你眼里都不算数？你这人一辈子咋老这么偏激，爱走极端？临退休了，还不改改？咋整的嘛？啊？！"厅长较起真儿来了。他知道劳东林这话是有所指的。劳东林对厅里多年来一直不给他把这个"副"支队长扶正了，耿耿于怀。对此，他们双方都有说头儿。从厅领导这一方来说，他们觉得，我们虽然没把你扶正，但也没再给大要案支队任命个支队长，你这个"支队副"在那儿实际上是在掌管着全盘。世人皆知，刑侦总队是省公安厅最重要的一个部门，而这个大要案支队又是刑侦总队最重要的一个部门，把一个重中之重的部门都交给你了，这不是"信任"又是什么？但在劳东林头脑里，事情当然就简化成这么一个公式：信任我，就把我扶正；不扶正，就说明你不信任我。而厅里至今没给他扶正，并不是厅里现任的这几位领导不愿给他扶正，这里头牵扯众多一时掰扯不清的旧账儿、烂账儿，真没法说得清楚。

"不说了……不说了……"劳东林当时摇着头苦笑了笑道，"我这回请辞，跟这些以前的事没有任何关系。请相信我……"

"东林……"

"我用我三十五年党龄和四十年警龄向你保证。"

"你就不能跟我露个底儿？到底是咋回子事嘛，让你非得走这个绝门儿？"

"别逼我了。我真不能细说。再逼，你干脆掏枪打死我算了。"

"有那么严重？啊？！"

"……"这该死的劳东林，喘喘地直盯着厅长，居然就不再吱声了。

后来，厅长在党组会上还是替劳爷说了话："让他走吧。老同志了，唉……这也是天要下雨，娘要嫁人。咋办？让他个人为自己的行为负责去吧。"厅长定了调，党组其他成员也就默许了。虽然是让他走了，虽然也说了"让他个人为自己的行为负责去"之类的话，但厅领导并没有就此撒手不管。依他们多年来对劳东林的了解，他们直觉到这件事里一定有名堂，而且还可能是个大名堂。这"名堂"如果仅仅跟他个人有关，倒也罢了，怕就怕名堂之大还不仅牵涉他个人。作为多年来负责全省大要案侦破工作的人，劳东林手里掌握着一批相当重要的机密情况。有些情况不仅涉及党政军某些要害部门，还涉及个中的某些要员。多年来，公安厅还没有发生过严重的失密违纪事件。但这一回劳爷的态度和做派，却让领导们不得不产生了一点儿忧虑和警觉。于是，他们在随后的几个月中"稍

005

稍"地注意了一下劳爷的"日常起居"。可以想见,一旦公安厅要关注某个人的"日常起居",肯定能把他的一举一动都摸个"门儿清"。但你还别这么说,大水要去搅和龙王庙,本来就不是常人能想到的那么轻松和容易。再说,劳爷在反侦查方面也是一把好手。厅里一直"关注"了好几个月,居然从中没能发现什么"名堂"。一直到最近,事情才有了一点儿突破性的进展。

这个突破性的进展是,据说——到目前为止,还只能是"据说",因为还没有拿到什么过硬的证据来证实这个"说法"——据说,劳爷当初之所以不顾一切跑到陶里根去,是为了"秘密调查"省委省政府一位现任主要领导的问题。这位省领导曾经在陶里根担任过市委书记兼市长。他的一些问题"据说"也是任职陶里根期间"犯"下的。而这些个所谓的"重大问题","据说"还和两年前发生的一起"副市长开枪杀人"案有密切关联。(这位副市长姓祝,名磊,省城的原副市长,当年也在陶里根市工作过。)而这位省委省政府的主要领导就是最近刚被任命为代省长的省委副书记顾立源。

这怎么得了?!

这怎么可以?!

不管劳东林现在是否还穿着警服,他毕竟曾是个"老公安",而且,多年来又一直在本系统内一个很重要的岗位上担任中层领导工作,享有相当的知名度和社会影响。这样一个同志,未经任何组织授意、批准,针对现任的省委省政府的主要领导搞这种"秘密调查",是一种严重的违纪行为;如果让省委省政府知道了,作为本系统的主要领导,他们是绝对没法交代的。更让人震惊的是,"据说"这个劳东林凭着自己的老资格和多年来在司法界建立起来的老关系,还"煽动"和"纠集"了好些个老公安、老司法,协助配合他,一起来搞这个"秘密调查"。据说,这些个老公安、老司法,多数还都是在编的现职人员,都还穿着警服和制服!

这就更严重了，而且不是一般的严重，应该说是"特别严重"。闹不好，还可能会整出什么"政治事件"，就更难以收场。所以，必须立即加以制止。

为此，省厅的领导非常着急，非常恼火，也非常为难。

他们为难的是，自己还不能公开以组织的名义出面去阻止。因为：一、不管怎样，劳东林本人毕竟已经脱了警服，离开了公安队伍。说得不好听，他现在已经是个"普通公民"了，他和你的关系，已然是"警民关系"了。只要他不触犯法条，就不在你管辖范围内。你公安部门要横加干涉人家的正常行动，人家是可以通过行政诉讼，倒过来告你侵权、违宪的。事情一旦闹大，惹得那些媒体追踪炒作，最后被动和丢面子的可能还是你公安厅。这结局当然是省厅领导绝对不希望看到的。二、省厅虽然得到"密报"，知道有几个在职的公安司法人员掺和了这个"秘密调查"，但迄今为止，并没有搞清这几个人到底是谁。最后一点，也是最重要的一点：省厅的领导觉得，在处理这件事的过程中，他们一定还要防止让人产生这样一种印象——省公安厅作为一级组织，在蓄意地压制下边的人"反腐败"，在蓄意庇护省上"有问题"的领导。社会上对那位顾代省长确有种种传闻，说什么的都有。作为省里厅局一级的领导干部，他们也听说过这些"传言"。他们甚至从内部还听说，中纪委接到过来自下边的"揭发信"和"告状信"，曾派人"秘密"地来省上对这位代省长做过一番"暗查（？）"……"传言"由来已久，似真似假，真真假假。但不管它出自内部，还是外部，传言总归是传言，在上边对相关问题做出正式表态之前，他们作为掌管一个系统的主要负责人，当然要以大局为重，以稳定为重，以组织原则为重，尽力地维护省上这个班子的领导权威。但另一方面，他们也不得不谨慎地做好两手准备。俗话说，既要防一万，也要防万一。也就是说，万一今后传言成真，那位代省长真有些什么事，被查处了，他们也不至于陷于被动才行。要知道，他们毕竟都是一些历练弥久，且又富有经验的从政者。而在复杂多变的政治生活中,这种谨慎的"两手准备"历来都是十分必要的。

所以,他们觉得必须劝阻劳东林这样的老同志在外"私自调查"省委省政府领导同志的问题,同时又不给人造成是以"公安厅"组织的名义出面在"干预"和"劝阻"。

经过反反复复地慎重考虑,他们决定派刚调到省厅来工作,但还没有正式定岗定职,为人又比较憨厚、机敏和勤谨的邵长水去做劳爷的工作,同时又决定让离职病休,但在群众中仍有相当威望的办公室前主任李敏分出面去找邵长水布置这个任务。他们甚至特别关照李敏分,布置任务时,不要把邵长水找到省公安厅大院的办公区来谈,在每一个细节上都要尽量地抹去"组织出面"的色彩。

最后,李敏分是把邵长水找到他自己家里去谈这档子事的。

家,从政治色彩上来说,应该是最中性、最恬适的了。

……

李敏分家在省城著名的大列巴巷中,那里曾经是一片高地,高地上曾经筑有中国最早的一条铁路,铁路两旁生长着一片茂密的白杨林。铁路早拆除了,迁移了,白杨林却依然还生长着。后起的巷子看起来却和白杨林同样古老。因此,很难说得清是巷子建在白杨深处,还是白杨长在巷子深处。但有一点是肯定的,你现在走遍整个省城,已经很难再找得到长得如此高大粗壮茂密的白杨林了,也很难再找得到特点如此鲜明纯正的俄罗斯"木刻楞"小木屋了。这样一种小木屋,你在中国整个高纬度地带,比如说,即便上哈尔滨,也不多见了。而李敏分住的就是这样一幢小木屋,外带一个不算小的"小院儿"。

那天谈完话出来,已经过了吃晚饭时间。天色擦黑。初春潮湿的林下风再度变得阴冷生硬。但邵长水却浑身燥热,像一个高烧中的病人似的,止不住地战栗着,甚至战栗到上下牙齿都在捉对磕击。他只能紧紧地抱住自己，一边往外走，一边不断地回顾那耸起在栅栏和杂草丛中的铁皮屋顶和高大的砖砌烟囱，不断地回顾李敏分家那幽暗宽大的雕花木窗户，整个人都处在一种从未有过的昂奋和茫然之中。他不知道自己到底在昂奋什么，更说不清那种莫名其妙的茫然感又从何而来。但当时他就是不能让自己平静下来，也不能从茫然中清醒过来。已然三张开外、好歹也当了一二十年刑警的他，真还没这么"昂奋"和"茫然"过。走出不多远，他便在无比寂静的白杨林中呆立了下来。呆立了好大一会儿，他才慢慢明白过来，这种昂奋和茫然居然来自于自己内心的一种"对抗"。在潜意识中，他没法让自己真正相信刚才李主任跟他讲的那一切都是真实的，是已经发生的。他不相信，也不愿意相信它们是"真实"的。但他又必须承认它们是真实的，必须承认这一切不仅已经发生了，并且还在进行之中。正是这种突然发生在内心深处的"自我对抗"，骤然间把他推到了一个风光无比美好，但确实又面临万丈深渊的悬崖边上，让他一时间陷入了一种自己无法控制的兴奋和恐惧的心理旋涡中。

邵长水是伐木工的后代，父母和弟妹至今还在林区安着家。前边说过，他为人憨厚、勤谨、听话、本分，但又非常肯干，非常聪明，还愿意学习。这些特点决定了他前半生的人生之路走得相当的顺畅。高中毕业，成绩极其优异的他本来满可以去考全国重点大学，但出于家境和生活压力，也出于一种本能和直觉的选择，他考了省警校。很重要的原因，省警校不仅免去一切学杂费用，每月还有相当数量的津贴发放。除此以外，小小年纪的他，当时直觉到，像他这样没有任何家庭背景和社会关系的人，只有当警察，今后才能不受欺负，也才会有一点儿可能去为别人办一点儿自己想办的事。（他的确是一个很愿意为人办事的人。）警校毕业，他被分回到偏僻的林区公安分局，当了一名刑警，而且就在这偏僻的经常会发生一些恶性大案的深山老林里，接连侦破了几起全省挂号的命案，很快引起了上头的注意，被提起来当了刑侦中队的中队副。那年他还不满二十二岁。

后来就一直很顺，基本上两年一个台阶，一路往上走，一直到县局副局长任上，又赶上个好时机，被荐送到公安大学深造，去年调回省警校，搞了一段时间的刑事侦查教学和理论研究。前不久又接到调令，让他到省公安厅刑侦总队报到，内定了要他担任大要案支队的支队长一职。人说，当警察的时间长了，老在管别人，老在跟坏人打交道，老在接触社会阴暗面，一般都会发生两种变化：一种，因此看透社会，看穿人生，人就会变油，内心会变得阴暗沉重简单粗暴；另一种，即便不变油，也会变得机械单一，脑子里除了种种法规条文框框，就是上级领导的种种指令和要求。在他们眼里，几乎所有的人都是有问题的，都是需要管教和管治的。有人说笑话，说警察谈恋爱，跟女方头一回见面，说的第一句话一定会是："请出示你的身份证。"这两种说法，都有一定的道理，但实际上都说得有些片面。说这种话的人其实并不真正了解警察。多数的警察，心灵都处在一种激烈的对抗之中。他们既要对抗在执法过程中必然遭遇的社会黑暗（阴暗）面和权力交易的侵蚀和漫洇，又要对抗自己内心由此可能发生的种种畸变。对抗的结果，最终将决定你会成为一个什么样的警察。可以说，一切都在过程之中。而邵长水却属于这样一种人，置"对抗"和"过程"于不顾，把"结果"看得高于一切。也就是说，他在过程的"对抗"中，可以不惜一切代价，不计任何得失，由它去俯仰跌宕闪失，而他只想维护一个结果：让自己做一个称职的好警察。这种质朴和单一，不能说跟他从小在林区长大没有必然的关联。你只要知道这一点，就可以充分理解这种关联了：不管在什么场合什么情况下，只要一看到巍峨大山，连绵丛林，他内心都会禁不住地打战，都会立即收敛起天性中本有的那一点点张扬，不自觉地变得沉默和固执起来。他潜意识地确信，人一生中有些事的结局跟亿万年都绝不动摇一点儿的大山一样，是不可变更的。而对于他邵长水来说，结局也只能有一个，那就是做一个好警察。他不想东张西望，也绝不旁骛另就。我再给你举一个例子，你就可以了解他这个人了。三十多岁的他,按时下流行的算法,绝对还应该算是个"年轻人"和"年轻干部"吧。年轻人是易变的。他也曾在县公安局很风光地当过领导,在省警校当过让许多人赞美的刑事侦查教研室主任,南来北往,东奔西跑,大小场面大小事情也都经历过不少,按说你不应该再在他身上找到原有的"土腥味儿"和"大楂子味儿"。不。直到现在,清早起来,他最想喝的还是掺和了小豆煮的苞米楂子粥,吃焦黄喷香的贴饼子。假如能再有一碟小咸鱼和半碗加了许多蒜和辣椒腌制出来的酸白菜,他就觉得比去东京参加国际刑警年会,住在五星级的涩谷大饭店里吃的那几顿银光闪烁、发散着牛油或大酱汤气味的"乱七八糟"的早餐,要酣畅淋漓舒服熨帖许多。在当县公安局领导那两年里,别人给他送啥礼,他都让秘书给退了。但他会亲自打电话给县里专门出产黑小豆的六五六农场场长,让他们往他家给送那一煮就面,一面就黏,一黏就既养胃又补气的黑小豆来。当然,他之所以敢这么"直接打电话去要东西",还有这样一层关系衬着,那位六五六农场的场长是他当年上小学时的同班同学。

也许同样是因为这种"质朴"和"单一",在某些人眼里,他稍稍显得有点"木",有点"一根筋儿",而在另一些人看来,他表露的其实是一种标准的"中国式农民"的狡黠,像是在"装傻"。不管说他是"一根筋儿",还是说他在"装傻",这些人指的都是他这么一个特点:在人生的某一阶段,他只关心在这一阶段里,该他关心、允许他关心的那些人和事。所以,他在当警员的时候,绝对不去掺和中队长们如何"钩心斗角"。他在当中队长的时候,谁上他跟前来说大队长和局长们的坏话,他都不听,还会特别认真地劝你不要到处去乱说。等他当了局长,上省厅来参加省公安工作会议,多数局长在会余时间,都会安排一系列的交际和应酬活动,为自己,也为本单位下一步的发展,争取更多的方便条件,开拓更大的发展空间,他却很少这么干,甚至可以说,基本不会去这么干。最多也就是提溜几瓶用当地一种野果子酿制的特产酒(有时也会带几根直接从山里药农手中收购来的野山参），上厅长和主管刑侦工作的副厅长家去看望一下，当然更不会想到要掏钱请财政局和政法委的什么人去某个洗浴休闲中心，去摁一下或搓一下。调到省警校当刑侦教研室主任，就一心扑在教学和研究工作上，带领一帮学员，把教研室积攒了多年、一直没决心去整理的几百起大案要案的原始资料复印件，分门别类地整理了出来，而对近在咫尺的省厅和省委省政府大院里发生的种种人事升迁变换的事，却不甚了了……正因为如此，当李敏分跟他谈到"劳爷"，谈到那个"顾代省长"，谈到人们怀疑这位代省长跟两年前那起副市长"开枪杀人案"有牵连，谈到"劳爷"和那些本系统的老同志背着组织在搞秘密调查活动……他越来越紧张，他的血一阵阵往上涌。在整个谈话过程中，他一直挺直了上身，一动不动地瞪大了眼睛看着脸色苍白、脸颊瘦削的李敏分。最后他只问了两个问题。一、您今天找我谈话，代表谁？这一点他必须闹明白。稀里糊涂的事情，邵长水是不干的。李敏分狡猾地回答道："这个问题你怎么想都行，就是别认为我今天是只代表我个人来找你的。我李敏分既没那个胆儿，也没那闲工夫。"听李敏分这么回答，他打量了一下他，觉得他说得还算诚恳。看来李敏分有他的"难言之隐"，他就没再追问下去。接着问的第二个问题是，厅机关里有那么多能力高强的老同志，为什么一定要派我这么个"新手"去完成这任务？李敏分先是笑了笑道："怎么，你不想接这活儿？"他很严肃地答道："这跟我想不想干完全没有一点关系。"李敏分这才认真起来，回答道："派你去，是因为劳爷非常赏识你。你说的话，他可能会比较爱听。""扯淡嘛！"他立即反驳道，"除了在侦查员培训班上听他讲过课，我俩就没直接打过啥交道。怎么可能谈得上什么赏识不赏识？""好吧，跟你透露一点儿内部机密，这也是有关领导透露给我的。你这次调省厅来，可能会接任总队大要案支队的支队长一职。这你大概已经有所闻了。你知道是谁力荐你来担任这个职务的？劳爷。劳爷这一生很少推荐人。他眼里也很少能瞧得上谁。多年前推荐过他的一个助手,现在已经当上了主管刑侦工作的副厅长。再一个就是你喽。哥们儿,你不容易啊,能让劳爷瞧得上,前途无量啊。"这个李敏分,说着说着,又忍不住调侃开了。

谈话结束时,李敏分交给他一把车钥匙,告诉他,已经为他准备好了一辆俗称"巡洋舰"的丰田越野。为了不招人耳目,这辆车挂的是民用车牌。同样为了保证任务的机密性,不再另派司机同行。"你单人单车执行这趟任务。你们刑侦总队那边,已经有人去打过招呼。所以,你不用再去请假。回来以后,也不用去跟他们销假。整个这次行动,你只需跟我保持单线联系就行了。最后也只向我汇报。这一点非常非常重要。"说到这里,一直显得不怎么死板和正经的李敏分突然板正起来,沉吟了一下,特地放慢了语速,加重了语气,几乎一字一顿地强调道,"还有一点,你千万要记住,此去,你可能会从劳爷那儿听说一些情况,尤其是关于那位顾领导和那个开枪杀人的祝副市长的什么情况。不管是什么情况,只要跟他二人有关的,你都不能跟任何人去说。请注意,我这里说的是'任何人',包括我,包括你们总队的领导,也包括更高层的领导,你都不要说。你只汇报劳爷对这件事的态度。别的,你什么都不要说。这件事,闹不好,就关系到……关系到……"他犹豫了一下,似乎在考虑要不要跟邵长水把话完全说透彻了。说透了,会不会把他吓住?犹豫的结果,他还是把最重要的一句话说了出来。他觉得还是应该相信这个邵长水,把可能会发生的情况都告诉他,否则对他就显得有些不公平。他说:"闹不好,可能会涉及你自己的人身安全。"

当时邵长水听了,心里还真重重地咯噔了一下,禁不住悄悄倒吸了口凉气。

怎么还会涉及我的"人身安全"问题呢?这又从何说起呢?!邵长水一边思忖着,一边忙去打量自己面前的这位前李主任。看来这位前李主任绝对不是在"故弄玄虚"。但他为什么要这么说?这时,两个人都沉默了一下。邵长水也没紧着往下追问。经验告诉他，政治性如此之强，且又敏感、复杂、微妙、多变的事情，对方如果觉得可以把更多的情况告诉你，他会主动说的。如果他不说，那就表示，他不能说。那你就不该追问。或者表示，他目前也还说不出更多的情况。那样，你就更不必去追问了，因为追问了，也没用。所以，还是别问。不问也罢。但他不信，共产党的天下，还能有人把一个堂堂的人民警察怎么的了？！况且又是他这样一个警察。表面看来谦和的邵长水，内心里还是挺相信自己的能力的。又稍稍地坐了一会儿，他拿起车钥匙就要告辞。这时，电话铃响了。为了不耽误李敏分接电话，邵长水加快了向外走去的步伐。但没等他走到房门口，却被李敏分叫住了。只见李敏分一边接着电话，一边着急地向邵长水做着手势，让他别急着走。几分钟后，邵长水见他脸色略有些变异，神情也略显得有一点儿慌张，放下电话对邵长水说："你必须赶紧出发，尽快找到那位劳爷，搞清情况。"邵长水一愣，就这接一个电话的工夫，发生什么事了，居然让这位老兄的态度发生这么大的变化？

情况的确有变。李敏分告诉邵长水，半个小时前，省厅领导从内部得到消息，说省有关方面已经接到最高人民法院的通知，要暂缓执行"11·12大案"的死刑判决。所谓的"11·12大案"，就是那起"副市长开枪杀人案"。

"对祝磊暂缓执行死刑判决？为什么？"邵长水一震，忙问。

李敏分摇摇头："详情还不清楚。但消息是确切的。只是还没正式对外宣布。情况暂时由内部掌握。"

一时间，两个人都不说话了。两个人心里都明白，这个新动态很可能说明，最高方面也已经觉察到，"祝磊开枪杀人案"的背后的确还藏有一个必须进一步搞清楚的"大谜团"。为此，必须留下"祝磊"这个"活口"，等查清所有这些"谜团"后，再来执行这个死刑判决……

如果是这样，能不能证明社会上一直在流传的那种说法并非妄言：

祝磊在案发前的确受到了来自更高方面的某个领导干部的陷害。他开枪杀人确实是"迫于无奈"。

如果是这样，能不能进一步证明社会上一直在流传的另一个说法也并非虚妄：陷害那个副市长的人就是那位"省委省政府的主要领导成员之一的顾代省长"？

如果是这样，能不能证明，劳爷"纠集"部分老公安干警，"擅自"秘密调查这位主要领导的问题，虽然是一种严重的违法违纪行为，但确也"事出有因"？

即便是这样，这位前李主任紧张什么、又忐忑什么？

上层机关的事情，真是复杂微妙……

李敏分在电话机跟前呆立了一会儿，然后目光炯炯地走到邵长水面前，再三叮嘱他，此行要特别注意安全。出发时间、行车路线、逗留地点等，都要注意保密。在陶里根活动期间，更不能大意，"最好让劳爷替你安排食宿，谨慎出入公共场所"。另外，"身边稍稍多带点现金。劳爷这家伙在生活上原先就比较讲究，出手比较阔绰。这一年多在'海里'扑腾，常跟一些款爷打交道，生活上更讲究，出手也更阔绰。跟他接触，千万别显得太寒酸，别让他觉得你是个挺没劲的'土人'。费用嘛，回来实报实销。但千万别傻乎乎地拿着发票直接找财务上去报。财务上，这些费用报不了，还是得找我，我想办法走别的账给你报了"等等，跟个婆婆嘴似的，不厌其烦地叮叮了一大堆。这也是在办公室主任这位置上"熏"出来的"毛病"。

又不是解放前搞地下斗争，也不是出国去搞特情，这么一档子事能有多"危险"？年轻的邵长水心里对前李主任的这许多叮嘱，虽然多少有一点儿不太认同，但在行动上还是认真执行了。那天，他就没回家，只是给在警校后勤上工作的妻子打了个电话，说今晚要加班，回不了家，嘱咐她明天早晨别忘了给感冒了的小儿子按时喂药，便带上自己的那张"银联卡"，取了车，加满油，连夜往陶里根赶去。

2
高纬度

　　昨晚邵长水整走了一夜,凌晨时分赶到了这个边境小城,却一直挨到这会儿——下午五点四十分左右才见到这位劳爷。

　　邵长水到达后,按李敏分的指示,没惊动任何人,甚至都没按通常情况下必定会做的那样,先去跟市局的同志通气,自己掏身份证,径直在市公安局附近,找了个干净的小宾馆住下;略施洗漱,去宾馆周边找了个小摊儿,随便吃了点早点,回房间拉上窗帘闷头睡了会儿;到上午九点多钟,估计劳爷也该上班了,才拨通这老家伙的手机。原以为,老人家既然曾"热荐"过自己,一定还记得自己。却不料,报上姓名后,老人家只是不冷不热地"嗯"了一声,然后却问了这么一句话:"邵长水?哪个邵长水?"真可以说是劈头盖脸一盆冷水,差一点儿没把邵长水噎晕了过去。他忙定定神,详细说明自己到底是"哪一个"邵长水。老家伙听了,也只是哼哼,应了声:"有事吗?"在邵长水提出"见面谈一谈"的请求后,他倒是稍加沉吟就答应了。耳机里当即传来几下翻动纸片的声音,可能是在翻查当天的日程安排吧,然后就"初步定中午十一点半见",还说好"一起吃顿饭",地点定在市劳动局办的"大方酒店"。邵长水当时还松下一大口气,庆幸此行开局不错。却没料想,只过了一个多小时,老家伙打来电话,说中午可能不行了。什么时候能见,得过一会儿才能定。又过了四十多分钟,他又打了个电话过来,肯定地说,中午见不成面了。邵长水马上提议,那就一起吃晚饭。他说，晚上的事现在还定不了。啥时间能定了，我再电话通知你。你先去办别的事吧。邵长水忙接口说，我这回来，就是专程来看您的，除此以外没有任何别的事。您只管忙您的，我就在宾馆房间里等您的电话。您啥时候有时间了，招呼一声，我马上去看您。随叫随到。老人家迟疑了一下，应了声，那好吧，等我电话。随即把电话挂了。一句客气的话都没有，而且语调急切，似乎发生了什么很让他意外的大事。这样，十一点……十二点……下午两点……三点……一直等到下午四点多钟，都没来电话，邵长水真有点沉不住气了。一直等到晚饭前，终于来电话说，一起吃晚饭不行了。到这会儿，邵长水还忍着，忙说，那就晚饭后找个时间。他说，晚饭后也不行。这一下，邵长水可真熬不住了，一改和顺的口气说道，劳支队长，不能这样吧？您是我老师，老前辈。咱们虽然没怎么共过事，您现在又脱了警服，但再怎么说，咱们也是头顶同一个国徽，在同一条战线、同一条战壕里战斗过的生死战友……我已经跟您亮明了，我不是为个人的私事来走您这个后门的……我要跟您说的，不仅跟我个人没一点关系，而且还真不能在电话里跟您絮叨，必须当着面才能说，否则就……邵长水如此这般地理了一番，老人才口软了，在犹豫了一下之后，应道，这样吧，晚饭前，五点半到六点半之间，给你一个小时。行了吧？

我操，谁欠谁呢？"给你一个小时"？！

但，你还能把他怎么样了？谁让他是"劳爷"呢！邵长水忍了忍。就这样吧。

就这样，他还迟到了。劳爷推开这个咖啡吧玻璃门的时候，邵长水看了一下手表，准确时间是五点四十二分。整整迟到了十二分钟。十二分钟呐。假如拖延这十二分钟的不是这老家伙，而是邵长水过去手下刑侦大队里的某位侦查员，他一准能把这小子的皮扒掉三层！十二分钟？怎么能允许一个侦查员在行动中延误十二分钟？别说是十二分钟，有时候延误几分钟、几秒钟，都可能造成嫌犯的脱逃，重要证据和痕迹的失落，造成百姓或兄弟们不必要的伤亡,给整个破案工作造成无法挽回的损失。但眼前迟到的是这位"劳爷"。你说我能把他咋样?

"对不起,让你等了一整天。"

老人总算表示了一下歉意,然后坐下,端起咖啡杯,小小地抿了一口。他身材不高,或者说准确一点儿,有点矮小。宽脑门,尖下巴,厚嘴唇。眼神闪烁不定。好像很紧张地忙碌了一整天,直到此刻依然"惊魂未定"。一个明显的证据是,他那双保养得比较细致平放在小藤桌面上的双手,不由自主地在那儿轻微地战栗着。

离给定的一小时时间,只剩四十八分钟了。怎么谈?邵长水默默地打量了老人一眼,心里暗自盘算着:此时此刻,自己既不能显露出焦躁,但又不能不着急。抓不住这转瞬即逝的机会,到明天,老家伙还能给我时间吗?这时,老人匆匆又喝了一口那黑咖啡,便放下杯子,站了起来,对邵长水说:"走。跟我走。"邵长水一愣。走?上哪儿去啊!还没正式开谈哩,就走?!邵长水不明白老家伙又在跟他玩啥花招。再说,这两杯价值近两百元的咖啡还没怎么"消费"哩,就白白放弃了?邵长水正迟疑着,那边老家伙却已经扔出两张百元大票,让服务生结账,一边揣起落座后就摆放在小藤桌子上的高档手机、高级烟盒和名牌打火机,向邵长水示意了一下,便照直向门外走去了。

邵长水犹豫了几秒钟才跟了过去。等他走到门外,老人已经上了他自己开来的一辆轿车。那是一辆崭新的奥迪 A6。油光锃亮的黑色外壳儿,像非洲猎人的皮肤和时常茹毛饮血的矛尖一样,在丛林的暮色中,配合主人洁白的牙齿一起暗自闪烁。邵长水忙启动自己那辆差不多也有七八成新的"牛头巡洋舰",紧随其后,默默驶出了城圈。先是往东,后来又往北,再穿过一大片白桦林,驶进一个新开发的别墅区。

前边说过,陶里根这边境小城,这些年靠发展边贸剧富起来,同时也吸引了不少有实力或没什么实力的投资商和投机商。城区骤然扩大好几倍。整个城镇建设完全脱胎换骨,旧貌变新颜。过去只有县政府门前那条"大街"上有几家勉强能称得上"商店"的门市部。现在一二十条大小十字街,纵横交错,商家比肩而立,霓虹灯交相辉映。休闲中心洗浴房洗头房洗脚房练歌房等,则在表面的沉静中,争夺着另一种"辉煌"。郊外(所谓"郊外",离市中心也不过两三千米),则建起不少商品房住宅区。而最"经典"的作品,便是邵长水此刻驶入的这个"别墅区"。这里大多是独幢别墅,每家可免费享有三百平方米私家花园。也有一些联排的,则在第三层上带一个棕红色阁楼尖顶。那是模仿英国古典乡村别墅风格。大片带坡度有起有伏的草地和大棵凌空而起的热带棕榈树,则完全由人工铺排栽培而成。在每个关键的分岔道口,都立有木制的箭头式路牌,分别指向不同的分区。但从小区内的人气来看,可以判断出,开发商当初对这个边境小城的发展前景估计得未免有些过于乐观了一些,别墅的售出和入住率都不算高。车越是往里走,黑灯瞎火的窗洞门洞便越多。由于久远没能销售出去而空置的小楼,墙皮剥落、小园荒芜的场景接踵而至。出了别墅区后门,是一片非人工的柞树林。这时暮色已然深降,两辆车沿着柞树林里的小道稍稍往深处再走了一小会儿,便隐隐可以分辨出暗处有一道红砖砌的高头围墙突现在林中小道的左前方。等车子开到这道高头围墙跟前,再逼近了一看,邵长水才发现围墙中间还镶嵌着一扇巨大的黑铁门。早有两个头戴猩红色贝雷帽、身穿标准保安制服的小伙子上前迎接。"A6"闪了闪大灯,便顺顺当当地通过了。邵长水随即也闪了闪大灯,却被拦下了。小伙子索要特别通行牌照,却被在前边不远处停下的劳爷一声喝住。小伙子们忙乖乖地退到黑暗里。大铁门在两辆车进入后,随即又悄没声息地关上。偌大个院子中间耸立着一幢高大平正,带坡形屋顶的三层楼楼房。邵长水跟着劳爷刚走进这大院时,还以为这儿是小区的"会所",也就是通常给业主们提供娱乐健身餐饮的休闲场所。但稍稍再往里走了几步,感觉又变了。他认定这是那种民营大企业家们所建的那种"精英会所",或者说"私人会所"也可。也就是这些亿万或千万富翁们为建立、发展、巩固各种商业关系和政治关系,建来专门用作接待或招待各方内部贵客宾朋的场所。说白了,就是请他们来吃喝玩乐消遣。这种特殊场所,往往桑拿保龄卡拉OK舞厅电子游艺,包括餐饮住宿,一应俱全。还包括轮盘赌老虎机和麻将牌桌等等。举办活动时,还一定会从外头请一些"高价"女孩来陪伴,或许还能请来些在校的女大学生、知名度或大或小的女演员女歌星,这就看老板方方面面的实力和手段如何,看他出手是否大方,大方到何种程度了。但看来这儿好像近一段时间以来都没举办什么活动似的,高大的枝形吊灯和宽大的台球桌、加长三角钢琴和半圆形的吧台,都或围上了,或盖上了防尘土的白布。四壁的大小窗户也全都紧闭着,一切笼罩在一片幽闭和沉寂的气氛中。楼里没有别人,只有三两个不算年轻的女服务员留守在几个关键岗位上。那神情好像在等候什么,又好像百无聊赖地没在等候什么。

……但突然地就不知怎么出现了一位同样算不上年轻,却长得非常端正饱满的女领班做引领,带着他们徐徐上楼,一路在前边默默地开灯开门,最后把他俩领进一个音乐茶座似的小厅里,沏上茶,调整好背景音乐的强度,便弯下腰,悄悄附在劳爷耳旁,用极低的声音问了句什么,一边还拿眼角的余光,迅速地向邵长水这边扫视了一下。邵长水马上脸热心跳起来。他猜到,这个女领班在按通常惯例,向劳爷请示,您带来的这位客人,一会儿还需要什么别的"服务"不。所谓的"别的服务",就是指要不要找些女孩来作陪。劳爷立即摇了摇头,并用力挥了挥手把她打发了。后来邵长水才知道,这个"精英会所",正是劳爷就职的那家公司老板,也就是这片别墅区的开发商,赫赫有名的盛唐集团公司老总饶上都,出巨资开设的。按饶总的规定,所有这些非对外营业的部门和人员都归公司保卫部经理管辖。所以,劳爷也可以说是这个"会所"和这些男女服务员们的总头头儿。那女领班很乖巧地离开时,又按惯例,把刚才一路开启的那些壁灯,一一关掉,把通过的每一个门洞逐一关上,在自己身后只留下主客们所需要的那种幽暗和宁静。就像以往那样,这些光临此地的贵宾将在这异样的幽暗和宁静中,尽情地享受某种免费向他们提供的喧嚣和放松。她当然不会知道,今天这两位却完全不一样,他们除了这幽暗和宁静以外,所需要的就仍然只有这幽暗和宁静了。

　　……

　　劳爷落座后,张开嘴狠狠地倒吸了一大口气——他的确患有轻度的肺气肿,然后再次习惯性地掏出他那些小零碎,手机烟盒打火机什么的,一一陈放在面前的玻璃茶几上。邵长水注意到,他吸的烟是软盒中华。(这一点倒没什么特别稀罕的。因为他调到省厅后,发现省厅处以上干部平时吸的都是软盒中华。有一部分吸"三五"。要是单纯论工资收入,省厅的这些中层干部平日里应该是吸不起"中华"和"三五"烟的。)打火机是美国大众化的名牌"ZIPPO"。这些年,它流传到中国,以它的皮实耐用和特殊的历史经历,成为部分人喜好的收藏品。邵长水还是在破获一起金融诈骗大案时,在主犯手里第一次见到过它;后来又多次在一些年轻的老烟民手里见过它;再往后,就不再觉得它有多么稀罕了。倒是后来劳爷又掏出一根烟嘴,让邵长水觉得很有点不一般。那是一支用黑色水晶特制的玩意儿。短短的,亮亮的。一头箍着镀金的嘴口,做得十分精致,又很简约流畅。盛放在一个同样精妙的特制麂皮小口袋里。小口袋上用金线绣着个英文大写字母"L"。显然是别人专门定制来送给劳爷的礼物。再仔细看他那身着装,黑棕色磨砂皮敞袖口夹克,里头穿的是驼色的鸡心领牦牛绒衫和小蓝白格的全棉衬衣。下身穿一条深藏青直筒纯毛哔叽裤,样式稍嫌老式了一点儿,但再往下看,他那双皮鞋却又绝对地"新潮":钝圆的大笨头,加上厚厚的生胶底,裸露在鞋帮和鞋底交界处那一道道粗犷的线脚,让人怀疑它的主人今天出门仓促,慌忙中穿错了儿子的鞋,而且还是个不满二十岁的小儿子的鞋。从李敏分嘴里,邵长水已经得知，老家伙向来活得精细和讲究，辞职下海后，手头较为宽裕，就更讲究，更精细了。但无论如何也想象不到，他竟然能穿得这么时尚。劳爷会生活，业余时间好玩，打猎滑雪溜冰台球麻将扑克保龄，修理钟表家用电器，相面测字打卦看手相，无一不精通，还以此闻名圈里圈外。这样的人，在普遍以生活粗放，秉性粗犷，但又外粗内细，外冷内热，表面木讷内心躁动而著称的刑警队伍中，着实罕见。前边我们说过，他结过四次婚，这在刑警队伍中也实属稀有。你看他都不留在刑警队伍中特别流行的那种小平头，而是那种书生气较重的分头。头发稍显花白，但依然浓密。他身上唯一让人觉得有一点儿错位，跟周身的扮饰不太协调的东西，是他戴着的那块手表。居然还是一块老式的天津产的机械手表。表把和表壳上的镀铬层都已脱落得斑斑驳驳的了，表面的衬底也已经发黄，表带显然早已不是原配的。无论它是多么的过时和老旧，这么些年来，同事们和战友们中间，却从来不会有人嘲笑这块表的"露怯"和"寒碜"。因为大伙都知道这块表是他那位结发妻子当年留给他的定情物，也是他认定了任何时候都不能放弃的少数几样身外之物中最重要的一件东西。他那位结发妻子也是一位警察。妻子的父亲也是一位警察，而且是他俩在省公安干警培训班（省警校的前身）学习时的"教官"。妻子后来调到省安全厅工作，那年被派到国外执行任务，在一次莫名其妙的严重"车祸"中牺牲了。"车祸"严重到那种程度，连个全尸都没找见。只象征性地领回来一点儿不知真假的骨灰和出差时带去的衣物。后来他不敢再找女警察。妻子去世的头几年里，他只要一走近穿警服的女子，总能在恍惚中好像又听到妻子的脚步声和咳喘声。后来的两任妻子都不是当警察的，他又总和她们合不来。勉强一起生活个一两年两三年，到头来，总还是免不了要分手。造成分手的导火线总是这么一个问题：他不愿再和她们生孩子。（不是不跟她们过夫妻生活，而是千方百计地不让她们或不许她们再怀上他的孩子。这让她们感觉自己受到了极大的轻蔑和侮辱。）第四任妻子比他小整整十岁，是个中学老师，能干、爽朗，大大咧咧，又非常会体贴人，这些方面都挺像他那位结发妻子。当然最让劳爷松心的是，她从来不跟他提"怀孕""生孩子"的事，好像她自个儿就挺不想要孩子似的。她天天在学校里给孩子们讲"男女平等""男生要懂得尊重和爱护女生"，在自己家里，却天天"心甘情愿"地忍受着这位劳警官极端的"大男子主义"和极典型的"大丈夫主义"。一直到她三十七岁那年，发生了这么一回事。平日，肯定都是她先到家。那天，劳爷都回家很长时间了，她才姗姗蹭进家门。劳爷挺不高兴，倒不是说一定得她先回来伺候晚饭什么的。你可以晚回来，学校里也总会有些意外的事要处理，但你打个电话通报一下总还是可以的吧？不吭不哈，晚回来好几个小时。劳爷打电话到学校去找人，校方说她下午三点多钟就请假走了。"去哪儿，不知道。你干吗呢？下午三点多钟，到这会儿都快九点了，六个小时，你干吗了？……"劳爷憋了一肚子火，嘁嘁嘁，像发射连珠炮似的，一通宣泄。对方也不吱声，脸色苍白地坐在门口那个小凳上，换了鞋，等劳爷把第一通火发完，勉力站起，歉然地笑笑说，我这就做饭去。但摇摇晃晃走到厨房门口，腿一软，却扑通一下，跪倒在厨房的水泥地上。劳爷忙上前去扶，这才发现，她双手冰凉，额角布满细碎的汗珠，身上发散着一股医院里特有的那种消毒水的气味儿，浑身上下抖个不停。他忙把她抱上床，紧着追问，出什么事了。她只是不说。他返回外屋，去翻她的手包，从那一摞医院出具的账单和化验、手术单据上，他才得知她是去做引产手术了。这之前，她已经怀孕五个月了。而像她这样的"高龄孕妇"，怀孕五个月，再去引产，本身风险就大。况且又没有丈夫陪同，术后又自己一人挣扎着回家，看样子，是想"瞒天过海"，明天还要去上班，简直是在玩命。劳爷记得几个月前，有一回过夫妻生活时，他有点性急，就没采取措施，事后，他挺担心，老问，怎么样，没事吧？她总蔫蔫地说，谁知道呢，等等看吧。当月，还来了例假。他松了一大口气。后来，他又稀里马虎地凑合过两回，以为也不会有事，却偏偏种上了。得知自己怀上后，她激动万分，但也一直在暗自忐忑。她知道自己应该把怀上孩子的消息告诉他，但她又不敢。她知道，他一旦得知，一定会让自己打胎。她不愿意打掉这个胎儿，她希望留下自己的血脉，她想做一回"母亲"，她渴望有人叫她一声"妈妈"，她愿意为此付出一切代价。她甚至想过，哪怕日后劳爷知道了要跟她离婚，她也要留下这孩子。时间流逝，胎儿在她腹中一天天长大，她的决心却一天天减弱。权衡来权衡去，她还是没法拿"离婚"做代价来为自己争取一个做"母亲"的权利。是的，这个世界上，男人千千万，但像劳爷那样，虽然有时候对人挺有点"蛮不讲理"的，但在他身上毕竟始终保持着一种生活的朝气和对事业的追求精神。这样的男人，说实话，也并不好找。结婚这么些年，劳爷很少跟她谈自己的工作。只要一有案子，人就往往没个人样了，经常几十天不回家，即便回来，也是倒头就睡，一睁眼就吃，然后换换衣服，又赶紧走人。案子要上了线索，还好说一些，就怕上不来线索，整个人更像是走了魂儿似的，即便待在家里，也是傻不楞怔地呆着，看谁谁不顺眼，说啥啥来气儿。现在从上到下都提倡"经济效益""物质利益"，但这些刑警，一年破一个案，跟破一百个案，在个人"经济效益""物质利益"上几乎没有任何差别。（这两年开始发一点儿破案奖，但总量也是微不足道的。）在这种情况下，这些傻哥们儿干吗还要非死磕着去破那些案呢？作为一个教育工作者，她知道这就是"灵魂"在起作用，这就是"精神"在起作用。她看重这些还能让"灵魂"和"精神"在自己身上起作用的男人。看他破不了案时的悲苦和死也不甘心的模样，她真心疼，真感动，真发奋。她向学校大门走去，站在几十个纯洁的孩子们面前时，她真感到自豪。她愿意伺候这样的男人。你说，一个人，跟另一个人，在一张床上，一个屋顶下过一辈子，图啥？图啥到最后都会发腻。只有图那点心疼，那点感动，那点自豪和那点能让自己不断跟着一起发奋的东西，才会永远勃发新鲜。这道理许多人都不懂。但她却坚持着，一直到昨天，胎儿已经有五个月大了。她知道再不去引产，就晚了，必须下决心了，或者拼一个离婚，保住胎儿，或者就……她最后下了决心，决心独自一人向医院走去……

她一边平静地流着泪，一边苦笑着向劳爷讲述了这一切。劳爷被深深打动了，被深深震撼了。在这样的女人面前，他终于看到了自己的"自私"和"偏执"。等她说完，他没吱声，继续默默地坐了一会儿，上街去买了一只乌鸡，两斤红枣，三斤桂圆，四个猪蹄，五瓶蜂皇浆，六盒黑芝麻糊……每回端着炖好的鸡汤送到床前时，妻子总是慌不迭地折起身，要说一声："谢谢。"听到她一次又一次由衷地"感谢"，他感到心酸。一种说不清、道不明的心酸。睡到半夜，他总是听到她在偷偷地抽泣。他知道她依然还在为自己"早逝"的孩子伤心。可是每当他伸手过去，安抚她搂过她时，她会立即止住了那抽泣，一动也不动地躺着，仿佛什么事也没发生过似的。他在家里待了三天。第三天晚上，他对她说："明天我得去支队看看了。"她忙说："没事的，你早就该正常上班了。"他说："有件事我想跟你商量一下。"她挺紧张地抬起头打量他，迟疑地问："啥事么，整得那么严重？"他沉吟了一会儿，说："好好补养身子，等你把身子补得差不多了，咱们就把那件事办了。"妻子心里一怔，咯愣地问："办……办啥事？"他说："咱们要个孩子吧。"猛然间，妻子没听明白，又问："要……要啥孩子？"他说："要个咱俩的孩子。"妻子像是被什么巨物击中了似的，瞪大了眼问："咱……咱俩的？咱俩的孩子？"他的脸微微一红，低声答道："是啊。你不是挺想要个自己的孩子吗？咱俩就要一个吧。你还不到四十，还能赶一趟末班车。"妻子一听，完全愣住了，脸色先是大红，而后青白，泪水一下泉涌般滚出眼眶，咬紧牙关，止不住地战栗和抽泣起来。先是小声抽泣，不一会儿便倒在床上，绝望般地大声号啕起来。妻子最后告诉他，没指望了，这次做引产手术时，为了一了百了，为了今后永远不再给他添烦恼，她已经让大夫把她两侧的输卵管全结扎起来，彻底地绝育了。

3
瞒天过海

不知是因为劳爷这家伙特别爱好喝黑咖啡，还是这个"精英会所"原先就有这么一个待客项目，他俩在二楼幽暗的茶座式小厅里坐了没多大一会儿，那位女领班又给他俩每人送了一杯黑咖啡过来。黑咖啡喝着虽苦，但闻着，的的确确挺香。而莫名出处的背景音乐在深棕色的方木柱和大棵的桶栽凤尾竹之间悉心游巡。其间不时出现的钢琴独奏段落，让人跳出这幢空空荡荡、略嫌清寂的会所大屋，去体会一种清新和悠远，仿佛那半亩阴暗的山涧池塘中忽然游出两三尾金色的鲤鱼，又忽然间飘洒过一阵青豆般的雨点。

落座后，劳爷好长一段时间都低垂着脑袋，不开口。其实，昨天下午，或更早一点儿的时间，内部有人已经从省城打电话来告诉他，省厅这一两天里可能会派一个叫邵长水的人来找他"说事儿"。应该说，他对邵长水的到来是有一定思想准备的。也应该说，接到邵长水到达后打给他的第一个电话时，他所做的那种显得过于生分的反应，其实是一种故意的做作。他觉得对待"说客"，不管他是谁，一般情况下，一开始都不能表现得过于热情。而今天临近中午时分，也是这个"内线"又打电话来告诉他，最高人民法院决定暂缓对祝磊执行死刑判决。正是这个电话，使他改变了中午原定和邵长水"共进午餐"的约定。这个消息当然会给劳爷相当的震撼。也让他感到高兴，感到宽慰。首先，这说明相当高的一级组织已经意识到祝磊这案子并非是孤立的命案。暂时不处决这个开枪杀人的副市长,绝对有助于进一步搞清案子背后的谜团。而这个决定,同样也有助于劳爷完成自己的那个"使命"。当初他的确从某人那里领受了这样一个"任务",要查一查代省长顾立源在陶里根任职期间的问题,查一查祝磊的犯案跟这位顾代省长到底有何种关系。即便不可能"彻底查清",也要查出个基本情况来,给人以这样一个回话:顾在陶里根任职期间到底有没有问题。顾和祝磊的出事到底有没有关系。从这个角度来说,最高院的这个最新决定是有助于他完成任务的。他应该为此感到高兴和宽慰,但这时他却高兴不起来。在陶里根的这数月,他内心发生了一种让他自己也感到"可怕"的变化。他说不清这到底是一种什么变化。唯一清楚的是,自己在变。唯一清楚的是,一直以来以为这一把年纪和阅历的自己,不会再改变什么了,但事实上,却还在变,而且还发生了相当重大的变化。现在,"老辣"而"狡黠"的他,从最高院的这个最新决定中,品味出的反倒是一股"火药"气息。也就是说,最高院的这个最新决定,有可能使他,也有可能使那个"副市长"祝磊面临一个更加危险复杂的局势。他知道有人希望尽快处决这个祝磊,这样就可以一笔抹去许多尚未得到揭露的内幕。

　　拿到死刑判决后,祝磊一直声称绝不上诉,诚心诚意接受党和人民对自己最严厉的惩罚;从此以后便再不开口说话,一直沉默了六天,一直盘腿坐在市局看守所的死刑犯囚室里,一动不动。几天时间,头发便全花白了。到第七天,他开始躁动,打战,开始坐不住了。他常常仰头呆望囚室上方那个小小的铁窗。他会突然回过头来征询般看着那几个被派来监督守候他的"难友"。(犯罪分子被判死刑后,看守所方面都会派一些表现较好的轻刑犯进驻同一监室,去执行"监护"任务。除了监督,从思想上帮着做些疏导工作外,也确有从人道的角度出发,在生活上给予恰当的帮助的意思。因为被判死刑后,一直到被执行前为止,人犯都得戴着手铐和脚镣，生活上确会感到有所不便。）深夜他会突然大汗淋漓地惊起，嘴里嘟嘟囔囔地不知在念叨些什么。他急剧地消瘦，不肯吃东西。有一天，他躺了一整天。不吃，不喝，不动。一直闭着眼睛，流着虚汗，喘着粗气。把那几个监护他的"难友"吓得够呛，也担心得够呛。一直到傍晚时分，仍不见有啥缓转，他们不得不向管教报告。当管教带着狱医和两名"队长"赶来时，他却已经坐了起来，突然间变得无比地镇静和平和，头脑也变得很清醒。他说，第一，他决定要上诉了。第二，他需要一些纸和笔，要写一份重要的材料。材料写得很长，也写得很快，显然是早就"烂熟于心"。写完后，密封好了，他说他一定要亲自当面交给省委书记本人。看守所方面告诉他，这是不可能的事，你要认清自己的身份，你已经不是当年那个"副市长"了，你现在要严格遵守监规。你可以写任何你想写的交代、揭发材料，但任何材料必须经看守所方面转交。"如果谁想见谁就见谁，这还叫看守所吗？这点道理，还用我多说？这一段时间以来，你对我们的工作，一直都配合得挺好的，表现得挺有风度，挺有水准。这一回，咋的了？""我知道我现在是死刑犯，不能提这样的要求……""那不就得了？把材料给我们。你还信不过我们？""我这材料里涉及党内重大机密。""你不是已经密封了吗？""对不起。我必须当面交给省委书记本人。""我说你这人啊，你不想想，你当副市长那会儿，一张嘴就能见到省委书记本人吗？不能吧？那时候都不能，这会儿怎么就能了呢？摔了这么大个跟头，怎么还没明白点事理儿？得了得了，快把材料交出来吧。别添乱了。"但不管看守所领导怎么劝说，这位前"副市长"都不肯把材料让他们转交。看守所的人其实也没太把这档子事当一回事。有的领导还认为："嗨，啥材料，啥重大机密嘛。还不是为了多活几天，编出来的借口呗。这手法，小儿科，早先好些个死刑犯都跟我们耍过！"更多的人则是嘲笑这位"副市长"死到临头还"书生气"十足，"他想见省委书记？真是做梦娶媳妇，尽在想好事。我还想见总书记哩。见得着吗？嘁！"事情暂时就这么搁下了。但这件事不知怎么搞的，明里暗里地给透出去了。几天后，两个中年男人，带着省政府办公厅的介绍信，由检察院的一个同志陪同，到看守所里来提审这个"副市长"，让他交出这份"涉及党内重大机密"的材料。"副市长"那天却一改往常的态度，矢口否认写过这样的材料。这两个中年男人带人上监室搜了个底儿朝天，也一无所获，甚至还把"副市长"带到一个空屋子里，悄悄地对他动用了一点儿刑讯手段，想逼迫他说出材料所在，结果仍一无所获。

这份"涉及党内重大机密"的材料就这样突然地失踪了，在众多看守人员和监护人员的眼皮底下，失踪了。消失得无影无踪。它去哪了？有人甚至怀疑他到底写过这样一份材料没有……

但根据同监室那几个"轻刑犯"的"揭发"，他的确写过一份很长很长的材料。负责这几个监号的管教也亲眼见到过那个装着这材料的厚厚的牛皮纸信袋。那，这材料哪去了？"死刑犯"在最后被执行前，或被改判前，是不可能见到任何外人的。他的活动天地也就在监室这小小十几平方米的方寸之内。况且二十四小时都有人跟他生活在一起。即便这些监视者有打盹疏忽的时候，监室内还安有监视摄像头，二十四小时监视着他的一举一动。可以说是众目睽睽。众目睽睽之下，这材料怎么可能就此不见了？即便烟消云散，那也总得留下一点儿烟迹和云踪啊。但是，偏偏踪迹全无，完全彻底地蒸发了。这也太让人匪夷所思了。

一天多后，同室的轻刑犯在帮"副市长"擦澡时，发现他两臂内侧临近腋窝处，出现两个乌黑的淤血块，好像是有人用金属般坚硬的东西，在此处用力夹击过。不管是男人还是女人，老人还是小孩，此处的肌肤最娇嫩，神经元也比较集中。他们悄悄地惊问他，这是谁整的，下手这么狠？！他却只是笑笑，摇摇头说，没事，没事，是我自己一不留神磕的。

如果材料不见了，人再被处决了，对于某些人来说，可能天下因此也就"太平"了。现在人将被推迟处决，一切遗留问题都将重新摆到相关人士面前。命运之火将重新煎熬某些人。为了保存自己，他们绝不会放过一切在这关键时刻蓄意要跟他们作对的人的。其中当然也会包括他，劳东林。

他知道自己这段时间来在陶里根所干的一切，最终是瞒不过这些人的。他们最终是要跟他"摊牌算账"的。到底会在什么时候跟他摊牌、采取什么方式摊牌，他现在当然还不清楚。但是，最高院方面的最新决定必将促使这人加快跟他摊牌的步伐。这一点，他是充分估计到了的。

怎么办？

这时刻，他需要一点儿时间，冷静下来考虑一下。

一定要冷静。千万要冷静。

……风轻轻掠过会所后头那片柞树林，这使得傍晚时分的这座精英会所显得越发寂静。邵长水面前的这杯黑咖啡只象征性地喝了一两口，而劳爷跟前的那一杯，却已经续过两回了。续过两回，他俩还一句话都没说哩。邵长水没开口，是自从进了这大屋子以后，他立刻觉出劳爷除了疲惫，还显得有些神不守舍，有些心烦意乱。在没有搞清劳爷如此烦躁的原因前，他不想贸然开口，怕按错了哪个"按钮"，一下惹爆了这个颇有些个性的老家伙，反而把事搞砸了。前不久，曾发生过这么一档子事，当时省厅办公室的新任主任，带手下两个工作人员，也上陶里根来找过劳爷。当时，那位主任是奉命来向劳爷索要一批文字资料的。"老家伙"干几十年刑警，有一个难得的长处：天天记日记。记"破案日记"。坚持二十多年，这些文字的价值就不得了了！无论从它的文献价值，还是对当前刑侦工作的实际指导意义上来看，都可以说是极其珍贵的，无法替代的。正因为如此，省公安厅和省刑侦总队的领导一直在动员说服"老人家"能把这些"日记"交出来。他们也一再向"老人家"保证，日记里但凡涉及他个人生活隐私的，组织上一定加以妥善处理，或删，或改，怎么删，怎么改，都由他自己决定；甚至还答应付给他一笔相应的"资料费"或"教材费"做补偿。需要的话，还可以从政治部宣传处调一名"笔杆子"来帮他做文字方面的整理工作，等时机成熟，再由组织出面，上外头找一家可靠的出版社，帮他正式出版这本"日记"。（当然不以日记的形式和名义出。至于到底以什么名义和形式出版，到那时候再说。）按说，这么做，于公于私，都是件双赢的好事。但出乎所有人的意料，在这件事情上，"老家伙"却一直跟领导虚与委蛇地对付着、周旋着，既不说自己真有这么个"日记"，也不说没有；既不说把它提供出来，也不说不提供。那天，那位办公室主任等一行三人，长途驱车数百公里，从省里赶到陶里根，把老人约到江边一家高档饭店的高档包间里，冷拼热炒，划拉了一大桌；临了，又专门上了一道"鲍鱼拌饭"。点这道名菜时，主任真犹豫过。最好的鲍鱼拌饭，一例就得五百多。一般的也得三百多，当然也有一百多的。由于这一回是厅领导亲自交办的差使，别说点一例鲍鱼拌饭，就是点个三例五例，回去肯定也都能报了。总的原则是不能怠慢了这"老家伙"，得把"日记"搞到手。这一点，这位新近提起来的办公室主任，虽然年轻，但还是明白的。但是，这段时间以来，厅里的办公经费和办案经费相当紧。同志们外出办案，都得自己掏腰包先行垫付差旅费。医药费也只给报一部分。这些窘况，作为办公室主任的他，自然是清楚的；想到这里，他一咬牙，给"老人"点了一例五百多的，给自己和两位随行人员各只要了一碗价值十五六元的乌鱼蛋酸辣汤。没承想，这一下可把老人惹翻了。他心想：朋友之间吃饭，就图个顺气合意痛快。你这是在干啥呢？！手头紧，咱们都喝酸辣汤也没啥。多年来，跟弟兄们一块儿破案追逃，蹲坑守候，一个发面饼一壶凉白开一坨干嚼面，嘎吱嘎吱，咕嘟咕嘟，夏天经受着比桑拿房还蒸人的闷热，再合着那一窝窝比大拇指盖儿小不了多少的蚊子，冬天经受着比刀子还锋利的西北风的"凌迟"……啥样的罪没一起受过？不都生扛过来了！今天你让我瞧着你们稀里哗啦喝那啥也不是的酸辣汤，我要咽得下这名贵的鲍鱼拌饭，我劳某人不成了啥了？！你这不是明摆着在埋汰人，不想让我好好吃这顿饭嘛！"埋单！"老人马上板起脸，推开刚端上来的那例用两根鲜亮翠绿的油麦菜围衬着的"鲍鱼拌饭",收拾起撂在桌面上的高档手机和名牌烟盒打火机,一甩手,居然就起身照直往外走了。走过账台跟前,"啪"地拍出一张银行卡,还把这顿饭的账给结了,真是一点儿面子也没给那位年轻的办公室主任留,整得他相当难堪,相当憋气,回去还没法跟领导交代。邵长水今天当然再不能这么干了。但不开口又怎么能摸清他这颗"炮弹"里的"装药情况"呢?真叫人左右为难。其实,劳爷心烦意乱是因为他正焦急地等着几个"朋友"的回话。刚才得知最高院方面的那个决定后,他觉得这时最重要的是得保证祝磊的人身安全。有人既然能堂而皇之地进入监所去搜抄那份材料,当然也有可能派人去加害他。所以,放下电话后,劳爷立即又打了一圈电话,去探问情况。比如,有关方面对祝磊已经采取了什么保全措施、还应该采取哪些更保全的措施。更重要的是,怎么把他的一些设想传递给有权采取这些措施的那些"朋友"和"战友"。这种"传递",还得做得比较巧妙,不能伤了这些"朋友"和"战友"的"自尊",也不能让他们感到太为难了。

再说,他也完全明白邵长水这时想跟他说些什么。他这时根本没那个可能跟邵长水去讨论什么"公安纪律"问题。他已经为了回避这个重大的纪律问题,脱去了他不想脱的警服,离开了这个从心底里来说完全不愿意离开的队伍。他已经付出了如此重大的代价,现在,还要扯啥扯呢?这难道不也是"生不留青史名,死不溅千古血,生死两由之,天地自苍茫"么?!

不一会儿,放在茶几上的手机便激烈地震颤起来。劳爷赶紧抓起它,匆匆对邵长水说了声"对不起",就走到一旁去接电话了。两分钟后,他回到座位上,对邵长水说了句:"今天谈不成了。咱俩改天再找个时间聊吧。"一边收拾他那漂亮的烟嘴打火机和烟盒,一边就要走人。

"劳支队长,能容我说一句话吗?"邵长水站着没动。他觉得,如果今天果真连一句话都没说上，就让他这么走了，不仅显得自己太窝囊，也显得太不公平。

劳爷拿着那些零碎玩意儿，稍稍滞顿了一下，匆忙应道："说，你说。"

"我绝对没那个意思要来干涉您的行动。您是老前辈，一生坎坷，功勋卓著……"邵长水恳切地说道。

"嗨，别扯淡。到底要跟我说啥？"劳爷很干脆地打断了邵长水的话头，催促道。

"有您那样的经历，又有您这样的智慧，我当然相信，您干啥事，都有一定的道理……"

"……"劳爷眯起眼，定定地看着邵长水，等待他往下说。显然，邵长水的从容，也让他从一时间的急躁之中平复了下来。

"我说的都是真心话。但是，也请恕我直言，我只想请您考虑一个问题，您把那么些还没脱制服的老同志都拽进这档子事情里，您，为他们考虑了退路问题吗？也替咱厅里几位领导考虑了影响问题吗？"

"谁拽谁哦，小伙子……"劳爷那尖细的眉梢敏感地耸动起来，嘴边很快掠过一丝自嘲般的苦笑，然后很快看了下手表说道，"没时间跟你扯这个了。但我想，咱俩一定得好好谈一次。小伙子，看来，你不仅不了解情况，而且还有许多糊涂观念要澄清。你这么看问题，是不行的。多少年来，我就是这么糊里糊涂地走过来的。不少人还这么糊涂着哩。可总还以为自己活得特聪明，挺自在哩。这样吧，你把手机开着，等我来约你。我们一定得好好谈一次，无论如何也得谈一次。"临走前，他又交代那位女领班，为邵长水准备一顿精致的晚餐。屏风后头一张紫酱红色的硬木八仙桌，由一盏落地的宫灯幽幽地照亮着。不多会儿，菜肴都盛在一套五寸青花缠枝献寿餐具里，由那位女领班亲自送来。全都是很清淡爽口那一类的，比如百合西芹、芙蓉鱼片、清炖粟子乳鸽等等，就他自己一人在灯下寂寂地享用。给他的感觉，仿佛不是他在那儿吃东西，而是这一整幢完全蔫不出声的大屋子，在默默地细细地嚼着他。吃罢晚饭，女领班在递上热毛巾的同时，还随意地问了一声，要不要给他开个房间休息一下。她此问，肯定没别的含意，但邵长水却慌忙地谢绝了。他谢绝，除了"防患于未然"，这一刻也确实觉得自己不仅不需要什么休息，反倒想四处去走一走。几分钟后，他便沿着来时的那条路，把车慢慢开出了这个近似无人居住的别墅区。

出了别墅区，再回过头来鉴识方位，就能很清楚地感觉出，这座"精英会所"（或称之为"私人会所"也可）跟那个咖啡吧一样，都坐落在那条著名的滨江大道上。不过，一个在大道的西头，一个在大道的东头而已。而那个咖啡吧离那条被当作国境线使用的大蒙江，直线距离只有百十来米。它身后还长着几十棵几十米高、水桶般粗的加拿大黑叶杨，层层簇拥在一起，颇为壮观。大蒙江宽阔，绵长。冰封了一个冬天的它，这时正嘎嘎巴巴地开着江。对岸就是异国那广袤而神奇的土地。漫坡倾斜的河滩地里正弥漫着初春的泥泞，空气中流淌着一股挡不住的清新。耸立在江边码头上那些棕黑色的仓库已经非常陈旧了。偶尔驰过的老式公交车，孤单地行走在新添置的异形路灯和霓虹广告下，使这儿的寂静和空旷加进了一种深邃和寒冷……前边已经说过，陶里根这边境小城，二十年来，尤其是近十年，几乎是每天每周每月都在发生让人瞠目结舌的变化。滨江大道，街心花园，四星级的国际友谊饭店，边贸一条街，各式各样的交易中心，旅行社，洗浴中心洗头房洗脚房练歌房餐厅宾馆……几十年前的旧街道，一条也找不到了。甚至连几十年前的老房子一间都找不见了。只在土地规划局马路对面保留了一幢老楼。楼不高，两层而已，铸花的铁栅栏和黑漆的大铁门，土洋结合，中俄风格皆备，据说是这小城历史上唯一一个老字号酒厂老板留下的私产。据说当年这家酒厂酿制的高度烈性酒，曾受到界河对岸那些男人们的特别青睐。界河对岸那个城市，二十年来市容可说是基本没什么变化。新盖一个歌剧院，五年了，灰秃秃的水泥墙还被脚手架包围着哩，跟一条被馋猫舔过的死鱼似的，只剩个骨架，嶙嶙岣岣地耸立在寒风里。相比之下，陶里根真可谓是"突飞猛进"了。而这一切变化都是那位代省长顾立源在这儿担任市委书记和市长时发生的。那个阶段，他三十多岁到四十多岁，雷厉风行，排除一切阻力，用了一切手段，撤换了几十个不听话，或工作不得力的下属，留下了一摊儿的确不容任何人忽视的"业绩"。他就是土生土长在这条界河边的。这儿的人，秋冬季节，习惯把外衣披在肩上。他也喜欢披着外衣。他个儿高，嗓门又大，人们常见他披一件黑呢大衣，拧着眉头，随便往那儿一站，特有一种气势，不出声也自生三分威。他在陶里根那会儿，上下都不称他"市长"和"书记"，只称他"老板"。而在他身边工作的那些助手，当面直呼他"老大"，背后也只加个姓，称"顾老大"，或者称"咱老大"。他上哪儿去，都是一辆英国的陆虎越野，后面再跟一两辆黑壳大奥迪。坐车，他习惯坐副驾驶座，即便坐奥迪，也喜欢坐在前边。别人告诉他，副驾驶座坐不得，一是危险：但凡出车祸，最容易受伤的就是坐在这位置上的人。再者，这是秘书警卫的座位，跟您首长的身份不相称。他拧起眉头，挥挥手说，啥秘书不秘书的？你瞧不起秘书？我跟你这么说吧，乡长，说穿了就是区长的秘书。区长，就是县长的秘书。县长，就是行署专员的秘书。将来有一天，我万一要能上省里干个啥，你们别以为就有多么了不得，那也是在给中央领导当秘书，当跑腿的，你以为咱们是啥呢?！传说中，他是一个特别会办事的人，而且还是一个特别热心替人办事的人。方方面面的关系都处理得不错。事实上确也如此。所以，在他身上居然能发生这样的"怪事"：他当区长时，一些副县长县委副书记或一些委办局的主要头头儿会倒过来"求"他为他们到县长县委书记跟前去说合某些大事。而他当县长的时候，地委和行署的一些领导经常派他去省里为地区跑一些项目，跑一些额度外的资金。因为他跟一些省领导的关系的确比他们还要近。他这人还有一点好，不仅为领导办事热心，手下的人求他办事，他也一样热心。他还特别器重那种有能力会干事的人。当然也得有个前提，那就是你得能为他所用。当年，那位祝副市长研究生毕业，为照顾家庭困难，无奈回到陶里根来当了个中学教员。那时候，陶里根还只是个县级市。那年月，别说研究生，就是大学本科生、专科生，只要能去了中等以上的城市上学，绝少还愿意回县里来谋生的。听说有这么一个研究生回来了，他第二天就去看望了他。要知道他当时的身份无非也就是个机关小办事员，并没有什么特殊之处。但他还是尽自己所能，为祝磊解决这困难那问题的。两个人成了最好的朋友。后来他被提起来当了县领导，迅速把祝磊提起来，坐到了学校副校长、校长的领导岗位上；后来，也是通过他的举荐，祝磊才得以到省财经学院工作，重返省会城市这个人生大舞台，才一步步走上了省会城市市政府领导这么个重要岗位。

这样的两个人之间，到底会产生什么矛盾？以这位代省长的脾气个性和阅历，怎么会去"陷害"一个一直被自己器重、亲手提拔起来，而且无论从行政级别还是行政职务上说，一直比自己都要低许多的人？

邵长水真是想不明白。

邵长水把车停在离咖啡吧不远的界河边上，打量着这小城的夜景，看着在黝黑的江面上来回穿梭的气垫船上发出的灯光，听着从咖啡吧里传来的低微的美国乡村音乐，一边等着劳爷的来电，一边在心里这么翻腾着。

不知道过了多长时间，手机突然响了。邵长水赶紧拿起来接听，是劳爷打来的。好像是出了什么事。只听得劳爷从牙缝里咝咝地出气，短促而低粗地呻吟着，让他马上去见他。邵长水忙问："怎么了，您在哪儿呢？"劳爷说："你上医院来吧，赶紧。"邵长水忙问："干吗去医院？您怎么了？"劳爷不耐烦地打断他的问话说道："你就赶紧吧。我出车祸了。我在地区人民医院急诊室哩。"邵长水忙问："没什么要紧的吧？我这就去。"劳爷哼哼了两下说道:"暂时还没死哩。以后,就难说了。你快来吧……"

邵长水忙赶到急诊室,眼前的景况居然比他能想象到的要严重得多。出现在他眼前的劳爷,整个儿跟一个血人儿似的,已经打上吊针,输上氧气了。脸色青白得厉害。左腿肯定是撞断了,好像在离开车祸现场时,就被去抢救的医护人员用夹板绷带固定住了。那洁白的绷带也早已让渗漏出来的鲜血染透。但,主要的伤恐怕还不在那条腿上,而是在额头和胸部。由于胸腔内部什么地方已然破裂,这时,劳爷每一口急促的喘息,都会从他嘴角处迸出一丝丝带血的泡沫。即便在这时刻,他的一只手还紧捂着他那个黑色的真皮小手包,好像怕谁夺走它似的。让邵长水吃惊的是,到了这一刻,生性固执和要强的他还在跟那个主治大夫较着劲。主治大夫要立即把他送到手术室去做急救手术。他却固执地、十分吃力地反复说着:"……转院……你给我转院……我不在你这儿动手术……"主治大夫好像跟劳爷挺熟。(边境小城就那么点儿大,人与人之间,特别是有一定声望和地位的人,很容易熟识起来。)他很严正地告诉劳爷:"劳经理,情况很危险。时间也有限……如果不马上进行手术,我就不能为你保证什么了。"但劳爷还是坚持要转院,看到邵长水走进急诊室,他立即示意主治大夫,他要跟邵长水单独说一会儿话。

"劳经理,您真的是不想要命了?"主治大夫说罢,额头上渗出些冷汗珠子,但仍然无可奈何地走了出去。

这时,劳爷已虚弱到极点。(邵长水完全想不到,一个多小时前,还是那么自信强硬的一条汉子,仅仅间隔了这么短的一段时间,已经连话都快说不动了。)等急诊室的门在那位主治大夫身后关上以后,他闭上眼,让自己稍稍喘息了一下,才吃力地抬起一只手,示意邵长水挨近一些,听他说话。等邵长水弯下腰,贴近了他的时候,他说出的一句话,着实让邵长水吃了一大惊。他说:"救……救救我……救救我……"

邵长水一愣。不听大夫的处置,却要他来救他。什么意思?"还是听大夫的话，赶紧去做手术吧。"他着急地劝道。

"不能在这儿做手术……明……明白吗？不……不能……"他想用力抓住邵长水的手，详细解释一下这个医院和这几位大夫的"背景情况"，但这时他已经完全没有那个力气了。但还是可以清楚地看出，他的这个恳求是那么的急切，无奈。这一瞬间，他眼眶里甚至迸出了泪水。很绝望，很焦虑的一种泪水，而后用力抓过邵长水的手，抓起那根带血的绷带，在邵长水的手心里，歪歪扭扭地写了两个血字："谋杀"。

"是……是……是谋杀……谋杀，不……不是正……正常的车祸……明……明白吗？"他低声地喘息道。他含着眼泪，试图向邵长水说明真相，但已经没有力气再往下说了，只能又干干地咂咂嘴唇，再一次喘息着合上了眼睛。本想休息一会儿，攒点力气，再跟邵长水做一点儿什么交代的，这时听到诊室门外响起一阵杂乱的脚步，透过门扇上那两块窄长的磨砂玻璃，可以影影绰绰地看到，又来了好几个人，聚集在急诊室的门外，好像马上就要闯进来似的。

劳爷感觉到了外头的这个阵势，浑身止不住地战栗起来，拼尽最后一点儿力气，再度示意邵长水靠近他，用罕见的毅力，从自己那个手包里掏出两样东西，塞进邵长水随身带着的那个手包，并示意邵长水赶快把手包的拉链拉起来。这时，他已经没有任何力气再做任何动作了。那个带血的手包，也"啪嗒"一声，从他指缝间滑落了下来。邵长水刚要弯腰去捡，诊室的门被推开了。大夫、院长和闻讯赶来的盛唐集团公司老总饶上都、市交通管理局事故处理科的几位同志……一大群人一起拥了进来。邵长水潜意识地警觉到，自己这时不能去碰劳爷的这个手包，不能在劳爷的手包上留下一点儿自己的指纹。为什么自己不能碰这个手包，为什么不能在它上面留下自己的指纹。碰了它，留了指纹，又会怎么样……所有这些问题，这时他还都说不清。只是多年的刑警生活和刑侦经验"融合""转化"成本能里的某种东西，在提醒他，警告他："别碰它，别在它身上留下你的任何痕迹。"他服从了这种发自本能的警告,一个激灵,一哆嗦,立即缩回了已经快要触碰到那手包的手,直起腰,向闯进门来的那一帮子人转过了身去。

已经毫无自主力的劳爷很快被推进了手术室。那个带血的手包也被那一帮人中的一位捡拾起来,带走了。劳爷被推离这个诊室时,脸色灰白,神情却显得非常平静,似乎像是昏迷过去了,眼睛再也没睁开过。但邵长水却感觉到,劳爷此刻是清醒着的。他的眼皮在轻微地战栗,他左手的两个手指也在不住地抖动着。可以看得出,他是想努力睁开眼,张开嘴,想最后再跟邵长水说一点儿什么的。只是,他没有力气再睁开眼了,没有力气再说任何话了。

一个多小时后,已经摘去手术手套和口罩的主刀大夫,很平静地走出手术室,对等候在门外的那些人说,很抱歉,因为伤势太重,送来得又太晚,劳经理没能抢救过来。"真没想到,他的生命力和生存欲望还那么强,血压、心跳和脑电波完全消失后,他的呼吸还一直坚持了好几分钟。真是奇迹,完全是个奇迹。"

4
一场春雨,是绵绵细雨

离开医院后,邵长水马上回到那个小宾馆,匆匆办了退房手续,本想马上离开这个边境小城,当晚就赶回省城去。但是,车出了城,飞一般地跑了十来公里,却怎么也没法再往前走了。他浑身燥热,呼吸短促,手脚酸软,脑子里一片空白,根本看不清路况,也注意不到那些呼啸而过的大货车的状况。在通过一段破碎的路面时,他几乎没加任何处理,整个车被一个大坑颠飞了起来,脑袋猛地撞到车顶上,胸部也被方向盘重重地那么磕挤了一下。眼看失控后的车子斜刺着直向路边的水泥护栏冲去,他这时突然清醒过来,惊慌中,本能地去点了两脚刹车,又往回打了半把方向。车几乎擦着那水泥护栏,又往前滑行了那么几十米,才慢慢停住了。

脑袋嗡嗡地胀疼,胸口也隐隐闷疼。不知何时,车外淅淅沥沥下开了小雨。听着小雨均匀地打在挡风玻璃和车顶上的窸窣声,过了好大一会儿,浑身一直紧绷着的他,才慢慢松弛下来。借着大灯的强光,他仔细观察了一下前后左右的情况。发现路的左前方不远处有个出口,出口外连着一条并不太宽的砂石路。黑暗中看不清这条砂石路到底通向何处,但砂石路两旁各栽种着一排高大的杨树,在黑夜里,这些拥有粗大树身和巨大树冠的老树,把这条路掩蔽得很严密。他这时正需要一个比较清静而又确保自己不受干扰的地方,停了车,让自己认认真真地把前前后后发生的事情好好评估一下。于是松了手刹,挂上一挡,慢慢把车趸进那砂石路口,又往里走了二三十米，这才完全停了车，灭了灯，熄了火，松开安全带扣，长吐出一口气，往座椅上一靠，忍着头部的胀疼，对自己面临的局势，细细检点起来。

首先他确定，自己在事发后，立即慌急慌忙地离开这小城，是非常不明智的。假如，劳爷确像他自己说的那样，是被"谋杀"的，那么"凶手"一定早就盯上了劳爷，因此一定也掌握了他邵长水的动态。甚至还可以做这样的推断，"凶手"决定今天对劳爷下手，很可能跟他俩今天的这个见面不无关系。（跟最高人民法院的那个最新决定也有某种内在的关系？）"凶手"，或"凶手"背后的人，不希望劳爷把他近几个月来调查了解所得，交到邵长水手里，所以抢在他俩细谈前，下此"毒手""灭口"。如果这个判断成立，事发后不久，他突然"失踪"，离开了这个小城，只能被这帮人认为，他已经从劳爷嘴里得到了什么情况，他们就会或明或暗地追踪过来，纠缠他，控制他，甚至在必要时，也未尝不会对他下什么"毒手"，以图"灭口"。为此，现在他必须以一个平常人的平常姿态，出现在他们面前，以便能让他们错以为，他从劳爷那儿没有得到任何东西。

假如不是谋杀呢？那自己更没必要这样"匆匆逃离"此地了。他更有那样的义务，留下来帮着把劳爷的后事料理好。

总之，不管是谋杀，还是不是谋杀，保持平静，暂时留下，是唯一恰当的做法。留下，看一看，也许还能看出一些名堂来呢？

慌个啥嘛！

想到这里，他倒吸了一口凉气，稳住自己的情绪，掏出手机，给小宾馆前台打了个电话，说明自己就是刚才退房的客人，并亮明了自己省公安厅刑警的身份，是来此地办案的；并问，在我退房这段时间里，有人来打听过我吗？听到前台服务员回答说没有，他稍稍松了口气，立即又关照道，因为工作需要，他得马上回来，还要住原来的那个房间，并请他们在电脑里删去刚才退房的记录。

赶回那个小宾馆，他怕已经有人在监视这地方了，便没像先前似的，大大方方地从正前方进入小宾馆大门口的停车位,而是绕到后门,把车停到后院一个背静的角落里。他也没直接到前台去取房门钥匙,也没坐电梯上楼,而是走安全通道,爬楼上了自己住的那一层;到房间门口,才打电话让前台服务员把房门钥匙送到他手上。接过钥匙前,他掏出带有金属警徽牌牌儿的刑警证,让那个前台服务员看过,然后把他请到自己的房间里,告诉他,不管有谁来打听,都不能跟他们说,他刚才退过房。"这是破案的需要。千万别跟我二五眼了。啊?"他再次强调了一遍。那服务员忙点点头,问:"假如有人来找你,让见不让见?"他说:"除了别透露我退过房,别的,该干吗还干吗。真有人来找我,你们得问明白来人的姓名和单位,先往我房间里打个电话通报一下。"

送走服务员,他锁上房门,拉上窗帘,关掉大灯,只开一盏台灯,戴上手套,既迫不及待,又小心翼翼地从手包里掏出劳爷塞进去的两件东西。一件是一个袖珍的小记事本儿,另一件是一把形状颇有点怪异的钥匙。这两件东西上,现在都沾着劳爷的血。袖珍的小记事本做得十分精致,仿羊皮的封面上,烙着凹凸不平的几个俄文字母"HEPKA",页边都镀着金粉。扉页上还印着一条活蹦乱跳的鱼。(后来邵长水打听到,这种鱼是出产于俄国中部著名的勒拿河里的虹鳟鱼,而"HEPKA"这几个字在俄文里,也就是"虹鳟鱼"的意思。)打开记事本,大部分的页面都是空白的。只有一头一尾,各有几页是写了字的。头上的几页,写的全是英文字母。邵长水懂一点儿英语,根据他掌握的那一点儿英语单词和英语拼写知识,他断定,这些英文字母完全是无序罗列在一起的。或者可以说是借用英文字母,劳爷自创设计的一种"密码语言"(?)。记事本的最后几页上,倒是让人看得挺明白,那里抄写了一份五笔字型的字根表。看来,下海后,劳爷为了让自己适应新岗位的需要,学习在电脑上使用五笔输入法进行文字录入。五笔输入法,有它的优点,但它的难度恰恰就在初学时,必须熟记大量的字根符号。许多年轻人都怕学这"五笔"。相对于一个五六十岁的老人,就更不是件简单的事了。

看来，他学得也不轻松，把这些字根认真抄在记事本上，随身带着，以备随时查用，方便记忆。"唉，这个赶时髦的老头儿……"邵长水轻轻地感叹道。而那把钥匙，方头，扁平，窄长，缺口部分全是一些大小不等的正方形。它指定不是常见的老式门上那种撞锁的钥匙，也不会是时兴的防盗门上的那种多棱形的钥匙。它会不会是劳爷自己在这小城里居住的那个单元房的门钥匙呢？他是个敏感多疑，而戒备心又挺重的人，他有可能把自己房门上的锁换成某种新式的锁。但邵长水又想，假如是他房门上的钥匙，那应该是一把经常使用的钥匙，按常规，它应该和别的那些经常使用的钥匙串在一起，应该是一大串。"车祸"是突发的。他不可能事先就想好了要出事，事先就把这把钥匙从钥匙串上取下来，准备着交给邵长水。当时劳爷从手包里取出这把钥匙时，既没有那个可能，也确实不是从钥匙串上取下它的。这一点邵长水记得非常清楚，劳爷是一下就掏出它来的。也就是说，它在劳爷的手包里，一直是单独存放着的。或者说，由于它的特殊性，在车祸之前，劳爷就把它单独取下来，放在手包里了。那么它的特殊性在哪里呢？它有可能是一把开启什么锁的钥匙呢？劳爷在预感自己生命之源将不续时，居然把它和那几页"乱七八糟"的英文字母一起，当作"十万火急""万分重要"的东西，留给那时那刻他认为唯一值得信赖的邵长水。他想干什么？他想告诉他什么？他想让他去找什么？保存什么？躲开什么？……

这一连串的谜底究竟是什么？

他为什么认为自己的死是"谋杀"？

邵长水仔细端详着那把钥匙。钥匙尾部的方孔上系着一块真皮做的钥匙坠，这是块椭圆形的皮子，皮子的边缘整齐地轧出一圈锯齿形的花纹，整块皮子跟一只压扁了的鸡蛋差不多大小，皮子的糙面上隐约可见用圆珠笔写着几个英文字母："GWTYOAG"。同样是一个莫名其妙的字母组合。邵长水努力把它们分拆开来解释。假如只是"GW"，那是制导武器"Guided Weapon"的缩写。后头的"TY"则是英语中"总

043

产量"（Total Yield）的缩写。如果再加上后面的几个字母，又没意义了。难道说，这把钥匙能开启某种制导武器的总产量的秘密？这种解释不仅牵强附会，而且有点荒诞无稽。再分拆开来看，前头三个大写字母"G、W、T"再加一个字母"W"，则是那本著名的通俗小说《飘》或《乱世佳人》的原著名《随风飘去》（《G one With the Wind》）的英文缩写。但这里在"G、W、T"之后，并没有什么"W"，再加上后头的那五个"T、Y、O、A、G"字母，却同样读不出任何意义来。

那么这七个字母排列在一起，到底说明什么？

解释这七个字母都这么费劲，那好几页的无序英文字母组合就更不知怎么去破解了。

这老小子在跟人玩啥呢？

正在踌躇为难时，房间里的电话突然响了起来。边境小城夜雨的寂静中，那老式拨号电话机的铃声听起来特别惊心动魄，头皮都会为之一乍一麻。邵长水本能地跳起，忙拿手包把桌上那两件东西遮盖起来，这才折身去接电话。电话是前台服务员打来的。他告诉他，刚才有人打电话来询问，一个叫邵长水的旅客，是否退房走了？

"你怎么跟他说的？"邵长水忙问。

"就按您吩咐的说的。我说，我帮你上电脑里查一下。然后，故意耽搁了一小会儿，再回他话，说您没退房。我没说错吧？"

"你没问打电话的这人，他是谁？"

"问了……"

"他怎么回答的？"

"那家伙贼凶，恶狠狠地拽了我一句说，你管那么多闲事干啥？说完，'啪'地一下，就把电话撂了。"

"哦……谢谢你了……"

放下电话，邵长水倒有些紧张起来。如果说，在这之前，他还不能那么太有把握地肯定,那场导致劳爷死亡的车祸,就是"谋杀",那么,现在他几乎可以百分之百地认定,这是一场谋杀。

如果不是"谋杀",不会有人特地打电话来追问他的去向的。无论是在省城,还是在这边境小城,除了李敏分等极少数的几个人外,没人知道他邵长水来这儿找劳爷说事儿,更不会有人知道他住在这个小宾馆里,甚至连李敏分都还不知道他住在这儿。在这小城里,他只跟劳爷一个人说过他这住处。他们打电话到这儿来查询他的下落和去向,只说明他们的确在严密监视劳爷的一举一动,通过这个监视,同时也掌握了他邵长水的住处。就是这帮一直在严密监视劳爷的家伙,制造了这起"车祸"。劳爷预感到了这一点,也直觉到了这一点。

这时,邵长水意识到,自己决定返回,的确是个"英明"决策。他马上回到医院,又去劳爷就职的那个盛唐公司,以一个正常人的姿态出现在众人面前,询问这起"交通事故"的处理情况,询问劳爷遗体处理情况,然后又给李敏分打电话通报了这些情况。他告诉盛唐公司方面的人,省厅刑侦总队近期要举办一个侦查员培训班,他是来约请劳爷去讲课的。可惜啊,居然出了这样的事……

第二天,劳爷的妻子、女儿赶到这边境小城陶里根。省厅也派人来参与料理劳爷后事。邵长水便在连绵不断的细雨蒙蒙之中,悄悄地撤离了陶里根……

回到省城,同样的雨居然还在下着。一场细雨范围下得这么大,时间下得这么长,在这高纬度的北中国,还真不多见。在一般人看来,这应该是一场好雨。高纬度地区城市里的冬天,总是很脏。无数个取暖用的煤炉,伸出无数根锈迹斑斑的铁皮烟囱管,它们产出的粉尘和渣屑,会把雪都染黑。人们总是等待春雨来洗刷大地,还他们一个洁净的世界。但在邵长水看来,眼前这场雨,恰似他此时此刻的心情一样,阴暗和湿冷。"救我……救救我……"他无论如何也挡不住劳爷这个哀告声在自己耳边反复响起,也无法阻止眼前一再出现劳爷要求转院治疗的情景。一再出现劳爷被推进手术室去的那一刻,脸上出现的那种完全绝望、完全恐惧、完全无奈的神情。他不明白,究竟是一个什么样的特定情景,特定力量,会把一个如此干练老到的人逼成这样?邵长水觉得,一个人只有在被没顶而来的巨大旋涡吞没的那一瞬间,才会出现这种完全绝望、完全恐惧和完全无助无奈的神情。他确信,如果仅仅是肌体上的挫伤,即便是十分严重的挫伤,也不可能让劳爷这样的人产生这样一种"绝望"和"恐惧"。从警这么多年,劳某人肯定不是头一回受伤,更不是头一回遭遇车祸。虽然他妻子说他伤病时特爱哼哼,那也是在家里,在他妻子跟前。即便那样,也肯定不会无聊到"无助"和"恐惧"的地步,更不可能因此而发出"绝望"的哀鸣,说出"救救我"之类哀求的话。劳爷为人历来自信。但这一回却完全丢失了自信。他不愿死去。但这一刻,他却清清楚楚地挣扎在死的不可抗拒之中……为此,他后悔自己所做的那一切了吗?邵长水从他努力想睁开的眼皮上,从他哆嗦的嘴唇上,从他抽动的眉尖上,从他不甘心松开、却又不得不松开的双手上,感觉到,有一种叫"后悔"的阴影已经逐渐地蒙蔽住了他的全身……

到底是怎样一种力量,居然能使劳爷这样一个人的心态最终发生如此巨大的"畸变"?它深深震撼了邵长水,这是一种平生从未感受过的"震撼"。说起来,都有点像一个孩子突然瞧见自己最崇敬的父亲被人戴上手铐,押上囚车那一瞬间所受到的震撼一样……

……

回省城的这一路上,邵长水把车开得十分小心。李敏分在电话里再三提醒他:"千万千万要给我注意安全。实在不行,你就把车撂在市局院子里,甭管它了,坐飞机回来。陶里根每天都有一个航班直飞省城,现在不是旅游旺季,机票还是好买的,折扣也打得挺厉害。你千万别给我省这钱!"

但,邵长水还是没坐飞机。不是舍不得那点机票钱,是不舍得把那辆七八成新的丰田越野留在市局院子里,请市局的同志暂为保管。他太知道基层县局市局那帮年轻小子的"德行"了。你要把一辆高档进口车交给他们保管,就等于委托一群"饿狼"保管一块"带血的新鲜五花肉",还能有个好?但"安全"的确是要注意的。来的时候,这一路,邵长水走了八九个小时。这回去,他整整走了十四五个小时。不只是遵照李敏分的"叮嘱",放慢了行车速度,更重要的是他压根儿就没走原先的国道和高速。尤其是高速,通常情况下,每天几乎都会出几起车祸,撞几辆车,死个把人。如果有人存心要在高速上害你,出了事,还真让人整不明白真相。于是,在某些路段上,邵长水不仅不走高速和国道,甚至都不敢走省道,索性甩开大道,一头攒进广阔的原野之中走乡村小道,让你压根儿就摸不着他的行踪,找不见他的去向。

傍黑时,你瞧着他拐进路边"姐妹花"小饭馆,点了大盘的"杀猪菜""手撕肉",要了当地用纯高粱蒸的六十二度白酒,边吃,还边跟那对二十啷当岁的"姐妹花"开着不咸不淡的玩笑,似乎当晚铁定是要在小饭馆后院那用水泥预制板搭起来的"住宿部"住下了,或者还有可能跟那对"姐妹花"成就一番"好事"。但到明天早晨你再看,他早走了。肉吃了不少,酒基本没喝。等天黑透,餐厅旁的"卡拉OK厅"亮起红红绿绿的串儿灯,破旧的低音炮里不断传出让人忘乎一切的轰鸣声时,他悄悄上路了。摸黑慢慢开出一两里地,才开亮车灯,加大油门,一直到离省城还有一百来公里时,他才突然拐上高速,以一百四五十码的车速,飞一般直扑省城,直扑李敏分家。

敲开李敏分家小院的门,一夜没睡的李敏分,焦急万分地问:"怎么走那么长时间?怎么把手机也关了?你要急死人呢?!"邵长水啥也不说,只是揉着酸涩疼痛的腰胯,一屁股坐倒在那只深棕色的磨砂皮小沙发里,眼睛里布满了血丝,指着暖瓶和水杯,嘶哑着嗓门,说了一句:"先给我倒杯水,行不行?"

5
再一次惊愕似乎就不是来自意外了

汇报整个持续了不到一个小时。出乎邵长水意料的是，来听取他汇报的，除了李敏分，居然还有刑侦总队的总队长赵五六，政治部的副主任袁家良，还有厅办公室的现任主任董铁。（就是这位年轻的董主任，上一回带人去陶里根向劳爷索取"破案日记"，碰了个软钉子回来。）当然，这些领导都是冲着"劳爷之死"来的。在这将近一个小时的时间里，邵长水尽量控制住自己的感情，让自己的汇报尽可能地保持一种必要的客观和冷静。但仍然不知怎么搞的，平时轻易不动感情的他，居然哽咽了好几回……特别是说到劳爷临终前的那一幕情景，说到他拉着他的手，恳求他"救救他"的时候，邵长水几乎都有些说不下去了。但领导们的反应却也是出乎他意料的平静（他完全能理解他们这时的"平静"）。他们好像在事前已经从谁那儿领受了什么指示，统一过各自的态度和想法，不管邵长水在汇报中怎么强调事发当时是如何的紧急，整个事件可能隐藏着一个怎样严重的背景，又怎样形象地描述劳爷的绝望和无奈，这几位领导只是听，只是问，绝口不做任何分析性的议论，也不发表任何表态性的言论。

也许受到领导们这种高度自控力的感染，一开始相当激愤的邵长水，后来也渐渐趋向了平静。

"当地交管部门最后是明确做出了结论，这事故确实是由无任何加害意图的意外车祸造成的?"赵总队长最后问了这么一个问题。他在听取汇报的全过程中一直没出过声。

"是的。"邵长水平静地答道。

"实际上,你还没来得及跟劳爷细谈,他就出事了。是吧?"董主任要澄清的是这么一个疑问。

"是的。"邵长水仍很平静地答道。

"情况嘛,大致就这样了。辛苦你这一趟,够累的。好好休息一下。"袁副主任最后则由衷地向邵长水表示了组织的关怀。

邵长水本想趁机催问一下自己工作安排的问题,转念一想,这时候谈自己的事,似乎有些不合时宜,话到嘴边,又咽了下去。然后,袁主任又特地关照邵长水,回到机关,轻易不要跟人谈论劳爷的事。当前,不少人都对这档子事"特别感兴趣",但不同的人是"怀着不同的目的"来关注这档子事的。因此,在上边对这档子事没有做出最后结论和处置前,要特别谨慎,以免干扰了上边的相关部署。邵长水立即表示自己一定不会去随便乱说。待领导们走后,他又在李敏分那儿稍稍坐了会儿,喝了会儿闷茶,随即,也告辞起身了。

走出那个被高大白杨树包围着的院落,雨已经不下了。发动了车以后,邵长水却又在驾驶座上呆坐许久。他觉得自己浑身不得劲儿,一时间却又搞不清楚到底是哪儿不得劲儿。一种莫名的遗憾,一种同样莫名的失落,一种由这遗憾和失落造成的歉疚,突然涌上已然疲惫不堪的心头。从警这么多年,他领受过无数次任务,出过无数次外差,但从没有一次像这一回这样让自己感到如此的失落和遗憾。

"难道我做错了什么?"为人精细而稳重、因此有时还显得多少有一点儿优柔寡断的他,一遍又一遍地这样追问自己。

是的,从陶里根回来的一路上,他心里一直很乱,一直在"隐疼"着,人也烦躁得不行。要知道,他从小生活贫寒,绝不是在象牙塔中被呵护大的。从警的这十来年，他更是经历过不少惊心动魄的大案要案，比如一家数口惨遭灭门，十五六个花季少女在短短一年多的时间里相继被同一个连环杀手奸杀抛尸荒野，还有人抢劫银行后在逃跑时残忍杀害负伤了的同伙，而那个同伙正是他的同胞亲弟弟……可以这么说，这一二十年来，他曾看到过人性中最丑陋最凶残的一面。这些都曾经给他带来过极大的震撼，但是，相比之下，却都没有那天劳爷在他手掌心中写下"谋杀"二字，让他感受到的震撼和冲击大。过去给他震撼的那些案犯，绝大部分都生活在底层，或者文化偏低，或者在人格上还存在着这样那样的严重缺陷；或者在心理、生理方面都存在着某种不健全……邵长水无论在自己的潜意识层面上，还是在显意识层面上，从来都没把这些人当作自己的"同类"。是的，他承认他们也是人，但在他看来，他们绝对是和自己完全不同的另一类"人"，这类人就叫"罪犯"。他们仿佛是"天生"的"异类"。他们存在的唯一目的就是要和社会作对，就是要和当警察的自己作对。追踪他们，抓捕他们，依法严惩他们，虽然很辛苦，有时也很危险，但他以此为自己的"天职"。忠实执行此天职，的确在他心中能引发一种别人难以体会得到的快感，甚至会产生一种欲罢不能的冲动。但在劳爷写下那"谋杀"二字的当时，他脑子却一下僵住了，空白了，心尖都麻木了，战栗了。然后听到劳爷"恳求"他"救他"。劳爷的这种"绝望"，让邵长水突然感到，这世界上其实有一种严重的人生威胁和挫折，是他还没遭受过的；还有一种人生经历，是他只听说过，却还没亲历过的；而有一种人生责任，他赞美过，却从来也没有认真去实验过、承担过；还有一种"敌手"，是作为"破案高手"的他从来也没有面对过的。这些"敌手"，人模狗样，在生活中"装"得比他还要像个"人"，活得比他要潇洒自如豁达得多。而另一些人，却活得那么沉重、艰难，也是他难以想象的……

有人说过，在我们的社会里，是不用去呼唤"苍天"的，因为在我们的社会里，正义总是能战胜邪恶的。邵长水从小就是这样被教育大的，在获取了这种基本信念以后,他再也没有动摇过。如果劳爷真的是被谋害的,而且是被蓄意谋害的,那么这又说明了什么?

一个功勋卓著的老刑警被人谋杀了。

这说明了什么?说明了什么?说明了什么?

……

一时间他找不到答案。或者说,在潜意识的层面上,他还不敢去面对这个答案。

心里很乱。

想到这里,他忽然禁不住深深地自责起来。在医院里,自己为什么没有尽一切努力满足劳爷的请求,帮他转院急救呢?也许在转院的路上,当时流血已经过多的劳爷仍避免不了一死,但那样,劳爷总是抱着一线生的期待离去的。这跟让他在绝望和恐惧中死去,就太不一样了。但当时,自己竟然完全呆住了。面对劳爷的哀恳,在自己的潜意识中,却总觉得如果要帮他转院也必须先"请示"上级……在潜意识中,自己甚至还产生过这样的顾虑,该不该过问这转院的事……有一个瞬间,自己甚至还隐约地觉得负伤后的劳爷提出这么个"要求",是不是显得有些"矫情",过于"偏执""多疑"……关键的几分钟时间,就这样被自己延宕和迟疑了过去,让一切都成了悔不该当初的往事。自己明明还不老嘛,心灵深处怎么会攒下那么多左顾右盼、优柔寡断的"潜意识"?邵长水,你从来也不是个呆木的傻子,但关键的那一刻,你却偏偏呆傻住了。如此宝贵的几分钟时间啊……

"谋杀"。

丰田越野终于慢慢驰出了大列巴巷。然后提速,加挡。再提速,再加挡。车速刚违规地提到七十码以上,猛地冲过闹市区的一个红绿灯路口时,他却猛踩了一下急刹车,让车在路当中停住了。骤然之间,他想起有一件非常重要的事应该办,自己却忘了办。什么事?一下子却又想不起来。但确实有一件这样的事被自己疏忽了。很重要的一件事。到底是一件什么事呢？怎么会想不起来了呢？仿佛在高考现场，卷子做到一半，突然一下子脑子空白，精神近似失控似的。心跳急剧加快，呼吸突发地变得粗短，脑门子上一下涌出一片热汗，眼前的一切都有点模糊起来……即便是这样，他仍然想不起来，到底是一件什么重要的事被自己疏忽了遗忘了。邵长水，今天你是怎么了？这时，他听到车外响起一片杂乱的喇叭鸣叫声，还看到有人瞪着眼在冲他吼叫，还看到一位交警异常愤怒地冲他跑来。他这时才一下清醒，自己违规停车，堵塞了交通，便赶紧向那位交警出示了自己的警官证和"中华人民共和国刑事警察"专用的金属徽章，赶快把车开到一边马路旁停住。

那位交警当然没有多找他的麻烦，但看到他的脸色，却以为他病了，不放心地守护了他一会儿，见他脸色不再那么黄白可怕了，又关照了几句，才姗姗走开。然后，他闭上眼，让自己的呼吸和心跳也慢慢恢复正常，又过了两三分钟，他才终于想了起来，刚才向领导汇报时，自己居然忘了把劳爷托付给他的那两件东西交给领导。如此敏感的物件，汇报当时不交，事后再去补交，领导会怎么想？领导会相信你真是因为一时疏忽，才"忘"了交的吗？这两件东西对澄清整个事件的真相可能会发挥关键性作用。你小子把如此重要的东西"扣"在自己手里，想干吗呢？哦，真他妈的是自找麻烦。

现在怎么办？

当然是赶紧去找领导说明情况，把东西交了啊。

但总得找个合适的理由啊。刚调到省直机关，正等着定岗定职哩，总不能就此给领导留下这么个"马大哈"和"浑不经事"的印象。怎么搞的嘛，好歹也是堂堂的一个一级警督，也可以说是"久经沙场，身经百战"的了，咋会这么犯浑了呢？

为此，他后悔不已地又在车里静静地坐了几分钟，逐渐捋清了这一天多来自己纷繁杂乱且又起伏不定的心绪,才觉出,造成这样的"疏忽",并非偶然。

首先,从潜意识的层面上来分析(妈的,又是这个"潜意识"),自己的确有一点儿不舍得"交出"这两件东西。虽然现在谁也说不清这个"关键性作用"到底是什么,但有一点是可以肯定的,如果它们不重要,不关键,劳爷绝对不会在生命的最后一刻,拼尽最后一点儿力气,把它们托付给"省厅来的同志"。而对于一个刑警,特别是像邵长水这样"身经百战"的老刑警来说,对重大案件的重大线索和物证,天生会有一种特殊的情感,特殊的兴趣。线索和物证简直就是他们事业生命的内核儿。

实事求是地说,邵长水从来没有想要私自留下这两件东西,也从没想过要背着组织去干些什么。没有。对组织和领导,他从来就有一种特殊的感情。可以说从祖父、父亲那儿,他就"遗传"了这样一种"知遇之恩"。那天,他被任命为当地县公安局的副局长,当时祖父还没过世,任命下达后的几天,祖父让父亲到县里来找他,让他回林场去说话。他那会儿特别忙,回不了林场,就让父亲带了点祖父特喜欢的狍子肉和高粱酒,请父亲转告祖父,他老人家想跟孙子说什么,孙子全明细。他孙子一定会忠于职守,努力去做一个"请党和人民放心"的公安局长。父亲却苦笑着对他说,你还是回林场一趟吧。你爷爷想让你干的事,你压根都不明细哩。跟你这么说吧,从你当上这县公安局长这一天起,你爷爷就没好好睡过一个安稳觉,一直替你担着这份大心着哩。他笑道,他担啥心哩。我不是说了吗,我一定会好好干,争取当一个全省、乃至全国最出色的公安局长。他爸还是苦笑着直摇头叹气,直说,你不懂你爷爷哩。后来,他爸跟他解释,他爷爷怎么也不能相信,上头怎么会把"公安局长"这么个好官差安到他孙子头上。"凭啥哩?"指定上头有一帮好人。他一定要当面去谢谢这帮好人,要报答这帮好人。他总觉得自己的孙子打小就特别愣,特别实诚,就不懂怎么去伺候人。"他就怕你想得不周全,干得也

053

不周全，指不定在哪件事上得罪了这帮好人。他说，好人也罢，坏人也罢，他这一辈子见多了，他们有一点是一样的，那就是都是得罪不起的。今天他们瞧得上你，发给你这张委任状。这委任状不就是一张纸吗？明天当他们发现你不是全心全意替他们干的时候，就把这张纸一收，你又啥也不是了。天堂地狱，云里雾里，无非就是这么一张纸的事。可有这张纸和没这张纸，在现如今可太不一样了。你头脑一定得明白，咱邵家这一大家子人今后过得咋样，全指着这帮人，指着这张纸哩。"爷爷的想法让邵长水哭笑不得：他老人家要亲自上县里来摆上几桌，请请这帮好人。邵长水说，几桌？几桌够吗？他爸说，那该请几桌就请几桌。爷爷说，这钱他掏。他原先替你攒了一部分盖房子的钱。现在看来这房子用不着他替你盖了，就把这笔钱花了，请请这帮子好人吧。邵长水急匆匆抢了一句说道，他有这钱，我还没这脸办这样的事哩！多丢人呐！这话可把他爸气坏了，结巴了半天也没说出一句话来，跺跺脚，转身就回林场去了。邵长水赶紧开上车去追。他爸说啥也不上车。后来还是县局办公室的两个小伙子开着另一辆车，把老爷子请上车，送回了林场。据说后来，他爷爷为这事还大病了一场，几乎有一年多的时间都拒绝再见他这个最心疼的孙子。是的，回过头去看，老人们的想法确有许多地方是"幼稚"的，"陈旧"的。但有两点却让邵长水感动万分。其一，他们一直真诚地在为儿孙们操心，而且是不计回报地在操着这心。这心恐怕是要一直操到他们离开这人世为止。真可谓"可怜天下骨肉情"。其二，老人家非常淳朴，或者说非常拙朴地道出了一个当今"天下第一真理"：他邵长水，或者说，他邵长水这一大家子人离开了"这一帮好人"，这一纸"委任"，可以说就一无所是，甚至可能会一无所有。他邵长水当然不可能那么愚蠢笨拙地公然在县上摆上十几二十桌"宴请"方方面面的领导（好人），以感谢他们对自己的培养和提携。但是，他必须要非常非常认真地处理好这方面的关系。要绝对忠诚，这是他确信无疑的"不二法门"。应该说，这些年来，他一直也是这么做的。只要领导有吩咐,他绝无二话,绝不讨价还价。加上他的聪明、踏实、肯干和坚毅,也源于他为人的正直,他的生活之路的确也相应地显现了一种顺畅和通达。

他不是看不到一些当领导的缺点和问题。他只是觉得这不是他该管的事。他只是觉得,对于每个人来说,最重要的是种好自己那"一亩三分地"。说实话,正因为他只注重自己眼前的那"一亩三分地",久而久之,造成他对"一亩三分地"以外的某些事和问题的"迟钝"和"麻木"。他也不是不明白自己在那些方面的"迟钝"和"麻木",但他乐意自己的这种"迟钝"和"麻木"。直觉告诉他,许多领导都喜欢自己身边的人和手下的人一方面都精于勤于"埋头拉车",另一方面,在计较领导们的优劣短长时,又都能表现得特别"迟钝"和"麻木"。他自觉不自觉地要求自己这样去做。久而久之,他甚至都有些反感那些老在他耳边说领导这不好那不好、又不好好干自己本职工作的人。尤其是在归他管辖的范围内,他绝不允许这种言行泛滥。当然,有一点还是要特别加以说清楚的,他这人还是允许部下给他提意见的,有时甚至还会主动地去向下属们征求意见。他只是不许他们在背后胡乱议论更高层的领导。他不希望他们没事找事,不希望他们捧着蜜糖罐去捅马蜂窝。

正因为这样,对于社会上早有流传的什么"代省长问题"和那个"副市长问题",在省公安系统内早有流传的什么"个别老同志背着组织在调查省领导问题"等说法,他不是一点都没耳闻过,但也只是当"谣传"听那么一耳朵而已,然后哈哈一笑,或默默地叹口气摇摇头,就过去了。对这些"谣传",他从没有真正上心过,也不可能让它们在自己心中扎根,更不会让它们影响自己日常的情绪和行为。所以,陶里根之行,给他的震撼就格外地大。劳爷临死前挣扎着在他手掌心上写下那"谋杀"二字,在他一向以来执着而又平稳的心态中几近于发生了一场地覆天倾的震动。震动之所以那么大,是因为这些在他看来绝对不可能发生在"我们"中间的事，居然就发生了，而且确确实实是发生在组织内部，发生在"我们"中间。

他开始问自己：如果劳爷确是因为秘密调查"代省长问题"而被杀，事件的主谋又可能是"我们"中间的什么人，那么能说那个"代省长"真的犹如"白璧无瑕"，不存在一点儿问题？

他再问：如果这位代省长确有问题可查，那么……那么……那么……那么还要问什么呢？

他觉得，假如真是那样的话，要追问的问题就太多了。最起码，应该有一群人被带上历史和政治的质询台接受质询。其中的某些人甚至还应被绑上历史的耻辱柱，接受公理和道义的审判。当然，在我们的实际生活中，即便那位"代省长"的问题被整明白了，他本人最后也受到了应有的惩罚，是不是就能说解决了全部所有那些该解决的问题了呢？但是……但是……但是什么呢？

是的，又"但是什么呢"？

他不愿意再细想下去。

想得太多，太深，又解决不了，到头来，只能是自己跟自己过不去。

但事情已然到了这一步，完全不想，他心里又难受，又不安。一种潜意识（又是"潜意识"）在告诉他，无论怎样都不能把劳爷托付的这两件东西轻易地交出去……

我们当然还不能说，他最后没有交出这两件东西，完全是这些潜意识起了作用。今天一大早，在李敏分家小院门外还发生了这样一件事，也促使邵长水在最后一刻，竟然会莫名其妙地"忘"了把那两件东西交给领导。

事情是这样的：当时，邵长水经过整整一夜的长途跋涉，刚回到大列巴巷，疲惫不堪地下了车，正要去按李敏分家门铃，突然听到有人在他身后轻轻地叫了一声："邵助理……"声音清脆，气息微细，似乎是个女人(女孩?)的声音。他一惊。说起"邵助理"这称呼,还有这么一段前因。前边交代过,邵长水奉命到刑侦总队报到后,总队的领导并没有按常规应做的那样,立即给他定岗定职,而且也不跟他说明其中的原因。(现在当然知道,这是领导故意安排的。他们就是要利用他这一段还没有"定岗定职"的空白身份,以便派他去陶里根做劳爷的工作。)空挂了那么七八天,他既不好意思找领导去催问,又不想闲逛,只得去光顾坐落在省公安厅大院附近街道上的一个区图书馆。他早就听说,这个区图书馆因为紧挨着省公安厅,离省中检、中法也不太远。为了充分利用这个独特的地缘条件,办出自己的馆藏特色,大概又因了"近朱者赤,近墨者黑"的缘故,它收集和收藏了在省内来说可谓最为丰富齐全的公安司法图书典籍。尤其让人感兴趣的是,它拥有一份最为全面的剪报资料,收集了从解放初到今天为止,有关省内所有公安司法活动的新闻报道资料。这份"剪报集"中当然也包括了这几十年省内破获的许多大要案的报道,提供了足够多的研究线索和资料。邵长水在省警校主讲刑事侦查学时,就有心对本省的刑事侦查史做一次系统的全面的梳理,苦于没有足够的时间,也没有足够的资料,这件事一直就搁浅在那儿。现在,时间突然间涌到了自己面前,资料也近在咫尺,"旧愿"和"积习"让他频频走进这个区图书馆的特色典藏室。一来二去的,就认识了这个"特色典藏室"的管理员曹楠。曹楠大概也就二十三四岁。小丫头据说身上可能有四分之一,或八分之一的俄罗斯血统,长得俊秀清雅,白皙的皮肤下,清晰地显露出一条条细细的浅蓝色血管。她生性沉默寡言,少年老成。不知道为什么,她总是称邵长水为"邵助理"。邵长水笑着问过她,你干吗要封我这么个官衔?她却很认真地反问,那你让我称呼你什么?总不能叫你名字吧。邵长水笑道,叫名字又有何不可?叫名字显得亲切嘛。她却一本正经地摇摇头回答,那不行。谁跟你亲切?你们这些男人别净想好事。你要觉得叫"邵助理"不妥,那我就叫你"邵公安"。但后来,她还是叫他"邵助理"。

整个省城,只有一个人称他"邵助理",就是这个曹楠。

难道是她?

声音像叫唤了一整夜的纺织娘,在黎明前终因困乏,变得微细而断续。一开始邵长水还不能确定这的确是有人在叫他。他甚至怀疑自己出现了瞬间的幻听。他忙用双手使劲胡噜了几下脸,又扶住潮湿的门框,定定神。有几秒钟时间周围很静,只有湿重的树叶在晨风中翻动,发出一阵阵呆滞的沙沙声。就在他打算再度伸手去触摸那门铃按钮时,那幽灵似的叫唤声又在他身后某个地方轻轻地响了起来。

"邵助理……"

这一回听分明了,的确是有人在叫他,而且那叫声也显得更加急切了一些。声音透过雨霁后在凌晨时分所形成的那一道道淡淡的雾霭,直逼他后脑勺而来。他忙回头去寻找。一个黑影很模糊地从灰蓝色的空间里飘过,并且在马路对面的几棵大树底下站住了。

"邵助理……"

第三声。这一回听真切了,叫声就是那黑影发出的,是个女孩儿。熟悉的,不太熟悉的?曹楠,不是曹楠?总之是个女孩儿。他镇静了一下自己,慢慢走了过去。

果然是曹楠,她穿着便服。大概在门外这潮湿的白杨林里等待了很长时间,冻得嘴唇都已经有点发紫了。紧紧裹住她双肩的那个羊毛大披巾似乎也已让晨露打湿,同样打湿了的黑发则粘贴在了她苍白的两颊和显得有点过于饱满的额角上。因为寒冷,因为紧张,她不住地在打着寒战。

"咋回子事?你待在这儿干吗呢?"邵长水惊愕地问。

"小点儿声……"曹楠惊慌地往树底下的阴暗处退了退,好像非常担心让人发现了她似的。邵长水却一直站在原地没动,只是瞪大了惊愕的眼睛,疑询似的看着她;同时压低了声音,又问了句:"咋回事嘛?"

"……"曹楠定定地看着他,只是喘着粗气,哆嗦着身子,不作声。

"瞧你冻得。走,跟我上李主任家里暖和暖和。"邵长水邀请道。他知道,这个曹楠跟省厅许多人都有来往,混得也挺熟,便发出了这样的邀请。

"不!"小丫头很坚定地说了个"不"字,然后略有一些张皇地看着邵长水,问,"劳……劳叔是死……死在您怀里的?"

"也可以这么说吧。"

"……"小丫头的眼圈立刻红润了起来,问道,"他临咽气前,跟您说了些什么?"

"你打听这干吗?这跟你有关系吗?"邵长水立马警觉起来,反问道。

"……"小丫头不说话了,但仍定定地看着邵长水,似乎并不甘心在邵长水那儿一无所获,但一时间又似有点不知怎么再问下去。

"还有啥事?有话赶紧说。啊?"邵长水催促道。他早就觉出,这丫头跟公安厅某些人的关系,可能不一般。今天似乎得到了印证。

"……"小丫头继续又犹豫了一会儿,才试探着问,"有句话,不知道该不该跟您说……"

"啥话?"

"……"她又看了看邵长水,似乎还在犹豫。邵长水则没再催她。他预感她会说出什么让他感到意外和吃惊的话来。他等着。

又等了一会儿,她终于开口了:"您一定觉得我今天的做派有点怪异。现在我没时间跟您解释,的确也没法让您相信我。但是……但是……现在我……我只能说……一会儿……一会儿,在跟李主任汇报的时候,请您一定要有所保留。"

"保留?为什么?你要我别跟李主任说真话?"

"您怎么理解都行。就是……就是希望您一定要有所保留……哪些该说,哪些不该说,哪些能说,哪些不能说,您自个儿心中一定得有数……"

"啥叫哪些该说,哪些不该说,哪些能说,哪些不能说,能说得明白一点儿吗?"

"对不起……天快大亮了……咱们以后有机会再谈……"说着,她便匆匆离去。但向白杨林深处走了没几步,她却又回过头来,走到邵长水身边,低声说道,"有个情况,您可能还不知道,那个判了死刑的副市长,最高院不是已经做出决定,暂缓执行他的死刑判决了吗?!"

"是啊。这又怎么了?"

"他死了。"

"死了?"邵长水重重地一震,赶紧说,"怎么可能?!"

"消息来源绝对可靠。他死了,突然之间就死了。"

"死在哪儿?"邵长水追问。

"当然是死在看守所里。"

"看守所里?怎么死的?"

"说是自杀。"

"自杀?不可能。完全不可能。判死刑这么长时间,他都没自杀,现在决定暂缓执行他的死刑判决了,有可能活下来了,反而去自杀了。从逻辑上、常理上说得过去吗?"邵长水分析道。

这时,从李敏分家的院门里传来一些窸窸窣窣的声响,好像是有人在院子里走动。小丫头便慌慌地走了,迈着细碎的步子,严严地裹着那块羊毛大披巾,双手抱在胸前,佝偻起略显饱满的肩膀头,很快消失在阴暗潮湿的林间深处。

看着小丫头的背影远去,邵长水的心再一次被搅乱。如果换一个这样年纪的小丫头,来找他说这么一番话,他绝对会付之一笑,不加以理睬。但这话从曹楠这么个小丫头嘴里说出来,他却感到异常沉重。就因为她可能跟省厅里的某些人"关系不一般",可他并不具体了解他们这关系到底是怎么的"不一般"。接触了几回,他只具体地感觉到小丫头为人比较稳重,内向,头脑清楚,不乏主见,也就如此而已,居然来"警告"他,在汇报时,对堂堂省公安厅办公室的前主任要"有所保留"。她知道自己是吃几碗干饭的吗?但她是怎么知道我今天要向李敏分汇报的?怎么知道我今天一大早会从陶里根赶回来?我和李敏分之间的这点事,连厅里的许多领导都不知情,她怎么掌握得那么清楚?居然还来"警告"我?!这小丫头是什么人?难道说,这位前李主任也卷进了事件里?如果他卷进了,一个跟公安厅没有任何直接工作关系的小丫头又怎么能知晓?

事情好像有点乱了套似的。

邵长水又默默地朝白杨深处打量了一眼。这时,天光渐渐转明,曹楠的身影已经完全消失。但刚才在打量小丫头时,邵长水却发现,几天不见,小丫头居然明显消瘦了。而在邵长水疑虑重重地打量她的时候,她也在瞠目地打量着邵长水。在她清澈的眼神中,淡淡地浮漾着一缕忧虑,一丝不安。但这点忧虑和不安在她目光中表现出来,居然像清晨湖面上飘动的那一层浅灰色的雾纱一样,委婉、缠绵和坦然。

现在的年轻人,真是难以捉摸。有的浅薄得要命,除了金钱和自己,除了电脑游戏中那些个精彩的虚幻世界和另一些同样浅薄得要命的歌星影星,他们啥也不知道不关心,也不想知道不想关心。有的,却又清醒得要命,反叛得厉害,绝对不承认"现实的就是合理的"这个流行了很久的"准公理",以谁也无法探知的心态,"张狂"地却又极其生动地做着接管这世界的准备。他很难把曹楠完全归到这两类中的哪一类中去。但直觉告诉他,小丫头今天的行动是经过认真斟酌的。她没乱来。乱套的肯定不是她,也不应该是这个世界。当时他只问了一句:"一会儿,如果我要找你,怎么个找法。"小丫头迟疑了一下回答道:"我有您的手机号。我跟您联络吧。"

天呐，她，一个区图书馆的管理员，居然会有他的手机号。她到底是什么人呐。

后来，邵长水在汇报过程中，特别注意到，李敏分一字没提那个副市长已经"突然死去"的事。

是他不知道这个消息，还是故意不想告诉他？

以李敏分在上层拥有那么多重要的内部关系来看，他不知道这消息的可能性极小。看来是不想告诉他了。这也没什么，在公安系统内，一向以来都有这么个好传统，不该你知道的事，同志们之间不会随便乱传乱说的，也不会去瞎打听。

但是，即便是个傻蛋，也会从接连发生的这三件事之间（最高人民法院下达暂缓执行死刑命令、劳东林因"车祸"暴死和"副市长"突然"自杀"），感觉出一点儿什么来。李敏分有意向他隐瞒"副市长自杀"这个消息，是不是为了不让他感觉出这里必然存在的某种联系？不希望他由此做出某种推断？难道……难道，这个李敏分跟劳爷之死、副市长之死真有什么掰扯不开的牵连？

另外，曹楠要是没有掌握一点儿李敏分的什么"情况"，她绝对不会大清早地上李家门口来堵他，更不会让他在汇报时一定要对李敏分"有所保留"。

那么，曹楠到底又掌握了李敏分的一些什么"情况"呢？

她，一个区图书馆的管理员，怎么会搞到李敏分的情况？为什么要去搞李敏分的情况？等等。真可以说是越想越复杂，越琢磨越糊涂。

也许，一切都是这小丫头"编造"出来的。她原先就患有精神狂想症？

后来的时间里，他忐忑……他焦急地等待着曹楠的电话。但一个上午过去了，曹楠却一直没来电话。邵长水托人从侧面去区图书馆了解了一下，证实小丫头精神正常，头脑清醒。这反而让他更"迷糊"了。快到中午时分，还不见来电话，他真有点急了。一直到要开饭了，办公室的人都去了食堂，仍不见有电话来。他主动往区图书馆那儿打了个电话，没人接。想了想，干脆去瞧瞧吧。区图书馆里已经没人了。大门二门都锁上了，整个院里都空空荡荡的。他掏出手机来查看，显示屏上也没有"未接电话"和"短信息"的显示。奇怪啊！她天不亮，跟救火似的赶到李敏分家门口来堵他，这会儿怎么又完全不见动静了呢？到底在搞啥名堂？！他在紧闭着的图书馆大铁门前默默地发了会儿呆，决定先去把午饭吃了再说。

刑侦总队在省厅大院左翼副楼的顶层，整占了一个楼层。他按往常的惯例，没坐电梯，是走着往下去的。刚走下一层去，透过通平台的玻璃大门，随便地向下扫了那么一眼，却让他吃了一大惊。他看到，曹楠那小丫头正跟李敏分肩挨着肩地，走出他们省厅的食堂，走过大院的中心花圃，正向大院的后门外走去。两个人神情亲和，好像在小声地说着什么悄悄话。他立即倒吸了口凉气。难道说，今天大清早，在李家小院门前白杨林里发生的事，只是李敏分借助曹楠小丫头，故意导演来考验他的一场"戏剧小品"而已？难道说，省城的人际关系，也会像某些名利场上显示的那样，充满着"险恶"和"阴谋"？他不敢相信，当时在白杨深处，曹楠脸上显示出的那种忧虑和焦急、苍白和抑郁，全是"演"出来的。他更不相信中国当代会有这样演技高超的演员，能在自己的眼神中"扮演"出那样一种神情，要知道那是一种发自灵魂底部的战栗和忧虑啊。一向声称自己身上没有一点儿艺术细胞，也从没有演艺经历的邵长水却坚信，这样一种战栗和忧虑是绝对伪装不出来的，也是表演不了的。况且曹楠压根儿就不是个演员。她年轻，也许会幼稚，但绝不虚饰。但是……但是，又怎么来解释眼前这个景象呢？

人类啊，难道你只能在自私和虚伪中奔突贲张吗？

他呆立在那儿，目送着这两人出了大院。随后，李敏分上了一辆等候在大院后门口的红旗车。曹楠等那车开走后，一边向不远处的区图书馆走去，一边掏出手机，不知在给谁拨号。几秒钟后，邵长水口袋里的手机响了。他慌忙掏出手机来看，正是曹楠打来的。

"说话方便吗？"曹楠问。

"……"邵长水愣愣了一下。一时间，他居然有些不知怎么回答才好了。

"喂，是您吗，邵助理？怎么不说话？"曹楠问。

"啊……是我。你说，咋的了？"邵长水忙回答，竟然有一点儿语无伦次了。

"什么'咋的了'？不是说好，咱们约时间要见一面的吗？"曹楠反而显得很有理，也很有"成竹"似的。

"啊……对。见面。我一直在等你的电话哩。你说，啥时间见，在哪儿见，听你的。"

放下电话后，他却呆坐了好一阵。

真去见她，还是就此回避不见？

如果按邵长水过去的脾性和习惯，他指定是要回避了，不会再去见她。凡是领导没指派的事，在他，一定是"多一事不如少一事"。况且又是这么一个小丫头，你去跟她再蘑菇个啥嘛？但今天，邵长水却有点"反常"了，他想去见她，而且非常想去见她。为了劳爷？为了那一天一夜的陶里根之行？为了接二连三发生的大事小事迷事浑事？为了心头凝结的所有的谜团？一切都说不好，反正他想去见见这个小丫头。

6
江边三号码头街

一小时后,邵长水按曹楠定的时间和地点,正要赶往江边三号码头街九号院去见她的时候,却接到了赵总队的电话:"出大事了。你赶快过来,跟我一起去出现场。"赵总队要去看的现场,就是祝磊"自杀"的现场。这事当然耽误不得,邵长水赶紧顺延了跟曹楠的见面时间。等他和赵总队等一行人驱车急速赶到,省公安厅、市公安局和司法、检察等各方面的负责人都已经赶到了。现场位置在市局第一看守所一个窄长的天井里。市局第一看守所是20世纪50年代建的老式"监所"红砖楼,成放射状,上下三层。以管教办公室为中心,放射出五条笔直的"筒道"。每条筒道两侧,便是拘押那些犯罪嫌疑人的"监所"。一间挨一间,小铁门,大铁锁,门上留着小小的窥视孔。

这些年中央实施反腐败战略,由此落马的中高级官员一年比一年增多。这些出问题的官员经党和政府的纪检、监察部门审定,一旦移交司法部门处理,进入司法程序,在正式批捕后,都会暂时拘押在这里;等法院审理完毕,宣判有罪,定下刑期后,才会送往监狱服刑。为了便于管理,市局看守所把这些"前官员们"都集中关押在三楼的那三条筒道里。这三条筒道中,有一条是专门关押前厅局级以上的高级干部的。其余的两条筒道,一条关押中级以下的官员,另一条则是专门用来关押"死刑犯"的。有个常识性的问题可能并不为多数读者知道:犯罪分子一旦被判死刑，就留在看守所里等待最后的执行，不再往监狱送了。因此，祝磊这一年多一直被关在三楼那间被称作"C－10"的监室里，等待最高法院下达最后的死刑执行命令。那天突然接到最高法院暂缓执行死刑的命令，也许是太兴奋了(？)，他突然感到胸闷，左心前区剧烈疼痛，浑身乏力，脸色苍白，浑身冒冷汗，被紧急送往看守所的医护室治疗。看守所的医护室在一楼。当时有一名管教带着两名法警监护着他，往一楼走去。据当事人回忆，快要走到楼梯口时，他突然推开身旁的法警和管教，急速向筒道尽头跑去。等两名法警追赶上去，他已经纵身跃出窗外，坠下楼去。其中一名法警跑得快，还拉了他一把，叫了声："祝副市长，你别这样……"但还是没拉住。

由于大伙儿一开始就没往"他杀"上想这件事，现场保护得并不好。揭开覆盖尸体的床单，可以很清楚地看到撞击的致命伤出现在头部。祝磊跃出的那个窗口的下方，恰好有一块大石头，祝磊掉下来以后，他的头就撞到这块大石头上。后来的尸检报告也证实，造成祝磊死亡的唯一原因，就是头部的这个撞击伤。

事情似乎是很清楚的。所有到场的领导在认真听取了事发现场几个当事人的陈述后，又根据尸体检验结果，一致都认定造成祝磊死亡的原因为"自杀"。

可是，祝磊早不自杀，晚不自杀，为什么偏偏要在最高人民法院对他的死刑下达了暂缓执行的命令后，才去结束自己的生命呢？你不结束我的生命，那就让我自己来结束它吧。难道他那么盼望死？如果他认为自己罪该万死，又非常想死，为什么当时对死刑判决还提出了上诉？他上诉，就说明他觉得自己罪不该死，至少说明他还不想死。他既然认为自己不该死也不想死，为什么偏偏要在最高院给他一线生机时，却又突然去结束自己的生命？

完全不符合常情和常理啊。

当然，如果不是自杀，又不是其他原因造成的正常死亡（如病故等），就只能是他杀了。如果真的定为他杀，这问题就复杂了。因为他杀就得有凶手，就得有杀人动机，就得有人从窗口把他推下楼去。谁会是这个"凶手"呢？他（他们）为什么要杀害祝磊？事发现场除了祝磊，只有三个人：两个年轻的法警和一位从基层派出所调来看守所已经工作了五年的中年管教。三名司法人员集体"谋杀"一名死刑犯，可能吗？他们又为什么要这么干？这……这……这如果不是天方夜谭，也绝对是荒谬之极的旷古奇闻……

……回省厅的路上，车里一片静寂。所有人都被涌上心头的这些个疑团窒息住了。回到办公室，赵总队也没像往常那样，立即召集所有去看现场的同志坐下来好好地研究分析一下案情。既然领导们都已经认定祝磊的死亡是"自杀"，还用得着刑侦总队再去"研究分析"吗？但他还是把邵长水留了下来。

"你怎么看这件事？"他问邵长水。

"嗯……"邵长水犹豫了一下。

"别跟我'嗯'。照直说。"

"很难说。"

"啥叫'很难说'？你不认为祝磊是自杀的吗？"

"总队长，咱们都处理过那么些命案了。您说，祝磊在这个时候'自杀'，说得过去吗？"

"……"赵五六沉吟了一会儿，突然从记事本里取出一张皱皱巴巴的小纸条放在邵长水面前。

"啥玩意儿？"邵长水问。

"你瞧瞧呗。"赵五六不动声色地说道。

邵长水展开纸条。只见纸条上没头没脑地只写着这样一句话："石头是事发头天晚上才挪到现在这个位置上去的。"

"有意思……"邵长水仔细地研读了两遍纸条上的那句话,又翻过来倒过去的,查看了一下这纸条纸张的大小、质料、样式,问道,"这是谁给您的?"

"有人偷偷地夹在我记事本里的。"赵五六答道。

"夹在您记事本里?"

"看完现场,我们不是全都去了看守所那个会议室喝茶休息吗?当时我抽空上了趟厕所。因为瞧着会议室里全都是我们自己人,我就把背包、记事本什么的全撂在会议室的桌子上了。等我上完厕所回来,发现记事本里夹着这么张纸条。"

"他啥意思?那块石头是事发前被人有意挪到现在这个位置上去的,整个事件是有预谋的……"邵长水分析道。

"三个司法干警联手谋杀一个死刑犯,你觉得可能吗?"

"……的确有点玄。"

"就算有人在事发前搬动过这块石头,那搬石头的动机和起因多了去了,比如,有人在那儿干活儿累了,搬块石头过来坐会儿歇歇,没想到第二天让祝磊碰了个头彩。不一定非得是一种杀人的预谋,安排好了就是让祝磊的脑袋往上砸的。"

"是的,各种可能都存在……应该赶快找到这个写纸条的人。这个人应该不难找,他首先应该是看守所内部的人。不是看守所内部的,不可能对石头的位置发表看法。他又应该是那一会儿能进入会议室的,进入不了会议室,也不可能在那儿把纸条塞到您的记事本里。而当时,能同时满足这两个条件的人并不是太多,应该不难查。"

"……"赵五六不作声了,沉默了一会儿,突然收起那张纸条,告诫邵长水道,"这件事,暂且不要对外声张。一切都等我向袁厅长和焦副厅长汇报完了再说。咱们再看看厅领导的意思。"

"那当然。那当然。"邵长水忙答应,然后他又说,"这件事还有一个地方有点蹊跷。我是今天一早回到省城就知道祝磊出事了,当时天还没怎么大亮。那么,祝磊真正出事的时间要比这还要早。但通知我们去看现场,都是什么时间了?中午以后了。中间隔了多少小时?!事情发生在看守所。都是懂法的人。按要求,发生这么大一件事,必须立即报警,保护好现场,并通知刑侦部门尽快派人勘查现场和确定死因。为什么隔了这么长时间才通知我们去看现场?而且现场破坏得那么厉害。那天井里人来人往,光乱七八糟的脚印就踩了六七十个。这些都很难解释得通。"邵长水一口气说下来,见赵总队只是怔怔地听着,不作任何反应,又坐了一会儿,见总队长还是闷坐着不作声,知道自己该走了。

在往外走的时候,他也曾犹豫过,要不要把曹楠对李敏分的"怀疑"和自己手上还拿着劳爷留下的那两件东西,一并向赵总队报告了。但犹豫的结果,他决定暂时不报告。他想,自己刚到省厅,还没定岗定职,因此,不管干什么事,都得坚守两个原则,一个是"十分把握"的原则。凡事没有十分的把握,宁可暂时先不做。比如,曹楠和李敏分,到底是咋回子事?还没完全闹清楚嘛。别说十分,连一分把握都没有嘛。没把握,就先不要去乱说乱汇报。尤其像牵涉到李敏分这样一类在整个公安厅里都要算是"重量级"的人物,那就更得谨慎。第二个就是"留有余地"的原则。凡事都要做得留有余地。这个"余地",就是利于"自我保护"。劳爷的那两件东西,早上汇报时忘了交,这会儿再交,总得有个好的说辞。这种事,说大不大,说小也不小。领导上要不跟你计较,它也就不算个事儿;但一旦要正经计较起来,也可以据此闹你一个吃不了兜着走。所以,既然已如此了,暂且还是别做得太仓促了。但他还是顺便跟赵五六报告了一下,他要去看望一个叫曹楠的女孩,向她了解一点儿情况。这样轻描淡写地报告一下,也为日后万一需要将这件事认真做什么汇报时,埋下一个伏笔。

码头街几十年前是这座省城有数的几个"繁华""热闹"去处之一。那年月,既没有空中交通那一说,陆路交通也非常落后,仅有的那种烧木柴的汽车，数量少，质量差，完全不敷使用。惟有水运较为发达。因此，码头，就成了南来北往、人货交流的重要枢纽。俗话说，汽笛一响，黄金万两；篙橹一动，就娶新娘。这儿当年是富商巨贾、恶霸行帮、军警宪特、小偷流氓、戏馆妓院、说书看相和苍蝇老鼠狗貔豺狼云集的地方。三号码头街是当年来自徐州的一个富商耗巨资盖起的一条住宅街，只租不卖。一条街上盖了二十来个院子，每个院子都跟北京的四合院似的，用几幢房子围起一个封闭的院落。但它跟那古老的四合院又不同，它包围院落的不是青砖平房，而是砖木混砌的三层楼房。这二十来个院子历经世纪风雨，幸存的不多了。九号院，便是既侥幸又不幸能留存至今的少数几个院子中的一个。说它"侥幸"，是因为不管怎么的，它被保留下来了。它"长寿"，七八十年来有幸亲历时代变迁风云，作为时代的象征，历史的见证，它至今享受着这个城市里多数人的尊敬和关切。几年前，大院门口还被挂上了市级文物保护牌子，经常会有一些中小学的学生和外地游客在老师和导游的带领下，上这儿来参观寻访。说它"不幸"，它毕竟是作为"旧社会"的象征而存留的。"伤痕"累累，老态尽现，生活设施极其落后。冬天，楼上住户的生活废水通过他们自己安装的二三十米长的塑胶管子，直接排往院子中央的地沟里，常常在院子里积起一个个巨大的黄褐色的冰坨子，和堆积在廊檐下那一个个黑色煤堆，形成不堪入目的景象。一到夏天，不可免的遭遇就是气味难闻。这里的住户当然强烈要求拆迁这样的院落，多次联名上书市府和省府。他们希望，即便为留做"教育基地"用，最起码，旅游局、文物局和教育局一起掏点钱出来，改善一下这儿的生活设施，以便住户们能在这儿安心地住下去，充当"旧社会"的模特儿。这件事已经引起市里各级领导的关注，但也挺让他们为难。主管领导说，这条街的状况，是一定要改善的，但市政建设资金有限。当前市政建设的面铺得又比较宽，要照顾的重点又比较多，完全要由国家掏钱来修缮改建它，确实困难重重。这条街的问题研究过多次，都以不了了之而了之。好在这些老房子目前还能住人，还能凑合。至于今后怎么个改，何时改，就只能等慎重考虑研究出个结果来再说……况且，有关领导并没有要求这些住户非得留住在这儿发挥什么示范教育作用。房子空关着，一样能充当"教育样板"。在这一点上，他们是很明白的。

一部分住户便搬走了。现在新房多的是，只要你兜里掏得出人民币。但并非所有的住户兜里都掏得出那么些人民币的。应该说，大部分住户还是买不起新房的，尤其买不起市区繁华地段新建的那些楼盘。

曹楠住三楼。实事求是地说，她至今还住在这儿，主要的原因还不是"人民币"问题。

邵长水通过一段搭建在户外的木楼梯，颤颤巍巍地上了三楼。这段木楼梯好几个柱脚都有些歪斜，分别都绑上了或支撑着加固的木条。楼梯板早已朽蚀发黑，也都开裂了。三楼的廊檐下堆满了各家各户淘汰出来的旧东西。这些旧东西，卖又卖不出个好价钱，今后恐怕也不会再去使用它们了，连送人大概都不大会有谁愿意接受了，但那些户主却仍然不舍得扔，都用旧席子破毯子将它们包着裹着，也就是堆放在廊檐下蒙尘而已。

曹楠的住房在三楼右侧最后第二间。门上果然如她在电话里强调过的那样，挂着一块非常干净的白布帘子。白布帘子一角粘着一个时下流行的日本卡通"流氓兔"彩贴。屋里收拾得十分干净。从种种陈设和装饰来判断，显然是一个女孩的"单身"住处，必不可少地散发着一股淡淡的香味。一开始邵长水怎么也不相信这就是曹楠的住处。因为曹楠平时给他的印象是，"气质不凡"，穿着也比较"得体和高贵"，不该住在这样一种"贫民窟"里似的。坐下后，他略略地打量了一眼屋内陈设，微笑着，略带一点儿诧异的口吻问道："你咋就整了这么个住处？"大概已经不止一次经受这样的质疑了，曹楠都有点不屑于认真去回答了，只是淡淡地笑了笑，回答道："是啊。这有什么问题吗？""没有没有。这能有啥问题？"邵长水忙笑道。后来他才知道，两年前，城（市）改（造），曹楠家遭遇拆迁。全家都挤到亲戚那儿去暂且过渡。她一个大姑娘成天在人家里吃住，既不方便，也不自在。那时，"劳叔"还没离开省厅，得知这情况后，动用了点关系，又请房管所的头头儿吃了顿饭，可能还给人家许了什么愿办了些什么事，她就不太清楚了；最后给她在这儿整了这么间房，应该说救了大急。再怎么说，有了属于她自己的一个空间，总比跟亲戚家的大男大女们挤在一起强。她当时只想临时凑合一下的。后来，全家回迁新房，得到一个两室两厅的单元套。新房虽说比她们家原先在大杂院住的那两小间平房宽敞多了，也亮堂多了，厨卫设施也周全多了，但毕竟还是得跟妹妹住一个屋。她绝不是嫌弃妹妹和父母，但毕竟已是二十大几的人了，真的非常想拥有一个只属于自己的生活空间，非常希望每天能有那么几个小时，每星期能有那么一两天、两三天，完全归自己支配。她知道，人是不可以完全只属于自己的，但完全不能属于自己的日子，的确也难以忍受。于是，她说服了家人，允许她在新家和码头街这两头轮流住着，来回跑着。她清楚，在省城，无数像她这样年龄的女孩子都还不可能独自享用这么一个"生活空间"。而自己一开始独立生活，就能找到一份比较体面的工作（虽然区图书馆的月收入有点儿少），又能拥有这么一个"独自享用的生活空间"（虽然老旧得不成个样子），但她真的已经挺知足的了。

自称了解曹楠的人，都说她生活上容易满足，人际交往上绝不惹是生非，秉性恬淡兼容，趣味习性高雅平和。有时还稍稍显得有一点儿孤僻，有一点儿忧郁。这倒反而给她增加了一份"旧时邻家女"的可人疼惜处。但这些说法其实是很片面和很主观的。你要是真的有可能往深处去"阅读"她，交往她，你大概就不会只得出如此浅显，又如此一厢情愿的结论了，你就会知道这女孩绝对不像你们平时看到的那样恬淡自适。她的内心、她的个性和作为，都远比一般人所能感觉到的要复杂和强烈得多，而且还应该说是复杂强烈得"多得多得多"。这女孩的与众不同处在于，她并不在乎自己住得怎么样（虽然她很会装饰自己的房间），她也不在乎自己穿成个啥样（虽然她总能淘买到比较便宜的最新时装），更不在乎别人怎么看待她（偏偏不管走到哪儿，她都比较吸引人的眼球）。说她"我行我素"，许多时候她却又显得特别老实听话；说她"老实听话"，却冷不丁地总能干出一些让你大跌眼镜、连连跺脚，甚至"痛不欲生"的事情来。界定她，最准确的词语是，"说不准摸不透"。这是她的妈妈和她中学时代的班主任积多年的"痛苦"与"骄傲"得出的唯一结论。

邵长水敲开房门时，曹楠显然还在为他的到来做着最后的准备，她显然没料到他能来得这么快。她好像在屋里匆忙地撤走一些陈设，又挪动一些陈设。这是她一贯的"手段"和"伎俩"：接待不同的客人，或不同时期接待同一个客人，她总会刻意地要挪动和改变一下房间里的陈设。即便不为客人，只为自己，过上一段时间，她也会去挪动和改变的。丁零当啷地折腾到半夜，折腾到灰头土脸，筋疲力尽，往地板上一躺。她喜欢给自己创造惊喜和新鲜感。一个花瓶在同一个地方，她绝对不会让它安安生生待上一个星期。一年下来，这只花瓶能在她房间里整个儿"游"上好几圈。她总在寻找各种各样的最佳结合点，临界点。对于她的这个"特色"，她妈和她那位中学时期的班主任是有分歧的。这也是她俩在她的问题上表示出来的唯一的分歧。她妈认为，她的这种不稳定性将使她痛苦一生。班主任却认为，也许会很痛苦，但却使她有可能走向成功。"成功？谁？她？谢谢吧。"她妈苦笑着摇了摇头。

邵长水一眼就注意到房间里有一个角落是专门陈放书的。书架做得非常别致，是在一根立轴上装了许多块可以推拉移动的搁板。搁板和立轴都油成了深棕色，并显露着原木拙朴粗犷的木纹。每一块搁板上陈放的是不同类别的书，或是不同用途的书。比如，有一块搁板上放的全是动物学方面的书。另一块搁板上放的则是她一个好朋友所需要的文字资料。那个好朋友怀孕了，快要生了。于是她收集了许多关于坐月子的、关于育婴的、关于早期开发幼儿智力的、关于妇婴卫生的、关于催奶和退奶的小窍门的……书籍和剪报,以备"咨询"。(这大概跟她常年在图书馆工作养成的习惯有关。)但有两块板上放的却全是公安和司法方面的书。刚走进房间时,他还看到她床头放着一本刚看了一半的书。没容他细看,她就抢着去把书塞到枕头底下去了。但一晃之间,邵长水还是看到了书名上的两三个字,好像是专讲性学的。藏起书,她的脸色并没有像想象中的那样,应该大红起,只是略显得有一点儿尴尬,微笑着把枕巾重新铺整齐了,这才回身去给邵长水沏茶。这个二十多岁的小丫头,偷看一点儿性学方面的书籍,邵长水觉得还可以理解,时代毕竟已经进入 21 世纪了嘛;但她为什么对公安和司法那么感兴趣,这倒让他有点儿颇费思量了。

"为什么要我在汇报时对李主任有所保留?"邵长水一边继续打量着屋内的陈设,一边带着微笑却又直截了当地问道。他微笑,是希望尽量减少"公安干警"跟人谈话时总免不了的那种居高临下的生硬感,不希望吓着了这小丫头。不知道为什么,虽然对这个"小丫头"充满了疑虑,而且近日来这疑虑越来越大,但还是挡不住那种直觉上的好感。

曹楠没马上接邵长水的话茬儿,沏上茶来后,默坐了一会儿,在此期间也给她自己沏了杯茶,端在手里,慢慢地抚摸着旋转着那廉价的贴画玻璃杯,低声问道:"劳叔的后事都办妥了吗?是拉回省城来火化,还是就地火化?"

"案子查清前,根本谈不上火化的问题,更谈不上在哪儿火化。"

"那就一直在医院太平间的冷库里冻着?"

"大概吧……"

"……"她眼圈骤然红起,又沉默了。

"还是说说李主任的事吧。"邵长水催促道。

"您是不是觉得我这个人挺可疑的,手伸那么长,管那么多闲事?"曹楠试探着问。

"你说呢?你觉得自己可疑不可疑?一个区图书馆的工作人员,居然知道省公安厅一个刑侦人员的动向,不仅知道我去了陶里根,还知道我哪天会赶回来汇报,还在去汇报的路上拦截了我,向我发出那样一种严重的警告……你说你到底是个什么人?你到底跟我们公安厅内部的哪些人有过来往?你为什么要掺和这种不该你来掺和的事?"邵长水正襟危坐地发出一连串问题。

"审讯我呢?"曹楠抬起头,轻轻地反问。

"你觉得这就像审讯了?你见过真正的审讯吗?"

"……"曹楠低下头去,又不作声了。

"到底是怎么一回事?"邵长水再一次催促道。

"……劳叔没跟您说过什么吗?"过了一会儿,曹楠这么回答道,提到"劳叔",她的眼眶立刻湿润了,语调也马上沉降下来,甚至不由自主地哽咽了一下。

"……他应该跟我说些啥?"邵长水追问道,口气渐趋严厉。

"……他没跟您谈过李主任,也没谈过别的什么吗?"曹楠脸颊上泛起一层淡淡的红晕,惶惶地反问道。

"他应该告诉我一些什么?他又跟你说了些什么?"邵长水逼问。

"那天,他告诉我……他出事了……"

"他出事后还给你打过电话?"邵长水一惊。

"是的……"曹楠说着,眼泪止不住地涌了出来。

"他咋说?"

"他说他出事了。可能不行了……他说李主任这人看问题比较片面,让我今后在跟他的接触中一定要多加留意。"

"是谁告诉你,我今天一早会去找李主任汇报的?"

"……"曹楠又不作声了。显然这个问题可能点到了某个要害上。过了好大一会儿,她才说道,"……是李主任自己告诉我的。"

"他为什么要跟你说这事?"

"因为……因为……"

"因为个啥？"

"因为本来约好今天早上我要去他那儿看他的。他说，让我改期，因为您要去，还有赵总队长和其他一些领导都要去他那儿听汇报……"

"劳爷为什么让你对李主任要多加留意？"

"当时在电话里他没细说。当时那个情况，他也不可能细说。"

"那他也没让你来劝阻我啊。"

"可他说了这么一句话，他说，如果他真不行了，今后有什么事，尽可以跟您多交流。他说您是个好同志。当时他已经说得非常吃力了，然后又说了一句。他说，小楠，看样子，我是真的不行了……这是他跟我说的最后一句话……"说到这里，曹楠忍不住大声呜咽起来。

"关于李主任，在此之前，他还跟你说过些什么？"

"……"她抬起头怔怔地想了想，刚要回答，外头楼梯上突然响起了一阵急促的脚步声。那脚步声显然是曹楠熟悉的。听到脚步声一下下逼近，她脸色立即变得惊慌起来。

"是李……李主任……李敏分……"她呆愣住了，忙转过头去告诉邵长水。

"他怎么来了？你也约了他？"邵长水也愣怔了一下，问道。

"没……没有……"曹楠慌慌地答道。

"那他怎么来了？"邵长水问。

"最好别让他瞧见你来我这儿了……"曹楠慌忙擦去脸上的泪痕，又从床头的一个粉盒里取出一个粉扑，轻淡地补了补妆，拿起那个白色的小皮包，一边向门外走，一边吩咐邵长水道，"一会儿，等我把他引开后，您再走。"又急急地问，"您的车没停在院门口吧？"听到邵长水回答她："车停在马路对面那个洗浴中心门前了。"忙说："那好。那好。"这时李敏分差不多已经快走到三楼的楼梯口了。只听到她匆匆迎住李敏分，并在楼梯口跟他说了几句什么,便引着他往楼下去了。

邵长水回到省厅,又在办公室待了一会儿,再回到家,已经很晚了,妻子和孩子都睡下了。在过厅里稍歇了会儿,等妻子那边再度发出间歇性的低微鼾声,便悄悄从壁柜自己专用的那个抽屉里取出劳爷的那两件东西。

回来后,他还一直没捞到工夫仔细琢磨过这两个"宝"。他把它们存放在一个香樟木雕的小首饰匣里。这雕花木匣还有一点儿小小的来历,它是省警校附近艺术专科学校的一个女学生送的。去年,警校和这个艺专搞"军民共建",邵长水被派去为艺专高年级的学生讲司法常识课。邵长水是个"侦破能手",但口才并不好,攒了一肚子的侦破故事,总也讲不生动。但不管他怎么讲,总有那么一个女生,老是听得那么专注,课前课后还老主动地帮着擦黑板、灌暖瓶……十节司法常识课讲完后,他的"共建"任务就算告一段落。回警校后的某一天,传达室忽然打来一个电话,说是有人给邵教官送来一小包东西。邵长水问,是谁送的。传达室的教工说那人放下东西就走了,没留任何话,也没留姓名,看模样是个女学生,但肯定不是咱警校的学员。邵长水打开那小包看,里边包着的就是这个雕花小木匣。匣子里也没任何留言之类的东西。但直觉告诉他,它肯定是那个"特别专注"的女孩送的。为什么一定是她,他自己也说不清。他当然不会以此为借口再去找那个女孩。但他却出于一种异样的情感,一直挺珍视这件小东西,后来就把它收藏了起来。

小木匣上的浮雕其实并不精致,特别精致的东西会特别昂贵,那样的东西估计她也送不起。打开匣盖前,他习惯性地戴了副侦查员勘查现场时常用的手套,并且调整了室内的灯光,拿出自己那部心爱的佳能相机,准备把这两件东西都拍了,留个底。他想到,自己还是得尽快地把这两件东西交给组织上。他不可能、也不应该长久地把它们扣留在自己手中。做好这一切准备后,他轻轻地掀开匣盖,一桩完全不可思议的事情发生了,木匣子里竟然空无一物。那两件东西全不见了。霎时间,他的脑袋"嗡"地一下炸响起来,后脊梁上立刻渗出一片冷汗。这怎么可能呢?东西是他亲手放进去的。家里的人,无论是妻子,还是孩子,从来也不会动他的东西。这是多年来立下的规矩,养成的习惯。它们怎么会"不翼而飞"了呢?他呆站了一会儿,惊醒过来,忙不迭地去抽屉里翻找,甚至盲目地在整个壁柜里翻找。都找不见。再一次呆住。再去叫醒妻子,为了不至于吓住她,尽量和缓了口气,问她动过他抽屉里的东西没有?

她问:"啥东西?"

他说:"放在一个小木匣里的东西。"

她问:"是放在那个女式首饰匣子里的东西?"

他脸微微一红,说:"啥女式不女式的,我抽屉里就那么一个小木匣。"

她说:"如果你说的就是放在那个女式首饰匣里的东西,那的确是有人拿走了。"

他立即站起,急问:"有人?谁?你怎么不跟我说一声,就随随便便让人拿走我东西?"

她说:"你领导来拿,我能不给?再说,当时怎么找你都找不见。打你手机,你又把手机关了。我怎么跟你说啊?"

他不想跟她再胡扯八扯的了,忙问:"领导来拿的?哪位领导?"

她说:"还能有哪位领导?要是别的领导,我也不会给啊。可你们刑侦总队的赵总队长和你们厅办公室原先的那个李主任,他们两个,我能不给?"

他一愣,是他俩?

今天下午,总队长和李敏分突然上家来找邵长水,很着急的样子,说是有两件很关键的东西,要立刻从邵长水这儿取走;并且还说,要取的这两件东西跟某一起大案有关。既然跟案子有关,那就更耽误不起。

妻子跟邵长水生活了这么些年，耳濡目染，也知道，不管是什么东西，只要跟破案有关，它们对于这些刑警来说，肯定就比自己的性命还重要。于是在问清了是两件"小东西"以后，慧芬（邵长水的妻子姓孟，名慧芬）立马想到了那个小木匣。她早就从长水的抽屉里注意到了那个"女式"的"首饰匣"；只是出于高度的信任和必要的尊重，没开口追问它的来历罢了。后来也果然从木匣里找到了那两件东西。

他们怎么知道他手里还有这两件东西？而且还知道得那么具体：是两件"小东西"？完全不可思议嘛。事发现场只有他和劳爷两人。天知地知，他知我知。如果不是劳爷的"鬼魂"去告发，赵总队和李敏分怎么会知道他手里还留着劳爷的这两件"小东西"？

真出"鬼"了？

不可能嘛。

现在，领导们会怎么看待他的这种"欺瞒行为"？

在公安队伍中，下级对上级有意隐瞒重大案件的关键情节或证物，这就不仅仅是个"过错"问题，情节和后果严重者，是要负法律责任的。

他越想越胆战。一时间，邵长水脑子里跟开了锅的稠粥似的，烫烫的，灼灼的，一片空白，一片昏暗，又一片黏稠，一片翻腾……

正在这时候，家里的电话铃响了。电话是李敏分打来的。李敏分让他立马到他家里去一趟。

"立马？"邵长水忐忑地问道，同时又情不自禁地向依然漆黑一片的窗外瞟了一眼。

"立马。就这会儿。"李敏分斩钉截铁地回答道。

不出所料，在李敏分家等候着他的，还有赵总队。同样不出所料，讯问是严厉的。由于深夜还没休息，身体原本就不好的李敏分，脸色在灯光下显得格外的苍白。而黑脸膛的赵总队则神情森然肃穆。劳爷的那两件东西就在台灯旁放着。

"咋回子事？"赵总队长问。

"没咋回子事。"邵长水答道。

"没咋回子事，你为什么不把它们立即交出来？！"赵总队长又问。

"你们要相信我，就听我解释。要不信，我就啥也不说了，你们直接给处分就行了。东西我的确没在第一时间里交给领导。但绝不是故意的。确实不是故意的。"

"不是故意的？你早上不交，还可能是疏忽，或大意。可下午呢？晚上呢？这会儿都几点了？下午你还外出了一趟。这你怎么解释？！"李敏分反驳道。

"邵长水，据我们了解，你过去不是那种藏奸耍滑的人嘛。"赵总队长说道。

"我现在也不是。"

"哈哈，你瞧他把自己说得。"

"这档子事，我的确做错了。但我确实不是故意在跟你们藏奸耍滑。"

"说实话吧。"

"我说的每一句都是实话。刚才我说了，你们要相信我，就听我解释。要不，就直接给处分得了。"

"嗨，还挺横！处分？你以为你能逃过处分？你以为你解释清楚了，就能不处分你？告诉你，话说得清楚说不清楚，处分都是要给的。现在就看你的态度了。如果发现你还在要什么小动作的话，处分？那就不是一个简简单单的处分的问题喽。"李敏分的一番话，顿时把现场气氛整得非常紧张。他这是在拿搞"对敌专案"的劲头，在跟邵长水谈话。

邵长水低下了头去，不再作声。一路上他已经想好了。这事要放在平时，肯定不至于这么严重。但偏偏牵涉到一个"代省长问题"，又发生了劳爷的"非正常死亡问题"，这一关可能就会不怎么好过了。真是一不留神撞到枪口上了，也是倒霉蛋催的，让自己赶上了这一茬。但不管咋的，都必须过。最终哪怕要付出很高的代价,那也得付。现在最重要的是重新取得领导的信任。有信任才会有谅解,有谅解才会有"特殊政策"。要取得这种重新信任,唯一的办法就是"真诚"。彻底向领导敞开心扉,亮出"底牌"。反正已经这样了,爱咋咋的。不管怎么样,自己的确没有要跟领导唱对台戏的想法。于是他把自己从到陶里根前后,一直到今天为止的内心感受和过程中所产生的一些思想波澜,实实在在地说了一遍。

真是人说的:大机关没小事,半点儿都疏忽不得啊。

"这么说来,你是对我们这些人有怀疑,才不舍得交出这两件东西的?"听完了邵长水的陈述,赵总队哑然一笑道。

"我怀疑谁,也不能怀疑您……"邵长水的脸微微一红,赶紧解释。

"言下之意,就可以怀疑我了?"李敏分冷冷一笑道。

"李主任,您这么跟我咬文嚼字,我就没活的了。"

"你留这两件东西到底想整个啥?"李敏分依然不依不饶地追问。

"我哪想要整个啥?就这么稀里糊涂地把它们给疏忽了……"邵长水赶紧撇清。

"稀里糊涂?你是稀里糊涂的人吗?你不想整个啥,干吗要私自'秘'下这两件东西?"李敏分死咬住不放,青白起脸一个劲儿地追问。

"如果李主任一定要这么认为,那我也就没得可说的了。反正是我错了,你们瞧着办吧。"说完,邵长水低下头去再不作声了。他觉得该说明的已经说明了,自己就不能再跟领导"顶牛"了。

"要不是我们亲自去陶里根走了那么一回,还真不知道有这两件玩意儿落到你手里了。"赵总队长叹着气慢慢地说道。原来,事发后,赵总队长等人随省厅主管刑侦的焦副厅长一起到陶里根去处理劳东林的后事,同时又大概齐地把事情发生过程了解了一下。陶里根人民医院急诊室的一个护士反映,事发当时,她从门外路过,无意中从虚开着的门缝中看到,浑身是血的劳爷挣扎着从一个黑色的手包里掏出一点儿什么东西给了一个"三十来岁、中等个儿、身穿黑色皮夹克、留个寸头"的男子。

"这个'三十来岁、中等个儿、身穿黑色皮夹克、留个寸头的男子',你说是谁?"赵总队问道。

"是我……"邵长水歉疚地点了点头说道,然后小心翼翼地问,"焦副厅长亲自查下来,得出什么结论了吗?是谋杀?还是个纯粹的交通事故?"

"结论?哪那么容易……"赵总队长答道。看得出,他有些闪烁其词,不想正面回答邵长水的问题。邵长水也很知趣,就没再追问下去,默默地又等待了一会儿,见两位领导也保持着沉默,好像不是要继续再在这件事上追究和批评他了,便站了起来,诚恳地说道:"我回去好好写个检查。看……还要不要在刑侦总队的全总队大会上做一次公开检讨……"

"这个,你等通知吧。"李敏分说道,"这件事我们还得向厅领导汇报哩。眼看就要开两会了(省人民代表大会和省政协会议),厅领导就怕出这样那样的事,一再关照大伙,要谨慎谨慎再谨慎。在重大问题上千万别出什么纰漏。你也是个老公安了,应该懂得这些。"李敏分得理不饶人地叨叨着。

"那,下一步……我……"

"你先别考虑你自己的工作问题。刚才李主任已经说了,下一步的事,你等通知。"赵总队长很干脆地说道。

邵长水的心整个儿地一凉,一震。事情怎么一下就闹到了如此严重的地步?连工作都不给安排了?不至于呀。他怔怔地看了看眼前这两位领导,似乎要从他们的神情中探查出一些如此严厉的真正原因来。当然,这是不可能的事。过一两分钟,李敏分又问了句:"你还有什么要跟我们说的?"他怔怔地答道:"没了……"李敏分又追了句:"真没了?"他仍怔怔地答了句:"没了……"他俩就让他回去了。

回到家,慧芬居然还没睡,还在大房间里不安地等着他。

"没事吧?"她忐忑地问道,一边赶紧给他拿来拖鞋。换了鞋,他一声不吭地往床上一倒。慧芬便在床沿边上呆呆地坐下,既不敢探问领导把他叫去后到底发生了些什么事,也不便随意说些软话来安慰,只得忧心忡忡地看着两眼发直、一个劲儿地只知呆望天花板的他。

"你睡吧。明天上班还要起早。"过了一会儿,邵长水说了这么句话。

"那……你也睡吧……把外衣脱了……"慧芬赶紧起身,想为邵长水铺开被子。但邵长水却没动弹。过了一会儿,他突然从床上坐起,直奔壁柜而去。不知他要在壁柜里搜寻什么,总之,上下左右所有犄角旮旯里全搜索了一个遍,好像还是没找到,便转过身来,瞪大了眼睛,急急地问慧芬:"你到底让赵总队和李主任从家里拿走了几件东西?"

"两……两件……"慧芬结巴地答道。

"到底拿走了几件?"他提高了声音再问。

"两件。就是你放在那个女式首饰匣里的那两件东西。"慧芬答道。

"那,我夹在这个小镜框后头的那件东西呢?"他举起一个小镜框,大声问道。小镜框里存放的是他们家一对宝贝儿女的照片。当时女儿十一岁,儿子一岁。他还给照片题了个名,就叫"十一和一"。这是长水最喜欢的一张照片。

"……"慧芬不说话了。

"你把我夹在这镜框背后的那片东西,也交给那两位领导了?"邵长水真有点急了。

"没有……"慧芬艰难地答道。

"没有?那东西呢?"邵长水忙问。

"东西……"

"东西你给我放哪儿了?"

"东西我烧了。"

"烧了?天呐。你烧了?你!"邵长水一下冲过来,好像要一把揪住慧芬的头发,痛揍她一顿似的。但冲到慧芬跟前,他却绝望地站住了,悲怆

083

地看着惊慌失措的妻子，极度无奈地摇着头，一副欲哭无泪的模样，嘴里却只是喃喃地数落着："慧芬啊慧芬，你知道你烧掉的是啥吗？你知道你烧掉的是啥吗？你干吗不跟我商量一下？慧芬啊慧芬……你知道你烧掉的是什么吗？"

那天，在陶里根，带着劳爷写下的那两个血字回到宾馆房间，邵长水愣愣地呆坐了好大一会儿。他完全想不到事情会发生这样的突变，完全想不到事情整个儿地会有如此尖锐和激烈的变局。一个"奉命"秘密地来调查省委省政府主要领导问题的老公安突然死了，他说自己是被谋杀的。从小唱着"一条大河波浪宽"和"花篮里花儿香"长大的他，心灵受到的震撼可以说无法形容。同时，内心也一直在翻腾，考虑回省城后，怎么向组织汇报，要不要如实报告劳爷本人对这起事件性质的判断。从良心上、从职业道德和规范上来说，他应该如实汇报，也必须如实汇报；从感情上，从职业本能和直觉上，他确信劳爷不会在临死前还"作秀""造假"。也许有人会作秀造假，但劳爷不会。是的，现在谁也说不清劳爷这个血淋淋的判断背后到底还传递了哪些重要信息，更说不清他老人家做出这样的判断依据又何在。但有一点是应该能肯定的：他在自己生命最后时刻留下的这两个字，一定包含着他这几个月来秘密调查所得的全部认知和切身体验。这两个血字也可以说是一个老刑警用他一生的良知和生命勇气写成的，是他对这个世界最后的告白。虽然说得简单而残酷，但其内涵，和半个多世纪前牺牲在法西斯绞刑架上的那个捷克民族英雄尤利乌斯·伏契克最后喊出的那一声："人们，我是爱你们的。你们要警惕啊！"是同样的深长和沉重。邵长水觉得自己如果不能如实汇报就完全愧对这位老前辈和自己头顶着的那颗国徽。但经验告诉他，如实汇报，一定会引起各方面的震动。就像祝磊是不是自杀的一样，劳爷是不是被谋杀的，必将引发极大的争议。引发这些分歧和争论的原因，有技术层面上的，但更多、更重要的恐怕还会是政治上的。如果将来案子能查清确是谋杀,那啥事都没了,万一查不清呢,(这是很可能的事。要知道,迄今为止,命案的破案率在有些省,只能达到百分之三四十。)那肯定会惹下大麻烦。有人就会对当初主张这事是谋杀的人进行打击报复。而最早明确说出劳爷是死于谋杀的人,就是他邵长水。

他倒不怕凶手和隐藏在这些凶手背后的策划者和指使者们恨他。警察不让这些混蛋们恨,还能叫警察?他只是担心由此会失去领导和组织的信任。作为一个老公安干警,他深知,一旦失去组织和领导的信任,那就等于政治上"毁灭"。因此,到时候,他必须拿得出过硬的证据来证明,这"谋杀"一说,不是他邵长水"居心叵测"和"哗众取宠"的发明,确系出自劳爷自己的判断。应该说,这一点,连劳爷都考虑到了,否则他不会拼尽最后一点儿力气也要在他的手掌心上留下这样两个血字。留这两个血字,就是为了让邵长水拿去作证的。回到宾馆,邵长水对着这两个字,琢磨了好一阵子,因为血字在手掌心上无论如何也是持久不了的。怎么才能把这两个字留存下来呢?照相?录像?倒是可以留下这字迹的影像,但都不足以证明这两个字确确实实是老爷子自己写的,没法证明这两个字确实是劳爷用自己的血写成的。琢磨到最后,邵长水才想到用一种透明胶片把这两个字从自己的手上"粘拓"下来。这样,不仅留下了字迹,还留下了包含着劳爷DNA成分的血痕,同时也留下了他自己掌心的掌纹……这样,在需要它发挥作用的时候,这张透明胶纸就能起到它应该能起到的那种关键作用……

但是,慧芬却不问青红皂白,把它烧掉了……

慧芬啊慧芬,慧芬啊慧芬……你知道你烧掉的是啥吗?

"你……你啥时间烧掉的?"

"……"

"你张嘴啊!"

"赵总队和李主任上我们家来把那两件东西取走后……"

"他们来取他们的东西,你干吗要烧我这个东西?"

"长水……你可能还不知道,这些日子,外头关于劳爷的死,议论特别多,谁都明白这案子不是一般的复杂,牵扯到上层许多关系,真不是一般意义上的那种刑事案。咱们苦了这么些年,好不容易从深山沟里调进省城,好不容易让咱两个孩子也有了个省城户口。你就是不为别的着想,只为咱这两个孩子今后的前途着想,也不能在这案子里陷得太深了……"

"我愿意往里陷吗?啊?你跟我一起生活了这么长时间,怎么还不明白,这世界上,有许多事情是身不由己的,是由不得你愿意还是不愿意的。事情已经落到你头上了……"

"落到头上了,你可以别管那么多嘛。你非要较那个死劲儿,把所有的事都整得那么明白?在省城办案,跟过去在小县城办案不一样。在小县城,我们对付的,纯粹是一帮子地痞流氓恶棍。在省会这样的大城市里,事情就不会那么简单,就可能搭上许多特别说不清道不明的关系。这些关系也红也黑,红里带黑,黑里又可能带一点儿红。在这圪垯,你得学会睁一只眼闭一只眼。你非得把所有的事都整明白,就可能把所有人都得罪完了。没有一点儿关系,你也就没有立足之地了,我们还能在省城这么个大地方待得下去吗?"

"你觉得我邵长水是全凭关系上来的?"

"我没这么说。"

"你没这么说!说你糊涂,说你啥也不懂,你还不服气!你知道这张透明胶片为什么不能烧吗?你知道这张透明胶片上留下的痕迹对我、对我们这个家、对你口口声声要保护的这两个孩子有多么重要吗?可你把它烧掉了!也不问问我就把它烧掉了。你想一想,你有多浑啊!"

随后,邵长水把这张透明胶片在今后证明自己的"清白"方面的重要性,细细分析给慧芬听了。慧芬终于不再"强词夺理"了。她开始害怕起来。她惶惶，不知所以。完全说不出任何话来了。但"沉默"毕竟不能弥补她已然造成的这个过错。邵长水一时间真不知道该怎么狠狠地"训斥"她，"数落"她，才能解了自己的心头之气。

但，训斥也罢，数落也罢，解气也罢，不解气也罢，同样都不能再使那份已经被烧掉的"证据"重新复原了。

此刻的邵长水，真有一种欲哭无泪的感觉。

"你……"他咬着牙，狠狠地瞪了慧芬一眼，转身向门外走去。他不想再看到她了——起码在今天晚上，在自己心头的怒火还没有平息之前，他要一个人找个地方好好待一会儿。却没料，刚走了两步，就听到身后响起一阵翻箱倒柜的声音，紧接着又听到慧芬一声战栗的叫喊："你别那么性急嘛……"再回过头来看，只见慧芬手里捧着一个双耳釉下彩寿星献桃罐，脸带愧色，惴惴地看着他。

"啥意思呢？"他愣愣地问。那罐子是他们家平日存放零碎杂物的。还是结婚那会儿，她从她们家抱过来的。

慧芬见长水站住了，便慌慌地抱起罐子，向桌面上倒去。稀里哗啦，从这个大肚子的老式仿古罐子里倒出一堆东西。然后又"啪"的一声，掉出一本旧版本的"刑事侦查学"教材。一见这本"刑事侦查学"教材，邵长水心里咯噔了一下。因为从陶里根回来后，他就是把那张透明胶片夹在这样一本教材里，然后才又转移到那个小镜框后头去的。不等他发问，慧芬哆嗦着双手，已经把教材翻了开来。邵长水看到，那片拓有"谋杀"两个血字的透明胶片，安然无恙地躺在那略略有一点儿发黄了的书页中间。他心里一激动，冲过去，一把把慧芬抱住，紧紧地搂进怀里，好大一会儿，什么也说不上来，只是不住地念叨着："你啊你，你跟我在整啥名堂呢？你跟我在整啥名堂呢？你没烧啊？那你跟我演的哪出戏呢？"

慧芬却只是不作声，好半天也没能止住身上那阵战栗，然后便伏在长水怀里，心酸地低声哭泣起来。

7
木刻楞屋子里的灯光

交了检讨,领导再没找邵长水的麻烦,也再没让他插手劳爷的案子。祝磊"自杀"的事情,似乎也没下文了。邵长水当然也不会主动地去过问。公安干警跟军队一样,即便周围早已枪林弹雨,但没有命令,你仍然不能瞎往上冲。于是,对于邵长水来说,这事儿好像就这么过去了。紧接着,公安部向全国各厅局下达了"命案必破"令,集中力量侦破多年来没能破得了的一批"命案"。厅党组立即响应,部署执行。经省委省政法委批准,省厅随即成立"命案必破指挥部",由主管刑侦工作的焦副厅长亲自挂帅,调集全省刑侦队伍的精兵强将,集中力量打歼灭战。刑侦总队毫无疑问地作为这一会战的基干力量,被推上了第一线。邵长水也临时被抽调到指挥部,作为焦副厅长和赵总队长的主要助手,忙碌在破案前线。随后的一段时间里,他可以说是忙晕了,经常要同时奔波在几个大案之间,参与研究、确定侦破方向,部署侦破力量,及时掌握工作动态,分析总结最新规律,拟定供领导选择的下一阶段工作最佳方案等等,忙到了根本就分不清什么叫"忙"和"闲"的程度。"陶里根之行"在他心里留下的那点撞击和创痛因此也渐渐得以平复。只有一件事,他依然耿耿于怀,那就是领导上一直没给他定岗定职。他不知道个中原因究竟何在?是因为自己最后阶段犯的那个"错误",还是因为别的什么?他没法去估摸,也不敢去探问。但要说领导不信任自己,不重视自己,怎么又会把自已放在眼前这场大会战的指挥部里,当主要助手在用着呢?想到这儿,他又稍稍地安心了。但每每地只要一想到定岗定职的事,他又难免会心烦意乱起来。就这样,一会儿安心,一会儿又不安心,一会儿平静,一会儿又不平静,在这交替嬗变的折磨中,终于过去了十来天。"劳爷"的死最后被定性为车祸致死。只是一起严重的交通事故。肇事司机因酒后驾驶,致人死亡而逃逸,已被正式逮捕。但跟"谋杀"无关。劳爷的遗体随即也被火化。焦副厅长和赵总队长代表厅党组和总队全体同志去看望了劳爷的家属。劳爷最后供职的那个盛唐公司给家属发放了一笔相当丰厚的"抚恤金",并且出资在省城著名的福德园公墓里为劳爷购买了一块墓地。骨灰安葬的那天,原计划只是由盛唐公司和刑侦总队去几个领导和员工、干警代表,协同家属举行一个小规模的安葬仪式。却不料,呼呼啦啦地一下到了五六百人。仅自发来跟劳爷告别的干警就有二三百人。他们一律穿着深灰色的警服。仪式进行过程中,又一直播放着电视剧《便衣警察》的主题歌《少年壮志不言愁》:"几度风雨几度春秋,风霜雪雨搏激流……"搞得现场气氛相当的凝重。特别让人感动的是,现场几乎没有人哭,却充满着一股难以化解的疑虑和悲愤情绪,像层层浓重的乌云锁住了大雪覆盖的群山。人们默默地拥抱劳爷的妻子和他那唯一的女儿,用力地却又无奈地握着她们的手。既然事故的性质已经定了,人们当然无话可说。但谁能相信,劳爷之死真的是由这个浑蛋司机酒后驾驶无意间中造成的呢?在邵长水走上前,向劳爷的墓鞠躬致意时,在场所有的干警几乎都把目光紧紧地盯住了他。他们都知道,他是唯一亲历了劳爷出事全过程的人,而且,劳爷还是"死在他怀里的"。他们还听说了,他在汇报中曾向领导"反复强调"过,劳爷是被"谋杀"的。此时,他们把目光都投向他,心情是复杂的,但共同的一点,似乎都想从他此刻的神情中,能看出一点他对这个事故结论的态度,以印证他们自己心中的那点怀疑。但他们失望了。出现在众人面前的邵长水,跟绝大多数人一样,神情是悲哀的，但也是木然的。他默默地鞠躬，默默地注视着那墓碑，再默默地合着那昂扬悲壮的曲调，又慢慢回到那深灰色的队伍中……

　　安葬仪式结束的当晚，回到家，邵长水没有吃晚饭。准确点说，是端上了饭碗，却怎么也吃不下去。那首《少年壮志不言愁》的曲调一直在他脑海里回响。眼前也老是晃动着劳爷妻子那张悲苦乏力而又苍白无助的面容。他们为什么如此不重视劳爷自己对事件的感觉和判断？我们当然不能以他本人的感觉为事件定性的唯一依据，但也必须慎重地对待之才对。他是什么人？一个经验十分丰富的老刑警。深入陶里根达数月之久。已经"深深地陷入其旋涡之中"，对那里的许多事和人有了极难得的切身感受和认识。他由此而产生的某种预感和判断当然是应该得到充分重视的。怎么可以如此轻易地就加以排除和否定，又仓促地去做出另一种结论？肇事司机当然不会轻易交代幕后的真相。他不交代不承认就完事了？多少疑难大案都是从当事人的"不承认""不交代"中拨开云雾重见天日的嘛。为什么轮到这档子事了，就如此轻易地"顺水推舟"，大事化小、小事化了了呢？！说到底，怎么能让一个干了一辈子刑事侦查的老警察就这么"不明不白"地死了呢？匪夷所思。完全匪夷所思啊……他多次想拿着那片血字"拓片"去找总队和省厅领导，但每次都自己把自己给劝阻了。"你管那么多干吗？你管得了那么些吗？大机关跟自己过去待过的基层不一样。这里，大部门套着小部门，大长官连着小长官。人人都管着一摊儿事，门儿门儿都关系着一摊儿利。自己初来乍到，又不摸深浅。你知道自己哪一脚踩下去，会踩住谁的鸡眼儿，犯了哪条禁忌，触动了谁怀里揣着的那点权力？谨慎啊，千万要谨慎谨慎再谨慎，要夹着尾巴做人，邵长水，别以为你曾经当过几天县局的副局长，还在省警校当过几天教研室主任。像县局副局长那样芝麻绿豆大的官，在省级机关里一抓一大把，算个鸟？！况且你正等着定岗定职哩。现在最重要的是，让你干啥就干啥，让你干啥就一定干好啥。除此以外的任何事，对于你都是多余的，甭想,也甭管,不能想,也不能去管……千万别忘了你给自己定下的那两条原则……"每回他这么自己跟自己较完劲儿,回过头再去看慧芬的时候,总能看到她也像是死过一回似的,脸色慢慢地由青白转回红白来。只要看到长水坐在那儿一发呆,她就知道他又在跟自己较劲儿了。她知道,他心里一直没撂下劳爷那档子事。她特别清楚,他从小就是个眼里揉不得沙子的人。为了他这个死性子,这些年,她没为他少操心,也没跟他少置气!这两年,长水他离开了基层第一线,在大小机关里磨练了磨练,情况确有所"好转"。但她还是害怕他,怕他不知轻重、不论场合地再跟人计较是非黑白,会使她这一家人失去已然得到的这一切。慧芬觉得,像她跟长水这样的人,能够"混"到省级机关来做事,能给两个孩子落上省城户口,还能在省城"混"上一套两室两厅一厨一卫现代化的公寓式住宅,走在省城的大街上,不用再担心当晚旅馆招待所那昂贵的食宿费和为购买返程火车票必须付出的那点焦虑和劳累,能让自己的"子孙万代"从今往后永远不再在城里的孩子们面前感到低人一等,她真的心满意足了。她常常会突然地对邵长水冒出一句:"真的太不容易了……你觉得呢?我真的没想到我们还能过上这样的日子……我真的要谢谢你,为豆豆和蛋蛋也要谢谢你……"说这句话时,她显得那么的真诚,那么的感慨,那么的动情,又是那么的……那么的后怕……

"瞧你说的啥话嘛。好像豆豆、蛋蛋是你带过来的拖油瓶似的。"邵长水微笑着抢白道。

"当然不是拖油瓶……怎么会是拖油瓶呢……别胡说八说……"慧芬眼眶湿润地搂住长水,喃喃道。

这时,邵长水也会十分感动地搂住慧芬,一边轻轻地抚摸着她那略显得有一点干黄的头发,一边闭上眼,轻轻地叹了一口气。他深深地被慧芬如此看重和珍惜这个家的情感所打动。是的,眼前这一切,来得实在是太不容易了。在这一点上,他和慧芬有同样的感觉。他同样看重和珍惜眼前这一切,甚至应该说是非常非常看重,也非常非常珍惜……

后来当机关里有人在背后议论劳爷这档子事的时候,他便会故意躲着,既不去参与,也不去旁听。又过了些日子,以至在机关里也没什么人议论了。劳爷这档子事似乎就这样离他、离他们越来越远了……

他也确确实实地以为事情就这样结束了。虽然在偶尔一个阴雨天的下午,呆坐在空无一人的办公室窗户前,心里仍然会隐隐约约地产生出一些躁动,会再一次看到那双手,那双无比灵巧和苍白的手,搁在那个藤条编制的小圆桌边上,微微地战栗着;也会再一次听到急诊室那喘息中一下下带血的气泡的咝咝声;手上也会再一次感受到劳爷在一笔一画地写那"谋杀"二字时的劲道……心里也仍然会突然地涌出一股莫名的愧疚(?)和遗憾(?),大脑的空白,无法面对"陶里根"这三个字的冲击……(是的,从那以后,凡是看到报纸上登载有关陶里根的消息,他都会立刻去抓过来阅读。有一段时间,他又特别不能看到"陶里根"这三个字,只要眼前一出现这三个字,他就会烦躁不已,好像有人跟他故意过不去,要揭他的伤疤似的。)

一直到那一天——那是他从陶里根返回省城的第三个星期的一个星期五的下午,(也许是星期六。但应该是星期五。因为邵长水记得那天并非是个公休日。总而言之,他记得不太清楚了。好像是个周末。)他接到了一个电话,一个非常意外、又非常重要的电话。那时,"命案必破"大会战仍在如火如荼地进行之中。头一天,焦副厅长奉命带人去哈尔滨参加公安部召开的"命案必破"阶段性现场经验介绍会,总队的几位主要领导也跟着去了哈尔滨。头头们上外省去了,指挥部的工作免不了会稍稍松快一些。那天碰巧又赶上周末,慧芬和两个孩子都在家。(这里对邵长水和慧芬居然生了两个孩子要作些必要的解释。按规定,他也只能生一个孩子。但头胎生了个闺女。家里的老人却一定要慧芬为邵家生一个男性接班人。邵长水自己当然也想要一个儿子。他就让慧芬一直在

092

林场场部当她的会计,好些年都没把她调到县城。不是邵长水没那个能耐把妻子调到自己身边,而是故意不调。假如不在林场,她指定不能生第二胎。从中央制定的政策来说,即便在林场,她也不能生第二胎。但山沟沟里的事情毕竟要好办得多。走走路子,还是可以搞到第二胎指标的。当时咬着牙不把慧芬往县城调动,就是为了实现家里老人们这样一个宿愿。第二胎果不其然生了个带把儿的。当然也罚了些钱。交了罚款后,邵家还是高高兴兴地为这第四代"男性接班人"的降临,办了十来桌酒席,"放肆"地庆祝了一番。)那天,邵长水给自己也放了一回"假",回家去瞧了瞧。有十来天没回过家了吧?总得洗个澡,换换内衣什么的,还去理了个发。午饭时,美美地喝了二两小酒,啃了一大盘慧芬特地给炖的手扒羊肉,原本打算再睡它一下午,足足地补它一觉,等晚饭后再回指挥部也不迟。没料想只睡到三点十分左右,放在床头柜上的手机就又蹦又跳地叫唤起来。

电话是赵总队长打来的,让他火速赶到李敏分家去见他。

赵总队长不是跟焦副厅长去了哈尔滨吗?再说,有工作要谈,为什么不去总队办公室,干吗又把人支到那个李敏分家?"又是那档子事?"他浑身一激灵,头皮立刻就有一点麻酥酥起来,即刻间他直觉到,指不定又扯上那档跟"劳爷"有关的事了。这段时间以来,他虽然没再正经过问过这档子事,但隐隐约约还是听说了有关部门的有关人员并没有放弃这个案子,而且一直在努力查着这件事。他甚至还听说中纪委都派了暗访组来工作了一段时间。中纪委这个暗访组当然不是专为"劳爷"而来的。但据说他们也调阅过跟"劳爷之死"相关的一些案卷……

这是自己第几次走进这大列巴巷,来到这位前李主任的家了?第二次?第三次?一个三十六七岁的人,怎么就这么不记事了呢?邵长水最近常常感到自己的精力大不如从前了。有一回跟着赵总队长出现场,坐在丰田越野的后座上,没颠出多远,全车的人都精气神十足地在议论案子的时候，自己竟然迷迷糊糊地睡着了，实在是丢人现眼。这在从前，是绝对不可能发生的。在县局当副局长那会儿，即便全车的人都颠迷糊了，他都不会有半点睡意。下车进山，他撒开脚丫子，一气再走几十里山路，也是常事。现在还走得了吗？真得存疑了。

坐落在白杨深处的这个院子，因青砖砌的甬道破损而显得凹凸不平，因管理粗疏而显得格外陈旧，又因为大树的多层遮蔽而显得格外幽暗和潮湿。栽种在甬道两旁的葱兰和金针花，远没到开花时节，否则，它们是会替这个院子略添几许亮色的。那幢带前后护廊的俄式"木刻楞"房子就坐落在院子的纵深处。几十年前，城里还保存有不少这样的木头房子。它们是这个边疆大市一道"靓丽的风景线"，也是一道为中国其他省会城市（除了哈尔滨）所不可能具备的"特色菜"。它的形成，原因很复杂。据说最早的一批木头房子是十九世纪末，由几位来中国淘金的俄国富商和筑路工程师掏钱建的。到上个世纪二三十年代，一批受"十月革命"冲击逃亡来的"沙俄贵族"及其后裔拥到这儿聚居，又建了一批这样的院子和房子，那是它的鼎盛期。到上个世纪四十年代后期，这一带已经不尽然是俄侨居住的地方了，成了这座城市一个非常奇特、又让人非常头疼的"区域"。你要学钢琴、学美声发音法，请上这儿来；要学油画、芭蕾，也请上这儿来。但如果你想赌钱嫖妓呢？也请上这儿来。如果你豁出命，想找条"捷径"上境外搜购枪支毒品，或者想跟哪疙瘩山窝窝里的土匪头子拉点儿关系，办点儿非办不可的"私事儿""黑事儿"，道上的人也都会把你往这疙瘩引。这儿解放早，一九四七年年底一九四八年年初就成立了人民政府。人民政府为了维护社会治安，据说，曾在这一带，蔫不唧地做了小半年的秘密侦查工作，等把证据都收集齐了，然后突然调集全市公安干警，还动用两个连的正规军，把守住所有出入道口，用现如今的公安术语叫"关门落锁"，一晚上突袭，从这儿逮走了三卡车"黑帮头头"……

后来的岁月，这儿陆陆续续住进一些省市机关的部门领导。他们当然也是看上了这一大片的白杨林和那些别有韵致的"木刻楞房子"。但岂不知，这些木头房子真住起来，并不舒服——这个"不舒服"当然是跟后来逐渐发展起来的那些设备齐全、装修讲究的现代化的大套公寓房和小别墅相比而言的。它毕竟要泛潮，要长白蚁，会养蟑螂，翘裂的地板也一定会嘎吱嘎吱乱响。电线已然老旧，经常短路，总在毁坏电器。屋里又缺少比较先进的卫浴设备。仅有的那种老式桑拿房，洗浴时还得用桦树枝条使劲地拍打赤裸的身体，这些都让从老区来的老同志很不适应。后来，他们便陆陆续续从这儿搬走了，木头房子也陆陆续续地拆掉了，改建成砖混结构或钢筋水泥的小楼。只是当年一位老省长下过这样一道命令，你们怎么拆怎么改我都没意见，就是这些白杨树，一棵也不准给我动了。正由于这道当初看似不起眼的命令，才让大列巴巷保住了这一片冲天而起、蔚然成荫的白杨林……

李敏分家住的这幢木头房子，是仅存的两三幢木头房子中的一幢。当年他父亲还只是市公安局的一个小股长，按说是没有资格跟那些部长和厅长们一起来住这些独门独院的俄式木头房子的。这事，又多亏了那位老省长。老省长生怕当时住进这条巷子的官员们，仗着自己有那么点"背景"和"权力"，一不留神，硬是把这些白杨树砍了，就明令市公安局派人进驻此地"护林"，并点着名地要让李敏分的父亲来干这档子事。李敏分的父亲早年在老省长当"首长"的那个部队里当过保卫干事。这一"护"，就是几十年，直至当上省公安厅厅长。李敏分的父亲无论在哪个岗位上，分管哪个口子的工作，在反对砍树这一点上，态度总是非常坚决，旗帜也非常鲜明。父亲临终时，告诉李敏分，你跟你的母亲和弟妹们，现在可以撤离这巷子了。现在国家颁布了森林法，大树老树也都被列入市府省府保护人居环境的"爱民措施"中了。再说，这些树最老的也有七八十年历史了，也到了该间伐更新的时候，用不着我们再这么为它们操心了,也该让你母亲去享受享受现代化的住宅生活了。办完父亲丧事,李敏分就让母亲和弟妹迁往省里早就分给他们家的那套七室三厅、外加三个大阳台的单元房。但他和他妻子却没走,留在了这"木刻楞"房子里。花了相当一笔钱,在他那位同样精明能干的妻子亲自主持下,把"木刻楞"彻底改装了一下。虽然从外观上说,忠实地保持了原貌,但内部可说是整个地都大换血了。撤去所有朽烂了的木料,加固了所有的梁柱檩条,装上了所有该装的铝合金门窗和美国汤豪斯中央空调,在所有室内地面上铺上了德国原装进口的实木地板,等等等等。至于添置最现代化的卫浴设施和最时尚的灯具、最精巧的五金器具,那更无需赘言。院子里那些葱兰和金针花就是那会儿种上的。当时还移栽了两棵碗口粗的日本樱花,一棵稍细一点的百年紫藤。但不知为什么,这两年也不见它们开花了。

　　现在来看,院子的确显得有些"陈旧"了,甚至还有一点"败落"感。还不到十年工夫,怎么会这样?有人给李敏分算了一卦,说他李敏分二十六岁担任厅办公室主任一职。(当时,在全省公安系统、乃至全省各行业统算起来,都要算是最年轻的正处级干部。)但从父亲死后第三年,他开始走"背"字,一直没再得到提拔。再后来,他身体突然垮了下来,总是莫名其妙地生些莫名其妙的病。(有的人甚至还在传,说他得过一阵子忧郁症,至今还在靠吃药维持着。)在此期间,妻子停薪留职下海搞公司去了,挣了不少的钱,但忙得四脚朝天,也不常回这院子里来。然后他就宣告"病休",经常只有他自己一人很寂寞地待在这院子里,陪伴这木头房子,孤独地在白杨树下踯躅……算卦人说,这院落这些年来的变化和目前的状态,跟他整个人的命运走向和精神状态是"相映相衬""相辅相成"的,真可以说是一荣俱荣,一损俱损,天人合一。

　　院子的"败象",印证着命运对他的背弃。李敏分说,你有办法替我破灾免祸吗?算卦人说当然有啊,就看你心诚不诚了。李敏分说,怎么才能表示我心诚?算卦人说,你是当过办公室主任的人,就拿一万块钱吧,我准保替你禳灾。李敏分一听就笑了，说道，去你妈的，老天爷也爱财呢？其实，真正了解李敏分情况的人对这些说法也都嗤之以鼻。

是的，这些年，敏分的状况不是太好，他父亲留下的这幢木头房子和这个院子显见得有些陈旧和"败落"，这都是事实。但那些人并不知道，这跟他政治上走"背"字儿压根就挨不上边儿。因为真正知道内情的人都清楚，他在政治上压根就没走过啥"背"字儿。当时省厅领导经过考察，研究确定，并报请省委组织部批准，要把他从办公室主任的位置上进一步提起来使用——好像是要调到厅政治部去当副主任。但偏偏在这节骨眼儿上，他病了，莫名其妙地病了，很不争气地病了。甚至可以说，让人很扫兴地病了。但确确实实是"病"了。事情就这么寸，他的升迁在节骨眼儿上就这样被搁置下了。从省厅和省委领导的角度来说，完全没有因为"老厅长"走了，要冷落他儿子的意思。至于院子的"败落"和房子的"陈旧"，那就更扯淡了。朋友们一致认为，李敏分这些年活得渐趋成熟，超脱。他跟许多同龄人不一样，已不那么看重那些身外之物和身外之事，比如，职称啊警衔啊，名车啊豪宅啊，或者再走走门子，争取一个政协委员人大代表头衔，再不济也搞个青联委员当当啊……他觉得，这些都很无趣。对于一个老厅长的儿子，二十多岁时就主管过省公安厅办公室的人，也可谓"曾经沧海"。有人虽然"曾经沧海"，现如今却依然当空舞长袖。有人却是"沧海月明珠有泪"，"心轻万事如鸿毛"。李敏分的超脱到底属于哪一种超脱，是前者，还是后者？是消极的，还是积极的？是超凡脱俗式的超脱，还是舍小取大式的超脱？朋友们说不清。他们说，我们要说得清，那我们不也成了"李敏分"了？你以为谁都能成为"李敏分"的？嘁！（你瞧他们多"崇拜"他。）但有一件事朋友们是说得清的，眼下的李敏分，活得绝不孤独，绝不寂寞。院子的"败落"和房子的"陈旧"，只说明他的为人做事有了另一种追求而已。

屋子里有些幽暗，书籍杂物也堆放得到处都是，但倒也并不显得特别零乱。那个一向以来被当作客厅使用的大房间里，安装有一个俄式圆筒状铸铁大壁炉，还有几个高大的实木书柜。柜子里和柜子顶上，以至柜子面前的那片地板上，全陈放着当年他玩剩的那些古瓷器、古玉器和古佛像，还有一些出自老坑的名贵青田石，呵气便凝珠的古砚和成残断状的硅木化石，这些玩物他撂下已有些年头了。现在他中意的角落在靠南边的那个窗户底下，那里安放着一个单人沙发，一个所有线条都成弧形的小沙发，一个非常柔软结实的小沙发，一个用黑褐色磨砂牛皮做成的小沙发。一盏造型非常现代、线条非常简洁明快的黑杆儿落地灯。一个宽平低矮厚重的脚凳。沙发周边立着几个高低不一的硬实木雕花书箱，最高的那个也超不过一身高。这是他读书的地方。也是这两年像曹楠那样的小丫头上这儿来看望"李主任"，听他"谈古论今"的地方。每一回这样的小丫头来，他都会在这小沙发跟前，替她们单放一把小藤椅。在那样一把小藤椅里，她们陪他度过许多有雨和没雨的傍晚。他给她们讲过许多她们听得懂和听不太懂的话。而她们往往看重的反倒是那许多听不太懂的话。这些个二十二三岁二十五六岁的漂亮女孩觉得，现如今，只要她们愿意，什么东西都能"获取"得到，就是不太容易找见这种既"听不太懂"，但又能让自己隐隐为之激动的东西。这也是她们经常愿意上这儿来的重要原因之一吧。况且他还有这么一个"公安厅老厅长的儿子"和"厅办公室前主任"的头衔哩。有了这样一个头衔，他是能为她们办不少事情的。

　　事后邵长水才得知，实际上赵总队长这一回压根儿就没去哈尔滨开会。他这个"命案必破"大会战指挥部副总指挥，除了担负指挥部平时让人看得到的那许多日常工作以外，还干着一件为多数人所不知道的另一档子事：悄悄地指挥和领导着另一帮人在侦破"劳爷"的非正常死亡案和重新认定祝磊的死亡性质——到底是自杀，还是他杀。赵五六跟邵长水一样，从感情和直觉上都不相信，劳爷的死是由那位司机在酗酒后，

"无意间"造成的,也不信祝磊会死于"自杀"。经验和直觉都在告诉他,因为有人需要这样的定性和结论,才出现了这样的定性和结论。至于到底是谁需要这样的定性和结论,他不清楚。也许过上一段时间,才能闹个明白,但也可能就"永远"也闹不明白了。这样的事情,他一生遭遇过不止一回。这在他们内部有个说法,叫公安工作(刑事侦查)也得服从政治大局。哪些案子要快破、哪些案子要暂时按兵不动、哪些案子查到一定程度就不要(不能)再往下追查了、哪些案子则一定要查个水落石出鱼死网破、哪些案子破了后绝对不能声张、哪些案子破了后则要大张旗鼓地宣传,力争做到家喻户晓……都会根据不同的具体情况和政治需要,作不同的处理。但以假充真、移花接木、故意栽赃陷害、制造冤假错案的事,他只是听说过,真还没在他眼皮子底下发生过。

劳爷这案子发生后,上边一开始没让他们刑侦总队插手,他也没去争。劳爷原先就是他们刑侦总队的人。根据避嫌的原则,刑侦总队不去插手这个案子,有一定的道理。后来案子定性了,他去找厅领导谈过自己的看法,那也只不过是"谈谈看法"而已,他仍然没向领导请求,让他们刑侦总队来接管、复核此案。他仍然觉得,该不该让他们刑侦总队来复核这个案子,是领导考虑的事,自己不能去争。后来,对这个案子的定性,不仅在公安厅内部反应越来越大,社会上对此也传说纷纭。甚至有省人大代表、人大常委专就此事来质询省公安厅。厅党组认真研究了一下,才决定交刑侦总队"复查此案"。"复查过程中,我得注意哪些问题,掌握好哪些大原则?"接受任务时,赵五六曾向厅党组领导请示了这么个问题,这也是多年来的一个惯例。经办某些大要案时,都得这么请示一下,也就是了解一下这个大要案在政治上有什么"忌讳"和必须"防范"和"防患"之处。换一句话说,也是让厅里在这方面给个"底线",以免自己在办案过程中踩了什么雷区,触犯了哪条"黄线"。一般情况下,厅领导都会把他们掌握的那些"底线情况"很具体地交代给他们这些具体办案的人。但那天厅领导的答复却出乎意料地"原则",尽拿些"社论语言"来搪塞他。厅长答道:"啥大原则?以法律为准绳,以事实为根据,狠狠打击一切犯罪活动,坚决维护党和人民的利益,维护法律的尊严。你还要啥原则?多问的!"整得赵五六无话可说。散了会,赵五六心里总觉得特别的不踏实,捉摸半天,又硬着头皮,单独去找厅长请示了一回。厅长指着他的鼻子笑道:"我知道你小子会再找上门来的。我就等着你哩。"赵五六应道:"那你干吗不在会上把该说的话一起都说了,非得要这么再折腾我一回?"其实赵五六心里也特明白,有些办事的"底线"是可以在会上当众说的,而有些"底线"却只能私下里单独交代。厅长沉吟了一会儿,说道:"这档子事关系重大。我早就想让你们刑侦总队来接管这案子,但总有些不方便的地方。现在省人大干预了,总算可以把案子接过来了,你们就开始查吧,但要悄悄地查。在整个儿的侦查过程中,一定要严格做好保密工作。不管查到什么,先都不要声张,更不能在社会上扩散。这要作为一条铁的纪律向参与办这案子的全体工作同志宣布。参与办这案子的同志,原则上要少而精。在政治上必须绝对可靠。这一点,你要严格把关。一方面,我们要力争通过我们的工作还原事件的真相,揪出真凶;另一方面,也许还是更重要的一个方面,就是千万别在政治上给我捅娄子。这个案子在政治上的敏感性和复杂性,还有它的重大性,不用我细说,你也应该明白。办这案子的真正难度也就在这儿……"随即,他们又确定,把这案子交给邵长水去办。这也是从政治可靠,业务精良,性格沉稳,再加上一条别人都不具备的长处考虑的:这家伙刚调到省厅,目前还没定岗定职,在省城和整个儿的上层都没有那么些复杂的社会关系,自身比较"干净",目标较小,容易贯彻"悄悄地把这案办了"的基本方针……

"有啥困难?"赵五六在说明了全部情况后,问邵长水。

"困难当然会是大大的。最大的困难就是现在根本不知道今后会遇到些什么困难，最大的困难就是现在整个儿两眼一抹黑。"

"那当然喽。要是现在眼前一派光明，啥情况都整得特别清楚明白了，还要你来干啥？"李敏分淡淡一笑道。

"除了我，还有谁办这个案？"邵长水小心翼翼地问道。

"还有我……"赵五六笑道。

"还有谁？"

"我和你。你和我。"赵五六不动声色地笑道。

"我能不能也算一个？"李敏分也笑道。

"你？编外吧。干活可以，没有岗位津贴，也不发夜班补助。"赵五六逗笑道。

"那我不是亏大了？"李敏分也跟着逗乐。

"还想问啥？"赵五六回过头来笑着问邵长水。

"……"邵长水稍稍地愣了一下。他心想，都啥时候了，这两位领导还有心在这儿跟人逗乐打趣？！随后，赵总队长告诉他，以后还会调派一些同志来的。但不管调谁来，"这案子都以你为主去办。将来调给你使的人，也只能是一些年轻的新手……"

"为什么？总队里有那么些老同志……他们都特有经验……"

"厅里有指示，为了保证这案子办得公正和客观，要尽量调用那些跟劳爷没有工作往来关系和私交感情的同志来干这档子事。"赵总队长说道。

"别以为自己初来乍到就不能办这么起大案。你要看清楚了，现在组织上用的就是你这个'初来乍到'。你不是'初来乍到'，这回还不一定用你哩。所以，你就别再犹豫和推托了。有赵总队长在背后给你撑着哩，怕啥？"李敏分又插嘴道。他总是把话说得那么"明白"和"尖刻"。不知道为什么，邵长水总有点不喜欢这个人。

"对。我们要的就是你这个'初来乍到'。"赵总队长随即附和道，"我们当然也不是随便抓一个'初来乍到'，就以他为主来干这个活儿的。这一点，我想不用我细说，你也会明白。"说到这里，一直在总队长脸上挂着的那种似有若无的微笑，顿时消失殆尽。他显得异常严肃起来。这个身材不高，脸膛黝黑、没当过一天兵、却浑身洋溢着一股子军人气质的老刑警，露出了他"本来面目"——在重大问题上，在关键时刻，绝对严厉、绝对严谨和绝不轻言退却。"这个活儿应该说是百年不遇的，是那种一个刑警干一辈子都不一定能遇上一回的大活儿。你心里得非常清楚，它绝对不只是在为我们一个战友、一个同行澄清他的死因而已。绝对不是这么一档子简简单单的事。绝对不是。"他补充道，强调道，"这里还牵涉到……牵涉到……牵涉到……"他连着说了三个"牵涉到"，最后也没说出它到底将牵涉一个什么重大问题。他一边念叨着这三个字，一边圆睁开了并不大的眼眶，直视着邵长水，两只眼睛在那儿发着光；而双手则紧握拳头，平放在玻璃茶几上，把整个儿的上身都挺得笔直。这三个字，一遍比一遍说得慢，一遍比一遍说得重，似乎只是想通过慢慢地重重地推出这三个字，表明这个案子里潜伏着一个到目前为止还不能在任何人面前公开的重大秘密——有关一位现任的省委省政府主要领导的问题。在迟疑了一会儿后，他还是这样说出了很难说完整的下半句话："它牵涉到一个到目前为止，我们还没能搞清楚的重大问题。这个问题，不仅省委很重视，可以这么跟你说，中央也非常重视。"话说到这里，戛然而止了，现场谁也不出声，只听得到三个人在粗重地喘息着。

邵长水早就听说，接受赵总队长布置任务，是一种享受，也是一次重大考验。它往往让你胆战心惊，无法推托，但同时也让你心神向往，热血沸腾，以至赴汤蹈火，在所不辞。他今天切身地大概齐地领略到一二了。

邵长水没再说什么了。他还能说什么？还有啥可说的？！

随后，他们又初步研究了一下案情。

当然，首当其冲的是劳爷留下的那个"谜"，也就是他留在那个"虹鳟鱼"小记事本和那块椭圆形真皮钥匙链上的那些"英文字母"。拿到这两件东西后,赵总队长就着手破译。但是用了多种破译方法,也请省安全厅的密码专家,拿到电脑上,用了一些比较先进的密码破译软件,也没能破解出这里头的秘密。

"你琢磨过这档子事吗?"赵总队长问。

"你们没让我过问的事情,我怎么会去瞎琢磨呢?"邵长水忙谨慎地答道。

"真没琢磨过?"赵五六支棱起眼追问道。

"我……"邵长水打格愣了。

"长水,咱们以后要经常打交道。所以,有句丑话我要跟你说明白了。做事为人固然要讲分寸,但你不能老这么跟防贼似的,对谁都防一手,这就让人没法消受了。"赵五六有点不高兴地"训斥"道。

"我没那意思……"邵长水忙红起脸解释。

"听我把话说完。"赵五六立即打断他的话,"你我都是干具体活儿的人,干活儿就得讲个实在。在咱们公安系统,说话做事当然得讲究内外有别,但我们都是内部同志,对自己同志千万别绕弯子,使小心眼儿。我身边不留这一号人,明白吗?"

"是……"邵长水忙答道。

"你怎么考虑这些英文字母的?"赵五六又问道。

"我是这么考虑的……"虽然劈头盖脸挨了一通"粗暴"的训斥,但邵长水心里突然间泛起一种说不出的痛快,让他觉得这个"黑脸总队长"无比的可亲可近。"首先,我觉得应该肯定,劳爷绝不是在故弄玄虚,不是在借此作秀。一个老刑警可能有这样或那样的毛病,这样或那样的不足,但他绝对不会拿案子来作秀,更不可能在一起命案上胡来。他留下的这两件东西里一定正经隐藏着一个重要的重大的秘密。它一定跟劳爷数月来在陶里根秘密调查有密不可分的关系。否则,他不会在临死前,拼着命也要把它递给我……"

"这才是大实话。我同意这个分析。"赵总队长说道。

"我想,我们……我们能不能不走那些特别复杂和高级的破解途径来破译它呢……"接着,邵长水又小心翼翼地说出自己的一个建议。

"为什么不用把它看得特别复杂和高级?为什么可以走简单和直接的路径来解决它?"赵总队长皱起眉头问道。

"可能……可能也是我的一种直觉吧。我觉得……据我了解,劳爷好像并没有受过特别高深的密码编制训练……"邵长水解释道。

"啥高深训练,他压根就没受过这方面的训练,连最初级的训练也没受过。"被赵五六拦截过一次话头后,便一直在一旁没再作声的李敏分,这时插话道。

赵总队长为什么不回避这位跟办案基本没什么直接关系的办公室"前主任",反而还要跑到他家里来找自己谈话,一起分析研究案情?这个李敏分到底是个什么样的人物?那个曹楠小丫头为什么一边声称应该回避他,一边却又跟他走得那么近?她到底又是个什么样的人?对这一连串的问题,邵长水心里一直在打着鼓,纳着闷儿,但表面上却不作任何表示,仍然平和地说道:"……是啊,我想他肯定没受过什么高级编写密码的训练。从常理上来说,他也不可能请一个这方面接受过高级训练的人,来为他编写这些密码。所以我觉得,如果那些英文字母确实是他使用了某种密码而编写成的,他使用的那密码可能不会特别复杂、不会充满了学究气、特别高级、特别先进的那种。最有可能的是,他自己创造了一种非常简易可行的方法,把这些想要留给组织上的情况,转化成了密码字母……"

"嗯……这个思路有点意思……"赵总队长显然对邵长水的这个分析很感兴趣,立即跟李敏分交换了一下眼色;似乎从李敏分那里也得到了充分的肯定,然后又问邵长水,"这些英文字母会不会压根儿就不是什么密码，只是一种无意义的书写练习而已？"

邵长水在回答这问题前，先问了这么个问题："我们对记事本里那些空白页面做过检测没有？劳爷是否用某种密写方法在这些空白页面上留下了什么文字？"

赵五六答道："检测过了，那些页面确实是空白的。"

邵长水立即又说道："那我敢肯定，这些英文字母里一定有名堂。我觉得劳爷绝对不会拼着最后一口气，给我一些完全空白的页面和毫无意义的字母书写练习。"

"那好，我们就从这儿找突破口，给你一个星期的时间，用你的思路来破解这些英文字母里的秘密。"

"一个星期？"邵长水忙为难地笑了笑。他心想，您赵总队长带人忙活了三四个星期都没找着个头绪，我一个星期咋行啊？我比谁多长了个脑袋？！

"先试试吧，不行了再说……"李敏分说道。

"不是试试，而是必须把它拿下。一个星期，必须拿下。"赵五六当即否决了前李主任的"试试"说。

"那你就努力干吧。一个星期之内把这个英文字母谜给破解了。"李敏分立即改变了自己的态度，应和着赵五六，这么对邵长水说道。

随后，赵总队长还跟邵长水讲了这么一个情况：他们初步摸了个底，发现劳爷在陶里根期间一直很"本分"。除了干着那个盛唐公司保卫经理的本职工作外，他几乎没有干过任何分外的事。

"可能吗？"邵长水一愣。

"但我们摸底所得到的情况就是这样。"

"有情况不是说，劳爷还邀集了几位老同志帮他一起搞'秘密调查'？"

"我们找了一些人。他们都说，劳爷在陶里根没跟什么司法界的人来往过。上班下班,他总是独来独往,也没见他搞过啥秘密调查。"

"是吗?"邵长水诧异地问,并长嘘了一声说道,"那就太奇怪了……如果真是那样,他怎么会产生自己可能会被谋杀的预感?再说,那天,他在跟我见面前,带上了这本神秘的小记事本和这把同样神秘的钥匙,显然是有重要情况要向我述说和交代。这说明他在陶里根还是做了一些相当重要的事,并且搞到了一些特别重要的情况。如果不是这样,后来所发生的所有的那些事情就都没法解释了。难道劳爷纯粹是为了要捉弄我们才安排了这一切的?他没变态吧?"

在李敏分家谈完话的第二天,赵五六给邵长水配备了两个助手,并且在省城近郊那个规模宏大的省武警总队培训基地里,给他们找了两套既安全又安静的房间,让他们开始了艰难的破解密码的工作。一周的限期很快就过去了,邵长水用尽了他所能想到的种种"简单易行"的破译方法,却都不见成效。而且到最后,也跟赵总队长他们先期经历过的那样,陷入了同一个怪圈:破解的方法越用越复杂,手段越用越先进,请教的破译专家也越来越高级,但困扰在这个"秘密"外围的迷障却依然重重又叠叠,曲曲又弯弯。经过七天七夜的挣扎,事情显然仍停滞在"一筹莫展"的困境之中。

与此同时,又发生了几档子既让邵长水感到恼火、又让他困惑不解的事情:首先,赵总队长一再叮嘱,这件事一定要对外保密。但没过几天,外头就有人知道了。个别人甚至打电话到邵长水家里来探问,你们家的老邵是不是躲在外头破译劳爷留下的什么"密码材料"?有人甚至还知道他们"躲"在武警培训基地里。紧接着,邵长水曾经预料过、也是让他比较担心的一档子事情也发生了:社会上以至省厅内部风传起这样一种说法,劳东林在临死前根本就没说过什么"谋杀"的话。"谋杀"一说,完全是邵长水一手"炮制"出来的。这家伙刚调到省公安厅,邀功心切,故弄玄虚,有意把一件挺简单明白的事情厚厚地包上一层神秘的外衣,其目的就是为了在厅领导跟前显示自己多么有能耐,让领导尽快注意到他,把他放到更重要的岗位上去。内部还有人甚至"愤愤"地来责问,你们这样干,是否存心把矛头对准省里某一位刚提起来的年轻领导,是否是有意在助长和附和社会上一股借口"反腐败"、否定改革成果、搞乱人心、扰乱大好稳定局面的阴风,把矛头对准省委省政府的主要领导,唯恐天下不乱?你们没瞧见中央有关部门已经明令禁止中央电视台在黄金时间播出反腐败的电视剧了吗?这些人甚至指名道姓地说,像邵长水那样"官迷心窍",又不知"天高地厚"的"年轻人",到底是怎么混进省公安厅这样一个专政机构核心要害部门来的,真要好好地查一查……

在此期间,赵总队长倒是从来没催问过进度,也从没跟他提及过那些"风言风语"。一直到七天限期结束的那天夜里,他才亲自到培训基地来了一趟。"还是没啥进展?谈谈情况吧。问题到底出在哪个环节上了?"听完汇报,他往椅背上一靠,目不转睛地盯着邵长水审视了一会儿,没再多说什么,只丢下一句话,"再给你一个星期时间,随时跟我保持联系。"就走了。当时邵长水真是觉得愧疚万分,啥话也说不出口,赶紧起身,带着那两位助手,默默地跟在赵总队长的后头,送他下楼。走到楼梯口,赵总队长对那两个助手说:"你们二位就不用再跟下楼了。我跟老邵再单独说点情况。"两位助手很知趣地忙止住脚步。

到了楼下,邵长水才发现,赵总队长今天是自己开车来的。他把邵长水招呼上车,关上车门,在车内默默地坐了会儿,才对邵长水说:"再给你七天时间,这可真是最后的期限了……"

邵长水忙不迭地点头道:"我知道。我知道。"

"不是我要逼你……是上面催得紧。"赵总队长叹了口气。

"我知道……"

"有人搅和着要我们马上中止对劳爷之死的调查,马上解散你们这个专案组。"赵总队长又补充道。

"是吗?"邵长水一惊,"什么理由?"

"理由?很简单嘛。他们觉得,车祸的性质已经整得非常明白了,完全可以排除'谋杀'的可能性了,这个专案组没有任何理由再继续存在下去。专案组存在一天,社会上的风言风语就会存在一天。这个专案组已经成了省内政治上的一个不稳定因素了,早该把它撤销了。"

"这是啥话嘛。我们反倒成了政治上的不稳定因素?整个儿一个黑白颠倒,是非不分嘛……"邵长水轻轻地反驳道。

赵总队长又沉默了一会儿,问道:"长水,你再认真回忆一下,劳爷临死前到底是怎么跟你说的?他说到'谋杀'的时候,情绪咋样?是非常肯定,还是挺犹豫,挺没把握的,或者只是在猜测?"

"咋了,您也在怀疑我了?"

"你看看你这个同志,一事当前,先考虑个人得失。这样怎么能做好工作?"

"是。是……"邵长水忙红起脸,点头称是。

"我和东林共事这么些年,在这个公安厅里,可以说,没有人比我更了解他了。这家伙身上确实有一些让人觉得不太舒服、也可以说是让人觉得比较讨厌的地方。他平时也老会给领导找些麻烦。但作为一个公安干警,一个刑警,在敬业精神和专业特长方面,他确实又是没得可挑的。他这人最大的特点就是从来不说假话,不肯做违背他自己良心和感情的事。他这人一生如果说确实还吃过什么大亏,也就是吃在了这一点上,为人太耿。拿现在最时髦的话来说,就是他太'自我'。我敢这么说,他这条命也就是送在了这一点上……"说到这里,赵总队长突然激动起来,眼眶也湿润了;然后低下头去长叹了声,闷闷地说了句:"可有人就是不让往下查啊……"可以看得出,为了坚持闹清劳爷之死的真相,坚持不解散这个专案组,他和在他背后支持他的那些人,正承受着巨大的、甚至可以说是极其沉重的压力。而这方面的情况,他还不能向邵长水和盘托出。可以看得出，有许多的难言之隐，正在折磨着他。

沉默了一会儿，他断然说道："只能再给你一周时间了。砸锅卖铁，成不成，就这一锤子买卖了。"邵长水也只能默默地点了点头，以表示自己的决心。然后赵总队长突然又提及祝磊。他说："对他的自杀，你近来有啥新的想法？"

"咋了？那边有突破了？"邵长水忙问道。

"唉……"赵五六轻轻叹了口气，又摇了摇头说道，"要有突破就好了。"

"找到那个给您递纸条的人了吗？"邵长水问。

"……"赵五六又摇了摇头。

"这……这……"邵长水本来想说"这怎么搞的嘛。那个人应该很好找的嘛"，话到嘴边，立即意识到这么说出去，可能会伤着赵总队长；再说出口时，话已变成了："这……这的确有一定的难度……"

两个人默默地又坐了一会儿，邵长水歉疚地说道："我这儿破不了密码，给您加重了许多负担。在祝磊的事情上，又插不上手，给您分担不了啥……不过……不过，有句话，我一直想说，不知道该不该说。"

"说。"

"劳爷的遗体火化了。听说祝磊的遗体也火化了。这事不知道是谁做的决定，无论如何是有点草率。尤其是祝磊的遗体，是自杀，还是他杀，尸检是非常重要的定性手段。在没有最后定性前，这遗体是万万烧不得的。"

"你觉得祝磊的死还不能定为自杀？"

"您觉得可以定为自杀吗？"

"……"赵五六默默地看了看邵长水，没做任何反应。

"当时在查看祝磊尸体时，我注意到他的右手手腕上有一个不怎么明显的淤血痕迹。"

"我也注意到了。这能说明什么问题?"

"这淤痕如果是在他跳窗那一刻产生的,那就能说明太多的问题。"

"……"赵五六又不说话了,只是直瞪瞪地看着邵长水。

"……他们的遗体既然已经烧掉了,也就没办法了。但撞死劳爷的那辆车不知道保存在咱们手中没有,别让人再把这车也给毁了。当然,我也是在瞎操心罢了……"

"还有啥要说的?"过了会儿,赵五六又问道。很显然,他对邵长水说的这些话,还是很感兴趣的。

邵长水沉吟了一下说道:"有句话请总队长转告有关领导,我邵长水解不开这'密码',不等于别人也解不开。就算我们刑侦总队的人都窝囊,都无能,都解不开这密码,也不说明劳爷留下来的这些东西里边就没有隐藏着秘密,更不能据此就轻易下结论说,劳爷不是被谋杀的。"

赵总队慢慢地回过头来非常沉重地说道:"兄弟,要真到了那一步,拿不出任何干货来跟人说,那就没法交代了……你我就等着挨板子吧……等着挨大板子吧……"

"自古以来都有破不了的案和解不开的秘密。怎么轮到我们头上,事情就会变得那么严重?"邵长水略有些不平地说道。

赵总队苦笑了笑道:"这话,不该由我们自己说,也不该去跟人计较这一点。作为我们自身,就一条,把手头的活儿干好,干漂亮了,干扎实了。活儿干得不好,你就啥也别说,啥也说不了。明白吗,年轻人……"

8
又一次失算

但是七天后，他还是没能破解这堆英文字母里的秘密。甚至找到工大一位专门研究数论和博弈论的数学教授，就密码的编制和破解问题，整整探讨了一个晚上，后来把那些英文字母留在教授那儿，让他研究了两三天，也没得出什么结论。最后教授无奈地说，如果你们仍然坚持认为它是个"密码"，我就只能这么说了，这个人，如果不是编写密码方面的天才，就是一个完全不按现代游戏规则行事的"野人"。还有一种可能是，他使用的根本就不是什么"密码"，只是借用了某一种代码系统的编码方法，而在对外显示时，把那个系统的专用符号转换成了英文字母而已。因此，只要能知道他使用的是哪种代码系统，事情就好办了。

"依您看，他有可能使用了哪种代码系统？"邵长水问。

"这就不大好回答了。我不是研究代码问题的专家。而且，世界上正投入使用的代码系统多得一塌糊涂。"带有浓重南方口音的教授谦和地回答道，"但我倾向于从日常生活能接触到的那些代码系统中去寻找对应的破解路径。这个问题，我想应该不会太复杂。"

于是，问题又回到了它当初的起始点：应该对问题进行简约化处理。但是，究竟应该朝哪个方向去寻找这个"简约"点呢？当今世界虽然缤纷缭乱，形形色色，但大略都可划归两大类型，除了"复杂"，就是"简约"了。而且这两大阵营之间也并没有划定绝对的界限。任何一个"复杂"相对一个更复杂的东西就是"简约"。而任何一个"简约"相对一个更"简约"的东西来说，它又可以说是"复杂"的。所以，只说是寻找"简约"，这范围还是太大太大。但教授的提示中，有一点却是很有启示性的：他说，"我倾向于从日常生活能接触到的代码系统中去寻找对应的破解路径"。这里，"日常生活"这四个字非常重要。教授也充分估计到，这个"编码人"（邵长水向教授扼要地介绍了劳爷的基本情况，但始终没跟他透露这人到底是谁。）既然从来没接受过正规的编码训练，也没接触过这方面高深的理论，更不是这方面的专门从业人员。因此，他很可能是从他所能涉足的"生活领域"里，得到某种编码启示的。

也就是说，到劳爷的日常生活圈子里去寻找他可能接触得上的那些"代码系统"。

如果这个侦破方向是正确的话，那就极大地缩小了应排查范围。应该说，这是一个具有重大突破性的想法。

邵长水把这个思路和认识跟两个助手一说，当即获得了他们的赞同。这是发生在第二个限期阶段第六天晚上的事。因为离最后期限只剩一天多一点儿的时间，已经连续奋战了十来天的他，不顾疲劳，连夜去找到赵总队长，当面把这新获得的思路向赵总队长做了详细汇报，希望能得到总队长方面的"宽限"，再给点时间，让他们再做一次努力，哪怕是最后一次努力也行。

听完邵长水的请求，赵总队长没有马上答复；只是低下头，沉吟了一会儿，突然惨然一笑道："想法倒是挺好。不过，晚了……"

"不能算晚嘛。"邵长水赶紧笑着申辩，"还没过最后期限嘛。通过前一阶段的工作，我们抓住了一个新的侦查方向。这也算是阶段性成果嘛。如果领导觉得我们新确定的这个侦查方向还是有点希望的，再给点时间也不为过。"

"……"赵总队长定定地打量了一下邵长水，他那多肉宽大的脸庞上突然显现出一种少见的僵硬和无奈的神情,给人的感觉,他似乎是有话要说,又似乎不忍心在这节骨眼儿上把这话说出来打击对方似的。就那样,看得出,他心绪相当矛盾地沉默了好大一会儿,才说道:"这样吧,你在这儿等着。我去去就来。半个小时。不会太长。反正,我没回来前,你别动窝,一定等着我。"

邵长水知道赵总队长是要就"宽限"问题当面去请示厅领导。

半个小时过去了,他没回来。又过了半个小时,他还没回来。邵长水有点急了。经验告诉他,在领导那儿扯皮的时间越长,说明遇到的麻烦越大。如果顺利,应该是能速战速决的。又过了一会儿,赵总队长果然一脸沉重地走了进来,坐下后,稍稍调整了一下自己的心绪,细心地斟酌着用语用词,对邵长水说道:"今天你不来,我原本也是要找你当面谈的。这一阶段,你干得挺不容易。甭管是在陶里根,还是在会战指挥部,还是在武警培训基地……干得都挺努力。我还是那句话,你的情况,组织上是了解的。所以,我一向主张,不要去说是同志们的工作不好,而是情况发生了变化。对我们来说,重要的是去适应变化了的新情况。现在的新情况是,上头决定撤销有关'劳东林同志非正常死亡'的一切专案调查。既然要撤销的是'一切专案调查',当然也包括你们这个解码小组……"

邵长水的心狂跳起来,忙问:"这个决定是什么时候做的?"

赵总队长答道:"这,你就没必要知道了。我也说不清楚。上面要求立即将这个决定传达到相关的每一个人员,而且还要求,从传达的这一刻起,该决定就立即生效,不得有误。"

"他们真着急啊……"邵长水心里这么想着,发了一会儿呆,又问,"上头真的觉得劳爷的案子能算是彻底整明白了?"

赵总队长很严肃地答道:"他们压根儿就不认为在劳东林这档子事情上还存在什么'案子'问题。"

邵长水的心再度狂跳起来,看定了赵总队长,问道:"那么……这个

'谋杀'一说,就是我邵长水生造胡编出来的？"

赵总队长不说话了。他不说话,不表态,就是一种表态。看来情况真的是"相当严重""相当紧张"了。而且,很明显是骤然间变得"严重"和"紧张"起来的。这短短的几天里,上头究竟发生了什么变故,使得"风向"一下子会发生如此急剧的变化？

到底怎么回事？

政治上非常成熟沉稳的赵总队长,当然是不会向他进一步透露这方面的详情和细节的。

但内秀的邵长水却已经觉出,有人不想让人搞清"劳爷事件"真相,而且是千方百计在掩盖真相。现在还搞不清这帮子人到底是"哪路神仙",也说不准他们这么干的目的到底是什么,但有一点,是可以肯定的:他们绝对不会是一般的普通人。还有一点也要想到:他们既然要捂盖子,就一定得否定劳爷是被谋杀的,也一定得收拾住这个邵长水。因为是他从陶里根带回了劳爷被"谋杀"的说法。他是"谋杀"说的始作俑者。拿我们历来习惯的说法,这就叫"先抓个典型带带路"。

看来一场"恶斗"是逃避不了了。

那么,现在我该不该抛出那个"拓片"来为自己"正名"？

邵长水的脑子飞快地旋转起来。这也是我们常说他"内秀""内静",并素有"急智"的一个重要原因。大事临头,甚至大难临头,他总能镇得住自己。请你别小看"镇得住自己"这五个字。古今中外,天地风云,多少悲欢离合事,俯仰进退泪,最后还往往就在这五个字上论了成败,见过分晓。

在急速地权衡一番后,他果然冷静了许多,觉得在抛出那个"拓片"前,还得搞清楚一个情况,那就是总队长和省厅领导目前对他的态度有没有发生变化；如果有变化,又是一种什么性质的变化。到这时候,邵长水当然已经比较清楚地意识到,"劳爷事件"只是某座巨大的黑色冰山露出海面的一个尖角而已。这座"冰山"既不是总队长和省厅制造的,也不是总队长和省厅能"化解"的。它轰隆隆挟带着乌云和雷电,伴随着排空的浊浪,以吞噬世间一切活物的霸气,向海岸线拍来。劳爷好像是有意要去阻挡它的,却成了第一个牺牲品。他邵长水本是无意中被卷到这浪涛中来的,但现在看来,他很可能会成为"第二个牺牲品"。他当然不能就这样心甘情愿地成了"牺牲品"。如果有人根据他一贯以来任劳任怨的作风,就认定他是一块能让人随便捏来揉去的面团,那他们肯定大错而特错了。当然,他也不会蛮干。只要没有人逼他去蛮干就行。

"那,一会儿我就去培训基地,通知那两位同志,让他们马上回原先的科室。劳爷的那两件东西,怎么处置?"他问。

"还交给我。"赵总队长答道。

"我……"稍稍迟疑一下后,他开始涉及一个最要害的问题了:关于他自己的去向。"我……我还回指挥部呢,还是……"

"你先在家歇两天。这段时间够累的。"赵总队长回答得很快,显然是有所准备的,但也看得出,他的回答,闪烁其词,似乎蓄意在回避什么。

"这就是说,我被挂起来了?"邵长水直截了当地追问道。

"先歇两天嘛。以后……再说以后的事。"赵总队长闷闷地答道。

"为什么要把我挂起来?因为我没及时上交劳爷的那两件东西?那点鸟事儿能算个啥嘛?还是因为我如实向组织汇报了劳爷本人对事件性质的判断?啊?"邵长水不依不饶地继续追问。在领导跟前,这么说话,这在他,从警一二十年,也是罕见的。但事情已然到了这么个节骨眼儿上,就不能讲究那么些了。

"谁说过要把你挂起来了?谁?"赵总队长突然暴怒起来,一下从座位上站起,扯直了嗓门叫喊。太阳穴和脖梗子上的几根青筋立刻全都鼓凸了出来。他愤愤地盯住邵长水直看。但又很快转过身去,咻咻地喘着,不想再正面面对邵长水。也许应该这么说他会更贴切些:被许多种"难言之隐"折磨着的他,此时此刻觉得自己没法直面邵长水。他心里也觉得难受。为此,场面一时间变得异常的尴尬。

"我……我没别的意思……"沉寂了一会儿后,邵长水缓缓地解释了一句。情况基本已经摸清了,就没那个必要把关系搞得那么僵了。赵总队长不是"冰山"的制造者,他也是被卷进这事件里来的人。更何况他还是自己的顶头上司。往后,自己的许多事还得从他手上过。鬼门关前过独木桥,他要拉你一把呢,你也许就过去了。他要推你一把呢,这事就很难说了。

在专政机关工作这么多年,邵长水深知,利益问题,不仅是下层民众犯罪的重大动因,也是历来促使上层政治生活复杂化的一个重要因素。纯粹的理想从来只存在于信念之中。当它外化到政治中去的时候,一定是和"利益"结合在一起的。讲利益并非全是坏事,就看你追求的利益合法不合法。这当然是个低标准,我们还可以把标准放高一点儿,还得看你是否"合势"。也就是说,你追求的利益是否符合时代的发展趋势和走向。再放高一点儿,在邵长水看来,这就是个最高标准了,那就得看你是否"合心",是否合乎人民的心愿和历史的心愿。

历史有"心愿"吗?历史作为以过去时状态存在的一个综合体,是在自然拼接、不断延续的过程中实现的。它是否会形成一个独立的自身,这个自身是否还会呈现出一个主观心愿?在警校里,邵长水曾跟教政治和主管思想教育的几位教员、校领导讨论过这个问题,后来当然也是以不了了之而了之。

在这里,我们就不去探讨什么理论问题了。

而现实的结论却是:省厅领导和总队的领导出于一种邵长水还不清楚的原因,还是跟一些力量"妥协"了,为了"大局",决心要暂时牺牲他邵长水了。

现在还不清楚他们会把他"牺牲"到什么程度,这也是邵长水深深为之忐忑的。

"长水,还是那句老话,你的情况,我们是清楚的。你暂时先歇两天。这段日子里,你一定要管住自己的嘴,也别四处去瞎跑,在家安心等我的电话。"赵总队长用力握着邵长水的手,最后说了这么一句话。这时,邵长水已经决定马上回家去取那张"拓片"了。是时候了,他要立即澄清事实,并给那些蓄意捂盖子的人沉重一击。他要让世人,特别是有关组织清清楚楚地看到,这"谋杀"二字,是劳爷他自己用他的血写在我邵长水手上的,是他劳东林自己对事件性质的判断。是继续查,还是就这么不查了,你们看着办吧。就是不想查,也别拿我邵长水说事儿,别把责任全推到我邵长水头上。

他匆匆地发动着车子往家赶,还没走多远,手机响了,是慧芬打来的,说家里出事了。他赶紧把车往路边一停,追问,出啥事了?慧芬气急败坏地告诉他,家里被盗了。东西被翻得一塌糊涂。到底丢了哪些东西,还没最后清点清楚。现在能知道的是,现金、银行存折和慧芬那两件不太值钱的首饰基本都没被盗走。邵长水赶紧问,你赶快去瞧瞧,那个仿古瓷罐还在不在。特别是我放在罐子里的那本旧书,老版本的刑事侦查学,还在不在。赶紧去瞧。邵长水大声催促。慧芬答应着忙挂了电话就往过厅里跑。等邵长水十几分钟后驱车赶到,大步冲进家门,她神色仓皇而又十分沮丧地告诉邵长水,那罐子还在,但那本老版本的刑事侦查学却怎么也找不见了。

邵长水一愣。

那本老版本的刑事侦查学里正夹着那张关键的"拓片"。

9
这世界到底是谁的

半个小时后，得到报告的赵总队长，带人急忙赶到邵长水家察看现场。在接到邵长水的电话后，他做出的第一个反应是打电话到武警培训基地询问，劳爷的那两件东西是否安全。得知那两件东西没出什么事，他便立即让他们把东西送到总队资料室去存放；然后又赶快打了两个电话，一个电话打给远在哈尔滨的焦副厅长，汇报情况；另一个打给保密员，让这位早已睡下的保密员立即赶到总队资料室，接收并保管好那两件东西。

因为邵长水的岗位至今没最后定下来，他的家也就一直还安在省警校大院里。据慧芬说，今天晚上，省警校有一场内部的文艺汇演。她带着两个孩子去学校礼堂看演出了。因为有演出，学校里人来人往的，也比较乱。看完演出，她带着两个孩子又到学校外头的"大排档"里吃了点夜宵，回到家就挺晚的了。一推门，觉得不对头。走的时候分明是锁上了的，这时候，门却是虚掩着的了。灯，走的时候分明是关了的，这时却亮着了。她起初还以为是长水回来了，兴冲冲大步往门里跨，但出现在眼前的这个家，却已是一片狼藉，东西被翻得乱七八糟，但门窗却完好无损。说明"盗窃分子"显然是用事先配好的钥匙，或是用万能钥匙开的门。在屋里没有留下任何脚印和指纹，这说明作案的是个惯犯，反侦查能力很强。但案犯作案时对自己的作案动机却没做任何"伪装"，比如他（他们）

原可以顺便再抄走一点儿物质和钱财方面的东西,以此来掩盖他们真实的作案动机,也可以对侦查人员日后在确定侦破方向时起到一点误导作用。邵长水家虽然没有太值钱的东西,但是,那个笔记本电脑和佳能相机,拿出去还是能变卖出一点儿钱的。结果他们什么也没拿。抄了半天家,就拿走了那本夹有劳爷血字"拓片"的旧书。从中取走"拓片"后,而且还公然把书扔在了楼前的林带里。似乎就是要告诉侦查人员,老子此举就是为了取这张"拓片"的,猖狂之极,明目张胆之极,到了无以复加的地步。他们还算准了慧芬和孩子们一时半会儿回不来,不仅在房间抽了烟,还从冰箱里找饮料喝。但临走前,不仅把吸剩的烟屁股带走了,还把烟灰也都清理干净了,也没在饮料瓶上留下任何一点儿痕迹。显见得这是一伙(或一个)作案的老手,或者说在反侦查方面确实拥有相当的常识和经验。

还有件事也让邵长水感到有些意外。赵总队长在看完现场后,首先批评了邵长水,家里藏有这样的"拓片",为什么一直没跟他汇报?这一点,邵长水是意料中的,他不批评才怪哩。让他感到意外的是接下来发生的事,赵总队长在批评完了他以后,又追问他和慧芬,曾跟谁透露过这"拓片"的事?慧芬居然显得很木然,不知所措,脸色灰白,说话也结巴了,说了半天,居然也没说清楚个啥。(她当然是想说她从来也没有跟别人说过这拓片的事。)说完就在一旁呆坐着了。慧芬这人,虽然表面上看起来有点琐碎,甚至还有点过于外向。有时也爱在邻里和同事之间插手一些本不该她插手的杂拌儿事。其实,她是个特别本分,也特别大大咧咧的人,可以说,一心只扑在丈夫和孩子身上,除了家和本职工作外,几乎不知道还有个"自己"。所以,只要长水和孩子们身体健康,工作和学习顺利,别的一切事情,她都不那么在乎。也就是说,除此以外,几乎没有什么事情能让她张皇到如此地步的。

难道她跟外头什么人透露过这"拓片"的事?邵长水暗自猜想道,

觉得这事还真得好好查问她一下。但等赵总队一走,还没等他开口,慧芬就赶紧把门窗关紧了,把长水拉到里屋,瞪大了眼睛问:"你跟谁说过拓片的事不?"

"咋了?"邵长水还真的让她问愣了。

"跟我说实话。你说过没有?"慧芬浑身止不住地轻微战栗着,神情中的紧张也是从来也没有过的。好像在等着一个死刑判决,或最后的病危通知似的。

"我怎么可能跟人去乱说?我倒是要问问你……"

"你真没跟任何人叨叨过?"慧芬不依不饶地追问着。

"你咋的了?"

"要是……要是你真没跟任何人透露过,那问题就肯定出在我这儿了……"她脸色骤然又灰白起来。眼神中立刻透出一丝恐惧和不解。她对邵长水说,"拓片的事,我跟外头人说过。但只跟两个人说过。这两个人就是赵总队长和李主任。"

"李主任?哪个李主任?"

"你们省厅办公室的前任主任李敏分啊。"

"你怎么会去找他俩说这事呢?"

"也真是倒霉鬼催的。前一段老有警校的同事上我这儿来叨叨劳爷那案子。(慧芬在警校财务科当会计。)话里话外,老带到你,把我说得心里慌得不行。他们说劳爷这案子背景特别复杂,跟那个副市长'自杀'和社会上那股反代省长的风大概都有牵连。他们都挺为你担心的,让我劝劝你,一定不能在这个案子卷得太深。现在就有人到处在说,劳爷被谋杀完全是你邵长水造的舆论,说你被人利用了,故意在搅浑咱省这一池子水,想趁机浑水摸鱼。我怕你担心,一直也不敢跟你说。但前两天又有人到我跟前来叨叨,他们说,你们家老邵凭自己的真本事,好不容易从基层一路摸爬滚打上来,而且还占着一个特别好的位置,就是从来也没参与过上层哪个山头里的那些烂事儿,从来也没得罪过省里哪边的领导。人又能干,聪明,实在。这样的人,省里特别缺,前程应该看好。干吗非得要去掺和什么劳爷谋杀不谋杀的事?我说,这不是咱们家老邵想不想掺和的问题,是领导上派给他的活儿。派到头上了,他能不干?他们说,可社会上都说,劳爷这案子本来特简单明了,就是让你们家老邵生造出一个'谋杀'说,把水搅浑了,才复杂化的……"

"你就坐不住了?拿着那拓片去找赵总队长和李敏分去为我开脱责任了?"

"那天我真坐不住了。劳爷被谋杀这话到底是怎么传出来的,当领导的应该最清楚。他们为什么不站出来替你说说话呢?要知道,瞎话连说三遍,都能变成真理。况且现在不止说了三遍了,都有三十人三百人说了三十遍三百遍了。他们该站出来为你说句公道话了……"

"于是你拿着这拓片,就去找赵总队长和李主任了?"

"……我没带着拓片……"

"这是哪天的事?"

"前天。"

"前天?"

"是的……"

"找了赵总队长,你怎么会想到还要去找李主任?"

"我没想找李主任。我找赵总队长说事的时候,碰巧当时李主任也在那儿。"

"李敏分也在赵总队长家里?"

"是的……"

他俩怎么老在一块儿?

难道说,是他俩中的谁向外透露了拓片的消息?是有意透露的,还是无意间透露的?假如说是故意透露的,那事情就真复杂了……

偷盗者上家里来啥也不拿，直奔"拓片"而去，就凭这一点，也能说明，他们是跟杀害劳爷一事有牵连的。如果赵总队长和李敏分中的哪一位真是有意向他们透露拓片的消息的，那么，能不能说明这个人跟杀害劳爷也是有一定关联的呢？

邵长水不敢再细想下去了。

他不信，也不愿意信。尤其不信，说赵总队长跟谋害劳爷有什么牵连。当天晚上他就要找赵总队长去澄清这档子事，慧芬拽着他，死活不让他去，这也是她从来也没做过的激烈行为。"你怎么那么傻呢？这会儿怎么能去跟人当面对质呢？你这会儿去当面对质，万一这档事真的跟他赵总队长有关，不等于在跟人叫板儿吗？不是等于逼着人家跟你摊牌吗？咱们有啥本钱跟人摊牌？"慧芬哭着喊着，人跟疯了似的说道，"……长水，咱们惹不起，总还躲得起吧？咱们惹不起，总该躲一躲吧？他们一定要这拓片，就让他们拿走好了；他们一定不想让人知道劳爷是被谋杀的，就让他们折腾去，爱说啥说啥。只要你人不出事就行。你瞧瞧劳爷。管那闲事，到最后落了个啥结局？甭管是车祸死的，还是让人害死的，他总归是死了。死了，就啥都没了。你还想走劳爷的路？别再管他们这些事了。让他们去，爱咋咋的，我们管不了。到这份儿上了，你还没明白过来吗？他们不想让我们刨根问底地管。不让管就别管了，我们也管不了那么些！"慧芬不停地叫嚷着，撕扯着邵长水的衣襟，就是不让他走出门去。她从来也没像这样失态过，一时间把两个孩子的脸都吓青了，相互依偎着，躲在里头那个房间里，直哆嗦。

邵长水不作声了。不作声并不表示他已经同意了慧芬的这些说法，不作声也不表示他最终将对妻子的顽强和固执会做彻底的让步，他只是不想让眼前这个忽然间爆燃起来的"大火球"吞没了自己这个家，更不想由此给邻里们造成某种不良"影响"。他是个非常注意"社会影响"的人，也比较看重上下左右之间那点关系。他经常告诫慧芬，关照别人，就是在关照自己。老人说，堵啥也别堵人的路，这是做人最忌讳的事……

半个小时后，慧芬渐渐平静了下来，但还是拦在家门口，不让邵长水外出一步。

当天晚上十点二十分左右，省公安厅厅长袁崇生在家里接到赵五六的电话，说是要上家来说点儿事。袁厅长一向不喜欢人找到家里来谈事儿。其实，只要是个正经当官的，一般情况下，都不愿意让人找到家里来说事儿，除非你跟人有"交易"。既然有交易，当然就不能在办公室进行了。袁崇生是吃过这方面的苦头的，有一度——那时他刚担任省城公安局的局长，那可是全省公安系统中，工作量最大、治安保卫任务最繁重的一个局。那一段时间，由于没把好这个关，真把他折腾惨了。一天二十四小时（真是二十四小时，一点都不夸张），总有好几拨人轮番地守候在他家门口，有的干脆进家待着，有的一待就是一天，你还得管他吃喝。有的比较老实，在外头台阶上一蹲，不吭不哈地，你叫他进屋他也不敢进；有的就不行了，又哭又闹，折腾得你全家"鸡飞狗跳"。有一回，一个穿着件破军用棉大衣的男人，一脸的连鬓胡，提着一个脏兮兮的布口袋，找袁局长为他亲弟弟申冤。他那亲弟弟让乡长一家人打了，打成瘫痪没人敢管。听说袁局长"秉公仗义"，就带他弟弟来找局长讨个"说法"。人问："你说你带着你弟弟，咋不见他人？"那家伙把布口袋往袁崇生家客厅的桌子上一放。打开口袋，把所有在场的人都吓傻了：那口袋里居然装着一颗血迹斑斑的人头。几天前，他弟弟因伤重，又没钱医治，已经死去。他今天是带着他弟弟的人头来找局长的……从那以后，袁局长家里的人只要看到提着包、拿着口袋来找的，都会胆战心惊。再后来，袁夫人代表全家人正式跟局长大人"谈判"：如果你继续乐意在家接待这些来访的客人，我们也没法拦你。但是，我们全家必须另找地儿了。要不，你就正正经经按程序来，严格把家和办公室给我们分清了，还我们一个清清静静过日子的窝。局长大人接受了后一个提议，并采取了一系列的措施，坚决制止任何人上家来说事儿,有一度还派了两个警卫在家门口维持秩序……从此以后,一般人都不上家里去找。也没人再敢上家里去找。贸贸然闯去了,袁厅长他真给你脸色看。

"一定得在家里谈?"那天晚上,袁厅长在电话里这么问赵五六。论资历、论警龄,赵五六都跟他差不了多少。他知道,要不是情况特殊,这位刑侦总队的总队长是不会破例上家来麻烦他的。"还是上你家吧。要不,上你办公室也行。"赵五六在电话里试探着问道。"行了,我就不往外折腾了,还是你来吧。我这儿还有多半瓶茅台,还有点卤狗肉。""谢了,半瓶茅台还好意思拿来说事儿。你要真想喝两口,我带一瓶整的去。""我告诉你,你还别瞧不上我这半瓶,我这可是真家伙,还是那年茅台酒厂上省里来搞活动,他们的老总送我的。给了一箱,就剩这一瓶了。我敢这么说,你那瓶整的,肯定是假的。别说一般店里卖的,就是五星级宾馆里供的那些茅台,不少都是假招子,这是酒厂那位老总亲口跟我说的。""行行行,谁真谁假,咱们一会儿不就清楚了吗?你等着。"

赵五六深更半夜地闯上门来找袁厅长,就是来报告邵长水家刚发生的那起"拓片"失窃案的。下午,厅党组开会讨论要不要撤销那个专案组,有两位党组成员坚决主张不撤。赵五六就是其中最坚决的一位,跟两位主撤派的党组成员还认真激辩了一通,最后双方形成二比二的僵局。最后,袁崇生表了个态,才使局势整个逆转了。他说:"撤和不撤,都有理。但是从维护和保持省内当前大好的稳定局面来看,撤似乎要比不撤更必要一些。你们觉得怎么样?"他征求意见似的看了看那几位党组成员。大家沉默了一会儿。这时,另一位一直主张不撤的党组成员马上改变了态度:"那就撤吧,当然以大局为重。我没意见。""你呢?老赵。"袁崇生转过脸来征求赵五六的意见。"那就撤呗,既然你们都这么认为……"赵五六只得长叹了一口气说道。话虽这么说,但心犹不甘,散会以后,赵五六想再跟厅长申述一下不该撤的理由。但厅长以马上要去参加省政法委召开的一个碰头会为由,委婉地拒绝了赵五六"再谈一次"的请求。假如单纯从案子本身的角度出发,袁崇生当然明白,不撒是正确的。劳东林这个案子里肯定包藏着"大猫儿腻"。退一万步说,就算那天肇事司机本人对劳东林没有加害意图,并不等于说整个这件事就一定不会是出于某个"圈套"和"阴谋"。有目击者反映,事发当时,在驾驶室里,除了喝醉酒的肇事司机外,还坐着一个中年人。事发后,这个神秘的中年人就消失了。很难说,在这辆肇事卡车撞向劳爷的那一瞬间,把着方向盘的到底是这个已经喝晕了的肇事司机,还是那个事后神秘失踪的中年男人……肇事司机逃逸后被抓,他死活也不承认事发当时还有这么个"神秘人"存在。现在暂时也找不到其他有力的证据来证实这"神秘人"的存在。但不管怎么样,这是个重大疑点。在排除这个疑点前,就有足够的理由对这个案子继续侦查下去。同理,在排除这个疑点前,无论如何也不应该匆匆忙忙地给案子下结论定性。但事实上,有关方面,以异乎寻常的"效率","办妥"了此案,给它定了性,做了结论。

这样一起涉及谋杀的"车祸"案,按说应该由省厅直接过问,但最后的定性和结论却都没让省厅经手。这里有些情况,袁崇生没跟赵五六说过。说实话,他也不可能告诉他。劳东林车祸案发生后不久,省政府的一位副秘书长,突然打电话给袁崇生,询问本省公安系统近年来的装备情况。经费匮乏,装备落后,一直是省公安系统的老大难问题。不说别的,就说我们的一些基层县市局侦查员现在还开着老掉牙的普桑和北京212吉普,怎么去跟踪和追缉驾驶着帕萨特和宝来的犯罪分子?曾经还发生过这样的事,犯罪分子在走投无路的情况下,掉转车头来撞我们的车,生生把我们几个侦查员憋死在被撞变形了的老爷车里。而他们由于座驾的安全防护性能出色,在撞击后,居然还能带伤脱逃。因此,强烈呼吁尽快改善公安干警的装备,已不是一天两天的事了。但要彻底改变这个装备状况，有相当大的难度，不是一两笔小钱就能解决得了的。袁崇生逢人、逢会必谈此事。他是省人大代表，还到省人代会上写过提案。近年来，大中城市的状况已经有所改观，但基层县市局，情况仍然可以说"困窘不堪"。个别县局连工资都发不全，遑论装备？省里管钱的领导见了袁厅长，往往是能"躲"就"躲"，其缘故就是因为受不了他那"纠缠"劲儿。但这位副秘书长，手里并没有多大的财权，公安司法也不在他分工过问的职权范围之内，今天怎么会主动找上门来谈这个"敏感的老大难问题"呢？经验告诉老袁，姜太公直钩子钓鱼，意当不在此。果不其然，在感慨了一阵公安系统的装备状况后，这位副秘书长突然把话题一转，提到了"劳东林车祸致死案"。副秘书长原先是代省长顾立源的大秘书，陶里根人，大学毕业回到陶里根，就跟上顾当了秘书。顾调到省里来担任省委副书记，又把他带到了省里。在顾被提起来当代省长的前几个月，他被放到了省政府副秘书长的位置上，也进入了政府系列。不久，顾便被任命为代省长，主管省政府的工作。这看起来好像是个巧合，但更多的人猜测，这是顾为了自己今后在代省长或省长岗位上更好地开展工作，所做的一个有意的人事铺垫。小伙子今年也就三十四五岁吧，嘴头子和笔杆子都相当来得，腿脚也勤快，还天生拥有陶里根那地方人的特色：热情，豪爽，仗义。再加上有顾副书记和顾代省长这么个背景，在省委省府大楼里可以说是一颗不容忽视的"政治新星"。那天，这位副秘书长就"劳东林车祸案"表达的主要意愿就是，希望能尽快把这档子车祸案了结了。事情发生在陶里根，希望能就近让陶里根交通管理部门调查处理。他这么说，其实也是有一定道理的。如果认定"劳东林之死"就是一起交通事故的话，根据交通法规，交通事故本来就应该由事发当地的交管部门来处置。

但是，他一个省政府的副秘书长怎么会有这么个"闲工夫"、这样的"闲趣"来过问这么一档子"交通事故"呢？

那时候，厅里不少同志正"吵吵"着，要求厅里直接过问劳爷这起

"交通事故"。这的确让袁厅长有一点拿不定主意了。

当天晚上，还在犹豫之中的老袁突然又接到顾代省长亲自打来的一个电话。开始他以为代省长也来过问这档子事了，心里还真有那么一点紧张。但那天晚上，顾代省长在电话里一字没提这起"交通事故"，却谈了一个更为重大、更让袁崇生揪心的事：公安厅党组的人事安排问题，这也是一直在困扰着袁崇生的大事。老袁之前几任的公安厅长，都兼任厅党组的书记。只有老袁，被任命为厅长都两年多了，却只是厅长兼党组副书记。书记职位一直空缺着。为什么到他这儿，就不给兼任党组书记了呢？在哪儿出了问题？虽然从目前的情况来看，这并不妨碍他实际行使公安厅党政一把手的职权，但不管怎么说，他总归只是个"副书记"。厅里厅外，上上下下，对此，多多少少免不了会有一点议论，有一点看法，也让他多多少少感到了一点"压力"，有那么一点"不舒服"，"不自在"。老袁还真没有为这事专门去找过省委领导，更没去找过公安部领导。他不是不能找，也不是不会找。他也没那么"清高"。但他有一个理论，实施了多年。他历来认为，找，是应该的。不找，是不行的。中国的干部太多，密密麻麻，呜呜泱泱一大片。你不去找，不去接近上级，就不可能进入他们的视线，他们就看不到你。不管你怎么努力，怎么廉洁，怎么出色，都有可能被埋没。因此，在一定阶段前，你必须得去找。当然，这个找，不是让你去做"交易"，不是去做"买卖"。而是要让他们感觉到你的存在，你的优秀，特别是你的忠诚，要让他们感到，你是"他"的人，或是"他们"的人。谁掌权都喜欢用"自己的人"。这一点，古今中外，不管是打着什么旗号的，几乎无一例外。但是，官当到了一定层次，一定级别，你又不能再瞎找了，也不必去瞎找了。这时，你已经从水下浮到海面上来了。你已经进入他们的视线了。而到了这个层次，只要你不犯太大的错误，怎么进一步使用你、要不要进一步使用你，基本上跟你的个人工作表现已没有太大的关系了，主要是根据"需要"。而在上层，"需要"这件事，实际上是非常复杂、非常微妙、非常敏感,有时也是有点"说不清"、"摸不透"的一档子事。当然,你仍然可以花很大的工夫去继续"找",甚至去投这"需要"之机。历史上也不是没有人这么做过,也有"投机"成功了的。但这样做,风险太大,太累人。袁崇生觉得自己还是一个想实实在在做点事情的人,而且希望能做成一点事情,其他问题就不是自己应该计较和能够计较得来的……但那天,顾代省长突然跟他谈到厅党组的人事安排问题,他还是被勾动了。从表面上看,顾代省长完全是在随意地聊天,听听他的想法而已;随后又谈了一些别的事情,比如干警的体能问题、心理问题、住房问题、去年那场警犬大比武问题……,拉拉杂杂说了许多,以至说到近期内他将召开一次省长办公会,专门研究解决当前公安工作亟需解决的某些问题。他请"崇生同志","把需要拿到办公会议上去解决的问题,按轻重缓急,排一下队,列出几条来"……省长办公会,当然不可能解决"厅党组书记"的任命问题。但代省长同志为什么要在这样一个电话里提到这个"人事安排"问题呢?代省长作为省委省政府的主要领导,省委省常委会的主要成员,在人事安排上当然具有相当的发言权。这时,袁崇生忽然想起了白天那个副秘书长打来的电话。这两个电话之间有什么必然的联系吗?经验告诉袁厅长,它们应该有某种联系……一种隐讳的、微妙的、只能意会不能言传,但又可能是很直接的联系……忽然间,他知道自己该怎么做了。他立即让厅办公室主任给省交管局打了个电话,让他们不要过问发生在陶里根的那起"重大车祸事故";然后又让厅办公室主任给陶里根交管局也打个电话,让他们"尽快着手查清事故真相,依法严肃处理,并把处理结果尽快报厅党组"。

……

赵五六原以为,厅长在得知邵长水家被盗,而且被盗的是那样一个拓片时,一定会重新考虑撤销"劳东林专案"的命令。但他错了。袁崇生在得知这消息后,虽然似乎也显得挺重视的,还详细询问了被盗现场和丢失物件的情况，又问了问这"拓片"的来历，然后却只说了这么一句话："这邵长水也太大意了。干吗把这样一件东西放在自己家里？不过，这小偷儿的胆也够大的，居然偷到我们刑警家里来了。"就再没说别的，然后就打开赵五六带来的那瓶茅台，鉴别其真假来了。事实证明，赵五六的那瓶茅台确是"假招子货"。然后他又很详尽地向赵五六传授起如何不用开瓶就能鉴定名酒真伪的窍门……然后又跟赵五六商量了一会儿究竟应该拿哪些问题到省长办公会上去求助……这时，已经快到十二点半了。

厅长夫人不好意思明着"赶"赵五六走，只是一边打着哈欠，一边带着万分的倦意，走进客厅来，话里带话地问道："要不要给二位准备夜宵？看样子，还得给你们准备明天的早餐呐？"赵五六当然听得出这话的意思，要是搁在以往，他肯定就会很知趣地立马起身走人，最多再赖皮兮兮地说上一两句这样的话："嫂子哎，甭再提什么夜宵和早餐了。反正这些年，光听您说着要给我们夜宵和早餐，但到最后连个饺子皮儿我也没吃上您一个……"但今天，他就是不走。他不是不想走，他实在是走不了。这瞬间，身子沉重得僵硬得就像完全不听使唤一样，怎么也站不起来。他想不通啊。你想，我们的一个老刑警让人撞死了，留下那么多的疑点，而且整个事态还在发展之中，而袁崇生作为全省警察的总头头，怎么能容忍事情就这样"不明不白"地将就过去？在省里所有的厅局长中间，袁崇生这人素来以特别能"护下"著称。"护下"就是保护自己的部下。说起来，这也是我们公安系统干部的一大特色。也就是说，公安系统的领导干部大多都特别"护下"。因为他们太了解自己这些部下们的生活工作状况了——全国每年光牺牲在工作第一线上的干警就有四五百，更别说负伤的有多少了。谁都知道，和平时期，真正用生命和鲜血做代价在工作的，就还数这个公安干警和消防队员群体。袁崇生的"护下"，不仅表现在他总是千方百计地为自己的部下争取福利待遇，争取提职提级的机会，还特别表现在为自己的部下"护短"上。干警个人出问题了，能不处理的，他决不处理；能不公开的，就决不公开。如果是单位出问题了，能替他们扛一扛的，他绝对挺身而出，为这些基层单位把责任承担下来。对此，他有句名言："你们别跟我攀比。上头这一百斤的铁锤，砸在我头上，兴许只起个包，也就晕那么一会儿；要砸在你们头上呢，兴许就脑浆迸裂，只能下辈子再当警察了。"他倒也不是容忍，更不是纵容部下们犯错误。用他的话来说就是：警察错了，你交给我来管。我管，是爹妈管孩子。你们管，就是自毁长城。正因为他对部下这种过于的"护短"，也出了些娄子，被人抓住过一些"小辫儿"，在省人代会上还受到过质询。很可能就是因为他这方面的"不足"，上边才迟迟下不了那个决心，让他兼任厅党组书记一职。但非常奇怪的是，这么一个爱护自己部下的人，偏偏在老刑警劳东林这个案子上，突然采取了这么一种"不负责任"的态度，这确实让赵五六有一点"百思不得其解"。其实，车祸刚发生那会儿，袁厅长也是非常重视的，曾亲自带人到陶里根过问这案子。后来还让主管刑侦工作的焦副厅长亲自跑了一趟。这后来……后来又是怎么一回事了呢？

　　赵五六想知道"这究竟是怎么一回事"，但不会直截了当地去探问。虽然他跟厅长之间私交极深，多年来工作上的默契和配合，使他俩在平时的来往中，让人几乎都看不出什么"上下级"之分。但赵五六绝对是个明白人。他清楚，上下级就是上下级。上级可以不把你当下级，但你永远要记住自己是下级，尤其在关键时刻关键问题上，必须严守这样的差别，一定要有这样的自知之明。历史的经验永远在告诉我们：得意忘形，一定会后悔莫及。

　　难道劳东林这档子事，真的涉及了"省上的某位领导"？

　　……

　　赵五六闷坐着的时候，袁崇生也闷坐着。袁崇生非常清楚赵五六这会儿"赖着不走"到底是为什么。他非常感谢赵五六这时候能保持这样一种沉默，而不是追问他、为难他。这就是"老搭档"之间的"配合"、"默契"和"相知"。没有这样一种"配合"、"默契"和"相知",这支队伍就没法带;勉强带了,也没法去"攻城略地"。

又过了一会儿,赵五六才抬起头,自嘲般地苦笑了一下,说了一句其实是多余的话:"我是不是该走了?"

"喝够了没有?喝够了,你就走呗。"袁崇生故意装得好像没瞧出赵五六的心事似的,一边说着,一边站起来,准备送客。赵五六只得往外走去。走了两步,他忽然愣了一下,想到,既然没谈成别的,何不趁此机会,把邵长水定岗定职的问题落实了,这已经把人家拖得够呛的了;便问袁崇生道:"专案撤销后,怎么安置那个邵长水?"

"放一放再说。"袁崇生回答得很干脆。

"还放啊?"赵五六表示了一点异议。

"急啥?有吃有住,工资按月发着,还不缺他活儿干。放一放再说。"

"那……那也行……"赵五六不再坚持了,一边说,一边又继续往外走去。走到门厅里了,他回转身,伸出手去跟袁崇生握手告别,想不到袁崇生却跟他来了这么一句:"你真走啊?"这真让赵五六有点哭笑不得:"嗨,我不走行吗?我不走,嫂子得举着擀面杖来赶我了。""嗨嗨嗨,你这个赵五六红嘴白牙,瞎说什么呢?谁举着擀面杖赶你了?你找找,我们家早就不使擀面杖了……"袁夫人跟在后头大声笑道。袁崇生冲着夫人挥了挥手,让她赶紧回避。等夫人回了她房间以后,他略略沉吟了一下说道:"今天我本来就想把你找家来说事的,你不觉得劳东林身上还很有些谜没有解开?""还解个啥嘛?专案组都撤了,就这样吧。"赵五六赶紧大声嚷嚷了一句,算是表示自己对白天党组会做的那个决定的不满。"是吗?"袁崇生默默地一笑,低下头呆站了一会儿,然后又说了一句让赵五六大为意外的话,"谁说过专案组撤了,这些谜就不用去解了?谁说过,我们一个老刑警让人撞死了,就可以不明不白、将就过去了?""可……"赵五六张了张嘴,却没说下去。跟袁崇生一起工作几十年,他太了解这个人了。这人表面看上去特别憨厚,实诚。从心地来说,也确实比较憨厚实诚;但心地的憨厚实诚并不说明他没心眼儿,更不说明他"缺心眼儿"。相反,他是个极善于拐着弯去解决问题的人。说得好听一点,这人"极内秀",说得不好听了,就是相当的"机巧"和"善变"。当年的老厅长(李敏分的父亲)就这样说过他:"你呀你这个袁崇生,要是能把握住自己了,就是一个了不得的人才,一旦要把握不住自己,那呀……"老人家没"那呀"下去,只是屈起一根中指,在袁崇生前额上重重地敲了一下。据袁崇生说,他这一辈子都记得"老厅长"这一下"磕"——真疼。

这时袁崇生说出这样的话,是不是说明他又要出啥"奇招"了?赵五六心中不觉一惊,又不觉一喜,便忙站定了,认真听他说下去。

"现在的确有人不喜欢我们留着这个专案组。我们不能硬扛。不喜欢,那咱们就撤。在事情没有非常明朗之前,没那个必要跟人家拧着干。但专案组撤了,公安厅没撤,你刑侦总队也没撤。没人说还得把咱这个公安厅也撤了,把刑侦总队也撤了吧?我谅他也没那个胆。既然公安厅还在,刑侦总队也在,咱们能让咱们一个老刑警就这么不明不白地让人撞死了?别说是一个老刑警,就是个普通平头百姓,也该让他死个明白,拿出个明确的说法吧?劳东林留下了一大堆稀奇古怪的英文字母。他临死前明确表态这起所谓的交通事故是个'谋杀'。还有现场目击者提供的证言说,事发一刹那,肇事车的驾驶室里确实还坐着另一个神秘的人。所有这些疑点,怎么能让它们就这么稀里糊涂地过去了?"袁崇生不紧不慢地说着。

"你的意思是,专案组虽然撤了,但案子,还得往下办?"赵五六赶紧问。他需要得到一个明确的答复。

"你说呢?""狡猾"的袁崇生回避了正面答复。

"专案组解散了,让谁来接着办这案?人家不是不让我们省厅的同志再过问这档子事了吗?"

"在岗在职的人不去过问,我们不是还有没在职没在岗的吗?"

"你是说……还得动用像邵长水那样的同志?"

"具体动用谁,是不是可以不让我这个当厅长的来操这份心了?我都把具体事替你们干了,你们干啥呢?"

"行,行。接下来的事,我去安排……"赵五六忙说道,接着又问了个非常重要的问题,或者说是更重要的问题,"除了搞清楚这起'交通事故'的真相,别的……比如,劳爷在陶里根到底秘密调查了哪些问题,查清了哪些,还有哪些没查清,是不是全都要整整明白?"

"不。那些事,咱们不管!"袁崇生立即打断赵五六的话,给了一个非常明确的答复,"那幕后的事,咱们管不了。咱们不趟那雷区,咱们就查劳爷到底是咋死的。别的,别碰它。你替我守住这条红线。听明白了没有?"

"……"赵五六木木地点了点头,不说话了。

当天晚上,赵五六回到自己的办公室,就给邵长水打了个电话,让他立马到总队来见他。在回总队的路上,他接到过焦副厅长的一个电话。这段时间以来,在到底要不要继续侦办劳东林非正常死亡案这个问题上,他和这位主管刑侦工作的副厅长闹过几回矛盾了。在党组会上,这位焦副厅长是主撤派中的"干将"。他发过几回话,要赵五六尽快以"交通肇事造成人身死亡"来定性,写出结案报告,并立即撤销专案组,以平息社会上关于劳东林是被谋杀的种种风闻和谣传,并且很明确地跟他说过这样的话:"你要管好我们内部的人,尤其是那个新来的邵长水。他要管不住自己的嘴,继续胡说八道,厅里就要处分他了。最近社会上有一股歪风,刮得还挺邪乎,矛头直指一些新提起来的省政府领导,让省里很不高兴。这种人和事出现在我们公安队伍内部,是绝对不允许的。"赵五六一直不相信邵长水会"胡说八道"。但赵五六又不能当面去辩驳领导。虽然这位领导干公安工作的年头还没他长,资历也没他老(焦副厅长曾是劳东林的助手。后来经劳东林推荐给赵五六,当过赵五六的助理,副总队长。再后来放到下边一个地级市当局长,也是刚提到副厅长的位置上),但毕竟是领导,况且自己手里也没掌握什么过硬的证据去当面辩驳;再说,厅长最后也主张"撤销",他当然就更没什么话可说了。

现在才闹明白,厅长玩的是"撤而不销"的"伎俩"啊。这事情,谁能想到还有这一手呢……真不愧是当厅长的……

在办公室等了一会儿,却等到了邵长水的一个电话,说他今晚来不了了。

"怎么了?闹情绪了?不至于吧,邵长水?"赵五六问道。

"哪是什么闹情绪。家里给那蟊贼翻得不成个样子了。我得给慧芬拾掇一下。靠她自己一个人,拾掇到明天天亮也不行。"邵长水嘟哝道。

"你啥时候又成了模范丈夫了?别给我找借口。快过来。"

"真不是借口……您那儿的事重要吗?"

"不重要,我连夜找你?咋问出这样的话来了呢?你头一天才穿警服?"

"那行吧……我这就去……"

"行了行了。你要真的没闹情绪,就留在家里做你的'模范丈夫'吧。咱们的事,明早再说。"

"不不不,我马上就去。"

"得了,你!"

"您等着,我马上就到。"

半个小时后,邵长水匆匆赶到。灰头土脸的,确实是一副正在做"模范丈夫"的样子。赵五六先问了问他家里收拾的情况,然后对他说,总队准备让他先到云林县那个金剑疗养康复基地待一段时间……

"让我去疗养?好啊!"邵长水不等赵五六说完,便瞪大了眼睛赶紧问。

"咬着舌头当卤猪肝嚼哩,有那好事?"赵五六笑道。

这个云林县的金剑疗养康复基地,是省厅筹资兴建的,专门收治因公致伤致残的公安干警，进行康复性治疗和修养，归省厅办公室管辖。

"疗养院里出大案了？"

"啥大案。人家那儿过得好好儿的。"

"好好儿的，我去干啥？"

"溜达溜达呗。"

"总队长，您就别逗我玩了。人家心里烦着哩。"邵长水苦笑着说道。

"瞧，还是有情绪吧？"

"我又不是木头疙瘩，到现在为止，还是个'临时工'，能没一点情绪吗？"

"那先解决你的情绪问题，说吧。"

"……"邵长水闷头坐着，不做任何反应。

"嗨，有情绪就开闹啊。"

"算了算了，赶紧说事儿吧……"

"不闹？"

"我闹又咋样，不闹又能咋样？反正就是这么个'临时工'，挂着呗。"

"又来了。"

"总队长，其实我这事儿也挺简单，要是领导上真觉得把我搁在厅里实在是有点儿小材大用耽误事儿，干脆放我回警校还去教课算了，或者放我回林区当个派出所所长啥的，也蛮好……"

"你有完没完？谁说你小材大用了？谁说要把你挂起来了？这么大一个人，怎么连一点委屈都经受不住？还干事不干事了？"赵五六一通吼，邵长水不作声。

"知道让你去云林干吗？找个清静地儿，躲得远远的，把劳爷的那密码给我破了。"

"曲线救国……行……"邵长水自嘲般地苦笑了笑说道，"就这事？"

"这事还不够你干的？"

"我听说，厅里更着急的是抓住真正撞死劳爷的那家伙。就是那个事发后，突然从驾驶室里失踪了的家伙。"

"你还想把所有的活儿都揽到自己手里？"

"我一个'臭临时工'，哪敢这么狂妄？"

"又来了，又来了。你真够烦人的，老老实实先把那密码给我破了！"

"……"邵长水立马收敛了一些，然后问，"这回破解这秘密，有期限吗？"

"十天，咋样？"

"十天……试试吧……"

"咋的了，好像挺没信心似的？这可是闹清整个这档子事的关键一招。"

"我明白……"

"真破译了，不管读到什么，一定要严格保密。"

"那当然。"

"闹不好就会出第二起'劳东林事件'。"

"我想也是。"

然后，赵五六又问："关于那个拓片，慧芬到底还跟别的什么人说过没有？"

"没有。"邵长水答道。

"你别急着替她回答，回去让慧芬好好儿地再想想。"赵五六叮嘱道。

"这事我追问过慧芬好几回了。她非常肯定地告诉我，除了您和李主任，她再没有跟谁说过这档子事。她说她可以给组织上写书面材料来确认这事。"邵长水斩钉截铁地说道。

"……"赵五六没再逼问下去。但是邵长水越是回答得坚决干脆，他的心却越是沉重，不安。如果邵长水的妻子除此以外真的再也没有跟任何人透露过"拓片"的下落，这事情就真的有点复杂了。这件事牵扯到一个非常重要的人，焦副厅长。前面已经说过，为了劳东林这个案子，他跟焦副厅长在党组会上曾多次发生过"碰撞"。领导之间,对某些问题、某些案子产生不同看法,发生某些"碰撞",应该说是挺正常的事情。焦副厅长曾当过他的助手,多年相处,知己知彼;更何况两人现在级别相当。(刑侦总队队长也是副厅级的,要比厅内其他同等级部门的一把手高出半级。)平时两人在处理相互关系时都比较谨慎,工作中有一点争论,争过了,都会把争执扔脑后,从没有记仇记恨这一说。为此,关系相处得一直比较融洽。但这一回,赵五六却总觉得有点不那么对头,总觉得焦心里让什么梗住了似的,只认死理儿而有点不明所以。尤其是他老抓着邵长水不放,老是主张要处分邵长水,让赵五六特别难以接受。邵长水主张劳爷是被"谋杀"的。退一万步说,这主张错了,你也不能因此去处分他啊。只要他不是故意在捣乱,就应该允许下边的同志在工作中说一点错话,干一点错事嘛。谁能担保谁在办案时不走一点弯路不出一点差错?真要这么处分,将来谁还敢跟着你干活儿?按说焦也是刑警出身,他应该知道这些最普通不过的道理,以前他也没这么执拗和偏执过。这一回是咋的了?但他毕竟又是副厅长,而且是主管刑侦口的副厅长,赵五六还真不能跟他太较劲儿了……

所以,当赵五六从慧芬嘴里获知,劳东林临死前不仅亲口对邵长水说了自己是死于谋杀的,而且还沾着自己的血,在邵长水手掌上写下了这"谋杀"二字,而邵长水还留下了这两个血字的拓片,就特别振奋。他觉得这一下可以给邵长水开脱责任了,便立即给焦副厅长汇报了这件事。让他完全想不到的是,在向焦副厅长汇报后不到四十八小时,"拓片"竟然被盗了!

这说明什么?

难道……难道……焦副厅长会向作案的嫌疑分子透露拓片隐藏的地点?

难道……难道……另外一个知情人,李敏分会向作案的嫌疑分子透露拓片隐藏的地点?

这两个"难道"对于他赵五六来说，都是不可想象的。

但是，事情毕竟就这样发生了，事实是抹不去的，盗窃分子是直奔拓片而来的。作案动机非常明确。这一切都表明他们事先是得到了"情报"，知道它藏在了邵长水家。他们到底是从谁那儿得到这"情报"的？这是必须回答的问题。

当然，即便如此，也还不能就认定是焦副厅长或李敏分故意把这消息透露给"盗窃者"的，不能认定他们两位中的一位跟"盗窃者"确有某种牵连。因为到目前为止并没有拿到他们"透露"的直接证据。另外，还有一种可能，是他们无意间把这消息透露给了自己身边的人，而后又由那些身边的人中的某一位透露给了"盗窃者"，等等吧。总之，没有拿到直接证据前，不能擅自乱下结论。但是，有一点，在赵五六看来，是可以肯定的，那就是，这档子事肯定跟我们内部的某些人有牵连。有人如此急于毁掉这个拓片，从这一点看，是否也能说明，劳东林确实是被谋杀的？

那么，他们为什么要"谋害"劳东林呢？是否跟劳东林在陶里根所搞的秘密调查有关？而劳东林的"秘密调查"却又跟那位顾代省长和前副市长祝磊有关……

这事儿的确太重大了。

作为一个老刑警，一个主管全省刑事侦查业务工作的人，赵五六不能对此无动于衷。但是，在没有得到省委以至更高一级党的领导机构明确授权前，他是不能擅自有所作为的。况且厅领导已经给自己定下了这样的工作指导思想：幕后的事，咱们不管！咱们就查劳爷到底是咋死的。咱们不趟那雷区。而且还把话都说死了：你要替我死守住这条底线。

但是不查清幕后的那些"烂事儿"，能整出劳爷之死的真相吗？

他很担心，忙乎半天，会无功而返。

"能不能以个人的名义，找省政法委书记谈谈？这倒是可行的。政法动了, 在冬日稀薄的阳光下, 靠在柴火垛上, 编着编着荆条筐, 居然会突然耷拉下脑袋, 迷糊过去。

爷爷从爷爷的爷爷那儿继承下来的话当然不能全听。但"干啥都得仔细掂量掂量", 这应该是永远不会错的。

……

邵长水到总队保密室, 取出劳爷留下的那两件东西, 把上面所有的文字符号, 连同那块真皮钥匙链, 用扫描仪扫存到自己家的那个电脑里, 又把它们刻录到一张光盘里。带着那张光盘, 带了一台具备无线上网功能的笔记本电脑, 当天就去了云林。在破解这些密码前, 他重新梳理了一下原先的那些侦破思路。梳理来梳理去, 仍然觉得原先那些思路从大的方面来说, 还是可取的。"可取"的依据, 不仅仅因为劳爷并未受过高深的密码编制训练, 也不具备这方面的专业知识, 而且经过多个高级密码专家的研究, 从这些字母中也都没有找到常见的那些高级编码规律的痕迹。劳爷自己不具备这方面的高深知识, 有没有可能请教过专家呢? 不排除有这种可能。但这个可能性太小太小。首先, 这样的专家, 无论在省内还是国内, 都是有数的。而有数的这些个专家, 邵长水他们也都去找过了。他们都说, 没有接触过姓劳的先生。总不能说, 劳爷去请教了外国专家吧? 所以, 最初确定的那个破解思路还是不该轻易放弃: 这密码一定是用一种非常简单、比较常见的方法编写成的。从逻辑上推理, 劳爷之所以用密码的方式记录下自己掌握的这些情况, 其目的还是为了有朝一日能将它们交给可靠的人, 再转交给组织, 让组织上掌握这些"秘密", 去解决什么问题。如果他把这密码整得跟天书似的谁也没法破译, 不是完全违背了自己的初衷吗? 所以, 正确的做法, 还只有不把这"密码"当成密码, 才能破了这"密码"。但是……但是……怎么做, 才算是不把这"密码"当密码来破呢?

茫茫宇宙, 茫茫人海……哪里才是破解这谜团的入门途径呢?

10
卡拉 OK 包房里的启示

两天后，邵长水突然接到赵总队长的电话，让他去协助侦破七年前发生在长滨铁路沿线的一起连环杀人案。赵五六见他接受任务时，神情不是预料中的那么兴奋和欣慰，更没有半点应有的感激之情，脸色也有点萎黄，好生奇怪，便问："你小子怎么了? 泡病假泡出真病来了?"邵长水勉强笑笑道："没事儿。"赵五六道："啥没事儿? 你瞧瞧你那副苦瓜脸，黄不拉唧，又绿不拉唧的。"邵长水道："真没事儿。"赵五六道："还在惦记着劳东林那案子呢?"邵长水苦笑道："你们都不惦记，我惦记着干吗? 管用吗?"赵五六听出他话里带着情绪，但没跟他计较，只是板起脸说："少跟我废话，到底是想去还是不想去? 痛快点。"邵长水叹口气道："领导上瞧得起我这么个待业人员，让跟着去破案，我还能不去? 求之不得哦。"实际上，邵长水这些日子确实陷在那堆"密码"里出不来了。他甚至还"秘密"地去了一次陶里根(当然是自费)，再一次实地考察了劳爷当时的生活、工作环境，想从中找到他编制这些密码的依据；也不止一次借着"慰问""安抚"的名义，秘密去劳爷家，找劳爷的遗孀了解劳爷的种种生活细节，也是想从中找到他编制这些密码的依据，但仍是一无所获。

"我是不是仍然把问题想得太复杂了?"

但有效的简化途径又在哪里呢?《易经》只用了八八六十四卦便囊括尽天下万物演变的全部规律。这样的好事，还能再出现第二回吗? 牛顿的那个苹果,今天还会落在邵长水的脑袋上吗?

用慧芬的话来说,他这些日子简直是有点"神经"了。经常地,睡到半夜,突然会从床上跳起,跑到过厅里,在纸上计算着编排着。吃饭的时候,也常常嘴里裹着饭菜,人就呆在那儿了。压根儿也不懂英语的他,居然把一本崭新的英汉辞典翻查得乌漆抹黑,都不成个样子了。

但有效的简化途径究竟又在哪里呢?依然是茫茫宇宙,宇宙茫茫啊……

既然领导要他去帮着破什么连环杀人案,跳出"死胡同"去散散心,换换脑子也是好的。

那天,那起连环杀人案终于告破。两名凶犯竟然是"一担挑"。所谓"一担挑",就是他俩的老婆是亲姐妹。公安部和省委省政府立即向全体参战人员颁发了嘉奖令。整个专案组大松一口气,狂喝一通酒,决定放假一天,让大伙儿回家去休整一下。天气也日见燥热,也该让大伙回家去洗洗澡,换换衣服,舒舒服服地睡上一个囫囵觉了。但邵长水却依然闲不下来。倒还不只是为了那堆"密码",这一回主要是为了自己的老大,她一年后就要中考。这当然是件大事,许多同学的家长早就在暗中用各种方法使劲打点。老大总觉得自己的老爸没给使劲,为此嘟嘟囔囔地已经叨叨了好长时间。邵长水当然不是不想为闺女使劲,更不是不知道此界中的"常情"和"行情"。但前一阶段实在太忙,顾不过来;后来闲下来了吧,想着要去使劲了,又有那么一点儿"心理障碍",总觉得直接上人家去敲门送钱,太失自己的身份,(你瞧,还清高哩。)实在伸不出那手,也担心不一定每个校长书记都会接受这样一种"打点"方式。(瞧,还在替人家操那份心哩。)想来想去,觉得还是应该先找个合适的方式,联络一下感情,逐步熟识起来,再根据对方的需要和女儿学习成绩的变化,确定下一步采取什么"措施"去铺垫,这也算是"摸着石头过河"吧。想了半天,确定在一家歌厅里,订下个"KTV包房",请厅政治部宣传处的同志替自己从省公安文工团里力邀了两位歌唱演员，凑个场子，造点气氛，一起热闹热闹。那两位女演员在省内外还小有名气，还真把校长书记吸引了来。上了价格不菲的果盘，喝着精装的瓶啤，唱着激情柔曼的苏联歌曲和"邓丽君""童安格"等。在一片"涛声依旧"和"红尘滚滚"之中，校长书记不断地夸邵长水的闺女聪明，好学。邵长水当然也就不断地指出，这是学校各级领导和老师们辛勤栽培的结果，并不断暗示，今后两位校领导和校方相关人员在社会治安，或别的什么方面遇到什么麻烦，需要他出力的，他一定会尽力去帮着解决。然后那位书记又夸邵长水的女儿头脑灵活，手脚勤快。这简直让邵长水都不敢相信。因为女儿在家被子不叠，衣服不洗，是出了名的"小懒猫"。但那位书记却说，他闺女最近在全校为加强素质教育而举行的计算机比赛中，得了第二名。尤其在运用五笔字型输入法进行文字录入的盲打比赛中，以每分钟录入215个字码的速度，高居榜首。他当时听了，心里还真咯噔了一下："五笔字型？怎么是五笔字型？"邵长水学过电脑。也学过五笔字型的输入法。但嫌它麻烦，后来一直用的是拼音输入法。好在一直在第一线上破案，也不需要经常使用电脑录入文字。后来，到领导岗位上工作，文稿自有别人代笔，也自有人代为进行电脑录入打印。再后来到警校，文稿方面的活儿多了许多倍，经常要亲自坐在电脑前录入文字，但他还是习惯使用拼音输入法。所以，很久以来，他几乎已经把这个什么"五笔输入法"完全淡忘了。

现在突然提起五笔字型……他心里真的硬硬地梗了那么一下。

"五笔字型……怎么会是五笔字型……"

那天晚间，他自己也说不清究竟是为了什么，"五笔字型"这几个字，居然就那么顽固地在他头脑里时隐时现地梗结了几个小时，一直摆脱不了。他总觉得这几个字应该跟什么案子的什么细节有某种必然关系，否则自己不会耿耿于此。但到底跟哪个案子有关呢？乱哄哄的环境，啤酒喝多了的燥热，都让他无法静下心来细细追问。等送走那两位学校领导和女演员，再站在空旷的路灯下，让凉风那么一吹，他心里忽然一亮，想起来了。五笔字型。劳爷那个极精致的"虹鳟鱼"小记事本。一堆密码和一份五笔字型的字根表。啊，五笔字型字根表。长时间以来，自己一直只关注了那一堆谜一样的"英文字母"，而对明白如日月星辰一般的那份"五笔字型"字根表，却没给以任何必要的关注，更没去想一想，劳爷为什么要把这个五笔字型的字根表抄在他那么珍贵的记事本上？只认为历来爱赶个时髦的高老爷子在学五笔字型输入法。而没去细细地思考一下，劳爷把这两样东西放在一个本子里，是否有某种暗示性？假如确有某种暗示在里头，那么他又在暗示着什么？自己还真的忽视了这么一个极其重要的细节。

想到这里，他的头有些胀疼起来。这是长期心理负担过重，生活不规律，严重缺觉，加上刚才又多喝了些啤酒，KTV包房里的空气又比较浑浊了一些闷热了一些，噪音又过于刺耳了一些的缘故……

哦，五笔字型……五笔字型是什么？他努力地回想。模模糊糊地想起：五笔字型就是把汉字拆解成几十个字根，又让电脑键盘上的每个英文字键各代表一个或几个字根。这样，每击打一个或几个字键，就能在电脑里产生或组合出一个汉字。这就是五笔字型输入法的原意。是的是的。他的头脑突然间明晰，心情也骤然激动起来：每个字键代表一个英文字母，击打几个字键产生一个汉字。这等于是说，在五笔字型输入法的概念中，每几个英文字母或某一个英文字母都能代表一个汉字。劳爷是不是在暗示，按五笔字型输入法组合汉字的规律去解读他的那些英文字母，就能解开这里包藏的全部秘密？

他的心顿时狂跳起来：是的，答案很可能就在这里。

哦，什么叫"踏破铁鞋无觅处，得来全不费工夫"，这就是啊！

他浑身开始颤抖。冲到停车位前，匆忙倒出车子，还差一点儿剐蹭着了另一辆车。一路上他都在告诫自己，慢一点儿，慢一点儿……拐弯减速，委书记曾是省公安厅的前任厅长,跟自己也很熟。自己提出要见他,他一定不会拒绝。另外,也可以去找找省纪委书记谈谈。这些年,省纪委抓的不少大案,他们刑侦总队都派人去配合过。他跟省纪委的不少领导也还是能说得上话的。但是越过袁崇生去找他们,合适吗?万一话要传回到袁的耳朵里,袁一定会很不高兴的。厅里已经给了明确的指令,自己再越级去'申诉',等于在告厅里的状嘛。"这样的事,在官场上是特别犯忌的。赵五六当然是不会干的。好在,听说中纪委已经派人来暗访过。既然有过"暗访",随后他们一定会有明确的行动和指示。只要有了中纪委那样高层的指示和授权,一切就好办了。那么,还是等一等吧。等一等……

那天,从赵五六那儿接受了任务,走出办公楼大门,早已过了子夜时分,邵长水在漆黑一团的院子里,又默默地站了好大一会儿。凭借着院内院外那些路灯的光芒,可以看到耸立在主楼顶上的旗杆和右侧副楼上各种形状的巨大天线,全都在风中默默地战栗。以前在基层工作时,每每有机会来省城,走近或走进省厅这大院,仰视这一切,总会产生一种肃然起敬和无比神圣自豪的感觉。但今天再环顾它,却多少感到有些凄切和陌生。"大机关的事真不好办啊……"他暗自感慨道。这时,他又想到爷爷当年跟自己说过的一段话:"一个人,不知道自己能干什么而啥也不敢去干,总在那儿哆嗦,是不会有出息的。这样的人就是我,你爷爷。但一个人只想着自己能干什么,而不知道自己不能干什么,总在那里胡干蛮干,那终究也是不会有大出息的,那就是你老爹,撞了一辈子南墙,到老,眼青鼻肿地还在林场里窝着。古话说,穷人家三代出不了个真状元。要出状元,那也是亢龙升天。你可是我们家的第三代,干啥都得仔细掂量掂量啊。"

到底啥叫"亢龙升天"?"亢龙升天"又能怎么的了?爷爷没解释。邵长水也没细问。因为他知道,即便问了,老人家也不一定解释得清。老人嘴里经常能冒出一些他自己都解释不清的话语,估计也是从他爷爷的爷爷那儿稀里糊涂地传承下来的。只是爷爷近来已经很少说话了,说不红灯停车……注意行人……避让非机动车……但除了红灯不闯以外，几乎所有的交通法规，这一刻都让他丢在了脑后。他让车戴上警灯，启动警笛，一路上都以七八十码，甚至八九十码的速度飞驰在夜晚并不冷清的城市干道上。回到家，他冲进女儿的房间，一把把正在做功课的女儿拉到自己的大房间里，把正在大房间里看电视的妻子和小儿子不由分说地赶到过厅里，然后"嘭"的一声关上房门。把妻子吓得不停地敲打房门，问："咋了？又出啥事了？"他让自己稍稍喘过一口气来，告诉门外的妻子："没出啥事。但我跟闺女有重要的事要谈，你别干扰，在外头好好看你的电视。"然后他问女儿："你精通五笔字型？"女儿也被他吓得小脸青白，浑身直哆嗦，答道："是的……那又怎么样？"开始进入青春反叛期的女儿这段日子来常用这样的口气跟他说话："又怎么了？""你们怎么这样？！"甚至还经常向他翻白眼儿，等等。他跟女儿吼过一两回。女儿一甩门，走了，根本没把他的吼叫放在眼里。第二天，他看到女儿把一份《青年报》搁在他床头。并用粗粗的红笔在报上圈出一篇报道《家庭暴力是造成青少年出走的重要原因》。他不明白，这时代也变得太快，当父亲的吼叫两声怎么就被列入"家庭暴力"的范畴里去了？但以后，他再不冲她吼叫了……同时，他又觉得现在的媒体，他妈的太会讨好年轻人了……

那天，他压低了声音，对女儿说道："要请你帮我做件事。这件事，你不能跟任何人说。包括你妈妈，你弟弟，你学校里任何一个好朋友。你要对我保证。"这时的女儿想翻白眼，但翻不起来了，只是哆嗦着说："我保证……"他接着拿出那几页从劳爷记事本上抄下来的英文字母，对女儿说："按五笔字型输入法的规律，替我把这些英文字母翻译成汉字。"女儿说："我功课还没做完哩。"他说："今天的功课你别做了。"女儿说："功课不做怎么行啊？老师愿意吗？"他说："别管老师。今天听我的。"女儿说："听您的，考不上重点高中，您还不得撅死我？！"他咬了咬牙，喘着粗气说："考不上重点高中，上不了大学，老爸养你一辈子！快替我翻译。"

按五笔字型的组字方式一对照，那些英文字母的含义便渐渐清晰起来。比如说，汉字中的"代"，用"五笔"在电脑上打，应该是敲"W""A"这两个键。反过来，在他的密码中，"WA"这两个英文字母，也就表示"代"字。"省长"，应该敲"I""T""T""A"四个键。反过来，密码中"ITTA"这四个英文字母就表示汉字中的"省长"。同理，"WAITTA"这一组字母就表示"代省长"。但女儿毕竟年龄小，反向思维的能力也较差。她可以在键盘上，用"五笔法"把汉字输入得很快，但反过来要她从"五笔法"的英文字母组合去读出汉字，却慢得出奇，并且还经常卡壳。这当然也不能怪这个才十二三岁的小女孩。因为，五笔输入法在组字时，有它自身不规范的地方，比如，"省长"这两个汉字，你既可以把它当一个词组来打，也可以把它们当成两个单字来打。当词组打，得打"ITTA"。当成两个单字打，就得打"ITH"和"TA"。但不管打"ITTA"，还是打"ITH"和"TA"，最后都能打出"省长"。而劳爷在运用五笔法书写这密码时，也不规范。有时他用前者来表示"省长"，有时，他又用后者来表示"省长"。这在电脑上正向录入时，差别不大，无非是一个方法少输入一两个字母，另一个方法，得多输入一个字母而已。但是，在反向判读时，就会给判读者带来很大的麻烦。甚至会引入歧途。另外，"五笔法"又规定每个字键（也就是每一个英文字母）都可代表一个汉字，比如单个的"I"，代表"不"。单个的"T"，代表"和"。单个的"A"，代表"工"。那么，当邵长水的女儿看到密码中"ITTA"这些字母时，是把它解读成"不和和工"呢，还是把它解读成"省长"？这就得联系上下文的语意，做试读。试读就得花去老鼻子的时间。还有一个难点在于，劳爷在书写这密码时，为了增加它的隐秘性，故意没加标点，更没在词和词组中间加上空格，这就给判读和选择又增添了N个可能性。在这种两可、三可甚至N可中进行准确选择和判读，需要解读者具有丰富的社会常识和其他知识，还需要具有一定功底的汉语语感。但女儿毕竟只有十三岁。她既不可能具备那么些常识，也不具备老到的判读能力，更谈不上多么准确的汉语语感。(当今的少男少女，在一些省市电视台娱乐节目主持人港台腔的误导下，一张嘴便是"哇噻""好好看哦"。这种语调和语感，和劳爷那种高纬度地区土味儿十足的"黑土地"语调和语感，相去又何止十万八千里。) 这就得邵长水在一旁积极参与。父女俩对每一个字母都作多种组合判读，再结合上下文的语意，逐一确定。

一直折腾到午夜以后，女儿再也受不了了。妻子在过厅里抱着早已睡熟了的小儿子，倒是再也没来催问过。她当然很快就意识到，邵长水是在让闺女帮着解决案子中的某个难题。做会计的她，以往也有这样的经历。案子中遭遇财务方面的问题，他也常常拿来"请教"她。她还跟他开过这样的玩笑，说以后再不能让省公安厅这么样地违反共和国劳动法，"免费榨取"、"残酷剥削"妇女、儿童劳动，一定要找袁厅长索讨她和孩子们该得的"操心费"和"知识产权费"哩。

邵长水软硬兼施，一方面拍着胸脯保证这个星期请女儿连续吃两回"麦当劳"，另一方面又"威胁"道，今天晚上译不出来，今年暑假就别想跟同学们一起去江滨游泳场游泳，下个月更别想从老爸这里得到一分"赞助"，去看台湾辣妹张惠妹的"高纬度歌唱会"。已然困倦万分的女儿终于经不住"老家伙"物质、精神和威胁、利诱两手都硬的政策穿透力，超水平发挥，坚持到了最后。

译完"密码"，天已大亮。而那块真皮钥匙链上的七个字符："GWTYOAG"，却又整整折磨了这父女俩将近四十分钟。五笔字型输入法的一般规律是最多按四下键，就能组合出一个汉字。但按一个键、两个键或三个键，也都能组合出一个汉字。用这样的组合排列法，第一个字母"G"，可以组合成四个汉字："一""列""歼""敖"。第二个字母"W"，也能组合成四个汉字或词："人""作""八""叙谈"。第三个字母又可以组合成"和""人""伞"三个汉字。这样一遍一遍地试下去，这七个字符一共组合出十六个汉字或单词。按字符次序，来排列这些单字或单词，怎么也组合不出有意义的句子。从英汉辞典里也查不到"GWTYOAG"这个单词。搬出最权威的《牛津辞典》，也查不到。三十八九分钟过去了，还是一头雾水。"咋的啦？"父女俩被卡在最后一道关口前，呆那儿了。女儿的脑子整个都木了，眼皮酸涩得完全耷拉了下来，可怜兮兮地嘟囔着恳求道："睡觉吧，爸，让我睡一会儿再来做这道题，行不？"邵长水也累了，但他毕竟是三四十岁的精壮汉子，从笔记本上译出的文字内容，又极大地震撼了他，也激奋了他。其中有这样一句话："有关材料均已存入××银行四纬路分理处保险柜中。"这里讲的"有关材料"，很可能包括了那位开枪杀人的祝副市长所写的《我所知道的顾代省长》。这份材料也许正是外头许多人传说的那份写了而又神秘地失踪了的重要材料。祝磊被捕后，始终不肯交代他为什么要开枪杀害市政府的那位张秘书。这份材料也许会真正揭开他开枪杀人的内幕，揭开那位顾代省长和他开枪杀人之间的"因果关系"。而这把钥匙肯定是银行保险柜上的了。这七个字符里到底又藏着一个什么秘密呢？这是最后的秘密了，解开它，就能画上一个漂亮的句号了。他不能让它留下这么个遗憾。

……于是，去厨房里用凉水狠狠地冲了一下脑袋，回来看到女儿已经跟个大虾似的蜷曲着，闷头倒在大床上睡过去了。他不忍心再叫醒她，轻轻地为她脱去鞋子和外衣，盖上被子，自己又重新坐到这十六个汉字面前，琢磨起来。他把它们分成七组，"一列歼敌""人作八叙谈"和"入伞""主变弈""为煤""工七""一"，短时间内组合出几百个词组组合，仍然组合不出有意义的句子来。真头晕了。这时他听到女儿在大床上轻轻地嘟哝着。他以为她在说梦话，紧接着又见她头发蓬乱地坐了起来，迷茫地看着他。"睡吧，睡吧……"他忙走过去安慰道。女儿却只是怔怔地看着他，似乎还在延续梦中的什么纠缠似的，机械地说道："……那个'O'，不是英文字母中的'O'（喔），是阿拉伯数字中的'零'。对不？不是

'喔'，是'零'……咱们再试试……"啊，女儿在梦里还在进行着"破译"哩。真是块"侦查员"的好苗子。这一试，果然试出一个四位数的数字来："一八零七"。只有这个组合是有意义的。而且这很可能表示，这就是那个存放那些秘密材料的银行保险柜的号码。

读完破解出的全文，邵长水却傻了。他无法相信，这就是老刑警劳东林不惜以自己身家性命和毕生前程为代价所取得的"秘密"。他说：

我不知道自己能否安全度过这个春天。这一段时间，我发现有人一直在监视和跟踪我。过两天，我将寻找合适的机会，跟这些人充分沟通一下。希望能得到他们的理解。但是，如果我出事，那肯定是他杀。

我必须声明：

一、我这几个月来的行为绝对不是个人行为。我劳东林到什么时候也不会忘记自己是个公安干警，是个共产党员——我虽然曾经受到过不恰当的处分，因此被取消过英模称号，还被开除过党籍，但即便在那样一个不见日月的日子里，我也没有做过任何违背人民利益和法律的事情。

二、关于这几个月我的所作所为"绝对不是个人行为"这一点，余达成同志可作证。

三、经调查，可以初步认定，顾代省长在担任陶里根市委书记兼陶里根市市长期间，曾经收受远东盛唐国际贸易科技开发公司董事长饶上都巨额贿赂，并利用手中的职权，帮助饶从银行至少获得过五亿元的低息贷款，并助他以低于市场价十倍的价格，圈进近十万平方米的国有土地。在此期间，祝磊担任陶里根市的经贸委主任，对顾的违纪行为早有所觉察，并当面向顾表示过不满，由此种下祸根，遭到一系列的报复、陷害，直至后来，被逼"开枪杀人"，酿成大罪。此中详情见祝磊本人被判死刑后在看守所写的《我所知道的顾代省长》一文。

四、但我又要实事求是地说，通过这几个月的深入接触和调查，对一些挺重大的问题，我好像越来越糊涂了。比如，到底应该怎么看待顾立源同志这些年的变化，到底怎么认定他在改革开放历程中的功与过，怎么认识像饶上都这样一个称"二混混"的大企业家的历史定位问题……以及对于发生在顾立源、祝磊和饶上都之间那种种无法公然曝光的事情，到底应该由谁来负责？我觉得就更没法去追问了。回顾这几个月来，自己在陶里根调查中的所得，我痛感，自己原先在一系列重大问题上的认识是相当片面的，有一些还可以说是相当错误的。我会把自己的这些所感所得，陆续地写成书面材料。有一些已经写完了，有一些正在写。我的这些认识希望能得到组织上的重视。

　　五、有关材料均已存入××银行四纬路分理处保险柜中。

　　六、下列同志曾在我的调查中，给予了积极的协助，作用不可低估。请组织上尽一切可能给他们以必要的保护和关注：

　　×××住××市××区××××路××号

　　×××住×××市××区××××路×××巷×××号

　　×××住×××市××区××路××××巷×号

　　……

　　七、假如我真的遇难了，我身后唯一的请求是希望能将我的骨灰跟樊明的埋葬在一起。（樊明是劳爷的结发妻子，也即他的第一任妻子。）这一点，请泉英给予充分谅解。（泉英为劳爷现在的妻子。）

　　　　　　　　　　　　　　　　　　（签名）劳东林

　　　　　　　　　　　　　　　　　××××年××月××日

　　一个小时后，邵长水着装整齐，带着刚译出的密码全文，已经站在了总队长赵五六家门前了，那时还不到七点，阴沉的天空灰暗得厉害。但出乎他意外的是，赵总队长居然已经上班走了。总队长夫人告诉他，天不亮，单位里的一个电话把他催走了。邵长水马上打电话找赵总队长。赵总队长说："凌晨时分省××银行出了个命案，现在他正在案发现场。"一听是××银行,邵长水心里一紧,忙问:"是四纬路上的那个××银行分理处吗?"赵总队问:"你怎么知道的?"邵长水又问:"是不是有人想劫走银行地下保险库里的保险柜?"赵总队长真愣了,说:"嗨,你小子神了,不出自家门,能知天下事。你比诸葛孔明还诸葛孔明!你再给我猜猜,案犯想劫的是哪一个保险柜?""一八零七号。"邵长水斩钉截铁地答道。赵总队长不说话了,而后既诧异又无奈地干笑了两声,又沉默了几秒钟,便下令道:"你到底还掌握了些啥情况?你是不是已经破译了劳爷的那份密码?那你马上给我赶到现场来。"

银行整个都被封锁了。到了地下保险库,邵长水才觉出,自己刚才所用的"劫走"这个词,是多么的不准确了。他从来没进过银行的地下保险库,所以也难怪他说不准。他原先印象中的"保险柜",就是我们一般人常见的那种长方形钢柜,每一个都是独立的,只是大小厚薄不等而已。而银行这地下库里的保险柜外形有点像中药店里的药柜,每一个都有整面墙那么大,只不过是用不锈钢做成,整个都嵌死在墙壁里,然后再分一个个大小不等的抽屉。客户分别租用这些"抽屉"。"抽屉"也是用不锈钢制成的。一眼看过去,整个地下库就像一个巨大的不锈钢的箱子,闪射着华丽而又阴冷的金属光泽。每个"钢抽屉"上都有两个锁眼,得同时插入两把对应的钥匙才能开启。其中一把归银行保管,另一把由客户自己保管。没有钥匙,而且不同时插入,"钢抽屉"是无论如何也打不开的。地下库不仅二十四小时有保安人员在警卫,而且二十四小时有摄像头在监控着。初步判断,有"内贼"参与了这起案子,这个"内贼"就是当晚值班的那个保安。他先切断了地下库的电源,使摄像监控设备失灵,然后带外来的作案者进入地下库。他们准备用塑胶炸药炸开"一八零七"号柜子。这时银行的值班经理从中央监控室的屏幕上已经发现地下库的监控设备和电源出了问题,便赶紧带上一个值班人员往地下室去察看,没等他们走到电梯口,便发生了爆炸。他们没敢马上往下冲,等召集来更多的值班人员一起冲下去，嫌犯们已经逃走了。为了灭口（这可能也是他们原先就计划好的一步），这伙人临走前开枪打死了那个参与作案的内部保安人员。

"'一八零七'号柜子里的东西呢？"邵长水忙问。

"他们没带走……"赵总队长答道。

"为什么？"邵长水忙问。

"全炸成碎屑屑了，想带也带不成。"

"可惜……"

"可惜啥？你知道这柜子里藏的是啥玩意儿？"

"这柜子是劳爷租的。很可能存放了他自己写的一些材料，还存放了他从秘密渠道搞到的别的材料，其中很可能还包括祝磊写的一份重要材料，是揭发顾代省长的……"邵长水一边说，一边把破译出来的密码全文向赵五六递去。

赵总队长看完密码全文，沉吟了一下，就勘查现场需要特别注意的几个问题，向技侦科的几个同志做了详细交代，便立即带着邵长水回到刑侦总队本部办公室。关上门，他先问了一句："密码破译的情况，你还跟谁汇报过？"邵长水忙说："没有。您不是要让我绝对保密吗？破译完了后，第一时间，我就赶到了您那儿。""好。"赵五六欣慰地点了点头，马上又给厅长打了个电话，说有重要情况必须立即当面汇报。放下电话后，他让邵长水在办公室等着，自己便拿着密码全文，匆匆去了厅长那儿。半个多小时后，他从厅长那儿打来一个电话，告诉邵长水，他还得有一会儿才能回得来，问邵长水吃过早饭没有。如果没吃，他靠窗那个书柜下头左边第一个抽屉里，有吃的，也有喝的，先凑合着填补填补；但别离开办公室，一定在原地等着他。邵长水拉开那抽屉看了，杂七杂八的，东西还真不老少，有"太空果珍"，有即溶咖啡（那是他随同公安部组织的刑侦专家代表团访问越南时带回来的），有精品牛肉干，蛋黄派，瓜子，开心果，当然还有赵总队长自己平时爱吃的柿饼、咸饼干和任何时候都不可缺少的方便面、即食米线等。邵长水知道总队长有这么个"传统"，许多同志只要一加班，误了食堂开饭时间，就爱上总队长这儿来"搜刮"。年纪越大、在总队工作时间越长的同志，越跟总队长"没大没小"，上这儿也跑得越勤；除此以外，好烟好茶好酒的，但凡总队长这儿有的，他们"一概都不放过"。总队长也喜欢他们来"搜刮"，不等抽屉空起，就又贮备得满满的了。而那些年轻的同志反倒显得拘谨，很少来。邵长水今天出门时的确没顾得上吃早点。他又不爱吃甜食，便从抽屉里只拣了几块牛肉干，几片咸饼干，再给自己沏了杯茉莉花茶，在大沙发里宽宽松松地坐下，慢慢地一边嚼着，一边喝着，耐心地等待起来。

"拓片"被盗，以致银行保险柜被炸和保安员被杀案，所有这一切都非常清楚地表明，确有那么一伙人，不惜一切手段、一切代价意图掩盖一个秘密。首先，他们不想让人知道劳爷是被谋杀的。同时，他们又意图阻止祝磊写的"揭发材料"和劳爷的秘密调查所得公之于世。祝磊到底"揭发"了些什么重要情况？劳爷又调查到了些什么情况？为什么在调查到了顾代省长受贿渎职的事实后，却又说自己"越来越糊涂了"，反而没法准确地给这些当事人进行定性了……

什么逻辑？！

劳爷说他正在把自己的这些感受写下来。有的已经写完了，有的则正在写。那些写完了的部分，是否也都藏在这个银行保险柜里了？

如果真的都藏在了这个保险柜里，那就糟了。

事情一档接一档地在出着。我们总是显得那么被动。这种被动的局面，到什么时候才有望得到扭转？

……

看完劳爷密码的破译全文，赵五六强迫自己冷静下来，认真判别了一下。涌上心头的第一个感觉是，事情越来越复杂了。原来一直有这样一个"三段论"在支持着赵五六的判断：劳东林去陶里根是搞"秘密调查"的。他这"秘密调查"触犯了某些人重大的既得利益。于是这些人策划并实行了对劳东林的"谋害"。因此，只要搞清劳东林在陶里根干了些什么，触犯了些什么人，大致上就能把"凶手"所在的范围圈定出来。他曾寄希望于劳东林在这份"密文"里能说出一些相关情况，提供凶手的线索。但现在看来，劳东林写这份材料，更多的是向有关组织表明心迹，调查中所得到的情况和线索可能都藏到那个"一八零七"号柜子里去了。柜子被炸，材料被毁，一切又回到了零起点，需要从头来摸一遍，以便从中揣摸出到底谁有可能是凶手。所幸劳爷没忘了在"密文"里提供一份名单。现在要做的第一件事，当然就是去找一下那个"余达成"，同时还得派人去找一下列在那份名单里的老同志。

余达成外号"余大头"，此人在本省也是个颇有来头的知名人物。曾当过两任公安厅长的秘书（其中一任就是李敏分他爸），后来调任公安厅政治部组织处处长。这在公安厅里也是一个相当要害的岗位，分管系统内党的建设和干部调配。就在所有人都以为，这小子下一步肯定毫无疑问地会往政治部副主任这位置上腾跃的时候，他突然一个鹞子翻身，从高空扑转下来，又去给人家当秘书了。这一回当然不是给厅长当秘书，而是给一个老省委书记当秘书，着实让人吃惊不小。你说你给在职的省委书记当个秘书，那还差不多。可这位老书记退居二线，啥实权都没了，再给他当秘书，图个啥呢？难道你真有当秘书的"瘾"？不久，圈内的人就听说，是这位老书记指名道姓要余达成到他身边去工作的，这样大伙似乎又有点可以理解了。因为既然是老书记点着名要的，那自然是没法拒绝的，除非你完全不想求下一步的政治前程。紧接着大伙又听说，这位老书记虽然退了下来，但中央却曾做过这么一个内部决定：在这个高纬度地域内的几个省，凡是有重大干部任免，都必须先征得这位老书记和另一位也曾担任过省委书记职务的老同志的首肯。而且，以这两位老书记为核心，把这几个省历届退下来的老书记老省长组成一个调研学习组，不定期地对大区内各省各方面的工作进行调查研究。此调研活动，直接对中央负责。换一句话说，他们的调研所得，是可以不向当地省委报告的。这些年，几乎每一位中央政治局常委到大区来视察，都会上这位老书记家中看望。这就让大区内各省的现职领导对这位老同志有一点"战战兢兢"的意思了。这样，大伙对余大头的"秘书瘾"才有了一点儿比较真切和全面的理解。这样干了几年，老书记年届耄耋，虽然精神仍然矍铄，头脑也仍然清醒，但病患逐渐缠身，体力严重衰退，为了"对党对事业负责"，他主动打报告给中央，要求从本兼各职中"彻底退下"。在临退之前，他将余达成"外放"，先是放到沈阳的一家军工厂当厂长，后调回本省计委当副主任。当人们预料，余大头在那位老书记的扶助下，会顺着政府官员这条路线一步步往上走的时候，这家伙再一次走出了几步险棋，让大伙儿大跌眼镜。他按那位老书记的安排，先是放弃了省计委副主任的职务，接任省内一个濒临倒闭的国有煤业集团总经理一职。然后作为国有企业体制改革的试行单位，他带领这个煤业集团，搞投资多元组合，两年后，又搞股份制改造，完全脱离国有体制，成为省内第一家"民营"煤业大集团公司。由他出任董事长。这个煤业集团很快壮大，年纯利税达三四个亿，自有运煤车皮近一千五百个，万吨级散装运煤船两艘。自建运煤铁道近四百公里。他个人占有公司百分之十三点五的股份，依此计算，他已是超"亿万富翁"了。而此时他还不到四十五岁。就在这风光无限，人人啧羡的巅峰顶上时，他却又突然离开了这日进斗金的公司董事长职位，以一个普通成员的身份，应召参加省政府组织的中青年干部赴美进修学习班，为期一年，再一次做"苦修者"去了⋯⋯

如果劳爷去陶里根搞秘密调查跟这位"余先生"确有关系，那么，跟那位老书记有没有关系？因为，以余先生当前的境遇来说，他本人不可能对这样的调查产生如此浓厚的兴趣。即便有兴趣，以他具备的政治素养来说，绝对不可能如此冒失、鲁莽，甚至"愚蠢"到这种地步，居然亲自出马、策划、组织一个老公安干警去秘密调查一位在职的省委省政府主要领导。比较合理的解释，应该是在他的背后还站着一位"高人"。而从各方面的情况来判断这位"高人"，最有可能就是那位老书记。如果，这位"高人"真就是那位老书记，那么……那么，是不是还应该追问一句，老书记这么做，难道会是一种"个人行为"？不会吧……如果不是他的"个人行为"，这又意味着什么呢？

赵五六向袁崇生详细汇报了自己的这些想法。袁崇生听完后，沉吟了一下，指示道："你这个分析还是有道理的，看来东林这档子事不简单。一定要慎重。我们工作的重点一定放在查清劳东林是怎么死的这一点上。为了闹明白这一点，我们需要整明白他是怎么去的陶里根，在陶里根又接触了些什么人，跟哪些人有过什么样的往来，发生过什么矛盾。但一定要明确，我们这么干，不是为了要查什么代省长的问题。赵五六，我告诉你，这一点，你一定要替我把好关，不能有半点含糊。另外，抓紧时间把今天发生的这起银行爆炸和杀人案破了，尽快把嫌疑犯抓捕归案。事情已经报给省委和公安部了。他们都有话下来，要限期破案。"随后，袁崇生让赵五六把那份破译的密码全文留了下来。等赵五六一走，他马上亲自将它复印了两份。他原准备亲自去省委大楼，把其中一份当面呈交省委书记，另一份则派人直接呈报中纪委。但后来，在要不要"同时"报送中纪委这一点上，袁崇生又产生了一点儿犹豫和思考。他想到，由于事情涉及了本省的一位主要领导，这件事到底该如何处置，还是应该先听听省委主要领导的想法才对。公安厅毕竟是在省委省政府的直接领导下工作的。如果省委觉得这情况应该同时报告给中纪委，他们一定会明确指示他这么办的。到那时候再呈送，也不为晚。而那样做，对于他和公安厅这一级组织来说，会显得更稳妥、更牢靠。于是，他把那份原准备直报中纪委的复印件,锁进了自己办公室那个银灰色的保险箱里。

一个星期后,省委方书记打来一个电话,对袁崇生说:"那天你送过来的那份材料,我看了。"然后只问了一句,"那位老刑警的死因搞清楚了吗?家属那边没遗留什么问题吧?"就再没说啥了。

方书记是从中央"空降"来的干部,到省里工作时间并不长,做事讲话都比较谨慎,比较注意方式方法,特别讲究团结本地同志,但从不在原则问题上跟你做交易,是非曲直,更是丝毫不会含糊。这样一位书记,当然不会掂不出劳东林那份"密文"的分量,对此更不会掉以轻心。但他居然像当年康熙、乾隆爷似的,只在大臣们的奏折上淡淡地批了"知道了"这样三个字,便再没别的什么态度了,这又是啥意思呢?

难道,此时无声胜有声?

11
领事馆路西口九号院

　　破解了密码,压在心头上的那块大石头一下脱卸,始终处在高度紧张状态下的邵长水随后便病了一场。好在不是什么了不得的大病。病毒性感冒。高烧数日不退,却也把他折腾得够呛。所幸的是,这一病,反倒让他从心理上生理上都捞到了一次难得的"修整机会",既暂时摆脱了"定岗定职"的烦恼,也安然自得地睡了几个囫囵觉,过了一段难得的"两耳不闻窗外事,只顾老婆闺女热炕头"的悠然日子。那天终于退烧,慧芬买了只野生甲鱼,又往里撕进几根太子参,搁了一把枸杞淮山药,炖了一小锅浓汤,让他喝下,美美地出了身汗,原本头重脚轻、关节酸涩的身体果然活泛了许多;先是在警校院子里溜达了一会儿,温暖的阳光和碧绿生青的杨树,加上轻薄的白云和高远的蓝天,让他仿佛又回到林区时代的童年,因病而变得脆弱的心灵由此却被深深打动,诱发他信步走出校门,而后搭上一辆并没有多少乘客的公交车,颠达着向市中心驰去。同样因为病后的心绪,今天的市中心在邵长水看来觉得格外亲切和恬静。公交车在市中心一座俄式大教堂门前停下,他也跟着下了车。平时对宗教建筑从不感兴趣的他,今天面对那硕大的教堂穹顶和充满着无限意味的十字架,却也生发出一种莫名的感慨和战栗。教堂右侧马路对过,是近几年兴起的一个小商品批发市场。其规模之大,每日成交金额之高,进出这儿流动人口数之多,不仅为本省之首,也为邻近几个省所少见。还带动了一系列的服务性行业，餐饮、洗浴、美容、歌厅等，免不了车水马龙，脂粉飘香……一应俱全。当然也是各种交通事故和刑事案件的高发区，是附近几个派出所的工作重点所在。教堂左侧，则是解放前苏、日领事馆所在地。也是当时各省商务会馆、同乡会会馆的汇集地。巷深墙高，林荫匝地，似有不食人间烟火之意味。但据说，这儿一度还是青楼、酒肆、戏院林立的地方，也曾狠食过一阵"人间烟火"。后来几经人民政府整顿改造，大规模拆建搬迁，居民成分发生了根本性的改变，这儿才成了市中心闹中取静的最佳居住小区。有几家小旅馆、小诊所和小杂品店夹杂其中，也无非是幽暗的单间门面上悬着一两盏并不明亮的电灯（或一两个简陋的广告灯箱）而已。邵长水忽然想起，听女儿豆豆曾说起过，她的班主任老师好像就住在这附近，便迈开仍多少有点虚软的脚步，慢慢向巷子深处游移而去。是真想去找那位老师说些什么？那倒也不是。完全不想去找那位老师说些什么？也不是。这也不是，那也不是，此时此刻，他也说不清自己心里到底在想干什么，也许根本就不想干什么，就想随心所欲地走一走……是的，在这让人心烦意乱的世界上能随心所欲地走一走，真好……他一边享受着这"真好"的感觉，一边有一搭没一搭地四下随意张望着。走到一家小旅社门前，他忽然停下了脚步。"金用旅社？"这名字好熟啊。金用？金庸？似乎在哪儿见过？他再一次四下张望，见旅社对面斑驳的砖墙上嵌钉进一块搪瓷制作的路名牌，蓝底白字，醒目地印着"领事馆路西口"几个魏碑体白字。

"金用旅社？领事馆路西口？"他心一动，脑子顿时阵阵烘热起来。随即"领事馆路西口九号院齐德培"这一行字便从他脑海里闪出。这是劳爷留下的那几个人名单和地址中的一个。劳爷还特地在"领事馆路西口九号院"后头用括弧加以注明：金用旅社对街。 当时邵长水在心里还默默地谑笑了一下道，这旅店老板，居然鬼得厉害，知道借金庸大名的谐音提升自己这鸡毛小店的知名度和吸引力，脑子也真够使的。市场经济真让中国人都增加了三分机巧。劳爷在"齐德培"这名字后头也加了括号注明：圣西堂本堂神父。圣西堂，就是街面上的那个大教堂。一个神父，一个"全身心服侍天主的人"，怎么也会管起世俗间的"闲事"来，帮着劳爷去搞秘密调查了？而且看来，还不单单是一般性地行善帮忙，一定还在其间起过至关重要的作用。否则，劳爷绝对不会把他列到那份名单里，特别请求组织上给予相应的保护和关照。

这难道也是天主的意愿？

当时，邵长水还这么深想过。

无意中居然来到了这附近，自然不能轻易放过。于是，邵长水带着十分的好奇心，不由自主地举步向九号院走过去。

这院子并没有因为有神父在这儿居住而显得格外的清净和肃穆。但当庭而立的两棵七叶桉，却显得异常地瘦高而繁茂。当然，这跟"神"的意旨并无多大关系。邵长水有兴趣看看"神父"的家到底会是什么模样。只是院子里住着好几户人家，一时间难以确定哪家才是"齐神父"的"寝所"。当然，如果真想搞清楚它，这对邵长水来说应该是一件很容易的事。但邵长水却没有这么去做。今天他并不想真的去打扰这位神职人员。他只是呆呆地张望。他在想象，住在这样一个角落里的一个"本堂神父"，又能知晓多少政治？他怎么会掌握到一个身居省委常委、省委副书记和代理省长高位的人的秘密，让劳爷那样的一位老刑警对他发生了兴趣？难以想象一个身穿黑色立领长袍的宗教使者穿行在那幢幢高楼、座座别墅和一辆辆黑色奥迪、一个个豪华会所里，去操办世俗的纷争……这真是有点太离奇，也有点太蹊跷了……

就在邵长水站在略有几丝凉意的廊檐下发愣的时候，从那个连通前后院的短小回廊里传来一阵细碎的脚步声，还有一男一女平和简短的对话声。邵长水忽然觉得那女子的说话声相当耳熟。再仔细一掂量，觉得有点像曹楠，而且越听越像，他突然有些紧张起来。

怎么会在这里遭遇曹楠?

他的第一反应是"不可能"。但那声音确实像。他本能地向发出声音的地方闪电般地瞟瞥了一眼,以检验自己听觉的可靠程度。一瞥之下,发出那声音的果然就是曹楠,他立即回转身,忙向堆放在廊檐下的那一大撂蜂窝煤块弯下腰,装着好像是在整理煤堆似的,实际上是不想让曹楠认出他来。他之所以不想让曹楠认出他,是因为一瞥之下,他还认定跟她一起走过的那个男子,就是那位本堂神父齐德培。在此前邵长水从来没有见过齐神父,那男子此刻穿着便装,衣着打扮上也没表露出什么神职人员的特色,但凭感觉,凭他的气度和神情,凭他眉目间的那种淡定和超然,邵长水断定他应该就是那个"神父"。他想自己以后一定还会跟这位神父打交道。如果这时让他们认出他来,以为他今天是来窥探和跟踪的,会让他们、尤其会让这位齐神父从心眼儿里瞧不起他,或从此对他产生一份警戒和抗拒,给他俩今后可能会是漫长的交往平添一道重大的心理障碍。曹楠好像没有认出他来。因为她跟神父的对话始终没中断,脚步也始终没中断,一直保留着原来的节律向前走着。不一会儿,他俩便走出院门去了。

又是一个巧合?她怎么也来看望这位齐神父?她怎么老是出现在这些跟劳爷之死相关的"旋涡"和"陷阱"里?她跟这些事到底有啥牵连?她到底是个什么样的人?到底在干什么?邵长水一边琢磨着,一边赶紧抽身离开那小院。他原本是要向大门外走去的,但转念间想到,万一神父刚才是去送曹楠的,这时他出门去,就很可能会在大门口跟正往回返的神父迎面相遇。神父就可能立即认出他这个"整理煤堆的人"根本就不是他们这院里的人,就会对他的身份和来历产生怀疑。(假如"神父"确如劳爷所说的那样,参与了什么秘密调查活动,他潜意识中一定会有这样一种敏感和防范冲动。)假如"神父"再把这档子事告诉曹楠,向曹楠详细描述这个"可疑之人"的外形,聪明机敏如曹楠者,是不难圈定这个"可疑分子"就是"邵助理"。万一曹楠这小丫头真有什么背景和来头，跟整个事件真有什么大的牵连，由此还可能衍生出什么一系列的变故也说不定。这样，就把整个事情闹得越发复杂了……

于是，邵长水紧走几步，上水龙头底下洗去手上的煤屑，一边甩着剩余在手上的水珠，索性自称是煤炭公司的质检员，来入户调查近期各煤厂所售蜂窝煤的质量状况，赳身躲进前院一家，跟户主随意地聊了一会儿，等齐神父走过，这才抽身向院门外走去。

回到家，他正犹豫着要不要把今天这个事情向赵总队长汇个报，电话铃响了。是赵总队长来的电话。他在电话里笑着问："你小子的病装够了没有？"邵长水跺着脚说道："还说我装病？这几天烧得我满嘴是泡。不信，您来瞧瞧！"赵总队长这才赶紧问："烧退了没有？"邵长水说道："刚退。不敢不退啊。就这，还让人说是在装病哩。哪敢再烧下去？"赵总队长笑道："烧退了就好。赶紧过来一趟吧。"邵长水忙问："啥事？"赵总队长说道："这你就别问了，赶紧过来吧。到底啥事，我也还没整明白哩，电话里也没法跟你说。"

等邵长水赶到总队长办公室，赵总队长都没让他坐下，立即把他带到袁崇生那儿。身高马大的袁崇生弓着腰，正低头在办公桌一侧的小柜里翻找着什么，见赵五六和邵长水，也只是匆匆做了个手势，让他俩随意找个地方坐下，还继续找他的东西。袁崇生的办公室足有赵五六的三个那么大，特制的老板桌也比一般使用的要大得多，高背宽扶手黑皮椅。窗台上养着七八盆极名贵的君子兰，屋子四角也放满了桶栽的观叶植物，高大葳蕤，有的都快顶到天花板了，蒲扇般大的叶子油黑油黑，让人多少有一点好像走进了热带或亚热带雨林里似的。

不一会儿，他总算把东西找见了，并把赵五六和邵长水带到里边那个小会议室里。那个小会议室，是厅里专门为研究重大涉密案件设置的，没有窗户，电子屏蔽功能也特别好。安装了完备的机要通信和放映、摄录设备。在移动通信还没普及的年代,在这儿使用这套设备,不用出门便可跟公安部和各省公安厅直接通话,也可以跟国家安全部和各省安全厅直接通上话,当然,有一部电话机是直通省委书记和政法委书记家的;还可以和正在现场跟踪、蹲坑、围捕、勘查的办案干警通话,以适时组织实施和指挥相应的行动。所以说,它也是一个小型的(浓缩的)指挥中心,被全省公安干警誉为本省公安战线的"心脏"和"神经中枢"。一贯爱摆弄电子器械也热衷于设备更新的袁崇生最近正跟省电视台协商,想请省台的人来帮厅里装置这样一套设备,以便今后能直接把案发和行动现场的图像也清晰地传送到这个袖珍版的"指挥中心"来,以便对行动现场实施更得心应手、更具体到位的指挥和控制。

一进这指挥中心,袁崇生就示意秘书把门关上。

厅长居然把他们带到这儿关起门来说事儿,那事儿肯定小不了。邵长水早就听说过、也神往过这个"精装版的指挥中心",但真正进入,今天还是头一回。室内灯光柔和,略显得有一点儿暗淡和恍惚。深色的护墙板、深色的真皮沙发和深色的帷幕——帷幕后挂着全省和全市二千比一的分区地图。这地图,全省的,可以具体到每个村的位置。全市的,具体到每一条大马路、小胡同和主要公共建筑,了然在目,尽收眼底。置身在这儿,仿佛又融入了全省和全市的大背景之中。在这样一种难以捉摸的氛围下,邵长水稍稍感到有一点儿喘不过气来了。

"这么长时间没给你定岗定职,指定在背后骂娘了吧?"厅长一边把他那个任何时候都不离身的黑色真皮手包往身旁的一个单人沙发上一扔,同时又把自己那魁梧的身子重重地落进另一张宽大的皮沙发里,冲邵长水微笑道。

"我骂娘了吗?赵总队长,没有吧?"邵长水掩饰住自己的紧张情绪,故意微笑着扭过头去问赵总队长。

"嘿嘿……"赵总队只报以默默一笑,做了个模棱两可的回答。他知道这样的"开场白"只是为了调节气氛,并没有真要跟谁调侃下去的意思。果不其然,厅长很快收敛起了唇边的笑纹,从手包里掏出一盒硬壳红中华烟,一枚窄长并带有防风罩的高档电子打火机,吱吱地点着一支烟,狠狠地猛吸了两口后,直截了当地对邵长水说道:"你们的工作暂时要有个调整。"

赵五六老练地看着袁崇生,静待他往下说。邵长水的心却立即咯噔停跳了一下。

"这个劳东林到底是咋回子事嘛……"厅长突然间冒出这么句话,让赵五六自觉意外。而邵长水听到厅长的话锋一下转向了"劳东林",反而不那么紧张了——只要今天厅长不是为了批评他才紧急召见他俩的,这就没啥大碍。

袁厅长没马上接着往下说,只是瞟了这两位下属一眼,便一边由着那高档烟产生的烟雾在自己脸面前清淡地飘拂游移晃动,一边垂下他那既厚重又宽大的眼睑,沉默了一会儿,好像是要在这沉默中斟酌,怎么往下说才更合适。

过了一会儿,他告诉赵五六和邵长水,他两天前收到一个查不到确切发件人寄来的特快邮件。(经查,邮件和邮单上填写的发件人姓名和地址全都是假的。)特快邮件里寄的是一张自行刻制的光盘。"你们自己瞧瞧吧。这个劳东林!"袁崇生指了指放在大椭圆桌那头的一张光盘说道。

赵五六和邵长水都稍稍地迟疑了一下,并没有立马去行动。他俩都不明白厅长这"闷葫芦"里到底在卖什么"药"。看到厅长没再做进一步的解释,邵长水这才赶紧小心翼翼地去拿起那张光盘,走到一台台式电脑跟前,操作了起来。电脑显示器里很快便出现了从光盘里解压缩后读出的视频画面。光盘里录制的是劳东林在陶里根跟人应酬、宴客、聚会和玩乐的情景。随画面一起出现的,还有现场的声音和拍摄日期。从画面上标示出的年月日看,这是不同时间拍摄下来的。最早的,记录了劳爷刚到陶里根不久的活动场面,最晚的也有"车祸"发生前不久的。从画面的角度和画面的质量看,这是用家用 DV 机偷拍的。从劳爷在画面里的表现看,一开始他多少还有一些拘谨,坐在那儿看和听别人玩的时间更多一些;但到后来,就很自如了。尤其到最后期的一些场面,基本上都是他在主持活动,显得异常的活跃,游刃有余,火力甚旺。从内容看,有宴会场面,有在 KTV 包房里高歌的场面,还有在高尔夫球场挥杆儿、或跃身在高山雪场的场面,当然也有在洗浴中心接受异性按摩的场面……还有一回,不知在哪一个超五星宾馆里的某一个高档洗浴中心,在一个布置成热带风情的特殊单间里,完全脱光了的劳爷竟然在接受一个年轻女子的按摩……所幸那女子还穿着"工作服"——一套用蜡染布特制的短打裤褂。说它是"短打裤褂",是因为褂子是短袖的,裤子则是那种俗称七分裤的短袖,说短不短,说长也不算长。许多场面中,都有一些年轻女子陪着。光盘制作者还是很有心机的,画面中的人,除了劳爷,其他人的脸,一律都用马赛克遮去了。包括那些年轻女孩的"肖像权"也都得到了充分的"保护"和"尊重"。

"这有什么呀?他下海了,在那儿当保安经理,当然得跟人应酬……现在不应酬,还能当经理吗?或者把话这么倒过来说,现在还有不应酬就能过得去的经理吗?"看完光盘,赵五六漫不经心地说道。

"嗨,你这个赵五六。啥叫'这有什么呀'?劳东林脱得光溜溜地躺在一个女人面前,让她摸来摸去的,这也没什么?你现在的观念,真够可以的了。"袁厅长不满地嚷嚷着。

"问题是那个女的没裸。"

"可我们一个老刑警光着屁股哩……"

"他已经不是刑警了。此时此刻他只是一个普通百姓。"

"他是共产党员不?"

"谁说过,党员下了班儿就不能去休闲一下放松一下?"

"谁说过党员可以出入这些场合,裸体接受异性按摩?"

"我的厅长大人,您瞧仔细了。劳东林进的是一个正规休闲场所。你看它这单间的门上安着透明的玻璃哩。再看室内灯光的亮度,没有一百瓦,也足有六七十瓦。因此它不能算一个密室。只能算是一个中规中矩的按摩室。当然最重要的是,整个过程中,当事人双方都没有任何越轨动作。"

"那,他就可以光着屁股躺在一个陌生女子跟前了?"

"他并没有仰躺着……"

"嗨嗨嗨,是仰面躺着,还是趴着躺着,这有本质区别吗?赵五六啊赵五六,你完完全全是在跟我胡搅蛮缠嘛!"

"厅长,你还看不出吗?有人从劳爷一到陶里根,就开始跟踪他,监视他。这些人存心抓他的小辫,陷害他……"

"没人逼着他进出这种场所吧?也没人逼他脱光自己衣服吧?你自己留着小辫送上门去让人抓,还说啥呢?"

"……"赵五六不作声了。

"同样的光盘,还给省委方书记、纪委曹书记寄了。"

"是吗?"

"是马,还是驴哩!"

"方书记和曹书记说啥了?"

"你想他们还能说啥?"

"厅长,如果东林去陶里根,真的像他自己申诉的那样,不是他的个人行为,而是领受了某一方面的指令去的,那么,他在那儿扮演的,就是一个'卧底'的角色。既然是'卧底',他当然就得跟他周边那些人打成一片,得在一定程度上'同流合污'。他跟着去唱个小曲、洗个澡、按个摩什么的,应该认为是一件很正常的事。就拿这些混球偷拍到的这些内容来说，东林还真没有干什么特别过杠杠的事。甚至还应该说，他在那样一个环境中，还是挺注意'洁身自好'的，自控能力还是挺强的。这一点，我们应该替他跟方书记曹书记说说清楚。如果你要觉得不方便说，找个合适的时机，我去说……"

"人家省委书记纪委书记就不懂啥叫'卧底'？还用得着你来给他们上课？还好意思说要去给方书记曹书记去讲讲！现在的问题是，我们坚持认为，劳东林是被谋杀的。可人家拿这来证明，劳东林到陶里根以后，吃喝玩乐样样火爆，也没得罪过什么人。就这么个玩意儿，人家杀得着他吗？谋杀的动机何在？"

"所谓的不得罪人、吃喝玩乐，全部都是表面现象。谁卧底会卧得鸡飞狗跳，让周围的人个个都讨厌他的？"

"所以，咱们得赶紧闹清，劳东林辞职去陶里根的真实背景。也得拿出事实来证明这一切只是表面现象才行。不能老让对方占着主动，老这么牵着我们鼻子走。要立即调整我们的工作方针，尽快拿出阶段性的战果来。你回去赶紧拿个调整方案。我告诉过你，这案子，上头是要限期破案的。是不是谋杀，得尽快给个明确的说法。告诉你吧，这是方书记的原话。"

"那么，他也认为两级交管部门所做的'车祸致死'结论是错误的？"

"他没这么说。"

"那么，撤销专案的决定是错误的了？"

"方书记也没这么说。"

回到总队办公室，赵五六从自己身后的保险柜里取出一份书面材料，扔在邵长水面前，示意他看一看。

"啥？"邵长水狐疑地问。

"让你看，你就看。多问啥？"大概是因为挨了袁崇生的一通"呲儿"，心里有点烦,赵五六没好气儿地回答道。

邵长水这才折起身,捡起那材料,大概地溜了那么一眼,经验告诉他,这可能是一封"匿名告状信"。赵五六随后告诉他,在上头几位领导收到那些匿名邮寄来的光盘的同时,他也收到了这样一份"玩意儿"。"是吗?那您刚才怎么没跟袁厅长说呢?"邵长水问。"你噜苏啥。快看。"赵五六不想跟邵长水多解释。邵长水赶紧拿起那材料来看。它的大意跟那个光盘差不多,只不过,它是文字的。而文字虽然在形象直观上差点劲,但表意却要更为清晰明确直接。但它们总的意思,都是在说,劳爷在陶里根,并非似某些人声称的,是在搞什么"秘密调查",而是拿着高薪,在"疯狂地享受生活"。当然,他在那儿,在高薪的刺激下,也"疯狂"地工作着,疯狂地为拥有数亿资产的远东盛唐国际科贸集团公司的那个老总饶上都"卖命",仅花了一个多月的时间,他为他建起了一整套切实可行的人事保卫工作制度和体系,调整了该系统数十人的工作岗位,却没让一个人下岗。他迅速取得了饶上都的绝对信任,但又绝对明智地拒绝了饶上都要把他提拔到副老总位置上的动议。他对饶上都说:第一,我来集团公司的时间还短,我对公司的贡献和我操作公司的经验,都还不足以让我担当此要职。第二,我投身盛唐,只是要体会在另一种环境、另一种方式下活着的滋味,我想试着在这种环境这种方式下释放我在过去那种环境那种方式下释放不了的个人能量,同时,也想享受在过去那种环境和方式下,所不可能、也不敢去享受的种种生活乐趣。所以我不想让什么"副老总"似的"紧箍咒"束缚了自己。我刚从一种"紧箍咒"中脱出,不想再接受另一种"紧箍咒"。如果我现在还只有三十岁,或者四十岁,那我哭着喊着也会把这"副老总"的权杖拿下。我拼出十年二十年去"牺牲",还能剩个十年八年的时间去享受。但我已经是快六十的人了。我已经没有这个本钱再让自己去做什么"牺牲"和"奉献"了。几十年来,我已经做了太多的"牺牲",太多的"奉献",却只得到太少的"享受"和"快乐"。在剩余的那点人生时光里，我要把"享受"提升到适当重要的位置上去计量；把"获得快乐"列为我最重要的人生目标。至于"副老总"，那就算了吧。于是他在"疯狂"工作之余，"疯狂"地享受。

在这几个月的时间中，你几乎可以在陶里根最豪华最时髦最昂贵最夸张的休闲娱乐场所里，看到他活跃的身影。在每一个最豪华最热闹最深夜最没有节制最奇出怪样的私人派对里，也总能听到他圆润醇厚的男中音在那里欢快地不知疲倦地荡漾着。他不仅自己"疯狂"地享受，而且也充分施加他对集团公司上层所能施加的一切影响，去改善员工的业余生活，让他们也得到相应的"享受"。所以，在不长的时间段里，无论在陶里根，还是仅仅在盛唐公司内部，他都建立了极好的口碑和人缘关系，获得"疯老头"和"好老头"的双料美称。在陶里根，在盛唐公司，可以说没有一个人不愿意结识他，并以能够结识他，跟他有所交往而引以为盛事幸事。"你们应该认真地想一想，在陶里根，谁会去杀这样一个快乐的疯老头好老头呢？"

"一份细致入微的心理剖析，一个形象生动的录像光盘，几乎同时送到关键部门关键人物的办公桌上。人家也是有组织有计划地在行动着哩。而且，工作还真是做得够周全够到家，也够及时的了。应该派他们来当这个反刑侦总队的总队长。"等邵长水看完这份材料后，赵五六感慨道。

"那您觉得我们该怎么调整我们的工作？"邵长水心里这时却只想着怎么落实刚才厅长的指示。

"你说呢？"赵五六反问道。

"我能说个啥？当然听领导的。"邵长水诚恳地答道。

"长水啊长水，你这人啥都好，就是把自己包裹得太紧。处处设防，滴水不漏。这样不行啊……"赵五六长叹一声说道。

"我……我又咋的了……"邵长水微微红起脸，问道。

"你……"赵五六直说了个"你"字，就再没往下说。赵五六自己是一个绝对忠实于上级的"下属"，他也希望自己的下属对自己能"言听计从"；但他并不希望下属对自己一味盲从。这也不是因为他头脑里真的有多少"民主观念"，而是由于工作性质和经历决定的。刑事侦查这营生，可以说，不管是谁，一开始接手一个案子，都是两眼一抹黑。绝对不会因为谁警衔上的豆豆比谁多，谁的行政职务比谁高，谁就一定比谁有多少先见之明。任何一个案子的侦破都需要集体努力。任何一个人在任何一个环节上的疏忽大意，懈怠麻痹，都有可能使几十甚至几百个同志在几天、几星期甚至几个月几年中所做的努力付诸东流。许多大案要案看起来都破得十分"偶然"。岂不知这"偶然之间"，正是这个集体的许多"不起眼的人"，在许多"不起眼的时刻"，做了许多"不起眼的努力"，才会产生这"偶然的决定性的一瞬间"。所以，他总是要求在他手下工作的每一个侦查员、每一个队长都把自己当成总队的主要领导，都能积极主动地负起该负的那一部分责任，他允许也提倡他们大声地当面说出各自的想法，甚至跟他争吵。他最烦的就是手下的人对他说："您说呗，您是领导。您说啥我就干啥呗。"这种时候，他往往会给一句这样的回答："我让你去吃屎，你吃吗？"

今天他没这么"呲儿"邵长水，他得给邵长水稍稍留点面子。

为坚决贯彻落实省委和厅领导的相关指示，赵五六从总队和市局刑侦支队抽调了五位同志，让他们在第二天上午八点，准时赶到他办公室，正式成立劳东林车祸案的"复核小组"。与此同时，他们又从省警校刑侦系和下边市县刑侦大队抽调了三位同志，让他们在同一时间赶到省城龙湾路八十八号报到。抽调这三位同志来"帮工"的公开理由是"抢救性地协助省公安系统退休老同志整写回忆录和业务工作经验总结"。而真正的原因则是，让他们来给邵长水当助手，根据袁厅长口述的十六字方针："调整部署、加强力量、缜密侦破、加快进度"来专攻"劳东林致死"案。

为什么要成立两个组?为什么一个放在明处,另一个却要加上那么些"伪装",放在暗处进行?原因很简单。赵五六这回是吸取了上一回专案组最后不得不被迫撤销的教训,是要拿明的那个,来保护(掩护)暗的这个。换一句话也可以这么说,是拿明的那个来吸引所有仇视者阴谋者捣乱者破坏者的视线和火力,以便能让暗的那个能相对从容地去完成"安放炸药"的任务,最后能"炸开"那道遮挡在事实真相面前的"顽固屏障"。

龙湾路八十八号是个非常特殊的地方。它曾是省公安厅的一个"点儿"。所谓的"点儿",从大面上来说,你可以理解为"工作场所"或"接待处"。至于安全部门的人在这"点儿"上到底干些什么,那就不是你我应该去细问的。据说,龙湾路的这个"点儿",曾经是用来关押和审讯被捕获的"敌特间谍"的。它当时的作用跟公安系统的"看守所"差不多。当然,它跟人们通常印象中的"看守所"就太不一样了。人们通常印象中的看守所近似于"监狱",但龙湾路八十八号却完全就是个花园别墅,一个有点老式,有点过时了的花园别墅。只有一道比较高的围墙,但又没有设置高压电网。有一度,院子附近的路口上曾醒目地矗立着这样一块告示牌:"军事驻地五百米内不准停车"。但很快,这样的告示牌也被撤销了,它因此变得越发的悄没声息。院子不大,老树却不少。院子里始终静悄悄的。紧闭着的黑铁门,很少见到它开启。即便有车出入,往往也要等到后半夜时分,这使它在周围居民心中更增添了几分神秘感。后来由于种种外头人不可能知道的原因,"点儿"从这儿撤走了,它空关了好长一段时间。"但见风暗泣,不闻人叹息"。什么时候又交由省公安系统接管的,那外人就更不清楚了。甚至有人说,这里曾长期"软禁"过"四人帮"在东北地区的主要干将。也有人说这里曾集中了一批我国最优秀的导弹专家。让老美和台独分子"胆战心惊"的东风三号导弹就是在这院里设计论证,等等。这些,你就只能听一耳朵而已,不能完全当真了。

赵五六通知邵长水去龙湾路八十八号报到的同时，还通知他把家搬了。

"搬家？有那必要吗？"邵长水心里咯噔了一下，但脸上还是微笑着问道。

"多问啥嘛。照着办吧。"赵总队挥挥手，说道。

什么叫有必要？什么叫没必要？劳东林就是突然间被人"撞"死的。下一回他们会撞谁？谁能预测得到？这叫"防患于未然"。现在是不让说"阶级斗争"了。但是，在市场经济汹涌的大潮之下，在初级阶段这一切都还不那么规范的特定条件下，"钱"和"利"的斗争，会不会有日趋激烈的趋势？让我们屏住呼吸，走着瞧。十分钟后，慧芬略有些慌张地打电话来问邵长水："厅里开来两辆大卡车，还来了一帮子人，呼呼啦啦地说是要给我们家挪挪地儿。这是咋回子事嘛，整得鸡飞狗跳猫上墙的！"邵长水答道："听着，我也是才知道这档子事。别哆嗦，也别咋呼，马上按厅里的安排去做。豆豆到家了吗？好，我马上安排人去接豆豆，你管好蛋蛋就行了。"豆豆蛋蛋是他女儿儿子的小名儿。

12
共和国之子

夜幕刚刚降临,大屯区李家堡街道办事处门前那条坑坑洼洼的小街上就跟开了锅似的喧腾起来。甩卖各种日用杂货的地摊儿像夏天雨后林子里那些疯狂的蘑菇,霎时间便占满了小街两边所有的空地。摊主们各自点着一盏电石灯,照亮各自面前那一小片地面。这些原始的火苗在人流气息的传动中幽幽明明,闪闪烁烁,成了这"圪垇"一大景观。

大屯区是省城著名的重工业区。省内在全国排得上号的几家重型机械厂、轴承厂和汽轮机厂全建在这儿。全省最高的烟囱、最宏伟的厂房、吨位最大的锻压机、体积最庞大的龙门刨和龙门吊、单炉容积最大的电炉、全国最著名的劳动模范……也全都耸立在这儿。街区里,不时有古老的蒸汽车头拉着炽热的钢锭、生铁块和各种型号的线材、焦炭,在浓烟的伴随下,啸叫着往来于各厂区;再加上老有三十多吨的大卡车拉着矿石和各种辅料从你身旁震颤而过,再加上这儿绝大多数人都穿着厂里的工作服来往于街道马路上。所以,多年来,在李家堡你根本无法分清,哪是街区,哪是厂区,对方不开口,你根本也闹不明白他到底是干什么的。但他们有一个共同的自豪的称号:"我是李家堡人"。这些大厂都是"天之骄子"。他们说,只要我们李家堡"一着凉",全省当年的生产计划肯定就要"感冒发炎",以致全国某些方面的经济指标都会因此而"打哆嗦"。为此,每一届全国人大代表和党代表中,肯定会有"李家堡人"。在那个年代里，从上到下，似乎都习惯了这样一种看法：没有"李家堡人"的参与，什么样的大会，都不具备足够的"代表性"和"权威性"。但他们忽视了这里潜伏着的一个重大隐患：李家堡的辉煌是仗着"国家订货"和"国家包销"支撑着的。一旦"国家"撤出，"市场"进入，"国家"不再为你"包产包销"，几十年来隐在这些"天之骄子"深处的体制性弊病，便立显无遗。为了适应市场竞争，它们必须瘦身，必须改制，必须低下自己"曾经高傲的头颅"，一切从零（更多的还得从负数）开始……船大难调头啊。数以十万计的工人开始下岗，重新寻找生计。要知道这儿有许多家庭，三代人都在一个厂子里谋生。一旦厂子陷入"转制转产"或停产的阵痛中，对这种家庭的打击，几乎可以说是"毁灭性"的。煌煌"李家堡"一时间变得十分的"黯淡"和"冷清"了……

邵长水每一回走进这条李家堡小街，每一回看到那些夜色中蹲在自己的地摊前"卑怯"地吆喝着那点小生意的"工人弟兄"，他心里都会止不住地涌起一股股酸热。他知道这些人，几年前头上很可能都还闪耀着"七级老师傅"、"科长"、"段长"、"车间技术员"或"工会小组长"、"先进生产工作者"、"模范共产党员"的光环，为了不至于发生"所有人和大船一起沉没"的险象，他们无奈地悲壮地被要求先期跳离大船，让自己沉浮在"海"中自行谋生。他们中的某一些人，因此有可能游到某个小岛上，抓住一片阳光和绿荫，重建自己的"多彩人生"；有的呢，兴许就可能遭受没顶之灾了……

　　……

邵长水今天是根据劳爷在"密件"里所提供的那份名单，来寻找一个叫寿泰求的人的。赵五六给他的任务是找到这份名单上所有的人，搞清他们和劳爷的关系，并进一步闹明白劳爷到底为什么要辞职下海去陶里根的"背景情况"，以及他这几个月在陶里根到底"忙活了些啥"？赵五六虽然在厅长跟前替劳东林说了不少好话，但对于他脱光了身子躺在一个陌生女子面前的场景,也还是希望能找到一个贴切的解释,并希望从中找到造成他"死亡"的真正原因。

邵长水和他那个三人小组围绕着这份名单,为完成这任务,已经忙碌了十来天了。

在复核组成立后,第一次开会,研究确定下一步的侦破方向时,邵长水和赵总队曾发生过矛盾。邵长水当然不会去跟赵总队吵架干仗,但他还是婉转地表达了自己的不同想法。他分析道,从破译的"劳爷密件"看,重点有这样三个:一、劳爷强调如果自己出事,那一定是被谋杀的。这预测到底准确不准确?如果准确,凶手又是谁?这是明摆着一定得闹明白。二、劳爷说"可以初步认定,顾代省长在担任陶里根市委书记兼陶里根市市长期间,曾经收受远东盛唐国际贸易科技开发公司董事长饶上都巨额贿赂,并利用手中的职权,帮助饶从银行至少获得过五亿元的低息贷款,并助他以低于市场价十倍的价格,圈进近十万平方米的国有土地。"此说,依据何在?他是否已经拿到了什么证据?如果拿到了证据,那么,这些证据现在又在何处?如果他没有拿到证据,他又是依据了什么,做出这样的结论的。这一点,按说是"石破天惊"的大事,但关于这,袁厅长有明确指示,不让去趟这"雷区",那么,复核小组的侦查重点就得越过它。三、劳东林在陶里根待了这几个月后,内心发生了一些让人不好理解的变化。甚至让他对"受贿"的顾立源和行贿的饶上都,对暗中跟踪监视以至可能要加害于他的人都产生了种可以理解,并想跟他们沟通的感觉,这让人感到太奇怪了。这种事情发生在刚刚参加工作的年轻刑警和干警身上还情有可原。因为在实际生活中,有些犯罪分子的确不像我们某些文艺作品和中小学政治课中描述的那么"面目可憎"、"举止粗俗",有的甚至"风度翩翩"、"面容姣好",有的还可以说出自某一些"正当理由"才走上犯罪的不归路的……为此,是有可能引发某种"同情"和"怜悯"的。但这样的事,发生在劳东林身上,就不可理解了。就像一个经验老到的外科大夫,绝对不可能再对从活人身体中流出的每一滴血、割下的每一块肉,再大惊小怪了。那么,究竟是什么让他的内心在这几个月里发生了这样的变化?这种变化影响到他后期在陶里根的行为了没有?如果影响到了,他为什么还认为那些人要谋害他?这中间到底发生了些什么事?当然所有这一切,都集中到这一点上,那就是给车祸案准确定性:到底是不是"谋杀",如果是,真凶又是谁……

他认为,在这三条里,重点不用多说也应该是第一、第二条。复核组的工作重点应该放在抓捕那个事发后从驾驶室"神秘失踪"的人,组织力量去重点突破银行保险柜被炸和保安员被杀案,不妨也可以把邵家失窃列为重点。这几件事情,突破了哪一个,都有可能"拽住葫芦拽出瓢",准确为劳爷之死定性,让犯罪分子归案。但从赵总队长的安排来看,却把工作的重点放在了第三条上,也就是首先去闹清劳爷去陶里根的背景和他内心变化的状况。

劳爷去陶里根的背景和这几个月内心变化的情况,固然和案子的发生存在着某种密不可分的关系,但从这儿着手去破案,就像从北京去天津,却不走京津塘高速,偏要先坐火车到大连,拐回头来再坐船横跨渤海湾,直逼天津港似的,整个绕了一个大弯。有必要费那个劲吗?

这么干,的确有点绕。赵五六当然是清楚这一点的。实际上,他也做了两手安排:另外安排了一部分工作力量直接去侦破"车祸案"和"银行保险柜被炸案",侦破邵长水家失窃案,而让邵长水去调查"背景"和"内心变化"。作为劳东林的老战友和老上级,他的确特别想知道这两个情况:一、劳东林当时到底为什么死活要辞职下海去陶里根?二、他在陶里根的那几个月里,到底遭遇了些啥?他的内心到底发生了什么变化?为什么会发生这样的变化?

对于赵五六来说,闹明白这两点,跟闹明白整个事件到底是不是一场谋杀,真凶到底是谁,是一样重要的。在某种程度上,甚至可以说更重要。

有人说，劳东林就是为了钱才死活闹着要辞职脱警服去陶里根的；有人还说，劳东林这些年熬不住整个社会的动荡和浮躁，在种种浪潮的冲击下，心态上早就有了大的变化了，到陶里根后，只不过由于"土壤"、"气候"等条件齐备，越加变本加厉，变得有一点拿捏不住自个儿了而已。他就像一个每天下午都要经受低烧潮热折磨，晚上又在淋漓盗汗中辗转惊诧的病人那样，在兴奋和喘息中昂起，却又日渐地虚弱，忐忑，最终在歇斯底里中消亡……为此，有人甚至说，他的死，很可能就是失望和绝望后的"自杀"。啥"谋杀"，啥"车祸"，全都是这个老家伙跟大伙开的最后一个"玩笑"而已。

真是这样吗？

赵五六不信。但又不能不信。

他和劳东林在一起工作几十年。如果追问一下，自己真的很了解这个老战友吗？还真不敢这么说。再仔细回想一下，他发现，自己跟劳东林之间不仅说不上特别深入的了解，甚至都说不上有特别密切的来往。这让赵五六确实吃了一惊。再往深处想想，也是啊，劳东林这家伙在单位里跟谁有过特别亲密的来往和接触？真还没有；能回忆起来的，还只是一些案子上和工作上的接触和往来。这些接触和往来虽然非常频繁，但都不属于"交心"这一类的。他那矮小的身影，匆匆走进会议室，又匆匆地（总是有点"孤独"的样子）奔向案发现场……在讨论案子的会议上，有时他能一下子侃侃地谈上一两个小时，激动地冲到反对他的人面前，把唾沫星子直接"喷射"到人脸上。有时，却从头至尾，默不作声，最后只丢下一句："别扯淡吧，你！"转身走人。多年来，这家伙的确有点难缠，但却从来也不会"歇斯底里"，更不会向人"示弱"。后来接受他正式辞职报告的是赵五六，代表组织跟他做最后告别谈话的也是赵五六。在那场合下，劳东林虽然表现得有一点"伤感"，但仍然没显露半点的"虚弱"和"歇斯底里"，眼睛里仍然不时地闪烁着他固有的那种"自信"。

到陶里根后，一开始他还给赵五六打过几次电话；回省城来探家时，还上省厅来看望过赵五六。但很快就中断了往来。两个多月前，赵五六陪同公安部和邻近几个省主管刑事侦查的厅领导，过江去跟俄方内务部的领导商谈联合打黑事宜，路过陶里根，在市局举办的一次欢迎宴会上突然见到了劳东林。那次见面的感觉，就有一点怪，总觉得劳东林在躲着他。那次宴会，本没有劳东林啥事。市局的邀请名单中原先也没有他。后来还是赵五六想起了他，要求市局邀他作为省厅一位"退休老同志"和"刑侦方面的老前辈"出席酒会。在那回酒会上，赵五六已经觉出劳东林这家伙有些变化。他自始至终一直显得特别的寡言少语，坐在一个离主桌较远的位置上，既不主动跟人去敬酒，也不跟人交谈，甚至都不找厅里的几位老领导、老熟人碰碰杯，说说话。赵五六原想在宴会以后，再找他聊聊，问问近况的，却没料到，宴会刚宣布结束，一转眼间，他就不见了，完全是"不辞而别"。当晚给他打电话，手机也关了。后来一直到离开陶里根，赵五六再也没见过劳东林。当时，赵五六只以为那几天里劳东林可能遇到啥不顺心的事了，就没怎么太往心里去。但现在看来，这个判断显然是草率了，也肤浅了……

前一段日子，有人从陶里根回来，曾经告诉赵五六，说他们在那儿见了劳爷，说"劳爷"近来，思维变得有点不正常，说出话来，经常有些前言不搭后语，经常会发生常识性的逻辑错误。赵五六还把这几位同志狠狠"训斥"和"挖苦"了一通。在省公安厅、刑侦总队，人们一向认为，劳爷不仅个性最强，思维也是最清晰、最有条理的一个人。他怎么可能"前言不搭后语，经常会发生常识性的逻辑错误"？但是，现在看来，对这个"最清晰和最条理"的界定，的确要存疑了。劳爷一方面说，通过这几个月的调查"已经初步认定某某某收受了莫某某的巨额贿赂"，但接下来却又说"某某某是个好同志"，"某某某在陶里根的开发中确实起到了不可或缺的作用"。他到底想告诉人们什么？他到底得出了什么结论？在那个光盘里，如果他仅仅看到劳爷在那儿赴宴、打高尔夫、搓麻将、洗桑拿、接受异性按摩……那还真如他在袁厅长面前所做的辩解那样，这并不能说明什么。但问题在于，除此以外，赵五六还看到了别人看不到的一种"东西"——尤其是在最后几个场面里，他从劳东林的眼神中，看到了一种"痴迷"和"放浪"。这的确让他感到"惊骇"和"战栗"。（赵五六让技侦科的同志认真鉴定了这个光盘。结论是，它确实是现场摄录的，没有经过电脑制作伪造。）

看来，几个月的陶里根经历，的确让劳东林内心发生了某种变化。他的为人、习性、脾气……都发生了某种变化。这一些，跟他最后出事，都有关系？赵五六想整明白这一点。他想在破案的同时，搞清楚自己这个老战友到底是个什么样的人、他在陶里根到底遭遇了什么变化……

于是，秘密走访那份名单里列出的十多人，自然就成了解决这"当务之急"的首选措施。这件事就交到了邵长水头上。让邵长水去做这件事，是因为比起总队里的其他同志，他对劳爷没有太多的"先入为主"的东西，在调查中也不会加入太多个人主观意愿的东西，加上他性格中的沉稳实诚和机敏，赵五六认为他是干这档子事的最合适的人选。

原以为，这是一个比较容易完成的任务。把名单上的十来个人走访一下，就可以把情况搞清楚了，接着还可以让邵长水投入到侦破"车祸"和"银行保险柜被炸"等案子的工作中，两头都不会耽误。但没想事情并没有预想的这么简单。首先是邵长水对这个任务理解得不那么深刻，接受得有点被动，这倒没成为什么大的妨碍。因为邵长水毕竟是个组织性和纪律性都比较强的同志，认识虽有不一致，但行动中，还是坚决执行，照办不误。问题反而出在名单中的那十多个人身上，这些人完全不像劳爷在"密件"中写的那样，是能积极配合的。他们承认自己跟劳爷相识相知相交已久，承认自己是劳爷的亲密朋友。他们都钦佩劳爷的为人，不否认在自己生活的某一阶段得到过劳爷巨大的帮助和启迪，对劳爷的死都感到过震惊和悲愤,感慨悲壮之情无不溢于言表。但是……只要一提到劳爷在陶里根的"秘密调查",再提到"劳爷的死因",提到"那起车祸",他们又恍惚了,畏缩了,迟疑了,或慌张,或沉默,或无奈,或推托,或顾左右而言他,或金蝉脱壳而抽身。无论男女,到了这关键时刻,忽然间都变得不是他们原来的那个自己了。场面上无一例外地都会出现短暂的尴尬气氛;然后,他们无一例外地毫不迟疑地都会说:"不知道。啥秘密调查?不知道。劳爷都辞职了,还调查谁?就算他调查谁,也不会跟我们说呀。要跟我们说了,那还算啥'秘密调查'?"

如果他们根本就跟劳爷的调查不沾边,劳爷在名单里为什么要特地提到他们?为什么还要恳请组织今后对这些人加以特别的保护?

劳东林这小子真的变得玩世不恭了,临死前再给组织上开一个"最后的玩笑"?

赵五六不信。

邵长水也不信。

他们认真分析了这十来天的情况,发现一个值得注意的突破口,那就是这十来个人谈到最后,都把事情推到了两个人头上,也就是说他们都不约而同地"劝说"邵长水去找找这两个人。其中一位叫齐德培,就是住在领事馆西路口的那位本堂神父。另一位就是今天邵长水要找的寿泰求。

自从那天很偶然地在神父家的院子里发现了曹楠的身影以后,邵长水凭直觉认定,这位神父在本案中一定占有一个非常特殊的重要位置,发挥过非常特殊的作用。这作用,不管是正面的还是反面的,他都是一个不可忽视的"家伙"。但邵长水决定把他放到最后去接触。原因之一,就是这个神父还牵涉了另一个人:曹楠。而这个曹楠又牵涉到了一个人:李敏分。他需要拿到更多的情况后,再去攻这几个"点儿"……

至于那个"寿泰求",并不在劳爷提供的那份名单上。邵长水从来也没听说过这个人,所以,临行前他还向赵总队长做了专门的请示。

这个寿泰求现在可以算是"李家堡人"中的一份子了,但不是在街边"撂地摊儿"的。他是近些年来被坊间广泛议论着的那个"陶里根集团"的重要成员。所谓"陶里根集团",是指近十年来,发生在这个高纬度省的一个极引人瞩目的政治现象:有相当一批土生土长在陶里根的年轻干部,迅速崛起,进入这个省的各级领导班子,成为颇为耀眼的"政治新星",或称之为一片"星云"也可。他们的代表人物自然就是顾代省长顾立源。另一个引人瞩目的人物就是那个已经被判了死刑的省会城市的副市长祝磊。他们都是陶里根人,都从陶里根起步,都跟陶里根这个城市的迅速崛起有关。在顾和祝相继被调往省里和省城工作后,当年与他们在陶里根市一起共事的那些同志也都陆续被调往省城,或省城周边的市县,在不同的岗位上,担负起了大小不等的领导责任。有人计算过,仅仅几年时间,就有近二三十名陶里根籍的干部被派往全省各地担负起"大小不等的领导责任",而且还有这样一个有趣的现象:顾立源主管哪个口的工作,这些陶里根籍的干部会相对地集中到哪个口去。比如,他曾在省里管过工交口,这些陶里根籍的干部当时就相对集中地被安排到工交口工作;后来他又管过外贸金融,于是一时间在外贸金融口又会相对集中起一批陶里根籍的干部。在这个省的政坛上形成了一个非常明显的"陶里根现象",老百姓把这些会跟随顾代省长的调动而一起"游走"的陶里根籍干部,称之为"陶里根集团"。

当然,这里一定要再三声明的是,所谓"陶里根集团"这提法,完全是民间的口头作品,从来没有被官方,也没被任何一个理论界首肯和采纳过。不仅没有被他们首肯和采纳过,省委有关部门还曾在一次宣传口径吹风会上,特别地要求省内各媒体,一定不能公开使用这种说法。因为"这种说法,在组织上是不准确的,在理论上是荒谬的,而在政治上则是非常有害的"。另外还要说句公道话,跟随"游走",绝不是等于跟着到处去"吃辣的喝香的",去当"坐地虎"和"摘桃派"。就说这个寿泰求,两年前,顾立源到省里来管工交,把他从陶里根市经贸委主任任上,调到李家堡一家厅局级的大厂任厂长兼党委书记,也就是说,一下子从正处级破格提升到正厅级,而且是党政一肩挑,时年才三十二岁,好像是非常"便宜"了他,风光了他。但这里要特别说明一点,当时这个两万人的大厂设备陈旧,产品滞销,债务沉重,工人一年多连工资都领不到,上访不断,全厂濒临倒闭,找谁去主事,谁都不敢去揽这个烂摊子,这顶"正厅级"的乌纱帽,是在这种情况下才落到这位寿泰求同志的脑袋上的。据说,省委组织部和省工交工委的主要领导找他谈话时,他也是不愿意接这副担子,并没有为这顶"正厅级"乌纱帽所动。后来,时任省委常委、省委副书记的顾立源亲自到陶里根找他谈了一整夜,才煽起了他的勇气。你还别说,这小伙子还真有两下子,走马上任头一年就减亏七千万,第二年,也就是去年,账面上就基本实现了扭亏为盈。消息传到北京,国家发改委请前国家经贸委的两位老领导到他厂子里搞了一下调研。这两位老领导说什么也不相信,这么大一个国有厂子,曾经遗留这么多的问题,居然在短短两年时间里就"扭亏为盈"了。可能吗?但这毕竟是"事实"。从去年开始,厂里的经济形势就有了根本性的好转。他从本厂历年下岗的一万两千名工人中回招了五千人,又替三千多名四十五岁以上的下岗老工人补办了"离退休手续",给足了基本的生活保障;又替近两千名达不到回招条件,年龄又不够四十五岁的下岗工人寻找了生活出路。(比如向他们发放小额贷款,让他们摆摊去做小生意等。)有几百个老弱病残者暂时不必安排就业,另有几百人已自谋出路,或者不辞而别查无下落;剩下的又有六七百人被社会自然吸收。这样,他这个厂子就成了全省解决下岗问题的标杆儿单位之一。最近他正忙着联合周边几省的多家同行,筹建全国最大的一个轴承生产集团,准备跟国际同行叫板。这样一个跟顾代省长关系如此密切、个人业绩又如此突出、前程也如此看好、正满风满舵处于顺航之中的年轻干部,能被劳爷利用来搞他的什么"秘密调查"?他会很了解劳东林这个人?一切琢磨起来似乎都是那么的不可思议……也正是出于这种种疑虑和"不可思议",邵长水一开始才没仓促地去找他。

寿泰求绝大部分时间都住在厂里,有时一个月都不一定能回一两次家。老厂区有个小招待所,过去专门接待来厂洽谈业务的经销商。这小招待所是十来年前盖的,设施自然都很陈旧了,整个装修还停留在当年那个地板革、印花墙纸和胶合板贴面家具的水平上。餐厅油腻的墙纸上必然沾上了不少的苍蝇和蟑螂屎,绝对不能再用来接待各方的"上帝"了。这些年,这些"上帝"们的口味"水涨船高"。住不好、吃不好、玩不好,"顺便"再捎不回去一点儿什么土特产和"小意思",他们是不会跟你在购销合同上签字的。寿泰求下决心在厂区外买了一块地,新盖了一个"宾馆式"的接待处。原先的这个小招待所就改作了内部员工的"培训中心"。他自己平日里就住在这培训中心的三楼。他说白天腾不出时间,于是跟邵长水约好了晚间八点见面。为什么定八点?因为七点半前,他要看中央电视台那档"新闻联播"节目。这也可以说是"雷打不动"的。然后他大概得花半个小时的时间去处理一下当天积压下来的那些杂事。别看他年轻,在行政事务方面,已经很有经验的。他知道有些事务性的杂事,似乎并不太重要,但一旦积攒多了,就会变得非常被动,处处掣肘。所以,他每天必安排半个小时的时间来处理这方面的事情。

七点五十五分,邵长水带着他三人小组的一位女同胞,稍稍提前了一点儿来到培训中心楼下。寿泰求的秘书已经在门厅里等着了。别人曾特地向邵长水介绍过寿泰求的这位秘书,甚至还有这样一种夸张的说法:这位秘书是寿泰求的"镇厂之宝"。别的你不用去追问了,只看他身上手机都带着六七部,你就应该知道他有多忙,在寿泰求身边的位置有多么重要了。所以也有这种说法:这家伙名为"秘书",实为寿泰求的"总调度""三军参谋长联席会议主席"或"白宫总管"。此人姓谷,单名一个"乔"。有人问他,您那个"乔",应该是"桥"吧?他说,是。别人再问,那为什么把"木"字旁给去了呢?他笑笑说,前些年有人替我看了一下生辰八字,说我命中多木。多木,障碍就多,磕磕绊绊就多。劝我去掉一点儿"木"。我踅摸着,总不能把家里那点木器家具全扔了。我愿意,我老婆还不愿意哩,于是乎只能从名字上下手,那"桥"就变成了此"乔"。大伙笑道,您这么有能耐,又这么受领导信任,还信命呢?他嘿嘿一笑道,玩玩呗,玩玩呗。这年代,还有啥信不信的?

邵长水总以为寿厂长自己才三十来岁,这位"谷秘书"最多也不应超过二十七八岁。但一握手,一抬头,一询问,才知道谷秘书已经四十多了。少白头和较为粗糙、色素沉淀较为浓重的皮肤,再加上过于老成和世故的神情,使他看起来比实际年龄足足还要大个十岁左右,说他五十来岁,都不为过。

"请稍坐会儿。"谷秘书谦和地笑着,一边轻声细语地安排邵长水和那个女同胞在门厅一厢的贵宾室坐下,一边又背过身去,从腰带上取下一部掌上电脑型的高档手机,给寿泰求通报道:"他们来了。"趁他撩起衣襟的那一瞬间,邵长水看到这小子腰间的确挂着不少部手机,没有六七部,也足有五六部,像手雷似的,足足在腰间围了一圈。况且他手里一直还攥着一部哩。随后他继续保持着那种十分谦和的神情,引领邵长水等上了三楼。

三楼整个一层都为寿总生活起居和办公所用。以楼梯口为界,往左,是他的办公区,往右,自然是生活区了。整个小招后来都重新装修过了,三楼当然也不例外。楼道虽窄,光线也不甚明亮,但两壁的护墙板却闪着那种高档深色木料(胡桃木?)本有的名贵光泽。这是一种均匀、含蓄、悠远和深沉的光泽。

寿总的办公室足有一百来平方米。大致上以两张桌子为中心,可将它划分成了两个不同的工作区。靠窗那边,以一张"老板桌"为中心,是寿总处理来电来文批阅材料的地方;靠里,则以一张椭圆形会议桌为中心,是他召集小型会议,找人来出谋划策的地方。紧挨着这个大办公室,有两个各有二十平方米大小的房间。其中一间,便是谷秘书的办公地。另一间是"棋牌室"。年轻的寿总平生别无其他爱好,闲暇时,或实在太累时,都会找三五知己,点几样小吃,再开一箱冰啤,在这儿搬车跳马横炮,闹腾它两三个小时。棋室里,还很隐秘地"夹"进了一个里间。这件事除了谷秘书和寿总本人,恐怕就再无第三人知晓。当时装修工程进行到三楼时,谷秘书把装修公司的老板叫到附近的一个茶室里,从黑皮手包里掏出一份由他自己精心设计的平面图,要求老板在"棋室"里边"秘密"地再连出一个功能齐全的小屋。"这……这动静可就大了。一开始签的装修合同上可没这一项。多装出一间小屋来,这在技术上是没问题的,可……可是,谷秘书,您……您总不能让我赔本赚吆喝吧……"老板为难地说道。"行了,你再说个数吧。"谷秘书马上打断老板的话,说道。"啥……啥数啊?"老板一时还没醒过味儿来。"你说啥数?"谷秘书平静地反问。老板这才明白,谷秘书是问,做这样的改动,得增加多少装修费用。老板扳着手指合计了一下,说了个数。这位谷秘书连眼皮都没眨一下,就应承了,只是提了一个要求,活儿干到这半边的时候,严格禁止任何非工程人员进出现场。这件事,谷秘书一直瞒着寿总,一直到装修结束,培训中心正式开学,寿总也正式挪这楼上来办公的那天晚上,来祝贺参观道喜的人们纷纷散去,谷秘书把一把钥匙交到寿泰求手上。"啥钥匙?我不是跟你交代过了嘛,我不拿钥匙。早上我来,你得把门给我开好。晚上,我不走,你也别想提前回家。最后锁门的还得是你。"寿泰求略有些不高兴地数落着。谷秘书平静地应对道:"我在这儿替您做了个小屋……如果哪天您需要一个特别安静和特别安全的地方单独跟人待两个小时什么的……""去去去,这一个楼面都我自己一个人用了,还不够安静和安全?你别跟我玩儿这个!"寿泰求似乎并不明白自己这位秘书的用意,一把推开他掭着钥匙的手,转身就走了。其实他在"装傻",他怎么会不明白这位谷大秘书的"良苦"用心呢?但寿泰求是清醒的。虽然年轻,却也老到。他觉得自己整个事业仍处在刚起步的阶段。无论是政治斗争,还是经济竞争,最忌的便是"授人以柄",而导致"受制于人"。不少素质和前程相当看好的人,最后"不慎"都倒在了这一点上,而后悔莫及。老谷这人虽然可靠,也稳重,但他毕竟是自己的秘书。如果连如此私密的个人生活都由一个秘书来安排,由秘书来控制,将来就很容易出事,甚至可以说一定会出事。即便不出事,这样的把柄让人掌握了,自己一辈子肯定也过不踏实。老谷这么做,肯定不是故意要设什么陷阱来坑害自己,但这就跟下棋一样,高手固然能看到三步五步,以至十步八步以后的变化,但,谁又能料到十五步二十步后的变化呢?马克思没料到社会主义首先会在经济落后的沙俄获胜。列宁也没料到社会主义首先又会在好胜的苏联消失。因此,干什么都要留有余地,一定要守住一个底线。这个底线就是,一旦在十五步二十步以后出现了那种自己完全料想不到的变化时,自己要依然能立于不败之地,这才是真正的高手。前瞻后顾,畏缩不前,固然不可取,忘乎所以,为所欲为,必败无疑。

  第二天,寿泰求来上班时,发现那把钥匙又在自己的"老板桌"上明晃晃地躺着了。他本想把老谷叫来狠狠说他一通的;转念一想,何必那么小家子气呢?不理他就是了,便随便找个钉子来,把这把钥匙钉在了新装修完毕的墙壁上。老谷回头来一看,好端端的新墙上戳那么个钉子,心疼万分,赶紧取走钥匙,亲自去艺术品商场选了个装饰物把那个钉眼儿给遮上了,从此以后再也不跟寿总提那"小屋"的事了。

  那天晚上,邵长水带着工作组的那位女同胞一走进寿泰求办公室,自然是被它的气派所吸引,但接着就发现,室内的气氛有点不大对头。寿泰求正襟危坐在老板桌后头,那边椭圆形会议桌跟前则安排了两个速记员似的年轻人,面前摊着纸笔,好像是要把整个这次晤谈经过进行现场笔录似的。笔录不是不可以,但安排了那么些外人在场,许多话就不便说了。不能把话说透了,这样的晤谈还有啥意思?

"寿总,您看,我们能不能单独谈一谈?"简单的寒暄和介绍过后,邵长水直截了当地向寿泰求提出,希望撤走那些与此次谈话无关的人。

"今天晚上的谈话,我不仅要记录,还要录音。"寿泰求说着,向邵长水面前的玻璃茶几上指了指。邵长水这才发现,他面前这个造型乖张的玻璃玩意儿上还真搁置了一个微型的高灵敏度的录音话筒。

"搞什么录音嘛!有这必要吗?"邵长水笑道。他脸上虽然笑着(也不能不笑啊),但心里却预感今天的谈话,即便不泡汤,也不会有什么实质性的收获了。寿泰求这么做,明摆着是有"抵触"情绪,是不想好好跟你谈嘛。转了这一大圈下来,各种各样不合作的模式都遇到过,倒还没见到一上来就摆开架势,又搞录音又搞笔录的,真跟审犯人似的。他这是想干吗呢?

"你们找我想了解啥情况?"寿泰求回避了邵长水提出的问题,看样子想尽快结束这场谈话。

"寿总,我们还是希望能单独跟您谈。"跟邵长水同来的那位女同志再一次郑重其事地提议。

"就这样谈。你们找我,到底想了解啥情况?"寿泰求丝毫不肯让步。果不其然,谈话进行了不到二十分钟,就结束了。基本上没谈出任何"干货"。邵长水不无懊恼。但等到他们的车开出后不到十分钟,手机却响了起来。打电话的是那位谷秘书,他说他要"单独"跟邵长水见一面。

"你?干啥?"邵长水有点不高兴地问道。他心想,你那位寿总都什么也没跟我们说,你这位秘书来掺和个啥?

"跟您说个事儿。行不?"谷秘书谦和地答道。

"到底是你想跟我说事儿,还是你们寿总想跟我说事儿?"邵长水一边减油门，打开转向灯，慢慢地把车往路边并了过去，一边问道。

"您怎么想都行。"谷秘书滑头地答道。

"什么时间、在什么地点见？"邵长水迟疑了一下，又问道。

"时间，你们定。地点，我们定。"姓谷的那家伙毫不迟疑地这么回答，显然是有所准备的。

"我考虑一下。一会儿给你答复。"邵长水需要一点时间向赵总队报告一下这个新情况。

几分钟后，他给谷乔打回电话去，告诉他："明天晚上，还是八点。"谷乔当即回答道："好，明晚八点，在长安俱乐部棠棣馆。不见不散。"

188

13
精神幻觉

所谓的"长安俱乐部",是省城一家著名的"私人会所"。它的性质和邵长水在陶里根那个柞树林里见过的"会所"基本相同,都是供人消遣休闲的,但又有很大的不同。所谓的"私人会所"完全实行会员制,只接待会员和由会员亲自带来的朋友。要成为它的会员,不仅要有钱(比如入会必须购置会员金卡,一般十万元起价),而且本人还要接受俱乐部的资格审查。也就是说,并非每一个掏得起十万元的"阔佬"和"暴发户"都能被它吸收为会员。入会的条件是有一定限制的,其中很重要的一条还要看申请入会者的社会声望和整体经济实力。跟陶里根的那个会所相比较,这个"长安俱乐部"自然更贵族化,更专业化,也更跟国际惯例接轨。金卡持有者在这儿享受的种种特殊待遇中,非常重要的一点,就是它的私密性:它绝对为会员在这儿举行的一切活动保守秘密。所以这儿常被那些"大款"、"大腕"和"经济大鳄"们选作商务密谈或猎艳的最佳场所。但特别要说明的是,这些高规格的"私人会所"绝不向会员提供异性消遣对象,也绝不允许卖春男女在这儿兜售自己。至于会员自己带来的异性或同性朋友,他们也是绝对不会来过问和干预的。在这方面,他们严格实行这"三不一绝原则"(不提供、不允许、不过问和绝不干预),唯一的目的只是为了尊重会员,并始终保持会所的高品位和高私密性。

第二天晚间八点零三分,邵长水独自一人来到俱乐部时,谷秘书已经在它中式的红漆大木门前等候着了。邵长水虽然从未进过这样的会所,但他在侦破别的案子的时候,曾听说过它的种种规矩。他知道自己不能早到,如果早到了,万一对方迟到了,那自己绝对是连门都进不去的,就只能站在门外黑黢黢的街道上喝东西南北风了。因此,下午五点,他给谷秘书打了个电话,告诉他自己将在八点零三分到,希望对方能准时。

……谷乔果然守时。在他引导下,大红门悄无声息地在邵长水面前缓缓敞开。接下来,院子一重接一重,天井一个连一个。波光吞蚀月影,微风拂动涟漪。回廊煞是曲折,竹篁无比幽深。真是楼在似有似无间,灯隐将灭又明时。门额是用檀香木制作的。等邵长水看清那"棠棣馆"三个瘦金体楷书字时,谷秘书已经先行一步走进那门里去了。馆门是用有机玻璃做成的,门框却是地道的加拿大红松,四根粗壮的方木,上了一层又一层深棕色的亚光清漆,隐隐约约地凸现着那原始的木纹,使整扇门显得既厚重,又不乏现代意味。

一进门仍然是个回廊。这四周都连通着的回廊包围着一个独立的小木屋,形成屋中有屋的叠架结构。小木屋建在一个木质的平台上。待邵长水一走到小木屋跟前,谷秘书便不再往前走了,低头垂手肃立在那几级木台阶旁,恭请邵长水自己上台阶,进小屋。

他为什么不往上走了呢?难道说,今天这场谈话的实际对象并不是他?另外有个人早已进了那个屋,正在等着我了?这时,邵长水脑子里突然一亮:这可能是寿泰求要的又一个伎俩,增灶布疑兵,瞒天躲众人。今天实际来跟邵长水会面的不是谷乔,而是寿泰求本人。

真会是这样吗?

邵长水忙三步并作两步,急匆匆跑上台阶,拉开小屋的日式推拉门,抬头一看,屋里盘腿坐着的果然就是那个寿泰求。

寿泰求必须把自己跟"复核组"同志的这次会见进行得十分隐秘。他很清楚,许多人都在密切注视着这个工作组的一举一动。这些人同样也在"关注"跟工作组有来往的人。劳爷的非正常死亡和××银行保险柜被炸、保安员被杀,就是这些人中的某一部分人的"杰作"。为自己为厂子,他本应该回避跟邵长水的接触,他有很正当的理由去回避:他是顾代省长一手提拔的,很长一段时间以来,人们都认定他是"顾代省长的人","陶里根集团"里最年轻有为的"要员"。他又跟祝副市长有过密切的上下级关系,至于跟劳爷之间那种老小无猜的"忘年交"情谊,更是被圈内许多人啧啧称赞的美事儿。他理所当然应该"回避"。再说他眼下正在筹建中国最大一艘"轴承生产航母",可谓众目睽睽,又千头万绪,事关国家上百亿元的一笔资产,一丝一毫都疏忽不得,岂能容他在这时刻既分身又分心?但他考虑来考虑去,还是克服了种种顾虑,大胆站出来跟"复核组"的人做一次认真的接触。他觉得自己应该很认真地把一些事情跟工作组"交代"清了。当然,这样的"接触"必须做得比较隐秘才是。

不一会儿,两名穿中式紫红团绣牡丹遍地翠旗袍的女服务员,各提着一只漆绘竹丝编的食盒,袅袅婷婷地走了过来。她们送来谷秘书为寿泰求预订的晚餐。寿泰求刚开完集团董事会就赶过来了,还没吃晚饭。

"你吃了吗?来来来,一块儿再吃一点。"寿泰求拿起一头坠有银饰物的象牙筷子时,热情地招呼邵长水。

"吃了。您就别跟我客气了。"邵长水斜眼瞄了一眼送来的晚餐。一碟蒜蓉干贝,一碟挂浆卤鸭肫,一碟嵌金镶银绿豆芽,一盘酱焖肘棒(寿泰求是个"食肉动物",每顿都不能少了肉,尤其晚饭这一顿),一碟芝麻辣酱金红油亮满天星。主食是一碗鸡丝猴头(菇)面,两个极为精致的天包地馒头,再加两小方北京六必居制作的玫瑰红乳腐,像西餐中使用黄油那样,寿泰求拿它们专门涂抹馒头片的。(所谓"嵌金镶银",就是用注射器在每一根绿豆芽中间注进蛋清或蛋黄,再进行规范炒制。所谓"天包地",就是一层白面裹一层玉米面而已。)另外还有一碗卤煮火烧,是特地给邵长水要的。这太让邵长水吃惊了,"卤煮火烧"是邵长水小时候最喜欢的一种吃食,那时候家里不可能经常吃肉,逢十休息(林场十天休息一回),跟着父亲去场部办事,如果一切顺利,父亲就会带他去场部一家老北京人开的小饭馆里吃上一碗北京风味的"卤煮火烧"。这位满口京腔的爽朗老人当年究竟是怎么"流窜"到这高纬度风雪林区来的,不同的人有不同的说法,但年幼的邵长水却只知道在那个年月里,那小饭馆的店门口立着一口大锅,锅里满满腾腾地煮着肥而不腻的大肠、口条(猪舌头)、肝儿、肺等猪下水。这些好东西是用十三种香料,加上多年的老汤,长时间煨炖出来的。那老汤里还翻滚着一个个死面饼(火烧)和整只整只的尖红干辣椒。只待客人坐下,那北京老头便欢快地吼叫起来,捞出那面饼和猪下水,扔到硕大的砧板上,操起那把锋利的鬼头刀,"嚓嚓嚓嚓"地一通切成小块,归置到大海碗里端出来,再浇上那老汤,再撒上那香菜末,开吃前再扔进一勺干辣子粉,绝对是这世界上最好吃的东西,真应了那句"过屠门而大嚼,扇嘴巴也不放"的老话了。但眼前这二位怎么会知道自己二三十年前的这点嗜好呢?他们这调查研究摸底的功夫真够专业的,也够吓人的,立马让邵长水很有些敬畏和谨慎起来。

邵长水决定不动这碗卤煮火烧,决定从一开始就不在对方圈定的"场子"里,按对方敲打的节拍"起舞"。

也许因为有过两年当兵的经历,也因为这些年见过的、吃过的好东西太多太全,所以,无论怎样精致的干点和菜肴,寿泰求都以求饱为基本目的,再没有那份兴趣、也没那个时间去慢慢跟它们纠缠,为此,不一会工夫,他便风卷残云般"享用"完了这顿价格绝对不菲的晚餐。邵长水看得出,他是经常上这儿来就餐的。对这儿的一切,他相当熟悉。

"对不起。为了能谈好谈充分,我必须这么拐个弯,让您多走这么一回了。"寿泰求打着饱嗝,端起一杯观音王乌龙茶,小小地抿了两口后,解释道。然后又问道,"您想从我这儿了解些什么?"

"您能告诉我些什么?"邵长水笑道。

"那可就太多了。"寿泰求也笑了起来。

"那就说吧。您说啥我都感兴趣。"

"那……我给您说点当前我国轴承生产所面临的困难局势和解困途径？"寿泰求挖苦道。

"可以呀。只要您有时间。"邵长水依然平静地应付着。

"还是定个调，划个范围吧，邵同志，你我的时间都有限。不允许我们乱开无轨电车。我知道你们需要我谈谈劳爷。但那是一个很大的话题。你们到底需要了解他哪些方面的情况？或者，您是否先告诉我，你们已经掌握了他哪些情况，还需要从我这儿了解哪些方面的情况……"

看来对方想先摸一下底。这当然是不可能的事。

"对不起。要是能够定调划范围，也就不用来找您谈情况了。省委主要领导非常重视这个案子的复核工作，我们觉得您也一定会配合我们做好这个工作。"邵长水故意点了一下"省委主要领导"，以向对方明示此次谈话的重要。

寿泰求果然收敛了嘴边那一丝淡淡的微笑——那不自觉地透露出一点"居高临下"和"漫不经心"意味的微笑，略略地沉吟了一下。他这"沉吟"倒不是被对方举出的"省委主要领导"这面大旗给镇住了。邵长水不举这面"大旗"，不放这样的"大话"，他对他印象还挺好，觉得这位"公安同志"，执著、诚恳、稳重、机敏，眉目间神清气爽，真可以称得上是他多年来接触那些公安干部中气质上佳的一个了。但一听他也不能免俗地用"领导"来唬人，反倒觉得这人"粗俗"了，一开始建立起来的那点敬重和亲近感，顿时减退了不少。"省委主要领导"？嘿嘿，大概您还不知道吧，作为省里国企改革重点单位的党政一把手，省内五十强、国内五百强之一的一把手，要约个时间当面跟省委书记谈个事，不敢说易如反掌，也可以说十拿九稳。真是的。这样的赌气话，寿泰求当然不会说出口去，只是在淡淡一笑中将它们从自己心中掠过，而后对邵长水说："我个人和劳爷之间的那点关系，今天就先不去说它了。"

"不不不……这也是很重要的一个方面……"邵长水忙要求道。

"要这么说，我们得说三天三夜。这不可能。"寿泰求断然拒绝了。这让邵长水一下领略到眼前这个"年轻人"在操作一件事的过程中，左右局面的决心和能力。

"劳爷死得可惜，也死得莫名其妙。"寿泰求说道，"……我不能说自己非常了解劳爷。但我敢说，现在谁都不敢说自己有多么了解他，尤其是在他老人家经历了陶里根的剧变之后……"

"剧变？你能对'剧变'二字做一点详细的说明吗？"邵长水追问道。

"老人家在陶里根非常痛苦过……这一点很少为人所知。更多的人看到的是他变'疯狂'的一面，辞职啦下海啦脱警服啦，一连串的事情好像干得都挺疯狂的……其实他内心一直非常痛苦……"说到这里，寿泰求停顿了一下。这样的停顿，好像是为了强调他这个"痛苦说"，又好像是为了进一步描述他这个"痛苦说"而在做某种准备似的。"他当时确实很痛苦……"停顿了一会儿，他又把这句话重复了一遍。

"他跟您详细谈过他内心的这种痛苦？"邵长水小心翼翼地问道。

"……"寿泰求默默地点了点头。

"他当时跟您说什么了？"邵长水按捺不住地问道。

"他当时跟我说得挺多。他知道，我跟顾代省长他们走得比较近，一向以来也比较了解他们……"

"听您这么说，好像劳爷挺想从您那儿了解一些有关顾代省长的事情的，是这样吗？他跟您了解过顾代省长哪方面的事情？"邵长水随口这么问道。但话一出口，他立刻有些后悔了，立刻意识到这样提问，太不策略，太露骨了，搞得不好，会吓住这位仕锋正健、正需要处处把自己包裹得更严实更规正，以免一着不慎而招致前功尽弃的"年轻人"。邵长水的担心果然应验。一听邵长水立刻抓住"顾代省长"这话题追问起来，寿泰求马上显得警觉起来,忙改口道:"我和劳爷之间,怎么会扯到顾代省长的事呢?完全不相干嘛。"为了回避邵长水继续发出类似的追问,他马上拿起茶杯,装着要续水的样子,起身在包间里转圈寻找着根本也不存在的热水器。这时,一直在门外守着的谷乔,赶紧走了进来,接过寿泰求手里的茶杯,一边张罗着让服务生给续水,一边提醒寿泰求道:"一会儿还要见建设银行两位老总哩。谈得差不多了吧。"

"你别催。我记着哩。"寿泰求颇有点不耐烦地呵斥了谷乔一句。其实他这点"不耐烦",更多的还是冲着他自己来的:他觉得自己刚才太不像话了,开谈不大一会儿,居然就亮出如此大的破绽,差一点让人把不该说的话全给勾了出来。他觉得自己有点"窝囊",对此也感到挺"窝火"。

在随后的谈话中,寿泰求果然谨慎了许多,不仅绝口不提"顾代省长",就连那个他主动提出的"劳爷痛苦说",也都不愿深入往下谈了;随便扯了点他和劳爷之间的往事和趣事,就借口"还有约会",匆匆告辞了。

回到龙湾路八十八号,赵总队长已经在那小楼里等着了。

"如果劳爷在陶里根后期精神上真的'很痛苦',这里一定有名堂。要重视这个线索。"听了邵长水的汇报,赵五六加重语气分析道,"他痛苦个啥?是谁给他造成了这痛苦的?一定要搞清这些情况。得想办法从这个寿泰求那儿再掏点干货出来。"

"总队长,您还是让我实实在在去追凶破案吧。您说劳爷内心痛苦不痛苦,跟破案到底能有多大关系?咱们又不开心理门诊,抓住凶手才是胜利,有那个必要绕那么大的弯儿……"邵长水忐忑地申述着。

"如果你实在不愿意干这档子事,就不勉强你了。"赵五六有点不高兴了。

"我不是不愿意干,是瞧着那头这么些案子没突破心里干着急……"

"谁说那头的案子没突破?"赵五六拧起眉头说道,"那边已经撬开了那个肇事司机的嘴。那司机供认,事发当时,驾驶室里的确还有一个人。事发前,他俩的确去路边一家小酒馆里喝了不少的酒。但他怎么也记不起来,事发那一瞬间,到底是谁把着方向盘的了。当时他头晕得厉害,手脚发软,直反胃,还想吐……只是隐隐约约记得,那个人跟他提议过,是不是让他来替他开一会儿。但据那个司机说,他说我是老司机了,这车还是俺家自个儿贷款买来跑运输的,咋能交给别人开?就算不是自家的车,司机一般都不愿意让别人来开自己的车。他说他平时喝酒,能有一斤的量。那天,他跟那人一共没喝下一瓶去,那还是个半斤装的小瓶,那天他最多也就喝了不到三两。要放在平时,三两酒,真跟玩儿闹似的,刚把酒虫勾出来而已。但那天真不行了控制不住自个儿了……"

"那家伙是不是在酒里做了手脚?"邵长水问。

"这现在就说不好了。"赵五六说道,"据那肇事司机说兴许是因为着了点凉。他说着凉的原因是因为去小酒馆之前,那人还哄着他去歌厅唱了会儿歌。那家伙还掏钱点了两个小姐陪着玩了一阵。歌厅的KTV包间里又刚撒了火,可能就是那会儿着凉的。他说他一着凉,喝酒就爱上头。是不是就是这么出的事……他说他开这么些年车,还没出过这么大的事……在部队当兵那会儿,还是个模范驾驶员……还说可以上他原先的部队去调查……"

"尽他妈的拣好听的说了!他供出那个人的姓名住处没有?"邵长水问。

"没有……他说他压根儿就不认识那家伙。半道上拦的车,说是要去南岗泡子。一开始他不让他搭车。对方死缠硬磨,还愿意掏二十元给司机做油钱。还说请他去唱歌,吃饭……有这么好的事,他就应了……"

"完全是个圈套。"邵长水说道。

"司机才不管你啥圈套不圈套,只要给好处,谁搭车都行。"赵五六说道。

"只要能认定事发当时驾驶室里确实还有另一人在,应该认为,案情就算有了一个重大突破。"邵长水说道,"从这些情况分析,这家伙应该是本地区的人。让技侦科派人根据肇事司机的口头描述,画出那家伙的人头像,发到周边地区群众中排查确认,应该能找到这家伙……"邵长水建议道。

"这工作已经在进行中了。但也有个困难,据那肇事司机说,那家伙自始至终戴着个挺大的'蛤蟆镜',甚至跟小姐鬼混时,也没摘了那镜子。所以,凭着那样的画像,能否找到本人,真还不好说。"

"那肇事车扣下了吗?"

"当然。咋的?想去瞧瞧?"

"嗨,我把手伸那么长干吗?不在那位置,不管那闲事。"邵长水自嘲道。

这时,赵五六案头的电话响了,是劳爷的夫人朱泉英打来的,说是有个情况,不知道对破案有用没用。事发后,赵五六曾多次亲自去看望劳爷的夫人,抚慰之余,也曾对她提出,希望她能好好回忆一下,提供一些情况,以利于破案。不管哪方面的情况都行,直接、间接的,越详细越好。

放下电话,赵五六问邵长水:"这会儿有事不?要没特别大的事,跟我一块儿上泉英嫂子那儿听她说说情况,顺便也看望看望她。"邵长水自然当即应承了。

劳爷在省城熟人朋友特别多,可以说,只要他想办的事,基本上没有办不成的。但他自己至今却只住着一套很老式的两居室公寓房。事发这么长时间了,泉英好像还没能从整个事件中缓过神来。"不知道能不能跟你们把事情说得清楚。这段日子记忆力减退得厉害……"她凄苦地惨笑道。

"找个好大夫来替你瞧瞧?"赵五六忙提议道。

"先说事吧。说事吧……我怕说乱了,还记了几条要点……"泉英拿出一张纸,工工整整地放在自己面前,同时略略红起脸,向赵五六解释道。

她对赵五六和邵长水说,要不是那个星期天的早晨,劳东林遇上了那个人，他绝对不会头脑发昏地吵吵着脱警服辞职去什么陶里根。"虽然这么些年来，东林对厅里一直没把他从大要案支队副支队长的位置上扶正了，觉得挺委屈，对早先的处分也挺愤愤不平的，但他确实从来也没想到过要离开刑侦总队，更别说要他脱警服去调查省上的一位什么领导。说老实话，这样的事儿，搁过去，你就是拿枪顶着他脑袋，他都不会去干的。有的领导老觉得他这人心特活儿，个性特强，特不好管教，其实太不是那么回子事了。说出来也许你们都不信，他这人内心特本分，也特胆小。事情全发生在那天，那天是个星期天，而且是难得的一个能休息半天的星期天⋯⋯"

⋯⋯那天早晨，劳东林骑上他那辆破自行车，上菜市场采购。他这人挺讲究生活，但凡能歇个一天半天的，他都会亲自去"备料"，精心掌勺，大张旗鼓地整上一桌菜，让盘子摞盘子，大碗叠大碗，约上一帮朋友，上家来热闹一通。（这帮所谓的"朋友"，还真不一定是以往的战友或总队里的同事，大多都是社会上三教九流的哥们儿或姐们儿。他平时好结交这些人。他说，当刑警的没这样一帮朋友，真来了案子，你想上线索？难死你！）你还别说，他的"小笨鸡炖蘑菇"、"黄金饼炒辣肠"、"鲫鱼扒豆腐"、"翠嫩芽炝拌"、"手撕大马哈鱼"和"肥肠排骨烧土豆"，跟那些靠"地方特色农家菜"营生的饭店酒家做出来的，还真有一拼。在饭桌上，他自己喝得不多，吃得也不多，但他就喜欢这份热闹，也喜欢听朋友们由衷地夸他几句。他就是这么个人，老了老了，还挺招人喜欢的。

离菜市场不远，新开张了一个古玩市场。规模不小，四五百米见长。马路两旁一个紧挨一个的，摆满了卖真假古玩的地摊儿。劳爷从不玩这些东西，但他有时候喜欢在这熙熙攘攘的人堆里走一走，也说不上个什么原因。大概还是他那个喜欢凑热闹的脾性决定的吧，他总觉得在人堆里这么挤一挤，走一走，心情特别放松。有时候看到有人花几百元、几千元，甚至上万元，买一个灰头土脸的碗啊瓶啊小菩萨之类的玩意儿，他心中暗自替人捏一把汗，嘴里却会跟着哎呀哼哈地感慨夸赞一番，其实他真不懂古董。那天，正在那市场里游动，突然间，他看到了李敏分。他当然知道李敏分是玩古董的行家里手，赶紧上前打招呼。李敏分却一脸惊喜，颇有那种踏破铁鞋的感叹，忙把他拉到一旁，问："你瞧见余大头了没有？他找你哩。""余大头找我？干啥？"当时劳爷心里一愣。作为厅里的一个老同志，他当然很早就认识余达成，但即便是他还在厅里干着的时候，他俩也并没有什么公事以外的往来。再说，这个余大头离开公安厅，离开这个系统也多年了，还能有啥事要找我？他余大头以现在的身份和地位，再凭过去在公安厅的那点影响和老关系，不管办啥事儿，也用不着"屈尊"来找我劳东林啊。劳爷一边在心里犯着猜疑，一边却又不由自主地跟着李敏分走去，很快就见到了那个余大头。

余大头虽然当了一阵"亿万级的富翁"，又出国美美地镀了一回金，但那副不拘小节的"邋遢"样，却依然如故。跟劳爷见面时，他上身穿一件驼色的中式褂子，里头也就穿一件浅蓝色的纯棉衬衣；下身再穿一条深灰色裤子，黑布圆口"老头鞋"，板儿寸头，大脸盘，只是那副一向炯炯如灼的眼神，多年不见，已变得意外地平和而含蓄。还有个变化是，近来查出血糖高出标准不少，人急剧消瘦，口袋里老揣着让人从瑞士带回来的降血糖药片。余大头对劳爷说，我好长时间不敢过肉瘾了，听说中央广场西侧新开了一家"酱肘棒"店，味道还算不错，咱们上那儿坐坐，尝尝新？他亲自开车拉着劳爷去了中央广场。按情理说，怎么也应该把李敏分一块儿拉上。但人家真是按规矩办事，什么场合，该谁在场，不该谁在场，不论情面，只论规矩。李敏分也是个见过大场面的聪明人，当然懂得这里的规矩。他知道余大头今天通过他找劳爷，绝对是有重要的事情要谈，既然人家没邀请他，就说明这场合不该他掺和。不该掺和的事就不要去瞎掺和，这点素养，对于一个省公安厅的老工作人员来说，应该是早就具备的。所以，他把劳爷交到余大头手上，便开着车走了。

余大头带劳爷进了"酱肘棒"店二楼一个包间，要了两份那著名的"酱肘棒"，又要了一盘大拉皮，一碟凉拌萝卜皮，一瓶本地名酒"高粱烧"，两个人便戴上店家发的简易塑料手套，撕着啃着，边喝边聊。一开始也没说啥正经事，聊着聊着，话题不知不觉就集中到那个"11·12"（副市长开枪杀人）案上去了。小包间里只有他二人。劳爷又喝了两盅白酒，便情不自禁地慷慨激昂起来。反倒是作为主人的余大头只是含蓄地笑着听着，偶尔才插上一两句话。听他那插话的用意，好像也只是为了引出劳爷心里更多的议论和牢骚。那天两人自是谈得十分投机，但谈到最后，余大头也没挑明今天花这时间精力和金钱，请劳爷来搓这一顿，究竟是为了什么。劳爷回到家，喝了杯浓茶静静心，忽然觉得这里头有些蹊跷，也为自己今天说了太多的"废话"，发了太多的牢骚而生出些许悔意。自从早年受了那回处分，一向在"酒色"二字上比较谨慎的自己，今天是怎么的了？完全失态啊。而那个余大头，端着一副高深莫测的架子，又到底是在玩的哪一招呢？但仔细想想，自己也没说什么太过杠杠的话。无非就是说祝磊这么个正厅级干部，神经又没出毛病，应该不会平白无故地开枪杀人嘛，杀人偿命是对的，但总该把内幕给整清楚了再毙人家也不为晚，匆匆忙忙判，再急急忙忙地要把人家毙了，总让人觉得有点纳闷。真搞不明白，上头有些人为什么总要在一些重大关节问题上犯那么一点点傻等等，这些牢骚话，全省人民都在说哩。我劳东林说两句，又怎么了？于是就把这件事丢开了，安心去睡觉。几天过去了，倒也没出什么大岔，劳爷这才彻底踏实下来，却不料到某一天的傍晚时分，又接到余大头的电话，让他马上赶到兴安宾馆去见他。

这个兴安宾馆，地处偏僻，多数人可能都不清楚，但劳爷清楚，它跟那个"龙湾路八十八号"一样，也是省安全厅的一个"点儿"。不同的是，龙湾路那边，现在不是了，而兴安宾馆却依然还是。龙湾路八十八号地处市内繁华地段，而"兴安"所处的地段却比较背静，歇山式飞檐大门楼上虽然也跟一般的宾馆似的装饰着耀眼的霓虹灯招牌，但细心的人还是可以看出，它并不像别的招牌似的，红黄蓝绿拼着命地闪烁，哭着喊着在招徕过往行人。它不，它就那样儿，静静地闪着一缕红光，默默地敞着大门，你爱来不来。还有一点它跟其他宾馆也不一样，就是任何人出入它的大门，都得出示住宿证。没有住宿证的，必须请你出示工作证和身份证。说到底，它那么"清高"，是因为它并不对外营业，它不指着那点外财生活。但它又告诉你，我这儿是个"宾馆"。

劳爷赶到兴安门前时，已经有一位年轻的军人在那儿等着他了。劳爷曾经想到过，以余大头目前的身份或地位，到时候会有一位工作人员或秘书在大门口来接他，但没想到会是一位军人，这让他略感意外。兴安宾馆的前身是当年"东北王"张作霖的一座"行宫"。按说它应该作为"文物"，由地方文物局接管和保护起来。其他那些有这样那样身世的建筑早就被接管了，惟有这座"行宫"它们没接得过去。因为和省安全厅经常有工作上的往来，劳爷不止一次来过这儿，对它餐厅里一位河北廊坊的大师傅做的"肉饼"，印象还特别深刻。兴安宾馆实际上由两部分组成，一部分就是原先那个"行宫"。它包括一个大型的宫殿式的四合院和两个带小院的侧厢房，还包括一片带假山亭阁九曲桥的水面，这一部分实际上是处于严密的保护之中的。尤其是那个宫殿式的大四合院，据说大帅和小帅都曾来住过，现在已不对外开放了，只供贵宾，还得是身份不一般的贵宾参观。另一部分就是一幢新楼。说它"新"，只是相对那"行宫"而言，其实建起也快三十年了。只不过，前几年重新做了一次内装修，硬件方面的标准绝不次于地方上那些星级宾馆。而且每个房间都安了两部电话机，一部连线地方市话和国内国际长途，一部是安全系统内部的直通电话，以确保内部通话的绝对安全保密。还有一点也是它特殊的：不管进入新楼区，还是在"行宫"区，都无法使用手机。也就是说，它这儿，无线电的屏蔽功能特别的好。安全厅安全厅，就得安全嘛。

按说,那位年轻的军人应该领着劳爷向新楼走。但他却没把劳爷往那儿引,而是把他直接领到了"行宫区"内一个带侧厢房的小院里。这也让劳爷感到意外,又让他暗自兴奋。他知道,这两个带侧厢房的小院,在整个兴安,地位相当特殊和"神秘"。如果接待会议,这儿肯定只安排来自国家安全部或中央一级的领导。平日里,这儿则只安排"特殊"住客。

余大头怎么会住到这小院里了?难道他还拥有"安全"方面的背景?这当然不便深究。据他自己笑着向劳爷所做的解释是:省安全厅这两天正在这儿搞干部轮训,请他来做一次欧美经济现状和未来发展趋势的"形势报告"。趁此机会,他也就在这儿休息两天。但怎么会有现役军人来做他的"扈从"呢?这一点,劳爷没有问;再问,不仅显得他劳东林有点碎嘴子,也就有点露怯了。而那位大头兄自己也没往下解释。前一阶段,他刚从美国回来时,熟人们就看到他乘坐的是一辆挂着军牌的大奥迪车,还有一位现役的军士(司机)在为他服务。没过多长时间,这辆军车和军士都不见了,又被一辆地方上的车和地方上的司机替代了。今天,劳爷又看到一位年轻的军官在他跟前走动……正常,这些事发生在"余大哥"身上,挺正常,要是没有这些非同一般的事发生在他身上,人们也许反而会觉得有点"不正常"了。

那天,余大头不再虚晃一枪,请劳爷落座,上完茶,接下来张嘴就说要"拜托"劳爷去陶里根办件事。"要你去做一次秘密调查,调查顾代省长当年在陶里根任市委书记兼市长期间的工作和生活状况"。他把"任务"交代得如此直白、简明和平淡,好像只不过让对方上菜市场买两斤鸡蛋似的,这话意,这口气,这神情,却让劳爷完全惊呆了,只能微微地虚张着嘴,呆呆地看着余大头,保持着绝对的沉默和心跳。要知道,在劳爷听来,这"任务"的严重性,其实和让他去"杀个人"差不了多少。因此,这一刻,他产生的第一感觉居然是,这个余大头莫不是"吃饱了撑的",在跟他闹着玩哩?他完全搞不懂,早已成了"著名中青年企业家"的余大头,插手这样的事,究竟在发啥神经? 或者干脆就是踩到电门上了。

秘密去调查一个现任的省委省政府的主要领导? 找死呢?!

但是,环境、气氛和神情,都告诉劳爷,既没人在跟他耍着玩,也没人在这儿发神经。

"调……调查顾代省长?"他僵僵地问,舌头好像肿胀起来,嘴唇也干裂了似的,在怔怔地打量了一眼对方后,又问道,"你没吃错药吧?"

"您看呢?"大头兄淡淡一笑道。

"……"劳爷不作声了。余达成也不作声了。劳爷下意识地端起杯子,抿了两口,过了一会儿,又抿了两口,却不知道自己到底在喝啥。他还在等着这位"大头兄"突然哈哈大笑一声,然后跳起来捶他一拳说道:"哈哈,看把你吓的。跟你开玩笑的,千万别当真!"但是"大头兄"既没笑,也没跳起来,神情却变得越来越严肃了。

真事儿?

劳东林的心狂跳起来。

"要我去干这么一档事,啥背景?"劳爷怔怔地问。他不问别的,先问"背景"。这让余达成心中不由得暗自佩服,姜到底还是老的辣。这样的事,当然首先得把背景掂量清楚了。

"信不过我?"余大头答。

"这不是信得过信不过的事。"劳爷强作镇静,淡淡一笑道。话虽轻,理儿却重,而且不容回避。

"……"余达成只得沉默了。但过了一会儿,他却默默一笑道:"我著名的劳爷哎,您非得问这么多吗?"

"我更著名的余大哥哎,我能不问这么多吗?"劳爷不动声色地反问道。

"……余大哥"再一次沉默了。过了一会儿,却没头没脑地冲着劳爷笑了笑,无奈地敬佩地说了句:"……你啊,果然名不虚传……"

那天谈到最后,余大头也没向劳爷透露这个"背景",只是点着一支烟，把他那宽厚高大的上半身往那椅背上一靠，一边撸着自己那个板儿寸头，一边嘬着牙花子，说道："拉倒吧，您就别死抠我那张底牌了。这么跟您说，其实我跟您一样，对我自己今天居然会来找您谈这么档子事，也感到无比诧异和惊骇，我甚至觉得自己都有点过了今天就不想过明天的蠢劲儿了。但我还是来了。为啥？一句话：我不得不来，我不能不来。我说到这份儿上，聪明人就应该明白了我没跟您交代的、我不能跟您交代的、您又特别想知道的那张底牌，到底是怎么回事了……"

"对不起，我不是聪明人……"

"老哥，就别跟我谦虚了。"余达成忙做了个手势，让劳爷别急着打断他的话头，"这会儿，我虽然没法跟您亮出那应该向您亮的底牌，但我可以向你保证一点，这件事不管干好干坏，到最后肯定有人替你担着这份责任。绝对不会把事情都推到你个人头上去的。但有两条，我也要事先跟你说明白，一、我不会跟你立任何书面字据，来保证这一点。二、在整个过程中，你不能向任何人透露我们今天的谈话。否则……"

"否则又咋样？"

"否则……否则，你、我，就都不是好同志喽。"余大头半真半假地笑道，把一个特别严重的追问，淡淡地打发了。

"那……对我来说，不还是没任何保障吗？"劳爷迟疑了。

"话，我只能说到这份儿上了。你自己考虑吧。我肯定不能给你任何书面的东西。不是我姓余的不是东西，而是……"他稍稍犹豫了一下，又接着说道，"而是……而是……我只能这么做。"大头掐灭手中的烟蒂，定定地看着劳爷，话说得非常坚决。在劳爷眼里，这就是能办大事的人：当事情牵涉到一些更高层次的利害关系时，他们绝对能割舍当下，着眼未来，出快刀，使猛拳，断自身和他人的一切后路。劳东林一生都在佩服这样的人，也渴望自己有可能这样去办一两件大事。他老觉得自己离这样的人生境界总还差那么一口气、一步路，总滞留在憾恨之乡，而没能跨越过去……

"……"劳爷暗自感佩着默默地苦笑了一下,没马上对余大头的这番话做出回应。余达成也不再说话,等待了一会儿,见劳爷仍不表示态度,慢慢地又去点着一支烟,从容地说道:"那……你就再考虑考虑吧。"然后强调道,"今天我这个谈话,不代表任何组织,也不带任何强迫命令,干还是不干,大主意还是你自己拿。"

"好事不找我。找我,就是这种倒霉事儿……"这时,劳爷小声地嘟哝了一句。余大头立刻笑道:"那你推荐一个,全公安厅上下,还有谁比你更合适的?""干吗光公安厅啊,全省那么些人哩。"劳爷"冤屈"地又嘟哝了一句。"全省?行。你挑。谁?我们还就想找一个比您强的人哩。在哪儿呢?"余大头做出一副十分宽容的样子,大度地笑道,趁势使了一下"激将法"。而且在这里还特地用了个"我们",暗示他此举绝非"个人行为"。

劳爷当然敏感到,余大头背后是"另有高人"的,他同时意识到这个"高人"很可能就是那个老书记。他做这样的猜测,有两个理由:一、如果是别的高层领导,为什么一定要调动这个余达成出面来做工作?这种事,政治上非常敏感,甚至还可以说有点"犯忌",绝对出不得半点差错,因此是只能找自己的"心腹者"去做的。二、劳爷早就听说,最早发现和提拔顾立源的,就是这个老书记。当时的陶里根还只是一个小破县,由于地处中苏边界,上个世纪六十年代那会儿,边界上摩擦不断,战事频仍,县城里的市政建设和经济发展都停滞不前,说它是个县城,细论其规模和面貌,还真赶不上内地的一个乡镇。一两条破旧的大街,几家冷冷清清的商店和不那么景气的饭馆。江边上几十艘同样破旧的渔船对峙着江对岸那高耸的钢架瞭望塔和来回穿梭的巡逻炮艇。延续到八十年代中期,情况并没有太大的变化。而那会儿的顾立源也还只是县政府办公室三个副主任中排名最后一位的副主任,一个毕业后"很不幸"地被分回家乡来谋生的大学生，当地县工商联机关里一名普通工作人员的小儿子。如果不是发生了后来那些事情，可以说，顾代省长的前程并不会比他的父亲好到哪儿去。很可能就会像他无数的前辈一样，窝在这样一个小破县城里终其一生。后来他幸运地遭遇了这样两件事。一件是大事，是跟全中国十来亿人一起遭遇的，那就是"改革开放"。第二件事似乎是"小事"，但对他个人来说，又是一件大得不能再大的事情。八十年代中期，随着"改革春风吹绿边疆大地"，一位中央主要领导来这里视察——在此以前，除了军方三总部的一些高级将领为部署自卫反击战役到陶里根县城里来住过一阵，此地还没有来过更大的领导人。那位中央主要领导，在众人陪同下兴致勃勃地在江边走了一圈，指着依然冷清和破旧的陶里根，非常感慨地对陪同视察的省市领导说，南边我们能在一个渔村的基础上搞出一个深圳，北边为什么就不能把一个小县城变成另一个深圳？你们的思想能不能再解放一点？步子能不能再迈得大一点？当时主陪的就是那个老书记，他那会儿还在位。他忙答道，当然可以，就是希望中央能给我们一点政策。"政策，只要有利于改革开放，当然可以考虑的嘛。你们要什么政策？啊？"这位以爽快、豪放和激情洋溢著称的中央主要领导回过头来问老书记。老书记虽然还是比较了解这位中央领导的，但那天还是没想到会如此泼辣爽快，当即就要跟他探讨，中央给些什么政策，就能加快陶里根的变革。一个统率全国大局的中央主要领导，这一刻在关心陶里根的前途，愿意给这么一个小破县一点政策，以利于它的发展，这可是千载万载都难逢的机会啊。当然，他也可以说一些官话套话来搪塞，但官话套话是只能应付场面，却起不了任何实际作用。这时候如果只说些官话套话，恐怕不仅起不到实际作用，还会引起这位中央主要领导的极大反感，让他感到当地官员平庸无能。但到底要一个什么政策呢？不仅是老书记，就是陪同视察的所有的同志，事先都没做准备啊。事先没人说中央领导在视察时要跟他们讨论这个问题啊。再说，作为高纬度地区一个工业大省的一把手，老书记和省委领导班子里的同志正为全省那么些特大型国有企业忧虑着,操心着。这些大企业曾作为共和国的长子、骄子,为共和国的起步壮大造血输氧提气。但现在,它们几乎无一不面临困境,由此而造成的严重的社会问题和经济困境逼得这些"封疆大吏",食不甘味,夜不成寐。所以,他们一时间确实还顾不上陶里根这样的"小县城",还来不及深入细致地思考适合这个边境小县的发展思路和特殊政策。为此,面对中央主要领导的"询问"、"追索",老书记语塞。在场所有的大小官员也都不知所措,只知屏息静气地等待。现场气氛陡然有些紧张起来。就在这千钧一发之际,只见一位一直在最后一排站着的年轻人,赶紧拿起一把太阳伞往前凑到中央领导跟前,一边说:"总书记,太阳光太毒了,用伞给您挡着点吧。"一边却借此机会用自己的身子挡住中央领导的视线,同时把一张小纸条悄悄塞到了老书记手里。老书记打开纸条很快扫了一眼,只见小纸条上写着三个字:"边贸权"。啊,这一点提醒得好啊。建国几十年,外贸和边贸权都是严格控制在中央手里的。外贸权和边贸权,是国家主权的象征,也是保持和保证国家高度集中统一所必须严格掌握的权力。二权高度控制在中央手里,多年来似乎是天经地义的事,没有人会去怀疑和挑战这个权力和政策。但是,陶里根地处边境,如果在边贸问题上给它一定的自由度,这不就等于给它的前行增添了一副鹰的翅膀和豹子的腿脚了吗?啊,这小伙子有头脑,有魄力。老书记几乎是怀着感激和无比赏识的心情快速地去打量了一眼这个给他递纸条的年轻人。这个年轻人就是顾立源……

……陶里根就是这样得到了再一次的"解放"。两个多月后,一艘满载着陶里根特产水果的铁壳船,从对岸虽然地广土肥人烟稀少但水果仍然紧缺的兄弟邻邦处换来了满满一船我们这边紧缺的化肥。哈哈,一船水果居然换来一船化肥!赚啦!!消息传开,不异于平地一声"春雷",成千上万个商人、菜农、果农、摊主和曾经不是商人不是菜农不是果农更不是摊主的中国人学成了商人菜农果农摊主,纷纷涌向陶里根,涌向对岸……陶里根迅速扩大、膨胀。数以十计、百计的建筑工程队开进这个县城。几乎一夜之间，存在了数十、数百年的老街老房消失了。市区以每年一平方公里、两平方公里、三平方公里……的速度向四周蔓延。"陶里根神话"和"深圳速度"一样，在那些年里深深陶醉了也滋润着千千万万颗盼望变革、期待淘金的中国心……

在陶里根撤县建市时，省委常委讨论陶里根市市长人选，发生了一些争论。老书记拍着桌子说："争啥争？争啥争？这市长就是那个小顾了。"从那以后，老书记一直特别关注顾立源。也可以这么说，顾立源以超寻常的速度，仅仅十来年的时间，从一个县机关的副科长变成了代省长，除了他个人的努力以外，跟这位老书记对他的特别"关注"是绝对分不开的。因此你可以设想，老书记一旦听说了这位已然进入省委领导班子的"后起之秀"涉及了什么重大案子，他能不焦心？能不采取特别措施去把事情先整个明白？然后在他力所能及的范围内，挽回影响，弥补损失。要知道，虽然他已经完全退下来了，但他一旦真的要想说些什么，做些什么，他的声音和要求还是可以"直达天听"的。而在顾立源的问题上，他觉得自己必须要对党负责，对历史负责，对这个省的六七千万老百姓负责，也要在政治上，对自己这问心无愧的一生负责……他必须知道，这个"小顾"，十多年来到底出了问题没有？但在闹清问题的实质前，他不便公开去做些什么，也不便去说些什么。但大树临风，不动也威嚇。

于是，他很有可能，委托自己过去的秘书暗中来操办一下这件事。

既然有这样的大背景，干不干？

劳爷问自己。最后他下了决心。

说到底，他仍是一个"不安分"的人。"……这点'不安分'，害苦了他一生，也害他最后死在人家的车轮底下……"泉英说到最后，止不住地又哽咽起来。

据赵五六和劳爷的妻子共同回忆，劳爷当时去陶里根，一开始并没辞职。余大头也没提出非要他辞了职来干这件事。这两位都人精儿似的，不会那么"傻"，一步就把他人和自己搁到死角里。劳爷最早上赵总队那儿去请假时是这么说的：陶里根有一家挺大的民营公司想在他退休后聘他做公司的保安经理，开出的年薪还算看得过去，他想先去探探虚实。赵总队长说，别价，你现在就为退休以后的日子铺路搭桥，是不是也太超前了点？你劳大神探还担心退休后没人搭理？还非得上陶里根那大老远的地方刨食儿？他说，远不远的，反正多个机会多条路呗。深知他脾气的赵总队长拗不过他，还真准了他的假，为了替他节省开支，还顺便让他捎了一点"公事"去办，以便他回来后可以名正言顺地报销那点路费和住宿费。那一回，他在陶里根只待了四五天。没想到一回来就正式向总队提出辞职申请。

"为什么那回回来后就提出了辞职申请？"邵长水问。

"是啊，当时我特别纳闷。"赵五六答道。

"在陶里根的那四五天里，到底发生了什么事，能促使他下那么大的决心？"邵长水问。

"不清楚……"赵五六叹道。

"那……我再找人了解了解？"邵长水主动提议道。

"你不觉得这事没啥意思了？"赵五六打趣道。

"嗯……不管咋的，事情总不能办个半半拉就撂下吧？"邵长水支吾道。

听泉英嫂子讲述，包括跟寿泰求接触了那么两回，这一切在邵长水心中都激起了不小的浪花，使他开始重新认识"刑警"这个职业，重新定位一个成熟的当代男人的职责和应尽的义务。从劳爷身上他也开始感受到一种自己过去从来都没有把它当真的生活冲动。一种"人"的含义和活法。虽然这时，他还说不清自己突然间所感受到的这些东西到底具有什么样的人文价值和现实价值，但有两点他是能说得清楚的：一、今天感受到的东西，是过去封闭在山沟沟里时感受不到的，应该把它看作是进城后的一次重大收获；二、目前虽然还说不清楚它，但它的确激动了自己。他确信，能激动自己的一定是个好东西。既然是个好东西，自己就有责任、有义务把它闹清楚整明白了。

他决定趁热打铁，找寿泰求和余达成再深入地谈一谈，却没料想分别都碰了壁。打电话约寿泰求，寿泰求怎么也不肯出来见邵长水了。

"那天，我们还没谈完哩。"邵长水在电话里这样说道。

"谈完了……谈完了……"寿泰求在电话那头这样应付道。

"您说劳爷在陶里根生活的那几个月里，一度非常痛苦，但我们今天还听到一种说法，说他为自己要去陶里根工作曾经非常兴奋过……"

"我谈的只是我个人的感觉，一面之词而已。到底是痛苦，还是兴奋，还是既痛苦过，也兴奋过，还是先兴奋后痛苦，还是先痛苦后兴奋……当然以你们的调查结论为准。"

"寿总，据我们了解，劳爷去陶里根后，曾多次回省城来找您密谈……"

"你们可千万别这么说。那怎么能说是密谈呢？绝对不能说是密谈。一起随便吃顿便饭，喝喝咖啡，随意聊聊罢了。劳爷是个非常好交朋友、也非常善交朋友的人。我只是他众多朋友中一个非常普通的朋友……"

"你们曾多次在一起聊过。"

"那又能说明什么问题？"

"寿总……"

"很对不起。最近我真的非常忙。非常非常忙。非常非常非常忙……"

余达成比寿泰求要圆滑一些，没有拒绝见面，但见面后，他的态度却显见得"更加恶劣"。他对邵长水说："是的。我曾经找过劳东林先生。但这件事已经过去了。更多的情况，现在就不必再去说了。""劳爷被撞死了……"邵长水提醒道。余达成坐在他那高背黑皮软垫总裁椅里，沉默了一会儿，再一次斩钉截铁地重复道："我刚才已经说过了，我找过这位劳先生，但这件事已经过去了。""请您跟我们谈谈，当时您找劳东林的具体目的和背景情况。"邵长水耐心地请求道。"我再说一遍，我的确找过这位劳先生，但这件事已经过去了。我只能说这么多了。对不起。"余达成除了强调了"的确"二字外，一字不多，一字不少地又把他刚说过的话重复了一遍。随邵长水一起去的一位男同志被余大头这个"傲慢"和"冷漠"激怒了，一下站了起来，蹙起眉头，大声说道："余达成同志，据我们了解，劳东林同志是应您的指示辞职去了陶里根，才引发了后续一连串事情，最后导致了他的非正常死亡。您不觉得有这个责任协助我们尽快搞清真相，揪出元凶，而不应该采取这样一种明哲保身的态度，只想怎么撇清自己？"这个年轻的工作同志是省城郊区公安分局刑侦中队的一个中队长，平时大会小会都不爱说话。邵长水没想到在这节骨眼儿上，他居然能如此不畏"强横"，慷慨仗义。要知道，此时的余达成已是中央直属某大企业的总裁了，正经一个副省部级干部。当时邵长水本能的反应是要去拉这个年轻人一把，制止他当场发作，以免把局面搞僵了，以后再不好打交道。但最后他没去拉。没拉的原因，一方面，固然是因为那年轻人起身太猛，他没来得及拉住；另一方面也是一种潜意识起了作用：在潜意识中，他也觉得这个姓余的家伙如此过河拆桥，不仗义，确实有点"欠啐"，也就由着这个年轻人跟他去发作了。

　　回到龙湾路八十八号，邵长水等人立即向赵总队详细汇报了情况，没想到赵五六一改往常在听汇报时那种热情专注的态度，变得沉闷而消极，等邵长水等人说完后，对已经发生的事态也不做任何分析和指示，只是低头默默地坐了好大一会儿，然后把其他同志都打发了，感慨似的拍了拍邵长水的肩背，站起来，一边向门外走去，一边回过头来对邵长水说道："走啊。我请你吃夜宵去。"

14
和顺面馆

　　和顺路六十六号是一家兼做苏式点心的淮扬面馆。五开间门面，一楼一底，青砖粉墙大红柱，规整气派。这里原先是省内百年老字号恒通面粉厂大老板傅有恒三姨太的私宅。这个恒通面粉和它的老板傅有恒，在上个世纪二三十年代，在省城很有些名气。一九四九年这位傅老板带着几位姨太太和姨太太生的孩子，带着全部的金银细软美钞股票，甩下大老婆和那些不动产，也甩下"饥寒交迫"的员工，跑香港去了。这些不动产后来自然也就充了公，包括这所大宅子，一律归房管所分配，做了民居。前些年，傅老板仙逝，他在海外的一个直系亲属，好像还是亲侄儿辈之类的人，回省里来做巨额投资，附带条件之一，就是要收回这座"大宅"。那时候，对这一类事情的处理，中央还没有出台具体政策，更无法可依，谁也不敢做主，便逐级上报，捅到了省委统战部，又由省委统战部报省委常委集体画圈，毅然决然地做出了"归还傅家"的决定。这个决定当时在社会上还引起过一阵不小的议论和"骚动"，说法无非是"胡汉三的还乡团又回来了"，"现如今，老革命不如新革命，新革命不如不革命，不革命不如反革命"，等等等等。但事实证明，当时那个省委集体画下的这个圈，无论从哪个角度看，都是"英明"的。它的英明，不仅在于给省里争取到了一笔巨额美元投资，而且对适时适度调整社会上人与人之间的关系、观念、心态，启动一个必须的法理体制进程，在某种程度上都起到了"振聋发聩"的作用。那位"侄儿"也已年届古稀,在大陆港台,以及美国等地都有生意,他自己自然是不会入住那样的老宅的。用他老人家的话来说,这样的老宅阴气太重,老年人本身阴阳失衡,阳气虚亏,是不宜住这样的老房子的。说实话,这老宅几十年来被一二十户人家分住,早已破旧得没个样子了。老人把"回归"的老宅给了在大陆的一个亲外甥女,又给了她一大笔钱,让她把老宅重新翻修过,开了这么个非常有特色的"和顺面馆"。这外甥女的丈夫原本是省检察院的一个助理检察员,转业军人,后来面馆的生意渐做渐大,这位助理检察官索性辞了职,一心一意相妻开店,后来又成了这面馆的正式"法人"。于是圈子里的人开玩笑说,老宅忽悠了一圈,终于又回到了"人民"手中。那外甥女婿免不了在省城的公检法系统中有不少上级同事朋友熟人,公务上常有应酬交际。俗话说,在哪花钱不是花?肥水还是别流外人田嘛。于是他们纷纷把这些宴请挪到和顺这边来做。它虽说是"面馆",需要的时候却同样可以做宴席。或者,话这么说更准确:对外营业,它的确只卖"面"。只有公检法系统的朋友因公因私,需要了,它才为他们专办酒席。价钱比外头的正一级餐馆还要便宜一半以上。但菜谱和菜的色香味绝对是照特一级餐馆的水平制订和制作的。还有一个特别让这些公检法系统里朋友称道和放心的是,那位外甥女婿在后院精心装修了三个包间,专为这些公宴使用,完全和大堂隔绝。甚至人车的出入,也设了专门的通道。久而久之,这些公务员把私人间的重要会见、晤谈,都放到了这儿来举行。需要时,只需先打个电话,这边绝对能把后院其他那两个包间的生意都停了,整个后院都由您独自享用。因为有这样的保全条件,市公安局曾借助这儿,设套"密捕"过两个嚣张一时而又好吃狂赌的黑社会头目。

这个和顺面馆在省城公检法系统里如此有名,但邵长水却也还是头一回光顾。跟着赵总队长一走进面馆那幽静雅致的后院,他就被那几丛青竹和一泓碧波荡漾的池水"震惊"了,禁不住大声叫道:"嗨,稀罕,稀罕……实在是稀罕……"

赵总队长自然是这儿的座上常客了；说"常客"似乎还不够，应该说是"贵客"才对。从他进门那刻起，店主夫妇俩就赶来亲自招呼，陪伺左右。邵长水还听到那位女店主在院子里吩咐手下的人："告诉前台，别再往后院安排客人了。"邵长水忙低声对赵总队长说："我俩也就随便吃一点夜宵，有必要让人整得那么隆重吗？"赵总队长却满不在乎地朝邵长水挥了挥手，那意思是说：这你就别操心了，让他们操办去。老规矩了。他俩刚在酸枝木的仿明靠背椅上坐下，茶就紧跟着上来了。那是八十元一壶的明前毛峰。茶具也是仿大清御制的青花釉上彩万寿无疆套具，紧接着又上了四个冷碟，四个干果盘，都是赵总队平日里爱吃的那种酱猪蹄、扒猪脸、手撕猪肝、大料卤肥肠和无花果干、柿饼、油炸龙虾片等，还有一大盘出产在乌陀格拉草原上的葵花子，粒儿大皮薄油多仁儿香。自然也少不了一碟剥得白润娇嫩的蒜瓣儿和一碟紫红鲜亮的油泼辣子。然后，那位前助理检察官又笑嘻嘻地，仿佛取来什么宝贝似的，双手捧着一瓶上个世纪六十年代出厂的简装红星二锅头，照直走到赵总队跟前，小心翼翼地把酒在他面前展示了一下，仿佛在展示一瓶窖藏百年的"路易十八"似的，压低了嗓门声明道："最后两三瓶。这可是专门为您赵总队长留着的。"赵总队长却长说："八年前就听你说过这话了，你这到底是第几个'最后两三瓶'了？你就跟我这么瞎忽悠吧。"那位前助理检察官忙抱屈地笑道："您瞧瞧您瞧瞧，您当总队长的说话都这么不实事求是，那我们这些人就更没个活头了。我连头带尾才做了这三四年生意，您咋能在八年前就听我说过这话呢？实话跟您说吧，这可是真正的最后三瓶了。以后您就是打死我，也给您找不来这样的二锅头了。再想喝，只能给您上茅台五粮液了。"不怎么喝酒的邵长水知道，省里不少老公安都特别爱喝这"简装版的二锅头"。或者应该这么说，都特讲究这一点。现在，市面上二锅头多的是。从七八元十来元一瓶简装的，到三百多元一瓶精

214

品特酿的,应有尽有。但绝对再找不到这种上个世纪六十年代出的简装版五十六度"红星二锅头"(一定得五十六度。六十度不行,五十度的也不行)。这样的二锅头在产地北京都很难再找得到了。而省城的那些老公安偏偏都以能搞到喝到这样一瓶二锅头为盛事、幸事,并纷纷以此为荣。真不知道这位前助理检察官是怎么搞到它们的?居然还能时不时神秘地宣布一下:"这是最后两三瓶。"

吃夜宵,还要喝酒?而且还要喝这样的烈酒?邵长水犯疑地悄悄打量了一眼赵总队长,只见他已经端着那同样仿大清御制的青花釉上彩万寿无疆小酒盅,在那儿默默地抿了起来,一小口一小口地咽着这几乎跟烈火一样在烧灼人嘴唇和喉管的烈酒,好像在品尝什么天堂人间的甘露仙泉。好大一会儿,他都不说话,也不吃那些他爱吃的肉菜,只闷着头拿那乌陀格拉草原上的葵花子下酒。这让邵长水,也让前助理检察官夫妇俩都觉察出,总队长今晚肯定有心事,似乎是在"借酒浇愁"哩。邵长水不摸深浅,不敢探问,也只管自己闷头喝茶吃菜。前助理检察官夫妇俩在一旁不尴不尬地胡乱编了几句,但见赵五六总也不搭理他俩,便赶紧抽身上外头忙他们自己的去了。不大一会儿工夫,总队长便喝得满面通红,两眼放光,热汗直顺着他粗短的脖梗往下流淌。而那瓶一斤装的烈酒,也只剩了小半瓶。

"咋光喝茶不喝酒呢?算啥嘛?!"总队长突然抬起头来责问邵长水。

邵长水一愣,忙端起酒盅干了一盅,赵五六却直瞪瞪地看着他,问:"你觉得劳爷死得冤不冤?"因为没想到总队长今晚还会跟他"探讨"这么敏感的话题,对此没有一点思想准备的邵长水不觉愣怔了一下。赵五六见他傻愣在那儿,便有点不高兴了,吊起眼梢批评道:"小老弟啊小老弟,别老想着你那点定岗定职的狗屁事。人都调到省厅来了,老婆娃娃的户口也都给你办妥了,还犯啥愁呢?知道你对我有意见……老大鼻子的意见……"赵五六斜起眼瞟着邵长水,发出一声声冷笑。

"我有啥意见？我咋会对您有意见？"邵长水忙连声解释。

"你别跟我强词夺理。有意见是正常的，没意见才是不正常的……劳爷就是憋着这一肚子意见才去陶里根的……他心里不痛快……不痛快得很呐……可我没想到他去了陶里根还那么痛苦……人呐……"

这时，那位男店主推门进来，问能不能上热菜了，却没料，遭到赵总队长的一顿臭训。他瞪大了眼，冲着这位男店主破口大骂道："谁让你进来的？我跟你交代过没有，不经我允许，今天晚上任何人都不许随随便便往屋里闯？你知道我们是干啥的吗？你想偷听我们的谈话？嗯？！你活腻歪了？"吓得那位前助理检察官目瞪口呆，瞬间工夫便傻愣在那儿了。邵长水知道赵总队长确实喝多了，忙冲着那店主挥挥手，让他别跟总队长计较，赶紧回避了，然后摁住死活要站起来去继续追问那店主的赵总队长，哄劝道："哎哎哎，人家是来给我们上菜的。你干啥呢？您这么折腾，我们还吃不吃这顿夜宵了？"

赵五六呆呆地看了邵长水一眼，这才渐渐安静下来，然后又呆呆地朝店老板离去的方向看了看，翕动了两下嘴，似乎是有话要说，但又没说得出来，呆坐下，问："我刚才跟人耍态度了？"

邵长水笑道："岂止是耍态度？！差一点没把人家生吞活剥了。"

"……"这时思维已然变得非常迟钝的赵五六翻了翻眼皮，努力地回想了一下，忽然说道，"那……那……那咱们该给人家道个歉……那得……得道个歉……"

邵长水笑道："行了行了。你别再去吓唬人家了。"

赵五六着急地嚷嚷道："干吗吓唬人家？我得跟人家道歉！这老板过去是咱们公检法系统的同志，在部队正经还当过侦察参谋。我们一直处得挺不错的……别……别伤了他啊……"说着，强挣起身，摇摇晃晃地就直向门外走去，逼得邵长水赶紧上前把他拽回椅子上。但赵五六还是嚷着要去找老板道歉。邵长水只得支使一直守候在门外的一位男服务生,跑步去把老板叫了来。再经过一番折腾,等老板走了,那酒劲也稍稍过去了一些,赵五六才再度平静下来。邵长水觉得无论如何也不能再让他喝下去了,便赶紧通知老板,没上的甜点和水果统统都别上了,不由分说地把总队长拽出了这和顺面馆。等发动了车,把赵总队送回家,再回到龙湾路,已是后半夜两点时分,哪还顾得上洗脚刷牙,赶紧脱了上床,但脑子里却翻来覆去地回响着赵五六说的这些"酒话",闪现着他"愤世嫉俗"的神情,捉摸着总队长今晚突然酒后失态的深层次原因……这一切,颠过来倒过去地纠缠着已然非常困倦的他,只是睡不着,就只能硬挺着……一直到天明时分,眼皮才渐觉沉重,脑子里也跟灌满了一盆热浆子似的,迷迷糊糊地刚有了点睡意,电话铃却突然间惊心动魄地响了起来。他本能地一个鲤鱼打挺般蹦起,扑过去抓起电话。是赵总队长从总队部办公室打来的,让他立即赶到总队部,"有话要跟你说"。

邵长水赶紧翻身下床,穿好衣服,夺门而出时,下意识地瞧了一下墙上的电钟,这时还不到凌晨五点。

……省厅大院这时自然寂静无人,邵长水急匆匆赶到总队长办公室,果不其然,他已经在那儿等着了;看那模样,也是一夜没睡好,眼泡整个儿都浮肿着,加上酒后的病态,再加上室内又没开灯,他似乎显现得越发的虚弱和憔悴。自调到刑侦总队来,邵长水还从来没见过总队长如此"颓丧"过。

"坐。"赵五六指指另一边的沙发低声说道。那边沙发前的小茶几上放着一杯已经沏好的茶,还在袅袅地冒着热气。这是总队长特有的"待客"之道:找部下谈话,事先总会替你沏好一杯茶。几十年如一日,从不疏忽。

"昨晚我出洋相了……"他有气无力地自嘲道。

"没有。咱两个还没把那一瓶二锅头喝了,能出啥洋相?"邵长水忙回答。

"我绝对喝多了……那一瓶二锅头,你就没喝几口……"他一边说一边指了指那杯茶,意思是让邵长水喝茶,然后又问道,"当着和顺老板的面,我说啥出格儿的话没有?"

"没有。"

"真没有?"

"真没有。"

"没有就好……"赵五六将信将疑地看了看邵长水,低下头去,闷坐了一会儿,"昨天我心情不好,知道不?"

"我说哩,怎么突然拉我去吃夜宵,还喝那么些烈酒。"邵长水笑道。

"有些情况,昨天当着那么些同志的面,我不好说……"赵五六说着,自嘲般苦笑了一下,然后他告诉邵长水,前天有个领导——我们暂且先别去问这位领导到底是谁,反正只要他愿意的话,他是可以左右你我的命运的,突然把我找到他办公室说事儿,其实也没啥要紧事儿,东扯葫芦西扯瓢的,扯着扯着就扯到了劳爷这案子上来了,他郑重其事地"提醒"我,侦破劳爷这案子,应该"适当"地放慢侦破速度,应该"适当"地"前瞻后顾"一下。"我说放慢,不是要你们不去侦破,更不是要你们放过那些案犯。那当然是不应该的,不允许的,也是绝对不可能的。所以你千万别误解了我这个'放慢'的意思。我说这'放慢',是希望你一边破案,一边得关注一下另外一方面事态的发展。"然后这位领导同志又故作神秘状地问我,"我说的这个'另外一方面的事态'指的是啥,你明白不?"我故意跟他说:"不明白,请首长明示。"对方还笑着捶了我一拳说道:"别逗了。你要不明白,那就傻死你吧!"

"他担心啥?"邵长水问。

"还不是担心将来万一上头查下来,顾代省长没什么了不得的问题,我们这么干,就会吃不了兜着走。"赵五六答道。

"劳爷这档子事,真的跟顾代省长牵扯上?"

"那天听泉英嫂子说事的时候,你没带耳朵去?"

"那我们就不往下查了?"

"人家并没有让你不往下查。只是希望你放慢进度。一边查着,一边得留神观察上头的态度。别闷着头傻查。"

"那位领导他代表谁?代表省委?省政府?还是代表咱公安厅党组在说这话?"

"他谁也不代表,就代表他自己。"

"那请他少扯后腿。"

"人家还真不是要扯我们后腿,也是在为我们着想哩。有些事情,确确实实不能想得那么简单。在省里办案,确实跟你过去在县里在深山沟里办案不一样……"

"那您说咋办?我们就听他的,放慢步伐?"

"唉……"赵五六苦笑着叹了口气道,"放慢?怎么个放慢法?放到什么程度才算慢?"

还有个让赵五六心烦的新情况,因为涉及厅党组内部的分歧,他还不便跟邵长水"透露"。厅党组内,近来越来越多的同志倾向于"劳爷并不是死于谋杀",认为赵五六在这个案子上的侦查思路是有问题的。他们认为:

一、现在有越来越多的证据证实,在事发前的一段时间里,劳爷或公开,或私下间,对顾代省长在陶里根工作期间的表现给予高度评价。这和他在"密件"中表达的观点也是相吻合的。如果凶手是因为劳爷秘密调查顾代省长,才要"杀害"他的,那么当劳爷已经从根本上改变了自己对顾的看法和态度时,他们为什么还要去杀他?逻辑上完全说不通啊。

二、虽然那个肇事司机已经"供认"事发当时,驾驶室里还有另一个人在,但现在没有任何旁证物证可以证明这一点。方向盘上,除了那个醉酒司机外,没有找到其他任何人的指纹和掌纹,挡把上也找不到其他人的指纹和掌纹。你当然可以认为，凶手当时戴着手套，但这也只能是推测，没有证据就不能推定有另一人存在。肇事司机一直不承认驾驶室有另一人，后来突然改口，又承认了，很可能是为了给自己推卸责任。

三、有一些证据在表明，劳爷在陶里根后期，精神状态已经不是很正常的了，对许多问题的看法常常处于一种"严重"(?)的分裂状态中，让人会产生一种"前言不搭后语"的感觉。这里的原因待查，但是，为此，对他在"密件"中所讲的"如果我出事，那肯定是他杀"这一点，和在邵长水手掌心上留下"谋杀"二字一举，都得加以特别的质疑。

四、即便从谋杀的角度去破案，我们也不能局限在陶里根寻找答案。车祸固然是发生在陶里根，但劳东林一生破了不少的案子，抓了不少的人，得罪了不少人。这些人都有可能对劳爷进行报复。这些人大部分服刑后，都流落到社会上去了。他们有的在陶里根，但大部分都不在陶里根。如果把侦查的范围只局限在陶里根，给人的印象还是只重视"秘密调查"这条线上的事。好像我们这个案子，是有什么政治目的似的。这样不好……

还有一种新冒出来的说法就更"邪乎"了，有人认为，劳爷是自杀的……这些同志特别看重上边的第三条看法，他们确认，在事发前的这段日子里，劳爷的精神状态确实有些恍惚，对许多问题的看法都处在两可之间，一会儿这样，一会儿又那样，内心特别矛盾，常常流露出一些对人生没有把握的悲观情绪。因此他们认为，也不排除那天，老人家一时糊涂，便迎着摇摇晃晃驶来的那辆卡车走了过去……

"不可能。绝对不可能。"在听了赵总队关于"劳爷自杀论"的讲述后，邵长水跳了起来，大声反驳，"幸亏他出事那天，我还见过他，还跟他在一起待了那么将近一个小时，最后又是我目送他被人推进急诊室手术间的。他不想进手术间，他要我救他。那天，他的确显得有些沉重，也可以看出，他内心思虑过多，但头脑非常清醒，对问题的分析判断都十分自信和果断。啥自杀么？说这种话的人完全是在搅浑水。查一查，好好查一查说这种话的人的背景。"

"别激动……别激动……案件还在侦破中，不管人家说什么话，我们都得耐下心来听嘛。不能因为被害人是我们的一个老刑警，就听不进去不同意见。"

"如果是自杀，他能在我手上写下那样两个血字么？他故意在耍我们呢，还是他的精神真的已经处在分裂状态？但我可以以我的人格和党性来担保，劳爷当时神志是清醒的，神经是正常的。如果他的死跟别人没有关系，为什么有人要上我家去盗拓片？为什么要去炸他藏材料的那个保险柜？为什么还要杀害那个保安？后续发生的这一切，又说明了啥？"

"别激动……别激动……"

"我激动个球。我就是觉得我们一个老刑警死得太冤了，一心报国保民，却落个这样的下场……"

"别说着说着就没边没沿了。报国保民，跟'这个下场'没有必然联系！"

"反正这国家也不是我们这几个刑警家米桶里揣着的，谁爱咋整咋整去！"

"邵长水，你瞎说个啥？越说越没边了，是不？"赵五六吼了一声。

邵长水不作声了。过了一会儿，他才不太高兴地问道："半夜把人从床上催起来，首长到底有啥盼咐嘛？"

"下一步，你有啥想法？可别跟我说'我听领导的'那种屁话。"赵五六说道。

"你们领导的态度当然重要。我们只不过是干活的……"

"行了！"赵五六立马打断了邵长水的话，逼问道，"有没有想法？到底有没有？"

"我觉得我们前一阶段工作思路总体是正确的，也取得了一些阶段性成果。现在的问题就是要坚持坚持再坚持，绝不为风言风语所动摇。当然，这得您这样的大树给顶着才行……"

"少跟我来这一套。说实在的。"

"我现在越来越体会袁厅长制定的总方针英明无比：咱们就查劳爷是怎么死的。别的，咱一概不碰。啥省长不省长的，咱们碰不起。人家不想让我们碰，我们就不去碰它。不碰它，我们才能把劳爷这案子继续查下去。袁厅长他妈的太有辩证法了……"

"下一步！"

"没啥下一步的，继续这样按部就班地干下去就行。如果说要有一点变动，就是要在搞清劳爷后期的思想状态、认识状态和精神状态上下更大的功夫。同时不放过车祸和银行爆炸和拓片被盗这几个案子。还有一点，不知道该不该说。"

"说。"

"真不敢说。"

"你妈的！"

"那我可就说了？以后心里再不痛快，就别喝那二锅头了。爹妈又没给你那酒量，白遭那罪干吗呀？！"

"滚滚滚。管天管地，还管我喝啥酒来着？滚！"

两个人说到这里，天早已大亮。办公大楼的走廊里和院子里也已经有不少人在走动了。赵五六和邵长水早已饥肠辘辘，正想下楼去找个地方吃早点，传达室值班人员打来电话，说大门口有人要找刑侦总队的负责人。

"干吗的？想报案？让他们找110。这儿不接受直接报案。"赵五六答道。

"他们说他们不是来报案的，就是来找您赵总队长的。还说您派人去找过他们。只要一说他俩的名字，您就知道他们是谁了。"传达室的值班员答道。

"是吗?他们叫啥?"赵五六问。

"曹月芳、尹自力。"

"曹月芳……尹自力……谁啊?"赵五六慢慢地念叨了两遍这名字,突然想起这好像是劳爷留下的那份名单里的人。邵长水也马上证实了。

"这些人不是都不愿搭理我们了吗?怎么又主动找上门来呢?"赵五六和邵长水都暗自疑惑道。

两个人赶紧去吃了点早点,赵五六回办公室等着,让邵长水先去传达室见一下那两人,搞清真实来意。这俩人,邵长水原先都见过。这一回一见之下,邵长水却完全傻愣住了。那个"尹自力"没错,还是原先的那位;但自称是"曹月芳"的却从一个六七十岁的老人变成了二十来岁的女孩。而这个女孩还不是别人,却正是区图书馆的那个曹楠,那个让他一直还在心里为她打着问号的曹楠。看到邵长水一下愣在那儿,久久地用诧异的目光打量着她,曹楠赶紧解释道:"我是曹月芳的女儿,本来我爸爸应该亲自来的。他突然重感冒了,让我替他……对不起……"

"有……有啥事吗?"邵长水问道。他一下子还不能从"曹楠就是曹月芳的女儿"这个意外中挣出,神情上自然就带着相当的戒心和疑虑。

"上一回真不好意思……"尹自力先为他们上一回对邵长水等人的不热情行为表示了歉意。

邵长水挥了挥手,表示过去的事就不要再提它了,接着问清他们今天也是为劳爷这档子事来找赵五六的,便马上跟赵五六通报了情况,得到赵的应允,把二位带到了总队长办公室。在通报情况时,因为考虑到赵总队长一会儿要亲自跟曹楠打交道,犹豫再三,还是把这些日子来对曹楠的疑惑都跟赵五六说了。赵五六倒没批评他早不报告这些情况,只说了句:"这丫头还有这么一些事呢?那倒要见见。"

赵五六跟尹自力和曹楠只谈了十多分钟,送走了他俩,就把邵长水叫到办公室,对他说:"今天你安排时间,马上去见那个叫曹月芳的老同志。"

"怎么了?又愿意跟我们谈了?"邵长水问道。

"他们认为劳爷不可能是被谋杀的……"

"是吗?"邵长水一惊。

"你马上带个人去。做好详细记录。注意态度。别把老人吓着了。"

当天下午,省城又下起了小雨。邵长水带人再次来到曹月芳老人家的时候,曹楠已经在并不宽敞的门厅里等着了。普通的公寓楼,两室一厅的单元房。说是客厅,实际上也就是个略大一点的过道而已。上一回来,邵长水就觉得这客厅的种种陈设中总有那么一股说不上来的"非汉族"味道,比如那纹饰鲜艳的旧挂毯,洁白整齐的瓷挂盘,还有那一个个大小不等的雕花镜框,还有那个特别古老敦厚的铜茶炊……现在他明白了这里的原因了——只要仔细看一看那些镜框里夹着的老照片,邵长水就发现有好几张照片上的主人公竟然都是长裙曳地的俄罗斯妇人和身穿燕尾服、手持文明棍的俄罗斯男人。听曹月芳老人介绍,他们都是曹楠外祖母那一系列上的亲人。认真品味,泛黄的老照片还颇带了些西伯利亚旷野上那种凛冽、执著和博大的气息……

曹月芳早年也当过几天警察,可能是因为家族中的那点"海外关系","文革"前就被调离了公安系统;后来改行学了一门手艺——修钟表。总以为,不管世道如何变迁,城头上变换什么样的大王旗,都不能太亏了手艺人。原想,这一辈子就凭这手艺吃饭了,却不料,挡不住他为人的厚道和正直,上世纪八十年代末,还是被上头看中,提起来当了一家钟表店的副经理,当然是负责修理部工作的副经理,一直干到退休。同样爱好摆弄旧钟表的劳爷可能既看中了他那点手艺,也看中了他当年的警察出身,两个人多年前就成了好朋友。至于他这么个大老爷们怎么取了个娘儿们的名字,据曹楠她爷爷解释,她这父亲生下后长到两岁多,还不会说话；后来突然开口说话，既不叫"爸爸"，也不叫"妈妈"，只叫"月芳"，而且叫个不停。管什么都叫"月芳"。怎么教他，怎么利诱和威逼相加，也扭不过他这让人"惊骇"的叫声。家里从来也没人叫"月芳"，也没人教过他这么叫过。难道这老房子里曾住过这么一个叫"月芳"的屈死女子，她的冤魂附在孩子身上了？但四下里向那些老街坊打听，却谁也记不起来有过这么一个人……这么连续叫了几个月，众人正无奈时，突然间又不叫了，正常了，"爸爸妈妈饭饭屁屁狗狗鸡鸡……"叫唤得跟常人完全一样了，全家人也就放心了。随即也就把这档子事给忘了。一直到他六岁那年，说是得替他报名上学了，取个学名吧。爷爷突然说，还是让他叫"月芳"吧。原来这些年，爷爷一直还记着这档子事，只是没声张而已。爷爷认为，不管当时是否真有这么个屈死之冤魂附身，孩子张嘴说话发的第一个音就是这个"月芳"，应该把它看作是冥冥中的一个喻示，喻示这孩子应该叫着"月芳"度过这一生。不管这个天生的名字会给孩子带来什么样的祸福，都是前世注定的。就让他带着这个天生的名字，走完他一生要走的路吧。就这样，定下了这样一个完全女性化的名字……

"上一回挺对不住你们的……"老人一上来也为上一回的失礼道歉。

"没事没事。人嘛，都一样，一回生二回熟。"邵长水宽容地笑了笑道。

"真的很对不住。当时我们的确有胆怯的地方。俗话说，不摸深浅，切勿下水。还有一句老话说，一朝被蛇咬，十年怕井绳……"

"哪是十年。是三年。您别瞎夸大。"曹楠笑着纠正道。

"是十年。"老人斩钉截铁地说道，"在别处兴许三年就够了，在中国得十年。"

"如果没啥忌讳的话，能说得详细一点吗，各位前辈究竟胆怯啥呢？"邵长水微笑着问。

"嗯……"老人迟疑了一下，没马上回答，却冲曹楠挥了挥手，意思是让她回避，他想单独跟工作组的同志谈。

曹楠显然有点不大愿意"回避",但最终拗不过父亲的意旨,只得悻悻地上外头待着去了。

正式开谈前,邵长水向曹月芳征询道:"您谈的时候,我们要做一下笔录。您不忌讳吧?"

"记吧记吧。"曹月老满口答应道,"我知道这是你们的规矩,找人谈话总是要做笔录的。不过,你们到底记了一些什么下来,最后能不能让我看一下……"

"那当然。按规定,所有的笔录都要经当事人过目,还要请当事人签字认可才行。"

"那就好。那就好。"

15
曹月芳的第一次讲述

老尹上午回来告诉我,说他已经当面告诉赵总队长,我们认为东林不是被谋杀的,我立马就批评了他。东林到底是怎么死的,我们别急着给人下结论。说老实话,我们也下不了这个结论,这是个技术性政策性政治性都非常强的事情,我们干不了。几十年来,我参加过好多次运动。既被人下过结论,也替人下过结论。我太知道下结论这事有多重要,又有多难了。有时为了结论里的一两个字,一两句话,能翻来覆去折腾好些天,磨蹭多少个来回,耽搁一两年、两三年,有的甚至十来年都做不了结论的事情也不是没发生过。在我们这个社会里,组织结论就是政治判决书。一两个关键字眼儿,关键的一两句话,就能给你一生定了归宿,所以这是不能含糊的。但我们可以提供情况,尽可能实事求是地提供情况。当然,能不能做到这一点,还不一定。因为每个人的认识都是有局限性的。端正态度,尽力而为。尽可能地实事求是,接近真相吧。

但前一阶段听说你们已经认定了劳爷是被谋杀的,所以我们都有点不大再敢跟你们谈了。怕谈出一些不同看法,被你们认为我们是在故意误导你们,是故意在阻碍破案。后来又听说,你们内部也有不同意见。于是,我们觉得还是应该大胆地把我们知道的一些情况提供出来,仅供你们参考……

东林是我的好朋友。他的这个结局让我非常震动,又觉得……又觉得好像挺合乎事理。我这么说，您一定会觉得我特别不近人情，不近人性。但今天我们谈话的基调不是定在了要"尽可能地接近真相"上吗？我这就是在"接近真相"。只要是"接近真相"，我什么都敢说。这也是我不愿意让另外什么人参加我们这次的谈话的原因。要是旁边再坐着一个人，就是我闺女坐着，我敢说东林这么死，挺合事理？我这么说，好像我盼着他这么死似的，要传出去，在众人眼里，我曹月芳都成啥人了？但这确实是我心里的一句实话。

东林一生不愿平平庸庸、凑凑合合地活着，这也决定了他的死也不会像常人那样平庸和平常。您可能也知道，最近在特别的一个小圈子里，流传一种说法，说劳爷是自杀的，这种说法立即遭到了绝大多数人的反对和嘲笑。他们认为东林绝对不可能是自杀的，就是遇到天大的坎儿，真过不去了，他也不会自杀。因为他这人，最大的特点就是，好日子过不够；遇到坏日子，他也能变着法地把它改造成好日子过，实在改造不成，他也能心安理得地（得过且过地）把它当成好日子过。几十年来，他一直千方百计地不让自己难受。在各种情况下，他的确也过得蛮开心。这是他最大的特点。这些朋友自以为非常了解他，其实不然。他们中的绝大多数人并不知道，东林在陶里根最后阶段，内心非常痛苦，非常矛盾……这些痛苦和矛盾不仅仅堆积在他外在的生活中，而且已经进入他的内心。他平生第一次遇到了这样一种既没法改造、也没法在得过且过中把它忽略过去的"痛苦"……

（邵长水插话："那么，您是不是也认为他是自杀的？"）

这个……我先不下结论。我就说事情本身，结论还是留着你们去做。

有一回发生了这么一档子事，那天还真把我吓着了。他突然闯到我家……这里我稍稍地岔开去加以补充说明一下。我这儿说的这个"家"，是我在陶里根的家。我想你们一定对我的历史进行过调查，我老家在陶里根。原陶里根县县政府大院后头有个废弃的水塔，水塔上头至今还可以找到一个用白桦树皮和红松板子做成的鸟巢。这鸟巢挺大，当时是专门做来让白鹳栖息的。后来白鹳不来了，住过不少灰鹊和黑老鸹。那鸟巢就是我当年在陶里根上中学时做的。不知道为什么，这几年陶里根拆来建去变化如此之大，城里几乎所有的老建筑全被推掉了，就是这个水塔保存了下来，那个树皮木头搭的大鸟窝也幸存了下来。与此同时，还在土地规划局马路对面保留了一幢小楼。那是当年这个小县城里唯一一家老字号酒厂"曹不泉酒厂"老板的私产。小楼现在被当作陶里根城工商业方面的历史文物保存了。曹不泉就是我父亲，曹楠她爷爷。后来我上省城来当警察，学手艺，把家也安在了省城，一直混到今天。其实我的根还是在陶里根。那儿有我老曹家好几十口人。逢年过节，全家族要聚会的话，老少四五代人，真是乌泱泱一大片。如果再加上亲戚的亲戚，亲戚的熟人，熟人的熟人，熟人的亲戚……我这么说肯定不为过：当年陶里根老城里一半以上的人都跟我们老曹家有某种或亲或疏的关系。我回陶里根，在街上随便拉住一个人，只要他是陶里根人，又在三十岁以上，说上三四句话，点上三四个人名，我俩准能找到共同的熟人，马上变得非常亲近起来。所以，劳爷去陶里根搞他的"秘密调查"，找我帮忙，是一个非常明智的选择，也是事半功倍的选择。可以这么说，正是因为有了我在陶里根的这些关系，劳爷的"调查"，一开始才会进展得那么顺利、有效。但那天，他突然闯到我家。我正在泡药酒。曹家的男人每年的冬末春初，都会喝一种药酒。这药酒是按自己家祖传的方子熬制成的。按我们曹家人的说法，冬补止亏，春补止燥，冬春之际，补心肾汇交，承上启下，敛外实内。方子是现成的，但配伍的主次和药量的多少，每年都要根据不同的人在新的一年开始时脉象的变化再来酌定。所以，每每到这时候，曹家的男人只要可能，都会回到陶里根，由我习医的三叔逐一号过脉，看过舌苔；特别叫绝的是，还要验看当天的头一泡尿，根据尿的颜色，尿中泡沫的多少、堆积的样式和存留时间的长短，综合起来判断他身体的状况，重新开出方子，再去炮制在新的一年里适合他喝的那种药酒。

……那天雨下得挺大。如果你还记得的话，那天正值惊蛰，恰巧雷发黑长岭。当地有句民谚："雷发黑长岭，大雨浇死人。"许多老人都看得特别清楚，那闪电就像游龙一般从黑长岭的山窝窝里直蹿到半空中，然后突然发出一声巨响，天顶欲裂，大地抖动，大雨便倾盆而至。那时大约下午四点来钟，天色骤暗，在屋里要不开灯，几乎都看不清对面墙上挂着的字画。雨大约下了有十来分钟，那继发的雷一个接一个地从黑长岭里发出，几乎是压着各家各户的房顶劈下。大雨在黑暗中又下了个把小时，天色才渐渐敞亮了一些，雨势也逐渐平稳了下来。劳爷正是在这大雨将要平息又还没平息的节骨眼儿上，闯到我家来的。

……他像往常一样，自个儿开着车。那时他开的还是一辆旧的沃尔沃。他一进屋，我就觉得他哪儿有点不对头，只听到他喘得厉害，把手里的东西往边上一扔，闷头坐下，就一声不吭了。往常他上家来，第一，手里总是不会空着的。只要是上门来，不管是吃的还是用的，手里总要提溜着一点"礼品"。我跟他提过多次"抗议"，那也不管用。他笑着解释道："习惯了。习惯了。都是从小让我老父亲训练的。我们家历来都这样。你别在意。千万别在意。下一回一定改正。"可下一回，还老样儿。第二，爱咋呼。一上家来，说、学、逗、唱，整个一个活宝，哪哪都只听见他的嚷嚷声和笑声。所以全家人都盼他来，喜欢他来。但那天进屋后，居然蔫不出声了。我赶紧开灯，只见他脸色灰暗，神情呆滞，开车的他，身上却淋得跟个落汤鸡似的；先前老是油光锃亮的皮鞋这时也沾满了泥巴，特别可惜了那件刚买不久的黑羊绒中长大衣，这时快成了块旧毡毯，要型儿没型儿，要样儿没样儿，软不拉塌地趴在他那矮小孱弱的身体上。

"咋的了？出车祸了？"我忙问，一边扔了块干毛巾给他擦脸，一边向窗外看去。那辆旧沃尔沃好端端地停在我家楼前窗户跟前，车身上虽然同样沾满了泥浆水，但并没有半点磕碰的痕迹。只是让我纳闷的是，在那么大的雷暴雨中驰来,两边的车窗居然全都开着,好像故意要跟肆虐的老天爷较劲儿似的。可想而知,车里的状况一定也已然是"一塌糊涂"的了。

我知道那天他去找余达成了。那段时间他一直想找余达成汇报什么情况。到底要汇报什么,他不肯告诉我。但他跟我说了,他要找余达成,而且非找不可。不找不行了。那天,他得到消息,余达成陪北京的几位贵客过江去游览俄罗斯的那个小城。那些日子里,东林已经发生了某种变化。我能感觉到,他心里憋着什么,上我家来的次数也少了,来了以后笑声话语也没从前那么多了。即便有一些,也显得有些勉强,好像只是为了不让我们扫兴,强凑出来的。有时甚至从他那略有些无奈的眼神中还能觉察出一点"白头宫女强言欢"的"凄戚"。私下里我多次探问过他,到底遇到什么麻烦事了。他却只说"没事"。我说:"你这'没事',蒙别人可以,蒙我可蒙不过去。快跟我说实话。"他苦笑笑,回答道:"真没啥。我蒙你干啥嘛。就算有点啥,也……也……无非是一点自寻烦恼的事情罢了。小小不然啦。让我自己在心里沤它两天就会过去的。你就别操这份心了。"但"两天"、"两个星期"都"沤"过去了,显见他日渐地沉闷,事情好像不仅没有过去,还越发严重了。那天原讲好由我替他约见一个会计。当时他正在核查饶上都和顾立源、祝磊三个人当年有关的一笔账。这位会计正是当年经手这笔账的知情人。劳爷找他几回,请他说说当时的实际情况,他都婉言拒绝了,连见都不肯见。后来劳爷求到我,我又托了些关系,做了某些保证,这会计才答应见一下劳爷。好不容易才说通了的事,那天他为了去找余达成,居然就放弃了。由此你就可以想见,他当时想见余达成的心情有多么的迫切。能不能跟余达成认真地谈一谈,当时对于他又有多么的重要。

按说,终于见到了一直想见的人,应该非常高兴才对啊;即便不是"非常高兴",也不能"如丧考妣"啊!是没见着?还是见着了谈得不投机？但，不管是见没见着，还是投不投机，以劳爷的素质和自持力，无论如何也都不至于让自己沮丧到如此地步啊！

出了什么天大的事了？

我还真忐忑起来。

一开始我没敢去细问。我知道，问了，他也不会跟我说的。他这个人虽然有时也会显得非常"天真"和"率直"，但更多的时候还是显示出老公安特有的那种城府。他不想告诉你的事情，或者他觉得不应该告诉你的事，他绝对"守口如瓶"，绝不含糊。过了很长一段时间，我才知道，那天他根本就没见着余达成。不是余达成没时间，而是他根本就不想见劳东林。而且他感到，那天余达成像躲瘟疫似的躲着他劳东林。他一开始托余达成身边的工作人员捎话给余达成，他有急事要跟他谈一下，只需要十分钟时间，但必须谈一谈。余达成居然连这可怜兮兮的十分钟时间都不给，还让身边的工作人员带话给他，有事，等他回省城再说，别在这儿给他找麻烦。这话，东林一听就觉得别扭：回省城？省城离陶里根六七百公里，干吗舍近就远呢？再说了，啥叫"别给他找麻烦"？你当时说过，今后有什么事，可以及时来找你；还约束我，一定要去找你，不能去找其他人。这又怎么的了，到我真吃紧，需要你帮助的时候，你那儿就把这些说过的话做过的承诺全当放屁了？一开始东林还认为这些话指定不是余大头的原话，是他身边的工作人员"胡诌"出来的。再说，这时人家正陪北京来的客人活动，确实也脱不开身，于是他忍了忍，又在宾馆的大堂里等着了。他想，等余达成宴请完宾客，回房间去休息，路过这儿的时候，堵住他，当面再跟他约一下肯定能成。这样等了差不多两个小时，等余达成等一行人酒足饭饱回到宾馆，又等余达成把那几位贵客送上电梯，等到现场只剩余达成和他身边的那个工作人员，他才从大堂的一个角落里现身，急匆匆地向余达成走去。他以为这下余达成总会热情地接见他一下。没料想，余达成一见劳东林向他走过来时，居然一扭头赶紧钻进了电梯里，还故意留下那个工作人员在电梯门口挡住劳东林，对他低声说了这样一句话："老同志了嘛，请注意影响。"

这一下，真的是太伤害东林了。他当时就傻在那儿了。平时反应挺敏捷，脑子转得挺快的他，居然跟被人劈头盖脸浇了一盆滚烫的热浆子似的，整个儿都僵那儿了。但即便到这时候，他还是习惯性地往好的方面去想眼前发生的事——这就是东林啊，也是我们这一代人的心灵悲剧啊，一事当前，总是先替人往好的方面去着想。也就是俗话说的，让人卖了，还有滋有味地替人点钱哩。他还认为，余达成之所以这么冷淡他，是因他知道劳东林这"秘密调查"太机密，不宜在公开场合公然接触。按说，像东林那样破过几百上千起案子，又在预审中跟无数嫌犯打过交道的老警察，察言观色、捕捉对方瞬间内心变化、从无数假象中确认对方真实的行为目的和思想动机，绝对是他的拿手绝招。但那天他为什么偏偏就没有从余达成脸部表情、体态动作，以至眼神的恍惚中，读出他的真实用意呢？一时间怎么会显得那么的"愚痴"和"迟钝"？其实，我要给您说穿了，一点都不奇怪。当他面对一个个刑事案，一个个嫌犯时，他知道自己是在跟"坏人"、跟"敌人"在做斗争，他全身上下每一根神经都是充分被绷紧了的，每一个细胞中的能量也都是被调动起来的。但面对余达成，这可是"自己人"，是"同志"，而且是给自己交代任务的拥有"上级"身份的"同志"啊。对这样的人，在他心里，除了"信赖"，确确实实也只有"依赖"可说了。他怎么可能想得到，这样一个人，到了关键时刻居然会刻意地躲避他，不想再跟他有所接触了呢？说白了，他怎么可能想得到，这位"上级同志"，不等他完成任务，却已经要"抛弃"他了呢？

作为接受组织教育几十年的一个老同志，打死他也不能相信这是真的啊。

困惑。难受。几天后，他执意去了一回省城，又去找余达成，他一定要见到他，但还是没见着。这回的经历让他开始有点清醒了，开始觉察出，余达成"似乎"是真的在躲着他，不想见他。他惊诧，不安。但他想不出余大头为什么要躲着他。像往常一样，他先从自己身上找原因：难道是自己哪方面的工作没做好，让"组织"上怀疑自己了，信不过自己了？这使他更想见到这位余达成同志了……但这一回，他稍稍地耍了点小聪明，没直接找上门去。他知道，直接找上门，很可能会被再一次挡在门外。他托了个人去找。他在省城的家里整整等了一个星期，终于等到了回音。余达成的答复是，请转告劳东林同志，以后不要再去找他了。找了，也没用，他不管这些事。再有什么问题，请他找省纪委或其他相关部门去请示报告。如果他觉得不愿再在陶里根待下去了，完全可以离开那儿。由此给他带来的不便和损失，他表示深切的歉意……

余达成的这个答复和他的态度，几乎让东林要"崩溃"了。"什么什么？他不管这些事了？再有什么问题让我去找相关部门？如果不愿待下去了，完全可以离开陶里根？他说得倒简单！扔一条狗也没那么容易！他还向我表示深切的歉意？他这是啥意思？劳东林一下暴跳起来，"……深切的歉意……哈哈……哈哈……我为此脱警服，辞公职，可以说冒天下之大不韪，押上了整个儿的身家性命，只为了换他一个'歉意'？他把我当啥了？他还真不知道我劳东林是谁呢？！"不等那个朋友冲上来拉他，他发动着车，直奔余大头的办公大楼而去。

那天余大头正在会议室主持会议。劳东林几乎不假思索地推开上前来拦阻他的门卫和秘书，照直冲进会议室以后，他才让自己稍稍地镇静下来，强装出一丝微笑，看定了一瞬间已经完全呆愣在那儿的余大头，用十二万分的自制力，逼出那种平缓的口气，对余大头说道："余总，能耽误您几分钟时间吗？我必须跟您说几句话。事情不算太大，但也不算太小……"

余达成忙惊醒般地去关照一位副老总，让他暂替他主持会议，并匆匆对与会者说了声："你们继续发表意见，请继续发表意见……"就领着劳东林去了他办公室。

"哎呀呀你这个劳大侦探啊,真还有一股造反派脾气哩!坐坐坐……"一进办公室,余大头一边打着哈哈,一边对紧随而来的秘书使了个眼色,让他赶紧关上里外两道门,并让他在这段时间里不要让任何人来打扰他和劳东林。

"有意见了?有意见好嘛。有什么意见都可以敞开来谈。敞开来谈。"余大头往沙发上一靠,掏出一盒据说比红中华还要昂贵的"苏烟"往劳东林面前一扔,笑道,"老陈没跟你详细转告我的解释?这小子一定把我一些关键话语给贪污了。"他说的"老陈",就是替劳东林给余大头带话的那位朋友。

"……"真坐了下来,又到了人跟前,劳东林这时反倒不像刚才那么气愤和激动了。

"老陈告诉你没有?老书记病了,突然病倒了……"余大头点着一支烟,平静地说道。

"……"劳东林还是没做任何反应。他记得自己刚才往外冲的时候,老陈追上来是喊了一句的:"大头让我告诉你,有人病了。他现在也没法弄了……"当时他完全被中烧的怒火吞没了,就没注意听到底是谁病了,好像老陈当时也没说得特别清楚。但等他往清楚里解释时,劳东林已经冲出门,发动着了车,别人再说啥也听不清楚了。

"老书记突然病倒,而且是深度昏迷。一开始就失去了自主呼吸能力。至今还在靠插管和呼吸机维持生命迹象。由于是突然倒下的,生前许多事都没有交代……他不交代,任何人都没法接手……您应该知道……他不交代,别人是没法接着办的,也不能接着办的……"余大头仍然用他那特别平静的语调叙述着,仿佛在叙述一场必然要到来的小雨,一团必然会消失的云朵,一片必然要盛开的油菜花和一条必然要走到尽头的土路似的……

"那么，让我去陶里根搞秘密调查，确实是老书记的意思？"劳东林趁机追问。

"我没这么说。"余大头不动声色地回答道。

"如果跟他没有直接关系，如果不是他让你来安排我干这档子事的，为什么他昏迷了，你就不能再过问了呢？别人也就没法再接着往下办了呢？"劳东林穷追不舍地追问着。

"……"余大头只是看着劳东林，坚不做任何解释。那意思好像在说："这，你自己去推断吧。我就不便说得更详细了。"

"我下一步怎么办？"

"你自己决定……"

"可当初不是我自己决定要干这事的。"

"这我们就不要争了。你应该记得，我当时跟你说得非常明确，到底去不去陶里根做这件事，最后的大主意你自己拿。我不代表任何组织，也不带任何行政命令色彩……"

"可你还说过，去陶里根以后，遇到任何问题，都可以直接来找你，也只能来找你。"

"……"余大头又不作声了。忽然间，他显得非常为难。是的，当时他的确说过这些话。他不否认整个这档子事是他出面去找劳东林谈的。但是，他当时也是受老书记之托来办这档子事的。现在老书记突然昏迷了，而且大夫判断，老人家可能再也不会苏醒过来了。如何处理陶里根这件事，他没留下任何话。而这件事，直接牵涉着一位在职的代省长，可以说非同小可，他余达成当然不能自作主张地对劳东林发出下一步该干什么、或不该干什么的"指示"。他还不能向任何人去透露这事的"背景"，也不能向任何人再去"请示"。事情毕竟牵涉到一位卸任的老省委书记和一位现任的代省长。怎么办？这件事，轮到谁头上，谁都会采取这种"退避三舍"的做法。这是减少损失的唯一办法。

但是,现在的问题是劳东林该怎么办?

据劳爷后来跟我讲,他当时一下站了起来,扯起了嗓门,对那位余达成同志吼了这么一句:"我咋办?你说!!"

他看到余达成虽然仍一动不动地坐在他那个老总椅里,脸色却渐渐苍白起来,眼神里明显流露出一种歉疚和无奈,一只手掌托住他那颗硕大的头颅,一只手放在桌面上,却在那里下意识地微微地战栗着。紧接着,一刹那间,劳爷好像看到他的眼眶里闪了一下湿润的光泽。(后来劳爷多次跟我讲过,他当时的确看到这个余达成眼睛里泪光闪烁了一下。不管你相信还是不相信这样的人也会"泪光闪烁",劳爷说他当时的的确确看到了余达成的眼睛里闪烁出一绺泪光。)继而,余达成的脸色由苍白,转向了灰暗。他整个庞大的身躯即瘫软般地萎缩在极宽大的老总椅里,又跟铅浇铸似的那么僵硬和板滞。随后,劳爷又吼叫般地向他问了三声:"我到底咋办?你说!"余达成还是坚执般地一声不响。劳爷只得一甩门,大步走了出去。在扭头向外走的那一瞬间,他执意地打量了这位余达成一眼,看到他无奈地闭上了眼,一动不动地保持着原样,仿佛完全死过去了一样,只有平放在桌面上的那只肥胖而又白皙的手依然在那儿微微地、微微地战栗着……

16
曹月芳的第二次讲述

　　应该说,那天东林他是带着一股强烈的失落和绝望情绪,从余达成的办公室夺门而出的,还应该说这种失落和绝望的情绪当时让他的精神濒临崩溃。别以为我这是在你们面前故意夸大其词。如果你们能了解到我们这一代人对"组织"、对"同志"、对"领导"那种几乎近似"神圣"的敬重和向往,了解到东林为了去陶里根执行这回任务,内心曾经经历了一番怎么样的挣扎,就能明白那天他为什么会陷入那样一种失落和绝望之中,为什么出了余达成办公室,在那样一场雷暴雨中居然会忘了关车窗,任凭大雨那样浇淋,开着车在市内漫无目的地几乎转了整整一个多小时,把自己搞得如此狼狈⋯⋯

　　⋯⋯然后,他回到陶里根,便把自己锁在了房间里,两三天拒不见人,也不去公司上班。他报了病假。他当时的情景,确实也跟大病了一样,脸色灰暗,急剧消瘦,一开始连说话的心思和力气都没有,而且还拒绝去看病,真把我们一家人都吓坏了,也急坏了。那两天里,省轻工业公司每天一个电话催我回省城。他们办了个高级技工培训班,急等着我去开课。但东林这副模样,我怎么能一甩手就走了呢? 而且还不敢跟东林的老婆和闺女说。怕她们担心,更怕事情闹大了,越发地说不清楚。于是,我让培训班的领导把我的课往后挪了挪,又坚持着在东林身旁守了两天。那天东林的情况突然好转,一直不吃东西的他,居然还喝了半碗肉糜粥,小半个馒头。傍晚时分,还在院子里走了走。到晚上,心急上火了好几天的我,也是累得不行了,终于能松下一口气来了,便想早一点歇着。没料想刚躺下,就听到东林从他那个房间里窸窸窣窣地走了出来,好像是要找我说点儿啥,在我房门前犹犹豫豫地踯躅着。我浑身乏力,强撑着下了床,打开房门。他歉疚地对我说,好些天没刮胡子了,想借用一下我的刮胡刀具。我赶紧给他准备好热水和一应用具,但他却呆坐在那儿,并没有想刮胡子的意思。"咋的了? 哪儿又不舒服了?"我问。他苦笑笑,拍拍身边的沙发,对我说道:"陪我待一会儿……这两天把你一家人都折腾坏了。我这也真是的……"他一边自责,一边再一次地歉疚似的苦笑了笑。他这么一苦笑,倒让我难过起来。跟他交往这些年,还真没看到过他如此谦和、如此自责过。"算了算了。余大头有余大头的难处,你就想开点算了……"我趁机劝了劝。"坐一会儿吧……"他再次这么请求道。给我一个明显的感觉,在房间里独自憋了几天后,他想找人聊聊了,想发泄发泄了。我想,这也好,索性让他敞开来说一说,有助于他情绪的平复和振作,便立即顺应着他说道:"你要真不想睡,我陪你上我书房去坐会儿?"书房在院子的另一个角落里,在那儿怎么聊,都不会吵了别人的休息。他果然很痛快地跟我去了书房。果不其然,坐下没聊几句,他就开始向我诉说起当初接受任务来陶里根搞这秘密调查的背景情况来了。这些情况,他一直也没跟我细说过,我也不便向他打听,没想到今天他却主动倾诉起来。

他说,那天在兴安宾馆从余达成那儿领受了任务,他还是挺有顾虑的。当时他没有马上回家。出了兴安宾馆的大门,驾驶着支队里的那辆老"普桑",回到市中心中央广场西南角那棵老楸树下,望着被浓重的夜色笼罩下渐渐冷清起来的广场和广场对面日伪时期建的那幢结实而庞大的钢筋水泥大楼,望着从大楼一旁幽静又黝暗的街口驶进驶出的汽车,来来往往的自行车流,他问自己,都快到退休年龄了,还有这个必要去卷进这么大一档子事情里去吗? 即便是"还有这个必要",已然到了这个年龄段的自己,"还有这个可能"去跟一些人"作对"吗? 他清楚,在这档子事情里,自己将要面对的不是一般的刑事犯罪分子,否则像余大头那样的人也不会把事情做得如此的神秘和谨慎。他还清楚,这样的事情,往往是个串案——它必将涉及一串人,而且还会是一串很了不得的人。为了不失去手中的既得利益,他们必将会掀起一股很大的旋涡来反击。虽然从常理来分析,余大头背后肯定是有那位高人——老书记在给撑着,但老书记本人已经离开了权力中心;人们虽然对老人仍会保持一种高度的尊敬,但是,仅靠那点"尊敬",最终是无力平复那些重大旋涡的。这应该是一个很简单的物理学公式:在力的对抗中,总是此消彼长。这也是一个极普通的社会政治常理。而经验又告诉劳爷,像陶里根那样一个偏远的小地方,方方面面的规章制度都不那么完善,几年间如此迅速膨胀发展,这里肯定会出现一些违规的人和事。就看你想不想去查,有没有那个力量去查,什么时间去查,查到什么程度。但凡去查,可以说,一查一个准。至于问题最后会查实到哪些人头上,这就说不好了,就得查起来看了。水至清无鱼,但水太浑了,最后也得死鱼。"至清"和"太浑"间的界限到底怎么拿捏,分寸如何把握,的确无时无刻不在检验着也考验着每一个执政者心灵的洁净度和从政的良知、勇气、智慧和技巧。现在的问题是出了一个"陶里根集团"。(这里请原谅我姑妄借用这个民间的说法。)其重要"成员"之一,省会城市的副市长,开枪杀人;又传:他的开枪杀人跟另一个主要"成员"、当时的市委书记兼市长、现任的代省长、省委主要领导成员之一有关。而这位现任的代省长偏偏还是这位老书记当年一手提拔起来的。老书记为此内心不安,想搞清这里的"名堂",想派一两个可靠而有能耐的人先悄悄去趟一下这"水",探探底细,再来决定采取什么可补救的措施。作为深爱这方土地又曾主宰过这方土地命运的前任"封疆大吏",他这一番的心情和用意当然是完全可以理解的。但这事儿可不是"浅尝"一下便可"辄止"得了的。你一旦把马蜂捅出了窝,那局势就不是由你一厢意愿来控制的了! 他是老书记,不管事情发展到哪一步,是谁也动不了他的。而你劳东林是个什么东西?一个小小的大要案支队的副支队长。如果被你捅出来的真是一群"马蜂",而万一你又收拾不了它们,那么,这群"马蜂"不把你蜇死,也一定会把你蜇个半残。

干不干?

……这一夜,劳爷无法入眠。这一点,他的妻子泉英当然也是真切地感觉到了的。他几次三番地从床上坐起,又几次三番地躺下,几次三番地趿上拖鞋,悄悄地走到黑黢黢的阳台上去抽烟。泉英没问他出什么事了。多年来,她已经习惯了。或者案子一时间上不来线索,或者已有的线索突然中断,或者在破案方向上和大多数领导的看法发生重大分歧,东林都会这么折腾自己一番。但今晚明显不一样。真是"几次三番"啊,这是很少见的,而且是久久地在阳台上发呆,显得那么的缺乏自信,眉目间又隐隐地透出一种阴郁的黑气,好像大祸就要临头似的。但她又不敢去发问。她倒不是怕别的什么,只是不愿意打扰了他。再说,问了又能怎样?难道还能帮他去破案不成?经验告诉她,这时刻,啥也别问,啥也别动,保持一种安静,一种常态,由着他在必须的那种思虑和推理中去折腾自己;等天快亮了,他也折腾出一点名堂来了,到那时候,赶紧给他煮一杯浓浓的咖啡(或沏一杯上好的茉莉花茶),再准备一大桶热水,让他一边慢慢地啜着咖啡(或茶),一边透透地泡个热水澡,在"里外一起涮"的当间,彻彻底底地放松一下,比啥都强。他需要你做的,无非也就是这个。东林在妻子跟前,的确挺大男子主义的,这是他一贯的作风。

既然如此为难,为什么不干脆拒绝了这个"委派"呢?余大头说得很清楚:大主意还是你自己拿。他为什么不拒绝?这一点,圈外人可能就又有所不知了。作为一个老警官,劳爷习惯了"服从"和"执行"。在种种从上面压下来的"差使"面前,他往往难以推卸,也不会推卸。几十年来早就习惯了这样一种局面:干得了要干,干不了也得去干。另外一点,也是很重要的,作为一个优秀的老刑警,对"大案要案",他具有一种天生的和几乎可以说是无法克制的向往,这也可以说是一种"责任感"所使然。这种"责任感"体现在劳爷身上,有时便成了一种近似于盲目的"自负":这事儿,除了我,还真没人干得了。"舍我其谁?!"他一辈子都吃亏在这"自负"上,也一直想改掉这种"自负",但一直又改不了,同时却又暗暗地为自己能有这么点"自负"而得意……

　　还有一个原因那就更是深层次的了。假如他自己不说,我也是绝对分析不到那儿去的。早年他受过处分,被开除过党籍,取消过二级英模称号。虽然后来党籍恢复了,但处分留下的隐痛和震惊明显影响了他后半生的生活,甚至可以说改变了他后半生的活法。你们可能已经了解到东林的为人了。其实在受处分前,他为人的个性要比现在突出十倍一百倍。热情,豪放,慷慨,聪明,能干,好交朋友,好打抱不平,也挺任性。还有一个致命的"弱点"就是:心里有话,掖不住藏不住。用俗话说,就是这小子敢说敢当,是个真男人。当时年轻,又一帆风顺。天大的荣誉降临到自己头上,鲜花掌声,云山雾罩的,的确也让他有一点把握不住自己了。一方面没处理好和直接领导的关系,另一方面在某些生活细节上也的确有一点放纵自己,交了一些不该交的朋友,包括个别行为举止不那么得体的异性朋友。又没认真对待领导的劝诫,跌跤是肯定随之要发生的事。但后来事情居然整到"开除党籍"和"撤销英模称号"的地步,却是他,也是许多人都万万没想到的。一下子从天堂坠落地狱。他才开始懂得"夹着尾巴做人"这句话在中国当代所拥有的必要性、残酷性和启示意义。他用了很多年的时间才重新恢复自己生活的信心,他终于又成了省十大神探之一,成了总队大要案支队的副支队长,让事业和生活重新走上了轨道。但这时的"劳东林",肯定已经不是早年的那个"劳东林"了,早已成了深刻领会"夹着尾巴做人"的重要性的"劳东林"了。厅里一直没有把他这个"副支队长"扶正的迹象,也让他时时告诫自己,这"尾巴"还得继续"夹"下去,绝不能有片刻的松懈……

　　从那以后,他的确学会了听话,学会了瞻前顾后,左顾右盼。尤其是重大问题上,他绝对不会再"自作主张",他变得随和而谦逊。唯一还让人感到有点不舒服的是,结婚和离婚的次数稍稍多了一些。但这是没有办法的事情,因为一切都还是在法律允许的范围内发生的,况且有一两回还是女方首先提出要离。

这样,从四十岁,到了五十岁,又到了五十五岁……所有人,包括他自己都认为"劳东林"一定会就这样了此一生了。然后就退休,然后也会有人来返聘,或找到某个地方去继续发挥余热。却没料想最后还会"杀"出这么一个"程咬金",要他秘密潜去陶里根做调查。一开始固然忧虑重重,但却又让他兴奋难抑。多年来自己的做人价值终于被充分赏识,他感到无比欣慰。其次,事情本身具有的反常规形态,也激发了在内心被他自己强行抑制多年的那种冲动和激情。为什么不敢去再干这么一把呢?既然有"尾巴",只要它不伤害别人,为什么一定要让它夹着?自己为什么不能决定自己的活法?为什么一定要看别人的眼色活着?

对,痛痛快快地按自己的意愿干它一把!

过了这个村,就可能不会再有这个店了。

干!!

这就是劳爷。

通过一晚上的反复思考清点,他劝自己:别犹豫了,先上陶里根瞧瞧去吧。不行了,咱及时鸣锣收兵不就得了?船到桥头自会直。活人还能给尿憋死了不成?真是的!他一边这么安慰着自己,给自己找着退路,一边心里却特明白,只要自己跨出这一步去,退路就已然自动断绝了。这就像射出去的箭一样,只有两种前途:要么射中目标,死死地如愿以偿地扎中标的物,要么与标的物擦肩而过,然后在空中摇摇晃晃地耗尽最后一点力气,挣扎到最后一刻而栽倒在地,而光荣奉献。除此以外,是再不会有第三种结局,是绝不会有回头的机会和可能的……

一条悲壮人生路,既是他向往的,又是他害怕的;既是他害怕的,又是他渴求的……

这就是劳爷……

从他说的这些情况,你们就可以看出,他下决心到陶里根去搞这秘密调查,是经过了一番重大思想斗争的,是做了种种思想准备的,是设想过最坏的后果的,但就是没想到,老书记会突然病倒,会从此昏迷不醒,没想到老书记在昏迷前会没对这件事留下任何"遗言",更没想到,余达成居然因此会这么快地就从这件事情中把他自己给择开了,并如此迅速地把劳东林给"撇弃"了……毫不迟疑地以"斩立决"之势撇弃了他劳东林……

"寒心啊……月芳,真让人寒心啊……这余大头年轻轻的,好歹已经是我们党的一个高级干部了。他咋能这样呢?啊?他咋能这样?"那天晚上,东林反复地这么追问我。

"唉……这有啥想不通的……咱们做个换位思考,把你换到余大头的位置上,一旦发生这样的事,你会咋干?你会争着去把一切事情都揽到你自己身上?事情牵扯到一个在位的代省长,你揽得了吗?谁敢揽哦?!"我说道。

"依你说,余大头这么干是对的?他只能这么干?他必须这么干?他应该这么干?"

"那倒也不是……"

"那应该咋样?"

"也许这里头本来就没什么应该不应该那一说。"

"对他来说,没什么应该不应该这一说。那么对我呢?就该由我来承受这一切?"

"嗨……"

"他可以这样来对我,我是不是也可以这样去对别人?"

"东林东林东林,你咋跟个三年级小学生似的?你跟人争啥嘛?"

"……"他不说话了，低下头去，又呆坐着了。

第二天，他就去上班了，我也赶紧回省城了。据家里人告诉我，后来他便不常去我家住了。等我去陶里根再见到他，发现他各方面的状况都发生了很大变化，变得少言寡语。有时突然会像打量一个陌生人似的冷冷地看我一眼，看得你浑身不自在。后来我发觉，他这么打量人，似乎是一种下意识行为。因为，转瞬间，这种冷漠和怀疑便会被常见的随和和淡定所置换，一切又似乎显得跟往常差不多了。只是在这"差不多"中间，你又时常会感觉出一点反常，这种反常就是，他越来越频繁地用这种打量陌生人的眼光在打量你这个老朋友，这的确让你会感到不安。然后我又听说，他的夜生活越来越"丰富"，也听到有人说他在参加或组织那些晚上的种种活动时，越来越"放纵"自己……关于这方面的情况，我想你们一定也听说过一些了……

（说到这里，曹楠敲了敲门，要进来给父亲打针。曹月芳患糖尿病多年，现在每天要靠注射胰岛素维持。打完针，曹楠提醒她父亲，要不要歇一会儿再接着谈？您一气谈这么多，累了；人家一动不动地听你谈这么长时间也受不了哇。曹月芳对他女儿挥挥手道，行了行了，人家工作组同志时间挺宝贵的。要歇，等他们走了再歇吧。你要真发善心，做一点小吃的来给我们填补填补。然后，他又接着说了下去。）

据我知道，东林头一回来陶里根初步摸情况，是摸到了一些情况的，这些情况也促使他下决心在陶里根"彻底干一场"，也就是说，当时他是下了决心要把这位"顾代省长"和所谓的"陶里根集团"的事情整一个"水落石出"的。否则，他也不会去辞职，不会去脱警服。要让一个老警察，在他干到快退休的时候，脱警服辞职，谈何容易？！他是真的把这档子事当个大事来做的。他这人就是这样，要么不干，干就干好，干到底。有那么一股拼命三郎的味道。

当时有两件事是大伙特别关注的：一件就是顾代省长和远东盛唐公

司老总饶上都的关系,另一件就是这位顾代省长和那位祝副市长的关系。饶上都十多年前"盲流"到陶里根。他自称是"北京人",父亲是京城的一个干部。多大的干部? 他故意说得挺含糊挺神秘。一会儿说他父亲是干这个的,一会儿又说是干那个的,最后又说是从前那个华北局什么部的副部长。但最后查明,这一切都是他随口瞎编的。但当时就是有人信。这一方面跟陶里根这小地方的人见识浅好骗有关,另一方面也跟他长得高高大大、白白净净,说一口地道的"京腔",谈吐不俗,且又出手大方有关;特别是当有人托他到北京办某些事的时候,您还别说,真有那么几回,他还给办成了。但后来还是露了馅,北京方面来人,就一起金融诈骗事件追查他的责任,把他带走了。作为那起金融诈骗的参与者之一,他是被判了一年零三个月的刑。后来,刑满释放,他回到陶里根,混了几天,过江去俄罗斯那边谋发展去了。这小子脑子够用,看到国内开始兴起豢养宠物之风,没要了多长时间,便打通乌克兰、莫斯科到沃申斯克的"通道",从那儿向国内贩"欧洲名犬",大赚了一笔。然后又雇用了一帮"打手","清理"并独霸了当地的名犬市场。当时有不少国人也在对岸做贩狗的生意,由于他的欺行霸市,挨了打,纷纷写信回来,向国内的有关方面告状。由于牵涉中俄两国关系,北京方面比较重视,直接批示,希望省地县三级高度重视这事,联合俄方,打击"华裔中的黑社会势力",为在对岸依法经商的同胞争取合法权益。在省地两级公安机关的指导下,县委县政府立即调集公安、检察、工商等方面的人员,组成联合工作组赶赴对岸工作。当时的顾立源还在陶里根县的县政府办公室当副科长。他被派到这个"联合打黑工作组"当副组长。也就是在那次打黑行动中,他认识了这位饶上都先生。一位是打黑的主力,一位是被打的主要对象,后来怎么成了"好朋友"? 这一直是陶里根的"千古之谜"。事实是,饶上都后来在顾立源改变陶里根面貌的几件大事中,都发挥了不可或缺的重要作用。比如说,顾立源协助领导争取到"边贸权"后的第一次行动:用水果换对方的化肥,运输用的那条铁驳船，就是饶上都掏钱为顾租来的。后来，顾立源开发陶里根市市中心大商城时，人人都说这个想法好，可是没有人敢掏钱来实施这个想法，又是饶上都"两肋插刀"，拿出自己全部资产做抵押，向银行贷款进行风险开发，实践了顾立源"把陶里根变成高纬度地区的边境名城"的第二步战略构想。当然，顾为饶同样创造了让人惊羡的"致富源泉"。陶里根人人皆知的一件事就是，饶上都曾在顾和祝的帮助下，以低于市价好多倍的价格，拿到了江边码头附近黄金地段好几百亩地皮。而后，在随之到来的陶里根开发热潮中，江边的这些地皮价又上涨了数倍和数十倍。饶老板靠抛售这些地皮赚的钱，又在市内几个热点地段开发了好几个旺销楼盘，还从市政府那里拿到了开发经济适用房的特许证，以最优惠的地价、最优惠的税收待遇、减免许多附加费用，却又获得最好的市场销售率。那个经济适用房小区开盘的头一天，几乎有上千居民和外来商户通宵达旦地排队领取购房的号牌。这一天，书写了陶里根地区房产开发销售史上空前辉煌的一页……饶上都随之成了陶里根地区头号大富商和大名人，随即也成了陶里根市的政协委员。而饶上都当时购地所用资金，据说也都是在顾和祝的帮助下，从银行贷得的。拿陶里根老百姓的话来说，还是"共产党"替他"埋了单"，用的还是"我们老百姓的血汗钱"。在陶里根人眼里，起家后的顾和饶、顾和祝、饶和祝之间存在着一种说不清道不明的"一荣俱荣、一损俱损"的利害关系。人们自然要发问，银行的钱为什么都给饶老板使了，没给我使呢？为什么我去贷就贷不到那么些呢？难道就因为饶老板的胆儿比我大？不会仅仅如此吧……于是很难免的种种传说、种种猜测、种种故事段子、种种怨气……如初夏的杨絮一般，纷纷扬扬地出现在陶里根的街头巷尾，拂之不去，弃之又来。

　　议论归议论，陶里根的山河原野却依然是美丽的，并且越来越美丽，越来越具有吸引力，江水澄净，天空碧蓝，林木高耸，地平线总是那么清晰从容地展现在那可望而不可即的地方……

至于说到顾立源和祝磊的关系，应该说是挺正常的一档子事。祝磊的许多情况跟顾立源相似：平民出身，大学毕业，"不幸"没能留到大城市圆人生美梦，只得回故乡小县城谋生，而且一开始都在县实验中学当教员……他俩走到一块儿去，似乎是必然要发生的一件事。所不同的是，顾立源为人大气，炽热，强硬。祝磊则内敛，多虑，周细。顾立源执意要从政，走仕途，在实验中学没当几天教员，就托了些人，进了县政府机关当了个办事员，而祝磊则热衷于搞教育，如果不是后来发生了那一系列的变故，他也许会成为一个相当出色的教育专家。人们说，在陶里根时期，祝磊是顾立源的"军师"和"总管"，帮着出主意，操办落实具体事项。当时两人在一起还是很干了几件让人们称道的大事。上面提到过的"用水果换化肥"，开发陶里根市市中心商城……包括大胆起用像饶上都那样有活力有魄力有经商头脑，但又犯有一点前科的干才，都是两人反复"密商"后制订的"方略"。顾立源命运的一大转折是被任命为陶里根市的市委书记兼市长。这使他获取了一个充分施展他才干的平台和必要的权力。当时他希望祝磊能留在陶里根做他的副手，一起实现人生的一次"冲刺"。但祝磊还是说服了顾立源，让他到省财经学院当了一名讲师，称心如愿地做了一年多的学问，发表了几篇有关中俄边贸史方面的考据论文，又提起来当了副教授；过了一段时间，顾立源破格调省里任副省长，主管工交财贸口，急需有人"辅佐"，便不顾祝磊如何的"反对"，把他调到经贸委办公室当了副主任，从那以后，祝磊才完全脱离了教育圈，正式走上了仕途，一直到被任命为省城的副市长。应该说，祝磊的飞速提升，跟顾立源是有很大关系的。因此，在省城，谁都知道，祝磊是顾的人。但这样的一个"祝副市长"怎么会闹到"开枪杀人"的地步？而他的开枪杀人又怎么可能跟顾立源有关系？这我就说不太清楚了。劳爷来陶里根以后，在这方面下了很大的功夫，应该说是掌握了一些情况的。我也旁敲侧击地向他打探过，但他总是找些似是而非的话应付我，一直也没跟我说实情。

（邵长水插话："对不起，我得打断您一下。我忽然想起一个问题，怕一会儿忘了，得赶紧问一下。您上一回谈到，劳爷急着去找余达成，没招待见，受了极大的刺激。但其中有一个关键问题，您好像没怎么说清楚，就是当时劳爷到底是为了什么才那么急着去找余达成的？他当时遇到什么大问题了吗？"）

上一回我没把这问题说清楚？那我真是老糊涂了。其实我也是事后才从劳爷嘴里得知这方面的详情的。一开始，劳爷啥都不跟我说。他这人真是搞刑侦出身的，嘴特紧。一直到他从余达成那儿受了刺激，"大病"一场，才慢慢跟我说了当时的一点情况。他说他去找余达成，就是因为心里特别矛盾。一方面，随着在陶里根的调查越来越深入，得到的情况也越来越多，许多原先不了解的，现在开始有点了解了；原先只是道听途说的，现在有根有据了；原先隐隐约约模模糊糊的，现在逐渐地清晰了。但是，心情却越来越不能平静，越来越矛盾。许多问题不是迎刃而解了，反而让他感到更加困惑了。

（邵长水插话："比如哪些问题？"）

比如，到底应该怎么看待顾代省长这个人？怎么去看待饶上都这样的"民营企业家"和民营企业家群体的崛起？怎么看待自己在陶里根所干的这个"任务"？这样调查的必要性和合法性到底有多大？等等吧，也就是说，他开始打根儿上起怀疑自己来陶里根的合理性了，开始怀疑自己当初脱警服辞职，付出那么大的代价，到底值不值……

（邵长水一惊，忙插话："为什么？"）

……再往深里，他又不愿说了。他说，更多的，你就甭问了，别自找那些不痛快了。再说，我也真说不太清楚。我要能把这些都说清楚了，我当时干吗哭着喊着非得去找余大头？

（邵长水赶紧问："你估计，这方面的事情，他还有可能跟谁说？"）

跟谁说？有可能跟谁也不说……要说的话……我想，有可能跟这么

249

两个人说，一个嘛，当然是那个寿泰求……

（邵长水又问："他跟那个寿泰求的关系有那么密切？还超过了你俩？"）

那当然。我跟他更多的是生活上的朋友，老交情而已。他刚到陶里根那会儿，人生地不熟，我给他提供住，提供吃，提供可依托的人际关系，提供解决问题的线索……但他跟寿泰求之间的关系，更多的是这方面的（他一边说，一边指指脑袋）。

（邵长水插话："他怎么会跟寿泰求拉扯上的？他俩无论从哪个方面来说，都不在一个圈子里，也不在同一个层面上啊。按说，就算是打着灯笼，拿着放大镜，这两人也不一定能照上面。"）

谁说不是呢？但这方面的情况，你真得去找寿泰求打听了。就看寿泰求愿意不愿意跟你们说真话了。人家现在是上百亿资产的大集团公司的老总，会不会轻易卷到这样的事情中来，很难说。您看那位余达成，不就是这样吗？他们太明白了，在政治上，只要不是跟自己有切身利害关系，又不是上头直接下了令的，绝对奉行"多一事不如少一事"的准则。您还真不能为此去责备谁。这就是现行的游戏规则。不成文，却成气候的游戏规则。

（邵长水问："那另一位是谁？"）

嗯……这另一位嘛……你们还是先去找找寿泰求吧。这姓寿的实在不肯说了，我再帮你们去找那"另一位"。

（邵长水笑道："咋了？还跟我们玩留一手？"）

不是留一手，绝对不是留一手，你们千万别误会。只不过是有一点小小的不方便。完全是出于个人方面的原因，私人方面的原因。能不去找那一位，咱们还是不去找。实在不行了，再说下一步。

这里我要补充一个情况就是，东林所知道的祝磊开枪杀人的情况，最早还是我给他提供的。

（邵长水问："您又是从哪儿搞到这方面的情况的？"）

这，说起来话就长了，以后一步步再向你们"交代"。我为什么一定要先把祝磊"开枪杀人"的事儿先说一下？因为这对你们了解东林当时的内心变化可能会有比较大的帮助。当时东林听说了这情况后，受到极大的震惊，可能也加深了他内心的矛盾和痛苦。

其实从祝磊出事以后，社会上一直在流传这样的说法：祝磊开枪杀人是出于"无奈"，是因为受到某种严重的"陷害"，堕入一种无法解脱的绝望境况下，"一时冲动"，做出的"过激行动"，完全是属于"兔子急了也会咬人"的典型范例。实际情况大概也是如此：陶里根一家上市公司为了在融资和工程项目竞标等方面取得省里一些领导的支持，想托关系，私下里给一些领导送几十万份职工股，通通关节。这个关系托到了祝磊手里。他们之所以找祝磊，不外乎这几个方面的理由：第一，因为他是"陶里根人"；第二，他跟顾立源的关系"特别铁"，而那时顾立源已经进入了省委常委，而且也传出将由他来接替原先的省长来主持省政府的工作；第三，他耳朵根比较软，也就是说他比较好说话，能说得动他。这也是我们陶里根这地方的人的一大特点。说它是优点也可，说它是缺点也可。陶里根人重情义。你只要好好地去求他，拿情感去打动他，他们往往会塌下心来替你去办原本不该去办的那些事。祝磊原先确实不想掺和这一类的"糗事"，他知道这种事一旦被揭发，后果会是什么。但正如别人对他的分析那样，他的耳朵根比较软，经不住来自家乡的人的一再"软磨硬泡"，他妥协了。案发后，他万分后悔地总结道，千不该万不该，最不该的还是我自己的那点私心。陶里根那家上市公司老总除了"动之以情"，还使了另一招：带着市政府秘书处的一位秘书一起来找祝磊。这位年轻的秘书也是陶里根人，而且是祝磊把他从陶里根介绍到省城来的，谨慎，机敏，很快就熟悉适应了机关工作和上层政治生活中的许多门道。他反复劝祝磊，帮这家上市公司一把。他说了不少理由，但大部分都被祝磊否了，其中有两条却把祝磊说动了。

一条是，别人求您带他们引见一下省领导，顺便捎一点好处去。您不去，假如这些领导的原则性和党性真的像他们平时在公开场合表现出来的那么强，那倒没什么。万一不是，消息又传到他们耳朵里，对您就很不利了。他们会暗自怪罪您堵了他们的财路，觉得您对他们不贴心，不会办事，不替他们着想，不是他们的人。当前，省委正在考察市里你们这几位副市长，确定下一任市长的继任人选。在这关键时刻，您要得罪了某位省领导，他不仅不替您在常委会上说话，相反再说您几句坏话，在竞争如此激烈的情况下，您觉得自己有可能被确定为市长人选吗？以您的年龄来计算，在这两三年里如果不能被提到副省级的市长位置上，那么您的仕途也就到此为止了，这可是关键的一步啊。这一步跨得上去，前程无量。这一步要跨不上去，不用我说，您也明白，这副市长就是您人生最后一站了。您甘心就此停下自己前进的脚步吗？再说了，这股票又不是您自己吞了，您只是起一个引见的作用，引见到领导跟前，领导还不一定会拿这股票。这样，您方方面面的人情关系都照顾了，也没做什么特别出格的事。何乐而不为呢？祝磊沉默了。他当时真还挺感谢这位小张秘书的，觉得，只有"老乡"才会这么"知心"。他沉默，是因为他很清楚，顾立源这些年变化不小，虽然干事还是那么的风风火火，还是那么的富有进取心和开拓精神，但有一点变化是让祝磊"噤若寒蝉"，又感到"触目惊心"的，那就是他绝不容忍身边的人不跟他一条心。用他的话来说就是："你们要不愿跟我合穿一条裤子，我干吗要把你们搁在我身边？"还有一个变化就是有一点"忘乎所以"。那还是在陶里根时期，在市委书记兼市长任上，有一回祝磊从省城回陶里根找顾立源办事。当时祝磊已经担任财经学院副院长了，为建立学生毕业实习基地的事，来找顾市长、顾书记帮忙，一走进顾立源办公室，就听到他正跟某公司一位女老总在吼叫。那个女老总大概是来纠缠顾立源，想承包市政上一项灯箱广告工程，把顾立源缠烦了。顾立源冷笑着训斥道："你说我凭什么要把这块肥肉送到你嘴里？你说你是跟我上过床，还是给过我别的啥好处?"那女老板忙迎合道:"顾老板,只要您有这话,这事就好办了。上床,我想就算了,我这黄脸婆别上赶着让人恶心了。别的好处,有您今天这话,我立马去办……您就甭管了。""行啦。"顾立源又大声吼叫起来,"上一回把爱国路到卫国路那一段街面绿化美化工程包给了你。你他妈的净捞了多少? 工程还没结束,你就把你闺女送英国去了,还听说花了好几十万英镑在那儿给你那位十九岁的宝贝闺女和她的未婚夫买了幢房子。市里搞希望工程捐款,你他妈的捐了多少? 我特地去查了一下,捐了一千五百元。哈哈! 一千五百大元。你寒碜谁呢? 打发哪个叫花子呢?""那不是刚把闺女送出去,手头有点紧不是? 这回我一准把你们市委几个主要领导的孩子的出国经费都承包了……""你给我歇着去吧!"大概是看到祝磊来了,那女老板就赶紧住嘴,不再说下去了。可顾立源却不管不顾地仍然当着祝磊的面把她训了个一溜够。等那个女老板灰溜溜地走了,祝磊笑着跟顾立源说:"你老兄咋跟人家女同志说话来着,一口一个他妈的,还说啥上床不上床的话?"顾立源却满不在乎地说道:"她也能算'女同志'?"祝磊忙说:"嗨,嗨,那又怎么的了? 按十五大精神,这些民企老板不都是我们的同志? 你看咱们那位饶大哥……"顾立源又吼了起来:"你怎么拿她跟饶大哥比? 饶大哥咋做人? 上一回我让电视台和日报同时发了个号召,让全市人民施援手救助贫困山区学生,他带了个很好的头,一出手就掏了五十万。市政府大楼翻修,他又蔫不唧地掏了一二百万,你现在看到的大楼里的所有的灯具,都是他掏钱买的,还不让媒体宣传。啥叫'同志'? 啥叫'自己人'? 这才是哩。咋比嘛?! 告诉你祝磊,你别跟我来这一套,我不管他十几大还是多少大,不管他是哪种精神,只要是只进不出、只吞不吐的王八蛋,我肯定让他一边捎着去。""那你也不能跟一个女人说啥上床不上床的话。她要故意掇弄你,把这话传出去,你说你一个市委书记……""我怎么了? 让她上大街上嚷嚷去,说顾书记要跟她上床。你说咱陶里根有几个人能信她这鬼话? 跟她上床? 哈哈……你瞧她刁蛮猴子样儿,脱光了送到我跟前,我都不想瞧她一眼,还上床呢?哈哈……"祝磊说:"那你也得注意一点说话的方式方法……"他立即显得非常不耐烦地打断了他的话,很不高兴地说道:"行啦行啦,祝副院长,有啥事要求我,快说。我下边还有个挺重要的外事活动在等着哩。"

顾立源以前确实不这样。虽然干事风风火火,但在他血管里多多少少地总还是流淌着一些他那位小科员出身、一辈子谨小慎微的父亲的血,内心的卑微和顾虑,还是在私底下支撑着他所有那些大大咧咧的行动。但现在,早就应该消失的那种卑微固然消失了,但必要的谨慎和分寸感似乎也跟着一起不见了,几乎成了一个完全得罪不得,也冒犯不起的人了……

考虑到这些情况,祝磊最后决定替那个上市公司引见顾立源。为保险起见,他先断然拒绝了这家公司原本要给他的那二十万份职工股。同时,他认为为他们引见顾立源,比引见别的领导更保险。因为他觉得依自己对顾的了解,他是不会收受这些职工股的。因此,即便带他们去见了顾,今后也不会出什么事。又为了今后能有个人来证明自己没有拿这些股票,他让张秘书陪着,一起参与了全过程。一切似乎都盘算得非常周密,却万万没有想到,接下来的事情偏偏就坏在了这个张秘书身上。顾立源果然如祝磊预料的那样,一分都没收受那些股票。但中纪委还是很快就收到了这样的揭发信,说这里有人给省领导送职工股行贿。那段时间,中纪委已经发现了几起类似的事件。少数转制中的国有大企业,为了争取上级领导的支持,以增强自己克服困难的能力,纷纷拿"职工股"做行贿手段。为了遏制这股歪风,中纪委立即派人到省里来查实此事。查下来,顾立源铁证如山,一分没有收受,其他领导也基本没有收受。但这家公司的职工股账面上确实少了七十万股。哪儿去了?居然有人揭发,这七十万份职工股全落进副市长祝磊的腰包里了,而且有人证明这一点,证明人就是参与全过程的那位小张秘书。先是市委和市纪委的主要领导和风细雨地找祝磊谈话,希望他能主动说清问题。祝磊一开始根本就没把这当一回事。他很坦然嘛。压根就是子虚乌有的嘛。在市委领导再次找他谈话后,他开始有点紧张了,但仍然认为这是能够说得清楚的。他立即给张秘书打电话,希望他出面向有关领导把事情给澄清了。但连续打了好几次,这个张秘书莫名其妙地找不见了。这时祝磊才真正有点紧张了。市委和市纪委领导第三次找他谈话时,态度已经很严肃了,话甚至说到了这个份上:"事情如果拖到非要让中纪委的同志出面来解决的话,恐怕就不大好办了,还是争取主动吧。"后来他听说,不仅是那个张秘书,就连那家公司也一口咬定,这七十万职工股是他祝磊拿走了。这时,他不仅紧张,而且开始有点慌了神。就在听说中纪委的同志要找他谈话的前一天晚上,他终于设法找到了那个张秘书,并把他带到市政府设在市郊的一个宾馆里。先是在房间里谈,后来又把他带到宾馆后院小树林中间的一个空地上谈,几乎谈到声泪俱下的地步。七十万份职工股啊,按市值计算,相当于五六百万元人民币。这笔"黑心账"如果真的全部坐实到他祝磊头上,三开(开除党籍、开除公职、开除干部队伍)一移交(移交司法部门处理)的结局肯定是逃脱不了的。这样,自己一生都完了,甚至都还有可能免不了一死。"我到底怎么你了?小张,你说,你说呀,是我把你带到省城来的……我到底怎么你了?"精神近似崩溃了的祝磊突然掏出一支不知从何处得来的手枪,悲愤万分地追问着。"我没有……没有……"这位张秘书也突然慌张起来,他一边辩解,一边往后退缩,他那清秀的白皙的充满学生气的脸(正是这张看似充满学生气的脸,一直让祝磊误读了他的"真诚"和"勤谨")这时表现出的全部的恐惧、哀恳和狡辩,只能激起祝磊更强烈的绝望和愤怒。这时,天色越发暗淡,小张突然瞅个空子,一转身就向林子稠密处逃去。祝磊一着急,慌忙中下意识地举起枪。那位张秘书见他举枪,本能地上前去夺枪。就在这一瞬间,枪声响了……

枪里一共七颗子弹,祝磊一气打出了六颗。那一刻,他太恨眼前的这个年轻人了,完全控制不住突然涌出的一腔怒火。但他还是本能地给自己留下了最后一颗子弹。本来,顺理成章地,他是要用这最后一颗子弹来结束自己的生命的。但在面对小张的尸体默默地战栗着呆站了几秒钟后，他又决定不自杀了。自己已经干了件大蠢事。如果在杀了小张后，再自杀，这件事就彻底以"祝磊索贿受贿，枪杀重要证人，又畏罪自杀"告终，这才叫蠢上加蠢。他不能这么做。既然已经错走了无法挽回的一步，现在，不管上苍还会给他多少在世时间，只要有一线可能，他也要搞清事情"真相"，并向世人说明这个"真相"。开枪致人死命，已然犯下了不可饶恕的死罪，但必须让世人知道，他，祝磊，没有贪污，没有受贿，在开枪打死这个卑鄙无耻的年轻人前，他祝磊还是一个干净的称职的副市长，只可惜一时间的私心杂念，让他堕入了一个万劫不复的陷阱，而经验和直觉又都告诉他，小张之所以如此卑鄙地戮力诬陷他，甚至不惜置他于死地，个中一定有原因，有背景。这里有这个年轻人本人秉性上的问题，一定也会有更复杂、更重大的因素搅和在里头。他要以自己耻辱地再活一段时间，促使（或"提醒"、或"恳请"）人们来帮他搞清"真相"……

听我给他讲完这个"故事"后，东林他张大了嘴，睁大了眼睛，很长时间就那么一动不动地呆坐着，傻愣愣地看着我，眼神里流露着某种怀疑的神色，在这种怀疑的背后甚至还流露了一些恐惧，好像这"故事"完全是我捏造出来的，在我们的现实生活中根本不可能、也从来没有发生过……

后来他对我说过这样的话："我这一辈子可以说看到过人世间最残暴最肮脏最无耻最贪婪最没头脑最愚笨的人。跟这些人打交道的结果，我自以为我自己的神经早都麻木了，不可能再被搅起啥波澜了。但听了你讲的这些事，我的心总是在一阵阵发酸发涩，我总在告诉自己这些事不可能发生在我们这儿，不是真的，祝磊调到省城来当副市长后，也曾到公安厅来给我们讲过课，圆圆脸，细细的眉毛，一副文静从容的模样儿，讲起话来慢条斯理，特别有逻辑性，有穿透力。这样的人怎么也会出那样的事呢？怎么会呢？"

但是，即便在得到这样一些情况后，当时他仍然没有下定最后的决心,抛弃一切顾虑,"破釜沉舟",去申请提早辞职,接手来搞那个"秘密调查"。最后促使他下这样决心的,是一次拜访:他去那位老书记家看望老人家去了。在初步了解到顾立源祝磊和饶上都的那些情况后,他越发感到事关重大,有必要当面去见见那位老书记。

老书记住在老城区的人民路上,一个从外表看绝无惊人之处的大院子。事后听东林讲,他还是托了一些关系,才跟老书记的秘书接上头,打上招呼。事先不打招呼,你是绝对没法进入这个院子的。院子正经由武警战士值勤守护。院子果然很大,但又挺简朴。三幢都呈方形的独幢别墅,分别住着三位不同时期退下来的省委书记。劳爷早就知道人民路上的这个院子,但他从来也没进去过。所以那天,在那位看上去已不太年轻的秘书带领下,走进院子,走进老书记的那幢独幢小楼时,他还真有一点点紧张和兴奋。客厅向南的那面墙整个都是用大玻璃建成的。厅里真是阳光明媚,但又多少有一点杂乱。这跟劳爷去过的许多老同志的家都有相似之处。陈设在客厅里的许多棵高大的桶栽观赏植物、大型木雕、石雕……单独看,都是好东西,甚至还挺昂贵。但放在一起就显得有点格调不统一,有点杂拌儿凑的味道。原因很简单,它们绝大部分都是别人来探视时送的。对于这些玩意儿,老人也说不上是喜欢,还是不喜欢。无所谓啦。送来了,就放着呗。但有两条,是死规矩。一、你别带钱来。掏钱者,滚。二、求老人办事,可以;但你别带东西,带东西者,滚。这"滚"字,可不是我给愣加上的,那真是老人的原话。老人家不高兴时,真拍桌子,真直着嗓门让人"滚"。这样的事都不止发生一两回了。您说,他都到这份儿上了,还怕谁啊?还有啥可遮遮掩掩的?

那天老人身体有点不舒服,下半身盖着一条薄毛毯,躺在一把宽大的木制摇椅里,在明晃晃的客厅里,闭目养神。劳爷给老人带了点补品。进客厅前,就悄悄地把那几盒东西交给了那个中年保姆,让她赶紧收起来。这也是人们"对付"老书记的一招。您不是讨厌人家提溜着东西来找您办事吗？得，咱提前把东西给了您家人，再"空"着手来见您还不成？现在哪有求人办事不送东西的？不提溜着一点东西，他（她）自己都觉得过意不去，比如在医院里，现在都折腾成这样了：大夫如果不收红包，病人都不敢上手术台去挨这一刀。不是人们生性下贱，更不是他们家钱真多得花不了了，喜欢给你送，实在是风气改变了人心和习俗，事情已经发展到这一步了嘛！

据东林后来对我说，一开始，他还真担心老书记不屑于见他（或者是没时间见他），但事先把来意跟老书记的秘书说明了，秘书却答应得很痛快："行。您不就是咱省那个著名的十大神探之一吗？来吧。我给老书记说一下，安排个时间。老书记特别关心陶里根的情况，也挺爱跟你们公安系统的同志闲聊的。只要有人从陶里根来，他都愿意当面跟他们聊一聊。"但那天，实际上跟老书记啥也没聊上。一是，那天赶巧又去了两拨人，等那两拨人走了，老书记已经有点累了，东林自己也觉得不能再跟老人家深谈了，就拐着弯地提了一下余达成，提了一下去陶里根做些"调查研究"。但对此，老书记却没表示任何态度，只是问了问陶里根街上有一家"曹不泉酒厂"的近况，又聊了一会儿陶里根特产的"壳里红"酸果，秘书就暗示东林该起身走了。

咋回子事？老书记为什么在听到余达成和"去陶里根做调查研究"时，没半点反应？

难道说，余大头在"骗人"？

劳爷倒吸一口冷气，刚想给余大头打电话质问此事，就接到了余大头主动打过来的电话。

"你现在在哪儿？"余大头问。

"我还能在哪儿？"劳爷没好气儿地答道。

"老前辈，好好说话，别跟咬着自己舌头似的！如果你现在还在老书记跟前，那就等你离开那儿以后咱们再说……"余大头盼咐道。

"你怎么知道我刚见了老书记？"劳爷问。

"听我说。你先出门，先离开老书记那儿。老书记最近身体很不好，别吵着他了。"余大头再一次重复道。

"我已经离开那儿了，在大门外站着哩。"劳爷说道。

"那行，你开着车吗？开着？好。那你马上到兴安来，我还在那个小院里等你。"说着，几乎不容劳爷做任何反应，余达成那头就已经把手机挂了。

不多大一会儿工夫，劳爷果然赶到兴安宾馆。

"劳神探，您可真是名不虚传呐，无孔不入。您是怎么敲开老书记家的门的？"一见面，余大头就跟劳爷开了个小小的玩笑，以缓和一下气氛，但劳爷却没有一点心情跟他打哈哈。他当然不知道，那天他到老书记家刚"聊"上，老书记的秘书就悄悄把他来找老书记的"动向"通报给了余达成。余达成事先还真没料到劳东林竟然会直接去找老书记。

"谈实质问题。到底是咋回子事？老书记根本不知道让我去陶里根搞调查……"劳爷却黑起脸，摆出一副警察审案时常拿的"公案"架势，冷冷地瞟瞥着余达成说道。

"我跟你说过这档子事是从老书记那儿分派下来的吗？你再回想一下，我说过这样的话没有？"余达成这小子声色不动，淡然反问。

"那……"劳爷略略一愣。是啊，余大头从来也没说过，这事到底跟老书记有啥内在关系。

"那个啥？"余达成依然平和地反问着。

"但是……但是……"劳爷"但是"不下去了。

"你想让他跟你说啥呢？说他事先就知道这档子事？是他老人家预谋策划了这档子事？然后向你承认，是他派我去找你的？说他一个退休多年的老同志的确想派人去秘密调查一个在职的正省部级干部？是吗？你想从他嘴里得到这些明确的肯定的答复，是吗？"余大头一句不饶一句地逼问着。

"可是……"劳爷这时已经明显感到自己有些"理亏""气短"了。

"您还想'可是'个啥？啊？"余大头的神情渐渐严肃起来，"您想让我说您啥呢，老前辈，说您干了这么几十年，政治上怎么还那么幼稚？啊？"

"……"劳爷张口结舌了。是啊，这件事即便真是老书记指使的，他老人家也不会当着其他人的面来公开承认这一点啊。这里不是简单一个愿意不愿意承担责任的问题。这里还牵涉到一连串更重大的组织原则和策略部署问题。自己怎么可以直接"杀"上门去，向老书记本人去"刨根问底"呢？

幼稚啊，的确幼稚。

"我的话是不是说得有些重了？"看到劳爷耷拉着个脑袋，好大一会儿都不吭声，只是在那儿怔怔地干坐着，余达成缓下口气，又在说些软话，往回找补了。

"没事……没事……"劳爷尴尬地笑笑道。这倒也是他的真心话。他这人就这点好，真要觉得自己错了，认错也快，一点就透，还不记仇。

"真没事？"

"嗨，能有啥事哟？！"

"那行。没别的事了吧？"

"没了……"

"那就这样吧。希望今后再不会出现这样的低级错误了。那边还有几位同志在等着我，我就不留您了。"余大头说着，站起来送客了。

那天走出兴安宾馆，劳爷内心中涌动的岂止是羞愧和难堪。如果换一个人，经历了这样一场自我露怯后，又遭余达成如此这般地训斥后，也许就会知难而退，鸣金收兵了。但此人不是别人，而是劳爷。这时刻就显露出这位"劳爷"本真中那一点"与众不同"之处了，显露出劳东林之所以是"劳爷"的根本点了：我多次说过，他实质上是一个"很不安分"的人，一个终其一生一直在想超越自己的人，一个从来也不甘心为自己"画句号"的人，一个一直也觉得自己从没有得到过公平公正待遇、一直被"理想"和"现实"之间的那点千古矛盾折磨得"奄奄一息"，不断强迫自己向现实妥协，却又总在"蠢蠢欲动"中"死灰复燃"的人……那天他看到了自己政治上的"幼稚"，也在老人的"衰弱"中，看到了一种从未感受过的平静、寂寞、威严和坚守的高度和谐，或者还应该说是体味到了某种从未体味过的"神圣"和"神秘"。余大头的倏然出现，倏然消失，老书记的声色不动，在意味着什么？一块正在孕育着狂风暴雨的天空？一部一直在我们身旁隆隆运转、但却又不被多数人觉察的巨大机器？一支正在原始丛林中做殊死跋涉的特殊小分队？所有这一切都在他心里点燃了一把火，正是这把"火"，让他跨出了决定性的一步，也决定了他在陶里根的这段日子，不可能是过得平静的，敷衍的，得过且过的，只是在被动地完成任务而已。实际上在陶里根的这几个月，他的内心经历了一场彻底的自我涅槃……

（邵长水问："那么依您看来，最后他摇摇晃晃走向那辆卡车，还是想自杀？"）

我还没有充分的证据来证实这一点，但我真的劝你们，不要排除这一个可能性。换任何一个人，在那样的情况下，也许都不会去自杀。但劳爷是有可能的。当然，最后如果真的要下这样的结论，那一定要慎重……只要你们不怀疑我"别有用心"，我会尽可能多地向你们提供我所知道的情况。随时想起什么，就向你们报告。尽快地把东林的死因搞清楚，也可告慰在天之迷茫的亡灵。今天是不是就谈这么多？你们听累了，我也说累了……

261

17
一分寂静，半生喧嚣

　　回到龙湾路八十八号，冷静下来一分析，大家对曹月芳提供的这些情况都表示了相当的疑惑。听他这么一说，劳爷几乎就成了一个"偏执、多疑、焦躁又极其自恋"的人。而这个人挣扎了几十年，最终被自己一生遭遇的坎坷、理想、追求所"扭曲"，在临近退休时，个人欲望又一次恶性膨胀，在一个很偶然的情况下，承担了一个他无法承担的使命，在再一次遭遇了一连串无法排解的矛盾和问题以后，导致了精神崩溃，最终让自己走进了牛角尖里……包括劳爷自认为的那个"谋杀"，实际上也是不存在的，只不过是他心态发生一连串畸变后产生的一种"幻觉"而已。而他的死，则很可能是"自杀"造成的……

　　这怎么可能？

　　这个曹月芳到底是一个什么人？

　　……

　　为此，赵五六要求邵长水尽快再找寿泰求深谈一次，以核实曹月芳谈话内容的真实性，并且告诉了邵长水一个新的情况：前些日子，他把劳爷的那个"虹鳟鱼"记事本和邵长水破译的"密文"一并送交公安部技术鉴定中心去做了个鉴定，公安部的技术专家认可邵长水的破译。但是，他们对这份密件究竟是什么时候写的，提出了不同的看法。

　　"他们认为，这份'遗嘱'书写的时间，间隔劳爷出事的时间，至少也应该在三四个月以上。"

"事发前三四个月,劳爷就写下了这份'密件'?可能吗?"邵长水一愣。

"是的,据鉴定,至少也应该有三个月左右了。"

"三个月?"如果这份密件真是劳爷被撞死前三个月,或更早一些时候写的,这就说明,一、他在出事前的三四个月,和陶里根某些人的矛盾就激化了。否则他不会产生自己可能被谋害的预感。那时候,他去陶里根的时间还不太长。在那么短的时间里,究竟发生了什么事,让他感到非要写下这一类的"遗言"不可?二、又是什么原因,使得对方加害劳爷的意图拖延了三四个月才实施?三、如果这个鉴定结论是准确的,这倒有助于理解名单里的那些同志态度为什么会从劳爷所说的"热衷"于此事,变成目前的"淡漠"。也就是说,这几个月期间,在劳爷和这些同志之间也发生了一些什么事,促使这些同志的态度发生了变化。那么,现在需要追问的是,这几个月间,在他们之间又发生了什么事?

两天后,邵长水紧急约见寿泰求。这回,寿泰求没再找理由推拒。邵长水没去任何一家茶馆和饭店,而是把寿泰求直接约到龙湾路八十八号来了;并婉转地向寿泰求提了个要求,希望他自己一个人来,不要带任何人。谈话前,邵长水还到省委组织部去了解了一下寿泰求的现实表现情况。据省委组织部的同志介绍,在从陶里根调出的那么些干部中,历次考评,寿的综合得分都名列前茅。在"廉洁自律"方面,省纪委对他的评价也不错。

那天,寿泰求应诺只身一人来了。

也许是因为这阶段忙于筹备那个轴承集团的缘故,或许还有别的什么为外人难以猜测的原因,比上一回见面时,寿泰求不仅瘦了,还显得有些"老"了。脸色、神情都不如上回那么光鲜精神,甚至连衬衣领子都显得不如上回的坚挺干净。

"我是不是瘦了?"一见面,还不等入座,寿泰求就迫不及待地这么询问。显然他对自己近期的健康状况，挺有些忧虑。

"还行吧……"邵长水仔细地打量了他一眼，微笑道，"减肥呢？"

"减啥肥？！大夫说我血糖有点高……"寿泰求无奈地苦笑了一下。

"那你可真得注点意了。吃得太好，营养过剩，活动量不够，心神过于疲劳，内分泌失调，急速消瘦……这些都是糖尿病的致病因素和典型症状。得少撮一点大盘子了。"邵长水笑道。

"您还挺懂？"寿泰求不经意地揶揄道。

"嗨，干我们刑侦这一行的，啥都得懂一点，上至天文地理，下至鸡毛蒜皮，不懂还真不行。"

"您……过去是搞刑事侦查的？"寿泰求问。

"啥叫'过去是'？现在还是。"邵长水笑道。

"哦……"寿泰求眼睛里忽然本能地掠过一缕黯淡的神情。一般人总是认为刑警是跟刑事犯罪分子打交道的，所以让刑警找上门来谈话，总不是件好事。这使寿泰求本能地感到了一种压抑和不快。而后有一小会儿工夫，他没再作声；而后又突然抬起头来问："今天我们怎么谈？"

"谈之前，我有一个小小的要求，您能把手机关掉一个小时吗？要不我们还真谈不痛快。"邵长水略带着一点开玩笑的口气说道。

"对不起。今天我这手机不能关。"寿泰求立即拒绝了，"我已经答应了你们今天不带秘书。所以，我的手机就不能再关了。集团那边随时都有可能发生事。这一点，我想不用我多解释……"

"那行那行。还是别影响了您那边的工作，您就随意吧。我们想了解劳爷在陶里根期间的真实情况，您跟他接触比较多。现在外头对于他的死，有三种说法，说谋杀的，说一般交通事故致死的，再就是说自杀的。请您谈谈您所了解的劳东林，您觉得他的死是怎么造成的？"

"我能先不对他的死定性吗？"

"可以可以。谈什么，怎么谈，一切都由您自己决定。"

"上一回我谈到劳爷后期内心挺痛苦的……"

"是的,谈到这儿您突然中断了谈话。"

"我有顾虑。"

"我们也感觉到了这一点。"

"犹豫了这么长时间,我觉得还是应该跟你们把事情说说清楚。否则真的非常对不起劳爷……也对不起……对不起你们这一趟又一趟的辛苦。所以,今天你们即便不找我,这几天里我也会找你们好好地聊一聊。当然,我只能谈谈我所了解的劳东林。这里难免就会有些以偏概全,也可能会有顾头不顾尾的现象。另外,我声明一下,今天我带了个录音机。这样一个正式的谈话,我也想留个底,完全没有别的用意。如果可以的话,我就开始录音了。"这样,寿泰求很平缓地,显然又是很有准备地开始了他长篇的忆述。

"我和劳爷是好朋友。一个老警察和一个年轻的大型国有企业老总居然成了好朋友,而且是非常好非常好的朋友,也许会让你们感到有些奇怪。但我俩的确是好朋友,而且是属于那种没有任何功利目的的好朋友。我不需要他替我上局子里去捞人,也不需要他托人去替我买驾本儿。他也不需要我替他在厂子里安排亲戚就业。双方都没有任何实际利益的需求。双方都不在对方身上'寻租'。这种关系,现如今很难得。所以说,我一直挺珍惜我们之间的这点关系。先说说我俩是怎么认识的吧。其实我俩认识的时间并不长,也就一年多一点的时间。那时候我们二分厂出了一起命案,有个老工人在上夜班的路上,被人捅死在厂外一个废弃的排水沟里。劳爷奉命来破这个案,我们就认识了。从表面上看,他跟别的刑警没啥两样,外粗内细,外冷内热,说话做事还稍稍端着一点架子,有时一张嘴还挺冲人。初一接触,的确让人不太能接受。但往深里一接触,我觉得他这人心里真有玩意儿。这个'玩意儿',我指两个方面。一是他业务上确实行,也就是说他手上那点活儿确实漂亮,让人不佩服都不行。就说我们二分厂那个案子，原先是市局刑侦大队的人在破。折腾了一个来月，没整出啥头绪，他们才把劳爷搬来了。那老工人被捅死后，被塞进一个蛇皮袋，丢在那排水沟里的。大伙儿一致认为发现尸体的地方不是作案的第一现场。这方面我是个大外行，不懂。据当时刑侦大队的同志们说，找到第一现场，对侦破这个案子至关重要。是这样吗？"

"是这样。"邵长水答道。

"弃尸现场周围是繁杂的居民区，全是上世纪六七十年代建的工人住宅区，当年住的都是厂子里的工人。现在，居民成分就很复杂了。相当一部分都成了出租房，清一色预制板结构的简易楼。街道狭窄，楼群密集，人口密度极高，房子的隔音条件相当差。因此，他们判定杀人的第一现场不可能在附近。在这样一个区域里杀人，再移尸，基本是不可能的事情。于是组织了大量警力在方圆五公里范围内排查空房、黑出租房、违章建筑房……真是费了老大的劲儿，一无所获。于是准备把排查范围再扩大到方圆十公里。但这一扩大，工作量可就得翻好多倍，这决心非常不好下。正在犯难的时候，劳爷来了。劳爷仔细研究了现场勘查记录和遗留的物件——那个装尸体的蛇皮袋和捆绑尸体的绳索。他告诉市局的同志，就在方圆五百米的范围内查吧，大概齐，能有个八九不离十。市局的同志听他这么说，太吃惊了，不敢相信，但又不敢不相信。试着去查吧。不久果然在离弃尸现场并不太远的一幢简易楼里找到了杀人现场。后来劳爷解释，他是从装尸体的蛇皮袋和那根捆绑尸体的绳索上得到启发的。他在仔细查看后，发现这个蛇皮袋的拉链是坏的，袋上还有破洞；而用绳索捆掷尸体时也捆得相当草率。丢尸现场是闹中取静的地方。但据周围的居民反映，案发当天晚上，并没有听到汽车声，因此凶手移尸时使用的运输工具可能是自行车或其他的人力、畜力车。如果运用这样的运输工具，又要从较远的地方往这儿弃尸，就不可能包扎得如此草率。反过来说，他包扎得如此草率随便，是不是也可以证明他是就近扔弃的？

还有一点，如果杀人现场真的在五公里或十公里以外，凶手在那么远的地方杀了人，他不往更远更偏僻的地方弃尸，却要返过头来往人多眼杂的市内丢，他犯啥傻呢？他不知道扛着一大袋死人，往繁华地段走有风险？难道说，世界上还真有这样的人，活腻了，愣提溜着自己的脑袋往枪口上撞？不会吧。所以，他判断这个杀人现场离弃尸现场应该不会太远，估计下来也就几百米吧。你瞧，这事让劳爷这么一说，又简单，又明了。据说像这一类点石成金、芝麻开门的事，在他一生中比比皆是。我就敬佩这种埋头干实事，只要一出手就能解决实际问题的人。实事求是地说，世界是靠这样的人支撑着的。

"我说他'心里有玩意儿'的第二个理由……就有些复杂了，一时半会儿好像还有点说它不清。我不知道你们怎么看待现代的一些人。'文革'时期我们出了一批'政治动物'，这二十来年又出了一大批'经济动物'。当年，一个劲儿地走极端，把政治强调到绝对中心的位置，把几亿人的注意力全转移到你整我、我整你上，耽误了强国富民；但反过来，如果再一次走极端，在人们的心灵中，完全用物质利益经济利益取代一切，难道就对了？一个国家，一个民族，一个时代，一群人——请你们注意，我这儿说的是'一群人'，其实单个的人也一样，不管是谁，缺失了信仰和灵魂，干啥都是持久不了的，都会形成泡沫。而只要是泡沫，总有一天会破灭的，只不过早点晚点罢了。我这里特别要说的是一大批'泡沫人'。在缺失了信仰和灵魂以后，在失去了人之所以是人的根基以后，在我们周围不可避免地就产生了一批这样的'泡沫人'。他们一个劲儿地追求浮在浪尖上涌动的那种生存感觉。在太阳光的照射下，他们使这个世界显得那么的热闹、喧嚣和五彩斑斓。对于他们来说，这世界根本就没有什么'永恒'和'持久'，眼前的'热闹、喧嚣和五彩斑斓'，就是一切。他们拼命享受着眼前这个'热闹、喧嚣和五彩斑斓'。除了这点'热闹、喧嚣和五彩斑斓'，其他的一切，对于他们来说都算不了什么。但你仔细瞧一瞧，除了这一时间的'热闹、喧嚣和五彩斑斓'以外，他们给这个世界并没有带来任何真东西。如果，他们只是海面上薄薄的一层，那倒也无所大碍了。但万一这'海洋'中一半以上，甚至更多的都堆积的是这一类的'泡沫'，那就可怕了……

"我说劳爷'心里有玩意儿'，也是从这个意义上讲的：他不是那种'泡沫人'，他不仅不是'泡沫人'，而且还是一个非常有根基的人、活得极认真的人。他去陶里根以后，我们曾长谈过几次。每次长谈，都让我明显地感受到他内心的激荡和变化。这一点确确实实让我惊叹。他真是活得太认真了，也太累了。现在别说像他那年纪的人，就是像我这样的，或者比我还要年轻得多的，都活得不那么认真了，都不会把周边发生的事太当一回事了。

"我跟他第一次长谈是在他辞职去陶里根后的两三个星期。那时，天已经渐渐地冷了，陶里根那边好像都下过头一场雪了。（它那边下雪，一般要比省城这边早二十天左右。）我突然接到他的电话，说是想见见我，跟我聊一聊。我问他是在陶里根呢，还是在哪儿。他说他已经到省城了，是昨天到的。我说，你昨天到的，为什么今天才给我打电话？他说，昨天晚间在一家饭店里给妻子过生日来着。我说，给嫂子过生日，你不通知我，你也太不把我当自己人了。他忙解释说，昨天过生日的是他前妻，不是目前的这一位。我说，如果是前妻，那就更应该通知我了。我早就跟你说过，我要见见你的那两位前妻。不少人告诉我说，你几位前妻，论人品、长相、工作能力，都相当不错，也不知道为啥，你把人家都'甩'了。他忙说，不是我甩的。我们是友好分手的，绝对是友好分手的。你看，我们至今还相敬如宾着哩，还在一起祝贺对方的生日。我说，那就更得让我见见了。他忙说，免了免了。我说，人家这已经不是你老婆了，你免个啥呀？他还是说，免了免了。我说我一定要见。他犹豫了一会儿对我说，其实昨天过生日的那一位，你经常见到。我忙问，谁啊，我还经常见？他说，她就在你们轴承厂干着哩。我再问，他就死活不肯说了。我后来才'查清'，他那位我经常能见到的前妻，原来就是我三分厂的工会主席。真是大水冲了龙王庙，一家人不认识一家人。他一直不告诉我她的这点身份关系，是不想增加我额外的负担，不想为难我。其实人家在厂子里干得挺不错的，根本用不着我额外的提携或照顾。

"那次他来，主要是来跟我核实有关顾代省长和祝磊的某些情况的……"

邵长水问："他跟你说了他去陶里根的真实目的了吗？"

"说了。但说得比较隐晦。"

"明说了是去调查顾代省长问题的？"

"那倒没有。只说是去了解一些领导的情况。"

"哦……"

"……那天他说，想要请我帮他排除一个疑问。他说他在陶里根待了这么些日子，受到很大的震撼，但得到的情况，相互之间却又非常矛盾。在有些人嘴里，陶里根时期的顾代省长简直就跟一枝花一样，无比优秀，无比杰出，简直都可以称得上无与伦比了。但也有人把他说成一个凶恶的霸主，独断专行，蛮横不讲理，且又为所欲为。有人说他大有功于陶里根，是陶里根历史上最有开拓精神、最有作为的父母官，开创了陶里根发展的一个崭新的历史时期，奠定了陶里根现代化进程的坚实基础。但也有人说他是陶里根历史上最会作秀、最会为自己捞政治资本、只顾树立个人政绩形象而不顾百姓死活、并给继任者留下一大堆难以弥补的财政黑洞的政客……他说他想知道我的看法，并且向我保证，我那天跟他说的任何情况，他都会替我保密，而且是绝对保密。

"当时我沉吟了一下，笑着回答他：'你觉得像我这样一个人，会相信谁的口头保证吗？'

"他立马一本正经地说道：'我可以给你立书面保证。'

"我又笑道:'我要你写书面保证,那我俩还能算是铁哥们儿?'

"他马上无奈地摊开双手问:'那你说咋办?'

"我苦笑着回答道:'咋办?今天你压根儿就不该这么来为难我。'

"他说:'你实事求是地说,是啥样就说啥样,有啥为难的?'

"我又苦笑着长叹一口气说道:'实事求是?说得轻巧。你这是逼我在刀尖上跳舞,在悬崖上走钢丝哩。'

"他马上又流露出他的那种不高兴了,说道:'没人逼你干啥。说不说,完全由你。'

"当然,那天我还是跟他说了我对顾这个人的看法。我跟他说,信不信由你,顾立源的确是陶里根现当代历史上有据可查的一个最富有开拓精神、最有实际作为的父母官,可以说是他开创了陶里根一个全新的历史时期,奠定了陶里根现代化进程的坚实基础。从这个角度说,他又的确是优秀的、杰出的,是萌生在我们高纬度黑土地上一朵不可多得的'奇葩'。虽然还不能说他'无与伦比'——因为他毕竟还年轻,只比我大六七岁。伦比不伦比,以后的日子还长着哩。但是,你想啊,不到四十岁,就已经走上正省部级岗位了,了不得啊。完全是一个奇迹、陶里根的一个骄傲。但我又要告诉你,他确实又是独断专行的,有时候也确实是蛮不讲理的,某种程度上甚至也可以说他是'为所欲为'的。但绝对不能说他是一个'凶恶的霸主';更不能说他只是在作秀,只是在为个人捞取政治资本。陶里根从一个破县穷县无人问津的边境小县,变成边贸、观光旅游的重要口岸,众目睽睽之下,迅速成长为一个地级市,GDP 直逼省内一些副省级大市。这些年来,可以说星光熠熠,有口皆碑……这些变化的取得,的确是他主政陶里根阶段确立和完成的。这一切都是实实在在的东西,是要影响陶里根今后几十年几百年发展道路的东西。

"那天我对劳爷说,现在很多人对陶里根时期的顾代省长有怀疑,说穿了主要是怀疑他跟远东盛唐的老总饶上都的那点关系,怀疑他和那个所谓的'陶里根集团'的关系。我本人就是被那些人打入'陶里根集团'黑名单的。其实这些同志真是有所不知。他们不知道,所有这一切都是逼出来的。他们只知道顾立源是靠那个'边贸权'事件'发迹'的。其实发生那个'边贸权'事件后,等中央领导一走,顾立源的日子一下变得非常窘迫和艰难,而且这种窘迫、艰难的状况持续了相当长一段时间。为什么? 陶里根这地方穷,但大伙都穷惯了,悠闲惯了。多少年多少代的父母官和普通百姓,都挺认可这个'穷'的。现在说起来这是一件挺可怕、也挺不可思议的事情——居然会认可穷,可当时就是这样。因为认可了这个'穷',所以就一直这么穷了下来。同样是因为认可了这个'穷',所以这穷日子还过得挺悠闲,挺'有滋有味'的。用大伙的话来说,我们虽然穷,但也没那么些烦心事。串个门啊,上江里去打个鱼,炖上一锅汤,再拿玉米面贴上十来个饼子,从酸菜坛子里捞一大碗酸菜,等那边太阳一落山,这边全家人已经热热和和喝上了吃上了……陶里根西部山区还出一种野果子,叫'壳里红',酸涩酸涩,却特别提神。据说这里头还含有一种良性的兴奋剂成分,会让人上瘾,但不伤身体。你看一入秋,陶里根家家户户房檐下都晾着一串串焦黄颜色的小果子。掰开那壳儿,里头有几瓣血红血红的果肉。等大雪封盖住了这个世界,几个熟人凑在火炉旁,沏上一壶酽茶,吧唧吧唧嚼着这血红血红的果肉,有聊没聊地聊上大半天,聊上一个冬天……一个春天……再一个冬天……聊上一辈子……上街上一走,见到的净是牙口暗红的熟人。到机关里一坐,半天也不一定有一个电话铃响。月底万一领不到工资,大伙也不用发愁,这是国家欠下的,党欠下的,都替你存着哩。无非就是存在了'无锡'(息)银行里罢了,总有一天会发还给你的。况且也不是你一个人没领着,全都没领着哩,连县长县委书记的工资账上打的都是白条。只要山里还结着'壳里红',江里还蹦跶着鱼,粮袋里还剩着玉米面,大坛子里还腌着酸白菜……只要大雪没压塌了烟囱,炉子里还有最后一块柴火在熊熊燃烧,这日子咋过不是个过?

咋过不都是一辈子?！但现在突然冒出来这样一个年轻人，议论什么'边贸权'问题。这'边贸权'是你随随便便能要的吗？闹得不好，就牵涉国格人格国家利益和民族利益。你能干，我也能干，还要外交部外经贸部干啥？真是的！！但没过太长的时间，上头还正经下发了一个红头文件，让陶里根进行边贸权下放的'试点工作'。上头图省心，只说让你'试点'，让你'摸着石头'去过河。可河里的石头多了去了，到底要去摸哪块石头才能顺顺当当地过那河，他却不说了。他不说，我们咋干？县委县政府的领导都在边境地区工作多年，深知边境地区点点滴滴都跟外交、跟'对敌斗争'联系着。而敬爱的周总理说过，外交战线无小事。一旦出了这样的问题，负责任的是县委县政府领导，不是你顾立源！你说这让人'烦心不烦心'！这段日子里，顾立源走到哪儿，背后都有人在指指戳戳，说啥的都有。红头文件下发两三个月，县里一直按兵不动。不敢动。省里老书记再三打电话催问试点情况，还询问那个姓顾的小年轻的情况，把县里几位领导'逼'得实在没辙了，县长把顾立源找到办公室，说，你现在出足风头了，在老书记那儿都挂上号了，你说吧，这个边贸权，咱们咋个试法？顾立源说，让我想想……县长一听就火了，说，你这会儿才开始'想想'？早干吗去了？你当时给老书记递小条儿的时候咋不想好了再递？你这一递，好嘛，你出名了，把我们全逼到绝路上去了。县里研究定了，这第一笔生意你去做。你给我立军令状。成了，我替你总结经验上报；败了，你承担全部责任。谈完话，给他五千元启动资金，五个从县政府机关分流下岗的中老年干部，由他牵头，独立创办一个'陶里根边贸有限公司'，去进行这个试点。当时，所有的人都认为县里使的这一招，实在是太高明了。万一事情真成了，是他们与时俱进，大胆支持新生事物，启用年轻人，推进了改革；假如失败了呢，责任全在这个姓顾的小子和他的公司头上，县里的损失也就是这五千元现金，但却又借机把这个给县里捅下大娄子的'出头椽子'给变相地开除了，还让他带走了五个下岗分流的老弱病者。那五个下岗分流的干部哭天抹泪地谁也不愿上顾立源那个'边贸公司'去报到,谁也不愿跟这个'傻小子'一起去承担这责任。拿着五千元的承诺,顾立源足足有好几晚上没法入睡。他知道自己一生的前程都维系在这一着上了。他坚信陶里根的地理位置决定了它一定能在自由的边贸中找到巨大的发展空间,他坚信边境贸易能把这个沉寂了千数百年的边境穷县方方面面的经济潜力激活起来。但第一笔生意到底找谁去做,拿什么去做,做什么才能真正有利可图。他不是学经济的,也从没做过生意,再说,区区五千元,真是只能哄小孩玩玩的,真要开做,他还得去找资金。可是县城里所有银行的领导那些日子里忽然间都'出差'了,只要听说顾立源找他们谈贷款的事,都一律地婉拒。包括机关里的那些同事,平时都很熟,跟你谈什么都可以,只要说是谈'边贸',对不起,立即推托,下封口令,都不想'沾包',都怕被顾立源纠缠上了,以后要跟他一起来分担这个'责任'。当时愿意走近顾立源的只有两个人,一个人是祝磊,另一个就是饶上都。祝磊在大学里是学经济的,分回陶里根以后,在县实验中学当教员。因为同是大学毕业后不得志而分回陶里根来的,他俩平时就有不少的接触。祝磊研究生毕业时做的毕业论文题目就是《试论我国高纬度地区边境贸易的现状和改革前景》,他很清楚边境两边互通有无,最需要的和能提供的都是些什么东西。第一份跟对岸进行物物交易的方案就是祝磊为顾立源策划的。而饶上都倒卖倒买所谓的名犬时攒了些钱;另外,他在对岸生意界和政府里也有一帮子熟人。他愿意把这些钱和关系,作为'资源'都拿出来供顾立源使用,条件只有一个:将来如果赚了,请还本付息。'如果赔了呢?'顾立源当时这样问他。'赔了,就算我交您这么个朋友付的手续费。'饶上都这么回答。后来租船的钱,买酒和水果的钱,雇船工和搬运工的钱,在对岸疏通关系请客送礼的钱……全都是饶上都掏的。饶上都甚至还答应了顾立源这样一个极为苛刻的,不仅'不平等',而且还带有一定侮辱性的约定:整个过程中,饶上都不得向外透露他参与了这件事。也就是说，花了他的钱，还不许他对人说这钱是他的。饶上都明白顾立源这么做的原因：饶有前科，政治上有污点。如果一开始就让人知道此事有饶的参与，而且是资金的主要投入者，那么，来自各方的阻力和压力，很可能就会使这件事早早地夭折了。

"对顾立源提出的这一切，饶上都全应承了。这让顾立源非常感动，也非常感激。对用不用饶上都的钱，跟不跟饶上都这样的人打交道，顾立源是犹豫再三的。要把对自己人生具有决定性意义的第一步跟一个坐过一年半大牢的人'勾搭'在一块儿，确实是要有一点勇气和魄力的，且还要有一点大智慧和大决断力。对于顾立源来说，当时已是别无选择。干成这件事是第一位的。他太需要干成这样一档子事了。他哆哆嗦嗦地前瞻后顾地花了饶上都的这一大笔钱。让他完全没想到的是，事情干成后所形成的轰动效应，居然使万分激动的陶里根人都无暇去追问顾立源当时是从谁腰包里掏出钱来运作这一切的……

"十年后，人们渐渐冷静下来，有人开始追问顾立源跟饶上都的这种种关系，也有人跟顾立源打趣道：'你小子当年胆儿够大的，刑满释放分子的钱也敢大把大把地花。'

"顾立源冷笑着答道：'我也不愿花刑满释放分子的钱，我也愿意花你们这些正人君子良家妇女的钱，但你们这些正人君子良家妇女当时让我花你们的钱吗？'

"顾立源这人讲情义，也重感情。他又看中了饶上都身上的魄力、毅力、干劲儿和聪明劲儿，甚至还可以说看上了他那点'油劲儿'；虽然是个外来户，但又愿意扎根落户在陶里根。而这些年来，这样的人在陶里根越来越少了。只要有一点能耐有一点办法的，都想方设法往大中城市跑。据以上这些因素，顾立源在以后很长一段时间里，一直在设法报答这个饶上都，并有意地为他创造了许多干事的机会和条件。包括那个副市长祝磊,也包括外头盛传的所谓的'陶里根集团',他们和顾立源之间的这种'关系',都是这么历史地形成的。就说那个'陶里根集团'吧,主要是差不多时间跟顾立源似的从各大学毕业返回陶里根的一批年轻人。当时的这批大学生还比较'憨',比较'傻',经不住人家三说两劝地,就回家乡来改变'一穷二白'面貌来了。在他们以后,更年轻的一拨又一拨孩子,从陶里根考出去以后,你看还有谁回陶里根的?大学毕了业,宁可在北京上海或其他大城市'漂'着,住地下室,打临工,谋个啥自由职业的混混,也不愿回陶里根。因此当初那一批大学毕业生在当地就成了宝贝。顾立源一掌权,很自然地就把这些同龄人拢到了自己身边,委以了重任。但他也不是只用那批大学生。你看我,年龄比他们小六七岁七八岁,拿的只是电大的文凭,不论从哪方面衡量,都是一个土八路,可顾立源不照样起用了我吗?我说到这儿,劳爷马上反驳道:'这归根结底跟你是陶里根人还是有一定的关系的吧?'我又举了饶上都的例子回驳他:'那你说他看好饶上都是因为什么?饶上都总不是陶里根人吧?所以,不能一概而论。顾立源用人,的确有一定的地域色彩和感情因素在里头,但谁当政,不用自己比较熟悉和比较亲近的人?用你是为了去做事,他不了解你,怎么敢放手让你去做事?你不亲近他,他怎么放心让你去替他做事?举贤不避亲,古已有之嘛。'

"听我说了这一大段话以后,劳爷呆在那儿,坐了好大一会儿,才低声地问道:'那么,照你这么说,顾代省长在陶里根时期,十全十美了?可我听到的反映不是这样。'

"我问:'你还听到啥反映了?是不是说饶上都私下里给他送了两套别墅?一套在北京,一套在上海。在上海的那套,说是花了一百多万美元,还是三十年代英国人建的花园别墅。光装修就花了二百来万人民币。有鼻子有眼,说得跟真的似的。拉倒吧!你也不想想,像饶上都那样老练圆滑的商人,他真要给领导送个啥,能闹腾得满城风雨,路人皆知?反过来，你也可以做这样的推断，凡是闹得满城风雨，路人皆知的，一准是口头文学，民间创造，臆想的成分不会少。倒是不少人对他后期行政干预，愣让银行贷给饶上都五个亿，开发那个高档别墅区，又基本上没卖出去多少，让银行背上了个大包袱，挺有意见。但这样的事情，在现阶段很难避免，真的很难避免。这样的失误绝对也不止出现在顾立源一个人身上，也不是顾立源个人的人品问题，更不是他思想境界的问题。如果真要像香港那样实行高官问责制，真去严格追究这种失误的个人责任，那么我可以告诉你，在中国就要倒一大批人，而且是从上到下、各省各地都要倒一大批人，就有可能引发一场政治大地震。实事求是地说，把责任完全归结到这些高官个人头上，也是不公平的。因为……因为，问题的根源并不在个人身上。这里有一个大环境的问题，有一个体制的问题……'

"'但是，许多陶里根的老人都告诉我，顾立源在当市长前，不是这样的。原先他也挺聪明挺能干，但也许是因为受父亲和家庭的影响，干啥都还比较小心谨慎，还知道这世界上有"不可能"这三个字。后来……后来，整个儿就不对头了，当了市长，尤其是他任市委书记以后，一直到调任副省长以前，变化特别大，简直就跟换了个人似的，简直……简直……怎么说好呢？用他们的原话说，这世界上好像整个儿……整个儿就没他不可能的事了。这个反映准确不？'劳爷郑重地问道。

"我当时是这样回答他的：'我还是要劝告你，不要把这问题简单化了。非黑即白，非白即黑，都是不对的。'

"'那么请你教教我，怎么看待这个问题，才不至于简单化了？'劳爷挺认真地问道。

"我忙摆摆手答道：'别说什么教教啊。咱俩谁教谁啊？你要这么说，我可就无地自容了。但我觉得要是能分这样三个层面来看待这个问题，也许就会客观一些，公正一些。一、在这个阶段，我们这位顾代省长确实发生了很大的变化；二、请你注意群众反映中提及的一个限制性前提，他们说一直到调任副省长以前——也就是说,不少人都注意到,当他调到省里当副省长以后,情况又有好转,甚至是极大的好转。这一点是绝对不应该疏忽的。三、如果说他在担任陶里根市委书记兼市长期间确有所变化,甚至我们也承认他发生了很大的变化,并且也承认因为这些变化,他在决策的推行过程中,酿成了某些失误。他本人固然要为这些失误承担相应的责任,但是,就像我在上面已经说到过的那样,实事求是地说,把责任完全推给这些高官个人,也是不公平、不公正的。我这么说,绝不是因为我自己现在也担任着一定的领导工作……'

"'按你的意思,应该让谁来承担责任? 社会? 体制? 这是不是太虚了? 让纪检和司法部门怎么去追究社会和体制的责任,可能吗?'劳爷立即打断我的话,迟疑地反问道。

"'当然不应该很虚化地让什么社会和体制来承担责任。'

"'那让谁来为顾立源他们承担责任?'

"'你……'

"'我? 让我来为他们承担责任?'

"'还有我。'

"'你? 怎么又扯上你了?'

"'是我们。我们这些部下、助手、普通工作人员,甚至普通民众。'

"'你是说要由千千万万普通人来承担这些失误的责任? 哈哈……'

"'你别冷笑。我当然不是说,是我们这些人造成了这些失误。但是是我们这些人造就了这些高官们的变化,甚至还可以说促成和造就了他们的某些变态。'

"'你再说一遍。是我们这些普通人造就和促成了他们的变化和变态? 是这样吗? 我没听错?'

"'是的。你没听错。'我断然回答道。

"我完全没想到我这个回答竟然会让他感到如此意外和讶异。他一下愣住了，干干地咽了一口唾沫，嘴唇还微微地战栗了一下，但终究没发出声音。由于内心的抗拒和疑惑，眼睛迅速地睁大了，瞠目地打量了我好大一会儿，好像在打量一头突然张嘴会说人话的猩猩。后来他再没开口说过话，好像我的那个说法给了他挺大的打击，一时半会儿都没法从这打击中缓过神来似的。我也没再往下说。我不知道自己还应该再说些什么。我并没觉得自己刚才说了什么特别重大的话。不明白他为什么对此会做出如此强烈的反应，会显得那么的震惊。然后默坐了一会儿，他就匆匆告辞了。等他走了后，我独自又呆坐着想了想：劳爷的反应在证明什么？证明他一生经历了如此之多的坎坷辛劳后，内心依然还敏感着、活跃着，某些部分甚至还在鲜活地脆弱地期待着什么。也许吧……而再看看自己周围的人，虽然不一定像劳爷那样'阅尽沧桑'，但不少人的内心往往早已麻木和世故化了。如果不和自己切身的物质利益挂上钩，他们是不会为一个形而上的议题而动真感情的。不再有激情，不再会激动。那天，我虽然并没有整明白那一刻在劳爷内心里产生的疑惑和抗拒究竟是什么，但我的确看到了一个稀罕的样本，一个人在过了知天命之年后，居然还能拥有一个如此激荡和鲜活的灵魂。隐隐间，这让我受到一种鼓舞和激励。但也要说一句实话，这种鼓舞和激励并没在我这儿延续太长的时间。我们这种人杂事太多，需要去应酬的关系也太多，没过两三个小时，我便恢复了往日的繁忙和'杂乱'；一两天后，就把这事完全丢在脑后了。直到个把月后，再次接到劳爷的电话，说很想再跟我谈一谈。他的声调沉闷，语速迟缓，给我的感觉好像他还沉陷在那天的'抗拒和疑惑'中似的。这才让我隐隐约约回想起曾有过那么一次未完的谈话。

"我问他什么时候能来省城？

"他说他这会儿已经在省城了。

"我告诉他，我正忙着，你如果有别的事要办的话，先去办别的事。等办完了别的事，再约时间见面。

"他说此次是专为来跟我'再谈一谈'的。

"我问他想谈啥?

"他说上一回没谈完呐。得接着谈啊。

"我问他上一回还有啥事没谈完?

"他有点不高兴了。他说你这人咋这样?你丢下这么重要的一句话,怎么转过脸来就忘了呢?

"我想了想,还真想不起来那天我'丢下'过一句啥话,让他觉得如此不得了,一定要追根溯源地将它谈论到底,便问,真对不起您老人家了,我说过啥,让您如此牵挂不下?

"他说,你真是贵人好忘事儿。你说是我们这些普通人造就了和促成了像顾立源那些高官们的变化和变态……

"我一听他居然在电话里就这么直呼其名地嚷嚷什么'顾立源的变化、变态',忙打断了他的话,把他约到办公室来当面谈。

"他如约赶到我办公室。他告诉我,上一回跟我谈了后,回到陶里根,就着手对我谈的那个问题认真做了番调查和思考,他现在觉得,我说的那个话,是有道理的。顾立源在陶里根任职后期思想作风上的确发生了巨大的变化。促使他变化的原因多种多样,但其中很重要的一条,确确实实要归结到某些普通人身上,特别是生活和工作在他身边的那些普通人身上。

"我没想到他竟然是那么一个较真的人,还特地回去做了调查,调查完了还特地来告诉我他调查的结果,就对他哈哈一笑道:'嗨,这话题完全是我们之间吃饱了喝足了在私下里闲扯淡的。你还真花那工夫去论证呢!至于吗?'没想到,我这句话又冒犯了他。他扔开他那个随身带着的黑色真皮男用手包,站起来,直瞪瞪地看了我一会儿,然后又焦躁地来回走了几步,再次在我面前站住,说道:'闲扯淡的?你觉得你是在跟我闲扯淡?'

"'我没说我跟你是在闲扯淡。我只说那天我说的话题是个闲扯的话题。'我忙解释。这时我的确有一点感觉到,随着在陶里根待的日子越来越长,劳爷他变得越发固执和偏激。或者说他好走极端也可以。

"'怎么是个闲扯的话题?当代普通民众在为官者的腐败变质过程中起着什么样的作用,这样的话题是个闲扯淡的东西?'他略略地眯起眼睛,又略带有一点嘲讽意味地反问我。

"'我说它是个闲扯话题,并不是说这话题本身没有意义,或者说这话题本身不重要。是说谈论它没有任何现实作用。就算把这问题弄明白了,那又能咋样?法不责众。你还能把所有这些在为官者腐败变质的过程中起了作用的普通民众都弄去"双规"了?不可能也不应该吧?为官者你手中有权,你是强者,你得把捏住自己,不能把责任推到弱势群体那边去……'我刚说到这儿,他立即打断了我的话,反驳道:'我没那个意思要"双规"和处罚普通百姓。但我觉得必须闹明白,顾立源在陶里根时期的变化是怎么形成的。'

"'你瞧,又是"顾立源"。当时他给我的感觉就是那么拧,那么的死性子,一头扎在"顾立源有变化"、"顾立源为什么会变"这些"泥坑"里出不来了。"

邵长水问:"那天你们没再往下谈?"

"……怎么可能不往下谈呢?他根本就不管你感不感兴趣,一个劲儿地把自己的想法腾腾腾地往外倒,给我的感觉,他就是想倾诉。一个多年来内心压抑了许多想法的人,好不容易逮着个机会,就拼命往外倾诉;而且还是个患有强迫症的人,完全不管不顾对方和周边环境的反应,只顾自己倾诉。这是我第一次感觉到他精神上有一点变化……当时还有点把我吓着了。"

邵长水问:"那天他一直没跟你谈及他到底掌握了顾代省长哪些问题?"

"没有。他一直就在跟我谈那个普通人的责任问题，都有点走火入魔的样子。他说，你别从表面上看，现如今好像大伙都在骂当官的，但一到各自的实际生活中，可以说没有谁不是在围着当官的转的，也很少有人不是去哄着当官、宠着当官、媚着当官的，同时也拼命地利用着当官的……他说，由于工作关系，他结识过好几位被公开表彰的'反腐英雄'。这些同志的现状真是飞机上放鞭炮，响声高远，但在本单位本地区的日子，却都不太好过，有的甚至很不好过。日子好过的也有，但比较少……他还说，整个局势发展到今天，实际上广大群众也都跟着在腐败，大的大捞，小的小捞……打不完的假，查不完的伪劣商品，大小煤矿一个接着一个在爆炸，总也制止不住，就是其中的表现之一……"

邵长水心里略略地咯噔了一下，说道："哎，他老人家怎么能这样看问题？"

"……然后他又举了个例子，问我，顾立源在陶里根被宣布任市委书记兼市长的那天晚上，发生了一件事，你知道不？

"我问：'啥事？'

"他说：'这事你一定知道。'

"我说：'啥事嘛，快说，别卖关子。'

"他说：'那天晚间许多人都上顾家去祝贺来着。'

"我说：'嗨，我还以为是啥惊天大事哩。这又怎么了？祝贺一下，常情常理啊。犯啥党纪国法了？那天晚间我也去了。'

"他说：'我知道你去了。在那儿一直张罗到天明，帮着沏茶递烟搬板凳的。'

"我说：'咋的了？你觉得我们这样挺可笑？'

"他忙说：'没有没有。'

"我说：'那你说啥呢？'

"他说：'那一晚上去了多少人？'

"我说:'那没数。'

"他说:'一直到天明都有人在他们家门厅里排队等着去作揖磕头哩。'

"我说:'这没啥稀罕的。顾代省长打小生在陶里根,长在陶里根,他张口叫过人家大伯大爷大叔大哥兄弟阿姨姑姑姐姐的,不计其数。你说,他这么一个土孩子,今天当了自己出生地的父母官,一把手,这些大伯大爷大叔大哥阿姨姑姑姐姐妹妹们还不乐坏了?上门去道个喜,祝个贺,不应该?'

"他说:'据我所知,那天晚上,确实去了不少你所说的这些大伯大爷大叔大哥阿姨姑姑姐姐妹妹,但这一类人基本都没进得了门。一开始还进去了几个,随后市里县里乡里大大小小的头头、市属县属乡属大大小小企业的大大小小的头头和大大小小民企的大大小小的老板都蜂拥而至,各种型号各种颜色的轿车从他家门前的院子里,一直停到外头的大马路上,来了六七个交警在那儿维持秩序。当然要让这些"列宁同志"先进去,你所说的那些大伯大爷大叔大哥兄弟阿姨姑姑姐姐妹妹们就只好在外头露天地里等着了……'

"我说:'你看,你的情报还是不准确吧。一开始确实发生了这情况,但顾立源很快就发现这些普通百姓被挡在门外,他马上让他的夫人出面去接待那些大伯大爷大叔大哥兄弟和阿姨姑姑姐姐妹妹们……'

"他说:'这样的祝贺和道喜差不多持续了十来天。'

"我说:'这跟顾立源毫无关系。他既没号召,也没组织大伙这么干。'

"他说:'问题就出在这儿。大伙儿主动地、上赶地、争先恐后地上门去表忠心……'

"我说:'你怎么这么说话呢?什么叫表忠心?这是感情!'

"他说:'哈哈,感情?泰求啊泰求,你拍拍胸口说句良心话,那天晚间来的那些头头脑脑都是出自对新任一把手顾立源同志的感情,才上家

来敲这个门的吗?你当时一直在顾立源身边待着,你是听到这些头头脑脑们对顾立源说的那些肉麻话的……'

"我问他:'你又没在场,你怎么知道这些同志说了些啥肉麻话?'

"他立即说:'我有调查所得的证言证词。你想看吗?'说着他就要从他那黑皮包里往外掏他的材料。我忙制止了他。我知道凭他的那点本事,要搞到那天晚上的真实情况是一件太容易的事。而那天晚上,来敲顾立源家门的那些同志中,的确有一些人说了一些非常肉麻、非常过分的话。有的说,顾书记,您来当这一把手,陶里根就算是彻底有了希望了,在您手下,我这副科长,就是一直当到退休,也心甘情愿。有的说,顾书记,总算把您盼来了,我要是这会儿死了,唯一的遗憾就是没能在您的领导下多工作几天,没能多伺候您几天。说这话的同志是个五十多岁的老同志,而那年顾立源才三十多岁。他一进门,顾立源见是位老同志,忙上前去迎接。这位老同志跌跌撞撞地冲过去,忙把顾立源按住,不让他从椅子上站起,嘴里还说着:您千万别这样,千万别这样。今天能握到您的手,看到您身子骨这么健朗,我就踏实了。您千万保重,为广大人民群众一定保重好您的身子骨……"

邵长水吃惊地说道:"这些同志真敢说。那我也在基层待过,我们林场的人可没那么下贱。"

"……当然,话也得说回来,即便在陶里根,也不是人人都如此。但在某些圈子里、某些人群中,风气确实是这样……这个……我以前也是有感觉的……听他们说这样的话,看他们做这一号事,心里也是直发毛。比如,我们陶里根市有两位副市级的领导干部,对待顾立源就是这样,开个会啊,上下个台阶啊,他们都会争着上前去搀扶顾立源。尤其是在开常委会,或什么内部碰头会的时候,或者研究完工作,走出会议室的时候,我不止一次看到这几位老同志总会情自不自禁地,赶上前去悄悄伸出手去搀顾一把,就像搀一位德高望重的老前辈一样。而这些副市级的领导同志年龄都比顾立源要大得多,资格也要比顾老得多。几年前他们都还是顾的顶头上司,都批评过训斥过顾,但到这个份儿上,他们就会情不自禁地恭恭敬敬地伸出手去搀扶顾……还有一个例子,也是那天劳爷说的,这事我也知道,说的也是被任命为陶里根市市委书记初期的一档子事。他被任命为市委书记兼市长以后,主要的办公地就从市政府大楼挪到市委大楼去了。那天他正式去市委机关大楼上班。您也去过我们陶里根,政府大楼和市委大楼相隔也就一个街区,直线距离还不到一百米,随便走走,也就几分钟的时间。但那天,市委办公室组织了二十个科级以上干部,统一着装,开着十辆黑壳子奥迪车去市政府大楼去接顾立源,同时又组织了市委机关大楼里所有的工作同志在大楼门前夹道欢迎。当天中午,又以工作餐的名义,在机关食堂摆了近三十桌,为顾接风。那天,因为是中午,下午还要接着上班,顾下令不许给餐桌上上酒,啤酒也不行。同志们纷纷地拿着饮料来向这位新任书记'敬酒'。这顿饭一直吃到下午三点……也是在那顿接风餐上,有人开始称呼顾立源为'老板'。从那顿饭以后,市委机关大楼里的人都称呼顾为'老板'。"

邵长水问:"这些情况劳爷知道不?"

"他全知道。有些事知道得比我还详细。那天跟我说这些事的时候,津津乐道,说得两眼放光,满脸通红。看起来他在这上面还是狠下了一些功夫的。"

邵长水问:"他花那么些时间调查这干吗?"

"我想他就是要证实,顾立源身上后来发生的所谓的那些'变化'就是被这些人围出来的。"

邵长水问:"他调查这个,跟他完成去陶里根的基本任务有啥相干?"

"我也这么问过他,你一个老刑警,秘密接受任务了解一个领导干部的工作生活情况,却去了解他周边的人怎么对待他的。你这不是老公公摸到儿媳妇被窝里,两岔了?"

邵长水问:"他咋回答你的?"

"他说,我不为什么,就是一条,了解真相。我说,你这不是扯淡吗?把一些领导干部发生变化的原因都归结到他周边的那些人身上,他本人就不要负责任了?他说,我没说他本人就不要负责任,但问题是,我们生活在一个又一个自己没法选择的圈子里。一个又一个,一个又一个。明白吗?这一个又一个圈子紧紧地包围着你,渗透着你,催化着你……真正是一个又一个!说到这里,他腾地一下站了起来,让两只手在身旁展开,就像一只耷拉着翅膀、在绝望中奔跑的老公鸡似的,满脸涨得通红,眼睛里闪烁着一种无奈愤恨嘲谑,以至还带一点绝望意味的光。而由于这种嘲谑和愤恨,致使他的嘴唇稍稍向上翘起,又略向一旁歪去。脸部的肌肉也在微微地抽搐着。当时真的又一次把我惊住了。'一个又一个……完全是一个又一个。你没这种感觉?'他怔怔地重复道。在此以前,我从来没见过他会陷入这样一种精神困境中,仿佛不能自拔。不仅在他那儿没见过,就是在周围许许多多比他年轻、比他生动鲜活的人身上,也没见过这样一种状态。已经很多很多年了,很难再看到一个'正常人'还会产生什么'精神困境'。'大智不愚'地调侃这世界的有之,'腰缠万贯'而时不时地幽这世界一默教导这世界一番的也有之,但真正的思虑者已经很少了,而且越来越少。'正常人'似乎已经不再会为精神上的问题、思想上的问题和信念上的问题产生巨大的困惑了。而劳爷一向以来给我的印象也是聪明、通达又随和,讲究生活又精于工作,老于世故但又比较慎于人事。起码在跟我的交往中我从没觉察过他内心还埋藏着(涌动着)这样一股思虑的暗流。他这种叫嚷是不是一种发泄呢?因为一生的积怨?因为偶尔的'残缺'?那也不至于激动怨愤到这样的地步,不至于把脸涨得通红,让眼神灼热并呆滞……毕竟是一个快要退休的人了,还有什么过不去的坎儿和拆不掉的桥?他的这些表现确实让我感到非常意外,也难以理解……"

邵长水问："您的意思是，您也觉得在陶里根的那段日子里，劳爷整个的人发生了一种让人不大好理解的变化。就像他老说别人在变化一样，他自己也发生了巨大的变化。因此，对他的死，对他死之前所说的话、所做的事情，在做最后判断前，一定要把这个因素考虑进去。不能像考虑正常人那样，去对待和考虑在他身上发生的这一切？是这样吗？我没理解错吧？"

"我也很难说得清我自己的真实想法。这一段时间来，我的心情真的非常复杂……一个老朋友，活生生的，突然不在了……死了……说不清道不明的……而且头一天我俩还通过电话。第二天他就死在了汽车轱辘底下。真的让人很难想象……"

邵长水忙问："劳爷死的前一天，您还跟他通过电话？他跟您说什么了？"

"没说啥啊。从语调、声音到谈话内容，都挺正常的。随便聊了几句家常，还问什么时间回省城，让我请他到一家新开的湘菜馆去吃毛氏红烧肉。"

这时，邵长水的手机突然响了起来，是赵总队长打来的。邵长水立即对寿泰求说了声"对不起"，便上门外去接电话。赵总队长关注着寿泰求这一回的谈话内容，他问邵长水："这位寿总谈出点啥名堂来了没有？"邵长水压低了声音告诉赵五六："不能说一点名堂都没有，但好像跟破案都没啥直接关系。"赵五六问："你没觉得他是在跟我们耍滑头吗？"邵长水想了想答道："这倒没有。他这回谈的情况对我们进一步了解在陶里根那段时间中的劳爷还是有帮助的，就是跟破案的关系稍稍远了一点。"赵五六又问："他还准备谈别的吗？"邵长水答道："今天好像不会再说什么了。"赵五六立即说道："那这样吧，你马上把他打发了，这儿有个女孩要见你。是你约了人家？"邵长水一惊，忙说："女孩！这时候

286

我还有心约啥女孩？赵总队长，您就别拿我开心了。"赵五六笑道："那就是人家想约你啰？"邵长水忙说："赵总队长，到底咋回子事，您就快说吧。别天上地下、水里火里地瞎搅和了。"赵五六依然笑笑道："嗨，谁跟你瞎搅和了？就是有个女孩急着要找你哩。就是那个曹楠……"邵长水这才松一口气说："是她呀？您早说不就完了。她在总队部呢？她有啥情况要谈？我总觉得这丫头挺神的，按说这样的事，像她这么个小丫头掺和不进来，也不该她掺和。但给我的感觉她掺和得挺厉害挺直接，还老在不该她掺和不该她出现的时候她出现了，掺和进来了。"赵五六笑道："你这话算说对了。你知道她今天来找你想谈什么情况吗？她想谈她父亲曹月芳和寿泰求的情况。她说劳爷的死跟这二位有关……""什么！劳爷的死跟曹月芳寿泰求有关？"邵长水一震。"所以，如果那位寿总再不想谈啥了，你赶快把他打发了。我这就派人把这位曹姑娘给你送过去，或者你开车过来接也行……"邵长水忙说："她已经在您那儿了，您跟她谈一谈不就得了，何必再把她弄到我这儿来呢？这不是脱裤子放屁多此一道手续吗？"赵五六笑道："银行爆炸案搞出点头绪来了，我这就上厅长那儿汇报去哩。"邵长水忙问："那案子有线索了？咋样？"赵五六高兴地答道："你先别急。先跟这位曹姑娘谈了。晚上我们碰个头，把各方面情况都综合一下，看来事情很有进展，形势大好啊。"

邵长水原以为，跟曹楠能谈上一个来小时就很了不得了，就跟赵总队约定晚饭后赶回总队部来参加"碰头会"，汇总情况；却没料这场谈话居然整整进行了五个多小时，等他赶回总队部，已是子夜时分，"碰头会"早散了。与会的同志有的回家了，不想回家的则在值班室那个大屋里喝茶、看电视、打牌。（值班室还有个小屋。正经轮值的同志是在那个小屋里守电话，他们当然是不会参与这些余兴活动的；至多，也就偶尔地踱出屋来瞧瞧"战况"而已。）总队的两位副总队长当然不能走，他们也得等邵长水回来，和赵五六一起听他那边的情况汇报，这时也和没回家的那些同志凑在一个牌桌上"拱"着"猪"哩。一俟邵长水的身影和脚步声出现在大屋门外的走廊里,这两位副总队长立马扔掉手中的牌,一边忙摘掉自己脸上贴着的那些长短不一的窄纸条(这是对输者的"处罚":谁输一把,谁就在自己脸上贴一张纸条),一边冲邵长水嚷嚷道:"吃过饭了没有?咋整那么老长时间呢?赶紧上老赵那屋,都等你半天了。"赵总队在屋里听到他俩这一声吼叫,便迫不及待地迎出来,在办公室门口拦住邵长水就问:"咋样?劳爷的死能跟曹月芳和寿泰求拉扯上关系吗?"无论从哪个角度来看,这都是件大事。邵长水把曹楠从总队部带走以后,赵五六立即将这个新得到的情况直接向袁厅长做了汇报。袁崇生立即指示,抓紧时间搞清这情况,有任何一点新进展,都要随时报告,而且还告诉赵五六,他今天晚上会一直守在办公室里等候这个"新情况"。

"劳爷的死真的跟曹月芳和寿泰求有关系?"未等邵长水坐定,赵五六又问。

"有关系,确实有关系。当然现在这还是曹楠这小丫头的一面之词,还得进一步调查取证核实……就说这'有关系',也不是那种'杀人'和'被杀'那样一种行为者和被行为者的关系,情况要复杂得多。这里还牵扯到究竟怎么定性劳爷的死这个老问题。"邵长水一边说,一边径直上赵总队长的"食品库"里取出一盒双份装的葱爆牛肉方便面,熟练地揭去顶盖,取出调味品,哗哗地倒进开水,再把顶盖闷上,这才不无有些疲乏地坐倒在那张很旧的长沙发上,告诉几位领导,他还没吃晚饭。

一位副总队马上说:"那我给食堂打个电话,让他们值夜班的再给你弄点啥吃的?"

邵长水赶紧坐起身,冲着那位副总队长摆摆手说道:"多谢领导关心。就这牛肉面挺好,吃着挺滋润。我瞧那小柜里还有一瓶豆豉辣酱,一会儿,再拌点那玩意儿就齐活儿了。"

另一位副总队长笑道:"你小子倒好伺候,跟头骡子似的,有点料就能拉大磨。"

然后几位领导都不作声了,围着邵长水而坐,只听着他稀里哗啦地一个劲儿地嘬那香喷喷的葱爆牛肉面,只等他吃完这顿已然太晚了的晚饭,来谈曹月芳和寿泰求跟劳爷之死的关系。曹月芳和寿泰求都是劳东林特别信任的人,也都是各自工作岗位上表现相当出色的人,一位用他的一生证明了他是一个勤恳的值得信任的工作者和领导者;另一位则是这个高纬度地区的工业大省轴承制造领域冉冉升起的"明星",他的能力和人品,也是有口皆碑的。他们怎么跟劳爷的死扯上关系了呢?而且此话又出自其中一位的亲生女儿之口。她为什么会在这么重大问题上,这么个关键时刻,将自己的父亲置于"万劫不复"的地步?

难道他们父女之间存有什么"深仇大恨"?

难道曹月芳和寿泰求真的和劳爷之死有关系?

这时,刑侦总队的这几位领导都静静地等待着邵长水来揭开这张"底牌"。

18
曹楠的第一次讲述

邵长水是把曹楠带回到龙湾路八十八号去谈的。他喜欢那个环境。天一黑,大院、老树和几幢基本没人住的老式小楼,既给人一种压迫感,又给人一种空旷感。虚拟但又无处不在的"压迫",实在但又多少有些难以捉摸的"空旷"。游移在这两种看起来互相似乎绝对排斥的生存感觉中,邵长水却能品味到自己最熟悉的那种生命感受,打小在林区在大山沟里获得的那种生命感受:由遥远和寂静造成的"压迫"和"无助",同样由遥远和寂静造成的那种"空旷"和"超然"。这些"压迫"和"无助"让他自卑,而那些"空旷"和"超然"却又让他对自己从未涉足过的山外那个新世界充满向往和激情。他一直在这种自卑和向往中挣扎。他害怕,他战栗,他既想摆脱,却又怀念留恋……

带曹楠回龙湾路八十八号的一路上,他注意到曹楠神色凄然,也许由于紧张,她的两只手拘谨地平放在自己的膝盖头上。这种坐姿,让邵长水想起看守所里的某些犯人,他们长时间带惯了手铐一类的械具,偶尔替他们摘去械具,他们也会习惯性地把两只手两条腿并拢了靠近了坐在那儿。她的脸色略有些苍白,眼睛定定地盯着正前方。但你可以特别明显地感觉到,她的眼神空洞。她向前看,只是为了回避邵长水打量她的目光。而此刻,其实她什么也没瞧见,甚至脑子里也是一片空白。在她后脊背上,却不时地在掠过一阵阵轻微的战栗……不由自主地从内心迸发出的那种战栗……一阵又一阵……

进了屋,捧着茶杯默坐了好一会儿,她才得以让自己稍稍镇静下来。开始讲述前,她略略撩拨了一下"流落"到自己额眉上的那几绺略显散乱的头发,认真地看了邵长水一眼,问道:"你会相信我对你说的这一切吗?"

邵长水淡淡地笑了笑道:"我唯一可能的回答是,你说真话我就相信。而跟我们说假话的人,肯定是不会有好下场的。"

她眼神中很快掠过一绺悔意,好像在后悔自己居然会主动找上门来跟这样的人谈情况。但这种悔意跟它转瞬间到来一样,转瞬间又消逝了。只要一开始说话,她又变得很镇定很自信,也不再战栗。她那好看的瓜子脸上,那细润的皮肤上会自然地泛起一层淡淡的红晕。不用靠得太近,也能从她的头发上脖梗里和衣服的缝褶间闻到一股股难以名状的清香,这让邵长水隐隐地惶惑和惶恐起来。邵长水打小有个"怪毛病",要是喜欢上哪个女生了,就总能从她身上闻到那样一种不可名状的清香。即便对方明明没搽啥带香味的"涂料",他也总觉得她特别的香。那时候在大山沟里,谁家会有那份闲钱给女娃买什么香脂粉饼之类的化妆品?可他就是能从她们身上闻到香味儿——只要她是他喜欢的那一个。为此闹了很多次误会,才闹明白,只有他喜欢的那一类女生(或女老师),他才会觉得她们身上发出的气息是香的。而且总是那样一种说不清道不明的香味儿,让他心跳脑热浑身发胀。

今天怎么会从曹楠身上也闻出这样一种香味来了呢?

难道自己喜欢上这个小丫头了?

不会呀。自己从来也没转过这样的念头啊。再说,自己一直还在怀疑着她哩,她身上存在的那些个疑团一个都还没来得及澄清哩,哪还谈得上"喜欢"二字?

但这香味儿是明显的,而且就是那样一种"说不清道不明的气味儿"。很熟悉,又很陌生的那种……

咋回子事呢?一瞬间,他还真有那么一点心慌起来,忙起身给自己沏了杯茶,把椅子往远处稍稍移了点,又打开半扇窗户,透进些傍晚的凉风,这才完全消除了那种莫名其妙的感觉。

在犹豫和沉吟了相当一段时间以后,曹楠放下手里的茶杯,挺直了上身,用一种极坦诚率直的目光看着邵长水,开始了她的讲述。

她对邵长水说:"我知道您一直在怀疑我,从那天大清早,我在李敏分主任家门前那棵白杨树下拦住你开始,您就开始怀疑我了。说起来,那天早上的事,实在也是干得有些莽撞。我本不该去的。但一时头脑发热,没管住自个儿,露了个大怯。后来,您大概就开始时不时地跟踪我了。那回在领事馆路西口齐神父家的小院里,其实我是看出您来了。我当场没吱声,事后也没告诉齐神父。我想我没做啥亏心事,用不着慌神,另外我觉得自己也该表现得成熟一点了。现在,许多事情已经由不得我们这一代人愿意不愿意,就把我们摆到了前沿这个位置上,逼着我们掺和进去。我希望自己能沉着冷静,少犯些一时头脑发热的毛病。当然,跟你们这些老前辈比,虽然不能说我们无知,但的确是不够老练,总还是显得稚嫩……"

邵长水笑着问道:"我很老吗?都能算是'老前辈'了?"

曹楠微微红起脸说道:"我这里说的'老前辈',是泛指的嘛。您别跟我这么较真嘛。"

邵长水又笑道:"不较真,不较真,请继续往下说。"

曹楠脸上很快褪去了那层淡淡的红晕,低下头,稍稍地也斜起眼,盯着那已经有一点发暗的房角,发了一会儿呆,大概是在脑海里搜索捡拾被邵长水打断的话头;过了一小会儿,她继续说道:"既然你们早就开始怀疑我了,为什么不来找我呢?你们找这个,找那个,最后找了我爸,还找了那个寿泰求,就是没来找我。为什么?认为我不值得你们找?如果我真的那么没有价值,那您为什么还要跟踪我?"

(这时候,邵长水很想趁机把这个莫须有的"跟踪"向她解释清楚了,但见她已经完全沉浸到自己的那个"讲述者"角色中去了,觉得此刻还是别打断她的为好,就没在这中间插上话去。)

曹楠说:"其实我一直在等着你们来找我,也以为你们一定会来找我的。等了这么长时间,从初春等到暮春,这都到夏天了,既然如此,我想还是我主动些吧。不管谁找谁,目的只有一个:为了解决问题。我知道,你们会对我所说的一切,持很大的保留态度。你们不会相信我这么个'小女孩'能在这么大的一件事情里掌握到什么重要内情。恐怕也会对我主动来谈我自己父亲的情况,持极端怀疑的态度。我怕被你们起疑,这也是我迟迟没敢来找你们的一个重要原因。假如被怀疑,假如得不到信任,那一切就都没意义了。"

"你们会相信我说的话吗?"说到这里,她突然再一次这么问道,脸色再一次变得非常苍白,不安;一时间,原先就比较尖削的下巴颏变得越发的尖削,原先比较尖挺的鼻尖,这时也变得更加尖挺了。

邵长水没回答她的追问。他根据自己多年来跟一些涉案人打交道的经验,知道其中一些人长期处于焦虑、困惑、绝望和紧张的心理困境中,下意识地会产生一种自闭、自卑和多疑,以致精神狂躁和抑郁的现象。按民间的说法,这些人特爱钻牛角尖死胡同。如果这时你正面去反驳他,或针锋相对地跟他们较劲、抬杠——哪怕你真是为了安慰他们和矫正他们,那也只会加剧他们的这种多疑和狂躁。这时,一个平和的眼神,一杯常见的茶水,或一支廉价的香烟,甚至漫不经心地递过去一块刚烤熟的红薯,或再加上一段或长或短的沉默……也许能让人和事都得以缓解……

曹楠象征性地喝了口水,又捋了捋那几绺再度"流落"到额前来的黑发。邵长水这才发现,在已然二十三四度的气温下,她里边居然还穿着棉毛衫。这使他疑惑起来,不知她脸色的苍白是由于心情的焦虑,还是更主要的由于身体的虚弱?

"咱们先谈实质性问题,再来解释我和这些事、这些人的关系。行吗?"她怔怔地问。

"随你。谈什么、怎么谈,一切都随你。"邵长水温和地答道。虽然早就在区图书馆那冷清而又温馨的环境中认识了她,但从来还没跟她单独面对面地长谈过,因此从来也没有这么近地观察打量过她。(这时,那股莫名的香味又时远时近地悄悄环绕过来了。)邵长水注意到在她左眉的眉尖处,长着一颗痣,因为受到眉毛的遮蔽,不靠近了看,不容易看得出来。而在她嘴唇的右上角处也长着同样一颗痣,这是他早就注意到了的。他记不清古代的命相书和流传在民间的各种说法中,是怎么评价长在女人脸上的这些痣的。他只是感觉到,由于多了这样的痣,她整个的外貌都变得较为丰富和复杂了,而且还带有一种奇怪的意味。(他的这种感觉是不是也因为潜移默化受那些命相书和民间说法的影响才产生的?但邵长水自认为是坚定彻底的无神论者,从不相信这些"胡言乱语"的。)

"我不知道我爸和寿泰求跟你们胡说了些什么,我想你们也不会告诉我他们对你们说了些什么。但是有两点,是我要着重地告诉你们的,也是我考虑来考虑去,决定主动来找你们谈的重要原因。这两点,他们肯定不会跟你们说的。如果说穿了这两点,他们在你们面前就会变得毫无价值了。所以他们自己是不会说的。第一,他俩一定会拐弯抹角、千方百计地让你们相信,劳叔在陶里根后期,精神上已经不正常。他们跟社会上某些人一样,制造这样的舆论,就是要让人相信,劳叔不可能是被人谋杀的。他们一切言行的唯一目的就是要掩盖劳叔是被人谋杀的这个事实。第二,在劳叔死之前的两三个月,他们和劳叔的关系闹得非常僵。劳叔发现,他俩在一些重大问题上欺骗了他……"

"什么什么，你爸和寿泰求欺骗了劳爷？"

"是的。他俩欺骗和出卖了劳叔，他俩伤透了劳叔的心，劳叔后来压根儿都不愿再见他们了。这样的状态一直持续到出事的那天，一直没有得到过缓解和改善。"

邵长水迟疑了一下，问："但是，根据我们掌握的一个情况，劳爷在他留下的一份文字材料里，特地讲到了他和你父亲的关系，而根据他在那份材料里的描述，他和你父亲的关系不仅不像你讲的那么糟糕，而且还相当地融洽和知心。"

曹楠立即回答道："那请你们赶紧查一查他这份材料是啥时间写的。我可以负责任地这么对你说，如果劳叔在这份材料里还那么说的话，那么，我确信，这份材料一定不是他出事前写的。就在出事前的几天，我爸为了缓和他跟劳叔之间的关系，还让我替他去找过劳叔，想约在一起再把一些他所谓的'误会'解释解释清楚。但劳叔让我转告我爸，免了。根本不存在什么误会。一切都很清楚。因此，完全没有必要再见什么面了。"

邵长水一边听曹楠讲述，一边想道：这样看来，公安部的那份技术鉴定还是准确的。劳爷的"密文"真是事发前几个月就写下的。看来，他和"密文"名单里提到的那些人的关系后来的确发生了变化。而曹楠提供的情况，看来还是靠谱的。

"劳叔去陶里根是为了调查一位省领导的问题的……"曹楠继续说道。

"看来，你还真掌握不少不该由你掌握的情况。"邵长水情不自禁地感慨了一声。

"请不要对我抱什么怀疑态度，也不要对我有什么顾虑。这样会影响到您听我叙述时的心情和认真程度。至于我怎么会掌握到这些情况的、怎么会搅和进这些人和事情中间来的……我随后会向你们一一解释清楚。"曹楠认真地请求道，"在调查的前期，他的确得到了我父亲和寿泰求的巨大帮助。我父亲和我们曹家的情况，我父亲一定都详细跟你讲过了。只要找到我父亲，找到我们老曹家任何一个中年以上的人，你就等于找到了一部陶里根的地方史和地方志。而找到寿泰求，你们就等于找到了打开顾代省长和祝副市长，还有那个大暴发户、典型的中国当代草莽英雄饶上发迹历程的钥匙。年轻的寿泰求曾经受到这三个人的高度信任。这三个人都特别喜欢和看重寿泰求，都争着要把寿泰求招到自己门下，甚至都想把他培养成自己的接班人……"

"劳爷知道这情况不？"邵长水问。

"知道。当然知道。"

"他知道这情况，怎么还到寿泰求那儿去调查那位领导的情况？"邵长水谨慎地隐去了"顾立源"这三字。

"这就是寿泰求高明和狡猾的地方。他用一系列的假象取得了劳叔的信任，以为他是能够在这些问题上出于公心，并坚持一种最起码的原则立场。但事实上他不是这样的人，要他真正做到这一点，也实在是难为他了。他有意无意地欺骗了劳叔，伤透了劳叔的心……"曹楠重复着这个结论，说到这里，她有些激动了，苍白的脸颊上涌起潮红般的晕色。小小的鼻尖上微微地开始沁出一些汗珠。那些柔软而乌黑的发绺再度"流落"到她饱满的额头上来。邵长水意识到，再往下讲，可能就会接触实质性问题了，为了能让这个"小丫头"说得更系统更周全，他希望她能平静下来；于是拿起暖瓶往她的茶杯里续了点开水，并关切地说道："喝口水。喝口水再说。"

"谢谢。"她一边说，一边略略欠起身，支出两根并不纤细、却匀称而白润的手指，在茶杯近旁的桌面上，轻轻地叩击了两下。这种完全世俗化的答谢动作，是邵长水司空见惯了的，对此应该是会不以为然的。但今天看到曹楠这么做，而且做得那么自然、熟练，不知道为什么，竟然让他感到很有那么一点"不舒服"。他担心接下来她会像某些女孩那样再漫不经心地点上一支什么仕女烟,大大咧咧地吞云吐雾起来。所幸没有。但谈话开始以来逐渐在增加的好感,还是受到了一点影响。

"我先说说我父亲是怎么欺骗了劳叔,怎么让劳叔感到失望的。可以这么说,没有我父亲的帮助,劳叔刚到陶里根那个阶段,遇到的困难和阻力就会大十倍二十倍。虽然还说不上没法立足,但起码会给他老人家凭空增加相当多的麻烦。按说,陶里根地处边境,无论从心胸,还是眼界,都应该比内地那些县城里的人更超脱一些更豁达一些。豁达是事实,但超脱就谈不上了。陶里根人特别抱团儿,排外。如果有人告诉您,那地方的人豪爽,热情,大方,特讲义气,那是说,在熟人之间、朋友之间、乡党之间,他们确实是这样的。但对于陌生的外来人,他们是警惕的,甚至还会有些欺生。近十来年,由于边贸开放,大量外来人员涌入,促成了陶里根的繁荣,也给陶里根人带来实利。在'排外'、'忌外'这一方面,陶里根人已经有了明显的收敛和改变。正因为如此,陶里根人对那个外来的'暴发户'饶上都有一种特别复杂的感情。瞧不起他,却又暗自佩服他,害怕他,恨他。瞧不起他,当然是因为他有犯罪的前科,因为他那外来的'流窜'的不安定的没有任何正式名分的前半生。佩服他的原因,自不用多说了。他身上拥有陶里根人特别缺少的那种火热劲儿,那种干起事来勇往直前不顾一切的冲劲儿,那种老子就是天下第一的狂劲儿和不干出点名堂绝不收兵的韧劲儿。这些劲儿,在悠闲惯了、偏僻惯了、一年的时间总有半年是在'猫冬',也自认落后惯了的陶里根人身上,确实是拿着放大镜找,也找不大到的。饶上都在陶里根干成的那几件大事,的确也是有目共睹的。那在城中心建起的第一个商业城、第一家大型游乐休闲中心、第一片住宅小区、第一座人行过街天桥……以至那使陶里根闻名国内外的第一次边贸活动……都是他的'杰作',都留下了这个家伙的手段、踪迹、身影和吼声。有人说,没有顾立源就没有陶里根的今天,这似乎是一条'绝对真理'。但也有人说,没有饶上都同样不会有陶里根的今天。这似乎也是有相当道理的。最实事求是的一句话是，正因为有饶上都这一号人在这里头'搅和'，陶里根这摊'死水'才汹涌得有了一番比较生动和宏大的气势。而这一点，仅仅靠陶里根人自己是不大可能办得到的，'起码还要在寂静和落寞之中徘徊更长一段时间'。至于说到害怕他的理由，那就更可以想见了。饶上都从前在界河对岸做'名犬'买卖时，经常地披着件貂皮领的灰鼠皮大衣，穿一双苏联时期坦克兵的高筒皮靴，戴一顶苏哈托式的直筒卡拉卡黑羔羊皮帽，手里牵着两条足有半人多高的德国黑背狗，身后跟着两个乌兹别克保镖。那保镖手里不是攥着根棒球棒，就是挥舞着细长坚硬的高尔夫球杆，穿行在江边那无数的狗摊儿中间。只要遇见有人经营了未得他允许而经营的那种名犬，侵犯了他的市场份额和权威，他一定会砸了他们的摊儿，没收了他们的狗，并且还会在摊主们的身上留下难以磨灭、也不易忘怀的'痕迹'，这一些当然都是以往的记忆。自从这位仁兄成了远东盛唐国际科贸集团公司的老总，成了陶里根市政治协商会议的委员，成了顾立源启动和实施'创建新陶里根'计划最得力的伙伴后，他早把苏联坦克兵皮靴扔了。甚至还可以这么说，现在，从饶上都嘴里听到的粗话脏话和荤话，要比从那些乡长镇长和一些作家、导演、演艺明星们嘴里能听到的还要少得多。但你不要以为在必要时他就不会收拾你了，他就会宽大为怀'阿弥陀佛'了。那年有人在他建的那个商业城附近又建了个小商品市场，规模还不小，对他的商业城明显形成了竞争和'威胁'。要是在五年前，他肯定就带人抡着大棒冲过去了。但现在他不会这么干了。经过一番运作，他出了个怪招，购买了那个小商品市场门前所有公交车车站'冠名权'，然后把这些车站全部搬离那个市场，搬到自己那个商业城的附近，直接把顾客都带到了自己的商业城里，有效地减少了小商品市场的客源。然后又运作了消防和卫生防疫等部门的领导，以该小商品市场存在严重消防和卫生隐患为由，强行让他们停业整顿，大伤了他们的元气……

"这样一个饶上都,没有顾立源的支持是肯定成不了气候的。人们有理由追问,你顾立源为什么会如此拼着命地支持这个姓饶的?陶里根银行的钱,你贷不到,我也贷不到,而他饶上都却能想贷多少就贷多少。这陶里根的几家国有银行简直就像是他饶家的私人金库似的。人们当然要追问,顾饶之间这样一种铁的关系到底是怎么形成的?

"劳叔到陶里根不久就听说饶上都曾给顾立源一个重达一百多克拉的钻戒。据说这钻戒还是饶上都最穷酸潦倒时,在对岸沃申斯克的一家赌场里,用他最后一笔赌资从一个非洲游客手上赢来的。这位非洲游客输掉了这枚价值连城的钻戒,同时也就输掉了他身上最后一点值钱的东西,返回非洲老家去的旅费也无从着落了,随后就跳进沃申斯克和陶里根之间的那条界河里,自尽了。据说,迄今为止,世界上最大的钻戒,也就一百五六十克拉,为英国皇家所拥有。那么这枚一百多克拉的钻戒,应该也可以称得上是稀世珍品了。不知是巧合,还是冥冥中有所前定,得到这枚钻戒后,饶上都的命运果然发生了一百八十度的转折,从此以后'蒸蒸日上',所以他把它看作自己的'福神',命运之星。民间流传的说法是,当他把钻戒送给顾立源时,还说了这么一句话,如果这个戒指真带着啥仙气儿的话,让它留在您那儿,比留在我这儿强。留在我这儿,它也就保佑了我一个人,但留在您手上,保佑了您的发达,也就能保佑一批像我这样的人。那就让它发挥更大的作用吧,我的市长同志。(那会儿,顾立源还只是陶里根的市长,没任书记。)但还有一种说法是,顾立源没要这枚戒指,当场不仅把戒指'扔'还给了饶上都,还把饶狠狠地'骂'了一通,说,瞧你这点出息劲儿,才干了多大一点儿事,就想着要保佑这保佑那的了?!给我老老实实夹着尾巴做人吧。别净拿着这么个破戒指,给我招事儿了!'破……破戒指……'饶上都一听急了,说话都有点结巴起来了,'破戒指?您知道这一百多克拉能值多少钱?换一个主,拿一百万美金来我指不定还都不溜他一眼哩。''所以我说你没多大出息哩。一百万又咋的了？'听说顾立源说完这句话转身就走了，让饶上都自己在那儿闷站了好大一会儿，也没琢磨过来顾市长这一句'没出息'到底是啥意思，是说'只拿这区区一百万来买他这个市长的好，太不知道天高地厚了'，还是'只为了这区区一百万，有可能坏了他们今后远大的前程，太不值得'？还是说的'他俩之间的这战斗友谊革命感情绝对不应该掺杂进钱这么个东西，不管钱多钱少，都不必要'？

"顾立源到底拿了这戒指没有？劳叔觉得这是应该闹个明白的。

"在我父亲的帮助下，他很快闹清了，顾立源确实没拿。而且还找到了两个证人：一个是饶上都的前任助理，一个是饶上都的现任助理。饶上都这家伙非常精明，他每隔一两年就要更换贴身的助理。他从不让任何一个'外人'长时间地掌握他为人做事经商的秘密。那个前任助理曾经在事发后，亲耳听饶上都对他讲过顾立源当场是如何拒绝接受那戒指的，并且还亲眼看到饶上都把戒指重新锁回保险柜里去了。而那位现任助理则是在最近又一次看到饶上都从那保险柜里取出过那戒指，证明它一直还由饶自己收藏着。

"还有一档子事，也是必须整明白的，那就是饶上都以低于市场价好几倍的价格，获取江边一大片土地，并取得陶里根几家国有商业银行几亿元人民币的贷款，与此同时，顾立源从饶上都手上拿到两幢别墅。一幢在北京首都机场附近的一个高档别墅区里，另一幢在上海原英租界里。据说这两幢别墅的总价，折合人民币高达两三千万。而在上海的那幢完全是用美元购买的。如果说，发生在顾立源就任陶里根市市长初期的戒指事件，在民间流传时，就有两种完全不同的说法，那么，发生在顾立源任陶里根市市委书记兼市长后期的别墅事件，几乎是众口一词，别无他说：顾肯定拿了这别墅。饶上都还专程陪顾立源去两地看过这两幢别墅。而据一些了解内情的人说，这件事饶上都办得比较隐蔽，他知道该怎么来保护顾立源：房契上都没写顾立源的名字。据北京一些从事房屋买卖中介的人说，在北京一些早期开发的别墅区里，可以找到不少这样的'鬼屋'。它们从账面上看，早已售出，也办理了入户手续，也有人定期来为之交纳物业管理费，但就是没有人来装修和居住。这些小楼从开盘售出至今一直黑灯瞎火，野草疯长，落水管生锈。锈水洇黄了邻近的墙面，墙皮也已经斑驳脱落。据说这些房主人有一些是出国走了的，什么时候回来，回来不回来，都还说不好；另有一部分就是外地的富商买来送给当地当权者的。它们之所以空置着，有的是因为这些当权者不敢来使用，有的是没等他们来使用，事情败露，人就被'双规'法办，再没机会来使用了。

"可以这么说，劳叔就是为了查清这档子事，才想到要去饶上都的那个远东盛唐公司谋职的，以便能就近从他们内部得到在外头得不到的真实情况。

"而替劳叔跟饶上都牵线搭桥的就是我爸。那一段时间，饶上都经常上我家来找我爸。他想说服我爸，把'曹不泉酒厂'这块老商标牌子转让给他去经营。'酒厂这些年也不怎么景气了，您老人家也没那份精气神去折腾那些七七八八的事情。您开个价吧，我也就算做件善事，替咱们陶里根留下一块金字老招牌。您还有啥舍不得的呢？与其让它沤在您老手上，还不如让我来让它重放光彩。'这家伙也是因为财大气粗的缘故吧，说话就是这么自大和直率。我爸趁机就把劳叔介绍给了他。当然还不是用自家的那块金字招牌跟饶上都交换的。'转让牌号的事，容我再捉摸捉摸。不管咋说，这也是祖上留下的最后一点东西。我是折腾不了它了。我那闺女将来能折腾动它吗？怕也难。交给谁呢？我总得掂量掂量吧？先让我在您那儿安插个人吧，让他代我就近考察考察您。这个劳东林是我最要好的一个老朋友，人家可是干了几十年的老警察，破案高手，省公安厅的神探。上您那儿干个保卫部经理啥的，别的我不敢吹，但我可以保您饶上都白天黑夜尽可以敞着门地放心睡您的大头觉了。'

"有了保卫部经理这个头衔，劳叔在饶上都身边，在公司各部门走动自然就方便多了。没用太长的时间，他就确认了饶上都有在北京上海购买别墅的行为，甚至搞到了这两处房子房产证的复印件，搞到向售楼方汇出房款的银行汇单号，搞到了饶上都陪同顾立源去北京上海看房的具体时间、行程和从上海打回来的电话记录，还搞到了那两处房子的确切地址……现在剩下最后一件事，也是最关键的一件事，就是要确认顾立源是否已经从饶上都手上拿走了这两处房产，这也是最困难的。房产证上写的不是顾立源的名字，顾立源也没有入住。他本人没入住，家属亲戚也都没入住。他到底要没要这两处房产？从房产证上的日期推算，饶上都购买这两处房产的时间差不多就是他从银行获取那几亿元贷款，并从顾立源手中获得那几万平方米江边土地的日子。应该说，从饶上都这一方来说，买这两处房子为了获取贷款和廉价土地做打算的意图是十分明显的。问题仍然在于，顾立源到底收了这点'薄礼'没有。如果收了，捅开了这一个缺口，后续还能捅出几个'两三千万'？那就很难说了。以饶上都这'老光棍'（他至今没成家。当然，他身边不缺女人。但据说，在这方面他还挺严谨，从来不让乱七八糟的女人随便走近他。至于他到底是怎么解决他那男人的性饥渴问题，或者这家伙干脆就是个性变异，不存在什么对异性的饥渴问题，这我就不明细了）的豪爽大方，他对顾立源那种由衷的'感恩戴德'之情，整出一两个、两三个'两三千万'也不算多。但怎么确认顾立源是收受了这房子的呢？就在劳叔煞费苦心正要往下突破这难关的时候，一件让他目瞪口呆、猝不及防、晴天霹雳般的事情发生了：那几位秘密地帮助他获取这些'情报'的员工一夜之间全都被炒了鱿鱼。

"一时间，劳叔不知道究竟哪儿出了娄子。一时间，整个盛唐公司上下都人心惶惶，不知道饶老板为什么一下子开除了这些人，而这些被开除的人中间有一些还是老板过去极为得力的亲信。事情是明摆着的，一定是有人出卖了这些人。但一向以来，劳叔跟这几位都是单线联系着的。

如果问题没出在劳叔自己身上,就不应该发生这种'一网打尽'的悲剧。他琢磨来琢磨去,在自己身上也没琢磨出啥纰漏。而除了劳叔自己以外,唯一还知道这几位底线的,就只有我老爸了。因为在整个过程中,劳叔没回避过我老爸,而且还经常跟我老爸讨论进一步的做法,该找谁,怎么个找法,找的时候又该对哪些问题加以特别的注意⋯⋯

"难道真是我老爸出卖了他们?如果是'出卖'了,为什么只开除那些人,而没触及这件事的始作俑者劳叔呢?饶上都甚至都没找劳叔谈一谈,哪怕做一个象征性的警告类的谈话都没有,好像劳叔跟这几个人压根儿就没一点关系似的。这也让劳叔困惑和忐忑万分。难道这几位的被炒,是另有缘故?这样的可能性不是没有。但是,同样是这几个人,凑在一起又干了一档极度冒犯饶上都的事,这样的几率的确太小太小。

"静待事态稍稍平息了一点,劳叔赶回省城来找我爸追问这事的原委。那段日子,我爸也不去陶里根了,一直'躲'在省城的家里,后来索性躲到码头街我那小屋里去了。当然,躲是躲不了的。躲得了谁,也躲不了劳叔⋯⋯"

邵长水问:"大概是你向劳爷报告了你父亲的下落的吧?"

曹楠说:"凭良心说,这一回还真不是我向劳叔禀报的。但我对我父亲那一段时间里的行踪的确心存疑虑。他为什么不去陶里根了,为什么莫名其妙地要住到我那小屋里来?那天,我下了班,匆匆在街上买了些熟食,还买了点蔬菜赶回码头街。熟食是给我爸买的,他爱吃那些猪头肉卤猪蹄什么的。蔬菜是给我自个儿买的。我的一个朋友告诉我,每个星期最好有一至两天吃素,这样有利于保健和减肥,也有助于保持心理平衡和精神健康。等我气喘吁吁地上了那'危楼',刚要张嘴叫门,就听到从屋里传出一阵阵压低了嗓门的咆哮声。我立即就听出那是劳叔的声音。他不断地在追问,这到底是咋回子事嘛,你吭个气啊⋯⋯你当面说人话,背后却不干人事,到底安的啥心嘛⋯⋯但不管他怎么'凶狠',我父亲就是不作声。这时我既不知道他俩之间到底出了啥事,又不敢擅自闯进门去自讨没趣,只得干干地站在门外,完全被这么一档突如其来的事情吓呆了。你别看劳叔这人个性强,但他平时在熟人中间,是以随和、幽默、好逗人乐著称的。与人相处,他很少得理不饶人,更不会把人逼到绝境。当然,你要真把他欺负狠了,真惹恼了他,那九头牛也不一定能拉得转他,就像当年,上头有人找他谈话,只要他认一下错,就可以考虑让他保留二级英模称号。他说他没错。他说,你就是摘掉我二级英模的帽子,我还是没错。你们不是一直在教育我们为人做事要实事求是么?我没错,怎么认错?我没错去认错,还能算真正的二级英模吗?找他谈话的领导一听火了,大声责问,你还以为你是二级英模?年轻气盛的他立即跳起来反问,我怎么不是二级英模?有种,你把我这称号取消了啊,你送我去劳改啊!他以为这英模称号是国家公安部颁发的,省里不能把他怎么样。却不知,过了不长一段时间,英模称号真的被取消了,虽然没'送去劳改',也没开除公职,但最后还是把他的党籍给开除了。

"……又过了一会儿,我听见他把声音压得很低很低,跟我父亲说了很长很长一段话。我父亲仍然一声不吭;而后就听见门'嘭'的一声被拽开了,劳叔满脸涨得通红地冲了出来,目不斜视地从我身旁跑下楼去……

"我走进屋,看见我父亲脸色苍白,整个人都跟瘫软了一般,萎缩在旧沙发的一角,眼神中充满了歉疚和无奈,满头花白的头发这时显得特别蓬乱和凄怆,人也苍老了十多岁似的。后来我才得知,先是那几位中,有人绷不住了,悄悄地去饶上都跟前,把劳爷如何通过我爸找到他,秘密调查别墅事件的情况,一五一十,连汤带水地全端了出去。因为是'单线联系'的,他当然说不出公司内部还有谁掺和了这档子事。饶上都立即找到我爸,逼问此事。他当然不能对我爸来硬的,他很坦然地对我爸说,你和那位劳先生到底想干啥,我没法干预,也不想干预,但我不能允许我手下出叛徒。您能帮我一点忙吗? 我公司内部哪些吃里扒外的东西，在背后给我捅刀子? 当然, 我也不为难您, 市场经济嘛, 我更不会让您白说。上一回不是说到我想买下您家那个曹不泉的金字招牌吗? 上回开价多少来着? 三百万? 这样, 我们来赌一把玩玩。我给您十分钟考虑时间, 十分钟内您要够哥们儿, 告诉我实情, 我在那三百万上加价五十万。如果您还犹豫, 还想再考虑考虑, 我可以再给您十分钟时间, 还可以再加您五十万, 也就是说如果您在二十分钟内能说出实情, 您能多拿到一百万。当然, 如果您在二十分钟里还不能做最后决定, 我还可以往上加价。但是, 我不会无限制加价。那你犹豫到明天早上, 我就彻底破产了。我有个心理价位, 能容忍到某一个程度, 如果到那时候, 您还不想告诉我, 那么这个价位将重新跌回到起初的那三百万。再往后, 你每犹豫十分钟, 我就往下降五十万。一直降到零价位, 游戏结束。您这块金字招牌我也不要了, 咱俩之间的交情也就结束。但您信不? 您不告诉我, 我也能把那几个王八羔子查个底儿掉。但您可就实实在在地损失了好几百万呐。曹大爷, 几百万啊, 别说对您, 就是对我, 也不是一笔小钱呐。说白了, 我今天就是拿这几百万来买你一个开口说实话。我必须把这几个王八羔子尽快剔除出去。你自己掂量吧。

"我爸一开始并不想对他说实话。饶上都真就开始了他这'叫价游戏'。从三百五十万……四百万……一直到四百五十万……我爸还在犹豫……这时, 饶上都一下把价位跌回到三百万……然后继续往下降。每降一回, 就会少拿五十万。五十万啊! 我爸辛苦了一辈子, 辛苦出满头的花白头发, 都没挣够一个五十万! 而眼前, 十分钟就损失五十万啊……我爸再也受不了了, 前胸后背直哆嗦, 身上直冒冷汗, 就在饶上都把价位落到二百万时, 他受不了了, 把所有的事情都跟饶上都说了……

"他觉得自己对不起劳叔, 但他又觉得自己实在也是没有退路可走, 只能如此。从那以后, 劳叔再也没来找过我爸。非常奇怪的是, 过了几天,他主动去找了饶上都,一副很落魄、很沮丧的样子,把事情的责任全都揽到自己头上,'请求'饶上都能免去对那几个同志的'处罚':这几个同志实际上并没有供出什么了不得的情况,只是说了公司买过这样两幢别墅,但他们并不知道这别墅到底是要拿去做什么用的。他们并不认为告诉我这些情况,对他们尊敬的饶总会构成什么'危害',所以请再给这几个同志一个'机会',让他们回到原先的岗位上去;况且他们也都是上有老下有小的人,需要这样一个岗位,这么一个'饭碗'来养家糊口……

"饶上都斩钉截铁地回答劳叔,让那几个王八羔子回到原岗位上?这是绝对不可能的。我现在不跟你说别的。这几个王八羔子心里要真有我这个老总,在跟你说这些烂事儿前,应该先来请示我一下。他们早就该明白,是我在给他们开工资,是我在养活他们。现在知道疼了?知道没钱养家糊口了?早干吗去了?蒋介石当年没杀那个抗上的张学良,那还把他拘了一辈子哩。这几个王八羔子必须离开公司总部。但看在你老的面子上,我可以在我管得着的范围里,给他们再找口饭吃吃。但他们必须给我立下书面字据,必须承认,原先跟你说的那些话都是放屁的话,是造谣,污蔑。人家顾代省长正经一个国家省部级干部,用得着上我这儿来找住房吗?这不是在歪曲寒碜我们党我们政府,毁坏我们国家干部的形象,存心跟改革开放过不去吗?

"劳叔说,你把我开了不就完了?这事是我起的头,你跟他们算啥账?

"饶上都嘿嘿一笑道,劳大哥,我不是不能收拾你,也不是不敢收拾你。我现在只是不想收拾你。不收拾你,是有几条理由的。头一条,我不希望这事在社会上闹大发了。您一走,这动静就大了。全公司的人都会怀疑到我这儿真要出什么大乱子似的。上下人心浮动,我的损失就太大了。所以,所以还真不能把你整走。你还得安安心心在我这儿干着。你愿干不愿干,都得干着。第二条,我瞧你还是个相当有能耐的人。再咋说,原先也是省直机关的干部嘛。这样的人才,在陶里根打着灯笼也找不见几个。我这人还就喜欢跟这样的人打交道。你能替谁谁谁来密查我,就不能倒过来替我去堵堵这窟窿?曹月芳咋样,也算是一个老资格了吧?二百万搞定。将来我给你的好处,一定会大大超过这二百万。当然,前提是你要真心替我干。现在不都在学习'三个代表'吗?你说将来谁代表中国的发展方向?谁代表中国最先进的生产力?是我?我们?还是那个都快走不动路的老书记?你干了这么几十年,他们给你啥了?你跟我干一干试试,看看我能给你啥?!好好想想吧,别再小事聪明大事糊涂了!别一辈子轰轰烈烈拳打脚踢到头来落一场空,还自以为能耐!

"应该说,我爸的'背叛',加上饶上都这一番连蒙带唬,对劳叔心理的打击特别大。头几天,他还真蔫头耷脑的,走起路来跟鸭公鸭婆似的,趿拉着鞋,撇着个外八字脚,一俜一俜地直晃悠,一点精气神都没了。听说饶上都为此还再一次把他叫到他那特豪华的办公室去'开导'了一番。饶上都说,你这么跟家里死了爹似的,不是明摆着要告诉全公司的人,你跟那几个被开了的王八羔子是一伙的吗?晚上带你们保卫部的几个哥儿姐们去歌厅吼几嗓子去。我知道你歌唱得好,舞也跳得不错,撒开了玩儿一把。今天晚上的消费,开个票,回头我给你签单。

"据说,打那天起,劳叔就经常出入歌厅和洗浴中心。他能唱能跳能说笑话,不荤不素、雅俗共赏的黄段子张口就来,是个非常出色的晚会派对主持。再加上他单身一个,独自住在公司里,晚上有的是时间哄大伙玩儿。公司里谁搞聚餐、生日派对,谁办红白喜事都少不了他。那段时间里,他几乎天天晚上都闹腾到半夜一两点才回他那单身宿舍。随后不久,饶上都把他原先使着的那辆旧沃尔沃换成了你们后来看到的那辆崭新的奥迪A6。他就是要让全公司的人看到,公司前一段是出了一点事,但那是小事,有人猜疑是这位从省里来的保卫部经理组织一帮人跟饶总过不去,现在你们瞧瞧,到底谁跟谁过不去?谁跟谁都挺好,公司内部天下太平……

"饶上都这人就是能玩手段。玩不了手段,他能做那么大的生意吗?

"应该说,也就是在这前后差不多的时间里,劳叔悄悄回省城去找过一回那个派他来陶里根的人。我不清楚这人叫什么。劳叔在非常痛苦的时候,跟我隐隐约约地说起过这档子事。但没告诉我这人叫什么姓什么。他只说那个人也耍了他一把。他特别伤心地跟我说,那个派我来的领导突然昏迷了,没来得及留下任何话。我问他,那你不能去找别的领导?他直叹气,摇着头跟我说了这么一句话:你不懂啊,小丫头,你不懂……我问他,我怎么不懂了?领导不都代表党和政府嘛,找这个找那个不都一样?干吗非得盯住一个?他苦笑笑,还是重复了那一句话:你不懂啊,小丫头,你不懂……

"那一段时期他的确显得有点灰心,也的确显得有点沮丧,但他表现出来的那一整套'玩世不恭'的举止,给我的感觉,总好像是故意这么装给谁看的……是采取的一种自我保护措施……"

邵长水忙问:"哦?你为什么会得出这么一个结论?"

曹楠轻轻叹了口气说:"我也说不清楚……也许……也许我总不能相信,这么一个饱经沧桑的老警察,精神上心理上会那么脆弱,那么不堪一击……"

邵长水微笑着打趣道:"感谢你能这么信任我们警察。"

曹楠却很认真地答道:"也不是每一个警察都这么值得信任的。我爸也当过警察。"

邵长水模棱两可地说道:"你爸……"

曹楠忙接口说道:"这就不说我爸了。反正那一段,劳叔的日子不好过……"

邵长水说道:"再说说寿泰求吧。他怎么又让你那位劳叔失望的?"

曹楠这时坐直了身子,抻了抻腰,打量了一眼窗外完全黑下来的天色,忽然说:"你们这儿没食堂吗?你们都吃过晚饭了?"

邵长水忙笑道:"我还真把这一茬给忘了哩。走走走,找个地方吃饭去。"

曹楠说:"你们这儿有食堂的话,咱们就在食堂里随便吃点得了,在食堂里吃还干净。"

一直闷头在一旁做笔录的那个女同志一边收拾着散页的笔录纸,一边笑着劝说曹楠:"难得咱邵组长大方一把,啥干净不干净的?走。马路对过那家川菜馆就不错的,麻辣都挺够味儿。"还一溜小跑,把复核组其他两位同志也一起叫上,一路嚷嚷着:"今天咱们可是托人家小美女的福了,得好好让邵组长出一把血。"

曹楠却噘起嘴说道:"谁是'美女'?别骂人,行不行?"

那个女同志大笑道:"少见,真少见。小丫头片子还有不喜欢别人称自己美女的。美女好啊!你瞧我跟邵组长工作这么长时间,他就没想到要请我下一回馆子。我总结半天,原因就只有一个,我不是美女呗。"

邵长水略略红起脸,故意做出一副"咬牙切齿"的样子笑道:"请,今天好好请。放开你那丰硕的肚子,就好好撮吧,你!"

19
曹楠的第二次讲述

但等这一行人走出八十八号大门,曹楠却又变卦了,不想去吃晚饭了。"不会是因为叫了你一声'小美女',就气得连饭都不想跟我们一块儿吃了?没那么娇气吧?"那个女同志说道。"哪是?"曹楠赶紧红红脸辩解道,"人家胃不舒服……"这样,这馆子就没上成。复核组的几位同志上食堂去吃了,邵长水留下陪曹楠随便说了会儿闲话。等那位做笔录的女同志吃完了饭回来,又接着往下谈,话题自然就集中到寿泰求身上了。在重新开始谈话前,曹楠去了趟卫生间。趁她不在时,那位负责做笔录的女同志悄悄地问邵长水:"你说,她怎么会知道那么些情况?听起来,好像她全过程都参与了这些事儿似的。但实际上,小小年纪,别说全参与了,就是半参与,也不可能嘛……甚至可以这么说……"这时,从卫生间已然传出轰轰的抽水声。邵长水忙做了个噤声的动作,打断了她的话,并轻轻说道:"嘘……这个问题,咱们待会儿再讨论。"其实这也是邵长水心里正在形成的一个疑惑,是啊,如此激烈深刻地发生在父辈们内心的矛盾冲突,她怎么了解得那么详细周全?还说得绘声绘色,有板有眼,跟"真的"似的?

"咱们继续往下说吧。晚饭前的那一段,不知道我都说清楚了没有?"从卫生间回来,曹楠一边用一块洁白的手巾擦拭着刚洗过的手,一边略带着点不安地探问着。

"挺清楚。挺清楚。就这么说。咱们继续。"邵长水一边应和着,一边替曹楠的茶杯里续满了开水。

"谢谢。"她再次支出两根手指,在茶杯前的桌面上轻轻地叩击了两下,"该说那位寿泰求了,是吧?"说到这儿,她稍稍地停顿了一下,仿佛起跑前要做些热身动作似的,"很少人知道劳叔和寿泰求之间还有这样一种密切的忘年情谊。劳叔曾经这样告诉过我,他羡慕寿泰求,也妒忌寿泰求。他说他从寿泰求身上重新看到了年轻时候的自己,感受到了他曾经向往过梦想过企求过但又没能实现的那许多追求……他当然也清楚,寿泰求的事业起点比他高,工作环境工作要求也很不一样,两者之间存在着许多不可比性。但说一句实在话,假如让劳叔年轻二三十岁,他很可能干得比寿泰求还欢实。时代啊……大环境啊……就是这么在决定着人的命运……"说到这儿,曹楠居然这么重重地感慨了一声,仿佛她已然是一个年迈的过来人似的,"劳叔跟寿泰求交往,除了刚才说到的怀有一种真诚的羡慕和善意的妒忌,不能说没有带一点虚荣:能跟这样一位省内最年轻的正厅级干部密切交往,自然也是一件可以让人感到非常愉快和自我安慰的事,甚至也可以说是一件值得炫耀的事。同时,也免不了带有一点好奇:想了解这些新一代的政治明星、新一代的大企业领导人到底是在怎么生活和工作的?他跟我说过多次,说起来,寿泰求也应该算是那个所谓的陶里根集团的一员,但他跟这个集团的许多人不一样。他身上有一种相当难得的'超团体'意识。也就是说,他所做的一切,不仅仅是为了他自己和这个小团体的利益。他说,中国人千百年来习惯于拘囿于小团体中,最早是受家族和宗族束缚,后来又有帮会和行会、山头和宗派……总是把个人的命运和小团体的前程粘贴连挂在一块。现如今这社会,组织团体是需要的,但不能为了团体而团体。在团体中,又能超团体,这才是真正的社会精英。他预料,寿泰求会成为一个……甚至比顾立源还有出息的顶尖角色……"

"既然这样,他怎么会对寿泰求感到失望了呢?寿泰求不是一直干得挺好的吗?可以说蓬勃向上,方兴未艾。他正在筹建的中轴集团,不仅在中国,在整个远东都是最大最先进的一个轴承生产基地。"邵长水问道。

"他给劳叔造成的伤害和失望当然不是在这些方面。"曹楠答道。

"哦?那在哪些方面?"邵长水又问。

"你们还记得,晚饭前我说劳叔在受到我爸的伤害后,去省城找过一位我叫不上姓名的人,又被那人伤了一回心的事吗?"曹楠问道。

"记得,记得。"邵长水答道。

"那人的确让劳叔感到伤心……说伤心也许还不够确切,应该说是'寒心'才对……按说,劳叔也是一把年纪的人了,社会上的种种人和事,也见识得不少了,他应该能理解那个人的心情。那个人毕竟不是平民百姓,头上还有一顶挺大不小的乌纱帽,首先要保自己这顶乌纱帽是必然的事情。但这里毕竟还有一个道义问题啊,也有一个不能见死不救的问题啊。不管怎么说,只有他最清楚,劳叔上陶里根去,到底跟那位老书记存在着一种啥关系。现在老书记昏迷了,你倒好,赶紧把自个儿择清了,但劳叔咋办呢?你总得给句话啊。这样的事,让劳叔还能去找谁呢?他已经辞职了,脱警服了,总不能再去找过去的老领导。人家也管不着你这些糗事。找现任领导?现任领导是饶上都。能找吗?他在陶里根查的就是顾立源和饶上都的不正常关系。找饶上都说这事,那不仅仅是在找揍,简直就是在找死哩!他也不能跟自己的夫人说,不能跟自己的朋友说。甚至都不能随随便便趁着酒兴在哪家的客厅里、哪个餐桌上跟人瞎嚷嚷两句,发泄发泄内心的憋闷。那几天里,他太难受了。干了一辈子刑警的他,也经历过许多特别为难的人生时刻,遭遇过非常棘手的案子。那些个'为难'和'棘手'也曾让他觉得一时间茫茫天涯不见路,但那时候只要低头一看,身边总有一群同志、战友、亲人跟自己在一起,即便是发牢骚骂娘也有个搭伴儿的啊。可现在……生生让人'撇弃'在这个遥远的陶里根……他当然也可以一跺脚一咬牙,去他妈的,老子不干了,回省城;凭自己这张老脸,还发愁在省城找不着一个能填饱肚子的饭碗?还非得憋死在远东盛唐这棵歪脖子树上了?他还真不信这个邪!但再一想,自己能这么拍拍屁股就走人吗?自己当初是干啥来的?调查虽然不能说已经整了一个八九不离十的,但也的确是抓到一些很有价值的线索了。澄清陶里根这锅汤,到底对全省人民、全国人民会有多么大的作用和意义,他劳东林管不了那么些,但眼见得这锅汤里确实飘着那么几颗老鼠屎,还有那么一两只没烫死的贼老鼠在游动,作为一个老警察,自己能掉头转身就走吗?再说,老书记刚昏迷,自己就撂下这事开溜——这样的事,别人可以干,我怎么能干呢?

"苍天在上啊!!

"他们想欺负谁呢?

"欺负谁,也不能欺负我劳东林啊。我还就不信,这么个堂堂五尺汉子在这九百六十万平方公里的土地上愣找不着一个说理明事儿的地方了!还非得低着头哈着腰怕着谁才能把自己的小日子过下去了!

"他知道找寿泰求有风险。因为在许多人眼里,寿泰求也是'陶里根集团'的人,而且,这小子跟顾立源之间的关系也是明摆着的。但是,从前一段接触下来的情况看,寿这人应该是一个明大理儿的年轻领导,知道怎么把友谊和原则、把私交和大局区分开来处置。兴许,还真的只有这小子才能帮自己出一点点子了……

"想到这里,他马上给寿泰求打了个电话,约了个时间就去省城找他了。

"那天,他准备毫无保留地把自己当初怎么会辞职去了陶里根、这段时间来在陶里根又遭遇了些什么、特别是最近以来又发生了些什么……一股脑儿向寿泰求全盘托出。他曾预料,在听完所有这些情况后,寿泰求会被'吓一跳'的,会有所犹豫和迟疑,会掂量一下,到底要不要在这些重大问题上帮这么一位已然辞了职的老警察的忙；如果要帮的话，怎么帮才比较合适……劳叔甚至都想好，如果寿泰求表示为难的话，他绝不勉强他。不同的人在社会这大沙盘上所处的位置不同，扮演的角色不同，本来就不能做千篇一律的要求。他觉得，只要寿泰求能耐心地听他把情况说完，让他把该发的牢骚都发完，即便啥话也不说，即便最后只是咬着牙，跟他一起轻轻地骂一声'他妈的，这些人……'以此来表示一下道义上的支持和真挚的同情，他觉得也就足够了。因为就是这么一点点的支持和同情，他目前也不能上别人那儿去获取。但是让他万万没有想到的是，他刚讲到那人把自己叫到兴安宾馆，隐晦地传达了老书记的想法，寿泰求突然叫了一声：'别说了，你别往下说了……'劳叔愣了一下，不知道发生了什么。他怔怔地打量了一眼寿泰求，只见他一下子变得十分的矛盾，十分的为难，而且还十分的不耐烦，眼神中出现了一种非常陌生的东西，那是一种猜疑，一种惊惧，一种世故，一种紧张，一种埋怨……一种把所有这些神情交杂混合而成的神情，让这个寿泰求在这一刻变得十分的疏远陌生和生硬。当时他俩是在寿泰求的办公室谈的。寿泰求立即起身上外头走廊里探视了一下，确认了门外和走廊里没有任何人在那儿'偷听'以后，又出去把最外头那扇大门锁上，再回来关上办公室这扇门，最后回到座位上，以不容辩驳的口吻对劳叔说道：'不要再跟我说下去了。到此为止。记住我这一句话，你今天啥也没跟我说，我啥也没听见。'劳叔当时还不明白寿泰求说这话的真意是什么，还愣愣地说道：'你听我把事情跟你说完嘛。你帮不帮我出点子都在其次，我只是想找个人说说这档子事。说一说……'

"'我让你别说了就别说了！'寿泰求突然又叫了起来，'你怎么这么不懂事？'

"寿泰求极其严厉和生硬的神情和训斥一个淘气孩子的口气，再加上那高八度的音量和带有一点撕裂声的音质，让劳叔完全呆住了。寿泰求这时可能也意识到自己有些失态,在稍稍沉静了一会儿后,缓和地解释了一句:'跟我说这些没用。你也不该跟我说这些。这事儿……是绝对不能乱说的……对不起……'寿泰求的口气虽然有所缓和,但劳叔仍然从他的眼底深处看到了一种极少出现过的紧张和厌烦。他立即明白了,寿泰求是不愿意跟这件事沾边儿。他可以跟他在一起议论那位顾代省长,但是如果牵涉到'查证',而且又不是从正规的纪检系统下来的查证,他觉得自己绝对不能沾边儿。

"如果事情仅仅到此就为止了,那么,对劳叔的伤害和打击也许还不会像后来发生的那么大。话说到这个份儿上,当然就无法进行下去了。劳叔呆坐在那儿,惶惶地不知所措。而寿泰求似乎也不想再说些什么或做些什么来改变现场的那种尴尬。劳叔知道自己该走了。在稍稍又呆坐了一会儿后,他拿起自己的那个手包,向寿泰求告辞。寿泰求果然也就没再挽留。据劳叔后来讲,那天他都不知道自己是怎么走出寿泰求办公室门的,待他有些清醒,发现自己已经走到大街上了。等上了自己的汽车,他又在车里呆坐了一会儿,从头至尾把刚才在寿泰求办公室里发生的那一幕重新检视一遍,但在脑海里反复翻腾的却只有那一句话:'我让你别说了就别说了。你怎么这么不懂事?!'

"这时,劳叔的手机响了。他马上直觉到这电话可能会是寿泰求打来的。于是他启动了车,一边慢慢驶离寿泰求办公楼,一边打开手机去接这电话。电话果然是寿泰求打来的。劳叔一走,寿泰求清醒了,意识到自己做了一件非常'混蛋'的事。自己等于是把劳叔从办公室里'赶走'了。他的确没想到这个老警察今天竟然是来跟自己商量怎么去调查顾代省长的!自己怎么能掺和这种事?在中央没有正式表态以前,自己哪怕说了一句不该说的话,都可能犯下不可逆转的错。在陶里根时,他就亲身经历过这么一档事,当时他刚从基层调到市政府办公室当副主任,同时又让他兼任一位常务副市长的秘书。任命下达后,当时任市长的顾立源还把他找到办公室去谈了次话,问了问近来生活工作情况,然后就叮嘱了一声:'到市政府机关,要好好干,政治上要保持一致哦。'寿泰求自然极其坚决和痛快地答应了。他觉得顾市长说的这'保持一致',就是红头文件上经常强调的要跟'党中央保持一致',那还有啥说的?!过了几个月,他觉得自己干得挺勤谨,也挺顺溜。没想,有一天下班前突然接到顾立源秘书的一个电话,让他下了班,到市长办公室来一趟。他以为是顾市长召见哩,下了班便匆匆去了。但办公室里却只有那位秘书一个人在。他正要询问顾市长上哪去了,那位秘书笑道,你就别找了,就咱哥儿俩随便聊聊。然后那位秘书告诉他,顾市长对他近来的工作表现非常不满意。'我……我咋的了?'他一愣。'你咋的了?'那位大秘书笑了笑,问道,'最近拆迁办在全市范围开了个工作会议,对不?''是啊。这是市长碰头会上定的。'他忙解释。'整个会议的议程是你安排的?'大秘书又问。'是啊,是根据市长碰头会议定的大框框,具体拟定的会议议程。''你怎么没安排市长到会上去讲话?''这……'他忽然觉出问题的严重来了,忙解释道,'这……这个……这个是市长碰头会上定的。会议由分管拆迁工作的常务副市长主持并做总结讲话'没说还要请市长到会讲话。'碰头会上没说,你就不安排了?那把你放到市政府办公室去当这个副主任干吗使的呢?啥叫保持一致?啊?非得要让市长亲自来求你了,你才安排他去讲话?''不不不……我绝对没这个意思?''那你是啥意思?''我错了……'不到一个月,他就被调离了市政府办公室,到下边一个濒临破产的小厂去当厂长。如果他不是把这个濒临破产的小厂整治得有声有色,如果不是后来在市经贸办公室副主任的位置上又非常出色地整治了好几个濒临破产的国有小厂,他寿泰求以后的前程就很难说了。即便这样,顾代省长至今见了他还常说他:'你这个寿泰求啊,该咋调教才行呢?你总是以你自己为主。眼里没人,可不行啊!'

"是的,这可不行。

"那天他在电话里跟劳叔解释道：'……大哥（他一直管劳叔叫大哥），你想怎么干，别人又让你怎么干，这些我都不管，但是你别跟我说那些。我要听你叨叨地说那些，我不就成了在跟你一起合谋反对现任的省领导了？你应该能体谅到我的难处……'后来寿泰求在电话里还说了啥，劳叔压根儿就没再听下去。他听不下去了，当时他整个人都木了。人家什么时候挂的电话、他自己又啥时候关的手机，他整个儿都想不起来了。他只知道一边听着手机里的嘟嘟声，一边下意识地操纵着汽车，木木然地差一点把车都开到人行道上了，只是车轮被马路牙子重重地硌了那么一下，才把他从那懵懂的状态中震醒，忙本能地往回打了把方向，才没闯出大祸来……

"后来他再也没找过这个寿泰求。他不责怪他们，但也不想再去'妨碍'他们。"

说到这里曹楠停顿了一会儿。

邵长水问："你通过这两个事例，想告诉我们什么？"

曹楠说："就算劳叔在陶里根后期整个人的状态和心态有相当的变化，那也是由于这些重大的挫折造成的。那只是一种挫折感，绝对不是什么精神异常……"

邵长水接着问："挫折感过于重大了，有没有可能造成人的精神异常呢？"

曹楠一下激动起来："你们为什么一定要把劳叔往精神异常那儿想呢？你们为什么就一定不相信他是被谋杀的呢？"

邵长水说："我们没什么一定或不一定。我们的方针就是以事实为根据，以法律为准绳……"

曹楠迫不及待地打断邵长水的话，站起来说道："行了，别跟我说这些空洞的大道理了！"

邵长水诧异了，甚至是非常的诧异，定定地看了看曹楠，略带一些责

317

备的口气说道:"怎么了,小丫头,我们没强迫谁接受什么结论。我们还没做结论哩。再说,你也不必那么害怕某一个结论,一切都在调查核实范围之内。劳爷是我的同行、战友、前辈,你说我们能让他不明不白地冤死吗?但现在有人说他后期精神异常,我们也不能不听啊。也得核实,能排除的就排除。就是要排除,也得拿出充足的理由和证据。我说一句'以事实为根据,以法律为准绳',怎么就变成是'空洞的大道理',招你那么不痛快?我告诉你,有时候还就得说说大道理。十三亿人哩,九百六十万平方公里面积哩,五千年历史哩,还有个台湾问题在较着劲哩,还有几千万农民吃不饱肚子哩。光说小道理行吗?光凭个人兴趣办事行吗?你这个丫头!"

曹楠不作声了。

20
看守所里的秘密

　　随后,邵长水就向赵总队长做了详尽的汇报。

　　听完邵长水的汇报,赵五六稍稍沉吟了一会儿,从身后的保险柜里取出一份笔录递给邵长水。邵长水问:"啥?"赵五六说:"你看看呗。东坝河那边送来的一份笔录。"东坝河是省城的一个街区。五年前,那儿还属于地偏人不多的近郊城乡结合部。因工作需要,刑侦总队在那儿以租代买,整了两套农家大院,跟人家签了三十年的合约,把原先的土院墙和破平房全扒了,重砌了一道两米高的红砖围墙,建了一幢三层楼的简易楼房,设了一个"工作点儿",专办大案要案。总队内部的同志习惯称它为"东坝河分部"。这些年,东坝河建了不少中高档楼盘,已然成了省城相当繁华的一个新街区。附近的开发商多次找赵五六洽谈,愿意用高价盘下他们占据的这六七百平方米地方,做统一规划,赵五六都没答应他们。"那你出个价。"他们无奈地对赵五六说道。"不是价钱问题。"赵五六回答他道。"那是啥问题?"开发商们一筹莫展地问。"啥问题也没有。就是不想把所有的便宜都让你们这些人给占了。"赵五六答道。这一段时间以来,负责侦破"车祸"和"银行保险柜被炸""保安员被杀"等几个相关案子的同志就集中在这院子里上班。

　　那是一份对肇事司机的讯问笔录。这家伙仍然不承认是他把着方向盘撞劳爷的,仍然说不清楚事发当时方向盘到底还是不是掌握在他手里，更说不清楚驾驶室里那神秘的"另一人"的来龙去脉。而根据他的描述，技侦科的同志画出了那个"另一人"的肖像。同志们拿着这画像，在事发地点附近各街区和村镇进行排查指认，也没有找到什么有价值的线索。

至于银行的那个案子，原先还有点进展，查出那个被杀的保安员居然也是陶里根籍人氏。这个信息让大伙眼睛都一亮，以为这一下可以逮住一点什么了。紧接着派人上陶里根查他的社会关系，却发现他是个孤儿，在陶里根早已没了亲人。当过一年多兵，表现不好，受处分提前退伍。回到地方后，不知怎么搞的，又让他"混"进了保安队伍。据说人挺怪僻，又内向，平时一般不爱跟人交往；但前一段染上了好赌的毛病，听说是欠了一屁股的赌债。能不能从他的那些赌友中找到一点线索？暂时还没什么头绪。

"银行被炸现场经过仔细清理，发现被炸的保险柜不止一八零七号一个。为此有同志提出，在没有充分证据坐实案犯就是冲着一八零七号柜子去之前，还不能认定这起银行保险柜被炸案和劳爷的非正常死亡案是有内在连带关系的……现在看来，一八零七号柜子也有可能是被误炸的。这两起事很可能没有必然的联系。"赵五六说道。

"这看法，可太有颠覆性了……"邵长水迟疑地说道。

"从今天曹楠提供的情况来看，劳爷后期生活和精神状态上所发生的那一系列'变化'，有可能是为了争取在陶里根继续待下去，把调查工作做到底而采取的一种自我保护措施，是他的一种伪装和权宜之计。但这也有可能不是'伪装'，不是什么'权宜之计'，而是发生在他内心的某种真实变化。"赵五六慎重地分析道，"其实你们都不太了解东林，别瞧他平时总是显得那么自信，那么有能耐，那么强硬，其实他心底挺软弱的，就像咱黑土地上的某些沼泽地一样，表面上草木茂盛，底下却是一块块相当软弱的'湿地'；加上他这人又比较情绪化，遇到一些想不通的事，就爱自己跟自己死顶牛，顶死牛，钻到死胡同里一旦出不来了，就可能发生整个人都崩溃的现象……"

"您的意思,好像也是在说劳爷不是被谋杀的……"邵长水惊异地问,"但是……但是……劳爷确确实实在我手上写下了'谋杀'这两个字。如果不是谋杀,他干吗要这么写?那些人干吗要冒那么大风险上我家来窃取那张拓片?他们为什么要害怕我们把这张拓片公之于世?"邵长水问,语气渐渐有些激动了。

"听说有这样一种精神症状,得了这病的人老是会觉得周围所有的人都要谋害他迫害他……"

"您认为劳爷有精神分裂症?!"邵长水一愣,大声地反问,几乎要喊叫起来。反应如此激烈,不仅让他自己感到诧异,也让赵总队感到诧异。

"冷静一点!"赵五六立即呵斥道,"现在没人下结论。都在做分析和推断。但,所有这些说法一定都要整明白,到底是,还是不是。要客观,要冷静,不能带任何框框。刚才曹楠在这问题上嚷嚷时,你怎么给她做工作的?这会儿,你自己怎么也迷糊了?"

"我可能有些不冷静……但我真的很难接受这样的说法:劳爷在精神上出了什么毛病……如果说,有人这么说,是因为他们并不了解劳爷的为人。可你们都是他的老战友,一起工作战斗了几十年。你们应该特别清楚,像他那样的同志,在精神上到底会不会出问题……"邵长水有些不无沮丧地说道。

"……但最近我多次问过自己,我、我们真的很了解劳爷吗?我、我们真的很了解我们自己周围的那些朋友、同志、亲人吗?我们看到他们笑,他们哭,看到他们吼叫,他们沉默。但是我们关心过他们到底为什么要笑,为什么要哭,为什么吼叫,又为什么沉默吗?我们只要他们听话,能好好干活儿,好好读书,别给这社会捅娄子就行;别的,我们真正关心过、了解过吗?"赵五六突然很严厉地发出一连串的责问。但从他的神情上看,这些责问似乎更多的是针对他自己的,更多的是在做一种自责,"尤其是这些年,人与人之间更谈不上什么关怀,只要能挣到钱,只要能满足某种欲望就行……"

"……"邵长水不作声了。这是他的习惯,也是他的"优点",即便在最必要的情况下,他也不会在领导面前连续提三个以上的问题。况且这时刻,领导又发了火,又在做深刻的反思,他更是不会再去自讨没趣了。

"你马上去劳爷家走一趟,找嫂子好好地谈一谈。我们一直忽略了他身边最亲近的人,他老婆、他女儿,她们应该是最了解他内心的。别跟她们谈案子,就谈为人和内心,谈谈那一些在他活着时,被我们忽略了的方面,真正把握住他最后阶段的内心走向。关于那个曹楠小丫头,你还有什么情况要补充的吗?"

"嗯……关于她……我们组里的同志都觉得,这丫头简直是太神了。以她的年龄和阅历,她不应该知道这么多事情的,也不该跟这样一群大人和老人混得那么熟,那么知根知底儿……"

"有个情况你可能还不知道吧,这丫头跟顾代省长、跟判了死刑的那位祝副市长,都有来往,也'混'得特别熟……"

"是吗?"

"大吃了一惊吧?有一回你不是告诉过我,她上李敏分家门前拦截过你吗?告诉你,她跟我们这位前李主任也相当的熟,而且不是一般的熟。"

"哦?"

"从你上一回跟我谈了她这些情况后,我觉得应该关注一下这个丫头,让人稍稍上了一点手段,大概齐地了解了一下她,好家伙,真不简单哩!说不定还是条大鱼哩!"

"大鱼?她直接掺和了这些案子?不能吧?"

"现在当然还不能下这样的结论,说她掺和了案子。但说她在某些方面、某种程度上肯定和眼前这些个案子发生过相当的关系,这是没错的。所以,你以后在跟她接触的过程中,要特别加以小心。我估计她还会主动来找我们。这丫头的厉害之处就在于,她不像一般跟案子有关的人那样,躲着警察,回避警察,她不,她是主动找上门。通过这主动接近,来影响甚至左右我们的侦破方向。"

"她企图影响和左右我们的侦破方向?您是不是有点高看了她……"

"你瞧你瞧,你还是把她看简单了吧?你是不是都有点喜欢上这丫头了?啊?据我了解,这丫头可是挺招人喜欢的。要不,她怎么能跟那么些大人物走得那么近?"

"赵总,你在说你自己吧?"邵长水脸轻微地腺红起来。他忽然间想起自己从她身上闻到的那一阵香味,为此竟然有一点自责和不安了。

第二天,邵长水带人再次找泉英嫂子谈了一回。因为事先有约,等他们赶到时,泉英和劳爷唯一的女儿小小已经在家等候着了。进屋后,跟上一回一样,邵长水还是先去劳爷的遗像前敬了三支香。灵堂至今还没有撤,灵前供奉的是劳爷一大一小两张遗像。两张遗像上的劳爷都穿着警服,大的那张是近年来照的彩照,略小一点的那张黑白照片则是早年刚被评为全国二级英模时照的,胸前还戴着那枚亮闪闪的英模章。

应该承认,年轻时的劳爷真够英俊的。

"今天我们再聊聊劳爷出事前的一些情况。非常对不起,又得让你们去回忆那些伤心的事……"

"只要对你们破案有用,让我们怎么着都行。"小小插话道。这闺女也有二十来岁了,提到父亲,眼圈依然立马就泛红。这时,紧坐在继母身旁,懂事地挽着继母的胳膊,相依为命似的依偎着。

"……要谈东林的变化,我和小小仔细回想了一下。东林出事前,整个人的确有相当大的变化。他以前不爱跟我们说他外边发生的事,更不爱说对这些事的感受。谁要主动打听,闹不好了还会挨他一顿剋。但那一段,不知道为啥,他特别爱说。以前他也很少着家。这一点,我想不用我多解释,你们都应该特别能理解。但出事前一段,他只要回省城,就很少上外头去转悠。老在家里憋着,憋得我心里都直发慌,有时就往外赶他,希望他上外头去转悠。当时我还给赵总队长打过电话,请他能不能抽点空儿,找他聊一聊……"

"那会儿,赵总队特别忙,也没想到后来会出那样的事。所以,他俩一直也没聊成。"劳小补充道。

"对这一点,赵总队觉得特别遗憾,特别对不起劳支队长。"邵长水忙代总队长道了个歉,虽然赵总队并没有授权他这么做。然后他又提示般地问道,"你们还记得他跟你们说了些啥吗?那一段时间,他心里到底有啥不痛快?在陶里根到底谁招他惹他、跟他过不去了?"

"我俩归纳了一下,那段时间,他跟我们说得最多的是这样三个方面的事情。"劳小从桌子上一个旧铅笔盒里取出一张纸条。她照着那纸条上写的,一条一条阐述着,"第一,他跟我们讲了许许多多有关顾立源和祝磊的好话……"

"讲他们的好话?啥内容的好话?"邵长水忙问。

"那可太多了……"劳小一边回想着,一边本能地看看自己的继母,那意思好像是要继母在这时帮着提醒一下似的。

"主要还是讲,他完全没想到这两个年轻干部在陶里根创业初期居然有那么不容易,那么有干劲有创意,又那么能吃苦……总的来说,都是些好话。"泉英说道。

"……他为什么要跟你们讲顾代省长和祝磊的好话?"邵长水又问道。

"这,他就没跟我们解释了。"小小说道。

"总是有感而发的吧。"泉英解释道,"你们应该知道东林这人,是很容易被感动的。原先人家是让他去调查问题的,结果一去,听到、看到了不少好事儿,就回家来大发感慨了呗。而我们有一些年轻干部,当初起步时,的确是挺出色的,为国为民干了不少的名堂。您看我们学校里刚提起来的那两个年轻校长和书记,就是这样……"

"行了行了,您就别说你们学校里的那点破事儿了。咱们接着往下说。我爸说得比较多的第二方面内容是,当官真好……尤其是在下边当乡长镇长县长和县委书记,真是要啥有啥想啥来啥。"劳小看了一眼那纸条说道,"第三……"小小又看了一眼那张纸条,继续说道,"第三,他真正能体会到这些年下边为什么会有那么多领导干部会出问题,会发生重大的变化。他说,真不能完全责怪他们本人,这跟他们所处的环境是有关系的。谁到那样的环境里都得变,都有可能出问题。"

"他说,那些个发生变化的干部,是泛指的,还是有具体对象的?"邵长水敏感地问道。

"嗯……"泉英犹豫着不知是该照直说呢,还是应该有所保留。

"干啥嘛。都到这份儿上了,还吞吞吐吐啥么!"小小着急了,撇开纸条,呵斥了她继母一声,便对邵长水说道,"当然是有所指的。"

"指谁?"

"顾代省长呗。"

"小小!别乱说。"泉英一下脸都变色了。

"啥乱说?!"小小的脸也变色了,"邵叔叔他们来就是要搞清楚爸最后阶段的思想脉络和行为指向,搞清楚他到底得罪过哪些人,招哪些人不待见来着。这才能查出是谁谋害了他。"

"那我……我们……就更不能乱说了……"

"谁乱说了?我爸告诉我们,他在陶里根的确了解到顾代省长在那儿当头头时,曾经干得非常出色,也可以说非常杰出过,可以说是一个非常优秀的人才。但后来这人变了。也许在许多方面他仍然是非常优秀和非常杰出的,但在另一些方面,他的的确确变了……变得跟原先那个顾立源很不一样了……"

"小小!你给我闭嘴!你知道你在瞎说些什么吗?"泉英几乎要哭出

来了。

"我没说我爸是顾代省长杀的。"

"小小!"泉英一下冲到劳小面前,大声叫道,"你给我出去!出去!你要是不出去,我就不谈了。"这个温文娴静、向来颇能忍辱负重的中学女教员,在关键时刻关键场合还是显出了她"为人师表"的决心和坚守"原则立场"的本色。她知道邵长水他们是代表公安厅方面来找她谈话的,她知道他们是在侦破东林这个案子,她知道自己应该讲真话,她知道讲真话的人到最后是不会吃亏的。她知道,即便因为说真话遭遇什么坎坷,根据为人的一贯道德守则和社会法规,她仍应该不顾一切地向着代表组织而来的邵长水他们说出真话。几十年来,她也是这样去做的,也是这样教导着自己一拨又一拨的学生们的。但是……但是……但是……今天面对着东林的遗像,眼看着那些花圈上的黄白色菊花一天天枯萎,这屋子里再也不可能响起东林那坚实而轻快的脚步声……她觉得要自己说出真话竟然是那么的艰难。过去每每遇到这样重大的事情,总有东林为她拿主意,总有东林出头露面去处置。俗话说,天塌下来有大个儿扛着。现在"大个儿"不在了,她心里一下空了,她知道这空当是永远也填补不上了。她恍惚,她不知所措,她害怕……她哆嗦……她知道,东林的死跟这个家以外的那个社会、跟那个社会正在发生的变异和动荡是有密不可分的关系的。她不是怕死,她只是不知道该怎么对待这一切,她不知道哪一天会有怎样的一辆卡车,一双同样罪恶的手在门外等着她和小小……

……足足有几十秒钟的时间,她就这样一动不动地和同样倔强不肯退让的小小面对面地僵持着。后来还是邵长水他们把小小拽出了屋子。泉英才颓然跌坐在椅子里,过了好大一会儿,才无比歉疚地对邵长水他们说:"太对不住你们了,让你们见笑了……"

"没事没事……"邵长水忙安慰道。

"泉嫂,您不必害怕,有话只管照直说,厅里会采取一切必要的措施,保护您一家人的安全。"跟邵长水一起来的那位女同志也上前来安慰道。

"我不是害怕……不……不是害怕……"泉英站起来勉强地笑道,但连日的悲痛,寝食失常,再加上刚才那突然的爆发,使早已处于心力交瘁中的她再也支撑不住了,摇晃了两下就倒下了。邵长水等赶紧把小小叫进屋,几个人一通忙乱,把泉英送到附近的医院,经过大夫仔细检查,说是并无大碍,只是悲哀过度所致。回到家,把泉英安顿着躺下,从家里翻出些红枣枸杞银耳之类的补品,赶紧给炖上,又嘱咐了小小不要再跟她顶嘴,并留了电话号码,一旦情况有变,让小小赶紧通报。

但没料想的是,邵长水等回到龙湾路八十八号不久,就接到小小的电话,说是要跟工作组的同志"谈谈"。

"还是先照顾好你母亲,别让她再增加思想负担……"邵长水在电话里劝说道。

"是我继母让我来找你们的。"小小在电话里答道,"她觉得刚才挺对不住你们的。耽误了你们这么重要的事,实在不好意思。"她告诉邵长水,她已经在八十八号传达室里了,"我在用手机跟你们通话哩。"

小小告诉邵长水,他们从劳家走后,她继母冷静地想了想,把小小叫到床前,先检查了自己刚才的态度,然后就让小小立刻去找"工作组同志",把被她中断了的这场谈话"赶紧继续进行下去"。她对小小说:"你想说什么就跟他们说什么吧。我想,这也是你父亲希望我们做的。当然,你要慎重。因为我们提供的任何一点情况,都可能影响工作组下一步的工作,影响到他们能否准确破解你父亲之死的谜团。事关重大。至于别的……我想,只要我们自己实话实说,别的……别的……暂且就顾不了那么多了……"

"你继母真是个好人……"邵长水感慨道。

"是的……"小小眼圈略略地红了,"一会儿,她还会亲自来找你们谈的。她说有些情况我不一定知道,她也不想让我知道。所以,她要单独

327

找你们谈。"

"那敢情好。不过你继母她身体这么虚弱,还是我们上家去跟她谈。"邵长水忙应道,并小心翼翼地问道,"刚才在你家时,你说到你父亲在事发前经常会跟你们谈到顾代省长……"一边问,一边注意着小小神情的变化,唯恐问话不当,把她给吓住了。

"是的,他特别感慨,一方面确实感到顾立源很优秀,很突出;感慨在陶里根那样的小地方能涌现一个像顾立源那样优秀的领导人才,确实是件百年不遇的好事;同时他又感慨在陶里根那地方当官,要不变也很难……"

"为什么?"邵长水发现小小很愿意把谈话深入进行下去,便赶紧问道。

"他说,在陶里根那地方当官,那才真正是'味道好极了'。那味道好到能让你忘了自己到底是谁,用一句能用的俗话来说,就是能让你完全找不到北。到后来,你要不变都难。我父亲说,在那种环境下,把谁放在那儿,放到那样的位置上,都得变,只不过是变多变少、量变还是质变的问题而已……"

"他详细跟你们讲了顾代省长在那段时间里到底发生了哪些变化没有?"见小小并不回避顾立源这个敏感话题,邵长水便又试探着从这方面追问了一下。

"那倒没有……"小小立即回答道,但又赶紧解释,"不是我不愿跟您说,他真没有跟我们详细讲这方面的情况。您要知道,他干了一辈子的公安工作,特别讲究什么内外有别、不该说的绝对不说……那段时间里,他在家说的已经够多的了,已经让我和继母特别吃惊了……"

也许是看到邵长水不无有些失望,小小便忙补充道:"有一句话,他跟我们讲过多遍……"

"是吗?哪句话?"邵长水果然马上打起精神追问。

"他说,陶里根这地方就是各色,别瞧陶里根偏僻遥远,它还真是个出人才的地方,但也是个毁人才的地方……"

"比如说……"

"比如说,陶里根那地方的人太会伺候领导了。就拿电视台来说吧,在顾立源以前,有一任市委书记是陕西人,电视台就老播秦腔。后来有一任书记是江苏人,电视台就老播锡剧,有一任书记是福建人,电视台就改播高甲戏。整个把电视台变成市委书记个人爱好的点播站了。到顾立源上任,他们得知顾立源在大学里还是校内一个诗社的成员,一度曾热衷过诗歌朗诵,于是在综艺栏目中,不断安排诗歌散文音画配。文化系统也在各区县各街道各学校各社区组织诗歌朗诵小组,毫不夸张地说,当时在陶里根市内拥有的诗歌朗诵团体,数量之多,活动经费之充足,演出之频繁,绝对能比全省的总和还要多。而听着那鸟语一般的锡剧和高甲戏和酸不溜丢的诗朗诵,陶里根市民居然没人提出任何异议,就那么忍受了。当然,话又得说回来,他不忍受,又能咋的?再比如说,顾立源在兼任市委书记和市长以后,太忙,市委常委中居然就有同志主动提出,'为了保证顾书记有更多的时间集中精力去运作大事,以后讨论研究一般问题的常委会议,就不必牵扯他的精力了。我们几位研究商量一下,初步做个决定,再向他做个汇报,再由他最后拍板就行了'。久而久之,顾立源推翻市委常委会决议的事就经常发生了。书记凌驾在常委会之上的事,在陶里根就成为'正常现象'了。其实,最早,这不是顾立源自己要求的。当然,因为你是一把手,你可以拒绝和反对。但,一把手也是人啊!谁经得住周围的人年年月月日日地在自己耳边说,你行,你可以这样的,你应该这样的……谁经得住周围的人都在向他低头、向他'下跪'?在我们社会中,没有一个法条是在强硬地保障和保护下级和普通民众可以对当官的说'不'字的。没这样的保护和保障,谁敢说不字?谁又敢不下跪?一个当权者,听不到不字,而眼前的人膝盖和脖梗又都那么软。这种情况延续一年可以,两年可以,十年八年下去,他怎么不发生根本的变化?怎么不会认为自己就是奥林匹斯山顶上那个法力无比的天神,是可以'无所不为'的呢?他说,一旦让一个人觉得自己是可以'无所不为'的以后,离'为所欲为'就只有一步之差了……"

说到这里,劳小停顿了一会儿,好像在整理自己的思路似的,然后她又接着说道:"我爸说,在陶里根这种现象很普遍,有些特权不是领导们原先就伸手要的,而是大伙主动给的。越给越多,越给他就越想要……到后来,顾立源偶尔地出席一次常委会,常委们都会起立欢迎。顾立源当众批评常委,能说出这样的话:'你自己瞧瞧,这是人干的事吗?'在陶里根这已经成了一个'习俗',一个'传统',在党政机关里是这样,在一些民营企业里,甚至可以更加地变本加厉。那些私营老板在自己的企业里绝对实行自己一个人说了算的管理方法。就拿我爸所在的远东盛唐来说,大小会议室全挂着老板饶上都的大幅肖像,就像当年挂马恩列斯毛的肖像一样。饶上都自己都看不过去,三番五次要求手下的人把他的大幅肖像撤换下来,但撤了好几年,一直撤不下来。在盛唐公司,不管大会小会,您去听听,所谓开会,实际上只是饶上都一个人在说,别人在听在记。我爸还给我们举了个例子,那是说他自己的事。他说,那天,刚宣布他担任保卫部经理,到中午,他正在收拾自己的办公桌,就有人轻轻地敲敲他办公室的门,然后探进个脑袋来微笑着轻轻问:'劳经理,还没吃吧?我替您打饭去?'吃完饭,很自然地有人就把他的碗筷拿去洗了。上面没规定你必须替经理打饭,更没有规定你必须替经理洗碗,有些规定甚至还反对这么做,但是在陶里根,就形成了这样一种风气。只要你刚当上个组长,马上就会有人来'伺候'你。在那些民营公司里,你瞧那些员工看老板的眼神,完完全全是木然的绝对顺从的和毫无自我意识的……党的干部还有党在管,可谁来监管和约束这些民企老板,谁来约束他们中肆意侵犯员工利益的行为呢?当下有人想站出来说说这些老板,而有些所谓的经济学家权威还大声叫嚷,你们这样会损害中国经济发展和改革开放。可是他们想过没有,这样下去,久而久之会发生什么?啥事都怕久而久之啊……是的,钱是挣了,楼是盖了,高速公路绿地也是比从前多了,小汽车开得呜呜的,久而久之下去会怎么样呢……"

说到这里,劳小又停顿了一会儿。

"你父亲还跟你们说些别的什么吗?"邵长水问。

"在一段时间里,他翻来覆去地就跟我们说这些……"小小答道。

"你不觉得……他这样……这样……有些不正常吗?为什么老说同样的话?"邵长水谨慎地试探着。

"我觉得他很正常。"也许小小听说了外头关于他父亲事发前精神有些不正常的传闻,她对这样的说法就特别敏感,也特别反感,反应也特别激烈,"他是性情中人,要关注起某件事,就会比一般人更投入。那些人红嘴白牙瞎编我父亲精神不正常,那绝对是在造谣污蔑!他任何时候都很清醒,我了解他,他比我们许多人都清醒。"她满脸涨得通红,两眼灼灼地闪烁着湿润的光。邵长水当然不敢再就"正常不正常的问题"跟她掰扯下去了。没等跟小小谈完,传达室打来电话,说是有一个中年妇女要找"邵组长"。

"不会是我妈吧?"小小忙叫道。

邵长水赶紧上大门口去看,果然是泉英嫂子。

"您瞧,说好我们上您那儿去听您谈哩。怎么就跑来了呢?"邵长水赶紧把她迎进办公室。然后,劳小又稍稍地坐了会儿,就知趣地告辞了。

"小小说的情况,对你们有用吗?"泉英问道。

"有用,有用。你们说的任何情况,我们都有用。"邵长水忙应道。

"我不想让小小掺和我这谈话,是不想伤她的心。东林在他这个女儿心中所占的位置太重要了。有些话,从别人嘴里可以说出来,但不能从我嘴里说出来。她要知道我也在说同样的话,她会非常非常接受不了的……"泉英说着，眼圈又红了。

"没事。您大胆说，不管您说啥，我们都一定给您保密。您喝口水，慢慢说。"邵长水忙安慰道。

泉英接过邵长水递给她的茶杯，却没有立马去喝，只是低垂着头，默坐了一会儿，而后才慢慢地说了起来；但她一张嘴说话，就让邵长水大吃了一惊，因为她也认为劳爷在出事前，精神上出现了一些不太正常的现象。她说得很慢，但却说得很清楚，说得很肯定。这让邵长水感受到一个意外的打击，一时间他屏息静气，只觉得自己呼吸都有些困难了，心跳加剧。毕竟她是劳爷的妻子，是最了解他内心状况的人，也是最爱护他的人。况且她又是一个中学教员，受过高等教育，知道什么是精神异常和心理变态。她说出的话，做出的判断，应该是有权威性的，也是不容置疑的。

泉英说那一阶段劳爷失眠得厉害，整夜整夜地睡不着，头疼……他还会长久地独自闷坐在一个角落里落泪……他会不断问泉英这样一个问题，如果他继续在陶里根待下去，会不会有生命危险……

"这些情况小小不知道？"邵长水问。

"小小真的不知道这些情况。在白天，或者在小小面前，东林他还是比较能控制自己的情绪的。"

后来在分析汇总情况时，有一位副总队长却不同意泉英的这种看法。他分析道："如果东林他能在小小在场的时候控制住自己的情绪，就说明他在精神上没出啥大问题，最多也就算个神经衰弱之类的事。真的要犯了精神异常症，是不可能自我控制的。那就跟真正喝醉了酒的人老以为自己没喝醉，是一样的道理。"

赵五六没参与这个"神经衰弱"和"精神异常"的讨论，他只是追问："劳爷最早感到自己生命受到威胁，那是啥时候的事？你问了吗？"

"问了。"邵长水答道，"泉英嫂子说，她最早听劳爷说到这话，大概

332

是事发前两个多月。"

"两个多月？那是他在余达成、曹爷和寿泰求那儿连续受挫以后的事喽？"

"是的。也是他在陶里根故意放肆吃喝玩乐的时候……"

"在陶里根，他显得那样的放肆和放纵，可是一回省城的家，到了深夜，他却又显得那么的痛苦和矛盾，还明显感到了威胁和恐惧……"一位副总队长感慨道。

"你有没有问嫂子，在这个时间段里，劳爷跟什么可疑的人接触过？或者有什么可疑的人去找过劳爷？"一位副总队长问。

"我问了。"邵长水答道，"嫂子说，也没见他跟什么可疑的人来往。劳爷一向是好交朋友的。但这段时间，只要一到家，就很少出去串门、应酬。"

"在这段时间里，有没有一个神父来找过劳爷？"赵总队长突然这么问道。

"有……"邵长水答道，心里却咯噔了一下。据泉英嫂子回忆，这一段时间里，确有个神父来找过劳爷。但这情况他还没汇报，总队长怎么就追问起它来了呢？难道，总队长从另外什么渠道也掌握了这情况？"泉英嫂子说，这件事让她还挺糟心的。因为后来的一段时间里，不知道咋整的，劳爷总找来不少天主教的书，经常一个人在那儿有看没看地翻看着，还经常傻傻地在那儿发呆……嫂子说她瞧着他那模样，心里都直发毛，真怕他走火入魔，钻了牛角尖，再也出不来了……"

"天主教基督教都是正经教门，一般情况下不会让人走火入魔的。"赵总队长随口这么解释了一下，又问道，"那神父都跟劳爷说些啥了？"

"嫂子说，这，她不知道。那神父每回一来，劳爷就把他拽进房间里屋，关上门，单独跟他说悄悄话，从来不让她旁听。"邵长水说道。

"你马上再去找一下泉英嫂子，让她看看这张照片。"赵总队长边说边掏出一张照片，递给邵长水，"让她指认一下，上她家去找劳爷的是不是就是照片上的这一位？"

邵长水接过照片来一看，照片上的这位神父留着挺大一撮胡子，不是他意料中的那个白白净净、斯斯文文的齐德培神父。但后来经泉英认定，那段时间里上她家来找劳爷的，就是这位大胡子神父。

"要不要马上去找找这位大胡子神父？"邵长水请示道。

"先别着急，一会儿我带你去见个人。"赵总队长神秘兮兮地微笑道。因为龙湾路八十八号小食堂的肉饼做得"一级棒"，每回上这儿来，只要临近饭口，赵总队长总会留下来吃这肉饼。那天也一样，中午时分，他让小食堂那个白案师傅替他烙了两张又软又香的肉饼，又熬了一大碗稀稀的苞米糁子粥，剥两头紫皮蒜，来一碟拌了辣酱的米醋，别的啥也没要，喝着嚼着，稀里哗啦吃了个透心舒服痛快。而后上办公室，拼凑起三把靠背椅，拿一摞学习资料当枕头，呼呼地睡了四十来分钟，开上车，把邵长水带回省厅大院。进了他的办公室，按老规矩，先给邵长水沏了杯茶，又给自己那个大茶杯续满水。

"让我见谁？人呢？"办公室里并没有别人。邵长水迟疑地问。

"急啥嘛。八十八号那个做肉饼的小伙子手艺不错。听说是河北香河人，正宗出肉饼的地儿。咱们想法子把他弄到咱总队来，让他专为咱们做肉饼。咋样？"总队长兴致勃勃地说道。

"这……"邵长水又迟疑了一下，说道，"这还不简单，只要您总队长一声令下，调谁不成啊？"

"这小伙子跟我说过好几回了，他挺想当刑警。咱们用这个名义把他调来，以后咱总队搬出大院，独立门户，总得另起炉灶，就让他在我们的小食堂里掌白案。"

"那敢情好。"邵长水说道。

"那就这样说定了，把他调来先搁在你们大要案支队当警员。等正式成立总队小食堂了，再让他归位。"赵总队长正有滋有味地做着"肉饼憧憬"时，电话铃响了。他拿起电话，跟对方说了句："人安置好了？行。你们在二号楼里等我一会儿。"就挂了电话，赶紧对邵长水说："让你见的人已经到位了。"

"啥叫到位？搞得那么神秘。您到底要让我见谁啊？"邵长水问。

"你猜。"

"我的总队长，您就饶了我吧。"

"让你见个神父。"

"大胡子？"

"不对。"

"齐德培？"

"算你小子脑瓜子够用。还有个人。猜。"

"那还用猜？其中一个如果是齐德培的话，那另一个肯定是那小丫头曹楠了。"

"好好好，脑瓜子真够用的。"

"您这会儿把他们请到这儿，想谈啥？"

"请？我可不是请他们来的。说'抓'吧，有点不准确，也不符合法律手续。可说'请'，的确不符合实际情况。说'带'吧。我让人把他们带到这儿来了。"

"出啥事了？"邵长水略微地一愣。

"我不是告诉过你，这一段，我一直捉摸着曹楠这丫头绝对不是一盏省油灯，安排人盯着她，嗨，还真盯出点名堂来了。"

"哦？"

"跟你说实话，我从来就不信像东林这么一个老刑警，一个老同志，会跟某些人说的那样，遭遇一些坎坷、一些想不通的事，就会窝窝囊囊地整出啥心理异常精神崩溃的名堂来了。你以为他是大学校园里那些只会玩自我的白面书生呢？他把一些东西藏到了银行保险柜里。如果他精神崩溃了,能这么干?从爆炸现场找到了一些纸屑屑,从这些纸屑屑上残余的个别字迹来看,这份东西很可能就是祝磊所写的材料,那份在看守所里突然失踪了的材料。如果情况属实的话,现在需要回答的问题是,这份材料是怎么落到劳爷手中去的。这份材料里到底写了些什么东西?炸保险柜的犯罪分子又是怎么知道这个保险柜里藏着这份材料的?这起事件跟劳爷之死又有什么关系?"

"原先上头不是不让碰别的问题,只让查劳爷是怎么死的吗?"邵长水问。

"不把这些事整明白了,能闹得清劳爷之死的真相吗?"赵五六反问道。

"那……"邵长水噎了一口唾沫,问道。

"那啥那呢?"赵五六反问道,"我们碰啥别的问题了?我们还是在查劳爷是咋死的。"

邵长水迟疑了一下,还是追问了一句:"上头能允许我们这么深里查吗?"

"他没说让,但也没说不让。只给了个大原则:只查劳爷是怎么死的,别去碰这以外的问题。从各方面的情况看,现在应该这么说:后阶段,劳爷用自己生活上的'放纵'来做掩护,使自己周围一下激化起来的矛盾渐渐得到平息。如果像有些人说的那样,劳爷真的是堕落了,或者精神崩溃了,他不应该被害。那些人干吗还要杀害一个已经自我堕落和崩溃了的人?这说明,那些人后来也发现劳爷在'蒙骗'他们。还有一个推断就是,他们突然之间发现劳爷还在搞秘密调查,并且帮着转移了祝磊的那份材料,并且把它藏了起来。他们很可能正式或非正式地跟劳爷下过'最后通牒'。但劳爷没搭理他们,他们才最后下了这毒手。我们不想知道祝磊在他的那份材料里到底揭发了谁的什么问题,但我们必须搞清楚劳爷在这档子事情里到底扮演了个啥角色,这个角色对他的最后死亡究竟起了什么样的作用。"

"您派人去查了?"

"那当然。"

"查出啥结果来了?"

"问遍了看守所所有相关的同志,都问不出名堂。他们只肯定祝磊写过一份很长的材料,但写完后,再要找它,就突然找不见了。他们证明,劳爷没有到看守所去接触过祝磊。他想接触,也不可能让他接触。这是绝对不允许的。实际上他也没去。他一个老警察,当然是懂这里的规定的。既然他没去过看守所,也没接触过祝磊,那么这份材料七搞八搞地最后是怎么落到他劳东林手里去的呢?这里总得有个通道啊。总不能跟变魔术似的,吹一口气,就从看守所挪到他劳东林那儿去了。但看守所的同志一口咬定,这个阶段从来也没有一个外人进入过祝磊住的号子……只发现了一个人……一个神父……"

"一个神父?"邵长水差一点又大声叫了起来。

"是,一个神父。"

"神父怎么进了看守所?"

"是啊,我也觉得很奇怪。再追问,才知道,这是祝磊提出的要求。他想在就刑前,找一个神父探讨一下生和死的问题,以求得心灵最后的安抚。"

"在生命的最后关头,这么个高学历的副市长转而寻找宗教的心灵庇护了?可能吗?"

"倒也不是不可能。现在这些中青年领导干部,包括你我这样的在内,并没有像老一代那样,经历特别严格的、甚至可以说都有些残酷的政治磨炼和现实汰选。有些人的升迁真的只在某些上层领导的一念之间,就会发生极大的起落。为此,某些年轻干部的信仰根底、精神寄托都比较浮泛,很容易动摇和转移,甚至都很相信天命。他们中间,请算命师替自己算命,预测前程,禳解灾祸的,大有人在。而这样的事情在各地都可以说并不稀罕。我还听说过这样一档子事，不知道你注意过没有，省电视台每年春节晚会上都有一个黑黑胖胖的中年汉子，穿着红西服，坐在贵宾席上。每回晚会都会给他好几个特写镜头。据说这黑胖子就是省内一个特别著名的星相大师，是省电视台台长的好朋友，常在一些省市领导的家中出入，为他们测算官运，这几乎是一个公开的秘密。所以，当看守所的领导听祝磊说，想找个神父来谈谈，也都没觉得有啥不正常，立即把他的要求报告给市监狱局。监狱局领导觉得这事太重大，不敢做决定，又往上报到市里。最后主管这方面工作的市领导批示，鉴于祝磊的特殊身份，满足他的这个要求……后来祝磊就点名要圣西堂的神父到看守所来跟他谈话……"

"圣西堂的神父？齐德培？"

"对，就是那个齐德培。"

"他过去跟齐有过接触吗？"

"经了解，出事前，他从来没跟这位齐神父有过接触。"

"那他从哪里知道这个齐德培的？为什么一定要点着名地要他？这里一定有鬼！"

"作为一个前副市长，虽然不信教，没接触过宗教界人士，但他还是有可能知道市内几个大教堂里的主要神职人员。但点着名地要某一个人，这无论如何是有一点让人起疑的。后来我亲自又去看守所做了一番了解，又发现了一点儿破绽。"

"哦？"

"我了解到，他这个要求是突然之间提出的。提出以前，没有一点要'皈依宗教'的迹象，甚至都没有跟同一号子的人谈论过什么宗教问题。但有一天他突然就提出了这个要求。"

"在这一天前，发生了什么事？"

"是啊，我就向曾跟他同一号子里的服刑人员和看守所里的管教法警了解，在这一天前，究竟发生了什么事？一开始他们也说不出啥来，觉得那几天里一切都很正常，并没有发生什么特别的事情，但无意间谈的一个细节引起了我的注意。他们说那天之前，祝磊见过他的辩护律师。我就追查，那个律师当天跟祝磊到底谈了些什么。我问了当时在场的一个法警。他说详细的记不住了，但大概的印象，他俩都在谈上诉的事，祝磊还问了一下家人的情况。祝磊跟他的妻子关系并不是太好，但他非常喜欢、也很为自己那个即将中考的儿子担忧。除此以外好像并没有谈什么不该谈的内容。我马上调来当天当时的电子眼监视录像带，一开始也没看出什么名堂。我反复看，一点一点地在慢放中过滤每一个镜头和画面，终于发现，有一个瞬间，那个律师突然低下头，用极低的声音说了句什么。因为声音压得很低很低，他说的那句话没能录下来。肯定是说了一句很重要的话，因为从画面上看，祝磊听得特别聚精会神，而且还有一种欣喜和惊诧的神情从他脸上一掠而过。我复制了一盘这录像带，让总队技术科的同志对这一段画面的音像做了放大的技术处理和分析，原来十分低沉和模糊的声音中。隐隐约约地能听出'神父'两个音来，然后又读他们的唇语，基本上能读出'齐德培'三个字……"

"啊，这太关键了！"邵长水兴奋地叫道。

"是啊，我立即找到这位律师。不等我放录像，只是把录像带往他面前一撂，他就什么都招认了。确实是他提示祝磊，向看守所方面提出要求，见神父齐德培。这是他目前唯一既可以见到、在见的过程中又可能不会受到太严密监视的外人。在这一点上，即便是律师也没那么'方便'。也就是说，即便是律师，要想从祝磊那儿带出什么东西，目标也太大了。"

"哦，他们是通过神父把那份材料带出来的？"

"是的。神父去见祝磊，总要带《圣经》去，再带些说教的书籍和材料。虽然他进出号子也要接受检查。但对这样一类极少在看守所出现的人物，又是神职人员，又是领导特批的人，年轻的法警们很自然地有一种恭敬的心理，检查了一两回，没发现啥问题，以后的检查就随意多了，而材料就是这样被夹带出来的。"

"律师为什么要他把材料夹带出来？"

"这事的根子当然不在律师身上。当然是有人去找到这位律师，让他给祝磊递这个信息，做这样的安排的。"

"谁？曹楠？"邵长水的心又咯噔了一下。

"对，就是这个小丫头。"

"我的天呐，她在这件事情中卷得那么深？为什么？"

"是啊，是得认认真真问一个为什么了。所以最近我才对她上了些手段嘛，就是要搞清她在这个案子中到底在扮演着一个啥样的角色。前两天眼线报告，她和那个齐德培可能要'出逃'……"

"出逃？"

"我只是借用这个词儿而已，准确一点地说，应该是'出走'。小丫头很机敏，可能感觉出些什么来了，想拉着那位齐神父一起上外头去躲一躲。今天在火车站，让我给截住了。"

"您……用啥理由截的人家？"

"要存心找茬儿截，还不好办？反正人已经'请'回来了。你先跟他俩去谈一谈。到需要时，我再出面。这是那个律师的交代材料，你先看一看，心里有个数，然后就去跟他们谈。"

一个小时后，邵长水就已经坐在圣西堂后院那排神职人员使用的"办公室"里了。那是一溜坐北朝南、一明四暗、五开间的青砖大瓦房，房前还带一溜两米宽的廊檐，麻条石铺砌的台阶前，盛开着洁白的圣棒花。

齐德培和曹楠都在办公室里等着。

"如果可以的话，请上我住处去谈？"齐神父脸色有些灰暗，神情有些委顿沮丧，不等邵长水坐稳了，就提出这样的请求。他当然不希望在自己"办公"的地方接受警方的"讯问"。在车站检票口，听那个检票员说他们的车票有些问题,让他俩上办公室去澄清一下问题时,齐神父还不明白究竟发生了什么事,曹楠却意识到他们已经被警方盯上了。小丫头立即低声地对齐神父说了声:"一会儿不管发生啥,您把事情都往我身上推。"到了车站办公室,赵五六派去的警员已经在那儿等着他们了,对他俩说:"有点事情想跟你俩谈一谈,能不能跟我们走一趟?"齐神父还想问:"到底是什么事?"曹楠却已经很平静地站起来准备跟那两位警员走了。让他们意外的是,警车居然没把他俩带往警局,而是把他俩一直送回了圣西堂。而且还没有一直开到教堂门口,而是在离教堂还有五六十米处,就把他俩放下了。其中的一位警员对他俩说:"在接到我们的电话前,请不要离开神父的办公室。我们希望能用一种非常自然的方式来进行这次谈话。希望你们能体会到我们的用心,更能配合我们的工作。"头一回有幸乘坐警车的齐神父此时已经紧张和难过得不知道说什么好了,还是曹楠,平静地说了声"谢谢",就拉着神父下了车。走出一二十米了,他俩回头看了看,那辆警车还停在那儿,似乎是在"监视"他俩。回到齐德培的办公室,神父刚想张口问什么,曹楠忙对他做了个噤声的手势,一边抬起头四下仔细打量,好像是在寻找什么窃听装置似的,然后在一张旧报纸上写了这么两句话递给神父:"别紧张,有我哩。事情的根子都在我这儿。您只管实事求是地说就行了。"

……仍然是那个领事馆路西口的九号院。小院依然那么静谧,洁净。齐神父住的是一个大套间。外间足有二十多平方米,既是他的书房,又兼做了客厅。东窗下陈放着一张很大的书桌,一尊耶稣受难的红木雕像,一部电脑。里间肯定是卧室了。通卧室的门上挂着一副用细白布做衬底绣制的门帘。门帘没绣圣像,大部分地方都留白了,只在一只角上绣了一只当下极为流行的"流氓兔"。一见之下,邵长水就觉得这样的门帘眼熟,肯定自己曾在什么地方见过。但当时不知咋搞的,怎么也想不起来到底在哪儿见过了。一直到跟齐神父谈完话,走出这院门,回头再打量这个近年来被翻修一新了的院子,才想起,在嘈杂的码头街,在曹楠住的那个房间的房门上,见到过完全一样的白布门帘,完全一样的"小流氓兔"……

"事情都是我让齐神父干的。有啥话,找我说。"一坐下,曹楠就这样宣称道。

"好,好样儿的。但光跟我装大个儿不行,得有实际行动。"邵长水淡淡地笑了笑道。

"阴谋策划从看守所死刑犯那里秘密转移材料",光凭这一点,就已经触犯了法律,要拘要捕并不是不可以的。对这一点,曹楠自然是清楚的。这时,她的脸色已经渐渐地灰白下来,已经充分感觉到事情的严重性了。

"怎么谈?"邵长水问。

"这事……主要责任在我……我……我来谈……"曹楠怔怔地看着邵长水,说道。

"材料是你们交给劳爷的?"

"是的。"

"你们又怎么知道祝磊那儿写了这样一份材料?"

"嗯……"曹楠犹豫了。

"你不是要装大个儿吗?怎么一接触到实质问题就又往回缩了?"

"请允许我仔细想一想。"

"这有啥可想的?实事求是地说,不就行了?"

"如果允许的话,我想好好梳理一下前前后后的这些事情。能跟你们有个全盘托出。如果你们还相信我的话,请给我一两天时间……"

"一两天时间?别让我们再上海南岛去找你哦!"

"这哪会……"曹楠脸略略地红了红。

"祝磊写的那份材料,你们都看过了?"

"嗯……"曹楠迟疑地瞟了齐德培一眼,答道,"看了……"

"再谈的时候,能跟我们回忆一下那份材料的详细内容吗?"

"尽量回忆吧。但不太可能回忆全了。"曹楠答道。

"请你也帮着回忆一下。"邵长水转身又对齐德培说道。

"材料取回来,他连包都没打开就交给了我。他根本就没看。"曹楠急急地抢白了一句。

"……"邵长水疑惑地看了看曹楠,又看了看齐德培,只见他略有些慌忙地点了点头说道:"是的,我当场连包都没打开,就交给了曹楠姑娘。"

"那天,我一直在这屋里等着他。"曹楠说道。

"材料后来又怎么转到劳爷手里去了呢?"邵长水问。

"是我送去的。"曹楠答道。

"是当天就送去的?"

"不是……隔了一天吧……"

"你让一个大胡子替你送的?"

"……"曹楠一愣,忙红起脸,点点头说道,"是的……是的……哦,你们连这都知道了,那还问啥?"

"问,并不表明我们没有掌握实情。这也是对你们认错程度和改错决心的一个考察和考验,希望你们不要一错再错。据说上帝是特别宽宏大度的,他用他的宽容来救赎众人的灵魂。但是法律就不一样了,因为它管的不仅仅是灵魂,它要建立公认的秩序。这就需要严肃和严谨,一视同仁。我可以给你们一两天时间,但不能再跟我们玩猫捉老鼠的游戏了。"

"不会。绝对不会。"曹楠立刻保证道。

这时,从门外走进来一个便衣穿着的侦查员,把邵长水叫出去,低声说了句什么,又交给邵长水一样什么东西。一会儿,邵长水回到屋里,把一张旧报纸放到曹楠面前,指着曹楠在旧报纸上给齐德培写的那两句话,很平静地对曹楠道:"记住,不要跟我们玩任何小动作。法律的忍耐和宽容度是非常有限的。"然后,扔下那张报纸就走了。

21

曹楠的第三次讲述

第三天上午,曹楠如约来到龙湾路八十八号。为了给曹楠一点真正的精神压力,邵长水经请示赵总队长批准,从各个方面都认真做了些准备。首先把谈话的地点从"复核组"所在的二号楼挪到了五号楼。八十八号院里一共有四幢小楼,但不知道怎么会出来这么一个"五号楼"的序列号。是因为当初行管部门把属下其他院子的小楼放在一起统一编号的缘故?这已经没人说得清了。五号楼的外形和内部格局,和二号楼完全一致,只是因近来很长一段时间没人去使用,显得格外的空阔和清静。邵长水派人按"预审室"的模样把客厅重新收拾了一下,设置了"主审官"和"书记员"的位置。把曹楠的位置安在屋子的正当间,让她前后左右都不着边,产生一种孤立无援的感觉。当然,跟真正的"预审室"不同,这儿"被告"所坐的那个椅子,并没有用铆钉固定在地面上,也没附加任何限制她活动的装置。邵长水觉得,即便是这样,也能给她一个明确的警示:事情已经发展到了"很严重"的地步了,可不能再稀里马虎了。

曹楠显然也感觉到了这一点。一走进这大厅,她就略略地哆嗦了一下,等到姗姗地被人引导到那把椅子上坐下,就觉得相当的不自在了,本能地、无助地去打量了一下已经在正前方那排桌子后就座的两位"书记员",又回头去看了看另一位男工作人员——就是这位男工作人员"引导"她到正当间落座的,而现在他则静静地坐在门口的一把椅子上,脸上没有一点表情。而在场的这几位，包括那个男工作人员，不仅对她求助般的目光都不做任何反应，甚至连看都不看她一眼。

她深吸了一口气，略略地有点心慌起来了。一会儿，邵长水大步走了进来，在场的工作人员都起立迎候，她也不由自主地跟着站了起来。

"曹楠，我希望你今天能说实话。"邵长水走到自己的位置前，一边整理着桌子上那些纸张铅笔和其他的小摆设，一边故意把声音放低哑了，庄重地劝诫道。

"那当然……"曹楠立即答应。

"那就谈吧。"

"行。"曹楠木木地答道。

"你知道从看守所一个被判了死刑的罪犯那儿把材料转移出来，是什么性质的行为？"一接触到实际问题，邵长水的语气立即显得非常生硬和冷淡。

"我……"她想解释。但她的眼眶突然湿润起来，突然间一股酸涩和凄怆的感觉止不住地从心底涌出。她为自己居然"沦落"到这样一种困境而不由自主地难过起来。

沉默。

些微的哽咽。

邵长水没紧着催促。他等待着她从慌乱和不知所措中恢复平静。看来，所有这些安排和设置，已经开始发挥作用了——她的心理防线在一点点崩塌。

昨天晚间，邵长水已经和那位齐神父长谈了一次。那是晚饭后时分，突然接到齐神父打来的电话，说是愿意"好好地和政府方面的人谈一谈"，而且"有一件十分重要的东西要交给政府方面"。邵长水立即带人赶到领事馆西口那个九号小院。

他万万没想到，齐神父要交给他的竟然会是祝磊写的那材料的复印件。齐德培说，他从看守所里把材料转移出来后，当即就把它交给了曹楠。但几天后，曹楠又给了他这样一份复印件，嘱咐他好好保管，说不定以后还要派上大用场。齐神父一边说，一边转身去身后一个专座上取下一个十字架。这时，邵长水才注意到，在神父的这个书房兼客厅里，收集、陈放着大大小小、形形色色、用各种材质做成的十字架。而他取下的那个，是其中最大的一个，也是最粗犷简约有力的一个，未加任何雕饰，就是用两根涂了柏油（或烤焦了）的矿坑木或铁道枕木钉成的，显现着一种原始的质朴威严博大和崇高，同时也意味着生存的全部重负和艰困。

齐神父先把那个笨重粗大的十字架依靠在自己的膝头上，再把它翻转过来。邵长水看到它后面有一个小小的暗钮。神父揿了一下那个暗钮，"咔嗒"一声，那根纵向方柱的下部居然弹开了一扇小门，小门里边是一个凹坑，神父从那凹坑里取出一摞 A5 复印纸的散页。完成所有这些动作，对于体不虚力不弱、年事也不算高的齐神父来说，应该是毫不费劲的，但是，当他把那些 A5 复印纸好端端地整理齐了，安放到邵长水面前时，他竟然咻咻地喘息着，额头上同时油津津地渗出了一片细小的汗珠。

显然，此刻他内心处于极度紧张之中。

"请……请您……请您给我打个收条……"最后神父还提出了这么个要求。

接下来，邵长水就无心再跟神父多谈了，他要赶紧回去向赵总队报告这件事。祝磊的材料里到底能提供多少破案线索？这是邵长水这一刻最关注的。邵长水大概齐地向神父了解了他是怎么从看守所里把这材料转移出来的过程，然后对他简要地进行了一番守法教育，并告诫他这一段日子不要远行，不要离开省城。如果要离开，事先一定要打招呼，要得到批准，就赶紧回省厅去汇报了。当然，在走之前，他还向神父提了这么几个问题：

一、材料是怎么到劳爷手中去的？

神父说，他不知道。

二、是谁让他去看守所转移这份材料的。

他犹豫了好大一会儿说，是曹楠。

三、曹楠又怎么知道关押中的祝磊有东西要转移出来呢？

神父说，是祝磊托他的辩护律师把这样的口信带给曹楠的。那时候只有辩护律师还能见得到祝磊。由于律师的目标太大，很难神不知鬼不觉地把东西转移出来，最后才不得不想到了"神父"这一招。

据说这个点子还是劳爷想出来的。

律师为什么会去找劳爷"出点子"呢？

据说，一开始祝磊是让律师去找曹楠的。曹楠又去找了劳爷。

祝磊怎么会那么信赖曹楠？他俩又是怎么相识的？他俩之间到底又是一种什么关系？这些问题，神父就说不清了。

昨天晚上邵长水最后向神父提的一个问题是关于祝磊的，也是他个人一直特别关心的一个问题：祝磊最后是否真的表态要"皈依"天主？齐神父说，其实他一直也没做这样明确的表态。倒是跟我探讨了一个有关教义方面的很重要的问题。祝磊问过我，耶稣基督到底是人，还是神，教会方面到底有什么理论？神父说，当时要在看守所那样的环境下，详尽透彻地讨论这个宗教哲学的根本问题，是不可能的。但问题的提出者又是一个即将终结自己生命的人，这又给讨论这个问题提供了一个最适合的气氛和条件：超脱和超然。因为一个看重自己灵魂质量的人，在生死之交时，总是比无数还在俗世中沉湎的俗人要更容易接受绝对真理，也更能接近和理解人生的本质。所以，神父当时就跟他引用了奥古斯丁的一段话……邵长水问，奥古斯丁是谁？神父说，简单地说吧，他是我们天主教历史上一位非常伟大的理论家，一千五六百年前的人了，他的理论影响了在他以后产生的所有基督教的教派和哲学。他说过这样一段话：上帝之子耶稣基督既是上帝，又是人；在万世之前是上帝，在我们这个世界上是人……他是上帝和人之间唯一的中保（中介？），只有通过他，人间的罪孽才能得到赦免。神父告诉祝磊："耶稣基督之死，是这种赦免的基础。也就是说，他用他的死，换来了世间罪孽得以赦免的可能……"他听了后，就呆住了，一动不动地看着神父，足足呆坐了有一两分钟……邵长水淡然一笑道："怎么？他还真把自己比作耶稣基督了？还想用自己的'死'去赦免谁呢？"神父忙说："没有没有。他当然不会这么狂妄和幼稚。但我的那句话对他的确有触动。他脸色一下变得极其灰白，眼眶里甚至都涌满了泪水，过了好大一会儿，才说了这么一句话：是啊……人世间的许许多多的'明白'也都是要用'死'才能换得的……"

祝磊的这句话，还真让邵长水"沉重"了一整夜。

有了齐神父提供的这些情况，邵长水觉得今天"拿下"这个小丫头，应该是不成问题的了。

"先说说，你带着那位齐神父准备往哪儿跑？"等曹楠稍稍平静了一点，邵长水便问道。

"不是跑……只是想去避一下风头……"曹楠略略地红起脸答道。

"那还不就是'跑'？"邵长水反驳道。

"……"曹楠又红了红脸，惶惶地看了看邵长水，没再说话。

"你知道你自己问题的严重性吗？"

"知道……"

"知道，还不说实话？"

"我一定说实话……"

"你很敬重你劳叔，对不？"

"是的。"

"你希望我们尽快澄清劳叔之死的谜吗？"

"当然……"

"如果你劳叔是被人谋杀的，你当然也不想成为谋害者的帮凶。对不?"

"那是那是。"

"可你为什么还向我们隐瞒关键性的重要情节?"

"没……没有啊……"

"没有?"

"真……真没有……"

"我要举出这样的例子来,咋办?"

"我受罚。严厉的惩罚。"

"好。这是你自己说的。我先问你,你们搞到祝磊写的那份材料后,又干了些啥?"

"没再干啥了呀。我马上把材料交给了劳叔。他把它藏到银行保险柜去了。"

"你确认你自己再没干啥了?"

"没有……真没干啥了……"

"你想听听齐神父向我们交代问题的录音吗?"

"齐……齐神父?"

"你再看看这是啥?"邵长水从一个卷宗里掏出一摞那材料的复印件,把它举了起来,对着曹楠用力地晃了晃,说道,"需要我请书记员把它拿到你面前来仔细鉴别一下吗?"

"……"曹楠的脸色一下灰白了。

"如果你真心实意地帮着我们破案,为什么不主动向我们提供祝磊写的这个材料?"

"……"曹楠怔怔地看着邵长水,一动不动地呆坐着。

"还有,那天早晨,你突然出现在李敏分家门前的白杨林里,警告我在向前李主任汇报时一定要有所保留……"

"那天……我没在警告您……我只是想……只是想劝告您……"

她结结巴巴地辩解道。

"不要跟我抠字眼儿。警告也罢，劝告也罢，你怎么知道那天一大早我会赶回省城来向前李主任汇报的？这事儿，除了我自己，前李主任和我们刑侦总队的主要领导以外，任何人都不知道。你怎么知道的？时间、地点都那么精准。你简直跟那位搞到德军进攻苏联、日军进攻珍珠港情报的战略间谍一样，神通广大，法力无边啊？！你为什么对前李主任有那样一种戒备心理，但又一直跟他保持着相当密切的关系？你那么敬重劳叔，但在他突然死去后，却又长期隐瞒着对破案有重要意义的这份材料。你到底是什么人？你到底想干啥？小小年纪，想在这样的事情上跟我们玩游戏？你知道后果是什么吗？！"

"我没在跟谁玩游戏……没有……"她哆嗦着，低声地喃喃着，眼泪在眼眶里亮亮地滚动着。

"今天我们不谈了。"邵长水突然站了起来，"你这个态度，我们没法谈。今天你也别回去了，就留在这儿，好好地想一想。啥时候真正想通了，真正愿意跟我们开诚布公地交流了，我们啥时候再谈。我们不是拘押你，这一点要跟你说明白。我们不这么做，不等于不可以这么做。就凭你组织人从看守所死刑犯那儿转移材料这一件事，我们就完全可以刑拘你。我们没这么做，这对你，对我们，都意味着什么，你应该能想明白。我想，你也应该能明白这样一个道理：宽恕的机会不会总是留给那些存心跟政府跟法律对抗的人的。"

随后，曹楠被带到楼上一个空房间里。那天她没吃午饭。饭送到她被"软禁"的那个房间里以后，她说她不想吃，心里难受。她一直躺在那张空木板床上，辗转反侧地，到傍晚时分，她坐起来，呆想了一会儿，说她可以谈了，愿意"真正开诚布公"地谈了。邵长水让伙房里单给她做了碗西红柿鸡蛋面条，然后几乎一直谈到天明。

谈话还是在那个布置成"预审室"的大厅里进行的。强光灯把大厅某些部分照得惨白，但某些部分却依然隐没在黑暗中。她首先声明，她从来没有想过要跟谁"玩游戏"，更不是在存心"耍弄谁"。现在她知道自己错了，但她的错，的确不是存心的；那错里，更多的包含着无奈和不知所措。就是到现在这会儿工夫，在许多事情上，她仍然不知道到底应该怎么做。她不知道什么是对的，什么是不对的。很长一段时间来，她其实一直是凭着一种直觉和内心的召唤在做这些事。她知道自己所做的这些事，有一些是反常规的，有一些甚至是很"危险"的，但却扛不住自己内心的那种声音、那种涌动的召唤和激励……而在理性的层面上，她真的没有认真去想过，到底该不该这样去做，做了以后，又会产生一个什么样的结局，什么样的后果。

在"发表"了这样一通开场白以后，她问："我想从头一点点说起，可以吗？"

邵长水说道："只要是实话，只要跟案子有关，怎么说，说什么，你自己决定。"

她点点头，忙说："那我就从头说起。先说我和前李主任、劳叔他们这些前辈和领导的关系。你们一定知道我是他们的好朋友，但不一定知道我还是祝副市长和顾代省长的好朋友。前李主任和劳叔经常到图书馆来找资料。因此，我们认识得比较早。祝副市长是前李主任介绍我认识的。他经常开一些书单来，让我找齐了给他送到他办公室去。一开始，送完书，他就让我走了。后来总要留我在他那儿聊一聊。他和前李主任一样，家庭生活不太美满。前李主任的妻子和儿子都下海做生意去了。在那片白杨林里，在那幢老式的木刻楞大屋里，撇下了他自己一个人。他需要一个女儿那样的小辈来陪伴他，满足他做父亲和做男人的心理。在这一点上，祝副市长似乎也存在着同样的'困境'。祝副市长的妻子是他大学里的同学，至今还在一个学术机构从事经济方面的研究工作，听说是搞什么制度经济学研究的，是个非常有个性有主见、自由主义色彩相当浓烈的女学者。妻子不太赞成他从政。她认为中国在今后一百年内，缺的不是官僚，而是真正能产生思想并有勇气表达自己思想的学者。中国需要一批真正的脑袋。但她也不干预他的选择；当然，说实话，她想干预也干预不了。于是两人相敬如宾，各干各的。有个儿子，非常聪明好学，却不幸得了先天性肌肉萎缩症。也就是说，随着年龄的增大，他全身的肌肉将逐渐萎缩，最后导致多器官衰竭而终，这是一种迄今为止都无法医治的疾病。大夫的判定是，活不过十八岁。儿子的不幸加重了原先就笼罩在他家庭上空的那块阴影。也正是为了不让儿子的心灵和生存信念遭受更大的打击，争取让他活过十八岁，夫妇俩才维持至今没离婚。说老实话，他是第一个'发现'并公开说出我身上有一种清淡的香味的人。后来祝副市长经常带我去参加他们那个所谓的'陶里根集团'的聚会。那样，我又认识了顾代省长。我认识他的时候，他还是陶里根的市委书记兼市长哩；不久，就调到省里来当副省长了。顾代省长后来还经常跟人开玩笑说，我是他的福星，给他带来了'好运'，所以他要把我'收编'为他的干女儿。但这也只是说说而已。他的情况，你们应该更了解。在调到省里来以前，他真是一个啥事都敢干、啥话都敢说、在陶里根绝对是老子天下独一份儿的人。但自从调到省里以后，尤其是当了代省长以后，可以说，他好像整个儿都换了个人似的，方方面面都收敛了，慎重了，当然也不会去干那种'收编'哪个女孩为自己的'干女儿'那一类事了……

"下面，我将着重说说劳叔和我。当然，还会涉及那几位。特别是跟案子有关系的，涉及谁，我再连带着说说谁的事。到那时候，我会再说得详细一点儿。

"……劳叔出事，当天晚上我就知道了，消息是前李主任告诉我的。事后我才知道，您给他打完电话，他随后就给我打了个电话，告诉了这情况。他知道，在我心里，劳叔具有特别重要的地位。我是真把劳叔当"父亲"来对待的。他也清楚，许多前辈和领导对我都不错，但是真正把我当

'女儿'来看待和交往的,也只有劳叔。在电话里,他还告诉我,您将在第二天一早赶回省城向他汇报情况。他之所以要告诉我这个,是因为我们曾经约好了在那天的上午,要由我陪他去医院检查身体。这样,我就得知了您向他汇报的准确时间和地点,才会那么准时准点地赶到那片白杨里去等候您。这里并没有别的机巧。

"听到劳叔出事,我当然心如刀绞。那晚,我差一点要连夜赶到陶里根去探个虚实。我不相信劳叔会出事,他这一生曾多次跟死亡擦肩而过,他这人乐于、也精心于处置自己的生活。我绝对不相信,像他这样一个人竟然会就这样'轻易'地离开这个他无比热爱的人世。一时找不到去陶里根的车,是我当晚没成行的重要原因。当然,如果我一定要找,我还是可以找得到的,我可以强令一些朋友,开着他们的私家车,把我送到陶里根。但我最后没下那样的决心,就是因为经过再三权衡,我觉得我必须留下。比起赶紧去探望一下已然出事了的劳叔,我觉得更重要的恐怕应该是怎么保证他在陶里根所做的那件'伟大'的事情能有一个合乎他愿望的结局。对不起,这里,我用了'伟大'这个字眼儿来界定劳叔在陶里根的行为,以后,我会向你们解释我为什么要这么说。也就是说,当时我觉得,阻止您向李敏分汇报——如果阻止不了,也得向您及时发出警报,让您在向他汇报时有所保留,这是比任何一件事都要重要的。当时我并不知道您从陶里根、从劳叔那儿到底带回了一些什么情况,我也并不太清楚您当初到底又是带了个什么样的具体任务去陶里根见劳叔的,但我觉得,您代表省厅组织去看他,劳叔一定会极其认真地对待您的。我知道,在陶里根的那几个月里,劳叔一直感到很孤独。他不止一次向我讲过他的这种'痛苦'。多少年来,他虽然有时在单位里表现得很'孤傲',很'不驯服',很'特立独行',让一些领导总觉得他是个刺儿头,不敢、也不愿意重用他。其实他这人满不是那么回事。他一生都'在组织','在集体'。从他的内心来说,他特别看重这个'组织'和'集体'。

353

也就是说，他既像当代的许多年轻人那样，非常讲究'自我'，追求着一种'自我'，但他又特别看重'集体'和'组织'，尤其在'计较'着这个'组织'和'集体'对待他的态度。这是他一生做人最大的矛盾所在，也是他始终更改和泯灭不去的'人生烙印'。因此，组织上一旦派人去看他，他一定会十分的兴奋和激动。虽然表面上他仍会表现出某种矜持或冷漠，但实际上他会是感激的。所以，我相信在出事的最后一刻，如果他明显预感到自己已经没有可能再活下去了，他会跟您说一些他不能跟其他人说也没来得及跟任何人说的情况……而这些情况，我觉得恰恰是不能让李敏分知道的。"

"为什么？"邵长水问，"劳爷的死，跟这位前李主任有关系？"

"那倒不是……"曹楠迟迟疑疑地答道。她的迟疑让邵长水觉得，这里头可能还隐着什么难言之隐。

"那是什么问题？"邵长水又问。

"……"曹楠又迟疑了一下，深深地吸了口气，这才又往下说道，"他从来就没支持过劳叔，一直对劳叔去陶里根的行为表示不理解，甚至觉得他这么干，特别幼稚，特别的不成熟……"

"这很正常，绝大多数人都不会赞成劳爷这么干的。包括我们机关里的那些同志，都对劳爷的做法表示不理解。我想他们都不会同意你把劳爷去陶里根的行为说成是一个什么'伟大'的行为。"邵长水说道。

"所以你们……"

"我们怎么？"

"没怎么……"

"所以我们跟李敏分都是一路货。是吗？那天晚间还发生了什么事？我相信你不会仅仅因为这一点，就大清早地赶到李敏分家来堵我的。"

"是的，那天晚上我还跟李敏分大吵了一场。"

"你跟他干仗了？"

"是的。狠狠地干了一仗。"

"为什么?"

"您老说我大清早地赶到那儿去堵您,其实不是……您见到我的时候,我脸色是不是特别难看?"

"是的……"

"那天,我根本就不是赶过去的,干脆就是在那白杨林里待了大半夜。"

"怎么回事?"

"那天,李敏分给我打完电话后,我就去他那儿了。当时我的确非常难过。我没法独自待在码头街那个小屋里,我急着找车想去陶里根。他把我狠狠骂了一通。他说你去干吗?添乱呢?我冲他大声喊叫,说在劳叔最困难的时候,我们都没能帮他一把。现在劳叔死了,让人谋害了,我要去看他。他也冲我喊叫道,你怎么知道他是被谋害的?别乱说一气。你给我冷静一点。现在人都已经死了,哭有啥用?喊叫又有啥用?然后他就把劳叔狠狠数落了一通,说他压根儿就不该去陶里根出这个风头。说他的死,压根儿就不可能是谋杀。他说我其实并不了解劳爷,他说他总想跟别人不一样。磕磕绊绊过了这一生,一直都没真正吸取教训。因为没能充分实现他自己的这种'不一样'的追求,到后期,他内心都有些变态了。所以,很难说得准,他这个死,到底是怎么回事……听他这么说,我完全忍受不了了,就跟他干了起来……后来他索性说我也是个变态。我就跑了出来……"

"然后……然后……你就一晚上没回码头街?"

"是的……我走到大街上……然后又回到白杨林里……回到白杨林里,然后又走到大街上……我一次又一次地想去敲李敏分家的门,想告诉李敏分,劳叔肯定是被人谋杀的。在他被害以前,我们没能制止这样的谋杀,没能从根本上帮助他。现在他死了,我们应该有所行动,救救更多像劳叔一样的人……但是每每走到李敏分家门前,我伸不出手去再敲他的门,我害怕再看到他说劳叔内心变态时的那种眼神,害怕再看到他说我也是个变态时,眼睛中包含着的那种轻蔑。"

"你就这样在外头整整转了大半夜?"

"是的……"

"……你可真是劳爷忠心耿耿的好'闺女'。有你这个好'闺女',他老人家死也闭得上眼了。"

"可那又有啥用呢?"

"好,我们既然已经把话都说到这个份儿上了,那么我想直截了当地问一句,为什么你会那么肯定地认为劳爷是被谋杀的?你拿到什么证据没有?"

"没有。"

"那你做出这样的判断的依据是什么?"

"劳叔在事发前一个多月,就对我说过。他说,假如有一天他在陶里根突然出事,那一定是被谋杀的……"

"他说了理由了吗?"

"没有。"

"你也没追问他?"

"我问了。"

"他怎么回答你的?"

"他说,你不该知道得太多。知道得越多,对你越没好处。"

"你就没再往下问了?"

"他都这么说了,我还问啥?"

"可是……你应该知道,在出事前很长一段时间,他在陶里根已经停止所谓的调查活动了……对谁也构不成威胁了……"

"是的,他跟我谈过这一点。他说他必须要转向了,否则在陶里根就待不下去了。"

"他没转向前,人家都没谋害他;转向后,为什么还要谋害他呢?"

"这大概就跟我有关了……"

"怎么又跟你扯上了?"

"后来我如果不把祝副市长写的那份材料交给劳叔,他就不会出这样的事。"

"你的意思说,那些人害他,是因为他藏着祝磊的那份材料?"

"是的。劳叔跟我说过,材料转到他手上后,有人匿名给他打过电话,威胁他,让他把材料交给他们。"

"那些人怎么会知道这份材料到了他手上的呢?当时不是只有你自己才知道这档子事吗?"

"是的……这些日子,我一直在想着这个问题:这些家伙怎么会知道材料转到了劳叔手上的呢?想得我都快疯了。头疼得跟要爆炸似的,一下子吃三四片止痛片都止不住……"

"你跟另外的谁说过这事儿没有?"

"你想,我能到处去乱说吗?"

"从来没跟任何人说过?"

"……"曹楠把头低了下去,脸上同时出现了一种很奇怪的恍惚不定的神情。

"你一定跟谁说起过这档子事……对不?"

"真的很难想象……"

"不管是能'想象',还是不能'想象',请你实话实说地告诉我们真相。"

"有一回……有一回……很偶然的情况下,我跟前李主任说过这档子事。"

"你不是已经跟他大吵了一场吗?怎么又跟他扯这个?"

"不，那还是大吵前的事。当时劳叔还没出事哩。对于李敏分，其实我一直是挺尊重他，也挺信任他的，如果说，在我心里，我一直把劳叔当父亲一样来看待，那么，这位前李主任在我心里，一直是我走出校门后所遇到的、也是我久久敬奉的第一位人生老师。我认识他的时候，才十八九岁，完全是一个不懂世事的小女孩。心里充满着自我憧憬，而且也只存着这些自我憧憬。而这位前李主任，既是干部世家，又接受过完整的高等教育，且博学多闻，涉世又深，难得的是心地善良，还很会办事，在省城拥有一个相当广泛而又可靠的人际关系网。他的成熟、从容和丰富的阅历，还有他能如此平等地对待我这样的小辈，就必然让我觉得他这人充满了魅力。再加上这些年，人际关系中真诚的成分越来越少，机巧和利益的成分却相对在增加。这种变化往往会给一些像我这样刚进入这社会的女孩造成许多的茫然和惶惑。在这个坎节儿上，如果能遇到这样一位大男人，他不仅体贴大度、又在跟你近距离的接触时还能懂得自律，你当然会把他奉为'老师'，而且还暗自感到欣慰和幸运，甚至还会产生一种'成就感'。请你们别嘲笑我们。现在回想起来，这些错觉的产生，很可能跟人们常说的那种女孩一般都摆脱不了的依赖性和虚荣心有关……所以，在很长一段时间里，我常常去李敏分家。我喜欢听他谈天说地。我也感到，有我在那儿，正如他后来经常对我说的那样：'他那个萧瑟的白杨林和沉闷的木刻楞大屋就有了太阳和月亮，就显得异常的生动和温暖。'这一点，其实也让我挺有成就感的。他不太会说笑话，但他却有许多难得的回忆。关于他自己、他父亲、他妻子、他的白杨林、他收藏的那许许多多古董和书籍，特别是关于他的这个工作圈子、他那些上级下级战友哥们儿姐们儿……他只是很少说到他的儿子，也很少说到他的母亲。我至今都不知道他为什么很少提及他的母亲，但能让我非常明显感觉到的是，他总在刻意地回避谈及他的儿子。他结婚早，相对他的年龄，他不该有那么大的一个儿子，但他偏偏就有了。儿子的性格像他妈。用李敏分自己的话说,这儿子从小就不拢他。人家的儿子是小时候不喜欢父亲,到大了都会比较尊重父亲。但他这个儿子不知道为什么,直到现在为止,都跟他不亲。不仅谈不上亲近,甚至都谈不上接近。'啥原因?不会不是您亲生的吧?'有一回我还跟他开过这样的玩笑。'照你这么说,他是隔壁张木匠的种了?可我们家隔壁就没住过张木匠啊!'他笑着这么回答我。但接下来,我就发现他的神情会很快变黯淡了。儿子对他有意的疏远和'蔑视',的确是他心里永远的一块痛。正因为这样,他常常会呆呆地看着我,突如其来地说上一句:'我真羡慕你爸。他只生女儿,而没生儿子。''那我爸还羡慕您哩,只生儿子,没生女儿。'我就这么笑着反驳他。然后他就叹口气,摇着头,再不说什么了……他那缺少亲情的生活,也使我越发地'可怜'他,越发地愿意去接近他。"说到这里,曹楠稍稍停顿了一下,小小地啜了口茶,然后又说道,"吵过那一架后,虽然还常见面,但我的确有一段时间就没再去他家了。后来还是他主动给我打的电话,约我到他家好好聊聊。他想听我弹弹钢琴。其实我的钢琴弹得并不好,只是在五六岁的时候让爹妈逼着学过几年,后来也就放弃了。当然,弹个小曲什么的,还是可以的。有一回我弹琴的时候,突然感到他在我身后贴着我,离我很近很近,都能让我强烈感觉到从他身体上发出来的那一种男人的炽热和气息。而且他的那只同样炽热的大手,一动不动地放在我瘦弱的肩头上。以前他有时也会偶尔地拉拉我的手,摸摸我的脸,或者开玩笑似的搂我一下,但从来没有像这一回那样,让我震动和战栗。当时大概因为我正在键盘上跳动的手指不由自主地停顿了一下,而且整个人都变得僵直了,不知所措了,让他感觉到了我内心那种异常的反应,他的手也颤抖了一下,随即他的身体便离开了我,然后又顺势把手收了回去。当时如果我顺势往他身上靠那么一下,我想事情会出现另一种走向的。然后我就找了个借口,很快离开了他家。也许让他感觉到我不喜欢这样过分的亲昵,以后他再没有'碰'过我,这反而让我觉得有点尴尬。

有时我还故意跟他'撒撒娇',拉着他的手说点什么,但他再也没有那样接触过我。

"……有一回我俩就这样默默相对坐着,看到他故意疏远我的样子,我真的有一点过意不去,总想告诉他一点什么事儿,表示我对他的信任。后来我就跟他说了这份材料的事……"

"他当时有什么反应?"邵长水问。

"他当时整个儿都愣那儿了,都不相信我说的是真事儿。直到我一点一点把事情的全过程说清楚后,他才信了。"

"那么,有可能是他把消息透出的吗?"这时,邵长水忽然想到拓片在自己家失窃,关系人中好像也涉及这位前李主任,便这么问道。

"我不愿意这么想……"

"现在不是你愿意不愿意的问题,而是要搞清到底有没有这个可能。"

"我一直觉得这是不可能的事。直到那天劳叔出事,晚间和他大吵以后,我突然觉得,劳叔的死跟这件事很可能是有关系的……"

"那我一开始问你李敏分跟这件事到底有没有关系的时候,你为什么要跟我说没关系?"

"……"她歉疚地低下头去,没有正面来回答这个"为什么",过了一小会儿才又补充道,"这也是我第二天一早要拦住您,希望您在向他汇报时要有所保留的重要原因之一。我担心您把一些真实情况连锅端给他了,说不好还会……闹出什么更大的事来……"

"你可真行,南京到北京,绕出这么一大圈儿去,才说到这么个实质性问题上。"

"对不起……"她又惶惶地道了个歉。

22
仙客来

　　谈完，又让曹楠把讯问笔录逐字逐句地校看了一遍，签字认可，并让她在所有那些涂抹删改过的地方一一按上手印，以证明这些涂改也是经过了她本人审定认可的，并非他人后来妄作。办完所有这一切，已然是后半夜时分了；安排组里的一位女同志带曹楠去休息，邵长水自己则匆匆回到二号楼，立即给赵总队长打电话，要求连夜汇报。邵长水这时的确有些激动。如果曹楠关于李敏分的那些话，全是实话，那么，整个案件很可能就从这儿取得决定性的突破了。赵五六在电话里对邵长水说："那你就赶快过来吧，我这儿正好也有些新情况要告诉你。"等赶回总队部，汇报完毕，让邵长水感到意外的是，赵五六并没有表现出应有的那份激动和兴奋，反而沉吟了一下，这样反问邵长水道："你觉得曹楠这小丫头说的能是实话吗？"

　　赵总队长这么反问，却让邵长水感到意外，便在略略一愣之后，赶紧问："咋的了？您那儿关于她，又拿到了啥新情况？"

　　赵五六蔫不吱声地从抽屉里取出一个卷宗，往邵长水跟前一扔，说道："你自己瞧。"

　　邵长水捡起卷宗袋，掏出里头的"囊"一看，却是从齐神父那儿取回的那份祝磊写的材料，便迟迟疑疑地问："您不是让技侦科的同志去做鉴定了吗？鉴定出啥问题了？"

"鉴定出啥问题?鉴定出大问题了。鉴定结果,这是个赝品,假招子,伪劣产品,经人改写过的。压根儿就不是从原件上复印下来的。"赵五六说道。

"伪……伪造的赝品?"邵长水震惊了,忙说,"可从这份复印件看,它可全是祝磊亲笔手书的……"

"是手书,但不是祝磊亲笔。是有人模仿祝磊的笔迹,伪造的。"

邵长水又一愣,说道:"这可能吗?模仿一个人的笔迹,写个三五个十来个字,签个名,伪造个借条收条什么的,还有可能;这可是好几千字哩。把一个人的好几千个字都模仿下来,没有三五年的工夫,恐怕不行吧?可这份材料从祝磊那儿转移出来,到交到我们手里,一共才多长时间?如果说,有人在三年之前就知道祝磊要杀人,就开始下功夫模仿他的笔迹,伪造他三年后才开始写的一份长达几千字的材料,这也确实太有点'天方夜谭'了吧?"

"人工模仿几千字的笔迹,当然很困难。但是现在国际上已经编制出这样的软件。国内坊间也已经发现有了盗版了。现在通过一台高性能高配置的电脑模仿他人笔迹作伪,并不是一档子什么特别困难的事,更不是只有在'天方夜谭'里才讲得出的事情。"

"他们为什么要藏起原件?他们通过伪造,想掩盖什么?误导什么?他们的动机何在?"邵长水怔怔地问道。

"是啊,这正是我们下一步要搞清的。"赵五六说道,"到底是谁整了这鬼名堂?曹楠,还是那个齐神父?或者中间还经过了一些别人的手?但神父先生交出来的这份材料肯定是伪造的。"然后赵五六又告诉邵长水,他已经找那位齐神父谈过了。齐德培一口否认是他伪造了这份材料。听说自己交出来的这份是"伪造"的,他显得很吃惊,完全一副丈二和尚摸不着头脑的样子,一再强调曹楠让他保管的就是这一份。他藏起它以后,一直到交给我们的那一刻为止,再也没动过它。他说可以对着上帝发誓,以他母亲的名义发誓。他说他没任何必要动它嘛。他说他甚至都没仔细地看过它。从参与这件事的那一刻起,他一直很不安,一直很后悔,一直不想再碰它……他曾多次要求曹楠尽快把这份材料取走。曹楠也答应过他尽快把它取走的……没想到,最终还是出事了……

"那他跟曹楠'出走'、'逃跑'又是怎么一回事?"

"他不承认这是'出走',更不承认他想跟曹楠一起'出走'。他说他是个神职人员,而且是个虔诚忠实的神职人员,即便要出走,也不会拽着一个女孩一块儿走……他说他只是送曹楠到省城远郊一座乡村教堂去住两天……曹楠想找个特别清静的地方休息一下。他就给她介绍了这个地方。送她过去,安顿好了,他马上就要回来的。为此,他随身只带了一个小包,包里就带了一套换洗的内衣裤和简单的洗漱用品,连应该带的刮胡子刀具都没带,就足以证明了他既不是'出走',更不是'外逃'。"

"但曹楠承认是想出去躲躲风头。"

"看来这女孩不简单。很不简单。"

"要不要马上再去接触她一下?"

"别急,先别急,先别打草惊蛇了。"赵五六说道,"再观察她两天。如果真是她伪造了这份材料,总是有目的有原因的,她总是想干点啥的,暂时把她内控起来,严密监视她,瞧瞧她还有多少把戏要跟我们玩。"

然后他们又分析研究了一下李敏分的情况。这件事当然让他们非常为难。先后两件事都牵扯到了这位李大官人,但又都没有确凿不移的证据能坐实什么。如果说,曹楠的"揭发"是正确的,凶手确实是因为得知劳爷拿到了祝磊写的材料才起意要"杀他灭口",而他们又是从李敏分的嘴里得知材料转移到劳爷那儿去的,那么这事就相当相当严重了。不管李敏分这么干的主观动机究竟是什么,都说明李敏分已经卷进了这个案子里,成了"凶手的同谋",这几乎是难以想象的。李敏分为什么要向杀害劳爷的人提供情况?为什么?!如果说,曹楠在这一档子事上没说真话,是在"栽赃陷害"李敏分,那么走漏拓片下落的事,又怎么说呢?那档子事好像也牵扯到了李敏分。那可不是曹楠"栽赃"的。

要不要向厅里的主要领导汇报此事?

也许主要领导掌握更多的内部情况,能更准确、更快速地做出他们目前还做不出来的判断?

但如果主要领导要总队这边先拿个判断性的意见出来,又该怎么说?

现在他们的确还没法做什么判断。

于是,赵五六决定暂且不向袁厅长报告,看看能不能再掌握到一点能说明问题的情况后再说。拓片的事,牵扯到了焦副厅长,这事更得慎重了。真得慎之又慎,慎之又慎啊。

赵五六又告诉邵长水,保险柜被炸和保安员被杀案,倒是有了一些进展。从案犯仓促间落在现场的一根雷管和对所使用炸药成分的化验确定,这两样东西都来自陶里根西南部产煤区。但那里大山深重,数以百计的小煤窑星罗棋布。这炸药和雷管到底出自哪一个小煤窑的哪位保管员之手,还得经过一番极其艰苦和精细的排查工作才能见到眉目。所幸的是,经查,那位被杀的保安也是来自那片山区。凶手和保安之间很有可能就是老乡,由此才挂上了钩,里应外合,内外勾结,做下了此案。那么凶手的炸药和雷管极有可能就出自他们家所在村镇附近的小煤窑中。在进一步彻查被害保安的人际关系的同时,对他们家所在村镇附近的小煤窑也集中力量进行排查。虽然已经大大缩小了排查范围,但在那山洼洼里,仍然散落着数十个小煤窑,工作量仍然是巨大的。整个侦破工作只能说迈出了一小步,虽然是"可喜"的一小步。

然后,赵五六带着邵长水又驱车到东坝河,他告诉邵长水,这边的同志昨天抓获了那个事发后逃逸的"驾驶室里另一人",经过一天一夜的突审,这家伙一口咬定,他搭车只为了图方便,肇事没有故意,而事后的逃逸也只是因为害怕。

"你在基层待的时间长,直接经手的案子不少,跟这些狡诈的亡命徒打交道也多。你来审审,看能不能撬开这家伙的嘴。"赵五六说道。

"嗨,我那点山旮旯里的经验算个啥嘛!"邵长水谦虚了一句。但他说的也是心里话。你想啊,要说破案,在全省,还有谁能和省厅刑侦总队和这位总队长比得了的?他知道,这是总队长在寻找机会考察他耐哩。

到了东坝河分部,赵五六和邵长水在分部同志的引领下,直接去了预审室。在进预审室前,邵长水大致上了解了抓捕这家伙和这十几个小时来对他预审的进展情况。快走到预审室门口了,只见在这儿蹲点负责"卡车肇事案"的那位副总队长迎面向他们匆匆走来。

"二位二位,咱们先去办公室待会儿。情况有变啊。咱们说说情况去。"快人快语的副总队长把二位带到办公室。他说,这家伙几分钟前倒是开始接触实质性问题,但说的满不是我们想的那么回事。他说,也是倒霉鬼催的,偏偏这辆破车轧死了你们一个老警察,偏偏我又在这车上。你说我从陶里根城边儿去南岗泡子,就是打个出租蹦字儿,也就百十来元钱,我这是干吗呀,省这百十来元惹这一身骚?我还操纵着这车故意去撞死一个跟我八竿子打不着的老警察?我真活腻味了?!按说我都不该跟你们再扯啥的。抓吧,到时我看你们咋个放我?!不过,你们这地方的伙食我实在不敢恭维。我想我还是别跟你们置这气了,把自己知道的赶紧跟你们抖落净了,该干吗干吗去。你们不是要查这老警察是咋死的吗?我跟你们这么说,趁早别在我和那个司机身上瞎耽误工夫了。好好去查查你们这位老警察吧。我可以拿我脑袋担保这事:那天,那老警察确实是想自杀来着。车祸发生那会儿,他跟喝醉酒了似的,摇摇晃晃直冲着车头走来,我们躲了两回,都没躲得了。当然,当时车速也是有点快。但各位哥们儿爷们儿都应该知道,一个人如果存心要死,那就是派阎罗小鬼来拽也是没法拽得回来的。"轰"的一下,就这么撞上了。你说我跟在一块儿起啥哄?倒的啥霉……

"现在的情况是,这二人——司机跟他,同时变口供,一口咬定劳爷是自杀。他们当时没法躲。"副总队长说道。

"你们让他俩串供了?"赵五六立即显出不高兴的神情。

"看来好像串了供了……"副总队长歉疚地应道。

"咋整的嘛!"赵五六哼哼了一声。现场立即寂静起来。

"这是我们的责任。但应该说,我们的防范工作还是做得蛮到位的。"大要案支队的一位副支队长、东坝河这个复核组的具体负责人,忙替副总队长把责任揽了过去。

"你怎么看这档子事?"赵五六突然回过头来问邵长水。

邵长水知道赵总队长开始考察他了。他平静地、故弄玄虚地回答道:"串供好啊。串供好。"

"你扯啥淡呢?说正经的。"心里正烦着的赵总队长呵斥了一声。

"我说的就是正经话。你们想,那家伙不傻。他当然明白,如果让我们把真相整透彻了,他绝对是死路一条。所以不到万不得已,他绝对是死抗到底。而且形势对他是有利的。事发当时,驾驶室里只有他和那个司机。那个司机当然也明白,不管事发时,方向盘掌握在谁的手里,只有把这起车祸往无故意的方向去引,对他才是最有利的。所以在可以预想的时间段里,这两人一定会结成最牢固的攻守同盟来对付我们。你还别说,如果他们不再做些什么,就这么死扛着,摆出一副死猪不怕烫的架势,我们还真有点不大好整。这案子指不定会拖到猴年马月哩。现在好,他们串供了,有所动作了。只要他们一动作,就必定会露出破绽,有破绽,我们就有机可乘。他们串供确实造成了我们暂时的困难,却同时给我们提供了一个战略突破的可能……"

"战略突破口在哪里?"赵五六追问道。

"在目前看守这么严密的情况下,没有幕后指使和幕前同案,这二位是绝对串不了供的。因此,他们一串供,就把这幕后指使和幕前同案暴露了出来。好啊,那就将计就计,顺藤摸瓜呗。先捣黄龙府,再杀他一个回马枪……"邵长水娓娓道来。

"咋个捣黄龙府,又咋个杀回马枪,说点实际的。"赵五六又一次呵斥道,但语气中显然已带上一些赞许的成分。他这人就是这样,只要你把活儿干得漂亮,他就会不加掩饰地表示他对你的赞赏,就会重用你,宽容你。这也是不少同志挺愿意在他手下工作的一个重要原因。

"能让我先接触一下那个家伙,再来说别的吗?"邵长水笑道。

"钱拿得不多,名堂还不少呐!"赵五六一边笑道,一边站了起来,向外走去了。表示他赞成邵长水的提议和请求,先去接触一下那个家伙。

凌晨三点来钟,他们结束了在东坝河的这次案情汇总和分析会,几位领导就开着车,去和顺面馆吃夜宵。刚在后院的包间里坐定,赵五六的手机响了。是总队值班员打来的,说是圣西堂的神父齐德培报告,曹楠有可能要自杀。

"曹楠那丫头她又玩啥呢?"赵五六立即拨通了齐德培的电话,问道。

齐神父说,曹楠刚给他打了个电话,情绪非常低落,说了许多感伤的话,话里还带着诀别的意思,好像有那么一点想自杀的意思。

"你是神父,好好开导开导她……"赵五六说道。他还是有点不相信,曹楠竟然会自杀。

"她让我转告你们,她绝对没有动过祝磊的材料。她没有想到,事情会发展到今天这一步。但是她肯定没有动过这材料,她可以用死来证明这一点……"齐神父说道。

"她知道我们又找你谈过话了?"赵五六问。

"从您那儿回来后,我就打电话给她了……"齐神父答道。

"我不是告诉你,暂时别对任何人说,我们又找你谈过话了?"赵五六有点急了。

"是啊,我原来也不想给她打电话的……可是……可是……我想知道到底是谁在那几天里动了那份材料……因为我确实没动……"齐神父吞吞吐吐地说道。

"行了!"赵五六立即打断齐神父的话,问,"曹楠这会儿在哪呢?"

"可能……可能……她已经从你们那个龙湾路八十八号回到她自己那个屋子里去了吧……"

"我不是已经安排好了,让她在八十八号院里住下,怎么又让她回码头街了呢?"邵长水疑惑道。

不一会儿,赵五六带着邵长水就赶到了码头街。齐德培已先他们一步赶到,正在急促地敲着曹楠房间的门。

"她肯定在屋里?"赵五六问。

"在……刚才我还跟她通了话。让她别干傻事。我告诉她,上帝创造的生命不只是属于你自己的。你没权随便处置它……"

"得得得!"赵五六喝断了神父的"说教",上前敲了两下门,叫道,"曹楠,我是省公安厅刑侦总队的赵总队长。你开门。听见没有?我再说一遍,请你开门。"

门里头没半点反应。

这时,有邻居被吵醒,不时从他们家的窗户里探出头来窥视,见一帮人在曹楠房门前"凶神恶煞"似的叫门,好像在玩命讨债,便都不敢声张,有的索性赶紧把窗户关了,缩回黑暗里去了。赵五六又叫了一回门,见里头还是没回应,便示意了邵长水一下。邵长水抬起右腿,一脚踹去,那老旧的门板便应声倒塌。几个人忙冲进屋去,摸着灯绳,拉亮灯;只见曹楠头冲外,斜躺在床上,左手软绵绵地垂落在床沿外。从左手腕上滴下的血已然在床前的地板上流成了一大片。

"快给武警总队医院打电话,叫救护车。"赵五六一边吩咐邵长水,一边上前一把抱起曹楠就向楼下跑去。省厅没有自己的医院,遇到这一类情况,他们总是把当事人送往武警总队医院,特殊"看护"起来。

总队的大夫说,如果再晚送去一二十分钟,这丫头就"真没救了"。

曹楠慢慢苏醒过来后,第一句话问的是,她是不是已经"被捕"了?如果已经被捕了,她有话要说。

赵五六说:"如果只有'正式被捕',你才肯说实话的话,那我现在就去办理正式逮捕你的手续。"

曹楠惊喜道:"那……那我现在还没被捕?"

赵五六说:"如果你老不跟我们说实话,老干这种没名堂的事,那可就难说了。"

曹楠又抽噎地说道:"你们为……为……为什么要救我呢?"

赵五六直直有点酸疼的腰说道:"为什么?理由太多了。最起码的一条是,你还没跟我们说实话哩。"

曹楠闭上了眼,默默地背过身去,流起眼泪来;而且越哭越伤心,不一会儿,整个人都抽搐起来,差一点又休克过去。经大夫抢救,又给了点镇静药,到天亮时分,她沉沉睡去。邵长水从龙湾路八十八号叫来一位女工作人员守候她,再三关照,要寸步不离;而后他自己和赵总队长便回总队部歇着去了。大约到上午十点半光景,那位女工作人员打来电话,说曹楠醒了,坚持要见总队的领导,"有话要说"。这时,赵五六也已经起来了,洗了把脸,正要召集全总队科、队一级领导,听取面上的工作汇报,就让邵长水去医院跟曹楠谈。到中午时分,邵长水打回电话,说已经谈完了。

赵五六忙问:"小丫头的伤口咋样?"

邵长水答道:"还行吧。"

赵五六又问:"谈出点情况来了没有?"

邵长水稍稍静默了一会儿,叹了口气道:"谈出点情况来了。"

赵五六又问:"谈出点情况来了,你叹啥气呢?"

邵长水说:"她交代,伪造和改写材料的人,是劳爷。"

赵五六一震,"劳爷?怎么会是劳爷呢?!他老人家干吗要伪造和改写祝磊的材料?"

曹楠说,材料从看守所转移出来后,她在第一时间里,就把东西交给了劳爷。这件事,实际上一直是劳爷在帮着策划和安排的。得到律师从看守所带出来的口信,说祝磊要她设法帮着把材料从看守所转移出去,她掂掂分量,知道自己干不了这样的事,就赶紧去找了劳爷。劳爷知道她跟祝磊等人有来往。祝磊出事的那会儿,劳爷还警告过她。他告诉曹楠,这件事的内幕一定非常复杂,否则,像祝磊那样的人绝对不会"开枪杀人"。但到底是怎么一回事,他也闹不清楚。他让她立马中断和祝磊圈子里所有人的来往,"就像从不回头的风一样,赶紧悄悄地从那林子里消失"。劳爷说话,有时还挺带一点诗意。他要求她,不仅要撤出那个圈子,而且在任何场合、任何人面前都不要再提及自己过去跟祝磊的那点关系。正因为劳爷过去说过这样的话,那天她还挺担心,劳爷会不会来插手这档子事。但那天挺出乎他意外的是,劳爷听完了她的请求,居然啥话也没说,只是怔怔地看着她,过了好大一会儿,才说了这么一句话:"这家伙真鬼。他那么多老关系都不找,偏找你。可他这一招真是个高招,他知道你目标小,谁都不会防你。也知道你鬼机灵,人缘又好,一定会替他找人来办这事。"当时曹楠还忐忑地说道:"您要觉得我不该办这事,我就去跟传话的律师说……""别别别……先别去回绝。先别回绝……"劳爷赶紧劝阻,同时,眼睛中却闪烁出一段时间以来很少再出现过的那种狡黠和兴奋,好像突然打了一剂强心针似的。

没人知道,他当时为什么会突然兴奋起来。

是因为,祝磊的这份材料使他有可能把被迫中断了的秘密调查又继续下去,因而又燃起了一种强烈的生命诉求和事业冲动?

不知道。

是因为,他终于又逮到一个绝好的机会去"报复"和"回击"那些始终不明白他、不希望他、也一直在竭力阻挠他去做一些自己特别想做的事情的人?

不知道。

还是因为觉得整个事情终于按照自己原先设想的步骤在一步步实现了?

可能吧……但也没法确定……

反正接下来的事情都是他安排的,曹楠只是"遵照执行"而已。当然,"条件"是:一、不要对任何人说他参与了这件事;二、转移出来的材料,要先交给他看一看。

曹楠答应了,也"遵照执行"了。原件交给劳爷两天后,劳爷还回的是一份复印件。他说,原件已经存到一家银行的保险柜里去了。为了"万无一失",他又复印了一份,交她保管。她当时心里稍有一点别扭。但觉得,原件由劳爷保管,这应该是最保险的,就没想得更多。她为了"万无一失",又把那份"复印"件复印了一份,让齐德培也代为保存一份。一开始,她原以为,劳爷会尽快设法把祝磊的这材料交到有关部门去,让它发挥它应该发挥的作用。但过了一些日子,却见劳爷并没动静。又过了些日子,还不见有动静。她有些忍不住了,悄悄地打了个电话去问劳爷,到底准备拿这材料做啥打算? 却不料劳爷还挺有些不耐烦地"呲"了她一句,说:"怎么这么不懂事? 这事儿,能在电话里说吗?"劳爷对她从来都没这么不耐烦过。这让她特别难过,也有点伤心,同时她也着急。她当然也知道,秘密地从看守所"犯人"手里往外转移东西,是一种违犯法行为。况且这"犯人"还是个死刑犯。事情败露,当事人绝对是要承担法律责任的。如果及时把转移出来的东西上交给有关部门,也许能使他们这种"违法行为"多多少少取得一些合法性,减轻一点"罪责"。再说,祝副市长之所以要把它转移出来,一定有他重要的意图。千辛万苦地转移出来,结果又压在了我们手中,不能实现祝副市长的意图。这不是"事与愿违",

"暴殄天物"了吗?

而交出去,只是举手之劳的事,为什么劳爷拖着不办呢?

难道是材料的内容过于敏感、重大,使得他不敢往外交了?

于是,她取出密藏着的那份材料,认真地读了一下。她还一直没认真读过它。只是那天齐神父从看守所回来,将它交给她时,曾粗略地翻看了一下。但这回细读,却让她大吃一惊,因为这一回细读的,和那一回粗略地翻看的,完全不一样,大相径庭。上一回虽然只是粗略地翻了那么一翻,并没有读完,读的时候心情又过于紧张,就没记住多少事实和情节,但祝磊在行文中不由自主地流露的那种哀之切、痛之深,欲罢不能、要说又止的委婉凄切和遣词造句的清丽精到,以及偶发议论时观点的准确和简明……都给她留下极深刻印象。再看这复印件,只是笔迹有些像,而文字、文风和文气上,完全丢失了原有的那些特点。就好像有一比,同样一扇屏风,一个出自宫廷御匠之手,一个完全是草野粗民之作。当时她还怕是自己记忆出了问题,便命令自己冷静下来,仔细回忆。越回忆,越觉得复印件有问题,这才肯定下来,它是个"伪作"。为什么要伪造祝磊的材料?怎么可以伪造这样的东西?她觉得即便有一千条一万条必须的"理由",都不应该伪造这份材料。它毕竟是一个人生命最后的表述,也是他对这世界最后的陈述。是对,还是错,是好,还是坏,都应该让它保持原样,直接面对历史和人世。劳爷应该是懂得这个道理的。那为什么还要这么做呢?他既然做了,一定有他的道理。

那么,他的道理又是什么呢?

……她马上向图书馆领导请了假,晚上,带着那份复印件,坐上"夕发朝至"列车,直奔陶里根而去。她不是去听劳爷的解释的。她不想听任何解释。她只要求劳爷做一件事:把"原件"拿出来对照一下,并希望他尽快把原件交出去。那天,劳爷穿着笔挺的派立斯西服,在那座会所里忙着为饶上都接待来自八方的贵客。中午,他委托他保卫部的一位公关小姐陪她去江边的一家水上餐厅吃全鱼餐。下午,还是由这位小姐陪她去市内著名的"俄罗斯一条街"购物。五点钟光景,他开着他那辆崭新的大奥迪到她住的宾馆来,给她送来一张当晚回省城的火车票,还说了三点意见:"一、你带着这样的材料到处乱走,是非常危险的。二、陶里根绝对隔墙有耳。在这里谈这事,就更加危险。一两天之内他要回省城办事。到那时候,他再约她见面谈。三、原件他存放在省城一家银行的保险柜里了。你要'对照',也只能回省城去才能办到。"

他说的是"一两天之后"。但两天后,他没回省城;又等了两天,只等来他一个电话。他在电话里说,这一段日子,公司这边进了些新人,老板委托他对他们进行"上岗前的职业道德培训",所以近来特别忙,脱不开身。原先回省城办事的那个计划也不得不顺延了。但他一定会回去向她澄清这件事的,只是请她稍稍再等两天。又过了几天,一个中午,她突然接到了他的电话,说已经到省城了。当天晚上,他把曹楠接到和顺面馆,还是在后院要了个包间,而且是靠西边的那个,那个包间干扰更少,包间的后身紧邻着一道三米高的砖墙,包间门前栽着一片高大稠密的竹林,而这个包间跟另外那两个包间之间还隔着一个不小的椭圆形金鱼池和几方瘦漏奇透的假太湖石,独占着一片小天地。

只待坐定,点完菜,上完茶,劳爷就主动说道:"是的,你没看错,交给你的复印件,都是经我改写过的。"

"为什么?"曹楠放下茶杯,直冲冲地追问。

"为了你,为了我,也为了祝副市长和他的家人……"劳爷答道。

"原件现在在哪里?"曹楠再问。

"我不能告诉你。"劳爷平静地答道。

"你不是说放在银行的保险柜里去了吗?"

"你别追问。"

"连我也不能告诉?"曹楠有一点点急了。

"不能。"劳爷依然是那么平静、决然。

"原因。我想知道原因。这件事,我是要对祝副市长负责的。他在他生命的最后时刻，那么信任我。我又那么信任您。我们总不能拿一份压根儿就跟祝副市长没啥关系的假材料去蒙骗人、蒙骗这世界吧？"

"……"劳爷不作声了。

"如果您是因为担心将来要和我们一起为这件事承担法律责任才这么做的话，那么，我现在就可以告诉你，任何时候任何情况下，我都不会把责任推给任何人。只要你把原件原封不动地还给我就行了。"曹楠"大义凛然"地说道。

"你要再说这种伤人的话，我今天就不跟你谈了。从今往后再也不跟你谈了。"沉默了好大一会儿的劳爷突然这么说道。很气愤，很坚决。曹楠知道他说到是能做到的。他娶过四个老婆，生过一个女儿。他知道怎么对付女人和女孩。

"……"曹楠心里咯噔了一下后，知趣地不作声了。

由于激愤，劳爷那双白净的手整个儿都在微微战栗，并且下意识地在拨弄着他左手无名指上那颗巨大的金镙子。一会儿把它褪下，一会儿又把它戴上。最后把它收进随身带着的一个深棕色麂皮小口袋里，那小口袋里还装着他常用的那支烟嘴。短小，精致，光洁。他吸烟，但又不想让自己的手指被熏黄。在没有时兴过滤嘴的那个年代里，他就开始用烟嘴。所以熟人们常说，他有一副近似外科大夫和钢琴家的手。这么说，一方面是因为他手巧，能干，另一方面也是说他在手的"维护"、"爱护"方面，可以和那些外科大夫和钢琴家媲美。至于那个金镙子，作为一个老警察，他自然是没戴这个玩意儿的习惯。从来也不戴，也不爱戴，打心底里就反感这种黄灿灿的饰物。他觉得它们俗、怯。尤其是那一号暴发户，弄一块黄铜疙瘩似的大号金镙子箍在粗大的手指头上，真是不堪入目。但到陶里根后，饶上都劝他几回：跟某些生意人打交道，你还非得有一些"俗、怯、油"的套路，否则他们不认你，从感情上也不接受你，甚至还会"瞧不起你"。他们就好这一口。所以，该跟他们装孙子时，你就得装孙子；该跟他们装大爷时，就得装大爷。逼着他去弄了这么个玩意儿戴上。但只要不是在跟那样的生意人打交道,他就会赶紧地摘下它,特别是在跟过去的老熟人,或"自己人"在一起时,他是一定会摘下它的。这样,既不让朋友们"倒了牙根儿",也让自己的心情得以踏实松快一会儿。所以,你也可以从他在你面前摘不摘这颗金镣子上看出,他心里是不是把你当作"老朋友"或"自己人",又是怎么在评价和定位你的。要说劳爷这人,其实在他家的客厅里,常年地供养着一种叫"仙客来"的花。这是一种特别普通,但又挺有特点的草本花。一般都是种植在小盆里。虽然是小盆,但顶不住他养得多。请您设想一下,一个客厅里摆放着二三十盆这样的仙客来,绿的青翠,粉的娇滴,云霓般错落铺陈,那会是一副什么阵势和架子?

23
劳爷的最后一次讲述

那天闷坐了一刻,劳爷还是对曹楠讲述了他为什么要"改写"祝磊这份材料的缘由。他说,拿到材料后,他迫不及待,几乎是一口气读完它的。那一瞬间由于过分的期待和焦急,在他打开这份材料的外包装时,两只手一直是抖着的,心也都快要跳出喉管了,这一切逼得他都完全喘不上气儿来。

祝磊这份材料的标题是《我所知道的顾代省长和饶大老板》。它着重讲了祝磊自己和顾立源之间,从相识相知到龃龉对立,关系发展的一个全过程,也重点讲述了这位顾代省长和那位声名显赫的饶大老板之间关系的发展史;还着重分析了这两个大人物之所以能在陶里根这块土地上产生和壮大的"历史根源和现实的地缘的因素",也描述了这二人性格变异发展的历史。由于祝磊认识他俩时,他们仨都还是个"白丁",可以说他们是捆绑在一起成长起来的。所以,他的分析不仅中肯而到位,同时也提供了不少鲜为人知的"内幕"和"细节"。比如,他讲到,当年上头真的把开放边贸权的试点放在陶里根以后,当时县委领导心里是完全没有底儿的,立马把顾立源叫来狠狠地训斥了一通,把事情全推给他去应对,除了给五千元启动资金,连个单独的办公室都不给,电话都是跟别的办公室合用的。那天晚上,顾立源上祝磊宿舍里叹苦经,叹着叹着还呜呜地哭了一鼻子。谁能想象后来一个电话就能让银行贷出五六个亿,一张白条就能给投资商批出几百上千亩地的顾立源,当年为了那点委屈还在祝磊面前哭过鼻子,并真诚地请求过祝磊给他帮助……祝磊讲了顾饶二人的"功绩",也客观地陈述了他俩"免不了"给陶里根带来的损失和造成的弊病,实事求是谈了他和顾之间的矛盾,他自己的不足……虽然不能把这份东西简简单单地当一份"检举揭发材料"来看——祝磊写这份材料时,也许他的心并不在"检举揭发"上,而只是在做诀别人世前的"总结和回顾",但是从中确确实实还是可以找到不少可以进一步开掘的问题线索,比如,材料里讲到了顾立源以市委书记兼市长的身份给国有商业银行领导打电话、写白条,为一些老板做担保整贷款,再比如饶上都为顾立源购买那两幢小别墅的问题等等,都为进一步查证这些问题提供了重要佐证。

但那天,据劳爷自己讲,他热血沸腾地读完以后,很奇怪,脑子里却是一片空白。说不上自己心里涌上的是一股啥滋味,是像中药店柜台上的那块擦桌布,苦涩辛辣咸,五味杂陈?还是像在夜半观渔火,默坐许久,而茫茫然惘惘然,不知身将何去何从……

居然说不清。

奇怪。

"……你知道,那一段时间,我一直处于我人生的最低谷中,即便在当初被取消二级英模称号,被开除党籍的时候,我都没这么无所适从过。余达成、寿泰求和你父亲的突然变卦,给我的打击,在精神上可以说是毁灭性的。不像在年轻那时候,虽然被取消二级英模称号,让我一下从声名鹊起的云端坠入万夫所指的深渊,那日子从表面上看,似乎更难过,其实不然。那时,我毕竟年轻,我也承认自己不成熟。因为年轻,来日方长,我觉得自己付得起这个代价。况且对自己犯的那个错误,我还有我自己的看法。是的,我一度确实是太骄傲了,是有些目中无人,我得罪了不少不能得罪的领导,在某些纪律和生活细节方面,我也确实是不够注意,交朋友太宽泛,太无节制。当时我的名声太响,三教九流、男男女女们一齐拥了过来。我确实有些晕头转向。但有一点,我是明白的,在大问题上我没有出格。尤其是我没给工作带来重大危害和损失。我的错误尚属于可以处分也可以不处分、或不必处分得那么严重的两可之间。但直接领导我的那一些同志,决定给我处分,并给了最重的处分,我知道这和我跟他们个人之间的恩怨有关,跟我自己不善于处理人际关系有关。个人恩怨随着时间的流逝,是可以改变和消退的。不善于处理人际关系,可以学得善于起来。我年轻,我有的是时间。我有能力,我还能做出新的工作成绩来证明我的一切。况且当时还有不少同志,包括许多领导,都是同情我的,他们在暗中安慰我、鼓励我、帮助我。即便是那几位下决心要狠狠教训我一下的领导,也没有采取彻底抛弃我的态度。最起码还给我工作的机会,用他们的话说'将功补过','在哪儿跌倒,还在哪儿爬起来'。用我自己的话说就是'只要让我干活儿,我就有未来'。但这一回就不一样了,完全不一样了。从表面上,事情好像并没有引起任何'波澜',我的生活一切照常,但我人生的心理防线却彻底垮塌了。这一回到陶里根去,我觉得自己是考虑得非常周到缜密的,我觉得自己已经是非常成熟的了。方方面面的安排部署都是经过再三考虑,也可以说做到了滴水不漏。我完全有把握做一件我一生中最想做,而又始终没能做成的大事,破一个不是随便哪一个刑侦高手都能破得了的大案,在自己的一生中写下最经典最精彩的一笔。然后,带着满身的伤疤,'光荣谢幕'。这里所讲的'做一件我一生中最想做,而又始终没能做成的大事',还不单单指要去破一个从来也没破过的大案。不是的。更主要的是要补足我一生的一个遗憾。我回顾我这一生,做的事情不能说少了,但是,这些事几乎都是在瞧着别人的脸色的情况下做的。当然,回过头去说,人类处于当下这个历史阶段,无论是东方,还是西方,是姓资的,还是姓社的,都免不了,有人活着主要是在摆脸色给别人瞧,而有的人,或者说,更多的人只能瞧着琢磨着别人的脸色在活着。这跟当官不当官有权没权当然有相当大的关系,但现如今情况还不尽然是这样。一个看自行车的或社区保安,按说是绝对的下层小人物了吧,但他同样拿着看自行车和守护社区这点'权'对人吆五喝六。记者大夫教员评论家按说也不是官吧,但你跟他们中的某一部分人打交道，不给额外的好处也是不行的。也就是说，活这一辈子，你得处处低头才行，这让人太难受了。我一直想干一档子这样的事：它能让我完全按自己的意愿去干。我原以为，去陶里根能实现这个愿望。我以为在那儿不可能再出现任何的意外来打破我这个设想，但是我错了。最后证明，活了将近六十年，我还是不成熟，非常不成熟。所有那些我应该想到的变异，应该防备的事情，我仍然没有想到，没有防备，我被最值得信任的人抛弃了。最可怕的是，我已经没有退路了。第一，我的年龄摆在这儿。第二，为了到陶里根来干这件事，我选择了退休，我脱掉了本不该脱的警服。第三，最可怕的还在，几乎所有的人都开始警惕我。出了这事以后，无论是公司内部，还是周围的各色人等，都知道我到陶里根是来'秘密查问题'的，都用异样的眼光来看我，就像是打量一头受了伤、但又在街上溜达的狮子。他们只知道狮子是要吃人的，而他们偏偏又都是'人'，以为我会'吃'他们。他们并不知道，我这一头'狮子'只吃坏人，而且还必须是法律认定的'坏人'。饶上都的高明之处就是，他不公开跟我对抗，他依然起用我，甚至继续给我优渥的待遇。但让我在人群中孤立。没有人们的接近和支持，我将一事无成——在这种情况下，我继续留在陶里根，除了做他挣钱的工具外，我将一事无成。这家伙特别明白，现在已经不像十多年前了，你不能再指望人们听说你在反腐败就一拥而上，高呼万岁，绝对没这样的事了。反腐败战略推行了十多年，决心不能说不大，战果也不能说不'辉煌'，上自政治局委员、人大常委会副委员长、省长省委书记，下至科长主任、村长乡长，每年少说也要抓个几千几万。但由于许多根本问题没得到解决，腐败的现象不能说更严重了，也应该说依然很严重。最严重的是，许多普通人从寄希望于反腐败，转向也跟着能捞就捞。从行政权力腐败，蔓延向行业腐败。各行各业堵不住的乱收费，教师、大夫、知识分子的腐败，还有那压不下来的药价，一个一个，都是明显的例子。人们心里这么想：既然你反不掉腐败，与其看着大家公有的财产让这些少数蛀虫吞吃了，还不如让我们也来'吞一点'。他们几十万几百万几千万几亿地捞,我们没那么大能耐,也没那么大的可能,捞个几百几千地贴补贴补家用,总比全掉进他们嘴里要来得划算吧?为了实现'大家都捞一点'的'理想',现在不少人都挺反感本单位出现什么'反腐败积极分子',反感那种'头上长角身上长刺'、'闹得大家都不得安宁'的人。这几年,由于工作的关系,我接触过好几位省内著名的反腐败英雄。他们都是省纪委系统公开表彰的模范人物。但是接触下来,这些人在本单位几乎没有一个是有好日子过的。不是'晚景凄凉',就是眼下特别'孤立'。

"而再看看那些已然被关被杀的'腐败分子'的经历,有一个非常重要的共性,他们几乎全是被他们周围的人'制造'出来的。这些人中的大多数一开始并没有那么狂妄,也没那么贪婪,甚至有的还比较清廉勤政。但他们只要一走上领导岗位,几乎所有的人都向他们低下了曾经高傲的头,几乎所有的人在他们面前一下就丢弃了(仿佛是自动丢弃似的)与生俱来的人格尊严。几乎所有人在他们面前都变得只会说'对对对','是是是'。有许多案例证明,某些贪官挪用占有公款几百万几千万,在过程中只要有一个会计、出纳、财务科长或副科长,或其他某一个当事人,在其中一个环节上说一声不字,这几百几千万就不会'流失'。但无一例外地,是几乎没有一个下属在他们应该说不字时,说出规章制度赋予他们可以说的这个'不'字。怎么会有这么多人都点头哈腰事权贵,都不敢来说一个应该说的'不'字?这个现象是怎么造成的?怎么才能让千千万万普通老百姓都敢在当官的面前说'不'字?这是另一个相当重要的、不能不追究的问题。我现在要说的是,所有的人都不说'不'字,于是就制造了一批又一批的贪官分子。这个'不'字光靠纪检委系统的人说,是不行的,是不够的。

"我没系统地学过历史。只是在这些年的工作中,涉猎过一些相关资料。几千年来,我们都说封建社会腐败。其实你翻开史料好好琢磨一下,那些被我们用'专制独裁和腐败'一言以蔽之的历朝历代,都曾下过很大的力气推行反腐败工作。决心之大，刑罚之重，手段之狠毒，都不是我们这些当代人所能想象，甚至是能接受的。比如，谁要贪赃枉法，不仅要杀你个人的头，还要满门抄斩，株连九族，那真是要杀一个断子绝孙、天昏地暗鬼哭狼嚎啊。杀你本人的时候，也不是一刀就解决问题，得从大腿内侧开始下刀，一点一点地'剐'，一块一块地'割'，不剐满三千刀，就让你死了，刽子手还得负'刑事责任'。药料下得如此之猛，他们制住腐败了吗？没有。为什么？在陶里根这几个月，我一直在想这个'为什么'。有时真让我想得头疼。恶心。

我们屈服在腐败分子的淫威跟前。腐败在我们的怂恿下、退让下、滋养供奉下产生和成长，实际上是我们在'制造'着腐败。

"……我们下很大的力气在抓有问题的'顾立源'和'饶上都'，但你怎么扛得住人们在不断地制造，一批批地制造，用各种各样的方式在制造，而且是不动声色地、有意无意地、如水银泻地、春风催生野草般地在自己和他人身上制造着。现在的问题不在于怎么对付那些有问题的'顾立源'、'饶上都'。那好办，抓。十个八个、一千一万地抓，有多少抓多少。就像我们说惯了的那样，'涉及谁就坚决查处谁'。但现在的问题是要对付那数也数不清的'制造者'或怂恿者、保护者……你有办法吗？

"我们是什么人？

"我们是一介布衣，平头百姓。

"也许我们还做了些事情。但是，有用吗？

"我一直在问自己我们所做的这些有用吗？"

说到这儿，劳爷脸上出现了一种特别古怪的神情，这神情常常出现在那种特别固执，甚至固执到偏执的人的脸上。他们的目光呆滞，但又极其坚定热烈。曹楠说，那一刻，她恍惚觉得都有一点不认识眼前这个劳叔了，心里陡然地有些害怕起来。

这时，邵长水问道："你说这么多，还是没说清楚他到底为什么要对祝磊的材料进行作假和伪造啊？"

曹楠说："当时我也没怎么整明白。后来才明白，他觉得，我们所做的一切，实际上都是无效劳动。既然是无效劳动，那就不必要这么较真了。不必为此去付出巨大的以至拿自己的一生做代价来付出。他觉得，如果原封不动地把祝副市长写的这材料交出去，很可能对祝副市长自己、对我都会产生极坏的副作用，就要让我们拿出自己的一生来作为代价……"

邵长水问："有那么严重吗？再说，祝磊已经判了死刑了。他还什么一生不一生的？"

曹楠说："他觉得，凭他的经验，祝副市长的问题，会有一个反复。不会就这么简简单单地把他给毙了。也就是说，他还有改判的可能。只要争取到死缓，他不仅能保住性命，而且今后还有走出监狱，重回社会生活的希望。但要是原封不动地把他的这份材料交上去，这种可能和这种希望很可能会破灭。"

邵长水问："为什么？"

曹楠说："劳叔觉得，祝副市长的这份材料从大面上说，是在'回顾和总结'，算不上是一份'检举揭发'材料。但是，他的原材料中还是提供了不少的线索，可以让人们据此进一步去发掘和查实顾代省长和饶上都的问题。如果问题仅限于顾和饶，那可能还好办一些。实际上很可能会延伸到其他一些人身上。这个'其他一些人'，就很不好说了。如果他们知道，祝磊正在把更多的人牵扯进这个案子，你想他们会坐以待毙吗？这样，祝磊就死定了。而像我这样，被动地卷进了这档子事情来的人，多多少少也知道了一些情况的人，他们恐怕也不会放过。"

邵长水说："劳爷这样判断形势，是不是也实在有点过于悲观了。我们这个社会毕竟还是阳光明媚，好人当道。"

曹楠说："他从来也不否认你说的这一点，我们的社会从总的方面来说，的确是阳光明媚，好人当道。但是在某一个角落里，某一个局部中，阳光全都照到了吗？您看，他自己后来不就是被谋害了吗？他出事的那一刻,阳光呢?好人呢?都到哪儿去了?"

邵长水说:"所以他想修改祝磊的那份材料?"

曹楠说:"是的。他觉得让祝磊在材料里做些批评和自我批评,发一些人人皆知而又没有任何实际意义的感慨,让所有人都觉得,他已经对任何人都不会再构成威胁了,也不想再'威胁'什么人了,这样,也许他还真能再活一回。"

邵长水问曹楠:"你觉得这是他的真实想法?"

曹楠说:"在跟我接触的这么些年中,他这人有一点特别让人放心,就是实诚。心里有什么,他嘴上就说什么。所以,我相信这是他的真实想法。"

如果说,这就是劳爷的真实想法,如果说,那个阶段,他从精神上确实已经"认输"了,不想再继续自己从前的努力,真的已经"沉湎"在"吃喝玩乐"之中,已经死心塌地地"投靠"了饶老板,压根儿就无心于什么"秘密调查",而且整个人都变得有一点儿神经质,应该说对任何人都已经构不成威胁了,那么,"谋害"一说,又从何而来?他已经无"害"于人,人又为什么要加害于他呢?难道置他于死地的,真的只是一场无任何加害意图的交通事故而已?

邵长水拿这些疑问去请教赵总队长。赵五六却没作声。过了一会儿,只是说,你跟曹楠的谈话,有录音吗?邵长水说,有。赵五六说,把录音留下,我想仔细听听。

那天晚上,曹楠也没回码头街的住所。出于安全考虑,并征得大夫同意,邵长水把她接到龙湾路八十八号。离开医院时,还配足了必要的消炎、止血、止痛、镇静药和相应的药棉、绷带;在空空荡荡的五号楼里给她安排了一个单间。这么做,也希望她有一个相对私密的空间,静下心来再仔细地想一想,看看还能提供什么情况不。安排好这一切后,他就回二号楼自己的宿舍里去了。他心里略有些不安:赵总队长要再听听谈话录音,难道他从刚才的汇报里感觉出什么他邵长水没感觉出的蛛丝马迹了?

24
回顾

　　回到宿舍，略事洗漱，邵长水便和衣把自己放倒在了床上，合上眼，稍稍镇静一下自己，让呼吸匀和下来，然后又坐起，重新翻开记事本，把跟曹楠的谈话内容，逐一回忆了一遍。他忽然想起，跟她谈了这么长时间，怎么没问一下，祝磊那份材料的原件到底哪去了？还没整明白在保险柜里被炸掉的那份，究竟是不是那原件。他赶紧打通五号楼的电话，告诉曹楠先别忙着休息，他还有个挺重要的事情必须当面来补充问一下；说罢，匆匆往五号楼赶去。

　　曹楠当然不会马上休息。经过这样一番谈话，就是木头人，一时半会儿也无法平静。况且不知道为什么，这时手腕上的伤口比在医院"抢救"时那会儿，一胀一胀地跳疼得更加厉害了。也许那会儿只想着死，疼就完全被忽略了。也许大夫当时用了麻药或止痛的药，而几个小时过后，这些作用于神经的玩意儿，逐一在失效。也许八十八号这儿的环境，那死一般的寂静，能使最麻木的人也可以充分感觉到自己身体上每一点最微弱的疼痛……她低声呻吟了几下，辗转换个睡姿，还是忍受不住，便开开灯，查看了一下伤口处的包扎。刚想探过右手，去拿水和止痛片，门外就有人进来了。她以为是邵长水，便索性披上衣服坐起，但进来的是复核组的一位女工作人员，她被安排在隔壁房间休息，目的还是为了照顾和看护曹楠。

　　"疼吗？"那女工作人员递过药片和水，轻声地问道。

"真对不起，闹得你们都没法好好休息。"曹楠诚恳地说道。

"年纪轻轻的，干啥不行，非得走那绝路？"女工作人员跟大姐或大嫂似的，温存地啐嗔道。

"……"曹楠红红眼圈，低下头去。

"快把药吃了。躺下吧。"女工作人员说着，就要替曹楠把披在肩膀头上的衣服给去了。

"一会儿邵助理还要来说事哩。"曹楠忙解释道。不知道为什么，她总习惯称邵长水为"邵助理"。也许看他的年龄和气质，应该是担当"助理"那个角色？

"没事。他来归他来，你就躺着。出那么多血，不好好歇着，怎么行？吃一堑长一智啊。流点血，长点记性。你不想想，你要真出事了，最受不了的是谁？还不是你爹妈？！"女工作人员提到"爹妈"，眼睛略略湿润起来。

"……"曹楠再次低下头去。

"躺下吧。快躺下吧。有啥事，叫我。啊？自己别瞎动。"女工作人员替曹楠掖好被角，拧弱了有调节光线强弱功能的台灯，便径直回她自己的房间去了。她也想到，一会儿邵组长还要来，留一点灯光，比较适宜。

没等脚步声完全从房门口远去，曹楠便又慢慢睁开了眼睛。疼痛，加上稍微的头晕，口干舌燥，使她觉得还是稍稍坐起来一点为好，同时又喝了口水，润润又有点苦涩的喉咙，挣扎着把外衣穿好，并设法把伤了的左手垫得高一些——这也是刚才那位"大嫂"教她的，抬高受伤部位，免得血往那儿淤积，能暂时减轻伤处胀疼。

不知是此方法的功效，还是刚吃下的那两片止痛药的作用，或者还是因为同时使用了这两种方法而产生的一种心理暗示作用，伤处果然不像刚才那样火辣辣地疼了。从疼到不太疼，这种感觉真好。但这一刻的恍惚间，她再次感觉到冰凉的刀口切割到手腕上的那一阵麻酥酥的痉挛，再次看到自己在拿起刀片前，在屋子里不知所措地近似疯狂的张望，那种绝望和恐惧，多么的绝望和恐惧，非常混乱的恐惧和绝望……

事情当然还是由齐神父的那个电话引起的。齐神父并不知道"改写"和"伪造"的事,但她是知道的。那天,劳叔跟她谈完后,她心情非常古怪,说沉重,不太够;说压抑,也不太全面;说害怕,似乎仍嫌单一了些……她不愿意相信劳叔因为对他自己和周围这个世界感到绝望了,才要向这世界说"假话"的,而且还要"强使"即将被处决的祝副市长在临死前也"奉献"出一份"假话"。

难道人只能这样活?他们的今天,就是她的未来?

接受委托,把一个人,一个曾被自己"无比"钦羡和敬仰的人,在生命的最后时刻写下的话,从"死的牢笼"带往"鲜活的人间"——这使命让她惶惑,却也让她激动万分。替一个活在最艰难之中的人做一件他最想做的事,而且又充满着风险——二十岁刚出头的她为此而激动、战栗。她一直为自己能跟这些富有阅历,并且充满生命活力的长者交往而感到荣幸。(有没有虚荣的成分?也许吧。)图书馆是一个收藏历史的地方,哪怕是最新出版的书,它本身和它的讲述,都是属于过去时的。即便它讲述的是对未来和未知的预测和猜想,当这些预测和猜想形成文字和书籍,被送进图书馆来以后,它一定也就成为了"以往"和"已知"。更新的预测和猜想,对更广漠的未知的探索,一定已经或正在萌发和产生了。站在图书室的柜台里,注视着柜台外来借书还书的人,她知道自己其实是站在历史和现实、已知和未知的交界线上。她把历史递给现实,她让现实倾听历史。但她知道,自己却是浅薄的、苍白的、柔弱的,甚至在许多时候还是茫然的。有种"无依无靠"的感觉,让她有足够的理由让自己感到"茫然"。她寻找成熟、成就,寻找力量……为此,她结识了李敏分、劳东林,结识了祝磊,以至顾立源……书,是他们之间的媒介。他们从她这儿找到了书。她要在他们这些拥有现实的长者身上去寻找对她来说依然还是比较遥远的"现实"。他们都对她很好——虽然各有各的好法,但有幸的是他们都不曾妄图"伤害"她。(是来不及,还是不敢,还是压根儿就不愿意伤害她?她没细想过。)跟他们交往,总有一种异样的陌生、紧张、兴奋和忐忑,同时也存在着一种隔阂和拘谨。其实她并不想完全破除这种"隔阂和拘谨"。反倒是在他们中的一些人身上,她时时感觉到有那种破除这"隔阂和拘谨"的冲动。

第一次见顾立源,就让她感到特别不习惯。是祝磊带她去见顾立源的。那会儿,他还没调省里来。也就是后来所有人都说他自我感觉最好的那个时候——还在陶里根当市委书记兼市长的时候。"这就是你说的那'闺女'?那,是不是该叫我大伯?"他嚷嚷着,用力地握着她的小手。标准的国字脸,浓眉,吐字十分清晰的男中音嗓门,狡黠而活跃的目光,宽阔的前额和稍嫌稀少的头发,肩头披着那件"著名"的黑大衣,不时地习惯性地耸耸头,以使大衣不会从肩头上掉落下去。不管上哪儿身后也总是跟着一个或两个秘书、随从之类的人。一转身,一投足,他那双永远擦得明光锃亮的扁头皮鞋总在闪烁着经典的光彩……所有这一切都使年轻的曹楠产生了特殊的困惑,他怎么不像平时在报纸和电视里常常看到的那市委书记和市长啊?他怎么更像印象中的老板、经理?而让她更为"出奇"的是顾立源接下来说的那句话:"我是不是得给一点见面礼啊。"他大声笑道。这句话刚说完,他那位秘书立即从随身带着的黑皮包里数出一千元现金递给曹楠。当时给曹楠的感觉,自己就像是个上这屋里来搞直销的女孩,众目睽睽之下,可怜兮兮地正等着一手交钱一手交货。"你拿多少?"对钱的多少似乎有非常准确的敏感度的顾立源,在瞟了一眼那些票子后,立刻很不高兴地瞪了秘书一眼,训斥道,"你在打发谁呢?"秘书苍白起脸,忙又数出一千元。顾立源更不高兴了,大声呵斥:"你抠抠搜搜地在丢谁脸呢?花你钱了?快掏!"秘书吓得赶紧再去黑皮包里掏钱,但在包里摸索了一下后,那只手好像是黏在了包里似的,迟迟也拔不出来了。在场的人,包括顾立源自己都明白,包里肯定没现金了。秘书又不敢明明白白说出这个可能会让顾立源更加恼火的情况。顾立源一时间也有点尴尬。这时,聪明的祝磊出来救场了。他微笑着走过来,从那两摞现金里慢条斯理地抽出一张一百元的钞票递到曹楠手上,说道:"顾伯伯的心意你明白了就行了。他是想给得越多越好。但多到什么份儿上才是个头呢? 多就是少,少也就是多。唯少才能多,唯多才知少。没有少,也就不会去多。没有多,也就不会去少。少者,多所倚。多者,少所趋。好了好了。多多又少少,少少又多多。无论是在精神上,还是物质上,这'多'和'少'就是这个世界所有人为之苦恼的向往的矛盾的挣扎的根本。让我们还是回到这'一'上来吧。回到这最少、也是最伟大的起点上。拿着吧,闺女,顾伯伯希望你能在这'一'的基础上,演绎出真正属于你自己的幸福未来的百、千、万来。"随后他把其余的一千九百元又放回到那个黑皮包里了。事后,曹楠困惑地问李敏分:"您不是一直特别推崇陶里根的这位顾书记的吗? 我怎么看都觉得他就是一个俗人。对不起,我甚至都觉得他有一点'恶俗'。你瞧他那霸道劲儿,加上那件在肩膀头上晃唧晃唧的黑大衣,那两个一时也不离身的跟屁虫,还有让他那些跟屁虫替他往外掏钱时那股老子天下第一的蛮气,啥市委书记么,整个儿一个黑老大嘛。"李敏分笑道:"没错,在陶里根市委市政府机关里,上上下下都叫他'老大'。"曹楠皱起眉头问:"这样好吗?"李敏分笑道:"这有什么嘛。'老大,这个称呼本身并不具备什么褒贬性。渔民把渔船上掌舵的人称作为'船老大',是褒耶,贬耶? 我们汉族人把家中长子也称作'老大',是褒耶,贬耶……"曹楠特别忌讳别人不把她当"汉人",于是立即抢过话头说:"你们汉族人? 别跟我说这个!"李敏分忙挥挥手笑道:"咱们汉人,咱们汉人。对不?"然后他又解释道,"顾立源从本质上看就是一条咱们北方的豪爽汉子,一个特别讲义气的人。一个特别耍得开,又特别收得拢的人。你现在看到的,无非只是他表面上的一些东西。一些很浅层次的东西。""他深层次还能有啥? 我真的很怀疑……"曹楠皱起她那好看的小尖鼻子,哼哼道。"那你可大错特错了。"难得激动的李敏分这时却激动了,立刻站起来大声叫道,"这是一个深浅难以捉摸、前程也让人无法估量的人。难以捉摸,无法估量。难以捉摸,无法估量啊。"他毫不吝啬地倾情重复了两遍。

后来，曹楠在不断接触顾立源的过程中，才真正体会到了李敏分当初所说的这"难以捉摸"和"无法估量"八个字的含义。这里有令她"生厌"的东西，也确有让她"难以捉摸，无法估量"的东西。那一回见面后不久，顾立源到省城来参加省委扩大会。前边说过，按这两年的惯例，只要顾立源一到省城，那些先行调到省城来工作的陶里根籍干部都会找个好地方，"聚一聚"，让他"高兴高兴"，"放松放松"，同时也让他们自己"高兴高兴"，"放松放松"。自从祝磊调任省财经学院副院长后，这样的聚会一般都由他牵头组织。参加聚会的常常还会有在省城做生意的一些陶里根籍的老板。当然，能有幸参加这样的聚会，一定是有相当实力的大老板。一来，这些陶里根籍的老板平时和这些陶里根籍的领导干部们的确也是处得相当不错的朋友、哥们儿；再者，有这些老板参加，聚会无论花销多大，也就有人埋单了。所以，潜意识中，大家也愿意有这样的老板参加。这些老板当然根本不在乎这一点花销，都争着埋单，争着做东。

那回曹楠也参加了，是祝磊把她带去的，这是曹楠第二次见顾立源，顾立源还是那样的咋咋呼呼。但可以看得出，他见到曹楠，非常高兴，主动过来拉曹楠的手，亲自安排她坐在他身旁的贵客位置上。说话的时候还老拉着她的手不放。有时干脆搂着她的肩，把脑袋贴过来，几乎要挨着她的脸颊了，仔细倾听她的低声细语。（曹楠是心慌，不自在，才不敢大声说话的。但这样一来，却闹得她越发心慌，越发的不自在，还有一点反感。）但很快，她得以稍稍地安心了。原因是，她发现，所有在场的人都没把这当一回什么事。没人用异样的眼光去看着他俩。难道他们都认为这么接触是很正常的？可再问一问，这么接触，又有什么不正常的呢？这一群人，年龄大约都在四十至五十之间，均为阅尽当下人世沧桑的中年男子，还有什么场面是他们"读"不懂、或"读"不了的？他们都是顾一手提拔和扶携的，顾把他们视为心腹。他们视顾为知己。况且，曹楠后来发现，顾书记注视她的眼神里有一种让她非常意外、甚至让她多少还有一点感动的东西，那是一种很直率的探询，很平等的交流，他把那一帮人完全撇在了一旁，只是在低声地跟她探讨一个"心理学"问题："心理问题"在多大程度上影响着人正常能力的发挥？"心理问题"在多大程度上影响着我们干部队伍的素质？你觉得像我这样的人会不会产生"心理问题"？为什么长久以来，心理问题在我们这儿总是得不到应有的重视？我们这种超稳定结构的社会体制，对人的心理病态具有一定的抑制作用呢，还是相反，仅仅是在起着掩饰和推波助澜的作用等等等等。开始，她还能回答一二，到后来，完全听他一个人在那儿絮絮地论述了。她也回答不上来了，他也不容她插嘴了。听得出来，他对这个问题，是读了一点书的，也做了些思考的，但也仅此而已……

在他跟她谈论"心理学"问题的时候，别人也在三三两两地谈论着他们各自感兴趣的事情。他们平时也并不是有很多的机会能像今天似的，凑到一块儿来的。一旦凑到一块儿了，总是会有很多话要说，有很多的信息要交换，有很多的事情要相互"拜托"，也有某些以往的误会要澄清，甚至有一些"秘密协议"得赶在这样的机会里赶紧在口头上"草签"了。这时候，顾书记往往会突然停下跟曹楠之间的激情论述，突然插到其他人的谈论中去，针对他们正争得不可开交的某一件事，或狠狠地把其中的某一位批评一通，或为他们做一个非常明确的结论，或发出一些严厉的警告，然后又回过头来接着和曹楠论述他的"心理学问题"。这的确让曹楠非常吃惊和佩服。他那么了解方方面面的情况，始终在掌控着局面，即便在这么一个很具体的微观场面中，他也绝不"放之任之"。是责任感所使？还是精力特别旺盛所使？还是权力欲过于强烈所使？还是他太把这些同志当自己人了，所以他们的一切，他都想干预，都想帮助，都想指点，才做得如此无所顾忌？

后来的事实证明，他并不是在任何情况、任何场合下都这么无所顾忌的。这顿饭吃到一半时，又来了两位陶里根籍的女老板。是姐妹俩？还是妯娌俩？还是俩老同学？这就说不清了。反正她俩一来就嚷嚷，今天这顿饭，由她们埋单，然后请各位上春光剧场看二人转。位子都订好了，是三十元一位的贵宾席。据说在剧场里演出的是铁岭赵本山那疙瘩最好的二人转剧团，然后就闹着非要跟顾书记敬酒。"能喝一斤的喝八两，这样的干部欠培养。能喝八两的喝一斤，这样的干部党高兴。""你喝仨，我喝仨，咱俩花好月圆一窝发。""一窝发、一窝发……"其中一位女老板一边接茬往下说笑着，一边一歪身就要往顾立源腿上坐去。顾立源却不慌不忙地站起来，一侧身，躲过了那"一歪"，并用手扶了那位年轻的女老板一把，笑着连声说道："喝多了，你喝多了。"那位女老板把眼一瞪，"哗"地往自己手上那个玻璃杯里倒了大半杯五粮液，足有三两多吧，一口就干掉了，然后小牙一咬，小眼一瞪，发着狠劲儿说道："今儿个在顾书记跟前，谁……谁……谁也不许……不……不许说自己喝多了。谁说自己喝多了，就罚一瓶吹。"所谓的"一瓶吹"，就是一手拿着一瓶白酒，一手叉着腰，嘴对着瓶口，一仰头一气喝完一整瓶。那形状酷似"吹号"，所以"美"其名曰"一瓶吹"。"好。喝酒就得这么干脆。"顾立源赞许道，让一直伺候在一旁的服务生给自己的玻璃杯里也倒了有大半杯的五粮液，并一口干了。还倒扣过杯子，向在场的各位亮了亮杯底，赢得一片掌声。但后来曹楠发现，不管这两位女老板如何地来跟顾"套近乎"，顾总是不温不火地跟她们保持着三分距离，总是习惯性地把手都背到自己的身后，后来其中的一位实在疯闹得太不像话了，两位男老板不得不把她架了出去。其中一位是介绍她俩来的，事后挺不好意思地向顾道歉。顾却十分宽容地挥挥手，什么批评的话都没说，还简单地问了问她俩企业的情况，知道她俩还在艰难起步之中，便请那位男老板转告她俩，有啥困难，可给他秘书打电话；还说，这两人将来一定能办成一点儿事，就是路子有点野，得攒着点劲儿、留点后路才行。

　　后来，曹楠跟祝磊也谈过自己对顾立源的印象。祝磊让她别在背后瞎议论领导，同时也说了一些李敏分说过的话，比如：你看到的只是一些表面现象。不可以只凭这些很浅层次的东西去判定一个人，更不可以据此去判别一位领导同志。人是一种很复杂的生命现象，非此即彼不对，非黑即白也不对。当领导的也一样,他们有他们的难处,他们最大的难处是不能成为他们真正的自己。他们得遵从多方面的需要而不断改变、不断重新塑造他(她)自己。能够不断改变自己、不断重新塑造自己的,就是成功者。反之,就很难说了。所以,你们在场面上看到的,常常不是他们真正的自己。而他们真正的自己到底是什么样的,有时反而变得不是那么重要了,也常常被许多人忽略,有时甚至被他们自己所忽略、遗忘,甚至"丢弃"。"您也是这样?"曹楠好奇地问道。"你说呢?"祝磊不置可否地反问道。"您也是当官的,而且官也不小。但我觉得您在人前人后,变化不大嘛。"曹楠想了想,说道。"是吗?"祝磊仍不置可否地笑了笑,漫不经心地反问道。后来,相识得更熟了,她才从祝磊和李敏分那儿得知,顾立源这些年的确有非常大的变化。尤其是在任陶里根市委书记兼市长后的两三年里,变化最大。他原先为人也豪爽,办事说话也干脆利落,脾气也有点急,而且聪明,点子多。人说他"眼睛一眨一个点子,一转身一个点子,一个坏笑一个点子"。但,很明显的区别是,那会儿极少看到他在公众场合发脾气,基本上不会逮谁训(骂)谁。而现在,这几乎已成了他的家常便饭。

……这里当然也得说一说顾立源和祝磊的区别。这也是很长一段时间来,曹楠所关注的一件大事。祝磊每过上一段时间,总会打个电话把曹楠叫到家里,或别的什么聚会场所去,"聊上一聊",问问工作、生活情况。顾立源却很少这么做。在这方面,顾要显得谨慎得多。在曹楠的记忆里,好像顾书记从来也没有单单为了要见她而主动打电话来叫她。顾在陶里根任职时,曹楠还能见他多些——因为有那样的聚会。自从曹楠认识了顾以后,每一回这样的聚会,祝磊总会叫上曹楠。一见曹楠,顾总会显得特别高兴,拉着手,搂着肩膀,低声说上一些玄而又玄的话题。他喜欢称呼她"我们的小朋友"、"早熟的小朋友"、"眼睛会说话的小朋友"、"脸色苍白的小朋友",有时还会称她"阴沉的小朋友",但也就仅此而已。从来没有发生过为了要见曹楠而特地由他自己出面来约她的事情。但看得出，他是愿意见到她的。这一点，任何一个女孩，即便秉性不是那么灵透敏感，第六感不是那么发达，也是能清楚地判读出来的。有一回聚会结束前，祝磊先走了。那回，李敏分又没去。（李敏分不是陶里根籍人氏，但他喜欢帮着张罗这一类的事。他跟祝磊关系特别好。所以，这样的聚会也常常能有他的身影在场。）以往聚会结束，不是由李敏分开车送曹楠回家，就是由祝磊的车送。那天顾立源说，我送。其他人就不作声了。上车时，顾立源让曹楠到后边来坐在他身旁。曹楠犹豫了一下说道，我还是坐前边吧，可以给司机师傅指个路。"坐这边来。要你指啥路嘛？你说个路名就行了，保证错不了。坐过来坐过来。"他招招手，强求道。事实证明，顾立源的司机对省城大街小巷的熟悉绝对不亚于省委大院里的任何一个司机师傅。他的司机对省城的熟悉，不仅仅是因为要经常送他到省里来开会办事，另外，还有一些特殊关系特殊事情需要特办的时候，不宜或不必由他本人出面时，也是由他的秘书坐着他的车，有时干脆就由司机师傅一人带着要送的礼物东西和材料，独自前往省城把事办了。这样的事，在过年过节的前夕，特别多。那时候，顾立源手里还掌握着一份省委省政府机关部门处以上干部和中央各大媒体驻省记者站记者的生日日期明细表。每逢如此"佳日"，他都会委托司机，代表"陶里根人民和党政机关的同志们"，带去一片真诚的祝福和"微薄"的一点心意。从这个意义上说，他的司机甚至比省委大院小车队的师傅还要熟悉这个城市。因为，那些师傅真还不一定知道省委省政府大楼上每一个处级干部和每一位中央驻省记者的家门是朝什么方向开的。

说实话，那天曹楠坐进暗暗的车后座，坐到顾立源的身旁，心里多少还是有一点忐忑的。这位在众人面前都毫无顾忌地喜欢拉着她的手说话的顾书记，在这个窄小私密、又完全由他掌控的空间里，进一步会做出什么"夸张"的举动，真的很难预测。曹楠有过类似被男同事和男领导的某种"夸张举动"骚扰的遭遇。他们在跟你说事时，装作漫不经心、特别随和的样子，说着笑着，那只"咸猪爪"就会伸到你腿上按两下，抓一把，或拍拍你的脑袋,有的甚至还会摸摸你的脸颊,捏捏你的鼻子。对于某些人,她会毫不留情地拨开他们那只"咸猪爪";对于另一些人,她不会去"拨",但会躲一下;有的,则会狠狠地瞪他们一眼;对个别"老油子",一而再、再而三地既不知道尊重别人,也不知道尊重自己的家伙,在他凑过来又摸又拍时,她既不躲,也不拨,她会用她穿着硬底中跟皮鞋的脚突然朝对方的脚面上狠狠地踩上一脚。等对方疼得既不敢哇哇乱叫,又不得不哎哟哟直吸冷气时,她会不动声色地问:"还有啥要说的?我听着哩。"……但是对待这位顾书记,她的心情却挺有点复杂。他身上的确有让她感到"讨厌"的一面,但随着了解的深入,她知道他在陶里根也确实受到不少人的"敬重"和"崇拜"。三五年内,他的确让陶里根发生了巨大的变化。她知道自己是在很真实地接触一个在真真正正"创造着一个地区开拓史"和"改变着某个地区历史走向"的人。也就是说,最起码,今后人们在书写《陶里根当代史》的时候,只要抱着秉笔直书的态度,是不能回避这个人的。否则,这部《陶里根当代史》就会出现几页或十几页的空白。随着了解的深入,她也渐渐地感觉到了,这个人身上表现出来的那些很"俗气"、很"浅薄"、很"外露"、让她很不喜欢的东西,有一些确系他天性中原有的,但多数是在后来一点点的变异膨胀中,不知不觉地吸附到(依附到?)他身上去的。就像一艘万吨巨轮长途跋涉后,原先光滑的船身和船底,总是会沾满坚硬而庞杂的贝壳类吸附生物。它们把你当成了自己繁殖和繁荣的最佳平台,全然不管你原定的航程有多么遥远和艰难曲折。再加上你又缺乏自卫的心理准备和自洁的外部机制,那么这艘航船越走越沉重、越走越吃力是肯定的了,有朝一日终将搁浅或倾覆,也是指日可待的……

与此同时,曹楠从这位顾立源身上还感受到了一种在别人身上少见的执著和顽强。你可以说他主观,武断。但他所说的所做的却总有几处是你所想不到的,或者是想到了又不敢付诸行动的,或者是付诸行动后又不能坚持到成功的那一天的,或者坚持到成功后又无心去积小功为大功的……比起他周边的人,他总是显得那么的生动,咄咄逼人,似乎不可一世,却又处处脚踏实地。他在陶里根能拍着桌子骂哑了所有的市委常委,独自强行拍板决定一项数亿元的投资项目。事后证明,他那一回的"强横决定"是"英明正确"的;他又能亲自跑到老城区的后横街去,亲自摇着三角小红旗,吹着哨子,指挥两台功率强大的推土机把几个钉子户推平了。这就是顾立源。

他身上确有某种东西深深打动着曹楠。这"东西",到底是个啥?很长时间,曹楠自己也说不清,但它肯定不是职位和级别那一类的玩意儿。在比较了祝磊的幽雅从容、李敏分的机智热情,以及其他各种曾让她注目过的那些大男人后,她确实感觉到,在这位顾立源先生身上,有一种为他们所都不具备、或不太具备的东西,一种她心目中的优秀男人应该必备,但相当多的优秀男人偏偏都没备、或备了又并不充分的东西。它是什么?应该是属于生命力那一类范畴里的东西。再具体的,她就说不清楚了。她只能感觉到它,就像一架正在浓雾中强行起飞的大力神运输机一样,只能模模糊糊地感觉到它的存在,它的移动,而这种存在和移动的模糊感偏偏又是突破性的,偏偏是那么的强烈,无法抗拒……

所以,那天她第一次搭乘"顾书记"的专车回家,又得单独和"顾书记"同在后排就座,她是忐忑的,不安的。她怕真会闹出啥特别的不愉快来,那一向以来就让她感到错综复杂难以把握的"高大形象"崩溃于一旦,是她万万不愿它发生的事。但又不愿在这短暂的时刻中,啥事也不发生。如果这个"创造过一个地区的开拓史"和"改变过某个地区历史走向"的人,一路上只是稀松平常地跟自己打几声哈哈,而后就无事人一样,把自己当一件东西那样送到家门口,应付差事似的敲敲车窗玻璃告个别,那也是自己万万不愿它发生的事。

那么,你究竟愿意他怎么对待你?

不知道。

上车的时候,她的确有点心慌。

今儿个慌啥呢?

车刚启动的那一阵子,这位年轻的书记大人似乎没去在意自己身旁还坐着一位客人,而且是一位非常年轻的女客人。他完全放松下自己,脸上也卸去了刚才在众人面前必须要有的微笑,显得略有些疲乏,半闭着眼,默默地坐了一会儿。车里当然不会开灯。两个人就这么在黑暗中默默地坐着。那一时刻,曹楠还真有些尴尬和不快。后来,突然听到书记大人说了这么一句话:"你能不能把你的手包放到座位上?人也放松一点。这里没人要抢你的这个包。"慌慌的一瞥之间,她看到,他说这话时,眼睛仍半闭着,人仍仰靠在柔软的车座靠背上,甚至连头都没有向她这边转过来一点。经他这么一说,她才发觉,自己上车后,一直非常紧张地靠车门那边坐着,而且一直把小皮包紧紧地搂抱在怀里。她脸一红,赶紧把包"扔"下。这一"扔",不料用力过大,包滚到了地上,滚到了顾书记的脚下。因为它紧挨着顾书记的脚,让她觉得不便立马弯腰去捡,正在无比尴尬和再三迟疑之际,顾书记却已经把包给她捡了起来,同时也没忽略了帮着抹去包上那点根本也不存在的灰尘。

"谢谢……"接过包时,她再一次涨红了脸。书记而后就询问了些有关她家常生活的问题,比如,"你住在那儿多久了?那是谁的房子?""那儿每月租金多少?有没有拆迁的可能?""你家里有下岗的吗?""每月除了那点死工资外,省文化系统还能给你们一点额外的补贴吗?"听曹楠回答这些问题时,眼睛虽然不再是半闭着的了,但还是不看着曹楠,只是偶尔地会回过头来深深地打量一下曹楠;只是在问到"最近社会上流传些啥新的顺口溜和政治笑话"时,他完全把身子转了过来,不仅聚精会神,而且饶有兴味地看着曹楠,等着她回答。谈下来,曹楠发现,她知道的顺口溜和政治笑话,远不如他多。而且他能用地道的东北、河南和四川"龟儿子"方言,抑扬顿挫地念那些顺口溜和讲述那些政治笑话,产生奇佳的现场效果,让她不仅笑出了眼泪,还笑疼了肚子,笑得直喘不上气。但他不笑,只是很平静很温和地说着,就像在说春风春雨日落日出一样。

车快到码头街了,他不说话了,而且突然问了一句:"你有啥事要我办的吗?"或者说是习惯性地随口问了这么一句。他这么问,真的可以说是"习惯性"的。这些年,无数人找他,接近他,绕来绕去,说天道地,到最后无非就是"求"他办事。所以,他习惯了,只要来人,简单寒暄后,不等对方开口,就先主动问这么一句:"你有什么事要我办吗?"如果没有,再谈别的事。如果有,就赶紧谈"要办的事"。这样省去许多宝贵的时间。这对于他来说,已经像一般人见面问"吃了吗"一样,常规化了套路化了,并没有半点见外和居高临下的含意。但这句话在曹楠听来,却挺不舒服的。她觉得,对方把她放在了社会上那些女孩的位置上,好像她们来接近领导,都是"有求"于他。在这一瞬间,她觉得有一点别扭,甚至隐隐地觉得受到了某种"伤害"……

当然,当时她不可能做出别的反应,只是微微笑了笑,摇着头说:"没有啊。没有什么事要求您书记大人办啊。"

"真没事?"他还不信。

"没有啊。真没有。"她答道。这时的微笑已经使脸颊上的肌肉感到有一点僵硬了。但还得保持着。

车很快到了码头街,停在大杂院过街门洞前。也许没有想到曹楠这么样一个出色的女孩怎么会住在这样一个破旧的大杂院里,他透过车窗仔细看了看那灰暗肮脏的街面房子,又回过头来看了看正待要下车的曹楠,迟疑了一下,又问了句:"你……真没事要我办?"言下之意,好像是:只能住在这样一种老房子里的女孩,会没事要我办?曹楠没再出声回答,只是默默地笑了笑,就下车去了。等她都快走进那个在路灯下看起来非常黝暗的过街门洞了,顾立源的那辆奥迪车还没启动。好像到这时候,顾还不信她真的住在这里,非得等着看个究竟似的。一直等到曹楠进了院子,踏上那架直通三楼去的摇摇晃晃的木楼梯后,奥迪车才不甘心似的开走了。

后来很长一段时间,曹楠都没再去见这位"顾领导"。顾立源当然不会主动打电话来找曹楠。不久，顾调到了省里。又过了一段时间，祝也离开了省财经学院，调任省城的副市长。后来，她只是听说，升任副省长后的顾立源，尤其是后来当了代省长后，整个人发生了很大的变化。办事虽然依然还是那样的雷厉风行，干脆利索，但显然要谨慎和稳重得多了……他到底发生了什么变化，又为什么会发生这种变化，她当然不会知道得那么清楚，也不可能知道得那么清楚。祝磊当上副市长后，变化倒并不大，只是忙得厉害，但他还是很愿意抽一点空，找个清静的地方，跟这个"干女儿"待上一会儿。他跟曹楠相处时，从来不像顾立源似的，会不由自主地做出一些"过于亲切"的举动。他总是不远不近地坐在小丫头的对面，饶有兴趣地听着她那好听的女中音的发声。（有时候，很累的时候，他想跟曹楠待上一会儿；真的只是想听听她清脆的声音，看看她可爱的笑容，至于她到底在说些什么，笑些什么，对于他完全不重要。但他要比顾立源更懂得这样一种自视较高的女孩的心理。他不会去告诉她，我只想听听你的声音，而根本不在乎你到底在说什么。）

……

有一回，曹楠去看祝磊，无意中撞见顾立源和祝磊在吵架，吵架后不太长时间，就发生了那起祝磊开枪杀人事件，给她心灵蒙上了极沉重的阴影……

当时，她已经感觉祝磊和顾立源之间似乎发生了一些什么事情，关系已然不像从前那么融洽。这让她感到困惑。因为顾立源到省里工作以后，几乎跟所有的人关系都有很大的改善：人们过去都怕他，现在觉得，他人变得平和了，许多事情拿到他那儿，都可以商量，可以探讨了。惟独以前跟他相处得最为体己的祝磊却跟他疏远了。当然，他俩之间的这种"疏远"并不是一般人能感觉得出来的。但曹楠却能明显地感觉到。有一回，她无意间跟祝磊谈起，最近常有人在议论"顾副省长"调到省里来以后所发生的变化，想听听他的看法。祝磊对此却显得相当的不耐烦。祝磊在曹楠面前，是很少表现出"不耐烦"的。因为祝磊的"不耐烦"，曹楠特别忐忑，有好长一段时间都没再去看望他。她不是生气了，而是不想（不敢？）再去惹祝副市长不高兴。后来还是祝磊先给她打了电话，先是说，他夫人去澳洲参加一个学术会议了；又说这些日子他重感冒了，带病坚持工作了两天。今天实在抗不住了，休息在家。问她，能不能去看望他一下。"病了？咋整的嘛！吃药了吗？我马上就过去。"她惊诧万分地放下电话，打了个出租，就过去了。出租车是不允许进他们那个家属院的。下了车，在传达室办完登记会客手续，急匆匆地往里走去。

院子很大。这里曾是一个很重要的航空研究机构所在地。中苏边境紧张时刻，研究所撤离，这里变成了某主力野战军总部的驻地。边境气氛缓和以后，大批野战部队撤走。研究所又没回迁，院子便空关了一阵。后来由市里接管。研究所时期在院里为中外专家建了些小楼。祝磊调任副市长后，当然要为他解决住房问题。市政府办公室的同志试探着问祝磊，愿不愿意上"航空所"院里去住。那儿地方大，但就是远一点，房子也旧了一点。不少市领导宁可等着新房子，也不愿意上那儿去"将就"。没想到，祝磊挺痛快，去。干吗不去？再远，总不会有陶里根远吧？这样，他就带了个好头。以后，陆陆续续又有一些市级领导，包括一些退下来的副省级干部，住进了这个院落。其实这儿幽静，开阔，四处散布着一些百年大树。后山不远。空气清新。生活嘛，只要有省市一级的领导来住，自有人赶紧来张罗这方面的事，完全不用犯愁。机关事务管理处的同志原先还想着要为祝磊把小楼重新装修一下，被祝磊拒绝了，只是全部粉刷了一下，因为有些边边角角上还残留着什么"打倒苏修美帝走资派"之类的标语，太煞风景。

由于院子大，又是步行，那天曹楠还带了一罐事先炖好的野生菌汤，记忆中，好像走了挺长时间，待走到那幢小楼前，忽然发现，已经有人"抢"在她之前来看望祝磊了。那是一辆黑壳的大奥迪车，车牌号是熟悉的，司机也是认识的，是顾立源来了。

她已经有很长的时间没见到顾立源了。那时，圈子里的人都在传，顾立源很快要"扶正",升任省长了。她好几次想打个电话去,表示一下祝贺,顺便跟他开个玩笑,说一些诸如"官越做越大了,怎么朋友越来越少啦"之类的话。但,每一回犹豫半天,拿起电话,还是又放下了。不想去麻烦一个快要升官的长者。但这会儿,骤然间看到那熟悉的车号和车身,她还是有些激动的;悄悄地跟司机打了个招呼,又做了个手势,询问副省长和副市长都在屋里吗?得到肯定的回答后,她便加快步子向小楼走去。小楼的大门果然是虚开着的。在门厅里放下手中的东西,套上塑料做的鞋套,轻手轻脚地走到客厅门前,刚要伸手去敲门,就听到从门里传出一阵阵激烈的争吵声。一开始她以为屋里除了顾、祝,还会有另外一个(些)人在。因为在她的印象中,假如只有顾和祝两人,是绝对不可能吵架的。她多次见到过顾和祝同在一个场合时的情景,他俩总是相处得十分和谐。当然这种和谐是以顾为主导,祝做配合、协调。他俩主辅分明,相得益彰。即便在什么问题上产生了分歧,也总是以祝的忍让和保持沉默,而维护了现场所必须的那种和谐和一致。

……但在门外稍稍"侦听"了一会儿,她惊愕地发现,客厅里并无他人,争吵的正是顾和祝两位。这下,她完全愣怔住了,甚至都不敢去敲门了。就这样在客厅门外,呆站了好大一会儿。更让她感到意外的是,虽然听不明白他俩到底在吵个啥,但是,两个人中,嗓门扯得更大、语调更为激烈、滔滔不绝地说得更多的不是顾立源,而是平日在众人面前总是显得温良谦让低调的祝磊。这又是为什么?她整个儿都被弄糊涂了。她听到他俩不断地提到"陶里根",提到"盛唐公司",提到"饶上都"。她不时听到顾立源在用嘲讽和挖苦的口吻,重复着这样一句话:"这太可笑了……简直太可笑了……"每一回重复,都会引来祝磊的一阵极其慷慨激昂的长篇反驳。由于祝磊反驳时语速超常地快,语气超常地激烈,说的那些事情又是她完全陌生的,所以,能让她捕捉到的语句就是刚才提到的那一些了:"陶里根"、"盛唐"和"饶上都"……还有就是祝磊不断地在使用"我们"和"他们"这个复数的指称代词:"我们"怎么怎么,"他们"又怎么怎么……其实,如果她要能静下心来细听一下的话,谈话内容大部分还是能够听个八九不离十的。毕竟只有一门之隔嘛。小楼里又比较安静,他俩的嗓门儿又那么大。但是,当时她无论如何也静不下心。她平生头一回接触到这样的场面:一个省里的主要领导和一个市里的主要领导,面对面地跟两个撕破了脸面的中学生似的在那儿扯着嗓门干仗,完全匪夷所思……

她知道自己不该在门外这样"偷听"下去,但又不情愿就这样悄悄地走了。她知道自己既不该、也没法去过问他二人之间的任何矛盾和分歧。但冲天海啸再嚣张,也总有退潮的那一刻。作为他俩共同的"小朋友",别的事做不了,适时地给他俩火辣辣的"伤口"上敷上一小块清凉的敷料,让跳疼的伤痛稍稍得以舒缓;再递上一小杯同样清凉的饮料,润润他们焦躁的喉咙,总是可以办得到的,也是应该办的吧?于是在稍稍地迟疑了一下之后,她提溜起那个汤罐和一网兜水果,踮起脚尖轻轻地上了楼梯。在楼梯的一个拐角平台处,悄悄坐了下来。二十多分钟后,客厅里的争吵声终于中止了,而且是突然之间停息的。就像是晚间从空中俯瞰一个千万人的大城市,突然遭遇雷击,发生大面积停电事故似的,所有的亮点,瞬间从视界里消失了一样。这样静静地过了几分钟,客厅的门响了,顾立源独自走了出来,并立刻上车走了。祝磊连送都没出来送一下。而后,小楼里就彻底地安静了下来。

……等曹楠走进客厅的时候,祝磊依旧一动不动地依靠在沙发里,脸色灰暗,眼睛木木地盯着落地窗外那几盆呵护得并不精心的铁树。整个人就像是水泥浇筑的一般,只是给强行套上了一身活人穿的衣装而已。就这样足足呆了有十来分钟,对于在一旁肃然呆立着的曹楠,则完全不给一点"惠顾",完全视而不见。一开始,曹楠还以为祝磊没觉察到她进屋来了哩。又过了一会儿,当天色渐渐暗淡下来时,他突然打了个战,从沙发里跳起,对曹楠说:"咱们晚上吃什么?我是一点都不饿。但你总得吃点啥啊……"

那天，她在那儿待到很晚。她总希望祝磊能主动跟她说说，刚才为什么要跟顾立源吵嘴干仗。他不说，她不便问。但祝磊始终就像啥事都没发生似的，把他夫人从澳洲寄回的照片，一一展示给曹楠看。也许是病后虚弱的缘故，也许是刚才那一阵的余波还在暗中搅扰他的心境，曹楠可以明显地感觉到，他拿照片的手在微微地颤抖着，神情中多少带着些心不在焉的成分。曹楠知道他这时极需要独自一人待一会儿，要沉下心来想一想自己跟"副省长"发生的这场尖锐冲突，但又碍于曹楠是自己叫来的，不便马上将她打发了。他这是在痛苦地"敷衍"着自己哩。她还能说什么？还能做什么？她替他盛出一碗汤，把剩余的那些都放进冰箱里，然后大略地为他收拾了一下屋子，便告辞了。

祝磊果然没表示一点挽留的意思。

这是她最后一次见祝磊。中间差不多隔了有半年时间吧。那时，顾立源已经担任了"代省长"。然后就发生了祝磊开枪杀人的事情……

事情发生后，曹楠震惊万分，好几天都转不过弯来，一直觉得自己好像在做梦，一场噩梦。一种直觉在告诉她，祝这一回的犯事，应该跟那天他和顾在小楼里干的那一"仗"，存在着某种蹊跷的联系。为此，她曾去找过一回顾立源。

那天，她先给顾立源打了个电话，使用的还是顾当副省长那会儿留给她的一个手机号码。她一直没怎么用过它，甚至可以说，一次都没用过它。那天，手机里传出顾立源的声音时，曹楠紧张激动得都有一点战栗了。更没有想到的是，顾代省长居然在稍稍犹豫了一下后，就答应了她"见一面"的请求。

他俩是在代省长办公室见的面。

那天，他俩其实也没说多少话。不仅是因为曹楠有一点拘谨，也不仅是因为顾立源有些疲惫和沉重，更主要的大概还因为顾立源在当了代省长以后，发生了为众人称道的那种种变化：谨慎了，稳重了，但也没有了在基层工作时的生动和随意。不再生动，不再随意，这对一个高级领导干部来说,是必要的,是有"修养"的表现。但要把他当"人"来交往,可能就会觉得缺失了一种十分重要的东西。也许正因为这一点,那天,曹楠觉得他显得有些生分。他已经忘了自己当初怎么会把这么"机密"的一个手机号给了眼前这个"小丫头"的。

"找我,有啥事吗?"他疲惫地笑笑,并温婉地问道。

"没事,就不能来看看您?省长同志……"曹楠不无有点紧张,但她还是装出一副轻松的样子,打趣道。

"可以。当然可以。"顾立源笑了笑,应道。然后,保持着那个必须的笑容,不再说什么了。似乎还是在等着曹楠说出到底是为了啥事,才来找他的。

"您大概都把我忘了吧?"曹楠略有些难堪地问道。

"曹楠。没说错吧?"顾立源不动声色地点出她的姓名。顾立源的记忆力还是不错的。只要他想记住的事情,他能记得很快很多,也记得很牢。

"我曾经还有个身份,您记得吗?"曹楠这时渐渐放松了下来。但她知道,此处不是让你闲嗑牙花胡扯皮的地方,时机也不对,得赶紧切入正题。

"请说。"顾立源果然已经显得有一点不耐烦了,随手去办公桌上翻了一下待批阅的文件,脸上却还竭力保持着那点微笑。如果不是因为站在面前的是个年轻女孩,而且还是个气质较为清纯的女孩,他很可能已经很干脆地要请她走人了。他哪有这样的时间来陪一个无所事事的年轻孩子闲扯?!

"我还是祝副市长、祝磊的干女儿。"曹楠很快说道。

"……"一听曹楠提到"祝磊"二字,顾立源脸上的那笑纹立刻颤动了一下,并僵持住了,同时在他疲惫的眼神中,立刻又添加了一丝警觉。当然,不管是那"颤动",还是"僵持",或是"警觉",都只在顾立源的神情中持续了极短的一个瞬间,而后,一切又都恢复了正常。

"您过去跟我说过,今后我要遇到什么想不开的事,解决不了的生活难题,可以随时来找您。"曹楠缓缓地提醒道。

"是吗?"顾立源再一次不明所以地笑了笑,眼睛中也再一次闪出了一丝警觉的光泽。

"关于祝副市长他出的那档子事……"曹楠刚低声地说了这么半句话,顾立源立即坐直了身子,毫不迟疑地打断了她的话头,整个人的神情也变得相当严肃起来。他这么告诫道:"这档子事司法部门已经介入。所以,任何人都不应该再插手过问了。只能静候结论。"

"我只是想了解一下,祝副市长到底出了什么事?您比我们谁都更了解他。他这么一个人怎么可能去开枪杀人?怎么可能……"曹楠不甘地问道。

"我说过了,司法部门已经介入的事情,任何人都不应该再插手过问。"他再一次打断曹楠的话,然后就听见他问,"还有事吗?"这明显在表示,"你可以走了"。

她站了起来。

告辞。

往外走。一步……两步……三步……她忽然感到自己快要被一种巨大的、从来也没经受过的失望击垮了。是的,他说得全对:司法介入,静候结论,任何人都不得再随便插手等等等等。这一切都对。但是……但是……对于这一切,他怎么能说得那么冷静(冷峻、冷酷)呢?好像在说一块跟他毫无关系的烂木头似的。谁都知道祝磊曾是他最好的朋友,最亲密的同事,最忠实的部下和最起作用的左臂右膀。你可以不跟我透露祝磊犯事的内情,但一起来感叹惋惜一下都不行吗?当了"代省长",就必须如此迅速地"划清界限"?如此的"原则"和"坚定"?快走到门口时,她都感到有点窒息,喘不上气来,头脑因为一时间的缺氧和缺血,也有一点晕眩起来。地板开始有一点晃动了。她本能地伸出手去扶了一下门框,又本能地回过头去看了一眼。为什么要回过头去?回过头去又想干什么?不知道……完全是本能在驱动,习惯在使然。但随后在这回头一瞥之间,所看到的,却让她大为吃惊,还让她实实地为之心颤了好长一段时间。她看到顾立源呆呆地站在办公桌的一头,眼睛直直地望着她的背影,脸色灰暗,神情惨淡,眼光虽然仍在闪烁,但闪烁的却是一种让曹楠无法忘却的愧疚和为难……当他发现曹楠突然回过头来看他了,便立即掉转视线,低下头去,同时又迅即拧转身去,拿背去对着曹楠了……

原来他是在克制着自己的一份情感。他是不得不如此的——这是她当时那一刹那间得出的唯一结论……

是的,他有他的难处。的确不能要求他像我们这些普通人一样,在个人情感的表达方式和程度上"为所欲为"——这是她在走出省政府大楼时,再一次回过头来寻找顾立源办公室的窗口时产生的又一个想法,并以此想法来安抚自己突然剧烈疼痛起来的心灵……

但他为什么会表示出一种"愧疚"?为什么在那一瞬间,脸色竟然会如此的"灰暗"?是因为办公室里光线不足,还是这一阶段刚调任代省长,工作过于繁重?

不知道……

走出省政府大楼,她几乎没有做任何停留,穿越了它那挺有现代建筑意味的中心广场,快速向大门口走去。从下楼的那一刻起,她就下定了决心,不再上这儿来了,起码不会仅仅为了看望这位姓顾的领导,再进入这个广场,进入这幢大楼。她曾经很偶然地进入了他们的圈子,甚至十分接近过他们。但仔细想起来,这也就像我们这个渺小的星球曾比较接近过某一颗拖着美丽的长尾巴的彗星。所谓的"接近"只是相对而言,它毕竟还是会呼啸着远离我们而去。同样的,"代省长"、"副市长"毕竟离一个"年轻的图书馆管理员"太远太远。就像我们无论再怎么接近那颗美丽的彗星,宇宙生存发展的规律决定了我们之间仍然要保持相当的距离。若即若离,是宇宙万物相处的基本规律。又何况远没有摆脱"自私"和"弱肉强食"的噩梦纠缠的人类呢?!走出省政府大院那巍峨的大铁门时,她还长长地吐了一口气。为自己能做出这样的决定而感到无比轻松。要不是后来发生了另一件事,曹楠也就这样慢慢地从顾、祝这两人沉重的"阴霾"之下超脱出去，就像高纬度地区的人常说的那样：该干吗干吗去了。

……事情就发生在祝磊一审被判处死刑以后。有一天，曹楠办公桌上的电话铃响了。是个男人的声音，听起来有点沙哑，有点低沉。他说他想跟曹楠见一面，商量一点儿事。曹楠问他是谁，他迟疑了一下说："我是你一个熟人的朋友。"曹楠马上问："哪个熟人？"他又迟疑了一下回答道："能见面再说吗？"曹楠又问："我认识您吗？"对方回答得很老实："不认识。"曹楠立即说："我既然不认识您，您又不肯告诉我那熟人是谁，我怎么知道自己应不应该跟您见面？"对方沉默了一会儿说："事情挺重要。非常希望你抽点时间来见我一下。我不是不愿意告诉你那位熟人是谁。我担心，现在就说了，你有可能就不愿意出来见我了。但我必须见你一面。这样吧，如果可以的话，你这会儿到你们图书馆传达室来一下，我当面告诉你是谁委托我来找你的。在你们单位传达室里，你总不用担心会出什么意外吧？"曹楠考虑了一下，又问了一句："你能告诉我你是干什么的？"当听到对方在稍稍犹豫了一下后说，我是个律师。曹楠的心腾地停跳了一下。她立即猜到了可能是谁委托这人来找自己的了，慌忙收拾了一下办公桌，赶紧向传达室跑去。

来人果然是祝磊的律师。他当然知道传达室里安有监控的摄像镜头。他背对着摄像头，在一张小纸条上写了"祝磊"两个字，交给曹楠，等她看清楚了，又马上把纸条收了回去。"他让你来找我干啥？"曹楠强抑住心脏的狂跳，小声地问。"能另找个时间认真谈一谈吗？"律师的声音虽然也压得很低，内心保持着高度的戒备，但他脸上却装出一副散淡的神情，仿佛只是在跟曹楠议论窗外的天气似的。曹楠一点都没犹豫，当即应承了下来。那天下班后，她就直接去了律师约定的一个茶室。在茶室里，律师向她转告了祝磊那个关于把他在监狱所写的材料安全转移出去的请求……

曹楠当然知道这么干是要冒风险的，这个风险就是犯法。但她又安慰自己，自己这么干是为了"伸张正义"，"主持公道"。她相信，祝磊在这时刻想说的话，一定是真话，一定有助于把某个真相大白于天下。她就像众人一样，都直觉到这档子事里一定隐藏着什么幽灵似的"谜"，扑朔迷离，若隐若现，甚至稍纵即逝。如果能借助"阿拉丁神灯"的威力，将真相揭露，这一点"风险"当然是值得冒的，这一点"过错"终究也是会被原谅的。一度，她甚至为自己能有幸被选中来参与这样的冒险，而隐隐地激动不已，兴奋不已，当然也忐忑不已。由于这一段时间来，她的神经一直处于高度的紧张之中，所以，后来一旦遭遇那一连串突发事件，一连串重大挫折，她本来就不能算十分坚强的精神防线就"顺理成章"地垮塌了……

给她第一个重大打击的是劳叔。很长一段时间，她并不知道劳叔突然辞职去陶里根到底是为了什么。但她相信，他一定是接受了什么"秘密任务"。能不惜代价地去干一件自己特别想干的事，而且是在快到六十岁的时候，她觉得劳叔"特伟大"。中国人，尤其是中国男人，能够埋头去死磕一件事的，真不太多。中国男子足球就最能说明这一点了。这一帮被丰厚的薪酬供奉着的年轻男子，假如上半场赢了，肯定就开始扬扬得意，开始忽悠，然后就一次又一次遭遇"黑色三分钟"，以败北告终。假如上半场就输了，你很少能看到绝地反击的悲壮场面。中国男子足球，不是输在技术和体力上，而是输在没有真正的男子精神上，输在像容志行、高丰文、郝海东、范志毅、李铁那样的真男儿太少了。这也是曹楠在生活中总是想去接触一些"大男人"的原因吧。为此，她钦佩劳叔。所以，一旦听到劳叔突然也泄气似的说出这一切都"没用"的话，确实让她很伤心。这些年来，她周边无数的人都放弃了，或本来就鄙视"理想主义"。她在同事和亲朋好友们中间，素常也是以嘲弄和挖苦"理想主义者"为乐的，也常常跟他们一起表现出对此不屑一顾的洒脱，但在潜意识中，在本能的层面上，她又常常把自己的目光投注和停留在那些能执著从事的异性身上。"执著从事"者，也就是上边说到的"埋头死磕"者。他们不一定就是"理想主义者"。而理想主义者在具体操作过程中，也不一定就能执著从事，去死磕一件事。但是这样的人却常常让她的一颗女孩心怦然而动。大概这也是女孩们通常所理解和要求的"男子汉气概"之一吧。但今天劳叔居然也说"所有的这一切努力，都没用"，"都不可能真正改变什么"，居然改写了祝磊"最后的话"。他在精神上"投降"了。这让她已然觉得伤心之至。最后他还是被"谋害"了。如果说，杀一个执著从事的对抗者，还算一个"壮举"，那么连一个已经明确表示要"投降"的人都不放过，那算个啥？那段时间，劳叔经常从陶里根打电话来告诫她，方方面面要多加小心。她说，您已经把祝副市长的那份材料改得对任何人都没有威胁了，还怕啥呢？劳叔说，事情不会那么简单。你还是多加小心为好。结果，老谋深算的他，却先倒下了……然后是李敏分的恍惚……银行保险柜被炸和保安员被杀……然后是齐神父的"背叛"……然后是省公安对自己的反复"审讯"……是的，现在还没逮捕自己，但是从他们嘴里不是已经多次听到过这样的说法：要逮捕她，其实是一件非常简单的事，补办个手续就行……

为什么会发生这么多让自己实在无法理解的事情呢？为什么在学校里，在电视上，在报纸上告诉我们那么多的光明，并总是信誓旦旦地向我们保证我们这一生肯定能在光明中前行；把我们推出学校后，却让我们自己单独去面对现实中的疑惑和不解？为什么不在学校里电视上报纸上做出同样的努力去告诉年轻人，我们的现实存在着疑惑和不解，同时又能经常和他们讨论怎么去对待现实中的这些疑惑和不解？听说，省电视台还做出了这样一个决定，为了让更多的人思想保持一致，情绪保持稳定，禁止在黄金时段播出反腐败的电视剧和涉及社会黑暗面的涉案警匪片。真是不可思议，都什么年代了，还这么自欺欺人？还表现得如此"弱不禁风"？还使用行政手段干预文艺创作？！

当齐神父跟邵长水谈完话回来，立即打电话告诉她，他已经把那份材料交出去以后，她一下呆住了。当时的感觉只有一个："最后的审判日"

到了。但那时,她还没想到要离开这世界,只是不知道该跟谁去说说心里的恐慌和郁闷。劳叔不在了。祝磊也已经抱憾地离世了。顾,她是绝对不会再去找的了。还有谁?父亲?老师?图书馆的领导?他们就更不是谈这种层次问题的人。她想到了李敏分,想起了很多回小雨梨花下,傍晚幽窗前……虽然他不是个十分有主见的男人。实事求是地说,他为人并没有坏心,就像这世界上无数没有坏心也没有特别大的决心去做大好事的男人一样。"制造"他们,让他们最后定型的,只是环境、机遇。他们并不属于他们自己。仔细想想,他从没有伤害过她。也许能跟他谈谈?她拨通了白杨深处的电话。这是她在给齐神父打电话前,拨出的最后一个电话。李敏分在家,在修理一把多年前从古旧市场淘买来的一把硬木藤椅。好些年已经决心洗手不玩古董的他,近来因为家藏一匹唐三彩马被一个行家鉴定为晚唐时的"真品",而再度激发了他收藏和把玩的热情。这时谁要上家里来看到他,一定会认为看到的只是一个修旧货的老工匠——戴着老花镜和深蓝色的袖套,穿着皮围裙,脚边放着斧凿锯刨一整套工具,手指头和指甲缝里都沾满了腥臭的骡皮胶。李敏分一边接电话,还一边歪过头去悉心地打量着那把只修了一半的椅子。最近也有人拿着一张早已发黄的照片来告诉他,这把椅子很可能是从当年关东军侵华总部流失出来的"珍品"。

应该说,李敏分的这个电话最后促使曹楠下决心去拿起了刀片。曹楠向他诉说了自己的那样一种心情,说自己原想能从"你们这些长者和前辈们身上找到自己人生起步的精神依托,想得到一点'借力',但是……"曹楠刚说到这儿,李敏分抱歉地、但又略带一点讥讽地对她说道:"小楠,能容我找一个别的时间来再跟你探讨这些人生哲理,行不?我这儿手头有个急活儿……""难道说修理您的那些老古董,比跟我探讨这些人生哲理还重要?"曹楠说道。她听出他在"人生哲理"这四个字上所附加的讥讽意味来了。"你……你怎么知道我在修理老古董?"李敏分换了一只手拿电话,并把整个身子都转了过来,去面对电话机,大声说道,"你们这些小年轻啊,就是把自己看得太重。世界上除了你们的事,好像就再没有别的更重要的事了。我跟你说过多少回了,这样下去,你一定吃大亏。""……"曹楠不作声了,李敏分也不作声了。过了好大一会儿,他问:"你还在听着吗?"曹楠答道:"我听着。"李敏分说道:"你说你希望这些长者和前辈还要怎么对待你?你怎么老是那么天真?你们要'依据',你们要'借力',这愿望不错。但你把他们当作谁了?幼儿园里的阿姨?中学校里的教师?还是大学校园里的政治辅导员?他们喜欢你,是因为他们在处理种种繁复沉重的人事纠葛和经济事务之余,需要一个短暂的清静的歇息。他们需要你这种清纯和单一来消解中和稀释那些让人难以忍受的'繁杂和沉重',你的'清纯和单一'恰好是这样一种最美妙的'消解'、'稀释'的中和剂。你难道从来也没想过,那么多女孩都想接近这些同志,都想进入他们的圈子。为什么偏偏让你进入了,让你接近了?这些话,我本不应该跟你挑明了的。我也不想替他们来说些啥。但我发觉小丫头你近来好像有点不大对头,说话做事,有点不知道天高地厚了。有时说出话来,还挺刻薄的。这就不好了嘛。你要失去了原先的那点'清纯和单一',这些长辈还会喜欢你吗?还能放心地来让你接近他们吗?谁愿意身边搁一个尖酸刻薄的刁蛮婆子?即便再年轻,再漂亮,也不行啊。嗯?你在听我说吗?""……"曹楠没回答。"小楠,我问你呐。"李敏分又问了一遍。"……"曹楠还是没回答。等李敏分再问时,那边"咔嗒"一声,却把电话挂了。李敏分还以为"小丫头"犯倔劲了,无奈地苦笑了笑,挂了电话,又去修理他那把"珍品椅子"去了。

　　应该说,李敏分的这一番话有一点说过头了。这个阅历不浅的大男人可能也是带着情绪在跟"小丫头"说话,想借此刺激和教训一下这个"小丫头",压压她的"傲气"。如果要放在往常,曹楠也许还能掂出对方话里哪些是符合客观实际的,哪些是蓄意夸张和歪曲的。但这时她已经站在了"悬崖"边上,一阵最细微的风也能让她跌落下去。而李敏分的这一番话恰恰就起到了这阵风的作用。虽然他的原意绝对没有想把她怎么样。如果当时他不急于修理那把椅子,兴许还不会说那么多刻薄的过头话。就像曹楠对他的评估那样,李敏分本不是个不容人的人。

他们只希望我清纯和单一。只把我的"清纯单一"当作一个在繁忙和沉重中能帮助他们稍稍消解和中和那些繁忙、沉重的点缀物。就像某些当官的,在宴席上,常常喜欢叫一些歌星影星或艺校的女学员来陪着吃饭喝酒一样,我就是那饭桌上助兴的"星"?没有人真正想帮助我,真正能帮助我。我倒是也想清纯单一下去。但据此,能清纯和单一得了吗?笑话……

然后她终于下决心给齐神父打了最后一个电话……

放下电话后,她想了很多方法,怎么死才不丢人不痛苦。她原是想小试一下的,于是拿起了刀片,没想这是一把老头牌的双面刮胡刀片。是谁留在这儿的,她已经想不起来了。总之是男人的用品吧。冰冰凉,麻酥酥。就那么一下,几乎没怎么用力,洁白细嫩的皮肤就张裂开了。这时她才看到,也才知道,年轻人的血一旦不受皮肤和血管壁的阻碍而往外喷流时,是同样可以做到很汹涌,很澎湃,很不可阻挡的……

25
一连串问题奔涌般地聚集到心头

随后的两天里,邵长水一步都没外出,把自己死死地关在龙湾路八十八号里,强迫自己静下心,认真回顾和总结了一下这个阶段的工作。

有成效吗?他问自己。

当然不能说没成效。但成效很大吗?好像又不能这么说——仍然没拿到确凿的证据可以为劳爷的死进行定性,仍然没整明白劳爷在陶里根的"秘密调查"中到底搞到了什么"情报"。真正可以落实下来的只有这一点:在陶里根生活的后期,他的确非常痛苦,也搞清了造成他这痛苦的原因。但是,这对破案又有多大的意义,能起多么关键的作用呢?起码到目前为止还看不大出来。终于知道劳爷由于颓丧而改写了祝磊的材料,这应算作一个重大收获。但他和赵五六都不相信劳爷因此会把原件销毁了。如果没销毁,那么原件现在在哪儿?他确信,劳爷的死跟这个"原件"有直接的关系。情况很可能是这样的:杀害劳爷的人获知了祝磊的原件落到了劳爷手中,在向劳爷百般索要原件而不得的情况下,恼羞成怒,便杀害了劳爷……邵长水还觉得,曹楠这小丫头"至死"仍向他们隐瞒着什么。直觉告诉他,曹楠应该是知道原件的下落的。即便不是从一开始就知道,后来也一定是有所知晓;即便知晓得不是那么详尽确切,她也应该知道一个大概的去向……

事到如今,邵长水觉得必须加大力度,尽快侦破"车祸"和"爆炸杀人"等案子了,同时要组织力量寻找那个"原件"。他觉得现在已经不能再回避这么一个根本问题：劳爷到底掌握了顾立源、饶上都的什么问题，才使得某些人惶恐不安，而非杀他不可？不了解事件的这个大背景，就没法真正探摸到这个案子深处隐藏的东西。必须明白，这起案子绝对不是普通意义上的刑事案。甚至可以说，查清劳爷死亡之谜，只是开启了通往这迷宫中心的无数扇神秘大门中的一扇而已。只是一出大戏中一个"序幕"而已。

同时，邵长水还发觉，这段时间以来，自己本身也发生了一些重要变化。最大的一个变化就是不怎么惦记那个曾把自己困扰得要死要活的"定岗定职"问题了。因此，整个人就轻松多了。是因为惦记也没用，所以才不惦记了？还是因为自己在工作中太投入，陷得太深，因而从心理上已经把自己完全当作省厅一员的缘故？还是因为别的什么？其实原因可以不必深究，可喜的是心态终于平和从容了。

古人说，得失自在须臾间，人生难得一从容。

……下午三点多钟，邵长水正在考虑怎么把自己对下一步工作的设想写成一个书面的东西给总队领导报上去，接到了总队秘书打来的电话，让他"放下手里一切事情，立马赶到总队部去'报到'"。

"啥叫放下'一切'事情？为什么要用'报到'这个说法？"经历过多次重大人事调动、在这方面一向不迟钝的邵长水，放下电话，心里猛地一震，当即意识到，自己的工作可能又要有变动了。他没追问，也没露声色，很平静地对组里的其他同志告诉了一声："总队让我马上去一下。晚饭我就不回来吃了。"走以前，他又去五号楼看了看曹楠。她一边在那儿养伤，一边在按邵长水的要求，把那天口头"交代"的事情写成书面的材料。

赶到总队部，赵总队长不在，去厅长那儿开紧急会议去了。厅长那儿的"紧急会议"，可就太没谱了。有时三五分钟、一二十分钟，下达一道命令布置一个紧急任务就会结束；有时也会连续开上三五个小时五六个小时——为了贯彻和部署省政法委或公安部的重大工作安排，为了研究和处理一起突发的重大事故或案子，通宵开会，天亮后立即分头驱车下基层第一线去落实的事情也是经常发生的。所以,等那个年轻的秘书给邵长水沏完茶,他在赵总队长办公室外间的沙发上已经安心坐下,准备打持久战了。好在,等候也是休息。老刑警都会这样"科学地"合理利用时间。所幸,这一回,厅长那儿的会议没开得太长,个把小时后,赵总队长就回来了。行色匆匆。招呼邵长水跟他一起进了里间,立即把门关上,一边从身后一个纸板箱里拿起一把香蕉扔给邵长水,一边自己也剥了根,三口两口地把它全填进嘴里后,感慨地对邵长水说道:"谁他妈的发明这理论,说吃水果可以帮助戒烟。我看这结局肯定是跟说钓鱼的那个相声里说的那样,糖饼也吃了,鱼还是没钓着。"

这些日子他正为戒烟"痛苦"万分着哩。

邵长水不爱吃香蕉。再说他心里悬着那"报到"的事,就更没那份心思陪着总队长去吃那不酸不甜又黏不唧唧的玩意儿。

"快吃。快吃。"赵五六又替自己剥了一根,嘴里鼓鼓囊囊地一边嚼着,一边笑着催促道,"一会儿那些蝗虫们来了,可就没你的份儿了。"赵五六所说的"蝗虫",是指总队里的那些侦查员。以前说过,他们爱上这儿来"抄家"、"抠底儿"、"打牙祭"。

总队长连吃了三四根香蕉,打了个饱嗝,去里屋他独用的小卫生间洗了洗手,又擦了把脸,这才消消停停地坐下,啜了口茶,告诉邵长水,西南某省发生了一起重大的团伙袭警抢枪抢劫杀人案。事发后,案犯携枪逃窜。公安部已向全国发出通缉令,同时调集力量,支援某省,限期破案。"刚才向厅里几位领导汇报了一下,决定调你去参战。厅党组同时还决定,马上给你解决定岗定职的问题,正式任命你为咱总队大要案支队的支队长。我说你得请客啊。双喜临门。"赵五六高兴地嚷嚷道。说实话,参加公安部组织的全国会战,对任何一个刑警来说,都是一次极难得的机会,而且绝对不是每一个刑警都能得到这样的机会的。通过这样的参与,既可以"积累经验,增长见识",还有一点也是非常非常重要的,那就是可以"扩大交往,建立上层联系",可以让公安部的同志和领导知道在数以百万计的公安队伍中,还有你这么个人存在。而这一点对自己今后的发展绝对有举足轻重的意义。

得此机会,容易吗?!

按说此时此刻,邵长水应该非常高兴,应该非常激动才对。即便根据需要,能极其老练地控制住自己内心的这份激动和兴奋,也应该立即做如下表态:一、感谢领导信任;二、决不辜负期望,努力参战,一定给省厅和省厅领导增光添彩;三、还有什么需要我注意的事项,请具体指示……同时又解决了定岗定职的问题,如愿以偿地把自己安排到大要案支队的支队长位置上了。这双喜,对谁都真不能说是小喜,而是大喜啊。所以,总队长才会嚷嚷着让他"请客"哩。邵长水也是高兴的,总算把岗位定了。拿慧芬的话来说,最起码这一家人后半生的去向也有个着落了。想到这里,邵长水心里免不了温热地涌动了一下,但也就仅此而已。他没怎么激动起来,而且随即还表现出相当的一种犹豫、踌躇,举棋不定。这让赵五六非常不理解,甚至都有一点不高兴。

"咋回子事?家里有啥困难,离不开?不至于吧?"赵五六皱起眉头问。他最不能容忍的就是手下这些侦查员和干部在接受任务时的犹豫和迟疑。

"不是。不是。"邵长水忙否认。

"那咋的啦?是嫌这个支队长的级别太低?"赵五六又追问,并挖苦道,"不会是看上了我这把总队长的交椅了?"

"您说啥呢?"邵长水红起脸,忙说道。

"那你咋的了?"

"劳……劳爷这案子咋弄?"邵长水吞吞吐吐地问道。

"撂下。"赵五六以他向来的果断口气说道。

"撂下?九十九拜都拜了,只剩下这最后一哆嗦,咋能撂下?"邵长水忙说道。

"让你撂下,不是说别人也都不去做了。"赵总队长断然说道。

415

"那是，那是。"邵长水又略略红了红脸，忙找补了一句道。然后就沉默了。还能说什么呢？地球本来离了谁都会继续转动下去。

但是……

但是什么呢？

"马上去组织部把正式调动手续办了。"赵五六又吩咐了一声。

"是。"邵长水忙应道。

"请客！"

"当然。那当然。"

"别忘了去厅领导那儿好好谢谢，几位厅党组成员那儿得全拜到了。千万别落了谁！"

"那当然，那当然。"

但是在走出总队长办公室门的时候，邵长水他还是感到了一种莫名的迟滞和沉重，并且带有一种明显的歉疚感。

对谁歉疚？

对劳爷。

是的，他忽然感到自己挺对不起劳东林这位老同志，对不起这位个性"各色"而又总充满着生活激情的刑侦老前辈。自己没能在走以前，把笼罩在他死亡之谜上空的那层厚厚的阴霾给廓清了，替他把个中的"冤情"给伸张了，他的确觉得自己有点"不够意思"，离去的脚步也必然有些过分的沉重。他绝对不是不相信留下的同志破不了这个案。有赵总队长率领着，有刑侦总队这样一支优秀的队伍，他深信，用不着等他从西南某省参战回来，他们就会把这案破了。问题是，这件事应该在自己手里给了结的，但却没能了结。以前也曾发生过这样的事。一个大案，忙乎了许多时间，结果不了了之。这很正常。没有一个刑警队长敢拍着胸脯说，他能百分之一百地把案都破了，就像没有一个大夫敢吹牛，他能包治每一个病人一样。但是每一个有职业良知的大夫都应该在治不好的病人面前感到一种歉疚，而一个真正优秀的刑警也都一定会在那些没能及时侦破的案子面前产生不可抑制的焦虑才是……

实际上,那天他根本没有时间"请客",甚至都没有时间逐个地上厅领导跟前去表示"感谢"。他只是去看了一下袁厅长,袁厅长还不在,连他的秘书也不在。站在厅长办公室门前,他犹豫了一小会儿就走了;然后就跟赵总队长一起回到龙湾路八十八号,召集复核组全体成员,由赵总队长宣布了邵长水离去的消息和对新组长的任命。然后邵长水就去收拾自己的东西;然后犹豫了一下,要不要去最后看望一下曹楠?犹豫的结果,他最后还是没去。他认为,既然总队长已经宣布了新任组长,下一步怎么做曹楠的工作,怎么处置她和那个齐神父,新组长会有他的安排。这时再去看望"当事人",就不好再说什么了。说任何话,都会有"干预"后任工作之嫌。也许新任的组长并不会跟他计较这些,但自己还是应多加些注意为好……至于小丫头养伤和生活方面的事,似乎更用不着他来操这个心了……

但他还是借口到五号楼去转了一下,大声地在曹楠的房间门外,对那个负责监护曹楠的女工作人员说了些告别的话。他希望曹楠听到后,能主动走出房间来跟他告别。但不知道为什么,曹楠房间里并无响动。他又不好意思向那个女工作人员打听,曹楠这时是否还在她房间里。于是在门外的走廊里,不尴不尬地稍稍等了那么一小会儿,见她的房间里仍没有一点动静,就只得悻悻地走了。

邵长水当晚回家去住了。第二天一早,总队派车把他直接拉到机场。他这个新任命的大要案支队的支队长,都没来得及跟自己支队里的全体同志见个面,就急急地、却又带着极大的遗憾和留恋,赶往北京报到去了。

西南那边的事情办得还挺顺利。二十多天后,线索就出现了。然后他奉命带着一支由三个县的公安干警和武警组织起来的队伍,挺进大山的一个山沟沟里,追捕五名持枪逃犯中的一名逃犯。在这陡峭而又丛林密布的大山沟里,地毯式搜索了四五天后,有一天,步话机中突然传来赵五六的声音。进山的这段日子,手机信号全部断绝。上下之间的通信联络,行动指挥,全靠这种老式的步话机。而这种老式的步话机,功率和功能自然都是相当有限的。他没法想象赵总队的声音怎么会出现在这步话机的频道上。当时给他的惊喜,不啻久困于大海上的水手突然间发现了灯塔微弱的亮光和海岸线绵长的黑影一样。他嘶哑着嗓门,欣喜地喊叫道:"赵总队长,是您吗?您咋上这儿来了?您现在在哪儿呢?"

"报告邵副总,我离你不远哩。可惜没时间来向你汇报工作了。你怎么样?听说干得不错。"赵总队开着玩笑,询问道。但他称邵长水为"邵副总(指挥)",却不是开玩笑。由于邵长水在这起恶性大案的前期侦破中出色的工作,当指挥部决定收网,抓捕这几名罪大恶极的袭警杀人犯时,他就被任命为追捕指挥部的副总指挥,并具体负责指挥其中一个方面的行动。

"哎呀,赵总队长啊,我可是太想你们了。太想了,太想了。您来干啥呢?还有谁跟您一起来了?你们能在这儿待多长时间?咱们能见个面吗?整点小酒喝喝?哎呀,我真的是太想你们了。"邵长水兴奋地嚷着。

"大伙也挺惦记你的,但这回是见不成了。我们一会儿就回咱省里去了……"赵五六也嚷嚷道。

"您那么着急干吗呢?好不容易都走出这么远来了,在这儿多歇两天怕啥呢?"邵长水恳求道。

"行了。步话机上不能多说了。我只想告诉你,劳爷那案子基本上水落石出了,现在也正在收网。你就放心把这儿的任务完成好。"赵总队嚷道。

"是吗?那太好了……"邵长水听说"劳爷那案子基本上水落石出了,现在也在收网了",一边本能地嚷了声"太好了",一边心里却又不由自主地涌出一股酸酸涩涩的滋味。他这"酸涩",并非是出自"眼红"和"嫉妒",主要还是因为"自责"和"惭愧"——自己干了那么长时间,都没能让案子"水落石出",自己离开不到一个月,留在家里的那些同志却把案给破了，这多少让人有点难受。

他们究竟是怎么破了这案的？劳爷又到底是怎么死的？最终是否牵扯到顾立源和饶上都这两位大人物了？在破案和收网的过程中，没伤着总队的同志们吧？……一连串问题奔涌般地聚集到心头，整个人再度翻江倒海般地不平静起来。

那个逃犯最终在一户山民家屋后的山洞里被抓获。抓获前，还发生了短时间的枪战。最后那家伙吓坏了，大声叫喊着："别打了，别打了。我不是主犯我不是主犯。我缴枪……"也许是因为连轴转，好几个夜晚都没好好睡觉，整个追捕过程中都没出一点事的邵长水，抓住逃犯，带着队伍班师凯旋时，实在是困得不行了，眼一闭，脚一软，从一个六七米高的陡坡上滚了下去。好在那地方长着一人多高的斑茅草，没怎么磕伤，但身上却蹭破了几处皮，又被锋利的斑茅草叶子拉了不少道血口子，也算是有惊无大险地唱了一场圆满的收官戏。回到指挥部，上县医院做了X光检查，确认了骨头没什么妨碍，便做了外敷处理，怕感染，又吃了点消炎药。待做过阶段性结案总结，总指挥要给他两天假，歇一歇，还准备派辆车给他，四处去转转，看看这儿少数民族风土人情和大西南壮丽山川。邵长水笑着回答说："在山沟沟里转了这么些日子，风土人情，壮丽山川，都体会够了。如果可以的话，您多给我两天假，让我回省里走一趟……""想老婆了？"总指挥笑道。"对，想老婆了。"邵长水也笑道。总指挥还真给了四天假，让人买了张飞机票，把他送上了飞机。

邵长水上飞机前，给赵五六打了个电话。下了飞机，先给慧芬打了个电话，然后直接驱车就去了刑侦总队，找到赵总队长问劳爷那案子的详细情况。

"去去去，一点规矩都没有。出外都快一个月了！先回家，上慧芬那儿报到了再说。"赵五六一边把邵长水往外赶，一边笑道。

"我都'请示'过了，得到人家同意才上您这儿来的。快说吧。说吧说吧。别折磨人了。"邵长水"哀求"道，"要不这样，咱们上和顺面馆去，弄点酒,边喝边聊?我也好长时间没喝个痛快了。"

"还和顺呢?"赵五六大声笑道。

"咋了?"邵长水一愣,"那店关张了?"

"关张?哈哈……假如只是关张,那还真便宜了那小子!"赵总队长说到这儿,卖了个关子,没接着往下讲,却起身带邵长水去大要案支队的屋子里转了转,也算是非正式地向支队的同志宣布了他这个"支队长"的任命。再回到总队长办公室的里间,这才关上门,给邵长水把这将近一个月来侦破劳爷案的情况做了个详细的诉说。

"劳爷这案子现在可以确认是谋杀。"赵五六一上来就这么说道。

"案子是从什么地方突破的?"邵长水急切地问道。对于劳爷是被谋杀的,他从来也没动摇过。现在他想知道的是,这案子到底是在哪儿得到突破的?

"突破口在一双鞋子上,没想到吧?还有一处,那才叫绝哩,就是在和顺面馆的那个老板身上。"赵五六说道。

"鞋子?和顺面馆的老板?"邵长水一愣,忙追问。

"对,就在一双鞋子上,还就是在那个面馆老板身上。"

在邵长水去大西南参加那场会战之前,赵五六心里就已经基本确定了要从这两个方向突破整个案子。原先他是不想放邵长水走的,不放的原因倒还不在于离了邵长水就破不了这案,更主要的还是为邵长水和整个刑侦总队的工作考虑。这个案子毕竟是邵长水调省厅以后经营的头一个案子。头一个案子就这么复杂和重大,如果能让他从头至尾地经营下来,积累必要的经验,这对他今后当好这个"大要案支队长"是非常有利的"上岗前培训"。而一个大要案支队长是否称职,干得是否漂亮,对于整个刑侦总队来说是相当重要的。但后来,考虑再三,还是放他走了。一是因为部里的任务,厅党组又做了决定;再者,那也是一个锻炼和考察干部的机会,最后还是决定把邵长水"贡献"了出去。为了让邵长水走得安心,他一方面建议厅党组立即给邵长水定岗定职,另一方面就没再跟邵长水探讨这个"突破点"的问题了。他不想让邵长水带着许多未了的负担去大西南。他知道邵长水走得并不"痛快",他丢不下劳爷这个案子。而公安部组织的这次会战,也是个硬仗,必须保证邵长水全神贯注地投入,让他能塌下心来去完成这个任务,因此就不能折腾得他更不痛快。

放走邵长水后,赵五六对整个案情做了一次细致的分析。用他自己的话来说:"对劳爷是被谋杀的,还是自杀的,还是纯粹死于一起酒后驾驶的交通事故,我一度确实是有疑惑的。许多迹象表明,劳爷在陶里根的后期,产生过'恍惚'和'茫然',也好像产生过某种程度的'自暴自弃'。当时,我自以为也是了解东林的为人的。我认为他个性较强,一辈子好胜自负,总想在自己职业生涯的最后阶段能向世人证明一点什么,并为此不惜破釜沉舟孤注一掷。但这么做了以后,一旦再遭遇特别重大的挫折,是绝对有可能自暴自弃,钻进牛角尖出不来的。你要知道,他在陶里根面对的不是什么普通刑事犯罪问题,再加上他又不是带着一个集体去的,更没有组织在背后撑腰。猛然间被余达成'抛弃'后,他的处境、他的心情都是可想而知的,这样的事情轮到谁头上都不是好扛的。而他又是一个过于聪明的人,聪明到十分敏感的程度,他当然能明白自己那会儿的处境。我理解他当时的痛苦,理解他的想不通。因此我认为他当时是想逃避的,但多年来的好胜又不允许自己逃避。在这种内心极度矛盾的情况下,我至今仍然认为,他的精神一度确实面临过崩溃的危险。当然,问题是,他是否真的崩溃了,真的寻求逃避了;然后由于逃避不成和内心的自责而是否真的绝望了。对这个问题的判断,有助于我们给劳爷一系列重大行为定基调。"

为此,他派邵长水坐镇八十八号,着重查清劳爷的内心状态。而邵长水在八十八号的工作,出色地澄清了这一点,让赵五六看到:劳东林是好样的,他痛苦过,但没颓丧。他极其矛盾过,但没沉沦。他想逃避过,但最后扛住了这样一种精神的下滑。他个性的确较强,又好胜自负,但邵长水的调查让赵五六充分看到这个人不是一个纯粹的个人主义者。相反,还是一个少有的理想主义者。而对于这一点，赵五六和他共事这么多年，都看得不是那么清楚。在这一点上，劳东林的确比队伍中的许多人都强。也许正因为拥有了这样一种理想主义色彩，当初他才会出乎常人的想象，去接受那样一个"任务"到陶里根去……而这在今天，在大多数人身上，都是绝对不可能发生的事情。在清楚地看到了这一点以后，在赵五六心里就彻底排除了劳东林是自己迎着那辆卡车走过去想结束自己生命的猜想。说他是自杀，在有些人可能是因为他们根本不了解更不懂得他这个人，而在另一些人就可能是蓄意在混淆视听，故意误导侦破方向。认清这一点以后，在赵五六心中，下一步的主要问题当然就得搞清卡车撞向劳爷，到底是主观故意，还是无主观故意？而焦点自然也就集中在那个出事后从驾驶室里跑掉了的家伙身上。司机喝得烂醉，完全记不起来出事的那一刻方向盘是否被别人掌握过。在方向盘上也找不到那个家伙的指纹和掌纹。他以为这样就能逃避法律和良心的惩罚……

赵五六反复寻找事发当时的目击证人，终于获得了一个重要线索：有人见证，卡车向受害者撞去时，车速突然加快。撞倒受害人后，车子又往后倒了一下，才停下。这说明，车子是在受控的情况下撞向劳爷的，而且此刻控制车子的那个人还有意识地踩了一下油门，让车子加速。这一脚油门明显是有"加害意图"的。那么这一脚油门究竟是谁踩的？因为在讯问中，司机和那个"逃逸者"都不承认踩过油门。尤其是那个"逃逸者"，他说那只是一瞬间的事情，车前头"轰"地巨响了一下，车就停了。他发现司机整个都僵呆了。自己忙跳下车，去看看到底撞着了啥。一看被撞的是个人，就吓得赶紧跑了。

从那"一脚油门"上得到启示，赵五六立即对一直被封存着的那辆肇事车进行了极周密的勘查，终于从油门踏板上采集到一些沙粒和泥样。而后又从那个逃逸者的家里搜出了那双事发当时穿的旧鞋。从鞋底上也找到了残留的那一点沙粒和泥样。对这两份沙粒和泥样的成分化验，发现在油门踏板上的有一部分东西的成分跟"逃逸者"鞋底上的是完全一样的。这就无可辩驳地证实,在行车途中,很可能就是在出事的那一刹那,这家伙确确实实曾经踩了油门一脚。

"这不可能,这不是DNA,你们别拿这来蒙我,我不吃这一套。"那家伙一开始还假冒懂行,大声嘲笑刑侦人员。后来,赵五六告诉他,是的,这泥样的确不是DNA,但是泥土中混杂的花粉粒子成分也是独特的,甚至可以经数十百年而不变。它同样可以告诉我们你去过哪里,在哪儿留下了你真实的轨迹。在法律上它是可以作为呈堂证据的。他愣住了,过了好大一会儿,又强辩道:"我当时发现车子摇摇晃晃向路边一个人撞去,想替他踩刹车来着,可能没踩着刹车,踩到油门上去了。"

赵五六问他:"你会开车吗?"

他吞吞吐吐地回答:"不会……就是会,那么紧张的一刻,也有可能踩错。"

赵五六又问了他一声:"你到底会不会开车?"一边问,一边把调查所获得的他的驾照复印本扔在了他面前。

他这才傻了,慢慢答道:"我会……"

经过详细的摸查,当时赵五六已经知道这个周姓的"逃逸者"是饶上都座车专职司机的一个远房亲戚,自身也是一个老司机。

"你是一个老司机了,还分不清刹车踏板和油门踏板?"赵五六问。

"着急慌忙地就踩错了呗。"他狡辩道。

"你说你一慌,踩刹车踩了油门。但是为什么在离合器踏板上也找到了你鞋底上的东西。总不能说为了踩刹车,一脚错踩到离合器踏板上去了吧?那也太离谱了吧?你的腿那也伸得太长了吧?"赵五六挖苦道。

"这……"那家伙张口结舌了。

"我们在刹车踏板上同样找到了你鞋底上的那点东西。这又说明什么?"赵五六再问。

"……"他完全没话可说了,额头上开始冒汗了。

"为什么?为什么在三个踏板上都找到了你鞋底上的东西?"赵五六

追着问。

"……"他把头低了下去,脸色越来越苍白。

他当然没法再回答。事实是,有人早就把劳爷的行踪告诉了他。他算定了这一刻劳爷会从附近一家咖啡馆里出来。他就拉着喝醉酒的司机发动着了车。当卡车迎着劳爷缓缓开出,快接近时,他掏出手帕,捂住自己的手,操控住方向盘,同时又去踩了一脚油门,让车快速向劳爷撞去。撞倒以后,他下意识地又猛踩了一脚刹车,接着又踩离合器,换成倒挡,把车向后倒了几米,这才停下车,弃车而去。

事情到这儿,本来是可以打开一个缺口,乘胜追击,扩大战果的;但那家伙却一口咬定自己踩错了踏板,与"事故"无关,当然也绝口不交代相关内情。案子一度无奈又搁下了。

"那和顺面馆老板又是咋回事?"邵长水问。

"你别急。那家伙虽然还想赖,但到这个份儿上,我心里踏实多了。不想认账?你不想认就不认了?有那好事?"赵五六嘿嘿冷笑道。司法改革后,即便是"零口供",只要证据确凿,形成可信的证据链,法庭同样可以对犯罪行为进行最后认定。

联系拓片被盗、保险柜被炸和劳爷被杀,这三件事情都有一个共同的特点,那就是消息泄露。盗拓片的怎么会知道它藏在邵长水家?炸保险柜的怎么知道祝磊的材料藏进了银行保险柜?特别是,劳爷为了保护自己,一度在陶里根已经装得非常的"洒脱"了,只知替饶上都卖命地干活儿,除此以外就是"吃喝玩乐"。都在这样地"瞎混"了,这些人为什么还要杀他?唯一的解释就是他们还是摸到了劳爷的底牌。那么劳爷这张底牌又是怎么透露到那些人那儿去的呢?

"说老实话,一开始就是打死我也不会怀疑到和顺面馆的老板那儿去。准确点说,是那个老板娘。完全是八竿子挨不着边儿的事嘛。"赵五六慢慢地说道,"那几天里,我也非常苦恼。你可能没怎么注意。那会儿,我消失过两天。我在咱省厅招待所里找了个小房间,关起门来,把这几档子事的所有文字、影像和声音材料都翻来覆去地看，翻来覆去地听。曹楠这小丫头几次都提到李敏分，但我就是不相信李敏分会是那个'家贼'，也许我对我们自己的同志有些偏心，但我这个偏心是有一定的依据的。我们队伍里这些年的确出了一些变质分子，但是要让一个同志这样去出卖自己的同志，置他们于死地，而且一而再、再而三地出卖，肇事，这已经不仅仅是什么变质的问题了，甚至都不仅仅是帮凶的问题，就是穷凶极恶，就是恶贯满盈。无论如何我不相信这就是李敏分。这个李敏分，这些年精神上有些衰退，身体上有病，都是个原因，还可能失去了应有的那点生活激情和必须坚持的理念，可能也是一大问题。但从根儿上说，他是个挺正的人，还应该说是比较软弱的人。他跟当下许多男人一样，表面'嚣张'、'强硬'，其实骨子里挺软弱，这也是我们中国的大老爷们的一大通病，缺少的就是像劳爷那样在关键时刻能豁得出自己的人，况且也没有确凿证据证明他做了这些事。当然，要排除李敏分，总得有另一个'里通外'的家伙。要不然，这些完全由内部掌握的消息怎么走漏到犯罪分子那儿去的呢？在仔细摸查又摸查了以后，突然一个非常熟悉又常常被我们忽略了的名字跳了出来，那就是和顺面馆。特别是在反复听了曹楠跟你谈话的录音后，我注意到，她和劳爷之间那次倾心的谈话就是安排在和顺面馆的。我的心当时就重重地咯噔了一下。是啊，那会儿没有任何人能够知道劳爷玩的那套变脸手法。在此前，在此后，劳爷再也没有跟人袒露过自己的意图。就这一回，他连我这样的老朋友都没来透露嘛。那么他的变脸意图到底是谁泄露给杀他的人的呢？难道是曹楠？曹楠是个不得了的丫头。别瞧她面面的，蔫蔫的，但她骨子里隐着一股子硬气，也就是说，在关键时刻，她是特别能豁得出自己去的。她特别知道自己要什么不要什么，该干什么不该干什么。正是她身上的这点气质，让不少大老爷们都喜欢接近她。我派人一直在监视她的一举一动，没发现她跟什么团伙有来往。再说她有可能出卖任何人，但绝对不可能出卖劳爷。不仅仅是她没有任何理由出卖劳爷，而是在情感上她不会出卖他。这丫头一直特别欣赏劳爷身上那点性情,那点超脱,那点执著和非理性的理性。为此,她把他当作精神上的父亲,我没有理由去怀疑她。这样,我扒拉来扒拉去,最后发现一点,就是所有这些相关人士谈他们的机密情况,都有一个共同点,那就是他们先后都去了同一个地方:和顺面馆。他们,也包括我,都把和顺面馆当作说'悄悄话'的最可靠的地方……特别是我忽然想起,那天你夫人向我报告了拓片情况,我向焦副厅长和李敏分谈这情况时,恰恰也是约他们上和顺面馆去吃夜宵来着……所有这些事,一件件、一桩桩全都跟和顺钩挂上了。当排除了其他一切可能以后,我便'盯'上了这个面馆。不久我就发现面馆的老板娘和饶上都有一腿子,而且来往还相当密切,相当亲密……我们都曾疑惑过,这个千万亿万富翁,居然守得住金身,至今不娶,他怎么就那么耐得住寂寞?原来他的'感情寄托'全搁在了这儿。这真叫是牙疼的遇上卖豆腐的了,看巧需要这一口。

"事后查清,饶上都上省里来开会时,听人说过和顺面馆的手擀面特有嚼头,老板娘也特有看头,属于那种看一眼,没啥;再看一眼还是没啥,看第三眼就莫名其妙让你心动的女人。她确实长得不打眼,只是外表比较端庄,但眼睛特会说话,尤其在她想跟你说话,愿意跟你说话的时候,她那一对也许就可以算是'丹凤眼'的眼睛就特别'勾人'。饶上都需要那种不仅眼睛能跟他对话,而且心灵也能跟他对话的女人。作为陶里根和省里数得着的有钱人,异性的'肉体'对他来说已经没有任何神秘可言。只要甩出十万八万、三五十万,你说他什么样的'肉体''买不到'?而十万八万、三五十万,现在对于他来说又算得了个啥?据说有一回,有朋友约他上某军营去打枪,同时还约了两位拍过两三部电影的三流女星。路上遭遇车祸,女星开的那辆六十万元的凌志车让一辆拉煤的大卡车撞出去二十来米。好在人没怎么伤着,但车给磕碰得有点不像样了。六十万呐,又是新买不久的。年轻的女星自然心疼,再加上惊吓,当场就失态地哇哇大哭,怎么劝也不管用。饶上都上前说了一句:'没事没事。这车修好了搁我公司里使吧。我给你再买一辆。'后来人问他:'她跟你啥关系呢?你要替她掏那六十万!'他把眼睛一瞪,说道:'啥关系?朋友的朋友,在这以前我都没见过她……你说啥关系?'人说:'你没见过她,还替她掏这六十万?'他说:'你没听她当时哭得那惨劲儿吗?嗨,朋友的朋友嘛,不就是六十万吗?'你听他说话的口气:'朋友的朋友嘛,不就是六十万吗?'别的不说,他只要把这六十万甩出去,你说在目前这个情况下,会不会有人立即'接招响应'?答案应该是明摆着的。所以,'肉体'对他来说,早已不成问题。但要真找到一个'心灵对得上话'的女人还真不容易。得有一点阅历,得懂一点经济(生意经),得有一点头脑,比较聪明,但又不能个性太强了,主观意图不能太明显,双方还得有一点真感情……最好长得有一点像邓丽君,这里顺便说一句,饶还是个邓丽君歌迷。而所有这一切,和顺面馆的那位女老板偏偏都挺符合。尤其长相,也是那么一个'甜蜜蜜'可爱的小圆脸。去了三五次后,他把这位女老板叫到包间里,就直截了当地对人家说,我喜欢你,想跟你交往。那女老板一开始还以为他在开玩笑,后来感觉他是当真的,不想跟他再纠缠下去,转身就走。他却微微一笑道:'你今天要不把话给我整明白了就走,从明天开始,我每天都派我公司的人上你这儿来请你上我那儿做客。'她冷冷一笑道:'你想整臭我?'饶说:'没那个意思。'她说:'你知道我是谁吗?'他说:'不知道,请赐教。'她说:'那行,明天我请公检法来些哥儿们,给你"赐教"。'他笑道:"公检法?哈哈。哈哈哈哈……我一不偷,二不抢,三不扰民,四不坑蒙拐骗。我只不过请你去做客,同时还可以请你的老公一起去。他公检法,又怎么了?你信不?我现在打电话请省里一位领导上这儿来陪我喝茶。我让他三点到,他绝对不会三点零一分到。想试试不?哈哈……'当时她都快气疯了,一跺脚喊道:'你,臭流氓!'他却笑道:'对,我是流氓。但我不臭。我只是要跟你交往。我明人不说暗话,我不想破坏你家庭,我也承受不起这份责任。但我喜欢你。我身边缺少这么一份感觉。只要你答应跟我交往,我保证不做任何你不愿意做的事。我们都是生意人,因此,我们都按生意场上的规矩办事。我给你准备一笔一千万的资金……'她不等他说完,就又叫道:'你想买我?臭流氓!'他微微一笑道:'我已经提醒过你一回,你可以叫我"流氓",但不要加"臭"字。至于说到买的问题,您不想想,按目前的市价,如果我真要买一个女人,需要花一千万吗?'她愣住了,不作声了。他接着又说:"这一千万是对你的支持。你只能用它来扩展你的生意,但不能挪作他用。每笔支出前,你得向我说明具体用处,也就是说你得在我这儿"立项",但我不问结果,也就是说它是一笔专款,支持你进一步发达。我希望你将来能还本,但不必付息。我相信任何一家银行都不会对你这么优惠。既然要还本,这里就谈不上买不买和卖不卖的问题。请你既不要用这样的字眼儿来污辱我,也不要用它来污辱你自己。跟你实说了,如果你真是一个能买得到的女人,就是脱光了躺在那儿,我都不会瞧一眼。这样的女人我不稀罕,也不缺这样的女人,女老板的脸一下涨得通红,连声叫道:'流氓流氓流氓!!'他却平静地站起来要走了。他最后对她说道:'认真考虑一下吧。我会像爱护我自己的眼睛一样爱护你的名誉和家庭,更爱护你的前程。我需要的只是你能跟我交往,而且是真心的交往。'

"据查,和顺面馆后院和后院里的那几个包间,就是用饶上都的这笔钱扩充和装修起来的。

"这位女老板和那位饶老板后来到底交往到什么程度,我就不细说了。一直到某一天,这位饶老板突然把女老板约到省政协礼堂属下的颐和餐厅雅座间里,一边把一包特地为她从美国买回来的药递了给她——她老公得了糖尿病,这药在美国也要算是专治这病的最好的药;一边低声告诉她,最近一个时期,请她帮忙留意一下省公安厅的一些人的谈话内容。她问他,为什么要注意省公安厅的一些同志的谈话内容。他说,具体的你就别问了,反正我有用。她就照办了。我们秘密讯问她的时候,一开始她还不承认。我把某一次她和饶上都秘密交往时的现场录音放给她听了,她才服软了,这才把她报告过的内容详细地交代了。这里头就包括了那拓片的下落,祝磊所写的材料的下落。她也报告了劳爷和曹楠那次谈话的内容……"

"可是……这里还有个问题,她向饶上都报告了这些情况,并不等于饶上都就一定会去策划并唆使一些人去干后来发生的那一系列坏事,更不等于就是他策划实施了对劳爷的谋杀。这些还是需要更直接的证据来坐实才行。"邵长水担心地分析道。

"是的。按无罪推定的原则,我们还不能认定饶上都参与或策划了后来的那些犯罪行为。但从我们侦破工作的角度来说,拿到这些情况当然是很有用的,最起码我们可以初步认定这个饶上都先生跟后来发生的这一系列的犯罪事件是可能有某种联系的,这也就坚定了我们继续向这个方向去突破的信心和决心。当时我们寄希望于那个姓周的家伙能开口说话。我们一方面加大了对他的工作力度,同时也加强了对他的'保护'力度。特别是搞清楚这个姓周的家伙是饶上都专车司机的远房亲戚,我们觉得这里头就更有戏了。我原以为他还能扛一段时间,但不久,这个姓周的家伙就开口了。我们告诉他,如果你不交代出你幕后的指使人,那么这起杀人案的全部刑事责任就会落到你一个人头上,你扛得起吗?你爹妈给了你几颗脑袋来扛这样的事?他终于扛不下去了,但最后交代出来的'幕后指使人'却不是我们以为的那个专车司机,而是远东盛唐的一个部门经理。当然,这个部门经理也是饶上都身边的一个铁杆儿,跟那个专车司机多少也有一点远亲关系。你还别说,饶上都这家伙用人还是有他独特的一套办法的。他绝对不安排自己的亲戚到公司来挣这份钱。他有个亲舅舅想上公司来'要一口饭吃'。他对亲舅舅说:'我给你一百万。你爱干吗干吗去,就是不能上我公司来裹乱。'他用这一点向全公司上下表明自己'一心为公(司)'的决心,但是他却允许、在某种程度上甚至可以说提倡下属介绍他们的亲戚到公司来当员工。但有一条,你必须对你介绍来的亲戚负全责。也就是说,一旦你介绍来的亲戚出事儿,你得负连坐的责任。他用这封建的连坐法,这表面温柔的一刀,使不少人在他手下干得'死心塌地'。

"这姓周的家伙交代,那亲戚给了他两万元,答应事成后再给他三万元。整个'酒后代驾撞人'的计划,也是他这位亲戚、那个部门经理事先设计好的。由于姓周的拖了相当长的一段时间才交代出这档子事,等我们去缉捕那个部门经理时,他早已'失踪'了。公司里没人知道他去了哪儿,家属也不知道他去了哪儿。我们在省内发了通缉令,又通过公安部,向全国发了协查令。最后才获知,这位'部门经理'在陶里根熟人的帮助下,从口岸潜逃到俄罗斯那边去了。在对岸改名换姓,拿出一大笔钱,已经做起了木材生意,而且跟那边房东大娘的女儿'玛申卡'好上了,不仅给心上人'玛申卡'买了辆二手的本田轿车,还给准岳母买了一枚挺贵重的绿宝石戒指和白金项链。看来,他事先是做了预案的,是有相当的准备的。这也更加印证了我们的分析,在这位'部门经理'背后一定还有一只更大的黑手。没有那样一只更大的黑手替他支撑着谋划着,只凭这个部门经理本身,他根本不可能有那样的经济实力在对岸迅速站住脚。

"这只黑手是谁?

"几乎所有的人都想到了饶上都。

"但是没有证据,这仍然等于是一句瞎话。

"所以,一定得把这个部门经理抓捕归案,才有可能'拔出萝卜带出泥'。

"但这件事儿办得还真有点累,现在人毕竟在人家那边待着哩,这牵涉对方的国家主权问题。你不能带枪去,也不能在人家那儿出头露面抓人,也不能行使侦查权。一切都得跟人家协商,得由人家出面。也就是说,你所有那些想办的事,都得事先得到人家的批准,由人家出面去办,或由他们带你去办。应该说,对岸内务部的'达伐里希'(同志)们还是挺热情挺支持的。可人家有人家办事的规矩。比如,人家从来不加班加点。只要到了下班时间,肯定走人,一分钟都不会耽搁。只要下班铃一响,哪怕是正在做预审,或者正在外头蹲坑守候,对不起,都会立刻起身回家……这样，本来在我们这边一天就能办得的事，在那边往往就得花三天或五天才办下来。不管咋样，总算办妥了为抓捕所必备的一切手续，也制订了抓捕的方案，部署好了抓捕力量，只是没想到最后一刻，还是出了一点差错。正是这点差错，却让我们这一阶段在对岸全部的努力全付诸东流：那一天，我们派去的同志准备等这位'部门经理'从外边装运木材回来，先由他们内务部的人设法把玛申卡引开，再由我们的人上前去铐住他。但我们派去的同志还是过于乐观了，把事情想简单了，没有全程派人去监护那个'部门经理'，更没想到'杀人灭口'这出老戏还会演到对岸那个陌生的舞台上。就在这家伙装上一车圆木，往回开到离城边两公里的一个拐弯处，据说是连车带人都让人'劫'了。事后发现，车被扔在离事发地点几百米外的路旁，人却在一旁的小树林里躺着，被发现时，已经没有任何生命迹象了。随身带的钱包不见了（据我们判断，凶手拿去钱包，可能是为了掩盖其杀人的真正意图），左胸处有一个由零点三八毫米口径的左轮手枪造成的枪击伤。一枪击中心脏毙命。凶手（们？）显然是个老手，做事老辣，且干净利索。对岸内务部的一位'达伐里希'女翻译安慰我们的同志道：'遗憾遗憾。不过你们也别太难过了。这样的事嘛（她指华裔商人或被劫，或被杀），在我们这里，每年都会发生一两起。这回你们虽然没抓住活的，但总的来说，也可以了，成绩不错，没让他逃走嘛，他再也不能去做坏事情了嘛，上帝替你们彻底惩罚了他嘛，结果是一样的。'女翻译长得高大挺拔，走起路来，很有点英武之气，说话不苟言笑，但语气还是温婉而有分寸的，看得出，具备相当丰富的外事经验，据说当年也曾是一个相当精良的'克格勃'，和陶里根公安局的许多同志关系都处得不错。她当然不知道，我们需要这位'部门经理'活着，需要他嘴里的那点口供，需要知道跟他相连着的那根黑线——如果真的存在这样一条黑线的话，它的终点到底在谁那儿……

"但很可惜，案子目前只进行到这一步，后续的线索全都中断了……"

说到这里，赵五六叹了一口气，端起茶杯刚想喝，却发现今天没给邵长水准备茶,便起身要去沏茶,但让邵长水拦住。邵长水自己去沏了茶回来,安慰赵五六道:"案子还是有了很大进展。起码能认定劳爷是被谋杀的,光这一点,就足以告慰劳爷九泉之下屈死的冤魂了……"邵长水原想是安慰一下越说心情越沉重的赵总队长的,没料自己也说得感伤,反而一时间有些不知再说些什么才好,竟怔怔地沉默起来。

过了一会儿,邵长水问:"和顺面馆的那个女老板呢?放了吧?"

赵五六说道:"那当然。我们就没有刑拘过她嘛。怎么拘人家?凭啥拘人家嘛。拘好拘,放就不好放了嘛,当时就考虑到了这一点。我们是'秘密'把人家'请'我们这儿来谈话的。最后还跟她搞了个'约法三章':第一,要求她不向饶上都透露任何一点今天谈话的情况。第二,要求她完全不改变自己的生活状态和规律。第三,完全按原样出现在饶上都面前。如果能做到这几点,我们也保证为她保守她的那些'隐私'。她当时显得很紧张,不断地问我们,饶上都是不是跟劳警官的死有关系,我们当然不可能正面去回答她。我只是告诉她,你必须坚信,我们找你谈话,不是在闹着玩。为了你的家庭,为了你自己,也为了你们那生意红火的和顺面馆,你应该好好地配合我们工作。北京市一座老监狱,所在地的地名就叫'半步桥',这很有点哲理。因为真理和谬误,天堂和地狱,实际上往往都只差这么半步。错这么一点儿,回头都来不及。"

邵长水问:"她咋表态?"

赵五六说:"她是聪明人,还能咋表态?"

邵长水又问:"饶上都没任何感觉?这家伙可油着哩。"

赵五六说:"最起码从表面上看,到目前为止,他还没表现出什么异常。"

邵长水沉吟了一下,问:"曹楠和齐神父咋样了?没让他们为那材料的事负什么责任吧?包括那个律师。"

赵五六说:"暂时还没有。整个案子还没有彻底明朗嘛。估计齐神父和那个律师不会再有啥事。但曹楠这丫头,真还说不好。"

这时，邵长水忽然想起一件事，忙问道："对了，祝磊写的那个原件有下落了吗？"

赵五六说："我就怀疑它还在曹楠手上。前一阶段，一方面忙着跟对岸内务部打交道，一方面又考虑到她两方面的伤都需要一点时间来平复，就没再去接触她……"

邵长水忙问："两方面的伤？除了手腕上的那个伤，她还有啥伤？"

赵五六笑道："精神上呗。"

邵长水忙应道："那是那是。"

赵五六默坐了一会儿，突然这么说道："中纪委最近又派人来了。"

邵长水迟疑了一下，应道："是吗？"

赵五六很沉重地说道："这是第三回了……"

邵长水又"哦哦"了两下，就没再说什么。他知道上头这是针对"顾立源"而来的。但他对这事还能再说啥呢？就是说了，他知道赵总队长也不会正面回应他的。顾立源毕竟还在位，而"来人"也并不表示他一定有问题。这一类事，在省直机关，向来都是特别敏感的问题，也是个被大家视为雷区的禁地。同仁们这一向都变得十分谨慎，风声鹤唳的，很有些左顾右盼的意味。

"东林还是有点太天真了……"赵五六突然没头没尾地这么感慨了一句。

"……"这一回邵长水完全没有回应。他只是垂下眼睑默坐着，既没有表示赞同，也没表示反对。按习惯，他是应该"应承"一下的，赞同不赞同，说一声"是的是的"，并无什么大的妨碍。一向以来，他也都是这么做的。许多人也都会这么随着领导的话应承一下，这是通例了。但今天邵长水却保持了沉默。这一段日子以来，这个"东林"的问题，这个"劳爷"的事情，确实使他食不甘味，夜不成寐。对这位"劳爷"的态度，从敬而不解，到敬而有所解。有一度，他也曾像赵总队长一样，觉得老人家有点"过于天真"。但近来，尤其出了一趟远差再回来，重新感受身边的一切，他发现自己的内心已然在悄悄地发生一种变化。他不能简单地用"成熟"或"蜕变"来界定这种变化,也不能用"更为内向"或"更加深沉"来描述它的趋向。但有一点是可以肯定的,进入三十岁后,他似乎不再为什么事而感动。他觉得应该感动和激动的事情,自己基本上都经历了,剩下来的,只有一件事需要自己去做了,那就是好好干,埋头干,不要也不必再东张西望了。但最近他发现自己,"不对头了",居然重新开发了这个"感动"的功能……重新有了许多的"感受"……他忽然发现,"劳爷"是非常值得自己感动的。为什么?一时他还说不清……也许……劳爷是有一点太天真……但是,当人和人类完全失去了他们最后一点的"天真"以后,他不知道活着还有什么意思没有?按说,邵长水从小就属于那一类最听话、最不天真、最成熟的"孩子"。忽然要为劳爷的天真辩护起来,他自己难免都有点惶惑。说不清。而能说得清的大概也就是这一点:细细想来,自己真的挺为劳爷的"天真"而感动……

他当然不会公开地在总队长面前去伸张这一点,不会让总队长感到难堪。他适当地保持了沉默。但他清楚,自己已经发生了变化……

听完赵总队讲述的第二天,他就返回会战指挥部去了。走以前,他带着慧芬,带着两个孩子,去劳爷家看望了泉英嫂子和小小。泉英嫂子和小小还留他们在家吃了顿饭。等他结束了那边的会战,回到省里,劳爷这案子又有了突破。这突破还真来得有点"偶然"。那个"部门经理"在对岸被杀后,这边通过国际刑警组织,正式去了个公函,"请求"对方协助缉拿元凶。我们不相信这位"部门经理"真的是被什么小偷蟊贼杀害的。但凶手毕竟在人家的土地上,人家也答应我们继续追查,但到底能使出多大的劲来帮我们追查,又能追查到什么程度,我们也就只能等待,听天由命了。万万没想到的是,事情很快有了结果。这真是老天爷在帮忙。对岸因为要搞几年一度的地方苏维埃选举,内务部为保证选举的正常进行,净化选举环境,对各种各样的刑事犯罪活动集中进行了一次拉网式的打击。就在这次打击活动中,应了我们的一句老话,叫"搂草打兔子",

挖出了一个黑社会团伙,这团伙的头目是从中亚地区某国"盲流"到此地的一个中年人。在交代他一系列的"罪行"时,捎带说到了这么一档子事:曾有人出钱,让他们帮着处死过一个做木材生意的"基达耶"——中国人。这句话立即引起了内务部刑侦局局长达维多夫的注意,他很快把这情况通报给了他的"好朋友"陶里根市公安局局长,陶里根市公安局的局长立即又向省厅做了报告。在核对了时间地点后,确证了被他"处死"的那个中国木材商人就是那位"部门经理"。赵五六亲自赶到对岸,在对方内务部的协助下,审讯了那个中亚"盲流"来的案犯,终于搞清了那个出钱买凶杀人灭口的人就是饶上都的专车司机。

一个专职司机也许会过得比较宽裕,但他怎么可能会有那么多的钱来"买凶杀人"?

几乎所有的人都想到,在他背后一定还有一只"黑手"。

但在审讯中,这位专职司机把所有的事都揽到了他一个人身上。买凶杀害那个"部门经理"的是他,通过这个"部门经理"买通那个远房亲戚杀害劳爷的也是他,派人去邵长水家盗窃那张拓片的同样是他,密谋策划炸银行杀那个保安的,都是他……

问他为什么?

他说从姓劳的这"老×样子"一到公司,"他们"就看出他不是什么好来头,是存心来跟饶总作对的,存心要让他们大伙没好日子过。他说,在公司里,想收拾这个姓劳的"老×样子"的人,远不止他一个。"他们"不懂,这"老×样子"管那么多闲事,干吗?自以为当了几天警察,穿了几天老虎皮,就没人收拾得了他了?他说,这世界不就是你捞我捞大伙一起捞吗?没捞你口袋里的,你管那么多闲事干吗?

问他,你怎么知道那拓片藏在邵家?

他说,我听说的。

问他,你听谁说的。

他说,忘了。

问他，你怎么知道银行保险柜里藏着那份材料？

他说，我听说的。

问他，你听谁说的？

他说，忘了。

问他，你炸那份材料干吗？

他说，好玩呗。

问他，好玩，还要杀那个保安？

他说，我不杀他，他就会供出我。他不死，我就得死。我想活，他就得死。

问他，那么些重要的内部情况你全都是"听说"来的。你说你这话能让人信吗？

他说，信不信由你。说不说在我。

问他，你不是挺想活的吗？你采取这样一种对抗态度，你觉得自己还活得成吗？你不想再见你老婆孩子了？你孩子今年中考，你这当父亲的不想为他负责到底了？

他浑身一震，嘴禽张了一下，似乎一下给问噎住了，没出得来声儿。脸色也顿时灰暗了下来，但立刻又转成暗红，一边咻咻地出着粗气，一边惶惶地打量了一下审讯他的赵总队长，看了看在一旁坐着的邵长水，过了好大一会儿，才又慢慢地说了一句："活不成就不活了呗，咋办？死我一个也是死，死两个也是死。那又何必呢？"

问他，啥叫"死两个也是死"？你说的"两个"，除了你自己以外，那一个是谁？

他不回答，只是恨恨地看着赵五六和邵长水，过了好大一会儿，才冒出这么一句，咬牙切齿地说道：全是那个"老×样子"捣的乱，全是他在搅局……

几个月后，大概是因为得到他的孩子已经顺利考上省重点中学的消息了，觉得自己的死已经不会更严重地影响孩子的前程了，他声称头疼，要求去看守所卫生室"求医"。在两名管教看押的情况下,掰开五楼窗户上一根锈蚀的铁栏杆,纵身而下。他死后,在他的口袋里发现一份遗书,是写给他妻子和孩子的,他说他熬不下去了,早晚也是个死,所以他不想再熬下去了。他在遗书上写道:"……今后我相信会有好人来照顾你俩的生活的,这一点我不发愁。愁的就是孩子今后千万别再走你爸的老路,活一辈子都没有独立地干出自己一份事业,一辈子都得依附别人……孩子,你一定要记住,你爸就死在这一点上了……你千万千万别再学你爸了……千万千万要创出自己一份事业……"

在这个"专职司机"死后的一个星期,赵五六把邵长水叫到自己的办公室,通知他,劳爷这案子准备结案。

"结案?不往下查了?"邵长水惊讶地问道。

"先告一个段落吧。"赵五六闷闷地说道。

"背后的事……"

"没什么'背后的事'了。"

"咋回事?"邵长水愣愣地问道。

"……"赵五六默默地坐了一会儿,然后从办公桌的抽屉里取出一个卷宗,郑重其事地放在邵长水面前,对他说道,"你先看看这个,然后再说。"

邵长水拿起卷宗,摸了摸,手里的感觉告诉他,里边装的是一份材料,便问:"啥?"

赵五六告诉他:"祝磊材料的原件。是原件的复印件。原件已经送有关部门了。"

"原件的复印件?原件是从谁那儿搞到的?"邵长水忙问。

"曹楠。"

"果然是这丫头藏起来了?!"

"应该说,它一直藏在劳爷自己那儿。他锁到银行保险柜里的那份也是伪造的。"

"他那么干,是为了转移别人的视线,掩护这份原件?"

"是的。"

"那怎么又转到曹楠手上了呢?"

"你到陶里根去找他的当天,他特快邮递给曹楠的。"

"当时为什么不交给我?"

"他那会儿已经发觉有人时刻在监视他的一举一动。他担心原件交到你手上,他们会马上伤了你。"

"那他去邮局寄特快邮件,人家不会盯上他?"

"他当然不会那么傻。在这件事情上,曹月老帮了个大忙。他把东西交给了曹月老,只说是给他女儿寄的一本书,让他代办一下。他就去寄了。"

"那曹楠为什么到现在才交出来?"

"这也是劳爷安排的。"

"他怎么安排的?"

"你先看看这原件吧。看完了,我们再聊聊……再聊聊……"赵五六长叹了口气说道。

26
站在灵魂的入口和出口

祝磊在提笔写下这些文字时,没有半点要为自己开脱的想法。他"深知自己罪不可赦",他后悔自己因"一时冲动"而走上这条"不归路"。但他觉得,自己的这个"一时冲动",并非偶然。"事情是因我经受不住'仕途升迁的诱惑'而起的。但实事求是地说,我并不是一个天生热衷于仕途生涯的人。我多年来向往学术研究,醉心于教书育人。我不擅长于在人与人之间搞关系。在某种程度上甚至还可以说十分'厌恶'这种关系学。但不能因此就说,我走上仕途完全是一场历史的'误会'。在中国进行历史性大转折的关键时刻,需要一大批知识分子去操作这场改革。一大批知识分子因此进入政界掌权,这是历史必然的选择,是时代进步的需要,也是千百年来中国这个'以天下为己任'的文人传统的新版照排。事情本身,应该说是应运而发,得尽天下之先机。问题在于,进入政界、手握大权以后,我,以及类似我这样的少数分子,为什么没能保持住必要的清醒。按说,我们都是有知识有教养有头脑的一代新人。虽然,我们不一定都读过老版的《资治通鉴》,但我们这些人毕竟还是谙熟新世纪的'通鉴'的。结果,我以及类似我这样的少数分子,还是在'清醒'这个老城门楼前溃败了下来。这是否说明,'知识'并不一定就等于'清醒';要做到清醒,的确还需要'知识'以外的许多条件来做保障……"

"要说清楚我的犯罪原因,就不能不说到那起'侵吞职工股事件'。我要郑重地申明,这个事件肯定是个圈套。被我枪杀的那个张秘书,也肯定是让人利用来对我设套的一个'工具'。那个设套的人非常了解我的为人,知道我素有韧性,可以忍受任何委屈和煎熬;同时他们也知道,像我这样一个平时很少发脾气的人,一旦发起脾气,就不可收拾,就可能干出一些很难想象的事情来。因此,他们认为,不管我采取哪种方式来应对他们这个'圈套',结局都只会有利于他们。如果我默默地咽下他们给我设下的这颗苦果,我自然就会像他(们)希望的那样,自动从他(们)视野中完全消失,不再成为他(们)的一个障碍和阻力。假如我冲动发作起来,大概也会把自己毁灭了。他(们)可能没想到,我竟然会使用如此激烈的方式来处理这档子事。现在想起来,我的确不该由着自己情绪的驱使,如此愚蠢地钻了他们的这个圈套……

"他(们)为什么要设套来害我呢?我希望我能尽可能地实事求是地把事情说清楚。"

……祝磊说,在职工股事件发生的两个多月前,顾立源曾经突然上他家"造访"过。那天,他俩大吵了一场。(这大概就是被曹楠撞见的那一回。)前边已经说过,顾立源自调省里工作以后,为人和行为方式突然间都有了很大的改变。依祝磊分析,他的这种改变并非是"作秀",也并非一时心血来潮。顾立源在陶里根后期,权力太大,再加上他身边的绝大多数人几乎没有一个敢在他面前说一个不字的。使他产生了这样一种错觉:他可以在陶里根说一切他想说的话,做一切他想做的事情。祝磊写道:"当时他就对我说过这样的话。他说,祝磊,干到这个份上,咱俩也就到顶了。咱们就在陶里根好好'造'吧。当时他确实没有想到自己还可能有更大的发展。后来把他调到省里,以他的年龄和当时达到的级别,他意识到'副省长'可能还不是他政治生涯的最后一步。他还可能会有更大的发展空间。这时,面对全省这样一副几千万人的重担,面对中央对自己更直接的领导和监督,他开始冷静下来,重新调整自己。于是在他身上就产生了我们许多同志都感觉得到的那种'变化'。变化之一,就是跟原先那个所谓的'陶里根集团'的同志,只要不是工作必须的,就不再来往。只是由于工作的关系，他和我的往来要稍多一些，但那也严格保持在工作层面上……"

……所以，那天顾立源突然说要上家里来看他，祝磊的直觉，一定是出什么事了。果不其然，那天顾立源一进屋，未及坐稳，先问，家里就你自己吗？祝磊答，是的。说着，转身想赶紧替顾立源烧水沏茶，因为家里现有的开水还是隔夜的，而顾立源好喝茶，这方面还挺讲究。在陶里根当市长前，喝花茶，三毛钱一两的，大粗梗儿，够劲儿就行。后来喝乌龙。再后来，听一些从南方来陶里根投资的老板说，真茶客都讲究喝绿茶。包括红楼梦里那些大家闺秀、公子哥儿们，品来品去的，一定也都得是绿茶。他又改喝了绿茶。到省里后，经常接待外商，听说又改喝了红茶。而且还非得要加柠檬，只是仍然不习惯加糖。但不管喝什么样的茶，沏茶用的水一定得是新煮的。如果是用来沏新绿茶用的，那水温还不能太高了，七十度足矣。特别讲究的是，还不能直接用手去抓取茶叶。沏茶前杯子和茶壶必须预热。贮存茶叶走气或混入其他气味儿，更是大忌。至于用隔夜的开水去沏茶也会让人扫兴至极等等等等。祝磊了解他的一切癖好，所以才会提出要为他去新煮一壶水。"不用。我一会儿就得走。"顾立源摆了摆手说道。"那你喝啥？"祝磊若有所失地问，好像为此而喝不好茶的是他自己似的。"不用。我说不用就不用。"顾立源指着自己对面的那张旧沙发，对祝磊强调道。意思是让祝磊赶紧坐下，别再跟他啰唆茶的事了。于是祝磊只得勉强坐下了。

"老饶最近来找过你没有？"顾立源问。他说的"老饶"，就是饶上都。

"没有。"祝磊平静地答道，并反问，"怎么了？"

"嗯……"顾立源沉吟了一下说道，"他最近可能会来找你。"

听说饶上都最近会来找自己，祝磊刚才那种"出事了"的预感，便一下变得实在起来。

"……我对民营企业家并没有成见。"祝磊在材料中这样自我辩解道，"……不仅不抱任何成见，而且对民企在我们整个国民经济中的重要性和必要性，也是有足够的认识的。我主管省城经济工作的那个时期，是该市有史以来民营经济规模效益最好的一个阶段。但是，正因为我主管过一段经济工作，跟许多民营企业家打过交道，它也使我深切感觉到，如何建立起一批相应的法规，并依法管理好这支充满生气、蕴藏着无限生机、肩负着历史变革重任的队伍，已经到了刻不容缓的地步了。大大小小、各式各样的老板已然充斥我们社会各层面的各个角落。他们已经成为中国这块大陆上举足轻重的一支经济力量，也即将会成为一支不容忽视的政治力量。他们是这块大陆上最能吃苦的人，最富有的人，最活跃的人，但又是最不受人管、生活最奢华、最善变、欺诈工人和黑暗腐败的事情干得最多的一批人。我曾派人到一些建立党和工会组织的民营企业里去做过明察暗访。那些企业里的党委书记、工会主席，或党支部书记，站在他们的老板面前，说得不好听一点，几乎跟儿子站在老子面前一样，少有不唯唯诺诺的。至于那些明目张胆地拒绝建立党团工会组织的老板就更不用说了。打开近十年各地纪检委、反贪局的反贪档案，你一定能发现，每十起党政干部犯下的大要案中，足有七八起会跟某些老板有关。这也难怪，在当今的中国，谁能一下就拿出几十、几百，甚至上千万现金来购买权力为自己服务？只有一种人，那就是这些老板和包工头。党政干部一批又一批血淋淋地倒下，这只是结果。这些人也是罪有应得。社会机构当然也需要从结果上去堵。但是，自古以来有个规律也是铁打一般的不可违背的：不去清源，哪来的河清有日？！

"饶上都在陶里根的开发初期，的确有功，而且还应该说是有大功的。那时许多条条框框都还没破除，不少公家办事机构的工作人员，观念落后，精神惰性更强。你没法指望他们协同你去做一些开创性的大事。在那个时期，一批像饶上都那样，来自民间，有冲劲、无约束，甚至可以说身上还有点野性、少数的还犯有前科和种种'劣迹'的人，不管不顾，拳打脚踢，冲禁区，越雷池，办成了一批在一般人看来想都不敢想的大事。"

而对于顾立源，祝磊写道："……我一直特别感慨这一点：上帝太眷顾我们这位顾代省长了。他真是一块天生当领导的料，他真是拥有这方面全部的天赋。上帝太宠爱他了。""他永远不会停止他向前的脚步，他永远走在被领导者的前头，他永远让你受到鼓舞，受到激励和指引。但在陶里根的后期，我却极其痛苦地发现，他变了。就像他调任副省长后，人们感觉到他又一次发生了重大变化一样，现在回想起来，当时他的变化似乎是发生得那么突兀，但确又是那么的自然……"

祝磊举了个例子：当时，饶上都做了个二十万平方米的房地产开发规划。其中四分之一搞经济适用房，其余的一半建高档低密度板楼，另一半用来建别墅区，也就是后来邵长水奉命去陶里根找劳爷谈话，在那片柞树林前所看到的那些出售率和入住率都很低的独幢别墅群。他俩都觉得，要充分估计到国内中产阶层的形成，以及迅速增多的富商富豪们的需求，他们一定会考虑购置度假、休闲用的"第二套"或"第三套"住宅。对别墅的需求肯定会是今后十年二十年的一个新的销售热点。祝磊当时不是不支持顾立源和饶上都的这个"宏伟构想"。陶里根因边贸起家后，旅游业发展也极快。GDP几乎每年都以百分之三四十的幅度提升。短短几年，它的经济实力在全省地级市中便进入前三，并一直稳定在这个"第一集团"行列中。顾立源想把房地产业搞起来，做成陶里根一个新的支柱性产业，形成一个新的经济增长点，同时对改变和改善城市面貌、市民生活和增强社会凝聚力，加大安定团结的力度……可以说能收到一举多得、一石数鸟的功效。但祝磊认为，对陶里根这些年的"迅猛发展"一定要有一个冷静的预测，它的发展，虽然是"迅猛"的，但毕竟是在低起点、低水平的基础上"迅猛"着。陶里根不是北京上海，也不是杭州深圳。一定要考虑到，你建那么多高档板楼和独幢别墅，会不会有那么多的富人到你陶里根来购房定居。本市的居民的确是比从前富了，但富裕程度和消费心理准备，是否已经足以把他们引到这些高档楼盘跟前来，下这样一个买房的决心？如果不能，这笔烂账就很难收拾。

443

"那你说怎么弄?"顾立源很不高兴地瞥了祝磊一眼,冷冷地问道。

"我还是上一回在市委召开的年度经济工作会议上说的那八个字,打好基础,适度扩张……"祝磊答道。

"在会上你跟我打官腔。在这儿你还跟我打官腔?至于吗?!"顾立源已经非常不耐烦了。

"我在会上没跟谁打官腔,在这儿也没跟谁打官腔。再说,我即便要打官腔,也不能在你面前打啊。正如你说的,至于吗?"祝磊婉转地解释道,"我说的这八个字,也不完全是我一个人的意见,也是经过我们经贸委研究室几位老同志集体讨论后得出的看法……"

"别跟我提你们研究室那几个老家伙。他们懂啥?嗯?"

"……"祝磊心里咯噔了一下,他还是第一次听到顾立源用这样的口气说到经贸委研究室的那几位老同志老专家。他心里很别扭,但又不敢再说什么。怕说了什么,顾立源会更不高兴。但犹豫了一会儿,觉得这件事关系实在太重大,他作为市委和市政府领导主要的经济幕僚,有这个责任提醒一些什么。听不听是他们的事,说不说,那就是自己的责任了。

"饶老板搞这么大一个房地产开发项目,资金一定会从银行方面贷……"祝磊尽量把语气放平和了说道。但刚才说了个开头,顾立源就打断了他的话。顾立源说道:"这事不用你操心。"

"他至少要五个亿吧?"

"我说了,这方面的事,不用你操心。"顾立源再一次生硬地打断了祝磊的话。他现在经常打断别人的说话,甚至不止一回两回地发生过这样的事:很不耐烦地把正向他汇报工作的部门领导一下"赶出"了他办公室。

"好。那我就不操这个心了。"祝磊淡淡地苦笑了一下。

如果换另一个人,顾立源很可能会跳起来,狠狠地训斥对方一通。但因为是祝磊,他还是抑制住了自己的不满和怒气。他知道这件事干起来有相当的难度,他希望得到支持,尤其希望得到祝磊的支持。他知道祝磊有时候考虑问题比自己更周细,但这时候他不希望听到反面的意见,他需要支持,需要援手。

"……老大(陶里根后期,机关里的同志和领导班子里的同志都这么称呼顾立源),法国有个哲学家叫帕斯卡尔,他死的时候,跟你我现在的年龄差不多大,也就三十八九岁。他说过这样一句话,人的灵魂有两个入口,一个是理智,一个是意志……"沉默了好大一会儿,祝磊缓缓地说道。他本来可以不再说什么了。如果他不再说什么,那天也就不会跟顾立源"干"起来了。事态也就不会急剧"恶化",也就会像从前无数次发生过的那样,以所有其他的人保持沉默,服从顾立源的意见来结局。但祝磊想来想去,最后还是觉得自己和顾立源之间毕竟存在着非同一般的关系。无论如何也应把自己该说的、已经想到的危险性告诉他。尽责在己,成事在天。宁让天下人负我,也别让我负天下人——此刻,一种异常悲天悯人的感觉突然袭上祝磊的心头,让他暗自哽咽了一下。但他刚说出这半句话来,聪明绝顶的顾立源立即反问道:"啥意思?你觉得我是一个缺乏理智的人?我是一个灵魂残缺不全的人?"

"立源……"祝磊忙准备解释。他预料要出大事了,心跳急速地加快。

"嘿嘿……"顾立源出乎意料地没有暴跳起来,只是冷笑了两下,默默地用异样的目光打量了一下祝磊,沉吟着说道,"你不用担心,饶老板对你构不成威胁。人家不想取代你到市政府机关来谋这一官半职。你也不必事事处处地在人家要走的路上设置这些不必要的绊马索……"

"顾立源同志!"祝磊的脸色一下变得极其苍白了。社会上有过这样的传闻,说顾书记要起用一批"老板"来从政,特别是要起用饶老板来主管市经贸方面的工作。对于这些传闻,祝磊当然不信。起用一些素质好的"老板"来从政,他认为这是一件大好事。大概也是种种必然会出现的社会趋势中的一种。但短期内,要起用"大批"的"老板"来取代现有的政府官员执政,这恐怕是非常不可能,也是非常不现实的事。起码在十年二十年内,还不可能。或者说,还不会这么干。前些年,为了认可

445

发展一些极优秀的"老板"入党,党内就有人吵吵了好大一阵。再让大批"老板"来执政,无论从时机或条件上来看,都还远未成熟。再说,当代的这些"老板",大部分人对入党和当官真感兴趣吗?恐怕未必。对于这一部分人来说,挣到足够多的钱,以保证自己和自己的儿孙能过到足够富足的生活,大概还是他们唯一的人生目标。至于让饶上都来取代他祝磊,那更是无稽之谈了。对这种说法,他都不屑一顾。但今天这话居然从顾立源嘴中说出,还把它说成是他反对饶上都的房地产扩张计划的主要动因,这简直就是在侮辱他嘛,完全是在践踏他的人格嘛。

祝磊一下站了起来,脸色瞬间从苍白涨到通红。但几秒钟后,他还是控制住了自己,他希望这是顾立源气急之下的一个"口误"。在反复权衡后,他结结巴巴地只是问了这么一句:"你觉得我祝磊是这样的人吗?"

"你是什么样的人,你自己最清楚!"顾立源居然毫无收回原话的意思。

"那你干脆下令把我撤了算了嘛!"祝磊真受不了了。

"你以为陶里根离了你就真的不行了吗?祝磊,你在威胁谁呢?啊?你还有点样子吗?"顾立源竟然叫喊了起来。

"我应该有点样子,那么别人就不应该也有点样子了吗?"祝磊终于扯直了嗓门跟顾立源对嚷了起来。他觉得自己早就应该跟他这么"吼"一嗓门的了。实在是憋得太久太久了。自己实在是沉默得太久太久了。没有人不让你嚷嚷啊,自己为什么要沉默,而且沉默得如此之久呢?骤然间,深感委屈的祝磊,眼眶居然湿润了起来。

"你……"很长时间还没遭遇过别人在自己面前如此"吼叫"过的顾立源,一下惊呆了。他愕愣了,转身就走出客厅去了……

应该说正是因为这一次"吵嘴",才使得祝磊萌生了离开陶里根的想法。后来他就去了省财经学院重执教鞭去了。说句真心话,离开陶里根,离开顾立源,祝磊内心感受到了一种从未有过的失落,随之而来,还伴生了一种强烈的失败感。但是,他也感受到了一种从未有过的"轻松"。在

"失落"和"失败"中,他真的大大地松了一口气。离开陶里根的那天,顾立源来送行了,还派他那辆大奥迪,专程送祝磊去省城。他没说什么。他也没说什么。两个人都没再说什么,好像啥事也没发生过似的。顾立源还笑着说了句:"想咱陶里根的蘑菇了,捎个话,我让人给你送。要多少送多少。"祝磊也笑着答道:"行行行。我要是在财经学院讲台上混不下去了,就上大街上开个餐馆,专卖咱陶里根的蘑菇炖小鸡。"但奥迪车走很远很远了,整个陶里根都消失在那条清新明晰的地平线下时,祝磊的心却还在战栗。

顾立源为什么会发生那么大的变化?他是那么聪明的一个人啊,怎么会保持不了那么一点必要的清醒?他怎么会答应饶老板去动用银行五个亿的贷款去做一个基本不可能有足够回报的房地产项目?他亲口答应为饶老板做贷款的担保,甚至还亲笔给银行行长写了这么一张便条。如果没有这张便条,后来的事情对顾立源也许会好办一些。但正因为有了这张便条,这笔五亿元的贷款就成了埋在顾立源脚下的一颗定时炸弹了……

这颗"定时炸弹"一直"闷"着,到顾立源去年被任命为代省长的时候,它终于开始倒计时了……正因为它的倒计时,才迫使那天顾立源匆匆赶到祝磊家去看望祝磊。饶上都用五亿元贷款建起的豫望小区,正如祝磊预料的那样,售出情况相当不理想。事后查清,饶上都并没有拿全部贷得的款项来建房。如果他认真建了,精心建了,楼盘的销售情况会好得多。特别是那些别墅,会吸引周边几个省的富商和富豪们来这儿购置他们的"第二套"、"第三套"住宅。这儿毕竟有绝妙的蓝天白云和黑土地,有诗画一般的白桦林,有金子一般纯净的空气,有去俄罗斯旅游的极大方便……但饶上都"挪用"了相当一部分的资金去做别的事情。楼盘建得不甚理想,销售情况也很不理想。几家银行原先碍着"顾书记""顾副省长""顾代省长"的名分,对盛唐总还让着三分,到这时也开始警觉和着急起来,毕竟是五个亿啊,不断上门来追讨债务。最近甚至给顾立源

447

打了电话,不仅希望"顾代省长"帮着出面做做饶老板的工作,也提到了那张便条。人家银行方面一直把它当作重要的担保凭证,收藏在保险柜里……

中央早就有规定,各地党政领导不得为企业在向银行贷款时做担保。对国有企业不行,对民营的当然就更不行了。中央说不行,他怎么就还敢"行"呢?是的,那还是他在陶里根后期最不清醒时干的事情。陶里根离北京的确也比较远。但再远再不清醒,你总能整明白自己和中央的那点关系吧?

"……在这里,我真的不知道该责备谁。不知道仅仅是责备和怨恨,会不会起到警示后人的作用。"祝磊痛心地写道。

随后的一两年间,顾立源又建起两三个"高新科技园区"。陶里根再一次发生"巨变"。城区迅速扩大。这时,他收到了调任副省长的命令。但他知道,饶上都那五亿元的贷款仍然是一个能让他致命的"暗疾"。离开陶里根时,他找饶上都长谈过一次,要他停止多方扩张兼并,集中精力经营好旗下现有的那些企业,设法把账还上;又分别找各银行行长谈了一次,名义上是了解盛唐公司还贷的情况,实质上还是希望这些行长同志能把当初的那些担保便条替他"撤销"了。这档子事,他明里暗里,跟这些行长同志说过多次。但行长们也是用"太极云手"的招式在应付着他,哼哼哈哈地既不拒绝,也不答应,一直拖了下来。这一回他想利用自己去省里任职的机会,对这些行长同志稍稍施加一些压力,让他们替他把这事办了;并暗示,如果为他办了这事,他绝不会忘记这些行长同志。果然,身为"副省长"再出来说话,就是比"市领导"要强。行长们在稍稍犹豫后,便答应了,并立即去保险柜里取出那些担保的便条,纷纷将它还给了顾立源。顾立源因此大松了一口气,卸下人生最大一个包袱,离开陶里根,意得志满地去省城赴任。但他完全没有想到,那些行长同志,早把他来银行要求撤去便条的整个过程都在暗中拍摄了下来,并且将那些便条也都复印留了底。毕竟是五个亿。谁的脑袋能扛得起五个亿这一笔账?作为银行行长,他们当然是算得清这个算法的。复印件在法律程序上虽然不能算作直接证据,但它们作为间接证据还是可以起到相当的作用的,特别是已构成证据链的情况下,它们的加入,还是有重大"杀伤力"的。

顾立源在就任副省长后,对自己在陶里根那一段的工作和生活,认真进行了反思。这反思,应该说从那天他带着那张便条,走出银行大门,长长地吐出那一口担惊受怕的气的时候,就开始了。他甚至还想到过,留着这张便条,用镜框把它装裱起来,悬挂在新居的客厅中央,"警钟长鸣",让自己"永志不忘"。当然,这仅仅是想想而已,便条还是立即就被销毁了。他不会留着这个"祸根"。但这段"刻骨铭心"的经历,的确让他严重地感到,自己必须反思和反省了,也下决心要当一个清醒的省级干部。

"……他到省里以后,出乎我的意料,竟很快主动来找我谈他的反思所得,谈得既沉重又诚恳,让我感动了好长一段日子……"祝磊在材料中这样写道。

这反思和反省的结果,前边已经多次提到过,也就是大家伙都感觉得到的,顾立源到省里以后,变了,变得谨慎、细心、宽容、周到。

"现在重新回到我枪杀张秘书事件发生前两个多月的那天。那天,已经当上了代省长的顾立源突然打来电话,说要见我,而且要到我家里来见我。那天我感冒了,感冒得很重,正在市政府那个比较偏僻的新宿舍区家中休息着……"祝磊在材料中再一次这么写道。

……那天,顾立源的确有点着急了,他是独身一人去的祝磊家。虽然还是披着他那件黑呢大衣,头发却显得有点零乱,连鬓须也没修得那么干净。

头天晚上,他在省城最豪华的五星级宾馆主持了一个高纬度地区开发利用能源的联席会议,与会的是该地区几个省的省长和主管副省长。这些年,能源方面的矛盾日益突出,扯皮拉筋的事情也越来越多。因此,每年都需要召开一次这样的会议,协调解决该地区各省之间产生的能源矛盾，会议由各省省长轮流做东，今年轮到了顾立源。省长们都很忙。这样的会，约定只开一天。有事没事，当天都得结束。所以，有时就会开得很晚。那天散会时，已经到晚上十点多钟了。招呼了各省领导去吃夜宵，他匆匆离去，没有回家，而是去了另一家五星级宾馆。上那儿会见饶上都。这位饶总已经在那儿一个豪华套间里等了他整整一天了。

最近银行似乎是听说了些什么，不仅在还贷问题上对盛唐加紧了催促，还传出话来，可能要对这笔巨额贷款的使用情况，进行审查。（当时签下的贷款合同，给了银行方面这样的监管权。）这几年，银行对盛唐方面能否按时还贷早已存有疑虑。他们不断派人去公司催促，同时也不时"请求"顾立源能帮着做做饶总的工作。这"帮着做做工作"的含义，当然首先就是希望能督促饶上都早点还钱，另一方面也是希望顾立源作为市委市政府的主要领导人，能设法"指导"饶上都，改善公司经营管理状况，迅速改变目前这种多头出击、摊子铺得过大、经营管理又比较粗放、效益低下的局面。假如羊儿身上压根儿就不长毛，你又上哪儿期待着去剪那该剪的毛呢？银行方面是真心希望这只羊能多长几根毛的。顾立源跟饶上都谈过很多次，也派一些专家权威去盛唐帮着做过经营管理方面的"咨询"。但根本的一条，饶上都始终隐瞒着"抽逃资金"炒期货这件事。漏洞不堵，整个公司的状况怎么可能有大的起色？而饶上都原先就是这样一个人：他有足够的冲劲，敢于面对别人不敢面对的禁区，他以勇闯禁区为乐。他病态似的喜欢听那舞着柴火棍打进"瓷器店"以后必然要发出的那一片稀里哗啦的碎片声，他尤其喜欢听那同时从街边响起的喝彩声和詈骂声。但是他却缺乏必要的耐心，也不善于通过一砖一瓦的努力，建起一家"新瓷器店"来赢得更高层次的掌声和喝彩声。最近，不知道为什么，"抽逃资金炒期货"的事不胫而走，促使银行方面加紧了"催逼"和"核查"行动。这使饶上都决定要认真找顾立源谈一谈。

饶上都这两年老多了，虽然脸色依然红润，但每每说上两三句话，总要深深地喘上一口。有人说他这是"装"的，因为他发脾气训斥手下那些

450

经理和部长时，常常能连续不停地骂上一二十分钟，而不待歇一口气。但他们哪里得知，训斥完了以后，他一定会感到胸闷难耐，人也像是要瘫了似的。这样发一次脾气，他会难受两三天。这些年，体重急速增加，腰围持续扩张，房间里汽车里的空气总让他觉得不够用。不少五十岁前的嗜好，突然间都变得淡然乏味了。比如从前他特别喜欢看二人转，可是现在他听着那些打情骂俏的"荤口"，瞧着那些忸怩作态的"表演"，就觉得坐不住。他不是不再喜欢那些带色的笑话和民间的"荤口"，而是嫌他们太吵闹了，嫌他们有点没完没了地在那儿糟践他们自己，为了博得别人的喝彩，宁愿不把自己当人。这会让他想起当年的那个自己。但他还是保留了两样"爱好"。一是吃"杀猪菜"，一是住宾馆。隔三差五，他一定得上那"杀猪菜"馆子，要上一盘店家自制的血肠，再要上一盘"手把排"，再来一盘"辣炒肥肠"，要一小瓶二两装的二锅头，就着瓶口，慢慢喝，慢慢嚼，慢慢瞧着来来往往的吃客，看看他们，再比比自己，再瞧瞧停在店门外自己那辆大奔，他总会得意兮兮地冷笑一下，在心里发出一声这样的责问："小样儿的，挡得住我吗？"自己到底在责问谁？他也说不清楚。只是常常想这样大声责问一下，冲着窗外大喊一声："小样儿的，挡得住我吗？"另外，隔三差五地他得住一回宾馆。有事没事，他都喜欢住到非常高级的宾馆里去清静一下，享受一下。越是高级的宾馆、会所，越是能维护这些住店人在私密方面的要求。他知道不管自己现在多么有钱，这社会上仍然会有一些人打心底里是瞧不起他的。包括那些低声下气来求他赞助的客户，穷学生，包括那些热情非凡地来找他去投资的区长乡长县长和市长。（说实话，这些当干部的，倒是有不少人不再瞧不起他了。但他又常常地有一点瞧不起他们。）无论是谁们瞧得起谁，还是谁又瞧不起谁们，现在都开始有点让他感到心烦了，心累了，而这时最好的解脱，是躲进一个高级宾馆和会所里，隐居个一天两天。只有在那样的环境里，谁也不问你过去是谁，现在又是谁，只要你掏得起那一晚上五百美元或一千美元的房钱就行。

……今天他找顾立源，是希望顾能帮他在省城找到一笔款子付银行的利息，以此来稳住陶里根的那两家银行。最近铜在期货市场行情看涨，他又"赌"了一把3607号铜的期货。这一把如果能赢，当然还不足以让自己彻底翻身，彻底扭转这两年在资金问题上被动尴尬的局面，但是拿它去付那拖欠了一年多的银行贷款利息，补上维持那个旅游城营业开支所需的那点资金缺口，还是足够了。这样他可以喘过一口气来。是的，近来，他时时感到胸中的这口"气"喘得越来越费劲了……

　　他知道顾立源会帮他忙的。有那五亿元的一笔账，还有那些便条，有这两档子事，这位从前的市委书记兼市长，现在的代省长，已经跟他完全拴在了一根绳上，不会不帮他，也不能不帮他。如果他垮了，银行真的跟他翻了脸，他顾代省长最后也不会有好果子吃。当时他很担心顾立源不肯出头来帮他借那五亿元。他压根儿就没想到，顾立源不仅豪爽地应承了，最后居然还愿意亲笔写下一张张便条，让他去找银行方面的人解决这五亿元的贷款问题。他当时真被顾立源的豪爽热情感动了，但又暗自惊讶于对方的粗疏和大意。这样的事，在眼下，换一百个人，特别是那种头上有乌纱帽的人，是谁也不肯干的。他当时感动于顾立源对自己的信任和支持，但又诧异于对方居然如此缺乏自我保护意识。

　　在越来越推崇法律观念，法律体制也越来越完备的中国，一张有你亲笔签字的便条，是足以把一个人卷进一个无底深渊去的，也足以把一个人吊死在历史的耻辱柱上的……

　　有时，他甚至觉得自己多多少少有一点"愧对顾立源"，不该就这样把他扯了进来的。这一手有点太狠。但有时他又想，这能完全怪罪于我吗？万事成败变迁，起着主要作用的还是内因。石头再加温，也是孵不出小鸡来的。

　　在顾立源被任命为陶里根市委书记的一年内，饶上都没有去找过他。他知道那段时间，顾忙得不得了。《陶里根日报》头版二条上几乎天天有他的消息。（头条当然是报道中央领导的活动，或转发中央领导的讲话精神。)那年的年三十晚上,他去看望顾立源。他知道每年的三十夜,顾立源都会去慰问边境口岸值班的海关工作人员和边防战士,也会去看望那些异想天开地留在陶里根的雪窝窝里过年的少数旅游者。他在顾家门口一直等到凌晨三点,才见到已颇有些醉意的顾立源归来。

"你……你……你这是干……干啥呢?吓我一大跳……走走走……上……上屋里坐……坐会儿……我那里还有瓶真正的茅台……我……我……我告诉你,外头那些茅台,没……没几瓶是真家伙……你……你品品我那一瓶……我就剩这一瓶了……跟你这么说吧,你信不?过了这个村,你……你还真……真找不着那个店了哩……"说这些话的时候,顾立源的舌头还真有点嫌短了。

进了家门,顾立源让夫人给饶上都沏上茶来,自己去卫生间用凉水狠狠地冲了冲脑袋,又喝下去大半杯苹果醋,再拿湿毛巾捂住自己的脸,默默地站了一会儿,酒意才基本消去了一些,再回到客厅里来,就不再提那瓶"真正的茅台"了。

"深更半夜地,守在我家门前黑影地里,准备打劫呢?"顾立源往饶上都对面的沙发上一坐,嘿嘿笑道。

"茅台呢?怎么跟天桥小把势似的,光说不练?不舍得?不舍得,明天我给你送二十瓶真正的茅台来。"饶上都也笑道。

"啥茅台?你都喘成那样,还茅台呢!不要命了?我早让你把酒戒了,你不听。到那一天,让大夫来给你下最后通牒,你就哭吧。喝口茶吧。我这茶可是好茶,台湾极品乌龙。"

"行了,我也不喝你的酒,也不喝你的茶了。中央电视台的春节晚会都散了场了,你也该休息了。赶紧跟你说个事吧。咱俩结交这么一场,可以这么说,没有你顾书记,就不会有我饶某人的今天……"

"打住。打住。"敏感的顾立源自打酒醒那一刻,就意识到今天晚上这位饶老板借口"拜年"深更半夜"杀"上门来,是要有所"作为"的,所以立刻下了封口令,"别大年三十的让我不痛快。"

"你能让我把话说完吗?"饶上都那天也有点倔,不软不硬地反问了一句。

"……"按顾立源过去的脾气,是绝对不可能再允许饶上都说下去的。但当时也是怪,听饶上都这么一说,顾立源居然不作声了。是酒起了作用,还是感情起了作用,或是这两者都起了作用?至今仍然是个谜。

"知恩必报,这是人之常情……"饶上都刚说了这句话,顾立源又想站起来去打断他的话。饶上都却立即做了个非常坚决的手势,让他"少安毋躁",并立即把自己的口袋一个个都翻出底来,表示自己没有带任何贵重礼物,更没带一分现金。

顾立源慢慢地又坐了下去。两个人随即都默默地坐了会儿。

"但此恩,今生我必须报。不报,我就不是饶上都。当然我不会害您,更不能害您。这么跟您说吧,我在北京上海替你各买了一幢别墅,现在正在装修。这房子,我现在不会给你,你现在也用不着它。等你完全退下来了,没人理睬了,一月就剩一两千、两三千那点干工资了,只等着老干部处忙里忙外组织你们这些老头老太去集体逛北京故宫颐和园的时候,你要愿意带着孙子孙女去北京上海度晚年,我想你总也该有个落脚的地方吧?你替我支撑了前半生,我替你后半生找个落脚的地儿,过分吗?你现在是市委书记,拿我一分钱都是受贿。到那时,你啥也不是了。你也替我办不成任何事了。你就是拿我一百幢别墅,那也只是个交情往来。共产党再严格,总不能让两个普通人不讲一点交情吧?"饶上都说得相当激动和诚恳。

"唉,算了算了,说这些干吗,饶老板……"顾立源感慨万千地挥了挥手,叹口气说道。

"他没拒绝……"当时饶上都心里还一咯噔,一边这么想的同时,他已经站了起来,说道:"这事就这样了。我走了,您赶紧歇着吧。"

那天,顾立源的确没有明确拒绝。过了几个月,他接到饶上都的一个电话,说上海的房子已经装修完了,有空,趁出差的机会,想请他顺便去瞧瞧,看看有什么不合适的地方,让装修队再返返工。顾立源在电话里只应了句:"你真逗,还当真了呢?"仍然没有明确拒绝。当时,他的确有过那样的想法:在陶里根能顺利干完两届,万一提不上去,自己还不到五十,或者找个闲职干干,或者下海。到那时候,"总该有个落脚的地方吧?"饶上都的这句话的确隐隐地、却深深地触动了他……

又过了几个月,他去上海参加全国中小城市市长会议。报到后,刚进房间,就接到饶上都的电话。他也到了上海,而且就住在他们所住宾馆旁边的一个宾馆里。"会议咋安排的?抽点时间,我陪您去看看那幢房子吧?"会议只开了一天半。临离开上海的那天下午,他跟饶上都去看了一下那幢别墅。三百二十平方米。外带一个一百五十平方米的花园。车库,狗屋,一应俱全。三层大开间。户内还装置了独用的电梯——考虑到七八十岁以后,腿脚不便利时,仍能上下自如。又过了两个月,他又在饶上都的陪同下,去北京看了看那边的一幢别墅。二百八十平方米,外带一百六十平方米的花园。地处温榆河边。特点是整个小区里拥有一百多棵树龄在八十年以上的老树。房地产商说,你用什么建筑材料,请什么外国设计家设计,想啥怪招,所有的一切一切,都是可以用钱换得来的。唯有我这一百多棵老树,你是用什么也换不来的。有了这百多棵老树,你会感到你和大自然融合了,你会觉得你和历史在共存,你会拥有一种别人不可能拥有的生命厚度和广度,你的人生价值在这里得到了充分的延伸……那年的年三十晚上,他去完成了慰问和看望的任务回到家,妻子告诉他,饶老板刚才来过了。他说他还得去看望别的领导,就不等你了。也没说啥,在我们家门前跟孩子似的放了两串鞭炮,留下一个大信袋,嘻嘻哈哈地就走了。听说饶上都留下一个大信袋,顾立源有点不高兴了,瞪起大眼说道:"他留啥信袋?信袋里装了啥玩意儿?我跟你怎么交代的?谁上家来,都不许收人的东西。"妻子说:"那信袋里没啥玩意儿,就两串钥匙。钥匙也值得你那么着急上火吗?那上头没镀金,也没镀银。他给你钥匙干吗?是你办公室门上的,还是他办公室门上的?""谁知道呢。

我去瞧瞧。"顾立源随口应付了这么一句，进屋就把那两串沉甸甸的钥匙收了起来。他当然明白，这就是那两幢别墅大门上的钥匙。

现在再回过头说说那天顾立源和祝磊两人"干仗"的事情。顾立源那天上祝磊家，是希望祝磊能动用一下他那"常务副市长"的影响力，在省城为饶上都拆到一点"头寸"，以渡过眼前的难关。这也是饶上都的意思。他觉得顾立源作为代省长，从表面上看起来，影响力似乎要比"常务副市长"更大，但是，官场上的事，往往是"现官不如现管"。顾立源要在省里拆到头寸，还必须得通过主管金融财政的副省长，或其他主管官员才能办得成。但顾立源任职省府的时间并不长，况且还戴着"代理"的帽子，无论从哪个角度去考虑，都不如由祝磊出面，直接在省城去办这件事来得顺当。因为祝磊在省城主管的就是金融、工交、财贸，正所谓"现官不如现管"，他正管着哩。

没想到的是，那天，他却遭到了祝磊的婉拒。祝磊在材料里是这样讲述这件事的："……其实那天我并没有正面拒绝他，不仅没正面拒绝，还说了一些诸如'我尽量给想想办法吧，万一银行那头不行，我再试试别的路子'一类的话。说实话，我也不敢当面拒绝他。虽然顾调到省里后，为人做事的风格发生了很大的变化，很大程度上改变了在陶里根后期形成的那种'一个人说了算'的做派，但我清楚，在关键时刻、在重大问题上、在本质上，他是变不了的，他是不会允许别人来妨碍他，来做他的主的。我深信，所有有过这样经历的人都会同意我下面这个说法：凡是尝到过'绝对权力'滋味的人，终生都会想念它，轻易也是不会自动放弃它的。以顾立源的经验和聪明，他当然一下就掂量出，我当时说的那番话，有许多搪塞和应付他的成分，他当然要不高兴。但，当时我们并没有马上'开吵'。我们毕竟都是有相当政治历练的人，毕竟也是多年来关系相当密切的老乡、朋友和上下级。尤其是我，说我是他一手提拔起来的，绝非过辞。我当然更不能动不动地就跟他'开吵'。那么干，于情于理于礼，于场面上的规矩，也都通不过！也不符合我做人的原则。"

……那天,两个人勉勉强强地又聊了一会儿,祝磊见顾立源的脸色不像刚才那么尴尬和灰暗了,便劝说道:"老大,我有一个不太成熟的想法,不知道该不该说……"顾立源不以为然地撇撇嘴说道:"别跟我来这一套。成熟不成熟,你就说你的吧。"祝磊低下头沉吟了一会儿,鼓了鼓气,说道:"我是绝对支持发展民营企业这个政策的。但是,我觉得对待民营企业和这些所谓的企业家们,也得遵照优胜劣汰的规则,让这些老板在历史进程中接受时间的汰选。真正优秀的,让他们强大起来,实在不行的,不能与时俱进的,就该淘汰一批……"说到这里,祝磊他发现顾立源的脸色又开始灰暗起来了。他知道自己不能再往下说了,就赶紧收住了话头。他当时还真有点想不通。自己说的这些,并不是什么特别前卫、特别先锋的观念,甚至可以说是一些"放之四海而皆准"的"老生常谈",也是顾代省长平时经常放在嘴头上来教育别人时说过的话。为什么到这会儿,他自己就完全听不进去了呢?当时祝磊也想到过这一点:难道顾和饶之间真的存在着什么非比寻常的私谊,或……或"猫腻"?但这念头也只是像电光石火似的,一闪而过。他想得更多的是,顾这个人啊,太讲义气,太放不下老朋友之间的那点感情,太把老朋友的事当一回事……

话说到这儿,本来是要结束了。因为顾立源突然收拾起他的烟盒和打火机,一声不吭地板起脸,都起身往外走了。祝磊有些发慌了,忙叫了声"顾省长……"并紧随着顾立源,亦步亦趋地往外走,走到外头的门厅里了,他又赶紧说了一句,"我没说就不给饶总想办法了嘛。"语调不由自主地带上了一点诚恳的味道了。

顾立源站住了。脸色虽然依旧是那样的峻急,但如果这时祝磊更聪明一点,继续说两句顾爱听的话,先把他太太平平地打发走了,这"头寸"到底该不该去整、到底上哪儿去整、又能整多少……完全是可以"另说"的嘛。先答应下来,然后再慢慢地推托;先答应下来,然后再寻找机会推辞;先答应下来,然后……然后,转过脸来就装糊涂,用一句"是吗,我当时答应过你吗？你听错了吧？"来不认这个账。这样的事，在现实生活中可是经常发生的。这就叫"周旋"。没有"周旋"和"妥协"，就构不成千百年来全部的政治生活和政治技巧，也就造就不了全部历史生活的光怪陆离和诡谲绚丽。这一点，不管是祝磊，还是顾立源其实都是懂得很透彻的，但有时就是做不到。接下来，祝磊居然慌慌张张地、同时也是很不得体地说了这么一句话："当前，中央正在通过金融工委大力整顿金融秩序，中纪委也把金融行业的问题列为今明两年工作的重点……要搞到这么大一笔头寸，恐怕是有相当的难度的……"他完全是善意地提醒顾立源，但顾立源立即转过身来很严厉地给了一句："你的意思是，我要你去顶风作案，祝副市长？"祝磊忙否认，可已经来不及了。顾立源就那样站在门厅里，指手画脚、劈头盖脸地一通臭训……让曹楠听到的，就是顾立源这一阵的吼叫声。

祝磊当时真的非常委屈，也非常惊骇。他从来没有看到顾立源在自己面前如此失态过。事后，祝磊真有些手足无措，不知所以，都不敢主动给顾立源打电话。大约一个星期后，顾立源给祝磊主动打来了一个电话，就那天他的"态度问题"，主动向祝磊道了歉，并且收回了要他为饶上都去搞"头寸"的那一番话。没再多说别的，甚至都没容祝磊也说上两句"道歉"的话，就很客气地挂断了电话。对方的"客气"和"淡漠"，让祝磊更加地不知所措，越发加重了他的心理负担。他后来主动托人给顾和顾的秘书捎话，要去看望顾，去表明一下自己的态度和心情，但顾都以种种理由，很客气地一一拒绝了。这让祝磊更加寝食不安。应该说，这也是后来促使他答应那位张秘书，帮着去送"职工股"的一个重大诱因——自己跟省委常委中的一个主要成员关系搞得如此僵，如果再不设法做点什么事去补救，将来想递补为市长，那就真的是难上加难了……

能说是"一念之差"吗？人们常常用这四个字来为后来发生的事情开脱（或减轻）责任。但又不想想，这"一念"又是从何而来的呢？造成全部灾祸的这"一念"，难道也纯属偶然的"一念之间"吗？

祝磊材料最后一部分的内容，是对张秘书设套"陷害"他这件事所做的一点分析。他的结论非常简单明了，他认为这件事，就是饶上都策划指使的。他的理由有三：一、这位小张秘书和饶上都有表亲关系。他的表姐，曾跟饶上都相好多年。二、事发后（这个"事"，是指张秘书劝说他带着陶里根那家铝业公司某位老总去给某省委领导送职工股，而并非指他开枪杀害张秘书），祝磊利用自己还在常务副市长位置上这个条件，曾让市公安局刑侦支队技术侦查科的同志调出事发前后那几天张秘书的移动通信和固话通信记录，发现就在这两三天里，他和饶上都联络十分频繁。三、枪击案发生当日，他找张秘书谈话。他希望这个年轻人能本着实事求是的精神，一颗赤心全对苍天，为他作证，他只是为陶里根那家铝业公司的那位老总"引见"了省里的那位领导。在整个过程中，他连那职工股票据是什么样的都没见过一眼，更别说得到了它们。这一点，小张秘书应该是十分清楚的。因为他在全过程中，一直跟他在一起。这件事本来还可以由铝业公司的这位老总出面来作证，但不幸的是，在纪检委的领导找这位老总谈话时，他"突发心脏病"而"暴毙"了。而据查，这位老总突发心脏病的前一天晚上，饶上都曾找这位老总长谈过几小时。"枪击事件发生前的一个多小时，我的情绪已经变得空前的不稳定。"祝磊在材料中这样写道，"头一天我曾打电话给那位省领导，想先请他出来替我说说话，以证明，那天我只是起了个引见的作用，带着那个铝业公司老总见到了他以后，我和张秘书就知趣地离开了他的家。那笔数额达七十多万份的职工股，一直是由那个老总拿着的。最后它的去向、下落，我不可能知道。因为确确实实的，我和张秘书当时已经离开了现场。但是，让我非常震惊的是，那位省领导居然一口否认了此事。还说，那天根本就没有见到过我。我再给他打电话，他就不接电话了。从下午到晚上，我发了疯似的连续给他打了一二十个电话，他都不接。其实我并没有那个意思，要他承认那天是他从那个老总手里拿走了那七十多万份原始职工股。当时我不在现场，我和张秘书已经离开了他家。我没亲眼见到的事，绝对不会乱说。我只是请他证明,当时我没参与其事。我只是一个'引见人',一个不该去引见的'引见人'。但他就是不接我的电话。我当时真的有点发慌了。七十多万份原始职工股,上市后的市值将高达四五百万元人民币。稍稍炒作一下的话,还可能达到八九百万,甚至上千万。况且它又是职工股,原本是应该由广大职工享有的。侵吞职工股,就是侵吞职工的活命钱,更是罪加三等,民愤难平。如果我不能证明我在这件事情上的清白的话,仅仅这一笔账,这一件事,无论在肉体上、精神上,还是政治上,我都将'死无葬身之地'。而让我更感到绝望的是这位省领导。他在我的心目中,一直是良师益友,也许在个性的呈现上我不能完全赞同和接受他的某些表达方式,但在人生理念、事业价值观的确定和追求等根本问题上,他一直是我永远不可企及而又一直在努力追赶的标杆儿。我怎么能想象,他会在这样一件简单明了而又性命攸关的大事上,会'蓄意'地把我扔进这无底深渊。所以,当张秘书也坚称他不能证明我在过程中根本就没有接触过那些股票的票据时,我的精神真的是崩溃了,完全控制不住自己了,才酿成了后来的惨剧的发生……而那位省领导是谁,大概不用我再细说了。他就是我们的代省长顾立源同志……"

27
雪花非花？

当然，仅仅凭祝磊说的那几条理由和他自己的那些感觉，是没法确认整个这起"职工股案"到底是怎么一回子事的，更没法坐实这"圈套"的始作俑者就是饶上都，特别不可能就此说明顾立源也参与了对祝磊的"陷害"。

看完这份原件的复印件，邵长水呆坐了好大一会儿。仔细品评，祝磊写这份材料的本意似乎并不是在要揭发谁，更不是要把谁置之于死地。实际上它并没有提供太多惊心动魄的线索。人们值得为了这样的一份材料而去杀人，或被杀吗？它无非刻画了一颗良心在挣扎中的战栗而已。是的，雪花不是花，但它还将久远地被称作雪"花"。它还会努力地去争取，要让自己和所有的同伴都在诗意中继续存在……

后来查清，祝磊确系自杀。不管最高院最终是否会对他进行改判，他觉得他自己是不能再原谅自己的了。他觉得自己在政治上和心理上已经"死去"，也应该死去。与其让某一个监狱用十年二十年或更长的时间来慢慢地执行他这个心理上和政治上的"死刑"，还不如像那雪花一样，快快地坠落大地，快快地融化了事。于是他就利用求医时，年轻法警的一时疏忽和对他的信任，纵身从窗户里扑了出去。偏偏窗户底下事先搁置了这么一块石头，让人平添了许多悬疑……

邵长水拿着这份原件的复印件回到赵总队的办公室，赵总队还在等着他。

"看完了？"赵五六问。

"看完了。"邵长水把材料递还给赵总队长。

"再让你看样东西。"赵五六说着，拿出一份今天刚到的报纸。省里最重要的一份日报，省委机关报。

邵长水接过报纸，从第一版翻到最后一版，没觉得有什么异样；便疑询地看了看赵总队，好像是在问，您让我看啥呀？

赵五六收起这份报纸其他那些页面，只留下第一版到第四版的那一页，对邵长水说道："你再仔细瞧瞧。"

他再次从头至尾地翻看了一遍。只是这一遍翻看得更加认真和仔细。当从第四版上重又回到第一版上来的时候，他似乎感觉出一点什么来了。他忙凑近了第一版上刊发的两张照片和两条消息，仔细地搜寻起来。一张照片上拍的是省委省政府的主要领导接见省十大杰出青年的合影，另一张照片是省委召开第××次扩大会议的现场主席台的照片。接见本省十大杰出青年，这样的事年年都有，但不会让省委和省政府全体领导都出面。今年却似乎全出面了，但感觉上似乎缺了一个人。省委扩大会议，省委省政府的领导当然都得参加，但似乎也少了一个人。

"看出点名堂来了吗？"赵五六闷闷地问。

"……"就在这一瞬间，邵长水忽然发现，这两张照片上缺少的是同一个人：顾立源。作为省委常委、省委副书记和代省长，这两个场合他都应该出现啊。没出现，为什么？出国了？上外地开会去了？还是怎么了？省委机关报在同一天的同一版面上同时刊发同样缺少了这位主要领导的照片，一定是想说明什么、告知什么……

"顾立源怎么了？"他忙问。

"他被'双规'了。"赵五六答道。

"'双规'？啥时候的事情？"邵长水急问。

"前天晚上。中纪委来了一位副书记，加上省里的几位主要领导，集体找他谈的话，谈完后，中纪委连夜就把他带走了。"

"为什么要'双规'他?"

"多余问的。"

"……"邵长水愣了一愣,再想想,是的,自己这个问题问得完全多余。

"你再看看第三版上的这一则消息。"赵五六翻开报纸,指着右上角的一则消息对邵长水说道。

这是豆腐块儿大的一则经济新闻。报道本省一些著名民营企业家学习座谈"三个代表"思想的动态。消息里不仅点了饶上都的名字,还用两行多的文字,转述了他在座谈会上发表的一个观点。座谈会是昨天下午在省委老交际处宾馆召开的。陶里根好几位民营企业家都应邀出席了这个座谈会。但在消息中直接被点名并被引用了发言内容的,却只有饶上都一个人。看来他还是个学习方面的标杆儿人物。

"……"邵长水看完这则新闻,心里不知为什么,有些堵得慌,想问些什么,却又怕再让赵总队用一句"多余问的"给堵回来。如果说顾立源是因为了那两幢别墅的问题被"双规"的,那送别墅的人为什么还在作为学习"三个代表"的典型被表彰着呢?

"谁说雪花不是花?"赵总队长忽然无甚来由地这么感慨了一声。他居然把这句话用在了这儿,说着,还淡淡地苦笑了一下。邵长水却依然保持了沉默。这时候,他突然又把报纸翻到第一版上,再次去看了看那两张已经没有了顾立源的照片。全省数千万老百姓,今天能有几个人会注意到这位代省长已经从省报第一版上消失了呢?更有几人能从这"消失"里觉察和品味出本省政治局势正在发生的重要变动呢?连那十杰青年们好像都没觉察到,他们的笑容依然是那么灿烂。而没有了顾立源的省委扩大会议的会场依然是那么的庄严肃穆,依然是那么的稳重而静谧,依然在显示着一种权威和决心,一种自信和平和。

"谁说雪花不是花……"邵长水在心里突然也重复了一遍这句话。无意间这么重复了一下,心里忽然觉得松快多了,"哦,这真是一句多义、多矢量的话。"

"还有件事,厅党组决定下个星期为劳爷举行一个追悼会。追悼会的具体筹备工作,就由你们支队来操办。要简朴,但又要隆重。"

"是。要简朴,又要隆重。"邵长水答道。

"追悼会前一天,厅党组全体领导同志会一起去劳爷家看望泉英嫂子和小小。你提前去帮着嫂子做些准备。"

"是。"

"刚才你木呆呆地看着报纸在发啥愣哩?"赵五六问。

"没事……没事……"邵长水赶紧掩饰道。但他心里的确"挤"着一个大疙瘩。这个"大疙瘩"甚至让他有些喘不上气来:还是上面说到的那个看法,如果只查接受别墅的,而对送别墅的人听之任之,既不公平,不合法理,也不利于"河清有日"。你在下游忙着清淤,但对上游输入的泥沙却置若罔闻,不采取得力的措施加以制止,这样下去,"河清"还能"有日"吗?近年来,十起腐败大案,起码有七八起,背后都有这样的老板在作祟,他们拿钱买掌权者的良心和忠诚。有人为这些民企老板辩护说,他们这么做是不得已而为之,是因为目前体制上对民营企业不公平,没有提供和国企同等的待遇。他们举步维艰,不如此就不可能发展自己的企业,不能发展中国的民营经济。如果这样的说法是合理的话,那么腐败分子也有同样的理由来为自己开脱啊:我工作这么辛苦,为国家的发展(包括民企的发展)做了那么大的贡献,而我的月工资却只有一两千、两三千元,有的甚至更少。"革命"几十年,月收入还不及自己刚大学毕业、在外资或合资企业工作的儿女。而我只要点点头,签个字,那些老板就可以从中赚上几十、几百万,甚至几千万。我从他们那儿拿一点"辛苦费"又有什么不可以呢?况且我拿的又不是国家的钱、老百姓的钱,是那些"老板们"的钱。他们的钱不拿白不拿嘛。在度过了艰难的原始积累阶段后,现在已经出现一大批千万亿万富翁。让他们在必要时,拿个几十万几百万甚至一两千万"收购"一个或几个当权者的"良心"和"忠诚",应该说已经不是一件很困难的事情了。而要让一个月收入只有几千元的官员在几十万几百万的现金面前真正做到眼不红、心不跳、气不喘,完全不动摇,的确需要百炼成钢的道行和根底。而我们现在这些一茬又一茬的官员,又有多少像当初战争年代或建国初期的干部那样,经历过严格的(近似严酷的)政治磨炼和世界观信念的检验呢?如果我们对那种"收购行为"不加以足够的重视和有效打击,可以这么说,中国将永无宁静和干净之日。平心而论,在中国,从个人的操守和品行方面来说,哪一个阶层、哪一个人群最不受监管?答案是肯定的,就是这些"老板们"……

顾立源被"双规"了。而饶上都却成了学习的"典范"。听说,陶里根市已经将他的个人"事迹",作为下一届省人大代表候选人的材料,报送了上来。陶里根市市委、市政府和人大常委将他作为下一届省人大候选人的主要依据是,他对全市GDP和税收的增长所做的突出贡献……

这就是现实。

还说什么呢?

邵长水苦笑笑。

另外,这些话,跟赵五六说,又有啥用呢?多吃土豆多放屁,多发牢骚多生气。说了,还不是在跟自己过不去?!让自个儿心疼半天,干啥嘛?算了吧!

……

"嗨,你这个人,有话就说呗,憋在肚子里还想生豆芽哩?"赵五六见邵长水只是一味苦笑,便追问。

"没事。没事。"邵长水赶紧再笑笑,忙收拾起自己的东西,就向门外走去。赵五六还想问一点什么——因为他自己心里也有些不好受,也正想跟邵长水说说哩。不料,就在这时候,电话铃响了。是厅长袁崇生打来的,让赵五六火速赶到他那儿去参加一个紧急会议。

"咱俩一会儿再找时间聊。"赵五六丢下这么句话,便匆匆向袁厅长那儿赶去了。不料,半个多小时后,邵长水也接到一个"火烧火燎"的电话,是赵五六打来的,让他同样"火速"赶到袁厅长那儿参加一个紧急会议。

"啥会议?"邵长水心怦怦地跳着,问道。

"问啥问?!赶紧!"赵五六以他惯有的果断,命令道。

奉命随后赶到的,不止邵长水一人。待邵长水赶到,袁厅长那不算小的办公室里已经坐满了相关人员,气氛还真有点紧张。几分钟后,邵长水就闹明白了,和顺面馆的那位老板娘终于交代了幕后的全部事实。拓片被盗、银行保险柜被炸,都和远东盛唐的这位老总饶上都有关。或者说,这两件事都是他直接"策划"的。至于谋害劳东林和在炸银行保险柜的过程中又把保安杀了,是不是跟这位老总有直接的或间接的关系,待查。他之所以要盗和炸银行保险柜,销毁祝磊的那份材料,据那位老板娘说,其主要目的还是为了保护顾立源和他手下的那些人。根据已经掌握到的这些情况,也为了彻底查清事实,厅里决定对饶上都采取行动,立即刑拘他。为了保持远东盛唐这个企业的稳定和下一步的发展,已经和省检察院和陶里根市的有关部门联系好了,组成联合工作组,在刑拘饶上都的同时,进驻远东盛唐。刑拘和审讯饶上都的任务就交给了赵五六和邵长水。

刑拘饶上都,当然得采取"密捕"的方式。回到总队部,赵五六向总队其他几个领导传达了刚才这个紧急会议的内容,紧接着认真研究了一下"密捕"的方式,对此做了周到的部署,确定了行动开始的时间和具体步骤。各位领导按照各自分工接受的任务,分头去做进一步的安排和部署,办公室里一下又只剩下了赵五六和邵长水两人。邵长水本来也应该立即去安排落实分给他的那一摊任务的,但不知道为什么,这时候的他,特别想安安静静地坐一会儿。说不清,道不明,这一下,他心里感到特别的空,又特别的轻松。赵五六也有这样的感觉,堵在心里的一团乱麻一下子出空了,轻松是轻松了,但却又感到一种猛然间暂时找不着落脚之地的感觉。想说点啥,可又不知道该说点啥……

两个人就这样默坐了会儿,赵五六突然说道:"劳爷追悼会和泉英嫂子那儿的事,你就别管了,我让办公室派个人去操办。"

邵长水却坚持道:"不必了。这两件事,还是我去办。劳爷是我大要案支队的前任领导。无论从哪个角度说,这两档子事,都该着我去办。交给谁去办了,我还真不放心哩。"

"行。那就还是你去办吧。"赵五六挺高兴邵长水能这么重视这两件事。

"您还有啥话要我带给泉嫂的?"邵长水想了想,问道。

"……"赵五六沉吟了会儿。这些日子,他常去看望泉英和小小。该说的,该做的,说了,也都做了。泉英是个识大体明大理的女人,是能把个人的痛和伤深深埋在自己心底的女人,真是咱们公安干警的好家属。赵五六轻轻地叹了口气说道,"还说啥呢?反正明后天厅党组成员一起去看望她的时候,我也要去的。你今天就跟她说,这个刑侦总队永远是她和小小的家。今后不管发生啥事,她和小小都可以来找我这个总队长。就是我不当这个总队长了,她和小小也可以来找我们这个刑侦总队。她们家的事,我们一定管到底。"说着,赵五六眼圈有一点发红了。

"是……"邵长水心里也一阵酸涩,顿时觉得眼眶里一阵湿热,便把头低了下去。

"哦,还有一件事。最近不少同志都有这样的反映,说你小子自从接任大要案支队的支队长以后,在许多方面……许多方面,不知道是有意还无意的,都在模仿劳爷,有这么回事吗?"

"是吗?"邵长水脸忙红起,都有点口吃了,"模……模仿?怎么会呢?"

"倒不是说你穿着打扮说话语调上模仿,是说你在办事方式方法上越来越像劳爷。不像你刚来那会儿那么拘谨、那么的讲分寸感,有点像劳爷了,大大咧咧的,办事也火辣起来。"

"是吗?是吗?"邵长水脸大红,辩解道,"嗨,我哪能学到人家劳爷

467

那水平？他手上那点活儿也不是谁想模仿就模仿得到的！"

"慢慢来……慢慢来吧……"赵五六感慨道，然后又故意叮嘱道，"别的都应该学，你可别学人家离三次婚，又结四次。别让慧芬老找我这个总队长来告状干仕！"

"您说啥呢？"邵长水忙笑道。

然后两人就分别去忙各自的去了。吃罢午饭，邵长水想小歇一会儿，传达室那儿打来电话说是有个女同志找。邵长水问传达室的同志，那女同志是哪儿的，姓啥？

传达室的同志回答说，是区图书馆的，姓曹。

曹楠？

邵长水赶紧从支队办公室的沙发上跳起。他知道，对曹楠和那个齐神父的问题，后来是决定不予追究。因为他们保存了祝磊的材料，同时又考虑到他们的"作案动机"并非是"危害社会"；而后来的态度也还能算是配合我方人员的。故给予申斥教育，以观后效。

这时候，曹楠又来找，是为什么？

他匆匆赶到大门口的传达室里。

中午的传达室，不像平时那样，总挤着许多上访的人和来联系工作的人。这会儿显得空落。

"对不起，打扰您午休了。"曹楠一见邵长水，忙起立。

"没事没事。"邵长水一边说，一边做了个手势，请曹楠坐下，"怎么样，你的事了结了吧？"

曹楠红着脸，点了点头，说道："谢谢你们的宽大和爱护……"

"一定要引以为戒哦。法律是不能轻易越界的。记住，下不为例啊。"邵长水微笑道。

"是的。是的。"曹楠忙点头说道，"我来转交一样东西。听说您被正式任命为大要案支队的支队长了……"

"嗨，都是老早的事了。"邵长水笑道。

"可我今天才知道。"曹楠一边说,一边从手包里取出一个小小的雕花匣子递给邵长水。

"啥玩意儿?"邵长水见她往外掏出如此精美的东西,便一下迟疑起来,问道。

"是劳叔让我给您的。"曹楠回答道。

"劳爷?"听说是劳爷给的,邵长水这才伸手去接过匣子,打开匣盖,一看,里头放着一支黑白水晶做的烟嘴。匣子里原先应该是陈放两支烟嘴的。现在空着一个位置,只陈放了一支。

"烟嘴?啥意思?"邵长水不无有些诧异地问。

"最后一次见到劳叔时,他给我这个匣子。他说,他在陶里根万一出事,让我把它转交给接他的班、继任大要案支队支队长的人。"

"为什么?"

"他没说。我想是为了留个纪念吧。他多次跟我说过,对自己当初辞职,脱警服,心里还是挺后悔的……"

"是的是的……"

"那您就留着它吧……别忘了他……"

"谢谢。"

"谢我干啥?要是我们都能别忘了他老人家就行了……"曹楠忽然有些难过起来。

"我想我们都不会忘记他的。"邵长水感慨地说道,"你回区图书馆了?工作没问题吧?"

"我不回那儿了……"曹楠淡淡说道。

"咋的了?那儿不接纳你了?"邵长水忙问。

"不是的……我自己辞职了……"曹楠说道。

"辞职?干吗?"

"我想读书。"

"读书?好啊。上哪去读?"

469

"我想去读神学院。"

"读神学院？当修女？不会吧？"邵长水一惊。

"当修女，那倒不一定。但我想再学一点别的……"

"是齐神父的意思？"邵长水忙问。

"这跟齐神父没关系。他怎么能做得了我的主呢？"曹楠淡淡地笑了笑，但语气却十分的坚决。

"你家里能同意吗？"

"这跟家里也没有任何关系。"说这话时，她的语气更坚决了。

"哦……"邵长水长长地"哦"了一声。不知道再往下应该跟她说什么。

"谢谢你们……"这时，曹楠站了起来，向邵长水伸出手，好像是要告别的意思，突然间却又谢了一声。

"谢……谢我们？干啥？"邵长水有点被动地也跟着站了起来，握住曹楠白净松软的手，勉强地笑着问道。

"谢谢你们破了劳叔这案子。谢谢你们没让他就这么不明不白地走了……谢谢你们……"说着，她有点哽咽了，在用力地握了一下邵长水的手以后，赶紧从邵长水的手里抽回自己的手，匆匆转过身，出了传达室那木门，向马路对面走去。这时，邵长水才发现，在马路对面停着一辆旧的捷达车。车里有个中年的男子坐在驾驶位置上等着曹楠。曹楠上车后，车子便立即开走了。

二〇〇五年五月七日十一点五十分二稿
二〇〇五年六月二十三日三稿

图书在版编目（CIP）数据

高纬度战栗 / 陆天明著. -- 北京：新星出版社，2018.6
（当代风云录）
　　ISBN 978-7-5133-3089-3

Ⅰ. ①高… Ⅱ. ①陆… Ⅲ. ①长篇小说—中国—当代
Ⅳ. ① I247.5

中国版本图书馆 CIP 数据核字 (2018) 第 100984 号

高纬度战栗
陆天明　著

责任编辑：简以宁
责任校对：刘　义
责任印制：李珊珊
装帧设计：几木艺创

出版发行：新星出版社
出 版 人：马汝军
社　　址：北京市西城区车公庄大街丙 3 号楼　　100044
网　　址：www.newstarpress.com
电　　话：010-88310888
传　　真：010-65270449
法律顾问：北京市岳成律师事务所

读者服务：010-88310811　　service@newstarpress.com
邮购地址：北京市西城区车公庄大街丙 3 号楼　　100044

印　　刷：北京市松源印刷有限公司
开　　本：660mm×970mm　　1/16
印　　张：31
字　　数：406 千字
版　　次：2018 年 6 月第一版　　2018 年 6 月第一次印刷
书　　号：ISBN 978-7-5133-3089-3
定　　价：98.00 元

版权专有，侵权必究；如有质量问题，请与印刷厂联系调换。

上架建议：当代文学 / 畅销
ISBN 978-7-5133-3089-3
定价：98.00元